Karl May · Satan und Ischariot

KARL MAYs HAUPTWERKE

IN 33 BÄNDEN

»ZÜRCHER AUSGABE«

12. AMERIKA-BAND

KARL MAY

Satan und Ischariot

ZWEITER BAND

—

REISEERZÄHLUNG

ZÜRCHER AUSGABE

DER TEXT DIESER AUSGABE
FOLGT DEN ZEITSCHRIFTEN-ERSTDRUCKEN,
STUTTGART 1887 UND 1887/88.
DIE ORIGINALE ORTHOGRAPHIE UND INTERPUNKTION
WURDEN RESPEKTIERT.

UMSCHLAGBILD VON
KLAUS DILL
KONZEPTION UND GESTALTUNG VON
URS JAKOB

HERSTELLUNG: EBNER ULM
ISBN 3 251 20221 9

Inhalt

SATAN UND ISCHARIOT

2. Band

Reiseerzählung

ERSTES KAPITEL

Unter der Erde

Unsere Pferde hatten nicht leicht zu tragen, da uns die Vorsicht geboten hatte, uns für drei bis vier Tage mit allem zu versehen, was nötig war und was nötig werden konnte. Wir hatten nicht nur Proviant für uns und Futter für sie, sondern auch noch verschiedene Gegenstände mitgenommen, von denen anzunehmen gewesen war, daß sie uns von Nutzen sein würden. Dazu gehörte ein Paket Lichter und ein Bündel lange Wachsfackeln. Von beiden hatten wir in den Wagen einen ziemlich bedeutenden Vorrat vorgefunden; da diese Requisiten unter der Erde gebraucht wurden, hatte Melton sie bei dem Kaufmanne in Ures bestellt. Auch drei große Fässer mit Brennöl waren verladen worden. Wie schon vorher aus vielem anderem konnte man jetzt auch hieraus ersehen, daß Melton sein »Geschäft« schon vorbereitet gehabt hatte, ehe er mit dem Haziendero den Kauf abschloß. So hatte er auch mit den Yumas alles Nähere vorher verhandelt und ihnen alles, was sofort gebraucht wurde, zum Transporte übergeben. Der Herkules hatte mir ja erzählt, daß die dreihundert Yumas über vierhundert Pferde gehabt hatten, also über hundert mehr, als sie für sich brauchten. Nahm ich an, daß von diesen sechzig für die Deutschen nötig gewesen waren, so hatte man noch über vierzig schwer beladene Packpferde gehabt, welche die sofort notwendigen Gegenstände in die Berge schleppen mußten.

Natürlich hatte ich mich vor unserm Fortreiten gegen Winnetou über mein Vorhaben soviel, wie notwendig war, ausgesprochen, damit er, wenn uns etwas passierte und wir nach vier Tagen noch nicht zurück waren, wußte, wo er uns zu suchen hatte. Vor allen Dingen und ganz selbstverständlich hatte er wissen müssen, daß ich die Höhle des Players und den Gang, welchen der Herkules entdeckt hatte, untersuchen wollte. Das gab den Anfang des Fadens, welchem er folgen mußte, falls er veranlaßt sein sollte, nach uns zu forschen.

Da wir gestern von unserer Richtung abgewichen waren, so mußte ich mit dem kleinen Mimbrenjo heute zunächst auf dem letzten Teile des gestrigen Weges zurück und bemerkte dabei zu meiner Genugthuung, daß die Wagen- und Pferdespuren schon nicht mehr zu sehen waren. Und wo es doch eine Stelle gab, welche die Eindrücke noch zeigte, war vorauszusehen, daß dieselben im Laufe des Tages verschwinden würden. Diese Bemerkung befriedigte mich für den Fall, daß Melton uns Kundschafter entgegenschicken sollte; ich konnte überzeugt sein, daß die Leute unsern Lagerplatz nicht finden würden.

Nachdem wir vielleicht vier Stunden lang südwärts geritten waren, lenkten wir nach Osten um und erreichten bald darauf die schon mehrmals erwähnte Grenze der Vegetation. Die Einöde begann. Da, wo das letzte Gras zu sehen war, hielten wir an, um den Pferden eine Stunde Erholung zu gönnen und sie das spärliche Futter abweiden zu lassen. Dann ging es weiter.

Es war ein Ritt, wie durch eine Wüste. Der Boden bildete lange, niedrige Wellen, zwischen denen seichte Vertiefungen lagen, und alles war Fels, war Stein, Geröll oder Sand. Kein Strauch, kein Grashalm war zu sehen. Dieses nackte Gestein saugte die Strahlen der glühenden Sonne auf, bis es von denselben gesättigt war; die nachfolgende Hitze konnte nicht mehr eindringen und lagerte nun wie eine vier oder fünf Fuß hohe, flimmernde oder zitternde Glutsee auf die Erde. Das Atmen wurde schwer, und der Schweiß drang mir aus allen Poren; aber es mußte ausgehalten werden; wir trabten fort, ohne Unterbrechung, weiter und immer weiter, denn wir mußten, wollten wir nicht einen ganzen Tag verlieren, Almaden noch vor Abend erreichen.

Gesprochen wurde fast gar nicht. Der Mimbrenjo erlaubte sich nicht, mich anzureden, und die Einförmigkeit des Rittes gab mir keine Veranlassung zum Reden. So verging die Zeit im tiefen Schweigen, bis ich mir sagte, daß Almaden nun nördlich von uns liegen müsse. Wir bogen also nach dieser Richtung um, hielten nun ein scharfes Auge nach vorn und betrachteten zugleich den Boden, ob derselbe vielleicht eine Fußspur zeigen werde.

Als die Sonne fast den Horizont erreichte, stieg vor uns in der Ferne ein niedriger und doch sich scharf vom Horizonte abzeichnender Felsen auf, welcher desto höher wurde, je mehr wir uns ihm näherten.

»Das muß Almaden sein,« sagte ich. »Nun gilt es, doppelte Vorsicht zu üben.«

»Will unser großer Bruder Old Shatterhand nicht absteigen?« antwortete der Knabe in bescheidenem Tone.

Ja, er hatte recht. Ein Reiter ist viel weiter zu sehen, als ein Fußgänger. Zwar wäre ich auch bald abgestiegen, aber daß er diese Bemerkung machte, freute mich, denn er bewies mir, daß er die wünschenswerte Bedachtsamkeit besaß. Wir setzten also, die Pferde hinter uns her am Zügel führend, unsern Weg zu Fuße fort.

Die vorhin erwähnten Bodenwellen hatten aufgehört. Wir schritten über ebenes Land, welches wie ein Ring um Almaden lag. Das war der Grund, daß wir sehr weit sehen konnten. Wir erblickten keinen Menschen, was uns natürlich nichts weniger als unlieb war.

Da begann der Boden plötzlich sich abwärts zu senken. Wir standen am Rande der Vertiefung, in deren Mitte Almaden sich erhob, oder vielmehr, wir standen am Ufer des einstigen Sees, dessen Mitte die Felseninsel eingenommen hatte, welche jetzt Almaden genannt wurde.

Ich hatte mich doch um ein weniges verrechnet, wohl infolge der Einförmigkeit der Gegend, welche eine genaue Schätzung schwer machte: Wir erreichten Almaden nicht von Süden, sondern von Südwesten her, was zwar gefährlicher war, weil ich die Indianer auf der Westseite glaubte, mir aber jetzt lieb sein konnte, da ich nun gleich die Stelle erblickte, welche ich sonst hätte suchen müssen, nämlich den Felsblock, von welchem der Player und der Herkules erzählt hatten.

Das riesige Felsenbollwerk, welches sich da drüben in der Mitte des einstigen Seebeckens erhob, war oben platt und bildete einen beinahe regelmäßigen Kubus, dessen Seiten fast genau nach den vier Winden lagen. Da wir vor der südwestlichen Ecke hielten, konnten wir die südliche und westliche Seite sehen. Die erstere stieg im allgemeinen auch senkrecht in die Höhe, hatte aber tiefe Risse und in der Mitte eine Schlucht, von welcher man gleich bei dem ersten Blicke sah, daß sie nach oben führte. Und das stimmte mit dem, was mir der Player gesagt hatte, nämlich, daß das Plateau von der südlichen und von der nördlichen Seite aus erstiegen werden könne.

Die westliche Seite bildete eine lotrechte Fläche, deren Regelmäßigkeit nur an ihrem unteren Teile, in der Mitte, unterbrochen wurde, denn dort lag der Block, welcher sich aus der Wand gelöst hatte und herabgestürzt war. Wir sahen ganz deutlich das Geröll, von dem die Lücke, welche zwischen ihm und der Wand lag, ausgefüllt wurde.

Um dorthin zu gelangen, hatten wir ungefähr zehn Minuten oder eine Viertelstunde zu gehen, durften dies aber nicht wagen, obgleich kein Mensch zu sehen war. Droben auf dem Plateau befanden sich jedenfalls Leute, und wenn einer von ihnen an der südlichen Kante stand, mußte er uns sehen, falls wir es wagten, uns zu nähern.

Zunächst war es notwendig, zu erforschen, wo die Indianer sich aufhielten. Das wollte natürlich ich thun, während der Mimbrenjo bei den Pferden blieb. Ich folgte dem Rande des einstigen Sees, indem ich mich nach Westen wendete. Da es keinerlei Deckung für mich gab, mußte ich die Augen offen halten, denn es war anzunehmen, daß, sobald ich einen Menschen sah, er mich in demselben Augenblicke auch sehen werde.

Schon war ich eine ziemliche Strecke gegangen, da bemerkte ich im Nordwesten kleine, dunstartige Wölkchen oder Wellen, welche langsam aufstiegen, sich ausbreiteten und verschwanden. Das war Rauch, und zwar der Rauch eines Indianerfeuers, welches mit nur ganz wenig Holz unterhalten wurde und also keinen dichten Rauch verursachte. Noch durfte ich eine kleine Weile aufrecht gehen; dann aber bückte ich mich auf die Hände nieder und lief genau wie ein Vierfüßler weiter.

Bald sah ich fünf oder sechs Zelte, bei denen sich Menschen bewegten. Als ich es gewagt hatte, mich noch mehr zu nähern, mußte ich mich ganz niederlegen und auf dem Bauche kriechen, sonst wäre ich gesehen worden. Es trennte mich jetzt nur eine so kurze Strecke von den Zelten, daß ich die Figuren erkennen konnte, mit denen sie gezeichnet waren.

Jeder Indianer pflegt sein Zelt, wenigstens sein aus Leinen gefertigtes Sommerzelt, mit seinem Namenszeichen oder mit einem Bilde, welches sich auf irgend einen hervorragenden Vorgang aus seinem Leben bezieht, zu versehen. Um eines dieser Zelte wand sich eine große, mit roter Farbe gemalte Schlange; auf einem andern war ein Pferd, auf dem dritten ein Wolf zu sehen. Zwischen ihnen gingen Indianer hin und her, oder sie saßen rauchend an der Erde. Vor dem Schlangenzelte standen zwei Lanzen; es schien das Zelt des Anführers zu sein.

Ich hatte genug gesehen, denn ich wußte nun, wo sich die Yumas befanden und welche Gegend ich infolgedessen zu meiden hatte, und wollte eben umkehren, als drei Personen aus dem genannten Zelte traten, zwei Männer und ein Frauenzimmer. Letzteres erkannte ich sogleich; es war Judith, die schöne Jüdin. Der eine der Männer war Melton und der andre ein Indianer, jedenfalls der Besitzer des Zeltes. Sie sprachen noch einige Augenblicke miteinander, dann verschwand der Indianer in seinem Zelte, und Melton ging mit der Jüdin fort, dem Bergwerke zu. Sie hing sich dabei an seinen Arm, eine Vertraulichkeit, bei welcher dem Herkules, wenn er sie gesehen hätte, das Blut in den Kopf gestiegen wäre.

Es war mir nicht unlieb, Melton sogleich bei meiner Ankunft zu sehen; aber dieser Umstand brachte mich in keine geringe Gefahr, denn die beiden kamen in einer so kurzen

Entfernung von mir vorüber, daß mir hätte bang werden mögen. Ich lag auf lockerem Sande und warf so rasch wie möglich mit den Händen einen kleinen Haufen vor mir auf, welcher zwar nicht so hoch war, daß er hätte auffallen müssen, mir aber doch soviel Schutz gewährte, daß mich nur ein mißtrauisches Auge entdecken konnte.

Angst fühlte ich ganz und gar nicht. Wenn Melton mich sah, nun, so war trotzdem noch nichts verloren; ich wußte, was ich in diesem Falle zu thun hatte. Versicherte ich mich seiner Person, so war er eine Geißel, mit welcher ich mir die Roten vom Halse halten konnte. Doch war es besser, daß dieser Fall nicht eintrat; er ging mit Judith vorüber, ohne nur einmal dahin zu blicken, wo ich lag. Sie sprachen miteinander und lachten, waren also bei besserer Laune, als der Vater des Mädchens, welcher tief im Innern des vor mir liegenden Felsens steckte. Sie gingen nach der Nordseite desselben, um deren westliche Ecke ich sie verschwinden sah.

Nun konnte ich zurück; ich that das so, wie ich gekommen war, erst auf dem Bauche kriechend, dann auf Händen und Füßen gehend und endlich, als man mich nicht mehr sehen konnte, aufrecht. Die Sonne war mittlerweile verschwunden, und die in jenen Gegenden so kurze Dämmerung begann. Als ich bei den Pferden ankam, stiegen wir auf und hatten nur noch wenige Augenblicke zu warten. Es mußte genau der Zeitpunkt benützt werden, an welchem es dunkel genug war, daß man uns nicht sehen konnte, aber auch noch hell genug für uns, um den Eingang zur Höhle ohne große Mühe zu entdecken.

Als dieser Moment gekommen war, galoppierten wir die Senkung hinunter und dann, unten auf dem Boden des frühern Sees angekommen, nach dem Blocke hinüber. Dort stiegen wir ab und erkletterten das Geröll, um dasselbe im Hintergrunde des Winkels von der Felswand zu entfernen.

Das gieng rasch und bald bildete sich vor uns, zu unsern Füßen, ein Loch, welches desto größer wurde, je mehr Steine wir entfernten. Als es so erweitert war, daß ich hineinsteigen konnte, holte ich mir eine der Wachsfackeln und kletterte in das Innere der Höhle hinab. Das ging sehr leicht, weil das Geröll nach innen nur langsam abfiel.

Als ich den Boden erreicht hatte, fand ich den hohlen Raum ganz der Beschreibung des Players entsprechend. Er hatte weit über doppelte Manneshöhe und konnte leicht gegen hundert Menschen fassen. Die kleine Nebenhöhle enthielt sehr kaltes, jedenfalls kalkhaltiges Wasser. Den Hintergrund wollte ich später untersuchen, wenn wir die Pferde untergebracht hatten. Diese mußten natürlich auch herein in die Höhle, da wir sie draußen unmöglich stehen lassen konnten.

Wir sahen uns also genötigt, das Loch bis über Pferdehöhe zu erweitern, was keine angenehme Arbeit war, da wir nur die Hände dazu hatten und das lockere Geröll immer wieder nachrutschte. Als wir endlich soweit waren, holten wir die Pferde. Das war nun noch schwieriger. Andere Tiere hätten wir gewiß nicht in die Höhle gebracht, wenigstens nicht ohne einen Lärm, der uns verraten konnte; die beiden edlen Geschöpfe aber stiegen gehorsam auf den Geröllhaufen und wurden erst dann bedenklich, als es dann jenseits hinab in die Höhle gehen sollte. Das war ihnen doch nicht ganz geheuer. Ich bat und streichelte, doch vergeblich. Mein »Blitz« wollte gehorchen; er setzte den Vorderfuß einigemale vor, zog ihn aber schnell wieder zurück, weil das Gestein unter demselben wich. Endlich kam er doch vertrauensvoll herab-, allerdings mehr geglitten als gestiegen.

Dann begann dieselbe Prozedur mit dem »Iltschi« Winnetous, welcher noch schneller herabkam als der »Blitz«, indem er auf dem Schwanze Schlitten fuhr. Die guten Tiere durften zur Belohnung gleich Wasser trinken und bekamen ihre Portion Mais vorgelegt. Dann waren sie versorgt, und ich konnte den Hintergrund der Höhle untersuchen oder vielmehr besichtigen, da das Hinabblicken in einen Abgrund keine Untersuchung ist.

Ein Abgrund war es allerdings. Als ich einen Stein hinabwarf, dauerte es sehr lange und ich mußte scharf horchen, bis ein kaum hörbares Geräusch mir sagte, daß er aufgetroffen war. Wer da hinabfiel, war verloren.

Der Player hatte nicht gewußt, wie breit der Abgrund, die tiefe Felsenspalte war, da er nicht das nötige Licht zur Hand gehabt hatte. Meine Fackel leuchtete hell und weit genug, um mir, als ich hart an der diesseitigen Kante stand, die jenseitige zu zeigen. Ihn hatte die Finsternis getäuscht, ich aber sah, daß der Spalt nicht breiter als zehn oder elf Ellen war. Während ich da hinüberschaute, war der junge Mimbrenjo niedergekauert und machte sich mit dem Boden zu schaffen. Er untersuchte eine Stelle desselben erst mit dem Finger und begann dann, mit dem Messer zu graben.

»Will Old Shatterhand sehen, daß sich hier ein Loch befindet?« sagte er dabei, indem er die Erde, die es verstopfte, mit der Klinge herauswarf.

»Es wird durch Wasser, welches früher von der Decke tropfte, gebildet worden sein,« antwortete ich.

»Dann wäre dieses Loch rund; es hat aber Ecken.«

»So zeig her!«

Ich bückte mich nieder und half beim Graben. Wirklich! Es war ein mehr als fußtief in den Boden gemeißeltes viereckiges Loch von einer Männerspanne Durchmesser.

»Suchen wir, ob es das einzige ist,« meinte ich, und bald hatten wir noch drei andere entdeckt. Als wir die Erde, mit welcher sie gefüllt waren, entfernt hatten, sah der Mimbrenjo mich fragend an. Darum forderte ich ihn auf:

»Wenn mein junger Bruder etwas über die Löcher sagen will, so mag er sprechen.«

»Ich kann nichts sagen,« antwortete er. »Man macht ein Loch, um etwas hineinzustecken. Was kann in diesen Löchern gesteckt haben? Old Shatterhand wird es gewiß wissen.«

»Es ist nicht schwer zu erraten, aber die Sprache meines Bruders hat kein passendes Wort dafür. Oder wüßtest du, was ein Bolzen oder eine Klammer ist?«

»Nein.«

»Ein Eisen oder ein Holz, welches in den Boden oder in

die Wand geschlagen wird, um irgend einem Gegenstande oder einer Last Festigkeit und Halt zu geben. Die Last, um welche es sich hier handelt, ist eine Brücke über den Spalt. Wären wir drüben, so würden wir, wie ich vermute, vier ganz gleiche Löcher sehen.«

»Wo aber ist die Brücke?«

»Fort. Wahrscheinlich haben diejenigen, welche dieselbe zuletzt benutzten, sie in den Abgrund geworfen. Es hat verborgen bleiben sollen, daß man den Spalt mit einer Brücke überschreiten kann. Man hat die Löcher mit Absicht verstopft, damit Späterkommende sie nicht entdecken sollen. Die Augen meines jungen Bruders aber sind scharf gewesen.«

»Nicht die Augen, sondern ich fühlte die Erde, weil sie weicher als der Felsen war, mit der Spitze meines Fußes. Wäre die Brücke noch vorhanden, so könnten wir hinüber und dann weiterforschen.«

»Wir brauchen die Brücke nicht, denn wir werden in den Gang, welcher da drüben beginnt, auf andere Weise kommen. Er hat, wie ich vermute, ein Loch, in welches wir steigen werden.«

»Wann? - Heute abend?«

»Nein, sondern morgen. Das Loch ist zugemacht worden; ich würde es in der Dunkelheit nicht finden, und Licht dürfen wir draußen nicht anzünden; aber wenn es Tag geworden ist, werden wir in den Gang eindringen, um ihn zu untersuchen. Jetzt wollen wir essen, und dann werde ich fortgehen, um die Gegend kennen zu lernen.«

»Wird Old Shatterhand mir erlauben, ihn zu begleiten?«

»Nein. Ich würde dich gern mitnehmen, aber du mußt um der Pferde willen bleiben.«

»Sie befinden sich hier in Sicherheit. Kein Yuma kann sie finden.«

»Das ist richtig; aber sie kennen die Höhle nicht; sie fürchten sich; sie verhalten sich ruhig, weil wir uns bei ihnen befinden. Ließen wir sie allein und im Finstern, so könnten wir sie später unten im Abgrunde suchen.«

Der Knabe mußte also bleiben, und ich ging, als wir unser

frugales Abendessen verzehrt hatten, auf Entdeckungsreisen aus. Es hatte freilich nicht den Anschein, als ob große Entdeckungen zu machen seien, denn es war finster draußen; ich mußte warten, bis der Schein der Sterne heller wurde. Doch blieb ich nicht bei der Höhle stehen, sondern ging weiter, an der Felswand hin, bis ich die nördliche Ecke derselben erreichte. Dort setzte ich mich nieder, um zu warten.

Meine Absicht war, den auf das Plateau führenden Weg auszukundschaften, was bei der jetzigen Dunkelheit nicht nur erfolglos sein mußte, sondern mir überdies gefährlich werden konnte. Es war zwar nicht wahrscheinlich, aber doch möglich, daß jemand sich auf dem Wege befand und mich kommen hörte; in diesem Falle war vorauszusehen, daß mein Spaziergang einen für mich nicht sehr angenehmen Verlauf nehmen werde.

Da, wo ich saß, lagen mehrere Steine von verschiedener Größe. Auch das war ein Grund für mich, nicht weiter zu gehen, denn wenn es auf meinem Wege mehr solche Felsstücke gab, so mußte das beabsichtigte Schleichen in der Dunkelheit zu einem immerwährenden Stolpern und Stürzen werden.

So wartete ich wohl eine Stunde lang. Es herrschte tiefe Stille rings umher. Die erst so bleichen Sterne bekamen Glanz; ich konnte weiter sehen als vorher und stand eben im Begriff, von meinem Sitze aufzustehen und weiterzugehen, als ich Schritte hörte, welche näher kamen. Ich nahm natürlich an, daß der Nahende vorüber wolle, und duckte mich hinter einem der erwähnten Felsstücke nieder. Die Schritte kamen näher, gerade auf mich zu; ich sah die Gestalt eines Indianers, welcher nicht weit von mir stehen blieb und sich umsah. Als er niemand erblickte, ließ er einen halblauten Ausruf der Enttäuschung hören, kam noch näher und setzte sich auf einen Stein, welcher nicht weiter als drei Schritte vor mir lag.

Das war fatal, im höchsten Grade fatal! Die Steine lagen so, daß ich nicht zurückkonnte, ohne gehört zu werden. Vorwärts konnte ich auch nicht, denn da hätte ich gerade an ihm vorüber gemußt. Es blieb mir also nichts anderes übrig, als geduldig zu warten, bis er wieder ging.

»Uff!« hörte ich den Indianer nach langer Pause halblaut rufen. Er stand auf und trat einige Schritte vor. Es kam jemand – es war die Jüdin! Ich wurde Ohrenzeuge einer höchst interessanten Unterhaltung. Im Verlaufe derselben nannte er sich »Schlange«. Er war also der Inhaber des Zeltes, welches ich gesehen hatte, und der Anführer der hier liegenden dreihundert Yumas, ein Unterhäuptling des »großen Mundes«. Wie ich hörte, war sein englischer und spanischer Wortschatz ein für einen Yuma nicht gewöhnlicher; die Jüdin wußte nicht den zwanzigsten Teil davon und verstand kein Wort indianisch. Aus diesem Grunde konnten sie grammatikalisch einander das nicht sagen, was sie sagen wollten; aber sie verstanden einander doch, wenn es auch hier und da ein Mißverständnis gab, über welches man hätte aufschreien mögen. Wo Worte nicht ausreichten, wurde das Zeichen zu Hilfe genommen; kurz und gut, sie verstanden sich trotz aller sprachlichen Hindernisse, und ich verstand sie auch.

Er nahm sie, als sie kam, bei der Hand, führte sie zu dem Steine, auf welchem er gesessen hatte, und sagte:

»Schon glaubte die ›listige Schlange‹, daß die weiße Blume nicht kommen werde. Warum ließ sie ihn warten?«

Er mußte seine Frage mehreremal wiederholen und ihr ein anderes Gewand geben, ehe sie dieselbe verstand und darauf antwortete:

»Melton hielt mich ab.«

Nun verstand er sie nicht; sie wiederholte ihre Worte und erklärte sie durch Zeichen.

»Was thut er jetzt?« fragte die Schlange.

»Er schläft,« antwortete sie weniger durch das Wort, als durch die Pantomime.

»Meint er, daß die weiße Blume auch schlafe?«

»Ja.«

»So ist er ein Thor, welcher betrogen wird, weil er selbst betrügen will. Die weiße Blume darf nicht glauben, was er sagt; er belügt sie und wird nicht halten, was er ihr versprochen hat.«

Jedem Satze folgte, da keiner sogleich verstanden wurde, eine mühevolle Pantomimenerklärung, wobei sie nach Worten suchten, welche gegenseitig bekannt waren. Mir machte dies Spaß; den Leser aber würde es langweilen, wenn ich die Unterhaltung so wiedergeben wollte, wie sie in Wirklichkeit geführt wurde; sie soll darum auf dem Papiere so glatt verlaufen, als ob die beiden der notwendigen Redeteile vollständig mächtig gewesen wären.

»Weißt du denn, was er mir versprochen hat?« fragte sie.

»Ich denke es mir. Hat er nicht gesagt, daß er dir große Reichtümer geben will?«

»Ja. Er meint, daß er durch dies Bergwerk bald eine Million verdient haben werde. Dann soll ich seine Frau werden, Diamanten, Perlen und allerlei kostbares Geschmeide haben, ein Schloß in der Sonora und einen Palast in San Franzisco.«

»Du wirst keine Edelsteine, kein Gold, kein Schloß und keinen Palast haben, denn er wird zwar viel Geld verdienen, es aber doch nicht besitzen.«

»Wieso nicht?«

»Das ist Geheimnis der Yumas. Aber selbst wenn es so käme, wie er denkt, würde er dir nichts davon geben. Du bist die einzige Blume in dieser Einsamkeit; nur darum trachtet er nach dir. Wenn es später andre giebt, wird er dich wegwerfen.«

»Das sollte er wagen! Ich würde mich rächen und alles verraten, was er hier begangen hat!«

»Das wirst du nicht können. Man kann, wenn eine Blume welk geworden ist und gefährlich werden will, sie hier leicht zertreten, anstatt sie bloß wegzuwerfen. Glaube mir, daß bei ihm keine deiner Hoffnungen sich erfüllen wird!«

»Das sagst du, weil du mich auch haben willst. Beweise es mir!«

»Die ›listige Schlange‹ kann beweisen, was sie behauptet.

Sag mir, warum du zugegeben hast, daß dein Vater mit in das Bergwerk gegangen ist?«

»Weil er nicht arbeiten, sondern Aufseher sein und sich viel Geld verdienen soll.«

»Er ist angebunden wie jeder andere, muß arbeiten wie die andern und bekommt auch keine bessern Speisen als sie. Ich weiß, es ist ihm versprochen worden, daß er von Zeit zu Zeit herausgehen darf, um dich zu sehen und sich in der guten Luft zu erholen; aber das Versprechen wird man nicht halten.«

»Ich würde Melton zwingen, es zu halten!«

»Glaube das nicht! Ueber einen solchen Mann können die tausend schönsten Squaws der Erde keine Macht erlangen. Verlange, deinen Vater zu sehen! Er wird ihn nicht herauslassen.«

»So gehe ich fort und zeige ihn an!«

»Versuche das,« meinte der Rote mit einem kurzen Lachen. »Er wird dich auch einsperren. Dann wird in kurzer Zeit deine Schönheit zerstört und dein Körper von dem Gifte des Quecksilbers zerfressen sein. Er ist ein Betrüger; ich wiederhole es; mein Herz aber ist aufrichtig gegen dich. Was er dir nur zum Scheine bietet, das biete ich dir in Wirklichkeit. Wenn ich nur will, so werde ich reicher, viel reicher als Melton sein.«

»Ein Indianer und reich!« lachte sie.

»Zweifelst du daran? Wir sind die eigentlichen Besitzer des Landes, welches uns die Weißen genommen haben. Bei dem Leben, welches wir führen, bedürfen wir des Goldes und Silbers nicht. Wir wissen, wo es in den Bergen in großer Menge zu finden ist, sagen das aber den Bleichgesichtern nicht, obgleich wir es nicht brauchen. Aber wollte die weiße Blume in mein Zelt kommen und meine Squaw werden, so würde ich Gold und Silber haben, soviel sie haben will, und ihr alles geben, was Melton ihr versprochen hat und doch nicht geben wird.«

»Ist das wahr? Viel Geld, Geschmeide, ein Schloß, einen Palast, schöne Kleider und viele Diener?«

»Alles, alles das würdest du haben! Ich liebe dich sehr, wie ich kein rotes Mädchen lieben könnte. Ich könnte dich auch gegen deinen Willen zu meiner Squaw machen, denn wir roten Männer rauben die Mädchen, welche wir haben wollen und doch auf andere Weise nicht bekommen können. Aber du sollst freiwillig meine Squaw werden. Darum werde ich nicht Hand an dich legen, sondern warten, bis du sagst, daß du mir dein Herz geben willst. Kannst du das nicht jetzt sogleich sagen?«

Er stand auf, schlug seine Arme über der Brust zusammen und blickte forschend zu ihr nieder. Sie antwortete nicht. Ihr Leichtsinn war auf eine kleine Liebelei mit dem hübschen jungen Häuptlinge nicht ungern eingegangen; an die Folgen hatte sie nicht gedacht. Nun verlangte er von ihr, daß sie seine Frau werden solle! War es wahr, daß Melton sie betrügen wollte? War es wahr, daß der Indianer so reich sein konnte, wenn er wollte? Er stand wartend vor ihr und hielt den Blick scharf auf sie geheftet, als ob er die Gedanken sehen wolle, die sich jetzt in ihr bewegten. Als sie aber auch nach längerer Zeit noch mit der Antwort zögerte, unterbrach er das Schweigen:

»Ich weiß, was die weiße Blume denkt. Sie liebt den Reichtum, das Vergnügen, das Leben in den Städten der Bleichgesichter. Der rote Mann besitzt nichts als sein Zelt, sein Pferd und seine Waffe. Er lebt im Walde und auf der Savanne und versteht nichts von den Künsten und Genüssen der Bleichgesichter. Wie konnte die weiße Blume jemals den Gedanken hegen, die Squaw eines Indianers zu sein! Nicht wahr, es ist so?«

»Ja,« antwortete sie.

»Es wird aber anders werden, sobald du nur willst. Sag ja, und ich gehe augenblicklich, um deine Wünsche zu erfüllen. Meine Hand soll die deinige nicht eher berühren, als bis ich dir soviel Gold gebracht habe, wie du brauchst, um alle deine Wünsche zu erfüllen!«

Das wirkte; denn sie rief aus:

»Könntest du das wirklich? So viel Gold mir bringen?«

»Ich kann es.«

»Und spielt Melton wirklich ein falsches Spiel mit mir?«

»Prüfe ihn, indem du verlangst, deinen Vater zu sehen; aber sag ihm nichts davon, daß du mit mir gesprochen hast!«

»Gut, ich werde ihn auf die Probe stellen, und hält er mir nicht Wort, so werde ich ihn augenblicklich verlassen und zu dir kommen.«

»Das wird er nicht zugeben, sondern dich zwingen, bei ihm zu bleiben.«

»Was hätte ich in diesem Fall zu thun?«

»Nichts weiter als zu warten, denn ich fordere dich von ihm. Er befindet sich in unsern Händen. Wenn er es wagte, dich ohne Erlaubnis auch nur zu berühren, würde ich ihn töten. Komm, bis du dich entschlossen hast, an jedem Abend um dieselbe Zeit hierher. Wenn du nicht erscheinst, nehme ich an, daß dir etwas geschehen ist, und werde augenblicklich zu ihm gehen, um dich von ihm zu fordern.«

»Wirst du aber auch Wort halten?«

»Die ›listige Schlange‹ ist klug gegen alle Menschen; dich aber wird sie nie betrügen; du kannst dich auf mich verlassen. Howgh!«

Er wendete sich nach diesem indianischen Bekräftigungsworte zum Gehen, ohne ihr die Hand gegeben zu haben. Sie ließ ihn drei oder vier Schritte fort, da sprang sie auf, ihm nach, schlang die Arme um seinen Hals; ich hörte das Geräusch eines Kusses; dann kam sie schnell zurück und setzte sich wieder auf den Stein. War dies Berechnung, plötzliche Gefühlswallung oder eine Art Pränumerandodank für das Gold, welches er ihr versprochen hatte? Vielleicht ein weniges von allen dreien. Er blieb überrascht stehen, kehrte dann langsam zu ihr zurück und sagte:

»Die weiße Blume hat mir freiwillig gegeben, was ich mir jetzt noch nicht erbeten hätte. Sie mag bedenken, daß sie sich von jetzt an von keinem andern liebkosen lassen darf. Sobald es Tag geworden ist, stelle sie Melton auf die Probe, um sich zu überzeugen, daß er ihr nicht Wort halten wird. Morgen abend bin ich dann wieder hier, und wehe Melton, wenn er ihr ein Leid gethan hat. Zum Dank aber für ihren Kuß will ich ihr etwas mitteilen, was sie sonst wohl nicht erfahren würde. Von den Bleichgesichtern, welche wir hierher führten, ist eins entkommen; es war ein hoher, starker Mann, den die weiße Blume kennen wird.«

»Ich kenne ihn.«

»Ja, du kennst ihn, und zwar besser, als du die andern kanntest.«

»Woher weißt du das?«

»Das Auge, mit welchem er dich bewachte, hat es mir gesagt. Du hattest ihn lieb?«

»Nein. Er ist mir nachgelaufen.«

»Dann wird es dich nicht betrüben, wenn ich dir sage, daß er tot ist.«

»Tot? Woher weißt du das?«

»Die beiden Wellers haben ihn verfolgt und erschlagen. Die Geier werden seinen Leib nun schon gefressen haben.«

Sie saß eine Weile stumm; dann rief sie aus:

»Es ist so ganz recht gekommen. Er war mir widerwärtig, und nun bin ich ihn los!«

»Ja, er wird nicht zurückkehren; ich aber bin morgen wieder hier. Howgh!«

Er entfernte sich. Sie blieb sitzen, nachdenklich und ohne sich zu bewegen. Dann schnippste sie mit den Fingerspitzen, wie man es macht, wenn man eine Grille, einen unangenehmen Gedanken verjagt, und begann, leise vor sich hin zu trällern. Es war die Melodie eines alten Gassenhauers. Als sie aufstand und fortging, hätte ich ihr nur zu folgen brauchen, um den Aufstieg nach dem Plateau schnell kennen zu lernen; es fiel mir aber nicht ein, dies zu thun, denn ich kannte das Indianerleben zu genau, um nicht zu wissen, daß die »listige Schlange« sich nicht ganz entfernt hatte. Er folgte ihr jedenfalls von fern, um sie heimlich zu begleiten, bis sie oben angekommen war. Er konnte sogar Veranlassung finden, oben zu bleiben, weshalb mir die Vorsicht gebot, heute lieber auf die Rekognoszierung zu verzichten, als mich und mein Unternehmen in Gefahr zu bringen. Ich kehrte also nach der

Höhle zurück, auch so ganz zufrieden mit dem Ergebnisse meines kurzen, nächtlichen Schleichganges.

Wenn ich alles, was ich erfahren hatte, summierte und überlegte, welche Vorteile ich daraus ziehen konnte, so brachte ich jetzt einen viel größern Nutzen mit, als ich bei dem Ausgange beabsichtigt hatte. Die Kenntnis des Weges konnte ich mir später auch holen; heute brauchte ich sie noch nicht; aber was ich gehört hatte, mußte, falls ich es richtig verwertete, mir ungeahnten Nutzen bringen. Wir konnten dadurch zum Ziele gelangen, ohne auf noch mehr Mimbrenjos warten zu müssen, um die Yumas zu besiegen. Ja, wenn ich länger darüber nachdachte, so erschien mir etwas als sehr möglich, was ich vorher für eine absolute Unmöglichkeit gehalten hätte, nämlich, daß es mir gelingen werde, allein und ohne die Hilfe Winnetous und unserer Begleitung unsern Zweck zu erreichen, und zwar ohne jeden Kampf, auf friedlichem Wege.

Was war diese Judith für ein Geschöpf! Wie gelassen hatte sie die Nachricht von dem Tode ihres frühern Bräutigams aufgenommen! Mit einem Fingerschnippsen hatte sie die Kunde beantwortet, daß er von den Geiern aufgefressen worden sei! Armer Herkules! Freilich wurde ich mit diesem Leichtsinne einigermaßen dadurch versöhnt, daß ich mich in Bezug auf ihren Vater in ihr geirrt hatte. Er war nicht so ganz gefühllos von ihr verlassen worden, sondern sie glaubte ihn in einer erträglichen Lage. Das Benehmen der »listigen Schlange« hatte mir eine gewisse Achtung abgewonnen; er war ein Charakter und jedenfalls ein besserer Mensch, als sein Name vermuten ließ. Man konnte mit Zuversicht wagen, mit ihm in Unterhandlung zu treten. Er liebte die Jüdin, die für mich jetzt eine wichtige Person, ein wertvolles Tauschobjekt geworden war. Ich gestehe nämlich aufrichtig, daß ich entschlossen war, etwas ganz Verdammenswertes zu treiben – ein wenig Menschenhandel! Ich wollte Judith festnehmen, um durch sie Macht über die »falsche Schlange« und seine Yumas zu bekommen. Ich hätte mich ihrer gleich vorhin, nach seiner Entfernung, bemächtigt, wenn ich nicht überzeugt gewesen wäre, daß er sich noch in der Nähe befand, und wenn ich auch über andere Dinge genugsam unterrichtet gewesen wäre.

Als ich in der Höhle ankam, wagte der Mimbrenjo nicht, mich zu fragen, und ich hielt es nicht für nötig, ihn über meine Erfolge zu unterrichten. Ich sagte ihm nur, daß wir jetzt schlafen würden, um schon bei Tagesgrauen aufzustehen; dann legte ich mich auf meine Decke und schlief nach dem anstrengenden und heißen Tage bis zur angegebenen Zeit, ohne ein einzigesmal aufzuwachen. Der Mimbrenjo war wohl noch ermüdeter gewesen, als ich, hatte es sich aber nicht anmerken lassen, denn ich mußte ihn wecken und brachte ihn nicht gleich aus dem Schlafe.

Es handelte sich jetzt darum, den Gang zu untersuchen. Nachdem wir die Pferde versorgt hatten, machten wir uns ans Werk. Draußen auf dem Geröll angelangt, war es zunächst unsere Sorge, dasselbe wieder vor dem Eingange so aufzuhäufen, daß derselbe verdeckt war. Der Zufall konnte doch einen Yuma herführen.

Dann stiegen wir hinab, um an der andern Seite des Felsblockes wieder emporzuklettern. Wir konnten von hier aus das Indianerlager sehen. Es zeigte sich noch keine Spur von Leben in demselben. Dennoch waren wir so vorsichtig, uns kriechend zu bewegen. Wir fanden die Windungen, von denen der Herkules gesprochen hatte, und hielten bei der von ihm bezeichneten an. Er war der Meinung gewesen, daß ich die Stelle sofort erkennen würde, und hatte recht gehabt. Er war in solchen Dingen ungeübt und hatte das Loch so zugedeckt, daß ein erfahrenes Auge sich gar nicht täuschen konnte. Der Ort war von dem Indianerlager aus nicht zu sehen; darum durften wir uns frei bewegen.

Wir räumten das Gestein vorsichtig weg; dadurch entstand eine Oeffnung, in welche selbst ein starker Mann steigen konnte, so weit war sie. Wir sahen die Steine liegen, aus denen der Herkules Stufen gebildet hatte, und stiegen hinab. Sie waren behauen, was mich vermuten ließ, daß der Gang oder Stollen seinen Ursprung nicht Indianern zu verdanken hatte. Er lief nicht wagrecht, sondern geneigt in das Innere des Berges.

Zunächst untersuchten wir ihn nach rechts, also aufwärts. Das dazu nötige Licht hatten wir uns natürlich mitgebracht. Schon nach wenigen Schritten kamen wir an den Abgrund, jenseits dessen unsere Höhle lag. Die Pferde erkannten unsere Stimmen und kamen drüben herbei. Sie hatten die Nacht in der Höhle zugebracht und fürchteten sich nicht mehr, doch wollte ich sie nicht so nahe an dem Abgrunde haben und trieb sie durch Zurufe zurück. Als ich dann meinem Hatatitla befahl: »Iteschkosch – lege dich!« gehorchte er, und Winnetous Pferd legte sich sogleich auch nieder. Ich war sicher, daß sie vor unserer Rückkehr nicht aufstehen würden.

Wir fanden an dem Rande des Spaltes vier mit den gestern gefundenen übereinstimmende Löcher; es war früher also wirklich ein künstlicher Uebergang vorhanden gewesen. Dann wendeten wir uns zurück, um dem Gange abwärts, nach innen, zu folgen.

Er war ein wenig über mannshoch, sodaß ich mich nicht zu bücken brauchte, und ungefähr drei Fuß breit. Die Wände zeigten Spuren des Spitzeisens oder der Spitzhacke und zuweilen auch Teile der Rundungen von Bohrlöchern. Man hatte die festeren Teile des Gesteins mit Pulver gesprengt; der Gang war also gewiß von Weißen angelegt worden. Er führte meist durch Fels. Wo er auf Spalten oder Klüftungen gestoßen war, hatte man behauene Steine angewendet.

Wir schritten tiefer hinein, ohne daß uns ein Hindernis entgegengestoßen wäre. Die Luft war wider alles Erwarten ganz erträglich. Dieser Umstand machte mich auf unsere brennende Fackel aufmerksam; die Flamme brannte nicht grad aufwärts, sondern wehte, wenn auch nur ganz leise und kaum bemerklich, in den Gang hinein. Es war also eine Zirkulation der Luft vorhanden. Die frische Luft kam hinter uns her und folgte dem Gange. Da sie sich bewegte, mußte sie irgend einen Abfluß haben. Sollte dieser Stollen mit dem

Schachte in Verbindung stehen? Das war leicht möglich, da sein Lauf ostwärts gerichtet war, nach der Mitte des Felsens, wo sich, wie ich wußte, der Schacht befand.

Wir waren schon über dreihundert Schritte gegangen, als der Mimbrenjo auf einen eingemauerten Stein zeigte.

»Eine Schrift!« sagte er. »Aber es ist keine Indianerschrift.«

Als ich die Stelle mit der Fackel beleuchtete, konnte ich ganz deutlich lesen: *Alonso Vargas of. en min. y comp. A. D. MDCXI.* Ich ergänzte mir die Abkürzungen zu »*Alonso Vargas, oficial en minas y compañeros, Anno Domini MDCXI*« oder zu deutsch: »Alonso Vargas, Bergsteiger, und Genossen, im Jahre des Herrn Eintausendsechshundertundelf.« Es waren also bis heut mehr als zweihundertfünfzig Jahre vergangen, seit dieser spanische Bergmann den Stollen angelegt hatte. Ich notierte mir die Inschrift, denn es war mir neu, daß die Spanier damals soweit in die entlegenen Gegenden von Mexiko, welches sie Neuspanien nannten, vorgedrungen waren.

Dann ging es weiter, immer weiter, bis der Gang zu Ende war. Er wurde, so breit und hoch er war, durch eine aus Hausteinen errichtete Mauer verschlossen. Dennoch wehte die Flamme der Fackel nach vorwärts, nach dieser Mauer hin, obgleich keine Oeffnung zu sehen war. Als ich die Wand daraufhin untersuchte, fand ich, daß sie eine Art Sieb bildete. Der Mörtel, welcher die Steine verband, war da, wo die Ecken derselben zusammentrafen, weggelassen worden, wodurch Löcher entstanden oder vielmehr geblieben waren, welche man nur dann bemerkte, wenn man, durch den Luftzug auf sie aufmerksam gemacht, nach ihnen suchte. Dabei bemerkte ich auf einem der Steine die mit einem spitzen Werkzeuge flüchtig eingegrabene Inschrift *E. L. 1821.* Das *E. L.* waren jedenfalls die Anfangsbuchstaben eines Namens; die Zahl sagte, daß der Gang im Jahre *1821* durch die Mauer verschlossen worden war, aus welchen Gründen, das konnte mir gleichgültig sein. Jedenfalls hatte man da auch die über den Abgrund führende Brücke weggenommen und den Eingang der Höhle, welcher zugleich auch Eingang des Stollens war, mit dem Geröll verschüttet. Die Löcher waren in der Mauer gelassen worden, damit die Luft fortzirkulieren könne und, falls das Bergwerk später wieder in Bau genommen werden solle, beim Eindringen der Arbeiter das Leben derselben nicht durch tödliche Gase gefährdet sei.

Was nun thun? Wir lauschten. Hinter der Mauer machte sich kein Leben bemerkbar. Ich wagte zu klopfen, und erhielt keine Antwort. Dennoch pochte mein Herz vor Freude, denn ich war überzeugt, daß jenseits dieser Mauer meine Landsleute zu finden seien. Wenn ich mich in dieser Voraussetzung nicht täuschte, konnte ich sie wahrscheinlich ohne alle Gefahr für mich und sie befreien. Es galt also, durch die Mauer zu kommen. Wir mußten Steine aus derselben brechen. Aber womit? Wir hatten keine andern Werkzeuge als unsere Messer. Die Löcher bildeten gute Ansatzpunkte für dieselben; aber der Mörtel war eisenhart, und nach einem kurzen Probieren kamen wir zu der Ueberzeugung, daß wir wahrscheinlich den ganzen Tag zu arbeiten hätten, um nur einen Stein aus den Fugen zu lösen. Dennoch machten wir uns an die Arbeit; wir hatten ja nichts weiter zu thun, da wir am hellen Tage draußen nichts vornehmen konnten.

Wir arbeiteten, bis die beiden Fackeln, welche wir mitgenommen hatten, verbrannt waren, und dann noch einige Zeit im Finstern. Als wir von der Anstrengung so ermüdet waren, daß wir der Ruhe bedurften, kehrten wir nach der Höhle zurück, in welcher die Pferde noch genau so lagen, wie sie sich auf meinen Befehl hingelegt hatten. Sie durften aufstehen und bekamen eine kleine Portion zu fressen. Wir aßen auch und kehrten dann in den Stollen zurück, nachdem wir uns mit einigen Fackeln und mehreren Lichtern versehen hatten. Auch die Gewehre nahmen wir mit, weil wir sie als Hebel oder Brechstangen zu brauchen meinten.

Den Mörtel zwischen zwei Steinen herauszukratzen, scheint gar nicht schwer und anstrengend zu sein; wir mußten aber doch oft innehalten, um einige Minuten auszuruhen. Endlich – meine Uhr zeigte sieben Uhr nachmittags – hatten wir den ersten Stein los. Ich blickte durch das dadurch entstandene Loch. Jenseits der Mauer herrschte tiefes Dunkel und ebenso tiefe Stille. Der zweite Stein machte uns weniger Mühe; er folgte dem ersten schon nach zwei Stunden; nach wieder einer Stunde hatten wir den dritten los. Es war zehn Uhr. Um Mitternacht waren sieben Steine ausgewuchtet, und um ein Uhr konnten wir durch die Oeffnung kriechen, was natürlich mit der größten Vorsicht und ohne Licht geschah. Wir hatten unsere Fackeln sogar ausgelöscht, da der Schein durch die Oeffnung hinüberfiel.

Als sich nun nichts Verdächtiges regte, wagten wir es, eine Kerze anzubrennen und mit hinüberzunehmen. Da sahen wir denn zunächst, daß die Mauer auf dieser Seite, die kleinen Löchelchen abgerechnet, mit einem so gefärbten Mörtel überzogen worden war, daß man sie von dem angrenzenden Felsen nicht unterscheiden konnte.

Wir befanden uns in einem breiten und ziemlich hohen Gange, welcher von natürlichen Säulen, stehengelassenen Steinblöcken, getragen wurde. Er war abgebaut und gab also keinen Ertrag mehr. Daher die Stille, welche hier herrschte. Der Luftzug wollte uns nach rechts führen, dennoch wendeten wir uns erst nach links, um zu wissen, was wir hinter uns hatten. Wir kamen nicht weit, denn schon nach wenigen Schritten war der Gang zusammengestürzt. Die Schuttmassen geboten uns Halt; darum kehrten wir zurück, um dem Gange nach rechts zu folgen.

Da sahen wird denn bald eine Menge Werkzeuge längs der Wände liegen. Wir kamen, wie es schien, in eine begangene Gegend. Der Luftzug wurde auch wahrnehmbarer. Dann kamen wir an eine Erweiterung des Ganges, eine viereckige Kammer, in deren Mitte wir einen starken Holzkasten erblickten, welcher aus dem Boden und drei Wänden bestand. An seinen vier Ecken waren starke, aus Riemen zusammengedrehte Seile befestigt, welche mit den andern Enden an einer Kette hingen, die nach oben führte. Dort hinauf gab es eine Oeffnung, welche einen etwas größeren Durchmesser als der Kasten hatte. Die Oeffnung war jedenfalls der Schacht, denn die Luft stieg hier nach oben. Der Kasten bildete den Förderstuhl, welcher an der wandlosen Seite beladen wurde. Es lagen da herum noch verschiedene Gegenstände, denen ich jetzt keine Beachtung schenkte, weil meine Aufmerksamkeit von zwei Thüren gefesselt wurde, welche aus schwerem, sehr roh bearbeitetem Holze bestanden und durch starke Riegel verschlossen waren. Die eine lag dem Gange gegenüber, aus welchem wir kamen, die andere uns zur rechten Hand. Wahrscheinlich führten sie nach dem jetzt in Abbau begriffenen Teile des Bergwerkes, da es sonst keinen Gang oder Stollen gab.

Wir wendeten uns zunächst nach der rechts von uns liegenden Thür und schoben die beiden Riegel zurück. Der Mimbrenjo hielt die Fackel. In dem Augenblicke, in welchem die Thür offen war, stürzte aus derselben eine weibliche Gestalt auf mich zu, krallte mir die zehn Fingernägel in den Hals und kreischte in deutscher Sprache:

»Elender Bösewicht! Bist du schon wieder da! Laß mich hinauf, oder ich erwürge dich!«

Die Begrüßung war keine sehr freundliche; ich nahm sie aber nicht übel, da sie jedenfalls an eine andere Adresse gerichtet war, schob die Arme des wütenden Wesens, in welchem ich zu meiner Ueberraschung die Jüdin erkannte, von mir ab, hielt sie fest, um den Nägeln nicht Gelegenheit zu geben, meinen Hals abermals einer so eindringlichen Lokalinspektion zu unterwerfen, und antwortete:

»Bitte, Fräulein, wollen Sie bemerken, daß Sie sich in der Person irren! Ich komme nicht in der Absicht, von zarter Hand zu sterben.«

Der Mimbrenjo leuchtete mir ins Gesicht. Sie erkannte mich und rief aus:

»Sie sind es, Sie? Gott sei Dank! Sie werden mich nicht hier stecken lassen!«

»Nein. Ich werde Sie in die Freiheit führen. Wer hat Sie denn hier eingesperrt?«

»Melton, dieses Scheusal, dieser Teufel in Menschengestalt.«

»Wie hat er Sie denn hier heruntergebracht? Es kann doch

nicht leicht sein, jemand, der sich wehrt, in die Tiefe zu schaffen.«

»Durch List. Ich bin ihm freiwillig gefolgt. Wir fuhren im Förderkasten herab.«

»So hat er Ihnen etwas weisgemacht, Ihnen vielleicht gesagt, daß er Ihnen Ihren Vater zeigen will?«

»Ja, das hat er gesagt; ich sollte meinen Vater heraufholen. Sie wissen, daß er hier eingesperrt ist?«

»Das weiß ich. Ich weiß überhaupt mehr, als Sie denken. So weiß ich zum Beispiele, daß die listige Schlange, der junge Häuptling der Yumas, gestern mit einer Dame redete, die ihn so in Entzücken versetzt hat, daß er ihr Edelsteine, Gold, ein Schloß, einen Palast, schöne Kleider und viele Diener zur Verfügung stellen wird.«

Sie errötete nicht, wie es sicher bei einem andern Mädchen der Fall gewesen wäre. Sie antwortete vielmehr ganz unbefangen:

»Haben Sie mit ihm gesprochen?«

»Nein.«

»War er bei Melton?«

»Das weiß ich nicht. Es steht aber zu erwarten, daß er noch zu ihm gehen wird, wenn er noch nicht bei ihm gewesen ist.«

»Ich warte auf ihn und dachte, als ich Sie erkannte, er hätte Sie geschickt, um mich herauszuholen. Erst hielt ich Sie für Melton, diesen Schurken.«

»Und doch haben Sie zu ihm gehalten!«

»Weil er mir große Versprechungen machte.«

»Ja, Gold und Geschmeide, ein Schloß und einen Palast. Haben Sie denn das wirklich glauben können? Der Umstand, daß er Ihre Landsleute hierher lockte, um sie einzusperren und für sich arbeiten zu lassen, mußte Ihnen doch unbedingt sagen, daß bei ihm von Ehrlichkeit keine Rede sein kann. Wie haben Sie sich die Zukunft der armen Menschen denn eigentlich gedacht?«

»Gar nicht schlimm. Sie sollten hier unten solange arbeiten, bis sie eine gewisse Anzahl von Zentnern Quecksilber zu Tage gefördert hatten; das hätte gar nicht lange gedauert; er wäre dadurch ein steinreicher Mann geworden, hätte sie dann freigelassen und jedem soviel Geld gegeben, daß auch sie nun ohne Arbeit hätten leben können.«

»Das haben Sie ihm geglaubt?«

»Ja.«

»Hm, dazu gehört sehr viel. Ich will Ihnen sagen, wie es gekommen wäre. Durch die hier unten herrschende Luft, die schlechte Nahrung und die eingeatmeten Quecksilberdämpfe wäre der Körper jedes Arbeiters in kurzer Zeit zerstört worden, und nach zwei oder drei Jahren hätte keiner mehr gelebt. Das wäre der entsetzlichste Massenmord gewesen, der sich denken läßt, und Sie wären dabei seine Mitschuldige geworden.«

»Zwei oder drei Jahre? Solange sollte es nicht dauern; es ist nur von einigen Monaten die Rede gewesen.«

»In so kurzer Zeit wird man nicht so reich, daß man so vielen Menschen soviel geben kann, daß sie ohne Arbeit leben können. War es denn Ihr Ernst, seine Frau zu werden?«

»Warum nicht?«

»Und nun wollen Sie die listige Schlange heiraten?«

»Ja, Melton zur Strafe!«

»Und Ihr einstiger Verlobter, der Ihnen so treu ergeben ist!«

»Was geht er mich noch an? Uebrigens ist er jetzt tot.«

»Ja, von den Geiern aufgefressen! Sie scheinen fast ebensowenig Gewissen zu haben wie Melton, und fast hätte ich Lust, Sie wieder einzusperren und Ihrem Schicksale zu überlassen.«

Ich hatte ihre Arme längst losgelassen, sodaß sie sich frei bewegen konnte. Sie stand noch zwischen mir und der Thür, drängte sich jetzt aber rasch an mir vorüber und rief aus:

»Das werden Sie nicht thun! Kein Mensch bringt mich wieder in dieses Loch!«

»Nun, es fällt mir auch nicht ein, meine Worte wahr zu machen. Sie werden frei sein.«

»Das würde ich auch, wenn Sie mich wieder einsperrten,

denn der Häuptling käme ganz gewiß, um mich wieder herauszulassen.«

»Wenn er kann!«

»Meinen Sie, daß er verhindert werden könnte?«

»Ja, von Melton.«

»Der kann ihm nichts thun; er hat ihn in der Hand.«

»Das hat der Häuptling Ihnen gestern allerdings gesagt, aber es ist sehr möglich, daß Melton ihn viel eher in seine Hände nimmt. Und wenn dies geschieht, so tragen Sie die Schuld.«

»Wieso?«

»Das kann ich erst dann sagen, wenn ich weiß, was Sie mit Melton gesprochen haben. Die listige Schlange riet Ihnen, ihn auf die Probe zu stellen. Wie haben Sie das angefangen?«

»Sagen Sie mir erst, woher Sie alles so genau wissen! Sie behaupten, nicht mit dem Häuptling gesprochen zu haben, und können das, was Sie wissen, doch nur von ihm erfahren haben.«

»Ich lag hinter dem Steine, auf dem Sie mit ihm saßen, und belauschte Sie.«

»Das haben Sie gewagt, das? Wenn der Häuptling Sie bemerkt hätte, wären Sie von ihm erschossen oder erstochen worden.«

»Das geschieht nicht so schnell und leicht, wie Sie anzunehmen scheinen. Hätte er mich bemerkt, so wäre dies jedenfalls für ihn gefährlicher gewesen, als für mich. Nun sagen Sie mir, wie Sie es angefangen haben, Meltons Ehrlichkeit auf die Probe zu stellen.«

»So, wie der Häuptling mir geraten hat. Da Sie uns belauscht haben, müssen Sie es doch wissen.»

»Sie haben also Ihren Vater zu sehen verlangt?«

»Ja. Er antwortete, daß ich noch warten solle, weil mein Vater notwendig hier unten gebraucht werde; ich ließ mich aber nicht damit von ihm abspeisen, sondern bestand auf meinem Verlangen und drohte schließlich, daß ich ihn verlassen würde.«

»Was antwortete er?«

»Er lachte und sagte, daß ich ohne den Vater doch gar nicht fortkäme. Dann drohte ich ihm mit dem Häuptlinge.«

»Ah, habe es mir doch gedacht! Damit haben Sie doch verraten, daß Sie mit dem Indianer im Einvernehmen stehen.«

»Was schadet das? Er mußte wissen, daß ich auch ohne den Vater nicht so sehr, wie er dachte, ohne allen Schutz und alle Hilfe dastehe.«

»Sie werden aber doch gleich einsehen, daß Sie damit keineswegs sehr pfiffig gehandelt haben. Ich vermute, daß Sie nicht nur den Namen des Roten als denjenigen Ihres Beschützers genannt, sondern noch mehr ausgeplaudert haben.«

»Warum sollte ich nicht antworten, wenn er mich danach fragte!«

»Aus Klugheit. Haben Sie ihm etwa gesagt, daß die rote Schlange Ihnen einen Antrag gemacht und Ihnen ganz dasselbe Glück und Wohlleben versprochen hatte, wie vorher Melton?«

»Ja.«

»Und daß er Melton packen will, falls dieser Ihnen irgend eine Gewalt anthun würde?«

»Gerade das mußte ich besonders erwähnen.«

»Dann danken Sie Gott, daß ich gekommen bin! Denn die listige Schlange hätte Sie nicht aus diesem Schacht geholt.«

»O, er wäre ganz gewiß gekommen.«

»Er kann es nicht. Nachdem Sie so unvorsichtig gewesen sind, Melton alles mitzuteilen, weiß dieser, woran er mit dem Roten ist. Er kennt in demselben nun nicht nur einen Nebenbuhler, sondern weiß auch, daß er ihm mißtraut und jede an Ihnen etwa begangene Strenge rächen will.«

»Das schadet nichts, denn ich weiß, daß er sich in der Gewalt der Yumas befindet und sich vor Ihrem Häuptlinge fürchten muß.«

»Und ich weiß, daß es ihm ganz im Gegenteile gar nicht einfällt, sich zu fürchten. Sie selbst sind der Beweis dafür. Er hat Sie trotz allem, was Sie gesagt und womit Sie gedroht haben, eingesperrt. Das beweist doch, daß er sich vor dem Indianer nicht fürchtet.«

»Er wird sehr bald einsehen, daß er sich irrt, denn ich habe ihm gesagt, daß die listige Schlange mich heute erwartet und nach mir forschen wird, wenn ich nicht komme.«

»Ah, das meinen Sie, klug angefangen zu haben und doch ist's das Thörichtste, was Sie thun konnten, denn Melton ist nun vorbereitet und wird sich auf den Empfang Ihres roten Beschützers eingerichtet haben. Es steht zu erwarten, daß dieser nun selbst des Schutzes wenigstens ebenso bedarf wie Sie.«

»Denken Sie etwa, daß er sich an ihm vergriffen hat? Das brächte ihm doch den ganzen Stamm der Yumas auf den Hals, die sich an ihm rächen würden!«

»Glauben Sie doch das nicht! Melton, den Sie selbst einen Teufel in Menschengestalt nennen, ist nicht so dumm, das, was er thut und vielleicht schon gethan hat, sie wissen zu lassen. Er kann den Häuptling unschädlich machen und beiseite schaffen, ohne daß sie es jemals erfahren. Sie haben, davon können Sie überzeugt sein, Ihren roten Anbeter durch Ihre Schwatzhaftigkeit in die größte Gefahr gebracht.«

»Wenn das wirklich der Fall sein sollte, so hoffe ich, daß Sie ihn aus derselben erretten werden! Unter den obwaltenden Umständen steht sehr zu erwarten, daß Melton gleich zu dem schlimmsten Mittel greift.«

»Wissen Sie übrigens, wo sich Ihre Landsleute befinden? Sie müssen doch mit Melton darüber gesprochen haben.«

»Wir haben oft von ihnen geredet, aber nicht so ausführlich.«

»Die Leute müssen doch essen und trinken. Wer versorgt sie mit Speise und Trank?«

»Melton sagte, daß Wasser unten sei; gefüttert werden sie einstweilen von zwei Indianern.«

»Was bekommen sie zu essen?«

»Nichts als Maiskuchen, die ich mit den Indianerinnen gebacken habe.«

»Da die Arbeiter nicht freiwillig hier sind, muß man sie gefangen halten und die notwendigen Maßregeln getroffen haben, daß sie nicht entfliehen und sich an denen, die sie zu versorgen haben, vergreifen können. Was für Vorkehrungen hat man da getroffen?«

»Sie haben Hand- und Fußschellen.«

»Wie hat Melton hier in dieser Wildnis zu solchen Marterwerkzeugen kommen können?«

»Er hat sie mitgebracht. Die Indianer, welche uns transportierten, hatten alle notwendigen Gegenstände auf ihre Packpferde geladen.«

»Können die Bedauernswerten denn in ihren Fesseln arbeiten?«

»Wahrscheinlich; aber jetzt arbeiten sie noch nicht. Die Arbeit wird erst beginnen, wenn noch einige Weiße angekommen sind, auf welche Melton wartet. Diese sind teils Aufseher und teils Sachverständige.«

»Hat man sie einzeln eingesteckt, oder befinden sie sich beisammen?«

»Soviel ich weiß, stecken sie beisammen.«

»Sie werden jetzt von zwei Indianern versorgt. Diesen können sie doch trotz der Hand- und Fußschellen gefährlich werden!«

»Nein, denn es ist stets eine starke Thür dazwischen. Hoffentlich werden Sie dieselbe öffnen können?«

»Auf alle Fälle.«

»Dann lassen Sie die Gefangenen heraus?«

»Natürlich.«

»Und was geschieht mit Melton? Wollen Sie den vielleicht laufen lassen?«

»Den lasse ich nicht laufen, sondern hängen!«

»Ich will Ihnen sagen, wie Sie das anzufangen haben. Draußen im Freien dürfen Sie ihn nicht angreifen, denn er würde Sie niederschießen.«

»Das befürchte ich nicht.«

»O doch, denn er ist stets mit zwei Revolvern bewaffnet. Die legt er aber ab, sobald er sich daheim befindet. Sie müssen ihn also in seiner Wohnung aufsuchen.«

»Das beabsichtige ich allerdings, obgleich ich mich vor seinen Revolvern nicht fürchte.«

»Kennen Sie denn seine Wohnung?«

»Nein. Ich weiß nur, daß man in den Schacht steigen muß, um zu ihr zu gelangen; ich denke aber, daß Sie mir eine Beschreibung von ihr geben werden.«

»Das kann ich, denn ich kenne sie genau. Sie ist von einem gewissen Eusebio Lopez gebaut worden.«

»Eusebio Lopez? Ich habe vorhin die beiden Buchstaben E. L. gesehen; das werden die Anfangsbuchstaben dieses Namens sein. Die Wohnung ist zugleich ein Versteck, kann also wohl nicht sehr geräumig sein.«

»O, sie ist groß genug. Es hat oben auf dem Felsen eine Rinne gegeben, welche Lopez einfach zugemacht hat; dadurch ist ein verdeckter Gang entstanden, welcher im Schacht beginnt und nach der Wohnung führt. Die Rinne ist an ihrem Ende, an der Felsenwand, sehr breit gewesen, und Lopez hat sie durch Mauern abgeteilt, wodurch mehrere Stuben entstanden sind, die wir bewohnen. Die äußere Wand sieht gerade wie der Felsen aus, weshalb man von unten nicht bemerken kann, daß da oben eine Wohnung ist. Die Fenster sind Mauerlöcher, die in der Entfernung gar nicht auffallen können.«

»Wie tief steigt man in den Schacht, um in den Gang zu kommen?«

»Vielleicht zwanzig Stufen eine Leiter hinab.«

»Ich sehe aber hier einen Förderkasten, welcher an einer Kette hängt; da ist doch anzunehmen, daß es oben eine Welle, einen Göpel giebt, durch welchen man den Kasten in die Höhe zieht?«

»Ein solcher Göpel ist allerdings da.«

»So ist die Leiter eigentlich überflüssig.«

»Sie führt auch nicht bis ganz herab, sondern nur bis in den Gang. Wer von da aus herunter will, muß in den Kasten steigen.«

»Gut. Und nun die Wohnung!«

»Die besteht aus vier Stuben. Zwei liegen am Ende des Ganges und zwei an den Seiten desselben.«

»In welcher ist Melton zu finden?«

»Wenn Sie dem Gange folgen, so liegt rechts der Raum, in welchem die alten Indianerinnen wohnen; links wohnte ich. Dann haben Sie zwei Thüren vor sich, die hart nebeneinander liegen. Rechts wohnen die Weller, und links befindet sich Melton.«

»Was für Schlösser haben die Thüren?«

»Sie können keine haben, denn sie sind nicht von Holz, sondern bestehen aus Matten, welche von oben herabhängen.«

»Wie ist das Lager Meltons beschaffen?«

»Er schläft auf Decken in der ersten Ecke links.«

»Wer bewegt den Göpel, wenn der Förderkasten auf- und niedersteigen soll?«

»Die Indianer, welche im Förderhause wachen. Das sind – – horch!«

Sie wendete sich, indem sie sich unterbrach, in die Richtung des Schachtes. Dort klirrte die Kette, an welcher der Kasten hing; er bewegte sich; wir sahen, daß er aufgezogen wurde.

»Man ist oben noch wach,« sagte ich. »Warum will man den Kasten oben haben? Ob jemand herunter will?«

»Jedenfalls,« antwortete sie. »Sie werden jetzt erfahren, daß Sie vorhin unrecht hatten, denn der Häuptling wird jetzt kommen.«

»Das glauben Sie ja nicht! Wenn jemand kommt, so wird es entweder Melton oder der alte Weller sein.«

»Weller ist heute gar nicht da.«

»Wo befindet er sich?«

»Er ist mit mehreren Indianern fort, um Sie zu beobachten und es Melton zu sagen, wenn Sie kommen. Er scheint Sie nicht gesehen zu haben, sonst wäre er wieder zurück.«

»So ist er es also nicht, den wir jetzt hier unten zu erwarten haben. Melton wird es sein.«

»So haben Sie die beste Gelegenheit, ihn zu ergreifen!«

»Ob ich das thue, kommt auf die Umstände an. Man muß vorsichtig sein. Weller kann auch zurückgekehrt sein und mitkommen. Wir werden also abzuwarten haben, was geschieht. Darum muß ich Sie bitten, sich einstweilen wieder einriegeln zu lassen.«

»Einriegeln?« fragte sie erschrocken. »Das werde ich nicht. Ich bin tausendfroh, daß ich heraus bin.«

»Ich gebe Ihnen mein Wort, daß ich Sie sicher wieder herauslasse. Ich will wissen, wer da kommt und warum er kommt; er muß darum hier alles in Ordnung finden und darf nicht vermuten, daß jemand bei Ihnen gewesen ist.«

Sie wollte nicht, fügte sich aber endlich doch, wenn auch mit großem Widerstreben. Ich verriegelte hinter ihr die Thür, und dann kroch ich mit dem Mimbrenjo hinter einen Haufen von Hölzern, welche dort, wo der alte, verlassene Gang begann, aufgeschichtet waren. Natürlich hatten wir unser Licht ausgelöscht.

Ich hätte keine Minute länger mit der sich weigernden Jüdin verhandeln dürfen, denn wir hatten uns kaum versteckt, so kam von oben ein Geräusch, aus welchem wir entnahmen, daß der Kasten wieder nach unten unterwegs sei. Das Geräusch näherte sich; ein Lichtschein fiel von oben; der Kasten wurde sichtbar und erreichte den Boden. Melton stand darin; er hatte eine Laterne im Gürtel hängen. Er stieg aus, bückte sich in den Kasten zurück und zog aus demselben einen Gegenstand, in welchem ich, obgleich wir ziemlich entfernt steckten, einen gefesselten Menschen erkannte. Hier unten verstärkte sich der Schall an den engen Mauern; darum hörte ich ganz deutlich jedes Wort, als Melton zu dem Gefesselten in höhnischem Tone sagte:

»Du hattest solche Sehnsucht nach deiner weißen Blume. Darum habe ich dich hierher gebracht, um sie dir zu zeigen. Paß auf!«

Er trat zu der Thür, hinter welcher die Jüdin steckte, öffnete dieselbe und rief hinein:

»Kommen Sie heraus, Fräulein; haben Sie die Güte! Es steht Ihnen eine freudige Ueberraschung bevor.«

Sie kam heraus. Er führte sie zu dem auf dem Boden liegenden Indianer und fragte:

»Kennen Sie diesen? Hoffentlich erinnern Sie sich noch, wer er ist!«

»Die ›listige Schlange‹!« rief sie betroffen aus. »Sie haben ihn überwältigt!«

»Ja, das habe ich! Sie sehen da, was für ein Held Ihr neuester Liebhaber ist. Er kam, um mich zur Rechenschaft zu ziehen und Sie zu befreien, und befindet sich nun selbst hierunten. Er wird die Sonne niemals zu sehen bekommen. Sie haben mir zu viel von ihm erzählt, als daß ich ihm das Leben schenken könnte.«

»Sie wollen ihn ermorden?« fragte sie schaudernd.

»Ermorden! Welch ein Ausdruck! Muß man es denn geradezu einen Mord nennen, wenn ich ihn ein wenig unter die Erde grabe und ihm eine so hübsche Decke gebe, daß er rasch einschläft? Wenn er dann nicht wieder aufwacht, so ist das seine Sache.«

»Also lebendig begraben!«

»Ja, wenn es Ihnen Vergnügen macht, es so und nicht anders zu nennen.«

»Unmensch, der Sie sind!«

»Ereifern Sie sich nicht! Ich werde Ihnen gleich beweisen, daß ich kein Unmensch, sondern ein Mensch, und zwar ein sehr gutherziger, bin. Sie lieben den roten Gentleman, und er ist Ihnen zugethan. Sie sollen, ehe er stirbt, zwei oder drei Stunden beisammen sein. Geben Sie Ihre Hände her, damit ich sie Ihnen auf den Rücken binde, sonst könnten Sie meine Güte mißbrauchen und Ihren Anbeter losbinden.«

Sie zögerte und sagte:

»Denken Sie ja nicht, daß Sie straflos thun können, was Sie wollen! Die Yumas werden ihren Häuptling rächen.«

»Fällt ihnen nicht ein. Sie wissen nicht, daß ich es bin, der ihn verschwinden läßt.«

»Sie wissen aber doch, daß er jetzt bei Ihnen ist. Die Wächter haben ihn zu Ihnen gehen sehen.«

»Sie werden ihn aber wieder fortgehen sehen. Es ist finster droben, sodaß ich es leicht bewerkstelligen kann, daß sie mich für ihn halten; aber das ist gar nicht notwendig. Ich habe die Wächter, um jetzt herabgelassen zu werden, wecken müssen. Sie werden nachher weiter schlafen und müssen es glauben, wenn ich behaupte, daß der Häuptling inzwischen fortgegangen ist. Also her mit den Händen! Ich sage das zum letztenmal!«

Er hatte einen Riemen in der Hand. Ich war wirklich neugierig darauf, was sie thun würde. Sie wußte, daß ich hier war und ihr helfen würde. Ebenso wußte sie aber auch, daß ich sie, wenn sie sich binden ließ, dann befreien würde. Mochte sie ihm gehorchen oder mich rufen, mir war es gleich. Sie reichte ihm die beiden Hände hin und sagte:

»Da, binden Sie mich! Ich will nicht mit Ihnen ringen, da es mir graut, Sie zu berühren. Aber der Strafe werden Sie nicht entgehen!«

»Wollen Sie Prophetin sein, Judith? Das ist ein schlechtes Geschäft, denn die jetzige Menschheit besitzt keinen Glauben.«

Er band ihr die Hände auf den Rücken und schob sie in den dunkeln Raum, in welchem sie gesteckt hatte. Sie ließ es ruhig geschehen. Sodann schleifte er den Indianer auch hinein, machte die Thür zu und schob den Riegel vor. Nun blieb er eine Zeitlang stehen und hielt das Ohr an die Thür, um zu lauschen. Der Schein seiner Laterne fiel auch auf sein Gesicht. Der Ausdruck desselben war ein teuflischer. Dann stieg er in den Kasten und gab mit einer herabhängenden Schnur ein Zeichen nach oben, auf welches man den Förderkasten aufwärts zu winden begann. Das Licht verschwand und mit demselben auch das Geräusch, welches der Kasten verursachte, indem er an die Wände des Schachtes stieß.

Ich hatte den Menschen für vorsichtiger und klüger gehalten, als er sich jetzt zeigte. Mir an seiner Stelle wäre Judiths gegenwärtiges Verhalten aufgefallen; es hätte mich mißtrauisch gemacht; ich hätte mir sogleich gesagt, daß irgend ein Grund für sie vorhanden sei, seinen jetzigen Besuch in solcher Ruhe hinzunehmen, und ich wäre bemüht gewesen, den Grund kennen zu lernen. Daß dies bei ihm nicht stattfand, ließ seinen Scharfsinn in keinem rühmlichen Lichte erscheinen.

Mein Mimbrenjo hatte, seit wir durch die Mauer gekrochen waren, kein Wort gesagt; jetzt aber wunderte er sich über mein Verhalten so sehr, daß er nicht zu schweigen vermochte, sondern, als wir uns hinter den Hölzern erhoben, zu mir sagte:

»Der Weiße, den wir haben wollen, war da. Wir konnten ihn ergreifen. Warum hat Old Shatterhand ihn fortgelassen?«

»Weil er mir sicher genug ist. Später wird sein Schreck ein doppelter sein.«

Ich steckte das Licht wieder an und ging wieder zu der Thür, um sie zu öffnen. Die Jüdin hatte dicht hinter derselben gestanden, um zu horchen. Sie trat rasch heraus, holte tief Atem und sagte:

»Gott sei Dank! Es war mir wirklich angst, ob Sie kommen würden!«

»Was ich verspreche, halte ich. Haben Sie mit dem Häuptling gesprochen?«

»Noch kein Wort. Ich konnte vor Sorge nicht reden. Sie haben gehört, was Melton sagte?«

»Alles.«

»Wie leicht konnte er Sie entdecken! Dann befand ich mich wieder in seiner Gewalt!«

»Nein, sondern er hätte sich in der meinigen befunden. Wenn Sie noch nicht mit der ›listigen Schlange‹ gesprochen haben, so werde ich ihn aufklären. Wie gut, daß er von Melton überwältigt worden ist! Der Bösewicht hat mir dadurch einen Trumpf in die Hand gespielt, an dem seine Karte verloren gehen wird.«

Ich trat zu dem Indianer und durchschnitt seine Fesseln. Er richtete sich schnell auf und fragte die Jüdin:

»Wer ist das Bleichgesicht, welches sich in unserm Schachte befindet und doch nicht zu uns gehört?«

»Mein roter Bruder wird sogleich erfahren, wer ich bin,« antwortete ich an des Mädchens Stelle. »Er hat nicht verstehen können, was Melton zu der weißen Tochter sagte, denn es wurde in einer ihm fremden Sprache gesprochen. Darum frage ich ihn, ob er weiß, was Melton mit ihm vornehmen will?«

»Ich weiß es. Ich sollte sterben; er wollte mich hierunten in die Erde graben.«

»Glaubt mein roter Bruder, daß er dies wirklich gethan hätte?«

»Er hätte es gethan, denn nur mein Tod hätte ihm Sicherheit gegeben.«

»Was wäre aus dem weißen Mädchen geworden, welches die ›listige Schlange‹ zur Squaw begehrt?«

»Sie hätte hierunten sterben und verderben müssen, wie die andern Bleichgesichter, von denen keins wieder das Licht des Tages erblicken wird.«

»Darin irrt mein roter Bruder, denn sie alle werden das Licht schon des nächsten Morgens sehen. Ich werde sie aus dem Schachte führen.«

»Das wird Melton nicht zugeben!«

»Er wird es nicht zugeben können, weil ich ihn nicht um seine Erlaubnis frage. Ich bin gekommen, alle Gefangenen zu befreien, wie ich dich auch befreie.«

»Noch bin ich nicht frei, denn wie komm ich aus dem Schachte?«

»Das fragst du? Du brauchtest ja nur zu warten, bis Melton wieder herabkommt; es würde, da er nicht darauf vorbereitet ist, sehr leicht für dich sein, ihn zu überraschen und zu überwältigen. Aber das ist nicht nötig. Ich werde die ›listige Schlange‹ und die weiße Tochter auf einem ihnen unbekannten Wege aus dem Schachte führen; dann kann mein Bruder sie zu seiner Squaw machen und ihr einen Palast und ein Schloß bauen.«

Meine Person, meine Anwesenheit und jedes meiner Worte war für ihn ein Rätsel; es machte mir Spaß, den Ausdruck zu sehen, mit welchem sein Blick unverwandt auf mich gerichtet war.

»Mein weißer Bruder kennt einen mir unbekannten Weg aus dem Schachte?« fragte er. »Er weiß auch, daß ich die weiße Blume liebe, und was ich ihr versprochen habe? Wird er mir wohl sagen, wer er ist?«

»Mein Name heißt in der Sprache der Yuma Tave-schala.«

»Tave-schala, Old Shatterhand!« fuhr er auf, indem er zwei Schritte zurückwich und mich wie ein Gespenst anstarrte. »Old Shatterhand hier, mitten unter uns, in unserm Schachte!«

Er traute seinen Ohren nicht.

»Wenn du es nicht glaubst, so frage die weiße Tochter. Ich habe sie und ihre Leute vom großen Wasser aus bis in die Berge begleitet, um zu erfahren, was Melton mit ihnen beabsichtigte, und sie aus seinen Händen zu befreien.«

»Old – – Shatter – – hand, der Feind unsers Stammes! Mitten in unserm Lager, mitten in Almaden!«

»Du irrst; ich bin nicht der Feind eures Stammes; ich bin stets ein Freund aller roten Stämme gewesen.«

»Aber du hast den ›kleinen Mund‹, den Sohn unsers vornehmsten Häuptlings, getötet!«

»Er zwang mich dazu, weil er den jungen Mimbrenjokrieger, der vor dir steht, seinen Bruder und seine Schwester töten wollte.«

»Der ›große Mund‹ hat dir den Tod geschworen!«

»Das weiß ich; aber ist das ein Grund für dich, auch mein Todfeind zu sein?«

»Ich muß dem ›großen Mund‹ gehorchen!«

»Kein roter Krieger muß, und ein Häuptling, wie du bist, braucht erst recht nicht zu müssen. Der ›große Mund‹ mag die Sache, welche er gegen mich hat, selbst mit mir ausfechten; er braucht keine Helfer dazu. Ich habe dich befreit und dadurch bewiesen, daß ich nicht ein Feind der Yumas bin. Wäre ich das, so hätte ich alle eure Krieger getötet, die ich von der Hazienda del Arroyo bis hierher getroffen habe. Es sind vierzig Mann, die ich alle gefangen genommen habe.«

»Alle – gefangen – genommen!« wiederholte er erstaunt. »Wo befinden sie sich?«

»Bei unserer Mimbrenjoschar, mit welcher ich gekommen bin.«

»Hast du die Mimbrenjos hier bei dir?«

»Nein. Sie warten unter dem Befehle Winnetous, des großen Apatschen, auf meine Rückkehr. Sie stehen an einem

Orte, wo ihr sie nicht finden könnt. Ich bin mit dem jungen Krieger ganz allein ausgeritten, um Almaden zu erkundschaften, und werde alle Bleichgesichter, welche sich hierunten befinden, befreien, ohne daß ich dazu der Hilfe noch eines andern Menschen bedarf.«

Der Ausdruck eines unbeschreiblichen Erstaunens war noch immer nicht aus seinem Gesichte gewichen. Er fand keine Worte zu dem, was ich sagte; ich fuhr fort:

»Es würde uns nicht schwer werden, die Yumas, welche Almaden bewachen, zu besiegen; aber ich wünsche nicht, ihr Blut zu vergießen. Die ›listige Schlange‹ mag mir sagen, ob sie mein Feind bleiben oder mein Freund werden will!«

Der Indianer war mir schon gestern, als ich ihn mit der Jüdin reden hörte, als ein ehrlicher Mann erschienen, darum verhielt ich mich heut gegen ihn ganz anders, als ich mich sonst verhalten hätte, und auch sein jetziges Benehmen machte einen guten Eindruck auf mich. Er hatte ein ungemein treues und redliches Auge. Indem er den Blick fast unausgesetzt auf mich gerichtet hielt, überlegte er wohl einige Minuten lang; dann antwortete er:

»Es ist mir befohlen worden, Old Shatterhands Feind zu sein, und diesem Befehle muß ich gehorchen; aber er hat mich und die weiße Blume vom Tode errettet; darum drängt es mich, ihm meine Freundschaft zu schenken. Ich kann nicht thun, wornach mein Herz begehrt, und doch auch das nicht, was mir befohlen ist; ich bin nicht Old Shatterhands Freund und auch nicht sein Feind. Er mag mit mir thun, was ihm beliebt.«

»Gut! Mein Bruder hat da sehr verständig gesprochen. Wird er sich aber auch in das fügen, was ich über ihn bestimme?«

»Ja. Der Tod war mir hier gewiß; nimm mir das Leben, und ich werde mich nicht wehren!«

»Dein Leben begehre ich nicht, wohl aber deine Freiheit, wenigstens für einige Zeit. Willst du dich als meinen Gefangenen betrachten?«

»Ja.«

»Muß ich dich da wieder fesseln, um deiner sicher zu sein?«

»Du magst mich binden oder nicht, ich bleibe bei dir, bis du mir sagst, daß ich wieder frei bin. Weiter aber darfst du nichts von mir verlangen. Ich kann dir nicht behilflich sein und werde dir keine Auskunft erteilen.«

»Gut, so sind wir einig. Du bist mein Gefangener und gehorchst allen meinen Anweisungen. Zu dem, was ich vorhabe, bedarf ich deiner Hilfe nicht.«

Ich band nun auch der Jüdin die Hände vom Rücken los und ging an die Aufsuchung der andern Eingesperrten. Der Raum, in welchem Judith gesteckt hatte, war klein. Man hatte da einen Gang begonnen, ihn aber wieder verlassen, da man nach dieser Richtung nichts gefunden hatte. Die andern Gefangenen waren nur hinter der zweiten Thür zu suchen. Als ich dieselbe geöffnet hatte, befanden wir uns in einer Art ausgehauener Kammer, aus welcher drei Gänge nach drei verschiedenen Richtungen führten. Hier herrschte eine schlimme Luft. Es roch nach Schwefel; man atmete schwer. Zwei von den Gängen waren unverschlossen. Vor dem dritten befand sich eine Thür mit zwei Riegeln. In derselben war eine Klappe angebracht, wie man sie an Gefängnisthüren findet. Ich öffnete sie, um hindurchzublicken, zog aber die Nase sehr schnell zurück, denn es drang mir ein Dunst entgegen, der kaum auszuhalten war. Als ich das Licht an die Oeffnung hielt, schien es verlöschen zu wollen.

Noch fast schlimmer wurde es, als ich die beiden Riegel entfernte und dann die ganze Thür öffnete. Eine dicke Luft drang heraus und das, was man roch, war geradezu unbeschreiblich. Die Luft, welche früher im Zwischendecke berüchtigter Auswandererschiffe zu herrschen pflegte, war das reine Ozon und Parfüm dagegen. Die Thür war, dem Gange angemessen, den sie verschlossen hatte, viel niedriger als die andere. Um sich in demselben zu bewegen, mußte man sich bücken, wie ich sah, und doch beherbergte er so viele Menschen! Sie lagen gleich vorn, hinter der Thür, Männer, Frauen und Kinder, alle bunt durcheinander. Als der Schein unsers Lichtes auf sie fiel, erhoben sie sich, und es ertönte Kettengerassel, da die Hand- und Fußschellen durch Ketten verbunden waren. Die Kinder begannen vor Furcht zu weinen; die Frauen riefen nach Brot; die Männer fluchten und schrieen mich zornig an und drängten sich herbei, um mich zurückzuschieben und aus ihrem engen Gewahrsam zu entkommen. Ich wurde gepackt; man erhob die Fäuste mit den Schellen und Ketten gegen mich; es war ein Augenblick der größten Aufregung. Aber es bedurfte nur einiger laut gerufener Worte von mir, so verwandelte sich der mir Gefahr drohende Grimm in das Gegenteil. Man jubelte; ich wurde trotz der Ketten umarmt. Jeder wollte mir die Hand drücken; einige küßten mich sogar, und viele weinten vor Freude. Es dauerte lange, ehe sie sich soweit beruhigt hatten, daß ich auf meine Erkundigungen Antworten bekam.

Der Häuptling hatte von fern zugeschaut. Als ich nicht mehr so eng umdrängt wurde, benützte er dies, um zu mir zu treten und mir zu sagen:

»Ich habe gesagt, daß Old Shatterhand keine Hilfe von mir zu erwarten habe; eins aber will ich ihm doch sagen: Dort in der Ritze der Mauer steckt der Schlüssel, mit welchem die Ketten geöffnet werden können.«

Obwohl ein halbwilder Mensch, konnte er dem Anblicke der Elenden nicht widerstehen; sein gutes Herz trieb ihn, mir die Mitteilung zu machen. Ich hätte den Schlüssel wohl auch ohnedies gefunden, da ich mir sagen konnte, daß man ihn in der Nähe des Ortes, wo die Leute eingesperrt waren, zu suchen habe. Einer half dem andern; in Zeit von noch nicht fünf Minuten waren die Ketten abgenommen und auf einen Haufen geworfen. Nun wollten die Befreiten sofort hinaus, hinauf ins Freie. Ich hatte Mühe, sie zu bewegen, ruhig zu sein. Der Lärm konnte leicht hinauf zu Melton dringen und ihn auf das, was unten geschah, aufmerksam machen. Da wir nicht wissen konnten, ob wir uns nicht vielleicht gegen einen Angriff zu verteidigen haben würden, ordnete ich an, daß die vorgefundenen Werkzeuge, Hämmer und Hauen, als Waffen mitgenommen werden sollten.

Hatten die Leute in den ersten Augenblicken der Freude über ihre Befreiung nicht auf den Häuptling geachtet, so schenkten sie ihm nun ihre Aufmerksamkeit. Sie kannten ihn; sie wußten, daß er der Anführer der Yumas war und welchen Anteil er an dem an ihnen verübten Verbrechen hatte. Sie wollten sich augenblicklich an ihm rächen, und ich hatte Mühe, sie abzuhalten, ihn auf der Stelle zu lynchen. Ich beruhigte sie aber, indem ich ihnen erklärte, daß er mir als Geisel diene und als solcher ihnen von großem Nutzen sein werde.

Wir traten den Weg nach unserer Höhle an. Da wir einzeln hintereinander gehen mußten, war der Zug, den wir bildeten, ziemlich lang; darum wurden alle Lichter angesteckt, welche wir übrig hatten, und dazu einige Schachtlaternen, welche an der Mauer hingen. Natürlich konnten wir des Abgrundes wegen nicht direkt nach der Höhle; wir mußten durch das schon beschriebene Loch erst ins Freie. Als ich als letzter aus demselben gestiegen war, wurde es zugeworfen; dann stiegen wir die Windungen hinab und jenseits des Felsblockes in die Höhle hinauf. Sie war geräumig genug, uns alle zu fassen.

Es war drei oder vier Uhr geworden, also höchste Zeit, uns Meltons zu versichern. Wir hätten uns gegenseitig viel zu sagen und zu fragen gehabt; das mußte aber aufgeschoben werden, denn ehe es hell wurde, mußten wir Almaden verlassen haben. Ich suchte zehn der kräftigsten Männer aus, welche mich und den Mimbrenjo begleiten sollten; den Zurückbleibenden schärfte ich ein, die Höhle ja nicht etwa zu verlassen, da dies zu unserer Entdeckung führen könne. Sie gaben mir ihr Wort, die Warnung zu befolgen. In Beziehung auf den Häuptling hatte ich keine Sorge; ich war überzeugt, daß er Wort halten werde. Und selbst für den Fall, daß ihm ein Fluchtversuch in den Sinn kommen sollte, konnte ich sicher sein, daß diejenigen, welche ihn in der Höhle in ihrer Mitte hatten, ihn lieber ermorden als entkommen lassen würden.

Den Aufstieg nach dem Plateau brauchte ich nicht zu suchen; jeder der zehn Männer, welche mich begleiteten, kannte ihn, da sie auf demselben hinaufgeschafft worden waren. Wir gelangten ganz gut hinauf. In Beziehung auf die oben befindlichen Wächter waren wir zu keiner besondern Vorsicht angehalten; sie konnten uns immerhin kommen hören, da mit Sicherheit anzunehmen war, daß sie uns gewiß für Freunde halten würden.

Das Schachthaus hatte neben der Thür- noch einige Fensteröffnungen. Durch dieselben drang uns ein Lichtschein entgegen; das war mir lieb, da wir da sehen konnten, wohin wir zu greifen hatten. Wir gingen gerade und mit lauten Schritten auf das Haus zu und drangen so schnell wie möglich alle in dasselbe ein. Die drei Indianer, welche da faul auf der Erde gelegen hatten, sprangen auf, wurden aber, ehe sie zur Gegenwehr schreiten konnten, wieder niedergerissen und mit ihren eigenen Gürteln gebunden. Jeder bekam einen Knebel in den Mund, damit sie nicht laut werden konnten. Sie wurden hinausgeschafft und so entfernt vor dem Hause niedergelegt, daß man sie von demselben aus nicht sehen konnte. Die zehn mußten sich bei ihnen niedersetzen. Diese Veranstaltung traf ich mit Rücksicht auf Melton, welcher nicht sofort sehen sollte, wie die Angelegenheit stand.

Um ihn festzunehmen, glaubte ich, keiner Hilfe zu bedürfen, doch nahm ich für alle Fälle den kleinen Mimbrenjo mit, auf den ich mich in solcher Lage mehr verlassen konnte, als auf die zehn weißen Begleiter alle miteinander, da diese in den Vorkommnissen des wilden Lebens unerfahren waren.

In dem Schachthause gab es auch einige kleine Laternen. Ich zündete eine davon an und befestigte sie am Knopfloche der Weste. So konnte ich sie mit der Jacke nach Belieben verdecken. Ich hatte erwartet, hier oben im Hause das Göpelwerk zu sehen; das war aber nicht der Fall; es mußte sich also unten befinden, weshalb, darüber brauchte ich mir den Kopf nicht zu zerbrechen. Die Leiter ragte mit einigen Sprossen aus dem Mundloche hervor. Ich stieg hinein, und der Mimbrenjo folgte mir.

Das Loch war viel weiter als unten in der Tiefe. Es konnten hier auch größere Gegenstände heruntergeschafft werden. Als die Leiter zu Ende ging, befanden wir uns in einer viereckigen Erweiterung des Schachtes. Hier stand der Göpel über dem weiter abwärts führenden Loche. Er war durch ein Schwungrad in Bewegung zu setzen, und eine Welle von riesigem Durchmesser nahm die Kette auf. Der Förderkasten hing noch oben. Drei Wände des Raumes waren mit allerlei hier brauchbaren Gegenständen behangen; in der vierten befand sich eine breite Oeffnung; das war die Mündung des Ganges, den wir suchten. Wir horchten hinein; es war alles still in demselben; also stiegen wir ein und gingen mit leisen Schritten vorwärts.

Ich deckte die Laterne zu und ließ nur von Zeit zu Zeit einen Lichtstrahl auf die Strecke vor uns fallen. Der Gang war lang; er schien kein Ende nehmen zu wollen. Endlich sahen wir rechts eine Thür und links eine zweite; beide waren mit Matten verhangen. Man schien zu schlafen; aber darin hatte ich mich geirrt, denn als wir einige Schritte weitergegangen waren, hörte ich sprechen. Vor uns befanden sich zwei nahe aneinander liegende Thüren; die Stimmen ertönten hinter der zur linken Hand, also aus Meltons Wohnung. Wir traten unhörbar heran, und ich zog die Decke, welche da hing, ein klein wenig zurück. Drin brannte eine Kerze, welche mir erlaubte, den ganzen Raum zu überblicken. Er war ziemlich groß. Ein aus Decken bestehendes Lager befand sich links in der Ecke. In der Mitte stand ein roh gearbeiteter Tisch, auf welchem zwei Revolver und ein Messer lagen; außerdem befanden sich da einige aus Aststücken zusammengenagelte Stühle oder vielmehr Schemel. An der Wand rechts hingen zwei Gewehre, daneben eine ziemlich große Ledertasche, welche sehr wahrscheinlich Patronen enthielt. Melton saß hinter dem Tische auf einem Schemel und sprach mit einer Indianerin, welche das Urbild menschlicher Häßlichkeit war; sie stand zwischen der Thür und dem Tische. Eben als mein erster Blick in die Stube fiel, sagte er, indem er sich des schon oft erwähnten Sprachgemisches bediente:

»Sie thut euch beiden wohl leid, da du dich so sehr darnach erkundigst, was ich mit ihr machen werde?«

»Leid thun?« antwortete sie mit schnarrender Stimme. »Wir freuen uns! Sie konnte uns nicht leiden und wir sie auch nicht.«

Jedenfalls war von Judith die Rede.

»So wird es euch noch mehr freuen, wenn ich dir sage, daß sie nie wieder heraufkommen wird. Ihr seid also wieder allein und Herrinnen über euch. Dient ihr mir treu, so werde ich euch gut belohnen.«

»Wir sind treu, Sennor, denn Sie haben uns soviel Schönes versprochen und werden Wort halten. Wenn Sie sich nur der Feinde, welche Sie erwarten, erwehren können!«

»O, vor denen ist mir gar nicht bange; sie sind rein toll, daß sie sich nach Almaden wagen. Sie werden es übrigens gar nicht erreichen, denn wir gehen ihnen, sobald wir durch die Kundschafter benachrichtigt worden sind, entgegen und schlagen sie bis auf den letzten Mann nieder.«

»Aber wir haben gehört, daß sich der große Winnetou und ein sehr verwegener weißer Krieger bei ihnen befinden. Diesen Krieger kenne ich nicht; aber Winnetou läßt sich nicht so leicht besiegen. Seine List geht über alles. Wenn er unsere Leute nun fortlockt und unterdessen nach Almaden kommt, welches dann unbeschützt liegt?«

»Das gelingt ihm nicht. Und sollte das Unmögliche zur Möglichkeit werden, so wißt ihr, was ihr zu thun habt. In den Schacht darf kein Fremder kommen; niemand darf die Gefangenen sehen; das Messer liegt für solche Fälle am Göpel ja stets bereit. Dazu wird es aber niemals kommen, denn selbst wenn wir vor Almaden besiegt würden, bildet unser Felsen eine Festung, welche niemand ohne unsern Willen besteigen kann. Und ganz besonders ist dafür gesorgt, daß weder Winnetou noch der Weiße, von dem du redest, einen Fuß heraufsetzt.«

Ich wollte nicht länger zuhören, weil uns die Zeit so kurz zugemessen war; darum schob ich den Vorhang jetzt beiseite, trat ein und sagte:

»Da irrt Ihr Euch sehr, Master Melton, denn wie Ihr seht, sind wir schon hier!«

Zu gleicher Zeit bemächtigte ich mich der Revolver und des Messers und stellte mich so, daß er an mir vorüber mußte, wenn er zu den Gewehren wollte. Er fuhr wie vor einem Gespenst zurück.

»Old Shatterhand! Tausend Teufel!« rief er aus. »Da ist auch Winnetou da. Hinaus, hinaus, und thu deine Pflicht, denn das ist der Weiße, den du meinst!«

Dieser Zuruf war an die Indianerin gerichtet. Sie wollte schnell fort, aber ich faßte sie und schleuderte sie zurück, so daß sie auf ihr Lager fiel. Zugleich kam der Mimbrenjo herein, um sie festzuhalten; sie versuchte, sich ihm zu entringen, und als ihr das nicht gelang, schrie sie nach der Thür hin wiederholt einige indianische Worte, von denen ich nur zwei verstand, nämlich Ala und Akva; das erstere war wohl ein weiblicher Name, und das letztere bedeutet Messer. Der Ruf galt wahrscheinlich der zweiten alten Indianerin, welche sich mit hier oben befand; dieselbe sollte das ausführen, woran wir die erste hier hinderten; ich konnte aber jetzt nicht auf sie und ihren Zuruf achten, weil ich meine ganze Aufmerksamkeit auf Melton zu richten hatte, der als einzige Waffe, die ihm zu Gebote stand, seinen Schemel ergriffen hatte und, ihn gegen mich schwingend, auf mich eindrang. Einen nicht wiederzugebenden Fluch ausstoßend, wollte er ihn mir auf den Kopf schlagen; ich unterlief ihn aber, hob ihn empor und warf ihn an die Mauer, daß er wie gebrochen zu Boden stauchte. Da antwortete draußen auf dem Gange eine zweite weibliche Stimme. Melton wollte sich aufraffen; ich hatte ihn aber fest beim Halse; er versuchte, mich mit den Knieen von sich zu stoßen, was ihm aber nicht gelang. Ich brauchte gegen ihn keine Hilfe, doch kam der Mimbrenjo herbei; er hatte die Alte mit einem tüchtigen Hiebe betäubt und wollte mir beistehen. Im Winkel lagen einige Lassos; mit einem derselben band er Melton, während ich diesen festhielt, erst die Beine zusammen und dann auch die Arme um den Leib. Als wir den Kerl nun fest hatten, gebot ich meinem Begleiter:

»Bleib hier! Ich muß hinaus, denn da draußen scheint etwas zu geschehen.«

Eben als ich die Stube verließ, hörte ich vorn beim Göpel die Kette klirren. Meine Laterne erlaubte mir, rasch zu laufen; ich rannte vor. Als ich ankam, stand das zweite alte Weib beim Göpel, von dem die Kette in diesem Augenblick abgelaufen war. Ich sah mit einem schnellen Blicke, daß sie nicht direkt, sondern mittels eines starken, zusammengeflochtenen Riemens an die Welle befestigt war. Ehe ich es verhindern konnte, hatte die Alte den Riemen zerschnitten, und die Kette fiel mit schwerem Klirren in den Schacht hinab – niemand war im stande, sie wieder heraufzuholen.

Ich begriff nun die Bedeutung der Worte, welche Melton vorhin gesagt hatte: »Ihr wißt ja, was ihr zu thun habt.« Die Weiber waren für den Fall, daß die Gefahr der Entdeckung groß erschien und niemand sonst es besorgen konnte, angewiesen, den Göpel schnell ablaufen zu lassen und dann den Riemen zu zerschneiden. Die Leiter führte nur bis zum Göpel; weiter hinab konnte man nur mit dem Förderkasten kommen; lag dieser mitsamt der Kette unten, so war es, wenigstens für lange Zeit, unmöglich, in die Tiefe zu gelangen; die Gefangenen mußten dort verschmachten und konnten später nicht erzählen, wer sie hinuntergebracht hatte. Solch eine teuflische Bosheit hatte ich Melton trotz all seiner Schlechtigkeit doch nicht zugetraut.

Ich schauderte. Wie gut, daß ich den Stollen gefunden hatte! Bei dem Gedanken, daß ohne diesen Ausweg sich die armen Teufel jetzt hilflos da unten befinden würden, überlief es mich kalt. Da sah ich, daß das Weib zur Leiter hinauf wollte; ich riß sie zurück, nahm sie beim Arme und zog die nur wenig Widerstrebende in den Gang hinein und nach der Stube, in welcher Melton lag. Als dieser uns kommen sah, warf er der Alten einen Blick gespannter Besorgnis entgegen und fragte:

»Ist die Kette unten?«

»Ja,« nickte sie grinsend.

Da ließ er ein heiseres Lachen hören und wendete sich in höhnischem Tone gegen mich:

»Der Teufel weiß, wie Ihr hier heraufgekommen seid, Master. Ihr habt mich glücklich überrumpelt; aber Euer Zweck ist doch verfehlt.«

»Welcher Zweck?« fragte ich, auf seine Absicht, mich zu ärgern, eingehend.

»Ihr kennt ihn noch besser als ich; ich werde mich natürlich hüten, Euch Worte zu sagen, welche später als Beweis gegen mich dienen können.«

»Ich suche die Arbeiter der Hazienda del Arroyo. Wo sind sie?«

»Ich weiß nichts von ihnen. Sucht sie doch nur! Sie sind nach Almaden unterwegs, aber noch nicht angekommen; ich bin ihnen vorausgereist.«

»Warum habt Ihr die Kette in den Schacht fallen lassen?«

»Ich? Ihr habt doch soeben gehört, daß die Frau es gethan hat!«

»Weil Ihr es ihr befohlen habt.«

»Das wißt Ihr so genau? Fragt sie doch darnach! Sie wird Euch ganz gern alles sagen, was Ihr wissen wollt. Ich aber muß Euch strengstens ersuchen, mich freizulassen! Almaden gehört mir; ich bin hier der Herr; ich habe zu befehlen, und wenn Ihr mich nicht augenblicklich freigebt, habt Ihr die Folgen zu tragen!«

»Vor den Folgen fürchte ich mich nicht. Was mit Euch geschehen soll und ob Ihr jemals wieder freikommen werdet, das wird das Gericht entscheiden.«

»Das Gericht? Ihr seid toll! Wo giebt es hier ein Gericht?«

»Es ist schon unterwegs. Man wird einmal untersuchen, wer die Yumas gedungen hat, die Hazienda del Arroyo zu überfallen und einzuäschern. Man wird auch nach den Arbeitern forschen. Ich denke, daß sie, wenn wir sie finden, sehr viel Lobenswertes über Euch zu berichten haben werden.«

»Dann wünsche ich nur, daß Ihr sie findet,« lachte er, »und daß Ihr darin glücklicher seid als ich, denn ich habe sie nicht wiedergesehen, seit ich mich auf der Hazienda von ihnen verabschiedet habe.«

»So sind sie also noch unterwegs, und da ich meinen Zweck hier erreicht habe und also nach der Hazienda zurückkehren kann, werde ich ihnen wohl begegnen. Da Ihr mich, wie sich ganz von selbst versteht, begleitet, so werdet Ihr das Vergnügen haben, sie auch begrüßen und Euch von ihrem Wohlergehen überzeugen zu können.«

Sein Gesicht zeigte den schon mehrfach beobachteten teuflisch höhnischen Ausdruck. Er war überzeugt, daß wir die Arbeiter unterwegs nicht sehen würden, da er sie tief unten im Schachte glaubte. Dort waren sie dem gewissen Tode überliefert und konnten nicht gegen ihn zeugen. Freilich war das »Geschäft«, welches er mit ihrer Arbeitskraft hatte machen wollen, nun zur Unmöglichkeit geworden, konnte aber, wenn er nur der Bestrafung entging, in anderer Weise und auf anderem Wege wieder aufgenommen werden. Dieser Gedankengang gab ihm die Antwort in den Mund:

»Soll mich freuen, Sir, denn mit Hilfe ihrer Aussagen werde ich dann den Beweis liefern, daß Ihr ganz ohne Grund und Recht hier eingedrungen seid und mich vergewaltigt habt. Die Folgen könnt Ihr Euch wohl denken!«

»Es kann nur eine einzige Folge geben, und die wird in einem Stricke um Euren Hals bestehen. Beweise gegen Euch stehen mir genug zur Verfügung; ich denke sogar, daß es mir gelingen wird, die Yumas zum Zeugnisse zu bewegen.«

»Versucht es doch!« lachte er.

»Allerdings werde ich das versuchen. Ich meine, daß sich auch noch anderes finden wird. Da Ihr der Nachfolger des Haziendero seid, so hat er Euch jedenfalls die von meinen Landsleuten unterschriebenen Kontrakte ausgeliefert. Auch den mit Don Timoteo abgeschlossenen und in Ures unterzeichneten Kaufvertrag werdet Ihr hier bei Euch haben. Und hoffentlich giebt es noch andere Schriftstücke, Briefe und dergleichen, welche Euch unangenehm werden müssen, falls sie in meine Hände geraten. Ich darf Euch also wohl nicht auffordern, mir zu sagen, wo die Sachen sich befinden?«

»Fragt darnach, soviel Ihr wollt; ich habe nichts dagegen!«

»Ja, aber antworten werdet Ihr mir nicht; wir wollen also alles unnütze Reden darüber unterlassen und lieber gleich darnach suchen.«

»Sucht immerhin! Ich bin neugierig, wohin Ihr Euer naseweises Riechorgan stecken werdet, um es ohne Erfolg zurückzuziehen.«

Ich untersuchte zunächst die Kleidungsstücke, welche er trug, doch vergeblich, dann die Taschen der andern Sachen, welche er in der Nähe seines Lagers hängen hatte, ebenso ohne Erfolg. Die Hauptsache hob ich mir mit Absicht bis zuletzt auf und begab mich zunächst in die andern Räume. Da, wo die Wellers sich aufgehalten hatten, war ebensowenig etwas zu finden. In der Stube Judiths und in derjenigen der beiden Indianerinnen gab es Speisevorräte, welche uns zu statten kamen. Als ich unverrichteter Sache zu Melton zurückkehrte, fragte er spottend:

»Jetzt bringt Ihr wohl Euern Fund, Master? Es unterliegt gar keinem Zweifel, daß der berühmte Old Shatterhand stets auf das, was er sucht, sofort mit der Nase fällt!«

»Das ist so richtig, Sir, daß ich mir gar keine Mühe gebe, weiter nachzuforschen. Mein junger Begleiter mag das an meiner Stelle thun und ein wenig an die Wände klopfen. Vielleicht finden wir eine hohlklingende Stelle. Leute Eures Schlages pflegen dergleichen Verstecke zu haben.«

»Laßt ihn solange klopfen, wie Euch beliebt; mir wird es nur Spaß machen.«

Ich war überzeugt, daß er die erwähnten Schriftstücke und auch noch andere ihn gravierende Dinge mitgebracht hatte; es galt nur, sie zu finden. Das Suchen überließ ich jetzt dem Mimbrenjo, um Melton scharf beobachten zu können. Jeder Kriminalbeamte weiß, daß bei einer Haussuchung der Gesichtsausdruck und die Augen des Betreffenden als beinahe sichere Wegweiser dienen. Mit einigen leisen Worten instruierte ich den Indianerknaben, nach hohlen Stellen der Wände und des Fußbodens zu suchen und dabei, falls ich mich räuspern sollte, sogleich von dem betreffenden Punkte abzulassen, um aber bald wieder zu demselben zurückzukehren. Er folgte der Anweisung. Ich that so, als ob ich meine ganze Aufmerksamkeit ausschließlich auf seine Bewegungen richtete, behielt aber Melton fest im Auge. Damit er dies nicht bemerken solle, stellte ich mich so, daß mein Gesicht im Schatten lag.

Er beobachtete den Mimbrenjo mit sehr zuversichtlichen Blicken; aber diese Zuversicht schien desto geringer zu werden, je näher der Rote dem Lager kam. Als er dasselbe erreicht hatte, hustete ich leise. Er wendete sich ab, und sogleich nahmen die Züge Meltons den Ausdruck der Befriedigung an. Da dies sich einigemale wiederholte, war ich überzeugt, daß das Versteck in dem Lager oder in der Nähe desselben zu suchen sei. Darum räusperte ich mich nun nicht, als der Rote wieder zu demselben kam. Er nahm es auseinander und untersuchte die Decken. Ich sah, daß Melton besorgt geworden war und sich dann freute, als der Knabe nichts fand und also weiter ging.

Ich nahm mit Sicherheit an, daß ich nur im Boden unter dem Lager zu suchen brauchte, um das Gewünschte zu finden, und ließ nun nicht weiterforschen, denn ich hatte Gründe, zu wünschen, daß er das glückliche Resultat unserer Nachforschung nicht erfahren möge. Als er sah, daß der Mimbrenjo seine Bemühungen aufgab, begann er von neuem, uns zu verhöhnen; ich nahm mir aber nicht die Mühe, ihm Antwort zu geben, ließ ihn und seine beiden Alten unter der Bewachung des Knaben zurück und stieg hinauf ins Freie zu den zehn Männern, welche dort auf uns warteten. Einer von ihnen genügte, auf die roten Wächter aufzupassen; die andern mußten mir nach unten folgen, um Lebensmittel heraufzubringen. Wir brauchten dieselben unterwegs, da ich nur soviel mitgenommen hatte, wie für mich und den Mimbrenjo nötig war. Dann schafften wir die Wächter einen nach dem andern hinunter in die Stube der beiden Indianerinnen, worauf die zehn die Weisung erhielten, mit dem Proviante zur Höhle zurückzukehren, aber mit solcher Vorsicht, daß sie dieselbe unbemerkt erreichen würden. Ich schickte sie fort, weil Melton sie jetzt noch nicht sehen sollte.

Als dies geschehen war, trug ich die zwei alten Weiber zu den Wächtern und Melton in die Stube Judiths. Er mußte aus seinem Zimmer fort, um nicht zu sehen, daß wir in demselben weiter suchten, und allein that ich ihn, daß er von den Wächtern nicht erfahren solle, daß ich Weiße bei mir gehabt hatte, von denen sie überrumpelt worden waren.

Nun ging es an die Untersuchung des unter dem Lager befindlichen Fußbodens. Er bestand aus festgetretener oder gestampfter Erde. Ich klopfte und hörte bald einen hohlen Ton. Als ich die Erde an dieser Stelle mit dem Messer entfernte, stieß ich bald auf einen platten Stein, den ich aufhob. Er war nicht groß und bedeckte ein Loch, in welchem ich fand, was ich suchte, nämlich eine lederne Brieftasche, welche zum Schutze gegen die Feuchtigkeit wieder in ein Stück Leder eingeschlagen war. Ich öffnete sie, um einen flüchtigen Blick hineinzuwerfen, da ich zur eingehenden Betrachtung mir nicht die Zeit nehmen wollte. Sie enthielt neben mehreren Briefen eine bedeutende Anzahl zusammengefalteter Papiere, die Kontrakte meiner Landsleute und den Kaufvertrag über die Hazienda. In einem besondern Fache steckte ein Paket Legal-Tendernoten, deren Betrag ein sehr ansehnlicher zu sein schien. Ich schob das Portefeuille in meine Tasche, machte das Loch wieder so zu, wie es vorher gewesen war, und breitete das Lager darüber. Hierauf trugen wir die Waffen Meltons ins Freie und gingen dann daran, ihn selbst auch hinaufzuschaffen. Er erhielt, um nicht laut werden zu können, einen tüchtigen Knebel in den Mund. Als er sich dem Transporte trotz seiner Fesseln widersetzte, banden wir ihn an einen Lasso, an welchem er hinaufgezogen wurde. Wir zogen auch die Leiter hinauf und machten sie mit Hilfe unserer Messer unbrauchbar. Dies geschah, um Zeit zu gewinnen. Wenn die Yumas mit Tagesanbruch das Fehlen der Wächter bemerkten, konnten sie nun nicht in den Schacht. Zwar konnten sie sich mit Lassos hinablassen, freilich nur bis zum Göpel; aber um ihnen das zu erschweren, ließen wir die

Trümmer der Leiter so in das Mundloch fallen, daß sie sich in demselben einklemmten und die Passage hinderten. Die Leiterstücke mußten mühsam herausgeschafft werden, wodurch wir genug Zeit gewannen, uns soweit von Almaden zu entfernen, daß eine Verfolgung resultatlos sein mußte.

Nachdem wir Meltons Waffen zu uns genommen hatten, wollten wir mit ihm den Berg hinab und gaben ihm deshalb die Füße frei. Er weigerte sich, von denselben Gebrauch zu machen, doch brachten ihn einige tüchtige Kolbenstöße zu besserer Einsicht, und er ging mit uns bis hinab zur Felsenecke, an welcher ich die »listige Schlange« mit Judith belauscht hatte. Hier fesselten wir ihn wieder und banden ihn an einen Stein so fest, daß er sich nicht rühren konnte. Ich wollte ihn nämlich hier liegen lassen, da er die geretteten Arbeiter und auch den von ihm betrogenen Häuptling noch nicht sehen sollte.

In der Höhle brannten die Lichter; ich fand die Landsleute beim Essen. Sie hatten Hunger gelitten und sich nach der Rückkehr der zehn sofort über die von diesen mitgebrachten Vorräte hergemacht. Ich sagte ihnen, daß es hohe Zeit sei, Almaden zu verlassen, da wir, wenn es Tag würde, schon weit entfernt sein müßten, und sie freuten sich darüber.

Zunächst wurden die Pferde herausgeschafft; sie waren bestimmt, abwechselnd einstweilen die schwächsten Leute zu tragen. Der Mimbrenjo sollte als Führer vorangehen, und ich wollte in einiger Entfernung mit Melton folgen. Der »listigen Schlange« wurden die Arme auf den Rücken gebunden. Zwar schenkte ich dem Roten genug Vertrauen, um überzeugt zu sein, daß er keinen Fluchtversuch machen werde, doch war es auf alle Fälle besser, vorsichtig zu sein. Er wurde von den Deutschen in die Mitte genommen.

Natürlich schütteten wir, ehe wir aufbrachen, den Eingang zur Höhle zu. Als der Zug sich entfernt hatte, ging ich zu Melton, um auch ihn zu holen. Ich band ihn los, gab ihm die Füße frei, und da er die Kolbenstöße noch nicht vergessen hatte, so ging er ohne Widerstreben mit. Der

Dunkelheit wegen schlang ich noch einen Extrariemen um seinen Arm, den ich mit dem andern Ende an den meinigen befestigte.

Ich hielt genau denselben Weg ein, den wir gekommen waren, ging also zunächst südwärts. Ich wußte, daß der Mimbrenjo sich ebenso sicher wie ich auf demselben halten und sich nicht verirren werde.

Während wir langsam dahinschritten, verging die Nacht, und der Tag begann zu grauen. Als es so hell geworden war, daß wir weit genug blicken konnten, war der Fels von Almaden längst nicht mehr zu sehen. Auch meine Kameraden vor uns sahen wir nicht. Ich war absichtlich so langsam gegangen, damit sie einen genügenden Vorsprung gewinnen sollten, denn Melton sollte durch ihren Anblick möglichst stark überrascht werden. Als wir noch über eine halbe Stunde bis zu dem Punkte zu gehen hatten, an welchem unser Weg sich westlich wendete, schlug ich diese Richtung schon jetzt ein und trieb den Gefangenen zu schnellerem Gehen an, weil ich den Gefährten vorauskommen wollte, damit er sie nicht vor sich sehen könne. Dies gelang mir ganz gut, weil die in dem Schachte an ihren Kräften heruntergekommenen Arbeiter nur langsam gehen konnten. Als wir die Ecke abgeschnitten hatten und unsere Route wieder erreichten, sah ich hinter uns eine lange, dunkle Linie mit zwei mehr hervortretenden Punkten. Diese Linie waren die Fußgänger, die beiden Punkte die Pferde mit ihren Reitern. Melton hielt die Augen vorwärts gerichtet und hatte sie also nicht bemerkt. Er war mir bis jetzt gefolgt, ohne ein Wort zu sagen; nun aber schien ihn das rasche Gehen anzustrengen, und er sagte:

»Wohin wollt Ihr mich denn eigentlich mit solcher Geschwindigkeit schleppen, Sir? Ich vermute, nach der Hazienda del Arroyo?«

»Allerdings, wertester Master,« antwortete ich.

»Zu Fuße! Wann denkt Ihr wohl, daß wir da ankommen werden, zumal Ihr einen ganz falschen Weg einschlagt?«

»Es ist genau derselbe Weg, auf dem ich gekommen bin, und ich meine, daß es der richtige ist.«

»Nein, es ist ein Umweg. Wenn wir auf den geraden und richtigen kommen wollen, müssen wir uns viel weiter nördlich halten. So ein erfahrener Prairieläufer, wie Ihr seid, sollte das wissen!«

»Der gerade Weg würde für mich der falsche sein; das wißt Ihr ganz genau, und darum wollt Ihr mich verleiten, ihn einzuschlagen. Da oben im Norden halten Eure Yumas; dort geht ihre Postenlinie nach der Hazienda, und dort würden wir auch auf Weller treffen, welcher, und zwar jedenfalls nicht allein, sondern mit Indianerbegleitung, ausgeritten ist, um auszukundschaften, wo ich mich mit Winnetou befinde. Ihr seht, daß der Vogel nicht so dumm ist, auf Euern Leim zu gehen.«

Er sah sich durchschaut, ärgerte sich darüber und machte diesem Aerger durch den höhnischen Ausruf Luft:

»Also fürchtet sich Old Shatterhand, der sich sonst doch für einen so großen Helden ausgiebt!«

»Vorsicht ist noch lange nicht Furchtsamkeit, Master, und für einen Helden habe ich mich noch nie gehalten und auch noch nie ausgegeben. Ich gestehe Euch aufrichtig und unumwunden, daß ich zum Beispiel bei meinem gegenwärtigen Unternehmen ein Glück gehabt habe wie noch nie in meinem ganzen Leben. Ihr kennt den Umfang desselben noch gar nicht.«

»Ah,« lachte er grimmig auf, »ich kenne ihn doch! Zwei Menschen dringen trotz der Bewachung von soviel Indianern in Almaden ein und holen mich heraus! Das ist allerdings ein ganz unbeschreibliches Glück. Ihr habt aber dabei doch auch Unglück gehabt, denn die Deutschen habt Ihr nicht gefunden und auch nicht das, was Ihr da oben in meiner Stube suchtet. Und noch viel weniger Glück werdet Ihr von jetzt an haben. Weller wird nicht eher ruhen, als bis er seinen Sohn befreit hat, und dann mit den Yumas über Euch herfallen. Ich rate Euch also an, es nicht mit mir zu verderben, denn Ihr geratet ganz gewiß in unsere Hände, und dann werde ich Euch genau mit demselben Maße messen, mit welchem Ihr mich jetzt behandelt.«

»Das mag Euch unbenommen bleiben, Sir. Ich gestehe Euch aber, daß Ihr mich mit Weller nicht ängstlich machen könnt. Seinen Sohn kann er nicht befreien, denn dieser ist von dem Herkules erwürgt worden, und wenn wir den Alten ergreifen, was ich mit Sicherheit erwarte, so werden wir wegen Mordversuches sehr kurzen Prozeß mit ihm machen. Hat er Euch erzählt, daß sein Sohn in unsere Hände geraten ist, so wird er Euch wohl auch gesagt haben, daß er mit ihm den Herkules ermorden wollte. Da dieser aber einen äußerst harten Schädel besitzt, ist ihm der Kolbenhieb ganz gut bekommen und er wartet mit Schmerzen darauf, mit dem Alten ebenso abrechnen zu können, wie er mit dem Jungen abgerechnet hat.«

Melton sah mich eine ganze Weile betroffen an und rief dann aus:

»Der kleine Weller tot! Ihr wollt mir damit doch wohl nur einen krassen Bären aufbinden?«

»Ganz und gar nicht. Ich versichere Euch mit meinem heiligen Worte, daß er zwischen den gewaltigen Fäusten des Athleten entschlafen ist, und der Alte wird demselben Schicksale wohl schwerlich entgehen. Wenigstens befürchte ich nicht, daß er mit den Yumas über uns herfallen wird. Diese vortrefflichen Menschen werden wohl, wenn es nicht bereits geschehen ist, sehr bald zu der Einsicht gelangen, daß Eure Freundschaft eine verräterische und sehr gefährliche ist.«

»Möchte den Grund wissen!« spottete er.

»Dieser Grund heißt ›listige Schlange‹.«

»Inwiefern? Er ist mein treuester Verbündeter und wird Weller alle seine Krieger gegen Euch zur Verfügung stellen.«

»Ihr meint, daß Weller dies von ihm verlangen wird?«

»Ja, sobald er mein Verschwinden erfährt.«

»So, so! Ich denke, daß im Indianerlager nicht nur von Eurem Verschwinden, sondern auch von demjenigen der ›listigen Schlange‹ die Rede sein wird. Oder solltet Ihr noch nicht wissen, daß der Häuptling ganz plötzlich verschwunden ist?«

»Ich weiß kein Wort. Verschwunden? Wohin denn?«

»Hinunter in den Schacht!«

Er wendete mir bei diesen Worten sein Gesicht mit einem so scharfen Rucke zu, als ob er einen Schlag an den Kopf erhalten habe, sah mich mit großen, starren Augen und weit offenem Munde an und rief dann aus:

»In den Schacht? Wie meint Ihr das?«

»O, gar nicht anders, als wie es in Wirklichkeit geschehen ist. Er ist im Schachte unten eingesperrt und zwar von derselben Person, welche auch die schöne Judith unten eingeriegelt hat.«

»Judith?« fragte er wie abwesend.

»Freilich, Judith. Sie verzichtete auf das Gold, die edlen Steine, den Palast und das Schloß, auch auf die schönen Kleider, welche ihr versprochen worden waren, weil ihr in Beziehung auf ihren Vater nicht Wort gehalten wurde und weil der Häuptling ihr das alles auch geben wollte. Da wurde sie in den Schacht gelockt und dort eingesperrt von einem gewissen Melton.«

»Mensch, seid Ihr bei Sinnen?!«

»Sogar sehr! Sie wurde eingesperrt, obgleich sie gedroht hatte, daß der Häuptling nach ihr suchen und sie von Euch fordern würde. Sie hatte sich nämlich am Abende vorher mit dem Häuptlinge verlobt und diesen auf Eure Absichten aufmerksam gemacht. Als die Jüdin verschwunden war, kam der Häuptling, um sich bei Euch nach ihr zu erkundigen. Er wurde überwältigt und auch in den Schacht geschafft.«

»Mann, Ihr redet da einen Roman, der geradezu unmöglich ist!«

»Es klingt allerdings wie ein Roman, wie eine phantastische Erfindung, wenn ich sage, daß er in dasselbe Loch gesperrt wurde, in welchem Judith steckte.«

»Ihr thut ja, als ob Ihr allwissend wäret!«

»Der Mensch braucht nicht allwissend zu sein, um von dem, was er gesehen und gehört hat, reden zu können.«

»Wie? Was?« fragte er, indem seine Stimme einen angstvollen Ausdruck annahm und seine Augen aus ihren Höhlen treten wollten. »Ihr wollt das gesehen und gehört haben?«

»Ich will nicht nur, ich behaupte es nicht bloß, sondern es ist in Wirklichkeit so.«

»Dann müßtet Ihr doch unten im Schachte gewesen sein!«

»Das ist allerdings der Fall.«

Er blieb stehen, starrte mich abermals wie im Traume an und fragte:

»Wie wollt Ihr denn wieder heraufgekommen sein?«

Da es nicht meine Absicht war, ihm die Wahrheit zu sagen, antwortete ich:

»Kann ich nicht an der Kette des Förderkastens heraufgeturnt sein?«

»Nein, denn ich habe dann den Kasten ganz aufgewunden.«

»Ah, jetzt kommt's! Ihr sagt, daß Ihr den Kasten dann aufgewunden habt. Mit diesen Worten habt Ihr Euch soeben vergessen, ein Geständnis abzulegen!«

»Nun zum Henker, ja! Mag es meinetwegen ein Geständnis sein! Ich habe es nur zu Euch gesagt, werde es zu keinem andern wiederholen, und was Ihr behauptet, wird man nicht glauben. Uebrigens werdet Ihr gar nicht zu einer solchen Behauptung kommen, denn Weller wird bald dafür sorgen, daß Euch die Lunge den giftigen Atem versagt. Ihr scheint mit dem Satan im Bunde zu stehen, denn nur dieser kann es sein, der Euch hinunter in den Schacht geführt hat. Aber verlaßt Euch nicht zu sehr auf ihn! Der Teufel ist ein schlechter Freund und läßt einen gerade dann im Stiche, wenn man seine Hilfe am nötigsten hat!«

»Ja, das habt Ihr wohl genugsam an Euch selbst erfahren, und gerade jetzt fühlt Ihr Euch ganz und gar von ihm verlassen,« antwortete ich, indem ich mich von ihm abwendete, denn ich möchte behaupten, daß der Anblick seines Gesichtes mir geradezu körperliche Schmerzen verursachte. Die Regelmäßigkeit und männliche Schönheit seiner Züge war mit einem Male verschwunden; er sah häßlich, diabolisch häßlich aus.

»Ich mich verlassen fühlen!« fuhr der Widerwärtige fort. »Da irrt Ihr Euch gewaltig! Ich bin Euch nicht so widerstandslos preisgegeben, wie Ihr denkt. Was wollt Ihr thun, wenn ich mich hier niedersetze und nicht von der Stelle zu bringen bin?«

Er warf sich bei diesen Worten auf die Erde nieder.

»Ihr habt den Kolben schon einmal gefühlt,« antwortete ich. »Er wird Euch auch diesesmal zum Gehorsam bewegen.«

»Versucht es doch! Stoßt mich, schlagt mich! Ich bleibe hier und laß mich lieber zu schanden schlagen, als daß ich weiter gehe. Wir sind noch nicht zu weit von Almaden und von meinen Yumas. Sie werden nach mir suchen; sie werden unsere Fährte finden und uns folgen; dann werden sie Euch erwischen und mich befreien.«

»Denkt Euch das letztere nicht gar so leicht! Daß dies so ist, werde ich Euch beweisen, indem ich Euch nicht zum Weitergehen zwinge. Wir werden also hier bleiben und die Ankunft Eurer Yumas erwarten. Es wird sich dann zeigen, ob sie sich um Euertwillen an mich wagen. Ich werde sogar darauf verzichten, Euch die Füße wieder zusammenzubinden, damit Ihr, wenn sie kommen, versuchen könnt, ihnen entgegenzulaufen.«

Ich setzte mich neben ihm nieder; er legte sich ganz hin, spuckte vor mir aus und wendete sich dann um, damit er mich nicht anzusehen brauche. Das war mir lieb, denn in dieser Stellung sah er die Nahenden nicht, welche, wie ich jetzt bemerkte, nun in der Ferne erschienen. Bald waren sie uns so nahe, daß ich ihre Gesichter erkennen konnte. Der Mimbrenjo schritt voran. Er hatte uns gesehen, ging aber ruhig weiter, ohne Vorsichtsmaßregeln zu treffen, denn sein scharfes Auge hatte mich erkannt. Melton hatte ihn bei mir gesehen, und so wunderte ich mich darüber, daß es ihm nicht eingefallen war, nach ihm zu fragen. Daß der Indianer sich nicht bei mir befand, hätte doch seine Aufmerksamkeit erregen müssen, da die Abwesenheit desselben einen Grund haben mußte.

Nun waren sie uns so nahe, daß wir ihre Schritte hörten.

Melton horchte auf, richtete sich dann rasch empor, so daß er zu sitzen kam, und drehte sich um. Im nächsten Augenblicke sprang er ganz auf, starrte die Nahenden an, als ob sie Gespenster seien, und rief aus:

»Alle Wetter, was sehe ich; wer kommt da!«

»Eure Yumas, die Euch befreien werden,« antwortete ich. »Hoffentlich freut Ihr Euch, daß Eure Erwartung sich so schön und so bald erfüllt.«

»Verwünschter Kerl! Du stehst wirklich mit dem Teufel im Bunde!«

Indem er mir diese Worte entgegenzischte, versetzte er mir einen Fußtritt und rannte so schnell davon, wie es ihm mit gebundenen Händen möglich war. Der Fluchtversuch war lächerlich; ich stand ruhig auf und that keinen Schritt, ihn zu verfolgen. Selbst wenn ich ihm hätte nachlaufen wollen, wäre dies gar nicht nötig gewesen, denn als die Befreiten, welche sich uns bis auf vierzig oder fünfzig Schritte genähert hatten, ihn erkannten und davonlaufen sahen, erhoben sie ein lautes Geschrei und rannten hinter ihm her, Männer, Frauen und Kinder; nur der Mimbrenjo blieb stehen und rief mir lachend zu:

»Der Vogel wird nicht weit kommen, denn die Flügel sind ihm gebunden.«

Den Verfolgern voran waren Judith und die ›listige Schlange‹. Die erstere war nicht eingekerkert gewesen, hatte keine Not gelitten und besaß also mehr Kräfte wie die andern. Ganz dasselbe war mit dem Häuptlinge der Fall. Zwar waren auch ihm die Hände gebunden, doch half der Grimm, welcher sich seiner beim Anblicke Meltons bemächtigte, ihm diesen Umstand überwinden. Er flog ihm förmlich nach und kam ihm näher und näher, bis er ihn erreicht hatte; dann eilte er absichtlich einige Schritte über ihn hinaus, machte eine Wendung und rannte dann mit solcher Kraft gegen ihn, daß Melton zu Boden stürzte und sich zweimal überschlug. Er kam gar nicht zu dem Versuche, sich aufzurichten, denn der Häuptling lag schon auf ihm und hielt ihn trotz seiner gefesselten Hände bei der

Kehle. Sie rangen miteinander und wälzten sich dabei einigemal um und um, bis Judith kam und dem Roten half. Die Jüdin befand sich in einer Aufregung, welche allerdings nicht weiblich war. Sie schrie in einem fort und schlug dabei mit geballten Händen auf Melton ein, bis die andern kamen, denen sie Platz machen mußte. Nun gab es einen Knäuel von schreienden Menschen, welche Melton in der Mitte hatten. Ich fürchtete für sein Leben und eilte darum hin, um den Mißhandlungen Einhalt zu thun. Als ich mir durch die Leute Bahn gebrochen hatte, sah ich Melton an der Erde liegen; mehrere hielten ihn fest, und Judith bearbeitete mit Fäusten und Nägeln sein Gesicht in einer Weise, daß ich sie, empört über dieses mehr als häßliche Verhalten, wegriß und ihr zornig zurief:

»Was fällt Ihnen ein! Ueberlassen Sie den Menschen uns Männern! Sie sind ja gerade zur Furie geworden.«

»Der Halunke hat es verdient, daß ich ihm die Augen auskratze!« keuchte sie atemlos. »Er hat mich betrogen, mich eingesperrt. Ich sollte da unten im Schachte verderben und sterben!«

Sie wollte wieder zu ihm hin; ich schleuderte sie aber fort und sagte, mich zu den andern wendend:

»Daß keiner von euch sich weiter an ihm vergreift! Er gehört jetzt mir und wird seiner Bestrafung nicht entgehen. Wer nicht gehorcht, bekommt es mit mir zu thun!«

Sie wichen zurück, und ich richtete Melton vom Boden auf. Von seinem äußeren Aussehen nicht zu sprechen, befand er sich in einem Seelenzustande, der ihn fast nicht mehr als Mensch erscheinen ließ. Er schrie wie ein Tier; seine Augen waren mit Blut unterlaufen, und seine geifernden Lippen brachten die Flüche und Verwünschungen, welche er mir entgegenwarf, nur undeutlich hervor. Es war das Lallen der größten Wut, des Grimmes in seinem höchsten Grade. Ich machte diesem Wüten dadurch ein Ende, daß ich ihm einen Knebel in den Mund stecken ließ. Er drohte zwar, zu ersticken, doch brachte die Angst, die ihm dies verursachte, ihn bald zur Ruhe.

Die »listige Schlange« hatte Melton niedergeworfen und festgehalten, bis die andern hinzugekommen waren; dann hatte er von ihm gelassen. Sein Stolz ließ ihm nicht zu, sich an den Mißhandlungen zu beteiligen; aber in seinen dunkeln Augen glühte das Feuer der Rache und des unversöhnlichen Hasses. Er wendete sich, da rundum Ruhe eingetreten war, mit der Frage an mich:

»Was gedenkt Old Shatterhand mit diesem verräterischen und gefährlichen Bleichgesicht zu thun?«

»Das kann ich jetzt noch nicht sagen, denn ich muß es mit Winnetou beraten.«

»Das ist nicht nötig, denn der Häuptling der Apatschen wird alles gutheißen, was Old Shatterhand bestimmt. Beide sind wie einer, und was der eine will, das will stets auch der andere.«

»Zu welchem Zwecke spricht die ›listige Schlange‹ diese Worte?«

»Eines Vorschlages wegen, den ich meinem weißen Bruder machen möchte. Old Shatterhand mag mit auf die Seite kommen, da ich mit ihm allein sprechen will.«

Ich that ihm den Willen und entfernte mich mit ihm so weit, daß Melton uns nicht hören konnte, auf welchen es abgesehen war, da die Deutschen den Indianer doch nicht verstehen konnten. Dieser begann seinen Vorschlag mit der Frage:

»Wird Old Shatterhand mir aufrichtig sagen, ob er mich für einen Lügner hält?«

»Warum nicht? Der Name meines roten Bruders könnte Mißtrauen erwecken; dennoch glaube ich, daß ›listige Schlange‹ die Wahrheit liebt und viel zu stolz und tapfer ist, sich eine Treulosigkeit zu schulden kommen zu lassen.«

»Mein Bruder hat recht; ich danke ihm. Ich will ihm mitteilen, daß ich Frieden mit ihm schließen möchte, nicht nur für mich selbst, sondern auch für meine Krieger.«

»Was wird euer Oberhäuptling, der ›große Mund‹, dazu sagen?«

»Er wird beistimmen.«

»Das bezweifle ich, denn er hat eine Blutrache gegen mich, weil ich seinen Sohn, den ›kleinen Mund‹, getötet habe.«

»Old Shatterhand ist ein Freund der roten Männer; er tötet keinen von ihnen, außer wenn er dazu gezwungen ist.«

»Das ist zwar sehr richtig, wird aber für den ›großen Mund‹ kein Grund sein, seine Rache in Verzeihung, seine Feindschaft in Freundschaft umzuwandeln.«

»So mag er für sich allein handeln; ich habe mit seiner Rache nichts zu thun. Als wir den Zug nach Almaden unternahmen, haben wir ihn zu unserem Anführer gemacht; wir können den, welchen wir wählen, auch wieder absetzen, denn wir brauchen ihm nur so lange zu gehorchen, wie es uns beliebt. Die Yumas zerfallen in viele Stämme; er ist der Häuptling des seinigen, und ich bin der Häuptling des meinigen. Er ist nicht mehr, als ich bin. Er hat mir Kampf geboten, ich aber erkenne jetzt, daß Frieden besser ist. Darum bin ich bereit, mit Old Shatterhand im Namen meines Stammes, wenn auch nicht im Namen aller Yumas, die Friedenspfeife zu rauchen.«

»Wenn aber der ›große Mund‹ dann dagegen ist?«

»So bin ich der Freund und Bruder von Old Shatterhand und werde ihn mit allen meinen Kriegern gegen den ›großen Mund‹ verteidigen. Will mein weißer Bruder mir das glauben?«

»Ich glaube es. Mein roter Bruder wird den Frieden nur unter gewissen Bedingungen schließen wollen. Er mag mir diese mitteilen!«

»Es sind nur zwei. Mein erster Wunsch ist der, daß Old Shatterhand nicht dagegen ist, daß ich die weiße Blume, welche Judith heißt, zu meiner Squaw mache.«

»Ich habe gar nichts dagegen, sondern bin im Gegenteile sehr überzeugt, daß kein Weißer für die Blume so gut paßt, wie mein roter Bruder. Darüber sind wir also einig. Welches ist nun der zweite Wunsch?«

»Ich will Melton haben!«

»Das dachte ich mir. Die ›listige Schlange‹ ist also der Ansicht, daß ich über die Person dieses Mannes verfügen kann?«

»Ja. Nach den Gesetzen der Bleichgesichter hat er ihn vielleicht abzuliefern, nach den Gesetzen der roten Männer aber gehört er ihm, und er kann mit ihm machen, was er will. Wir befinden uns hier auf dem Gebiete der roten Stämme, also kann, wenn Old Shatterhand nach unsern Regeln handelt, kein Bleichgesicht ihm darüber Vorwürfe machen.«

»O doch! Es befinden sich sogar schon weiße Polizisten in der Nähe, welche Melton fangen wollen; aber ich brauche nicht nach ihnen und ihren Absichten zu fragen; ich thue, was ich will, auch wenn es gegen die Gesetze dieser Leute ist. Mein roter Bruder kann also, wenn es mir beliebt, Melton bekommen. Hat er aber daran gedacht, daß auch ich Bedingungen machen werde?«

»Ja. Ich möchte sie hören.«

»Ich fordere zunächst Frieden zwischen deinem Stamme und allen Bleichgesichtern, welche sich hier bei uns befinden.«

»›Listige Schlange‹ ist einverstanden.«

»Sodann verlange ich, daß sich der Friede auf alle Mimbrenjos erstreckt, welche meine Freunde sind.«

»Dies zuzugestehen, ist viel schwieriger. Ich weiß, daß du Mimbrenjos bei dir hast; sie sind unsere Feinde; ich brauche nur zu befehlen, so fallen meine dreihundert Krieger über sie her, um sie zu töten. Wenn du verlangst, daß wir sie schonen, muß ich außer meinen zwei Bedingungen noch einige andere stellen.«

»Behalte sie für dich! Wie die Sachen stehen, können meine Mimbrenjos dir viel eher Vorschriften machen, als du ihnen; du hast vergessen, daß Winnetou ihr Anführer ist und daß auch ich bei ihnen bin. Wir haben deine dreihundert nicht gefürchtet und werden sie jetzt, da du mein Gefangener bist, erst recht nicht fürchten. Was hindert uns, nach Norden zu reiten und eure Pferde wegzunehmen?«

»Wißt ihr denn, wo diese sind?« fragte er erschrocken.

»Wenn wir es nicht schon wüßten, würde Winnetou sie sicher finden. Uebrigens bist du nicht der einzige, der in unsere Hände geraten ist. Wir haben alle vierzig Yumas gefangen, welche zwischen hier und der Hazienda postiert waren;

der ›schnelle Fisch‹ ist auch dabei. Sobald ihr uns bedroht, werden sie erschossen.«

Solche Nachrichten hatte er nicht erwartet. Er blickte eine Weile sinnend vor sich nieder und sagte dann:

»Was Old Shatterhand spricht, kann man glauben; folglich ist es wahr, daß du unsere Brüder gefangen hast. Das konnte nur dir und Winnetou gelingen!«

»Also wirst du wohl einsehen, daß wir gar nicht nötig haben, uns Bedingungen des Friedens vorschreiben zu lassen. Ihr könntet euch übrigens hier gar nicht halten, denn die Wagen, welche ihr aus Ures erwartet, sind mit allem Proviant und der sonstigen Fracht auch von uns weggenommen worden.«

»Uff! So giebt es hier nichts zu essen. Wir haben nur noch auf zwei Tage Vorrat; ist dieser zu Ende, müssen wir, wenn die Wagen nicht kommen, entweder hungern oder die Gegend verlassen, in der es kein Wild giebt!«

»Ja, ihr seid hilfloser, als du bis jetzt gedacht hast. Ich bleibe also bei meiner Forderung, daß der Friede, welchen wir schließen werden, sich auch auf die Mimbrenjos erstreckt.«

»Und wenn ich mich weigere?«

»So wird das, was wir begonnen haben, seinen Verlauf nehmen. Wir haben nur noch Weller zu fangen; dann nehmen wir euch die Pferde weg, warten, bis der ›starke Büffel‹ mit mehreren hundert Mimbrenjos kommt, und vernichten deinen ganzen Stamm. Du selbst aber wirst, da du der Mitschuldige Meltons bist, mit ihm und Weller dem Richter überliefert. Deine Strafe wird im günstigsten Falle darin bestehen, daß man dich auf viele Jahre in das Gefängnis sperrt.«

Ein freier Indianer, und jahrelang eingesperrt! Entsetzlicheres kann es gar nicht geben! Der Schreck fuhr ihm in alle Glieder, und die Folge davon war, daß er sich schnell entschied:

»Ich sehe ein, daß mein Bruder recht hat; die Mimbrenjos sollen also auch mit eingeschlossen sein. Hat Old Shatterhand noch weitere Bedingungen?«

»Für jetzt nicht. Meine sonstigen Vorschläge werde ich

während der Beratung machen, denn ich nehme natürlich an, daß ›listige Schlange‹ das Kalumet nicht eher mit mir rauchen wird, als bis er mit seinen ältesten Kriegern gesprochen hat.«

»Ja, sie müssen zur Beratung gezogen werden. Wird Old Shatterhand mit mir zu ihnen gehen, oder wollen wir sie kommen lassen?«

»Wir werden das letztere thun.«

»So brauchen wir einen Boten. Wen wird mein weißer Bruder senden?«

»Den Mimbrenjoknaben. Er ist klug, treu und ehrlich; ich kann mich auf ihn verlassen.«

»Mein Bruder wird erfahren, daß ich ebenso ehrlich und treu bin. Ich werde ihm meinen Wampum mitgeben als Beweis, daß ich bei euch bin und daß alles, was er meinen Kriegern sagt, wahr ist. Er mag ihnen erzählen, was geschehen ist, und die fünf erfahrenen Krieger herbeibringen, deren Namen ich ihm nennen werde; sie sollen unbewaffnet kommen, um zu zeigen, daß sie ohne Arg im Herzen sind.«

Nichts konnte mir lieber und erwünschter sein, als gerade diese Wendung der Dinge, durch welche ich Gelegenheit fand, unsere Erfolge ganz zum Vorteile meiner armen Landsleute auszunützen, denn daß diese von den mexikanischen Gerichten weder eine Entschädigung noch sonst etwas zu erwarten hatten, davon war ich vollständig überzeugt. Lieferte ich Melton an den Juriskonsulto aus, so entging er wohl gar der Strafe und ich mußte auch die Brieftasche hergeben, deren Inhalt, obgleich ich in Beziehung auf denselben kein Verwendungsrecht besaß, ich für Besseres bestimmt hatte. Ich war also gesonnen, Melton dem Häuptling zu überantworten. Man mag mich da der Härte oder gar der Grausamkeit zeihen; ich mache mir keine Vorwürfe, denn dieser Teufel hatte alles andere verdient, aber nur keine Schonung.

Der Mimbrenjo übernahm den Auftrag schon deshalb gern, weil derselbe nicht ganz ungefährlich war; er erhielt ausführliche Anweisungen und ritt auf Winnetous Pferd davon. Die Gesellschaft lagerte sich in einem Kreise, in dessen

Mitte Melton genommen wurde; ich aber ließ mich außerhalb desselben nieder, um nun unbemerkt von ihm den Inhalt seiner Brieftasche zu untersuchen. Zunächst zählte ich den Betrag der Banknoten. Der Mann war bedeutend reicher mit Geldmitteln versehen, als ich geglaubt hatte, denn die Summe betrug etwas über dreißigtausend Dollars. Ob das Geld sein Eigentum war oder den Wellers teilweise mit gehörte, oder auch aus der Mormonenkasse stammte, das ging mich nichts an. Sodann fand ich die schon erwähnten Kontrakte, auch den Kaufkontrakt über die Hazienda del Arroyo und endlich eine Anzahl Briefe, welche ich öffnete, um sie zu lesen. Die meisten stammten aus Utah, einige aus San Franzisko; alle aber bewiesen, daß er über die Grenze gekommen war, um im Interesse der Mormonen eine größere Landstrecke zu erwerben und so den ersten Schritt zur Verbreitung derselben auch in Mexiko zu thun. Zwei oder drei von ihnen enthielten Beweise darüber, daß er sich mit den Wellers verbunden hatte, die Erwerbung auf unehrlichem Wege vorzunehmen, um sich eine ansehnliche Summe für die eigenen Taschen zu verdienen.

Ein einziger Brief war andern Inhaltes. Das Couvert war nicht dabei, und da die Angabe des Datums und des Ortes fehlte, so wußte ich nicht, aus welcher Zeit und woher er stammte. Die Schrift hatte aber eine so frische, tief dunkle Färbung, daß ich annahm, dieser Brief sei erst in neuerer Zeit geschrieben worden. Er war »*dear uncle*«, also »lieber Onkel« überschrieben und enthielt in seinem ersten Teile Mitteilungen ganz unverfänglicher Art, während am Ende folgende Zeilen meine Aufmerksamkeit erregten:

»Und fragst Du, wovon ich hier lebe, so kann ich Dich durch die Versicherung beruhigen, daß es mir sehr wohl geht. Ich habe im Spiele Glück und außerdem einen Freund gefunden, dessen wohlgefüllte Tasche mir stets offen steht. Erinnerst Du Dich noch des reichen einstigen Armeelieferanten, dessen Bekanntschaft Du in St. Louis gemacht hast? Er war ein geborener Deutscher, spielte sich aber gern als Yankee auf und hatte darum seinen ursprünglichen Namen Jäger in das englische *Hunter* verwandelt. Wie ich jetzt erfahren habe, ist er als Schustergeselle von drüben herübergekommen, hat trotz oder gerade wegen seiner Dummheit großes Glück gehabt und es durch eine Heirat zu einem Ladengeschäft in der William-Street, New York, gebracht. Während des Krieges gegen die Südstaaten lieferte er zunächst Schuhwerk, später auch Montierungsstücke und anderes für die Armee und hat da einen unendlichen Haufen Geld zusammengebracht. Jetzt arbeitet er nicht mehr, ist kränklich geworden und giebt sich Mühe, seine ungeheuern Zinsen immer wieder zum Kapital zu schlagen, obgleich er dies gar nicht nötig hat, da seine Frau gestorben ist und er nur ein einziges Kind, einen Sohn, besitzt, welcher als Universalerbe später gewiß genug zum Leben hat. Der Alte ist geizig im höchsten Grade, hat seinen armen Verwandten drüben noch nie einen Pfennig geschickt, besitzt dabei jedoch eine solche Affenliebe für den Jungen, daß dieser das Geld zum Fenster hinauswerfen kann, ohne den geringsten Vorwurf zu befürchten. Sein Vater hat ihm in Verleugnung seiner deutschen Abstammung den wunderbaren Vornamen Small gegeben. Er ist ein hübscher, junger Mensch, verzogen, ohne Charakter und Energie, sonst aber gar kein übler Kerl, besitzt nicht eine Spur von Menschenkenntnis und ist so vertrauensselig gegen jedermann, daß er alle die Blutegel, welche sich hier an ihn oder vielmehr an seinen Geldbeutel gehängt haben, für wahre Freunde hält. Es wird mir aber gelingen, ihm, natürlich nur zu meinem Vorteile, die Augen zu öffnen, denn ich habe dadurch, daß ich seine Schwächen poussiere, einen Einfluß auf ihn gewonnen, welcher von Tag zu Tag größer wird.

»Wie ich diesen Small Hunter, der für uns ein fetter Bissen werden kann, kennen gelernt habe, fragst Du? Auf eine höchst eigentümliche Weise. Ich wurde gleich am ersten Tage nach meiner Ankunft hier von einem Kellner mit Mister Hunter angeredet. Dies wurde von andern Personen wiederholt, und als ich dann während eines Konzertes diesem

Mister Hunter vorgestellt wurde, standen wir, uns ganz erstaunt anstarrend, eine Weile gegenüber, ohne ein Wort zu sagen. Wir sind einander nämlich zur Verwechslung ähnlich, und zwar in Beziehung auf die Gestalt, die Gesichtszüge und die Stimme. Und wenn ich seinen etwas langsamen und schlotternden Gang annehme, wird sein vertrautester Bekannter sich täuschen. Das ist ein Zufall, den ich benutzen werde und der ihn veranlaßte, mir sofort seine Freundschaft zu schenken. Es macht ihm großen Spaß, mit mir verwechselt zu werden. Zunächst gewinne ich ihm im Spiele auf unauffällige Weise soviel und noch mehr ab, als ich brauche.

»Er hat sich mir vollständig an- und aufgeschlossen, behandelt mich wie einen Zwillingsbruder und mag nichts davon hören, wenn ich auch nur leise beginne, von Trennung zu sprechen. Er wünscht, daß ich ihn nächstens auf einer großen Reise begleite. Er reist nämlich leidenschaftlich gern, und sein sonst so geiziger Vater setzt dem, trotz der Summen, die es kostet, nichts entgegen. Seine liebste, ja fast einzige Lektüre sind Reiseschilderungen. So hat er die Vereinigten Staaten durchreist, war in Canada und Mexiko und ist sogar schon auch in Janeiro und England gewesen. Jetzt spukt der Orient in seinem Kopfe. Gelehrte, Fürsten, Prinzen reisen hin; warum soll der Sohn eines amerikanischen Millionärs nicht dasselbe können! Ich gehe natürlich nicht nur auf diese Marotte ein, sondern gebe mir alle Mühe, ihn darin zu bestärken. Es würde mir ja auf diese Weise möglich, meinen Vater zu sehen, welcher wegen Old Shatterhands, der auch so ein verwünschter Deutscher ist, aus dem Lande mußte und, wie Du weißt, die nötige Verborgenheit jenseits des Mittelmeeres gesucht hat.

»Nun sitzen wir von früh bis spät abends bei einander und studieren mit Hilfe zweier Lehrer eine türkische und eine arabische Grammatik, lesen Haremsgeschichten und zeichnen weiße Odalisken und dunkle Sklavinnen an die Wände. Da Small sehr gut veranlagt ist und seinen Reiseplan mit wahrem Feuereifer verfolgt, so macht er in den beiden Sprachen schnelle Fortschritte, und ich muß ihm wohl oder übel folgen. Noch einige Monate, und wir werden, vom Alten mit tüchtigen Checks versehen, über den Atlantischen dampfen.

»Ich schreibe Dir dies mit solcher Ausführlichkeit, weil ich Deine Findigkeit kenne und von Dir einen Rat erwarte, wie ich die Verhältnisse, besonders die wahrhaft verblüffende Aehnlichkeit, mir am besten einträglich machen kann. Deine etwaige Mithilfe würde mir natürlich nur willkommen sein. Schreib mir also bald, was und wie Du darüber denkst, doch ja nicht hierher, sondern an meine letzte Adresse, da ich in diesem Falle sicher bin, daß der Brief in keine falschen Hände kommt.

Dein Neffe Jonathan.«

Der Brief war für mich aus mehreren Gründen von großem Interesse, zunächst weil in demselben mein Name genannt wurde. Der Vater des Schreibers war durch mich gezwungen gewesen, aus dem Lande zu gehen. Das konnte kein anderer sein, als Meltons Bruder, den ich damals von Fort Uintah bis nach Fort Edward gejagt hatte. Es war ihm dort gelungen, zu entfliehen, und die Polizei hatte keine Spur von ihm zu finden vermocht. Jetzt erfuhr ich durch diesen Brief, daß er sich »jenseits des mittelländischen Meeres« befand. Aber wo? Ich nahm wohl mit Recht an, daß er weder Türkisch noch Arabisch verstanden hatte, aber es giebt in Alexandrien, Kairo, Tunis und Algier Engländer und Amerikaner, welche in der ersten Zeit dort ebenso nur des Englischen mächtig gewesen sind. Mochte er sich da oder dort befinden, mir konnte das gleich sein; es ging mich nichts an; aber es war mir, wie gesagt, sehr interessant, wieder von ihm zu hören oder vielmehr zu lesen.

Anders freilich war es mit Small Hunter, welcher sich in großer Gefahr befand, von seinem falschen Freunde betrogen zu werden. Er war der Sohn eines Deutschen, und ich hätte ihn wohl gern gewarnt. Aber dies zu thun, war unmöglich, denn ich befand mich jetzt im Innern von Nordmexiko, er aber in den Vereinigten Staaten, und ich wußte auch nicht den Ort, an welchem er sich aufhielt. Den Wohnsitz seines

Vaters kannte ich ebensowenig. Dennoch steckte ich den Brief zu mir, um ihn für mich zu behalten, während ich die andern dem Juriskonsulto zum strafrechtlichen Gebrauche auszuantworten beabsichtigte.

Eben hatte ich das Portefeuille geschlossen und in meine Tasche zurückgeschoben, als Melton, den ich vorher von dem Knebel wieder befreit hatte, mich rief. Ich ging zu ihm, um zu hören, was er von mir wolle. Er sah geradezu abstoßend aus; sein geschlagenes und zerkratztes Gesicht begann zu schwellen.

»Sir, wohin habt Ihr den Indianerjungen geschickt?« fragte er. »Ich will es wissen! Ich muß auch wissen, was Ihr mit dem Häuptlinge so heimlich auszumachen hattet!«

»Ihr thut ja genau so, als ob Ihr mich zwingen könntet, es zu sagen! Doch, warum soll ich es Euch verschweigen? Ihr werdet es ja so wie so sehr bald erfahren, daß Ihr Euch verrechnet habt, als Ihr glaubtet, Euch auf die Yumas verlassen zu können. Ich werde mit ihnen Frieden schließen.«

»Sie werden sich hüten!«

»Sie werden sich nicht hüten, denn die ›listige Schlange‹ hat es mir freiwillig angeboten.«

»Hat sie das? Der Kerl verlangt wohl, freigelassen zu werden? Und Ihr wollt ihm diesen Wunsch erfüllen?«

»Ich werde so klug sein, nicht nur dies, sondern auch noch mehr zu thun.«

»Er verlangt noch mehr?«

»Ja. Judith zur Frau.«

»In Henkers Namen! Sie sind einander zu gönnen. Er ist ein rothäutiger Schurke, der die hellsten Lügen gegen mich aussagen wird, und sie hat alle möglichen Feinheiten, die denjenigen, welcher das Glück hat, ihr Mann zu sein, verrückt machen können. Mag sie Indianerin werden! Habt aber doch die Gewogenheit, ihm zu sagen, daß sie nur durch Prügel zu kurieren ist! Verlangt er etwa noch mehr?«

»Noch etwas, was gerade Euch interessieren wird. Ich soll Euch ihm ausliefern.«

»Das werdet Ihr doch nicht thun, Mister!« rief er aus, indem er sich erschrocken halb aufrichtete, »dazu habt Ihr kein Recht!«

»Ob ich es habe oder nicht, das ist mir sehr gleichgültig; ich nehme es mir.«

»Unmöglich! Bedenkt, was Ihr thut, welche Verantwortung Ihr damit auf Euch ladet! Ihr habt doch sonst ein so zartes Gewissen, warum nicht auch hier?«

»Weil ich an Euch auch nichts Zartes bemerkt habe. Selbst wenn ich mir Skrupel machen wollte, könnte ich es leicht so einrichten, daß ich mein Gewissen nicht zu beschweren brauche. Es ist ja gar nicht nötig, daß ich Euch ihm ausliefere.«

»Gut, gut; das wollte ich wissen!« meinte er befriedigt.

»Ich lasse Euch also laufen,« fuhr ich fort. »Im nächsten Augenblicke aber wird der Häuptling Euch beim Schopf haben.«

»Wieso? Er ist doch Euer Gefangener! Wollt Ihr ihn etwa auch freilassen?«

»Ja.«

»Das geht nicht; das dürft Ihr auf keinen Fall, wenigstens nicht so schnell, nicht jetzt! Er darf erst los, wenn ich mich in Sicherheit befinde!«

»Mäßigt Euch, Sir! Ihr habt hier nichts zu befehlen. Bedenkt, in welcher Lage Ihr Euch befindet. Warum sollte ich Euch freilassen und ihn nicht? Ich soll Euch freilassen, der Ihr ihm und uns ans Leben gegangen seid, und ihn festhalten, der uns nichts gethan hat? Lächerlich!«

»Für mich ist es gar nicht lächerlich, denn wenn er mit mir zugleich freikäme, würde er die Freiheit sofort dazu benutzen, sich an mir zu rächen.«

»Dazu hat er allen Grund und alles Recht, während ich nicht den mindesten Grund oder das geringste Recht besitze, Euch gegen ihn in Schutz zu nehmen.«

»So mag ich nicht frei sein, sondern verlange, daß Ihr mich dem Gericht ausliefert. Es ist ein Verbrechen von Euch, mich festzunehmen und mit Euch herumzuschleppen; aber ich will das gern dulden und nichts dazu sagen.«

»Wenn Ihr so sehr überzeugt seid, daß es ein Verbrechen

ist, so werde ich mich hüten, eine so schlimme That zu begehen, und Euch lieber loslassen.«

»Aber vor dem Indianer?«

»Nein, nach ihm. Bald werden die hervorragendsten seiner Krieger erscheinen, um mit mir zu beraten. Sind sie zum Frieden geneigt, so rauchen wir das Kalumet, und ich gebe ihn frei.«

»So laßt mich jetzt los, damit ich gehen kann!«

»Wie kann ich das thun, da ich noch gar nicht weiß, ob ich mit den Yumas einig werde! Und gerade Eure Auslieferung ist die Hauptbedingung, auf welche sie dringen werden. Gebt Euch also keine weitere Mühe! Ich werde mich zwar nicht persönlich an Euch vergreifen, aber doch dafür sorgen, daß die Vergeltung ihre starken Hände an Euch legt.«

»So seid Ihr nicht mehr ein Mensch, sondern ein Teufel zu nennen! Ihr solltet und könntet Euch mit dem begnügen, was Ihr schon an uns gethan habt!«

»An uns, sagt Ihr? Wen meint Ihr da?«

»Meinen Bruder, den Ihr ins Elend gebracht habt. Ihr habt ihn damals nach Fort Edward geschleppt!«

»Ach, jenen Spieler, welcher in Fort Uintah einen Offizier und zwei Soldaten erschoß? Der ist Euer Bruder? Das hättet Ihr lieber verschweigen sollen, denn eine solche Verwandtschaft kann unmöglich ein Grund sein, mich zur Nachsicht zu stimmen.«

»So nehmt die Sache doch einmal anders; dann kann sie Euch gar wohl veranlassen, bedenklich zu werden. Mein Bruder ist damals entkommen; ist das nicht auch bei mir möglich? Ihr waret damals auch überzeugt, daß man ihn festhalten werde; ebenso kann es jetzt und hier ganz anders kommen, als Ihr erwartet. Denkt daran, daß mein Bruder schon nur um seinetwillen den grimmigsten Haß gegen Euch haben muß! Wenn er erfährt, wie Ihr Euch nun auch gegen mich verhaltet, so wird er nicht eher ruhen, als bis er sich und mich gerächt hat.«

»Ich fürchte seine Rache nicht; er ist verschwunden und verschollen.«

»Scheinbar! Er ist noch immer hier.«

»Wo?«

»Das habe ich Euch natürlich nicht zu sagen. Wo er sich befindet, weiß zwischen den Eskimos und den Feuerländern kein Mensch, als nur ich allein.«

»Noch zwei andere wissen es.«

»Wer wären diese?«

»Ich und Euer Neffe Jonathan.«

»Jon – –« er brachte nur die erste Silbe dieses Namens hervor, stierte mir eine ganze, lange Minute in das Gesicht und fuhr dann stockend fort:

»Wer hat – – Euch gesagt – – daß ich – – einen – – Neffen habe?«

»Das ist gleichgültig; aber Ihr erseht daraus, daß es mit meiner Allwissenheit denn doch wohl besser steht, als Ihr dachtet. Eine Familie, wie die Eurige ist, behält man gern im Auge, um sich und andere vor Schaden zu bewahren.«

»Ihr wollt nur wichtig thun! Wenn Ihr nicht lügt, so sagt mir doch einmal, wo sich mein Bruder befindet!«

»Jenseits des mittelländischen Meeres.«

»Des mittel – – ländischen? Was wollt Ihr damit sagen?«

»Daß Ihr Euern Bruder aus dem Oriente holen müßtet, wenn er Euch helfen oder sich überhaupt an mir rächen sollte. Doch fällt mir dabei ein, daß es gar nicht nötig ist, daß Ihr ihn selbst holt. Euer Jonathan will ja nach dem Oriente; dem könnt Ihr den Auftrag mitgeben.«

»Jonathan – nach dem Oriente? Es träumt Euch wohl?«

»Möglich! Nebenbei träume ich auch noch von einem gewissen Small Hunter, welcher sich mit türkischer und arabischer Grammatik beschäftigt und in naher Zeit mit einigen Checks seines geizigen Vaters über den Ocean dampfen will. Vielleicht findet sich der junge Master mit Euerm Neffen zusammen. Solche Zufälle sind ja nicht nur möglich, sondern kommen wirklich vor.«

Da gab es ihm einen Ruck, als ob er völlig aufspringen wolle, woran ihn aber die Fesseln hinderten; dann spuckte er mich wieder an und schrie, im höchsten Grade erbost:

»In dir stecken mehr als hundert Teufel. Mag dich die Hölle verschlingen!«

Dann warf er sich wieder nieder und drehte sich auf die Seite, um mich nicht ferner sehen zu müssen. Ich kehrte an meinen Platz zurück.

Wir waren von Almaden bis zu der Stelle, an welcher wir lagen, zwar länger unterwegs gewesen, doch nur infolgedavon, daß wir uns erst südwärts gewendet hatten; wir befanden uns in Wahrheit jetzt nur eine Wegstunde von dem Lager der Yumas entfernt. Ich nahm an, daß der Mimbrenjo mit seinem guten Pferde nur eine Viertelstunde gebraucht hatte, um die Strecke zurückzulegen; eine halbe Stunde rechnete ich auf seine Besprechungen dort; er konnte also nach Verlauf einer Stunde wieder zurück sein, wenn er den Yumas voranritt, denn zu führen brauchte er sie nicht, da sie infolge seiner Fährte uns leicht finden konnten. Sie hatten keine Pferde bei sich und mußten also gehen; darum konnten sie nicht eher als sieben Viertelstunden nach dem Aufbruche des Mimbrenjo bei uns sein.

Die Stunde verging, ohne daß dieser sich sehen ließ; ich glaubte infolgedessen, daß er nicht eher kommen werde, sondern als Führer bei ihnen geblieben sei, hatte mich in Beziehung auf die Zeit auch nicht verrechnet, denn als nicht viel mehr an der zweiten Stunde fehlte, sahen wir fünf oder sechs Fußgänger von Norden her auf uns zukommen. Es waren die Indianer; aber der Mimbrenjo befand sich nicht bei ihnen. Warum kam er nicht? Wo war er geblieben? Ich war wirklich gespannt, dies zu erfahren.

Es war augenscheinlich, daß sie der Spur folgten, welche er bei seinem Hinritte verursacht hatte, denn sie gingen in gebückter Haltung und hielten die Augen zu Boden gerichtet. Als sie nahe genug gekommen waren, richtete sich die »listige Schlange« auf, und ich that ebenso; da sahen sie uns und kamen nun schneller herbei. Sie waren bewaffnet, ganz gegen den Befehl ihres Häuptlings, legten aber in einer Entfernung von vielleicht zweihundert Schritten ihre Messer, Bogen, Pfeile und Lanzen nieder und kamen dann vollends heran. Sie hatten die Waffen doch mitgenommen, aber nicht aus Hinterlist, sondern weil sie unterwegs infolge irgend eines Umstandes in die Lage kommen konnten, dieselben zu brauchen.

Sie thaten so, als ob sie nicht sähen, daß der »listigen Schlange« die Hände gebunden waren; sie wollten ihn möglichst wenig in Verlegenheit bringen, betrachteten mich mit großen, achtungsvollen Blicken, die keine Spur von zudringlicher Neugierde besaßen, und nahmen die Gruppe der Deutschen kurz in Augenschein; aber Melton schienen sie gar nicht zu sehen. Letzteres war ein gutes Zeichen für mich. Da sie ihn mit solcher Verachtung straften, durfte ich annehmen, daß der Mimbrenjo sich seines Auftrages in bester Weise entledigt habe und daß sie von der Schuld und Treulosigkeit Meltons überzeugt worden seien. Vor allem andern mußte ich erfahren, warum der Indianerknabe nicht mitgekommen war. Darum nahm ich, um dem Häuptlinge zunächst mein Vertrauen zu zeigen, ihm die Fesseln ab und sagte dabei:

»Mein roter Bruder soll der Beratung als freier Mann beiwohnen; sie kann sofort beginnen, nachdem ich erfahren habe, weshalb mein Bote, der junge Mimbrenjo, nicht mitgekommen ist.«

Einer der Yumas übernahm als ältester von ihnen die Antwort:

»Er ist nach Westen geritten, um Weller getrieben zu bringen.«

»Weller?« fragte ich. »Das ist eine große Unvorsichtigkeit, denn der war uns sicher; er mußte ihn mir überlassen.«

»Old Shatterhand ist ein berühmter Krieger; meine Thaten aber sind klein; er mag verzeihen, daß ich nicht seiner Meinung bin. Weller stand im Begriff, für immer zu entkommen.«

»Wieso? Da er auf Kundschaft gegangen ist und also wiederkehren wird, muß er uns gerade in die Arme laufen.«

»Nun nicht mehr, denn er kehrte zurück, als der Mimbrenjo seine Botschaft ausgerichtet hatte.«

»Das ist freilich etwas anderes. Ihr habt ihm gesagt, um was es sich handelt?«

»Ja, denn er fragte, was der Mimbrenjo bei uns wolle.«

»Wie nahm er die Kunde auf?«

»Erst war er so erschrocken, daß er kaum sprechen konnte; dann wütete er vor Grimm und forderte uns auf, gegen Old Shatterhand und seine Bleichgesichter aufzubrechen. Das thaten wir nicht, da ›listige Schlange‹ uns benachrichtigt hatte, daß Friede geschlossen werden solle. Wir konnten nicht thun, was Weller wollte, weil wir unserm Häuptlinge zu gehorchen hatten.«

»Warum habt ihr ihn nicht festgehalten?«

»Durften wir das? Er ist jetzt noch unser Freund und Bruder; der Vertrag, welchen wir abgeschlossen haben, ist noch nicht zerrissen, und der Friede mit dir muß erst geschlossen werden. Darum konnten wir ihn nicht halten; wir hinderten aber auch den Mimbrenjo nicht, ihm nachzureiten.«

»War das Pferd, welches Weller ritt, ein gutes?«

»Ja; aber es hat durch die Wüste gemußt, war ermüdet und hatte Durst.«

»So wird der Mimbrenjo ihn sehr rasch einholen; es wird zwischen ihnen zum Kampfe kommen, was ich gern verhindern möchte und doch nicht verhindern kann. Ich kann aber auch nicht eher von hier fort, als bis ich mit euch abgeschlossen habe.«

Da antwortete der Häuptling:

»Wenn Old Shatterhand fort will, um dem Mimbrenjo zu helfen, so mag er getrost fortreiten. Er braucht nicht zu besorgen, daß wir eine Untreue begehen. Seine Bleichgesichter mögen die Waffen meiner Krieger an sich nehmen und uns bis zu seiner Rückkehr als ihre Gefangenen betrachten.«

Das war immerhin soviel, wie ich nur verlangen konnte, dennoch ging ich nicht darauf ein, sondern entschied:

»Ich bleibe noch hier. Wenn wir uns beeilen, werde ich wohl noch zur rechten Zeit kommen.«

»Da muß ich meinen weißen Bruder darauf aufmerksam machen, daß man alles andere eher als eine Beratung oder gar einen Friedensschluß beeilen darf. Es giebt da vieles zu überlegen und zu besprechen, und wenn man das zu schnell thut, kann später leicht eine falsche Auslegung vorkommen. Also ist es besser, mein Bruder reitet fort und wir beraten uns, wenn er zurückgekehrt ist.«

Da fiel der vorige Sprecher ein:

»Er wird bleiben können, denn ehe der Mimbrenjo fortritt, hat er gesagt, daß er Weller getrieben bringen will, nicht aber, daß er zu kämpfen beabsichtigt. Er ist noch jung, aber er hat ein ausgezeichnetes Pferd und scheint an Verstand und Ueberlegung älter als an Jahren zu sein.«

Als ob sich die Wahrheit dieser Worte im Augenblicke bestätigen sollte, ertönte, als sie gesprochen worden waren, ein Schuß, und im Westen wurde ein Reiter sichtbar, welcher gerade südlicher Linie zu reiten schien. Bald bemerkten wir aber, daß die Linie doch keine gerade war, denn er lenkte bald nach dieser, bald nach jener Seite ab und näherte sich uns dabei immer mehr. Es war klar, daß er vor jemandem floh, der ihn uns zutreiben wollte.

Bald erblickten wir auch den zweiten. Er war kleiner als dieser erstere und hatte ein weit schnelleres Pferd. Wir hatten also Weller und den Mimbrenjo vor uns. Der erstere gab von Zeit zu Zeit, wenn er wieder geladen hatte, einen Schuß auf den Roten zurück, doch ohne zu treffen, und der letztere schoß auch hier und da, um Weller abzuhalten, rechts oder links auszubrechen. Auch seine Kugeln trafen nicht, obwohl er sich innerhalb Treffweite von dem Weißen befand. Daß keiner von ihnen traf, hatte seine guten Gründe. Der Mimbrenjo schoß mit Absicht daneben; er wollte Weller nicht töten, sondern ihn in unsere Hände treiben. Und daß dieser fehlschoß, hatte seinen Grund, wie sich später herausstellte, darin, daß er falsche Patronen eingesteckt hatte.

Ich mußte dem Mimbrenjo seine Aufgabe erleichtern, stieg deshalb in den Sattel und ritt den beiden entgegen. Als Weller das sah, strengte er sein Pferd aufs äußerste an, um südwärts zu entkommen, doch nach noch nicht zwei Minuten hatte ich ihn nicht nur eingeholt, sondern war über ihn hinaus, hielt mein Pferd an, nahm das Gewehr an die Wange und rief ihm zu:

»Herab vom Pferde, Master Weller, sonst wirft Euch meine Kugel herunter!«

Er ließ ein grimmiges Lachen hören, warf sein Pferd auf die andere Seite, um nach dort zu fliehen, und legte dabei sein Gewehr an, um mir eine Kugel zu geben. Der Mensch konnte bei der Bewegung, welche er machte, unmöglich sicher zielen; ich brauchte also, um nicht getroffen zu werden, nur ganz ruhig da sitzen zu bleiben, wohin seine Kugel bestimmt war. Sein Schuß krachte, aber von seiner Kugel fühlte ich nichts.

Er hatte sich verrechnet, denn als er gewendet hatte, sah er den Mimbrenjo vor sich, welcher sein Pferd auch angehalten hatte und ihm das Gewehr entgegenhielt. Der auf diese Weise zwischen zwei Feuer Genommene sah nun nur noch einen Ausweg vor sich, nämlich die Richtung, in welcher ihn der Mimbrenjo hatte haben wollen - nach unserm Platze zu. Er schlug dieselbe ein und spornte sein Pferd so an, daß wir es stöhnen hörten. Meine Landsleute trugen keine solche Waffen, mit denen sie ihn hätten anhalten können; der Mimbrenjo hielt weit zurück; ich war also auf mich angewiesen und folgte ihm. Ich hätte das Pferd leicht unter ihm wegschießen können, wollte das aber nicht. Warum ein unschuldiges Tier eines solchen Schurken wegen töten! Ich hätte auch ihm eine Kugel geben, ihn wenigstens durch eine Wunde aus dem Sattel werfen können, wollte ihn aber gern lebendig und unverletzt ergreifen. Auch erschien es mir nichts weniger als wacker, ihn, den abgehetzten Menschen, der mit meinen überlegenen Hilfsmitteln zu kämpfen hatte, durch eine Kugel zu bezwingen. Ich nahm mir also vor, ihn mit der Hand festzunehmen.

Er besaß einen Doppelläufer, dessen einer Lauf leergeschossen war; anstatt wieder zu laden, verließ er sich auf den zweiten Lauf. Ich jagte hinter ihm her, doch nicht gerade auf ihn zu. Ehe ich ihm so nahe kam, daß ich ihn packen konnte, mußte erst die Kugel aus seinem zweiten Laufe. Darum rief ich ihm abermals zu:

»Haltet an, Master, sonst schieße ich!«

Er ließ sich durch die Drohung verleiten, drehte sich um und schoß. Ich sah den Lauf genau auf meinen Oberkörper gehalten; der Schuß war dieses Mal nicht ins Blaue gerichtet; darum warf ich mich augenblicklich nach Indianerart auf die Seite des Pferdes herab, richtete mich, als die Kugel über mir weggeflogen war, wieder auf und jagte auf ihn zu. Da er nun keine Zeit zum Wiederladen hatte, warf er die jetzt nutzlose Flinte weg und zog den Revolver aus dem Gürtel. An diesen hatte ich nicht gedacht. Es wäre die allergrößte Albernheit gewesen, ihn trotz seines Revolvers noch packen zu wollen. Darum gebot ich ihm:

»Weg mit dem Revolver, sonst schieße ich nun wirklich!«

Er gehorchte nicht, sondern wartete nur, daß ich noch ein wenig näher kommen möchte, um sicherer treffen zu können. Mein Pferd galoppierte eben, dennoch stellte ich mich in den Bügeln auf, um einem etwaigen Stoße zu begegnen und sicherer zielen zu können, legte den Stutzen an und drückte ab. Weller stieß einen Schrei aus, ließ den Revolver fallen und den Arm sinken. Einige Sekunden später war ich an seiner Seite, warf den Stutzen auf den Rücken und streckte beide Arme nach ihm aus, indem ich mich zu ihm hinüberbog.

»Herunter mit Euch!« rief ich ihm dabei zu. »Und wenn Ihr nicht freiwillig wollt, so werfe ich Euch herab!«

Ich faßte ihn, um ihn aus dem Sattel zu reißen. Da zog er mit der Linken einen zweiten Revolver hervor und antwortete hohnlachend:

»Das geht nicht so schnell, Master Shatterhand. Ihr habt nicht mich, sondern ich habe Euch!«

Er wollte abdrücken, kam aber nicht dazu, denn ich hieb ihm mit der linken Hand die Waffe aus der seinigen und schlug ihm die rechte Faust von unten her gegen das Kinn, daß ihm der Kopf in den Nacken flog. Zwei schnelle Griffe in meine und seine Zügel - die Pferde standen; sofort war ich aus dem Sattel und riß auch ihn herunter. Er fiel wie ein Sack zur Erde und blieb da liegen. Seine Augen waren geschlossen; aus dem halbgeöffneten Munde lief Blut hervor. Hatte ich ihm das Genick gebrochen?

Bevor ich ihn daraufhin untersuchte, versicherte ich mich seiner Person, indem ich ihm die Arme mit seinem Gürtel festband, und auch der Sachen, die er bei sich trug. Ich brauchte mich dadurch keineswegs für einen Räuber zu halten. Wer weiß, ob alles, was er bei sich hatte, sein rechtmäßiges Eigentum war. Vielleicht konnte mir etwas davon von Nutzen sein. Ich fand eine Brieftasche und eine aus starker Seide gehäkelte Börse, zwischen deren Maschen Goldstücke hervorglänzten, und steckte beides zu mir. Die Uhr und alles andere ließ ich stecken.

Da kam der Mimbrenjo, welcher vom Pferde stieg, um die weggeworfene Flinte und die beiden Revolver aufzunehmen. Jetzt begann sich das Gesicht Wellers zu beleben. Er öffnete die Augen und fuhr mich giftig an:

»Mensch, was habe ich mit Euch zu schaffen! Laßt mich in Ruhe; laßt mich los, sonst kann es Euch schlecht bekommen.«

Ich hörte es ihm an, daß er sich in die Zunge gebissen hatte; mein Hieb hatte ihm den untern Kiefer gegen den obern getrieben, und die Zunge war zwischen die Zähne gekommen.

»Redensart!« antwortete ich. »Ich möchte wissen, auf welche Art und Weise Ihr mir schaden könntet. Steht auf, und kommt mit mir!«

»Fällt mir nicht ein! Ich bleibe hier liegen, bis Ihr mich losgebt!«

»Diesen Wunsch könnte ich Euch ganz gut erfüllen. Ich brauchte Euch nur auch noch die Beine zusammenzubinden und Euch liegen zu lassen, bis Ihr verschmachtet oder bei lebendigem Leibe von den Geiern zerrissen werdet. Ich will aber menschlicher an Euch handeln, wenn es auch gegen Euern Willen ist. Also auf vom Boden, sonst helfe ich nach!«

Er blieb dennoch liegen; als ihm aber der Mimbrenjo den Kolben zwischen die Rippen stieß, sprang er fluchend auf und folgte uns, die wir die drei Pferde an den Zügeln führten. Als wir ihn zum Platze brachten, machte es mir große Mühe, die ihm zugedachten Mißhandlungen von ihm abzuwenden.

Wir banden ihm die Füße und legten ihn nieder, doch nicht neben Melton, damit sich beide nicht durch Worte verständigen möchten.

Die Yumas waren aus nächster Nähe Zuschauer des ganzen Vorganges gewesen. Daß ich mich den Kugeln Wellers ausgesetzt hatte, übergingen sie mit Schweigen; zu dem kleinen Mimbrenjo aber sagte die »listige Schlange«:

»Mein junger Bruder wird ein tüchtiger Krieger werden. Es freut mich, mit ihm Frieden schließen zu können und mich aus seinem Feinde in seinen Freund zu verwandeln.«

Damit war die Beratung eingeleitet, welche nun beginnen konnte. Sie währte über zwei Stunden lang und führte zu einem Ergebnisse, welches mich vollständig befriedigen konnte. Ich hatte Melton der »listigen Schlange« auszuliefern und nichts dagegen zu thun, daß Judith das Weib des Roten wurde. Dafür erhielt ich alle Zugeständnisse, auf welche ich angetragen hatte. Einen solchen Erfolg hätte ich, als ich mit dem kleinen Mimbrenjo hier ankam, für geradezu unmöglich gehalten. Natürlich wurde die Vereinbarung durch die Pfeife des Friedens beraucht, und als wir damit fertig waren, brachen wir nach dem Lager der Yumas auf, damit aus Rücksicht auf meine Sicherheit jeder der dort anwesenden Roten auch einen Zug aus der Pfeife thun sollte. War das geschehen, so konnte ich überzeugt sein, daß alle Punkte unseres Abkommens von ihnen mit größter Treue gehalten werden würden. Erst als auch das vorüber war, konnten wir an weiteres denken.

»Was wünscht nun mein weißer Bruder, was jetzt geschehen soll?« fragte die listige Schlange. »Wird der Häuptling der Apatschen mit denen, die bei ihm sind, zu uns kommen, oder werden wir zu ihm gehen?«

»Das letztere ist wahrscheinlicher. Ich muß erst mit meinen weißen Brüdern reden.«

Bevor ich dies that, untersuchte ich die Brieftasche und die Börse Wellers. In der ersteren befanden sich fünftausend Dollars in denselben Papieren, welche auch Melton gehabt hatte, und in der letzteren nicht ganz fünfhundert Dollars in

Goldstücken. Dann versammelte ich diejenigen männlichen Personen meiner Landsleute um mich, welche über das, was ich ihnen vorschlagen wollte, zu bestimmen hatten, nämlich die Familienväter und andern selbständigen Personen. Die übrigen sollten nicht hören, was ich vorzubringen hatte; wenigstens brauchten sie über den Geldpunkt nichts zu erfahren, denn dieser Punkt war ein für mich heikler, obgleich ich überzeugt war, das, was ich beabsichtigte, vor meinem Gewissen vollständig verantworten zu können. Natürlich durften auch Melton und Weller nichts davon hören.

Während sich diese Personen zusammenfanden, nahm ich Judith und ihren Vater auf die Seite und fragte die erstere:

»Ich weiß, was Sie da drüben an der Felsenecke mit dem Häuptlinge besprochen haben. Haben Sie Ihrem Vater etwas davon gesagt?«

»Ja,« antwortete er an ihrer Stelle. »Die Tochter meines Herzens hat mir erzählt von der Ehre, welche ihr zu teil wird sein, zu werden die Häuptlingin und Herrscherin eines großen roten Volkes von der Nation der Indianer.«

»Sind Sie denn damit einverstanden?«

»Warum sollte ich nicht? Ist doch dabei zu machen ein großer Gewinn für sie und auch für meine Person, denn wir werden sein angesehene und bedeutende Leute in Mexiko und Amerika.«

»Sie scheinen sich nicht ganz die richtige Vorstellung von der politischen Bedeutung eines Indianerstammes und der sozialen Stellung eines Häuptlings zu machen. Ich habe die Pflicht, Ihnen zu sagen, daß –«

»Sagen Sie nichts, sagen Sie gar nichts!« unterbrach er mich. »Ich bin der treue Vater meiner Judith und habe zu horchen nur auf das, was sie sagt und was sie will. Wir werden beherrschen einen Indianerstamm und meine Tochter kleiden können in Sammt und Seide. Oder glauben Sie, daß der Häuptling sie mit dem Golde und den Edelsteinen belogen hat?«

»Nein. Es giebt hier zu Lande verborgene Schätze, welche die Nachkommen der alten Mexikaner mit ebenso großer

Treue wie Verschwiegenheit hüten. Warum sollte der Häuptling nicht ein solches Geheimnis kennen? Er ist kein Lügner und wird sein Versprechen halten. Nur müssen Sie den richtigen Maßstab an dasselbe legen. Er ist ein Wilder und weiß wohl nicht recht genau, was er sich unter einem Schlosse oder einem Palaste vorzustellen hat. Wenn er von einer Elle redet, müssen Sie immer nur einen Zoll nehmen. Auch mangelt ihm diejenige Bildung, welche allein Ihrer Tochter die Sicherheit gewährt, daß – –«

»Bildung, Bildung! Was ist Bildung!« unterbrach er mich wieder. »Warum soll er nicht haben Bildung, wenn er besitzt Geheimnisse über Gold und Edelsteine? Ist ein neues, seidenes Kleid keine Bildung? Hat derjenige, welcher einen Palast oder gar ein Schloß besitzt, nicht einen großartigen Verstand? Was steckt in einem Seminare, in einem Gymnasium, in einer Universität? Hölzerne Bänke zum Sitzen mit Tintenfässern zum Schreiben. Was ist das gegen die Möbel von Rokoko oder Renaissance, welche man in einem Schlosse findet? Nein, nein, der Häuptling besitzt eine Bildung, mit welcher ich als Schwiegervater außerordentlich zufrieden sein kann!«

»Wenn Sie so denken, will ich schweigen, zumal ich ihm versprochen habe, nicht gegen seine Absichten zu reden oder gar zu handeln. Ich wünsche Ihnen, daß Sie nicht enttäuscht werden. Was aber gedenken Sie vorerst zu thun? Ich stehe im Begriff, Ihren Gefährten den Vorschlag zu machen, die Sonora und überhaupt Mexiko zu verlassen.«

»Sie meinen, daß sie das thun werden?«

»Wenn sie klug sind, ja.«

»Warum wollen sie nicht bleiben? Soll ich mit Judith sein ganz allein unter den Indianern?«

»Was sollen die Leute bei den Yumas anfangen? Sollen sie verwildern? Es kann doch nicht jede die Frau und jeder der Schwiegervater eines Häuptlings werden! Sie haben gesehen, was sich dem deutschen Arbeiter hier bietet. Ich werde die Leute also über die Grenze nach den Vereinigten Staaten führen, und der Häuptling wird es nicht zugeben, daß Sie mitziehen.«

»Das ist ihm auch nicht zu verdenken. Wenn er hat Gold und Silber hier im Lande und kann haben dazu eine junge, schöne Frau von reizender Tournüre und einen Schwiegervater, den er kann achten mit aufrichtiger Verehrung, was soll er sie da lassen fort oder gar selbst ziehen mit über die Grenze, wo nicht zu finden ist das Gold, welches liegt in seiner Gegend.«

»So werden Sie also bei den Yumas bleiben; das wollte ich wissen. Wie ich erfahren habe, sind Ihre Gefährten alle arm und mittellos herübergekommen, allein den Herkules und Sie ausgenommen. Ich hörte, daß Sie eine Geldsumme mitgebracht haben. Ist das wahr?«

»Freilich ist es wahr,« antwortete er eifrig. »Es war schönes, feines, echtes Geld in runden, schönklingenden Goldstücken, aufbewahrt in einer Börse, welche mir hat aus Seide gefertigt Judith, die Tochter meines Herzens.«

»Wie hoch war die Summe?«

»Vierhundertachtzig Dollars, um welche ich bin gekommen unterirdisch auf grausige Weise. Weller ist der Dieb, welcher ist Vater von Weller dem Sohne. Jetzt haben Sie den Dieb gefangen mit großer Tapferkeit; nun werden Sie haben die Güte, ihm abzuverlangen den Raub, durch welchen er mich hat gemacht elend in der Finsternis des Schachtes.«

»Ist dies die Börse?« fragte ich, indem ich sie aus der Tasche zog und ihm hinhielt.

»Sie ist's, sie ist's!« rief er jubelnd aus, indem er sie mir aus der Hand riß. »Ja, sie ist's! Ich werde sofort zählen das Geld, um zu sehen, ob ich bin worden bestohlen um eins oder einige von den goldenen Stücken.«

»Schreien Sie nicht so! Weller weiß noch nicht, daß ich ihm das Geld abgenommen habe, und braucht dies auch nicht sofort zu erfahren.«

Er ging, ohne mir ein Wort des Dankes zu sagen, mit seiner Tochter zur Seite und kauerte sich dort mit ihr nieder, wo sie zu zählen begannen; ich aber wendete mich um zu den andern. Ich hielt ihnen eine kurze Rede des Inhaltes, daß sie nichts Besseres thun könnten, als so schnell wie möglich die Gegend verlassen, und fuhr dann fort:

»Ich werde mit Winnetou von hier aus nach dem Rio Peso gehen, also nach Texas. Dort giebt es zwar traurige Gegenden, aber auch gutes Land in Menge und ein gesundes Klima dazu. Ich erbiete mich, Sie mitzunehmen. Beraten Sie sich, und sagen Sie mir dann Ihren Entschluß.«

Ich entfernte mich für einige Zeit, damit sie sich über meinen Vorschlag bereden möchten. Als ich zu ihnen zurückkam, sagte derjenige, den sie zum Sprecher ernannt hatten:

»Ihr Vorschlag ist ganz gut, und wir würden ihn gern befolgen, aber das ist nicht möglich. Zunächst können wir nicht fort, weil gegen Melton und Weller ein langwieriger Strafprozeß entstehen wird, bei welchem wir doch jedenfalls als Zeugen dienen müssen.«

»Ist nicht nötig. Melton liefere ich an die Yumas aus; sie werden ihm den Prozeß auch ohne Zeugen machen. Was Weller betrifft, so weiß man nicht, was noch passiert. Ich habe ihm mit meiner Kugel die Hand und den Vorderarm zerschmettert, was in diesem Klima für einen Weißen stets gefährlich ist. Außerdem bringe ich Polizei und einen Oberbeamten aus Ures mit, welche auf uns warten. Wenn Sie vor diesen Leuten Ihr Zeugnis abgelegt haben, werden Sie nicht mehr gebraucht. Welche Hindernisse giebt es noch?«

»Die wilde Gegend, durch welche wir wahrscheinlich müßten. Halten unsere Frauen und Kinder eine solche Wanderung aus?«

»Gewiß, wenn sie sich nur erst von den hiesigen Leiden erholt haben. Es ist nicht so schlimm, wie Sie denken. Der Marsch wird nicht schneller gehen, als sie vertragen können. Pferde verschaffe ich Ihnen von den Indianern. Außerdem habe ich mehrere Wagen mit Proviant und andern nützlichen Dingen bei mir. Sie werden keinen Hunger leiden.«

»Das läßt sich freilich hören; nun aber bin ich neugierig,

was Sie zu dem Hauptpunkte sagen werden. Dieser lautet nämlich: Geld und wieder Geld!«

»Das ist das wenigste; das macht ganz und gar keine Schwierigkeiten.«

Noch nie im Leben hatte ich in Beziehung auf diesen Punkt mit solchem Gleichmute und solcher Befriedigung reden können, und es that mir ordentlich wohl, auch einmal die Miene eines reichen Erdensohnes annehmen zu können. Aller Augen richteten sich erstaunt auf mich, und der Sprecher rief verwundert aus:

»Ganz und gar keine Schwierigkeiten? Ihnen vielleicht nicht, uns aber desto mehr. So aus dem Vollen heraus, wie Sie, können wir nicht reden. Wir haben nichts, und müßten doch gleich heute schon Geld brauchen.«

»Heute? Wieso?«

»Nun, Sie reden von Wagen voller Lebensmittel. Die müßten wir doch kaufen, und niemand würde sie uns schenken.«

»O, ich schenke sie Ihnen!«

»Wirklich? Das ist freilich etwas anderes. Wie aber steht es mit den Pferden, welche wir reiten sollen? Die bekommen wir doch nicht so leicht geschenkt wie den Proviant!«

»Allerdings nicht. Aber wir borgen sie. Gegen eine kleine Entschädigung, einige Geschenke, bekommen wir sie von unsern roten Freunden gern geliehen.«

»Wer zahlt die Entschädigung, wer kauft die Geschenke?«

»Ich.«

»Wetter noch einmal! Sie sind plötzlich reich geworden! Und als Sie zu uns auf das Schiff kamen, sahen Sie ärmer aus als wir.«

»Ich verstellte mich bloß. Ueberhaupt kann man reich sein, ohne Geld zu besitzen; es giebt verschiedene Arten von Reichtum. Doch weiter! Noch ein anderes Hindernis?«

»Es kommt nun das größte. Wieder Geld für das Land, von dem Sie sprachen. Das müssen wir doch kaufen?«

»Allerdings. Sie werden von mir Geld dafür bekommen.«

»Sind Sie etwa ein heimlicher Rothschild?«

»Ausnahmsweise heute einmal.«

»Dann sind wir freilich aller Sorgen los. Wir gehen mit Ihnen; Sie geben uns das Geld zur Ansiedelung; wir arbeiten tüchtig, zahlen die Zinsen pünktlich und werden dann mit der Zeit wohl auch das Kapital zurückgeben können.«

»Zinsen? Kapital zurückgeben! Sie befinden sich auf dem Holzwege. Ich mag keine Zinsen haben, und von der Zurückgabe des Kapitals will ich erst recht nichts wissen!«

Der Mann sah mich erstaunt an, blickte im Kreise herum, richtete das Auge dann wieder auf mich und fragte:

»Ja, habe ich denn richtig gehört?«

»Wahrscheinlich.«

»Das ist doch undenkbar! - Das wäre ja nichts anderes, als ein Geschenk!«

»Das soll es auch sein; ich schenke Ihnen das Geld und verlange es nicht zurück.«

»Aber sind Sie denn wirklich so sehr reich, daß Sie soviel entbehren können?«

»Ich bin im Gegenteile so arm, daß ich gar nichts entbehre, wenn ich so ein halbes Hunderttausend Thaler oder anderthalb Hunderttausend Mark verschenke, befinde mich aber glücklicherweise in der Lage, gegen fünfzigtausend Thaler unter Sie verteilen zu können.«

»Fünfzigtausend Thaler! Himmel, welch ein vieles Geld! Wo haben Sie das denn so plötzlich her?«

»Das sollen Sie später erfahren, vorher aber einige Fragen - - Sie sind alle arm gewesen, haben aber doch wenigstens ein kleines Eigentum gehabt. Nicht wahr?«

»Ja. Einige hatten ein kleines Häuschen, wenn es auch nicht viel wert war; die andern besaßen wenigstens soviel, wie zu einer Arbeiterwirtschaft gehört, Betten, einige Möbel, Kleider und so weiter.«

»Das haben sie natürlich, weil man Sie fortlockte, verkauft. Wieviel haben Sie dafür bekommen?«

»Fast gar nichts. Wenn die Leute wissen, daß man fort muß und doch nichts mitnehmen kann, bieten sie nichts. Und was wir drüben für unsere Habseligkeiten bekamen, ist unterwegs vollständig draufgegangen.«

»Sie sind also nicht nur um Ihre Heimat, sondern auch um Ihre Habe gebracht worden. Hier hat man Sie unter falschen Vorspiegelungen ins Land gelockt und in ein Bergwerk gebracht, in welchem Sie ohne Lohn arbeiten, hungern, dürsten und krank werden sollten und nach kurzer Zeit elend gestorben oder vielmehr wie die Tiere verendet wären. Fühlen Sie sich für Ihre Leiden und Entbehrungen entschädigt, wenn Melton und Weller ins Strafgefängnis kommen? Bekommen Sie dadurch Ihre Heimat, Ihr Eigentum zurück?«

»Freilich nicht!«

»Ja, kein Gericht wird Sie entschädigen, Ihnen Schmerzens- oder Angstgeld zahlen. Was würde wohl geschehen, wenn ich mich Ihrer nicht annähme?«

»Wir müßten hier sterben und verderben. Für die Hazienda sind wir engagiert; dort giebt es aber keine Arbeit; an andern Orten finden wir auch keine; betteln würden wir nicht, und –«

»Würden Sie nicht?« fiel ich ihm in die Rede. »Sie müßten wohl, wenn Sie keine Arbeit hätten, denn Hunger thut weh; Sie würden aber nichts bekommen. Hier giebt es andere Verhältnisse und andere Menschen als drüben in der Heimat, wo man für die Armen sorgt und es überall tausend Menschen giebt, welche dem Bittenden eine Gabe reichen oder die hilfsbereite Hand entgegenstrecken. Ja, Sie würden hier sterben und verderben, und da ich selbst nichts übrig habe, ist mir die Hilfe für Sie nur dadurch möglich geworden, daß ich Dieb und Räuber geworden bin. Sie brauchen aber nicht vor mir zurückzuschrecken, denn ich habe nur Melton und Weller für Sie bestohlen, welche Sie in das Unglück gelockt haben. Nach dem Gesetze, welches ich in meinem Innern fühle, sind die beiden Menschen Ihnen volle Entschädigung und wohl auch noch mehr schuldig; sie hatten Geld bei sich; ich habe sie gefangen und müßte sie und ihr Geld nach den hier herrschenden Gesetzen dem Richter übergeben. Was würde die Folge sein? Das Geld würde verschwinden und die Schufte wahrscheinlich auch, um an anderm Orte wieder aufzutauchen und neuen Unfug zu treiben; Sie aber würden keinen Heller bekommen und hätten nichts, womit Sie Ihre Blöße bedecken und Ihren Hunger stillen könnten. Da ist mir denn das Gesetz in meinem Innern weit gerechter vorgekommen, als das andere, und ich habe nach den Paragraphen desselben die Sache für Sie in die Hand genommen, oder mit andern Worten, ich habe das Geld Meltons und Wellers in die Hand genommen, um Ihnen mit Hilfe desselben zu der Gerechtigkeit zu verhelfen, zu welcher ein anderer Richter Ihnen nicht verhelfen würde. Halten Sie das für unrecht?«

»Nein, nein, nein!« antwortete es im Kreise.

»Gut! Melton und Weller wissen jetzt noch nicht, daß ich ihr Geld habe. Der erstere hatte es vergraben und wird im Leben nicht erfahren, daß es fort ist. Hätte ich es nicht gefunden, so würde es noch nach hundert Jahren dort liegen. Ich werde beide Summen unter Sie verteilen.«

»Wieviel ist's, wieviel ist's?« hörte ich fragen.

»Weller hatte fünftausend und Melton eine Wenigkeit über dreißigtausend Dollars. Das ist etwas über neunundvierzigtausend Thaler oder hundertsiebenundvierzigtausend Mark.«

Rundum so tiefes Schweigen, daß man den Atem gehen hörte; dann wollte man in Freude aufjubeln; ich winkte aber energisch ab und sagte:

»Still! Kein Mensch außer Ihnen soll hören, was hier besprochen wird. Unsere Angelegenheit ist eine gerechte; aber andere würden sie wohl von einer Seite betrachten, in welcher sie in einem nicht so günstigen Licht erscheint. Auch der Jude braucht nichts davon zu erfahren. Er ist nicht so arm wie Sie; er hat sein Geld und wird bei den Yumas bleiben.«

»Er hat sein Geld?« fragte der Sprecher. »Weller hat es ihm doch genommen!«

»Ich nahm es ihm wieder ab und habe es an Jakob Silberberg zurückgegeben. Sie sehen auch daraus, daß Weller das Geld raubte, daß das Eigentum dieser beiden Menschen sehr wahrscheinlich aus unlauteren Quellen stammt und wir uns keine Skrupel darüber zu machen brauchen, wenn Sie sich durch dasselbe entschädigen. Leider wird auf den Mann nicht soviel entfallen, wie Sie wohl denken werden und im stillen vielleicht schon ausgerechnet haben.«

»O, daran habe ich schon gedacht, und jeder von uns wird darüber ebenso denken, wie ich, daß Sie einen tüchtigen Anteil vorweg zu bekommen haben.«

»Ich? Dadurch wird die Summe um keinen Heller kleiner. Ich nehme nichts. Das wäre Diebstahl. Nein, es giebt andere Personen, welche wir auch bedenken müssen.«

»Andere? - Wer wäre das?«

»Der Haziendero. Er ist schwer geschädigt worden.«

»Er hat aber doch den Kaufpreis erhalten!«

»Einen lächerlich billigen Preis!«

»Und wird die Hazienda wiederbekommen, wenn er beweisen kann, daß der Käufer sie ihm niederbrennen ließ. Den Kaufpreis kann er dann als Entschädigung behalten. Ist das nicht genug für ihn?«

»Wahrscheinlich. Es steht überhaupt noch nicht fest, daß ich ihm etwas geben werde; es kommt das ganz auf sein Verhalten an, welches mir bisher gar nicht gefallen hat. Dafür aber sind die andern Ansprüche, an welche ich denke, desto berechtigter. Melton hat nämlich bei einem Kaufmanne in Ures Waren bestellt, welche sich auf den von mir erwähnten Wagen befinden und von uns mitgenommen werden. Es ist bei der Ablieferung noch der Rest des Kaufpreises zu zahlen, und das werde ich thun, denn ich habe den Fuhrleuten versprochen, daß ihnen durch uns kein Schaden erwachsen soll; ich muß unbedingt Wort halten. Was noch übrig ist, das wird unter Sie verteilt.«

»Aber nach welchen Verhältnissen?«

»Wie ich denke, bilden Sie gegen dreißig verschiedene Parteien, von denen die eine zwar nur einen Kopf zählt, während die andere aus einer ganzen Familie besteht. Ein junger, alleinstehender Bursche kann unmöglich soviel beanspruchen, wie ein Familienvater mit Frau und mehreren Kindern. Wie gesagt, besprechen Sie sich darüber, und machen Sie mir dann Ihre Vorschläge. Aber behalten Sie diese Angelegenheit solange unter sich, bis wir diese Gegend, die Yumas und Mimbrenjos verlassen haben und uns in Chihuahua unter den Apatschen befinden. Wenn Sie nicht verschwiegen sind, kann uns leicht ein dicker Strich durch diese schöne Rechnung gemacht werden. Denken Sie, daß sehr wahrscheinlich jeder von Ihnen soviel bekommt, daß er sich drüben ankaufen und wohl auch, wenigstens für die erste Zeit, einrichten kann!«

Da trat der Sprecher zu mir heran, drückte mir herzlich die Hand und sagte:

»Was Sie da an uns thun, kommt uns so überraschend, daß wir Zeit brauchen werden, uns daran zu gewöhnen. Wie sollen wir Ihnen dafür danken!«

»Dadurch, daß Sie drüben fleißig arbeiten und Ihrer deutschen Abstammung Ehre machen. Ich habe keinen Dank zu erwarten, denn daß ich das Geld gefunden habe, hat der Zufall gefügt.«

Auch die andern reichten mir die Hände; von jetzt an gab es lebensfrohere Gesichter bei ihnen als bisher. Ich kehrte nun zu dem Häuptlinge zurück, welcher auf das Ende der Verhandlung gewartet hatte. Er wollte wissen, ob zu Winnetou geritten oder dieser geholt werden solle.

»Ich werde mit meinen Bleichgesichtern nach Chihuahua gehen,« sagte ich ihm. »Kann mein roter Bruder mir Pferde für sie geben?«

»Soviel Old Shatterhand braucht. Wir haben viele Pferde mit, welche als Packtiere gingen.«

»Und werden wir unbeschadet durch des Gebiet der Yumas kommen?«

»Meine Krieger werden euch gegen die andern Stämme beschützen, wenn diese dem Vertrage, welchen ich mit dir geschlossen habe, nicht beitreten sollten. Aber es wird schwer sein, den Transport der Bleichgesichter ohne langen Aufenthalt auszuführen, weil es an Speise fehlen wird.«

»Ich sorge für Proviant. Ich habe dir ja gesagt, daß die Wagen in meine Hände geraten sind. Wie steht es mit dem ›großen Munde‹? Erwartest du ihn hier?«

»Er wollte kommen, wenn die Herden von der Hazienda in Sicherheit gebracht worden sind.«

»So haben wir ihn heute und morgen noch nicht zu erwarten und können zu dem Häuptling der Apatschen reiten.«

»Meine Krieger haben ihre Pferde nicht hier.«

»Das ist auch nicht nötig, da nur du allein mich und den Mimbrenjo begleiten sollst.«

»Der Mimbrenjo soll auch mit? So vertraust du deine Bleichgesichter und die beiden Gefangenen ganz meinen Kriegern an?«

»Ja, du siehst, wie starken Glauben ich dir schenke. Giebt es hier kein Pferd für dich?«

»Außer dem, von welchem du vorhin Weller gerissen hast, befinden sich hier zwei, welche für Melton und mich bestimmt waren. Sie sind bei einem Wasserpfuhle an der Ostseite des Felsens versteckt.«

»So sende hin, um dir das schnellste holen zu lassen, da wir baldigst aufbrechen müssen, wenn wir Winnetous Lager noch vor Nacht erreichen wollen. Auf dem anderen Rosse kannst du einen Boten zu den Kriegern senden, welche Eure Pferde bewachen, damit sie erfahren, was geschehen ist und was sie zu thun haben. Sie müssen morgen abend mit sämtlichen Tieren hier sein, weil ich übermorgen früh den Ritt nach Chihuahua beginnen werde.«

Er war einverstanden, und bald wurde ihm das Pferd gebracht. Ich erklärte den Deutschen, wie sie sich während meiner Abwesenheit gegen ihre frühern Feinde und jetzigen Freunde zu verhalten hatten; der Häuptling that dasselbe seinen Leuten gegenüber und gebot ihnen besonders, die Gefangenen nicht aus den Augen zu lassen. Dann ritten wir fort, begleitet von den Abschiedsrufen unserer Leute. – – –

ZWEITES KAPITEL

Yuma-Tsil

Wir mußten unsere Pferde ungewöhnlich ausgreifen lassen, denn der Weg, zu welchem sie herzu einen ganzen Tag gehabt hatten, mußte heute in viel kürzerer Zeit zurückgelegt werden. Der Häuptling hielt sich höflich mir zur Linken. Er machte ein nachdenkliches Gesicht; es fiel ihm nicht leicht, das, was seit gestern abend geschehen war, als endgültiges Faktum hinzunehmen. Hinter uns ritt der Mimbrenjo. So oft ich einen Blick zurück auf ihn warf, sah ich sein bronzenes Gesicht in stiller Heiterkeit strahlen. Er war mit dem so unerwarteten Ergebnisse unsers Rittes ebenso zufrieden wie ich und sagte sich mit vollem Rechte, daß er auch sein gutes, volles Teil zu diesem Erfolge beigetragen habe.

Das Pferd der »listigen Schlange« war sehr gut ausgeruht, sonst wäre es hinter den unsrigen zurückgeblieben; es hielt sich so tapfer, daß wir, eben als die Sonne im Westen verschwand, die Stelle erreichten, wo wir mit den Wagen nach Norden abgewichen waren. Wir folgten dieser Richtung. Es wurde dunkel, und da bat ich den Häuptling, mit dem Mimbrenjo halten zu bleiben und erst nach einer halben Stunde nachzukommen. Ich wollte die Unseren überraschen. Darum ließ ich das Pferd und die Gewehre bei den beiden und ging zu Fuß weiter.

Ich hatte bis zum Lager wohl zehn Minuten zu gehen und war überzeugt, daß von Winnetou Posten ausgestellt worden waren. Ein brenzlicher Geruch sagte mir, daß ein Feuer brannte. Das war ein Zeichen, daß Winnetou sich ziemlich sicher fühlte. Da ich auf Kundschaft fort war, so wußte er, daß ich, falls uns eine Gefahr drohen sollte, gewiß kommen würde, um ihn zu benachrichtigen; also stand, solange ich abwesend blieb, wenigstens nichts Bedeutendes zu befürchten. Es war ganz dunkel; demnach konnte ich die Posten, an welchen ich gern unbemerkt vorüber wollte, nicht sehen und mußte mich auf mein Gehör verlassen. Da ich die Eigentümlichkeit des Apatschen kannte, so wußte ich ziemlich genau, in welcher Weise er die Posten aufgestellt hatte, und konnte sie also vermeiden. Um aber einen, der sich dennoch in meinem Wege befinden sollte, aus demselben zu bringen, bückte ich mich nieder und suchte mir mit Hilfe des Tastsinnes einige Steinchen zusammen. Von diesen warf ich, indem ich langsam vorwärts schlich, von Zeit zu Zeit einen seitwärts ins Gesträuch. Dies verursachte ein Rascheln, auf welches der Posten gewiß achtete und dem er nachging, um zu untersuchen, wodurch es verursacht worden sei; dadurch kam er mir aus dem Wege.

Auf diese Weise kam ich schnell und ganz unbemerkt nahe genug, um das kleine Feuer zu sehen, welches brannte. Nun mußte ich mich auf den Boden legen und schob mich zollweise weiter hinan. Winnetou hatte seine Vorkehrungen so gut getroffen, daß einer, dem seine Eigenheiten fremd waren, ihn unmöglich beschleichen konnte. Die Flamme brannte auf der Lichtung; um dieselbe lagen, um leicht bewacht zu werden, die Gefangenen; die Mimbrenjos hatten sich als Wächter in einem Ringe um dieselben gelagert. Rechts im Dunkel standen die Wagen mit den daran gebundenen Zugtieren. Links von mir saß der Apatsche, mit dem Rücken an einen Baum gelehnt; in seiner Nähe hatte sich der Yumatöter niedergelassen, und nicht weit davon, gerade vor dem Strauch, hinter welchem ich steckte, gab es eine Männergruppe, in welcher eine zwar nicht laute, aber desto lebhaftere Unterhaltung geführt wurde. Indem ich die anwesenden Mimbrenjos zählte, sah ich, daß nicht weniger als sechs von ihnen auf Posten standen. Das Wunder, unbemerkt zwischen ihnen hindurchgekommen zu sein, hatte ich nur dem Experimente mit den Steinchen zu verdanken.

In der erwähnten Gruppe saßen auch der alte Pedrillo und der sonderbare Don Endimio de Saledo y Coralba, der Jurisconsulto und der Haziendero. Der alte Pedrillo war eben daran, eines seiner in den Vereinigten Staaten erlebten Abenteuer zu erzählen. Er nahm dabei Gelegenheit, von der Schlauheit, deren man sich zu bedienen hat, um einen Feind des Nachts von sich abzuhalten, zu reden, und behauptete dabei:

»Ich habe da manchen Roten beschlichen; aber keinem von ihnen ist es gelungen, an mich zu kommen.«

»Was ist das weiter!« meinte der Haziendero. »Man brennt kein Feuer an, so kann man nicht gesehen und gefunden werden.«

»Pah! Was versteht Ihr davon, Don Timoteo! Feuer oder nicht, das ist einem Roten ganz gleich. Nur muß man, wenn man ein Feuer hat, mehr aufpassen und tüchtig Posten stellen. Wir zum Beispiele haben sechs um unsere Büsche stehen; da ist es vollständig unmöglich, sich ungesehen heranzuschleichen.«

Winnetou hatte die Augen, als ob er schlafe, geschlossen gehalten; jetzt öffnete er sie, richtete seinen Blick auf den Sprecher und sagte:

»Der alte Pedrillo darf dies nicht behaupten. Es giebt Jäger, welche doch herankämen, rote und weiße. Wende dich um, und greif in den Busch, in welchem Old Shatterhand liegt!«

Wenn ich es vorhin ein Wunder nannte, daß ich ungesehen und ungehört so weit gekommen war, so muß man es ein zehnfaches Wunder heißen, daß Winnetou nicht nur bemerkt hatte, daß sich jemand hinter dem Strauch befand, sondern auch wußte, wer es war. Und doch hatte er, freilich nur scheinbar, die Augen geschlossen gehalten. Dies pflegte er zu thun, wenn er sein Gehör einmal mehr als sonst anstrengen wollte. Pedrillo drehte sich auch um und fuhr mit der Hand in den Busch; ich richtete mich auf und trat heraus, indem ich zu dem Apatschen sagte:

»Meinem Bruder Winnetou kann nichts entgehen; seine Augen und Ohren sind schärfer als die meinigen.«

Als ich so plötzlich vor dem tapfern Don Endimio de Saledo y Coralba auftauchte, fiel er vor Schreck hintenüber und stieß einen so markerschütternden Schrei des Entsetzens aus, als ob ihm der leibhafte Gottseibeiuns erscheine. Die Mimbrenjos dachten nicht an ihre wohlgepflegte Gewohnheit, selbst das unerwartetste Ereignis mit stoischer Ruhe hinzunehmen; sie sprangen vom Boden empor und starrten mich auch an wie einen Geist. Auch die gefangenen Yumas richteten sich so weit auf, wie ihre Fesseln es erlaubten. Sie wußten, daß ich nach Almaden geritten war, und meinten nun, durch mich zu erfahren, wie die Verhältnisse dort standen. Sie hatten wohl gehofft, daß ich nicht wiederkommen werde, sondern daß ihre dortigen Krieger mich ergreifen oder gar wegputzen würden.

Von dem ersten Wagen her erscholl ein Schrei. Dort hatte der Player gelegen, an den Händen gebunden und von einem Mimbrenjo bewacht. Er kam herbei, drängte sich mit den Ellbogen durch die mich umringenden Personen und rief mit einer Freude, welche sichtlich aufrichtig war:

»Gott sei Dank, Sir, daß Ihr unverletzt wieder hier seid! Ich habe schlimme Angst ausgestanden.«

»Angst? Warum?« fragte ich ihn.

»Weil, wenn Euch ein Unglück geschehen wäre, man vielleicht behauptet hätte, daß ich schuld daran sei, weil ich Euch falsch berichtet habe. Und doch meine ich es ehrlich mit Euch!«

»Davon bin ich jetzt überzeugt. Was Ihr mir gesagt und beschrieben habt, hat sich alles als wahr herausgestellt.«

Ich erzählte, daß ich in seiner Höhle gewesen sei, Almaden ausgeforscht und mit Weller und Melton gesprochen habe – mehr sagte ich noch nicht.

»Dann sind hundert Engel bei Euch gewesen, die Euch beschützten,« sagte er. »Welch ein Glück, daß es ohne Unfall abgelaufen ist! Diese Verwegenheit hätte Euch übel bekommen können, und dann wäre der Verdacht der Untreue auf mich gefallen.«

»Möglich! Aber ich bescheinige Euch hiermit vor allen diesen Zeugen gern, daß ich Euch von jetzt an vollständig trauen werde, und nehme Euch zum Beweise dafür Eure Handfesseln ab. Laßt Euch Eure Waffen geben, die ich Euch an der Hazienda abgenommen habe. Ihr seid frei!«

Die Freude des umgekehrten Verirrten war groß; aber der Haziendero rief mir zu:

»Was thun Sie da, Sennor! Sie lassen einen Mann frei, der bestraft werden muß. Es ist erwiesen, daß er an der Zerstörung meiner Besitzung beteiligt war! Ich befehle Ihnen, kraft meines Amtes, ihm die Fesseln wieder anzulegen!«

»Sie haben mir gar nichts zu befehlen! Ich aber befehle Ihnen, sich wieder niederzusetzen und den Mund zu halten. Wer Gefangener bleiben soll, das haben nicht Sie, sondern Winnetou und ich zu bestimmen. Das werde ich Ihnen beweisen, indem ich noch andere freigebe.«

Bei diesen Worten trat ich zu dem ›schnellen Fische‹, zerschnitt seine Fesseln und sagte:

»Mein roter Bruder ist frei; er mag aufstehen. Die Krieger der Mimbrenjos mögen den Kriegern der Yumas die Riemen abnehmen; ich gebe sie alle frei, denn ich habe mit der ›listigen Schlange‹, dem Häuptlinge der Yumas bei Almaden, Frieden geschlossen und das Kalumet geraucht.«

Ein vielstimmiger Schrei erscholl; die Mimbrenjos stießen ihn vor Verwunderung, die Yumas vor Entzücken aus. Die Wirkung meiner Worte war sogar bei Winnetou in einer Weise zu sehen, welche ich bisher für unmöglich gehalten hatte. Er erhob sich rasch, trat zu mir heran und fragte hastig:

»Das Kalumet geraucht?«

»Mit ihm und allen seinen Kriegern,« antwortete ich.

»So sind die Yumas von Melton abgefallen?«

»Ja, und er und Weller sind gefangen. Die Bleichgesichter sind frei.«

»Wo befinden sie sich?«

»In Almaden bei ihren Freunden, den Yumakriegern. Morgen reiten und fahren wir alle hin, um das Fest des Kalumets zu feiern.«

Da legte er seine beiden Hände auf meine Achseln und rief aus:

»Habt ihr es gehört, ihr roten und ihr weißen Männer? Das, was wir mit vielen Kriegern nicht zu erzwingen glaubten, hat Old Shatterhand allein fertig gebracht. Er ist mehr als hundert, als zweihundert bewaffnete Männer!«

»O nein! Ich habe Glück, Glück gehabt, und das Wenige, was ich mir selbst zuschreiben darf, kommt auf die Rechnung Winnetous, der mein Lehrmeister gewesen ist.«

»Das sage mein Bruder nicht. Der Meister würde das nicht fertig bringen, was der Lehrling fertig gebracht hat.«

»Nein, nein! Du wirst erfahren, wie alles zugegangen ist, und mir dann recht geben, daß der Zufall dabei die größte Rolle gespielt hat.«

Während ich Rede und Gegenrede mit ihm wechselte, wurden die Yumas von ihren Banden erlöst. Das geschah natürlich nicht ohne Lärm, durch welchen die Posten herbeigelockt wurden, indem sie mit Recht annahmen, daß bei solchem Geschrei die Bewachung des Lagers eine Lächerlichkeit sei; sie mischten sich unter die andern. So kam es, daß man die Ankunft des Mimbrenjo mit der »listigen Schlange« erst bemerkte, als sie schon da waren und von den Pferden stiegen. Der wackere Knabe wurde von unsern Leuten, der Häuptling von seinen Yumas umringt, und nun gab es einen wahren Jahrmarkt von Ausrufen, Fragen und Antworten, daß es einem bei diesem wirren Durcheinander von Menschen und Stimmen hätte angst und bange werden mögen.

Ich schlich mich davon, um für mein und Winnetous Pferd zu sorgen und meine Gewehre wieder an mich zu nehmen. Darauf setzte ich mich zu dem Apatschen, um dem frohen Treiben zuzusehen und dabei etwas zu essen und einige Schlucke Wein zu trinken, von dem sich mehrere Flaschen in einem der Wagen befanden.

Es dauerte lange, ehe der Lärm sich minderte, und es wäre gewiß auch nicht sobald Ruhe eingetreten, wenn man nicht gewünscht hätte, zu erfahren, wie das große Ereignis der Aussöhnung mit den Yumas und der Gefangennahme Meltons und Wellers zu stande gekommen war. Mein kleiner Mimbrenjo mußte sich so setzen, daß alle ihn bei dem jetzt hochgeschürten Feuer sehen und auch hören konnten, und die Geschichte erzählen. Er that dies mit dem größten Vergnügen und wurde dabei durch die zeitweiligen Erläuterungen der »listigen Schlange« unterstützt. Ich selbst sagte kein Wort dazu und unterbrach nur dann und wann den Erzähler durch eine warnende Handbewegung, wenn er in übermäßigem Eifer zu meinem Lobe sprach.

An einen der Anwesenden hatte ich nicht gedacht, weil ich ihn nicht sah. Erst während der Erzählung merkte ich ihn. Er hatte sich vorher ferngehalten, hing nun aber mit seinen Augen an dem Munde des Mimbrenjoknaben. Das war der Athlet, welcher natürlich vorzüglich von Judith hören wollte. Der Knabe hatte meine Unterredung mit ihr und ihrem Vater nicht gehört und unterließ es auch auf einen Wink von mir, die Bedingung, daß die Jüdin die Squaw des Häuptlings werden solle, zu erwähnen; darum erfuhr der Herkules nichts von dem Schlage, welcher seinem schwachen Herzen bevorstand. Später aber, als die Aufregung vorübergegangen und die Neugierde gestillt worden war und dieser und jener sich ein Plätzchen zur Nachtruhe suchte, that auch ich letzteres und kam dabei in seine Nähe. Das benutzte er sofort, mich auf die Seite zu führen und auszufragen. Es konnte mir nicht einfallen, diesen Riesen an Körper und Zwerg an Charakter schonend zu behandeln; ich hielt es vielmehr für geraten, ihm reinen Wein einzuschenken; vielleicht wurde er dadurch von der Krankheit oder vielmehr Verirrung seines Herzens geheilt. Wen Judith heiraten wolle, verschwieg ich noch, weil der hastige, entschlossen drohende Ton, in welchem er sprach, es mir rätlich erscheinen ließ. Der Verlobte Judiths befand sich bei uns und war unser Gast. Was ihm Schlimmes bei uns geschah, das hatten wir zu verantworten, und der Eifersucht des Riesen durfte ich keine Selbstbeherrschung zutrauen.

Später lag alles in tiefer, ungestörter Ruhe. Wir hatten keine Posten ausgestellt und konnten zum erstenmal ohne Furcht schlafen. Er aber fand wohl keinen Schlaf; der Gedanke an die Untreue der einstigen Verlobten raubte ihm denselben. Desto lebhafter ging es am frühen Morgen her. Es wurde zum Aufbruche gerüstet, und als der Zug sich in Bewegung setzte, befand sich diesmal kein einziger gefesselter Mensch bei demselben.

Es ging schneller, als man bei der Schwerfälligkeit der Wagen hätte meinen sollen, da mit Hilfe von Lassos an jedem derselben mehrere Reiter ihre Pferde vorspannten. Dazu kam noch der Umstand, daß wir durch eine Wüste kamen, welche eben war und uns durch keinen Strauch oder Baum den Weg verlegte. Wir fuhren sehr oft im Galopp und kamen noch vor Abend am Yumalager vor Almaden an, wo wir von den Weißen wie von den Roten lebhaft bewillkommnet wurden.

Die durstig gewordenen Tiere mußten getränkt werden; zu fressen konnten wir ihnen aber heute leider nichts bieten. Dazu eignete sich am besten die Nebenhöhle, welche genug Wasser für alle enthielt. Der kleine Mimbrenjo mußte die Yumas hinführen, und diese staunten nicht wenig, als sie nach Wegräumung des Gerölles die Höhle sahen, von der sie keine Ahnung hatten, und dazu hörten, daß wir durch dieselbe in den Schacht gekommen seien.

Gleich nach unserer Ankunft trug sich ein Ereignis zu, welches von traurigen Folgen begleitet war. In den ersten Augenblicken bewegte sich alles durcheinander, so daß der einzelne nicht in die Augen fiel; dann aber, als sich ruhigere Gruppen gebildet hatten, hörte ich die Stimme Meltons, welcher dem entfernt von ihm liegenden Weller zurief:

»Weller, dort ist der Player, und nicht gefesselt wie wir! Wie geht das zu?«

»Wo?« fragte der Angerufene. »Ah, dort! Ich sehe ihn. Sollte der Schuft den Verräter gemacht haben?«

»Natürlich! Anders kann es nicht sein, da er sonst gebunden wäre, wie wir gebunden sind. Hätte ich meine Hände und Füße frei!«

»Ja, hätten wir sie frei, wir würden ihm den Judasgroschen auszahlen. Player, he, Player!«

»Was giebt es?« fragte der Genannte, als er den Ruf hörte.

»Komm doch einmal her! Ich muß dich um etwas fragen.«

Noch ein anderer hörte den Ruf, nämlich der Herkules.

»Ah, der alte Weller!« hörte ich ihn sagen. »Der ist mein Mann.«

Er folgte dem Player nach der Stelle, wo Weller lag. Ich ging hinter ihm her, um möglicherweise eine Uebereilung zu verhüten. Der Riese schien den Kolbenhieb des jungen Weller überwunden zu haben; aber ob er den Wunsch nach Rache ebenso überwinden werde, das war eine andere Frage. Ich hätte den nun zwischen Weller und dem Player stattfindenden Wortwechsel nicht zugeben sollen und auch leicht verhindern können, aber ich dachte, vielleicht noch etwas erfahren zu können, und es war ganz so, als ob das, was nun geschah, nicht anders hätte kommen können.

»Wie kommst denn du hierher?« fragte Weller in einem keineswegs feindlichen Tone.

»Ich wurde von Old Shatterhand überrumpelt und gefangen genommen.«

»So bist du sehr unvorsichtig gewesen! Dir scheint es aber besser zu gehen als mir und Melton, denn du bist frei. Wie kommt das? Wahrscheinlich hast du dich bei Old Shatterhand und Winnetou eingeschmeichelt. Wie?«

Der Gefragte überlegte einige Augenblicke, ob er die Wahrheit zugeben oder leugnen solle, und antwortete dann:

»Warum sollte ich nicht! Da wir Old Shatterhand und den Apatschen gegen uns hatten, so war fast mit Sicherheit vorauszusehen, daß wir den kürzern ziehen würden; sodann hatte ich, wie ich dir heute sagen will, gar wohl durchschaut, daß ihr beiden den Löwenanteil für euch behalten und mich mit einer Wenigkeit abfinden würdet, und endlich – –«

»Nun, endlich? Was weiter?« fragte Weller, als der andere einen Augenblick innehielt.

»Endlich,« fuhr dieser fort, »gingen mir auch die armen Teufel im Kopfe herum, welche so schmählich da unten im Schachte verkommen sollten. Sie thaten mir leid, und ich begann, einzusehen, daß das, was wir an ihnen verübt hatten und noch verüben wollten, ein sehr schweres Verbrechen sei.«

»Ah, so bist du wohl ganz plötzlich ein Betbruder geworden?«

»Das nicht, aber vielleicht werde ich es noch, um das, was ich mit euch begangen habe, unserm Herrgott abzubitten.«

»Kannst du sagen, was man mit uns vornehmen wird?«

»Ich befürchte, daß ihr keine Hoffnung habt, jemals wieder freizukommen.«

»Eigentlich hast du dasselbe Schicksal verdient wie wir, dennoch aber freut es mich, daß wenigstens einer von uns so gut gefahren ist. Wie steht es denn mit meinem Sohne? Ich habe euch gesucht, um zu erfahren, was mit ihm vorgenommen worden ist, euch aber nicht gefunden.«

»Willst du die Wahrheit hören?«

»Ich werde wohl nicht daran sterben. Also nur heraus damit! Du weißt, daß ich kein Schwächling bin.«

Letzteres mochte wahr sein, dennoch lag eine furchtbare Angst in dem fragenden Blicke, den er erwartungsvoll auf den Player richtete. Der Vater machte sich in ihm geltend. Als der Gefragte nicht sogleich antwortete, fuhr er fort:

»Also aufrichtig gesagt, ist er tot?«

»Ja.«

»Tot, also tot!« wiederholte er, indem er die Augen schloß. Man sah, welche Wirkung die Nachricht auf ihn ausübte. Die Wangen fielen nach innen, und sein Gesicht bekam für kurze Zeit das Aussehen eines Toten. Dann öffnete er die Augen wieder und erkundigte sich:

»Was für ein Tod?«

»Erwürgt durch – –«

»Durch mich!« antwortete jetzt der Athlet. »Ihr Schurken glaubtet mich tot, aber mein Schädel war fester, als ihr dachtet. Ich bekam nur ein kurzes Fieber, und in diesem Fieber habe ich deinen Buben mit den Fäusten erwürgt, sowie ich dich bei voller Besinnung erwürgen möchte und auch noch erwürgen werde!«

Weller schloß die Augen zum zweitenmal und für längere Zeit als vorhin. Was mußte jetzt in ihm vorgehen! Als er sie öffnete, zeigte sein Gesicht das Gegenteil von dem, was ich erwartet hatte, nicht Haß, Grimm und Wut, sondern einen, fast möchte ich sagen, sanften und rührenden Zug der Ergebung. Und in einem solchen Tone wendete er sich an den Player:

»Du hast also Winnetou und Old Shatterhand mit ihren Mimbrenjos hierhergeführt?«

»Ja, ich leugne es nicht; aber sie hätten den Weg auch ohne mich gefunden.«

»Mag sein, doch war es von dir dennoch ein Verrat gegen uns, den du besser unterlassen hättest. Mit deiner Gefangennahme und deinem Uebergange zu den Gegnern hat unser Pech eigentlich erst begonnen. Es wird wohl aus mit uns sein, und da habe ich einen Wunsch, der meine Hinterlassenschaft betrifft. Würdest du ihn mir als alter Kamerad erfüllen?«

»Wenn ich kann, ja.«

»Du kannst es, ohne ein Unrecht zu thun und ohne alle Mühe. Komm her zu mir!«

Der Player trat ihm einen Schritt näher und bog sich leicht zu ihm nieder. Eine plötzliche Regung in mir wollte mich veranlassen, ihn zu warnen; aber was konnte ihm Weller thun? Er war an den Füßen und Armen gefesselt und außerdem durch meinen Schuß an der Rechten so verwundet, daß er dieselbe nicht bewegen konnte.

»Noch leiser muß ich reden, noch leiser. Komm also näher; kniee da nieder!«

Der Player entsprach dieser Forderung, indem er sich auf das Knie niederließ, und ging damit in die ihm so schlau gestellte Falle des äußerlich so ergeben erscheinenden und innerlich doch von unbeschreiblicher Wut durchtobten Verbrechers. Dieser stemmte nämlich die Ellbogen fest auf die Erde und hob blitzschnell die Beine hoch empor, um sie ebenso schnell auf die Achseln des Players niederzusenken. Es muß dabei daran erinnert werden, daß nicht seine Beine, sondern unten seine Füße und zwar an den Fußgelenken, zusammengebunden waren; er konnte die Beine also in den Hüftgelenken hochheben und bei den Knieen soweit auseinandernehmen, daß zwischen ihnen eine Oeffnung entstand, in welche der Kopf des Players zu stecken kam. Darauf preßte Weller die Kniee mit aller Kraft an dem Halse seines frühern Kameraden zusammen, sodaß sich dessen Gesicht sofort blau färbte, und schrie dabei jubelnd und in einem ganz andern Tone, als er vorhin gesprochen hatte:

»Habe ich dich überlistet, du zehnfacher Schurke? Und du hast meinem freundlichen Gesicht geglaubt, du hundertfacher Dummkopf! Rache will ich haben, Rache! Ist infolge deines Verrates mein Sohn erwürgt worden, so sollst nun du dafür auch erwürgt werden!«

»Ja, gieb es ihm, gieb es ihm!« munterte ihn Melton unter teuflischem Lachen auf. »Laß ihn nicht los, ja nicht los!«

Man weiß, welche Kraft in den Knieen eines erwachsenen Mannes liegt. Dazu kam, daß die Füße durch die Riemen vereinigt waren und in dieser Vereinigung einen Halte- oder Hebelpunkt fanden, durch welchen die ursprüngliche Kraft der Kniee vervielfältigt wurde. Eine einzige Minute genügte, den Player zu erdrosseln. Ich sprang natürlich augenblicklich hinzu, um ihm zu helfen; der Goliath kam mir aber doch zuvor. Er warf sich nieder, klammerte seine Riesenhände um den Hals Wellers und rief:

»Du selbst wirst erwürgt werden, sowie ich deinen Sohn erwürgt und es dir soeben auch versprochen habe!«

Dies Verfahren, dem Bedrohten zu Hilfe zu kommen, war grundfalsch, denn als Weller der Atem auszugehen begann, krampfte die Todesangst seine Beine noch fester als vorher um den Hals des Players. Ich packte sie, um sie auseinander zu ziehen, doch vergeblich; ich besaß nicht Kraft genug, und kein Mensch hätte sie besessen, die fürchterliche Anspannung der Muskeln und Sehnen zu überwinden. Mein Angriff mußte sich gegen den erwähnten Hebelpunkt richten; ich riß also, selbst auch voller Angst, mein Messer heraus und schnitt die Fußriemen entzwei, worauf ich die Füße auseinander zwang und, mich zwischen dieselben klemmend, dann auch die Kniee zu öffnen vermochte. Der Kopf des Players bekam Raum und sank zur Erde nieder; der arme Teufel lag wie ein Toter da, rotblau angeschwollen im Gesichte. Dafür legten sich die Beine Wellers nun mit aller Gewalt um mich.

»Lassen Sie los!« rief ich dem Athleten zu. »Sie ermorden ihn ja!«

»Ermorden?« lachte er grimmig. »O nein, ich bestrafe ihn nur.«

Ich sah, daß er den bisherigen Druck seiner Hände verstärkte, und konnte es doch nicht hindern, obgleich ich ihn von hinten packte und wegreißen wollte. Endlich ließ er los, versetzte dem ohne Bewegung daliegenden Körper einen Fußtritt und sagte, tief Atem holend:

»So, es ist aus mit ihm! Der sperrt keinen Menschen mehr ein und überfällt auch keinen wieder im Schlafe. Nun, mögen die Geier ihn fressen, wie sie seinen Sohn fraßen und mich fressen sollten!«

Es machte mir Mühe, von den Beinen des Gewürgten loszukommen. Natürlich sah ich dann zunächst nach dem Player. Er begann schon leise nach Luft zu schnappen, lebte also noch und war gerettet; Weller aber war tot, erstickt unter den Fäusten des Riesen, der sich über sein grausiges Werk freute.

»Wissen Sie, daß Sie ein Mörder sind? Ich sollte Sie binden lassen und dem Richter übergeben!« fuhr ich ihn in Gegenwart aller an, welche herbeigekommen waren, um dem Ausgange der grausigen Scene beizuwohnen.

»Ein Mörder?« antwortete er. »Sie verwechseln die Begriffe, denn Sie haben mich keinem Richter zu übergeben, sondern ich selbst habe das Amt eines solchen ausgeübt.«

»Nein, sondern das Amt eines Henkers. Mir graut vor Ihnen!«

»Wirklich? Sagen Sie mir doch, wen Judith heiraten will; es zuckt mich gewaltig in den Fingern, den Kerl gleich auch beim Halse zu nehmen!«

Während er das sagte, sah er aus, als ob er die Drohung augenblicklich wahr machen würde; es konnte mir also nicht beikommen, ihm die gewünschte Auskunft zu geben. Er bekam sie aber von anderer Seite. Nämlich unter denen, welche sich herbeigedrängt hatten, stand auch Judiths Vater, welcher, als er die Worte des Herkules hörte, gleich antwortete:

»Das können Sie erfahren. Die Tochter meiner Seele hat nicht nötig, sich zu hängen an einen herumziehenden Gaukler; sie wird sein die Beherrscherin eines berühmten Indianerstammes und glänzen in Juwelen, Gold und Seide wie eine Königin.«

Der Athlet sah dem ebenso unvorsichtigen wie äffischen Alten beinahe verblüfft in das Gesicht, schüttelte den Kopf und fragte:

»Die Beherrscherin eines Indianerstammes? Wie soll ich das verstehen?«

»Das ist so zu verstehen, daß sie wird sein die bewunderte und angebetete Gemahlin der ›listigen Schlange‹, welcher Häuptling des Yumastammes ist.«

»Was? Indianerin will sie werden?« lachte der Riese ungläubig. »Ihr wollt wohl Komödie spielen!«

»Nein, sondern wir wollen, daß die Komödie mit Ihnen endlich einmal ein Ende hat. Wir werden bei den Yumas bleiben, Judith und ich; Sie aber müssen mit nach Texas ziehen. Wir werden einen Palast und ein Schloß bekommen; Sie aber werden Klee ackern und Rüben pflanzen!«

Der andere fuhr sich mit der Hand nach dem Kopfe, stierte im Kreise umher, ließ dann seinen Blick auf mir haften und sagte:

»Herr, machen Sie diesem kindischen Tingel-Tangel ein Ende, indem Sie mir die Wahrheit berichten! Was habe ich von dem Kauderwelsch dieses alten Mannes zu halten?«

Es war jetzt unmöglich, es ihm länger zu verhehlen; darum antwortete ich:

»Sie haben die Wahrheit gehört; der Häuptling begehrt Judith zum Weibe und hat dies zu einer der Vorbedingungen des abgeschlossenen Friedens gemacht.«

»Der – – Häupt – – ling? Unglaublich! Dies Mädchen, dies Wunder von Schönheit will sich einem Roten an den Hals werfen? Sie treiben da einen Scherz mit mir, den ich mir verbitten muß!«

»Es ist Thatsache.«

»So bin entweder ich nicht bei Sinnen, oder Sie alle sind

verrückt geworden. Sag, Judith, ist's wahr, was ich höre? Du willst als Frau bei der ›roten Schlange‹ bleiben?«

»Ja,« nickte sie erhaben. »Ich werde Königin der Yumas sein.«

»Wirklich, wirklich? Es ist keine Lüge?«

Mir wurde himmelangst, denn ich sah, daß er sich in einer Aufregung befand, welche sich von Wort zu Wort steigerte. Auch konnte der Kolbenhieb, den er auf den Kopf erhalten hatte, vielleicht nicht ohne Wirkung auf sein Gehirn geblieben sein; ich wollte ihm eine beruhigende Antwort geben, aber das Mädchen, welches zur Unzeit herbeigekommen war, erwiderte schneller als ich:

»Deinetwegen mache ich keine Lüge. Ich habe mich mit dem Häuptling verlobt, und du kannst deines Weges gehen!«

Da traten seine Augen wild hervor; er ballte die Fäuste und blickte suchend nach dem Häuptling aus. Die Katastrophe war da. Er sah ihn unfern bei einer Gruppe von Yumas stehen, begann, sich den Weg durch die Umstehenden zu bahnen, und schnaubte:

»Also doch, doch, doch! Macht Platz, macht Platz! Ich muß mit dem Kerl reden, aber mit den Fäusten. Ich bin einmal beim Erwürgen; er soll der nächste sein und den Wellers folgen.«

Es stand fest, daß er seine Worte wahr machen würde, wenn es ihm gelang, den Häuptling zu erreichen; ich drang ihm also nach, hielt ihn von hinten fest und rief:

»Bleiben Sie, Sie Unglücksmensch! Die Sache ist nicht zu ändern; der Häuptling steht unter meinem Schutze, und wer ihn anrührt, dem gebe ich eine Kugel!«

Er wendete sich zu mir um, nahm mich mit einem vor Aufregung vollständig verzerrten Gesichte in die Augen und zischte mich zwischen den zusammengepreßten Zähnen heraus an:

»Kerl, laß mich, sonst nehme ich dich selbst zwischen die Finger! Oder meinst du, weil sich alle andern vor dir fürchten, daß du es auch mit mir aufnehmen kannst?«

Es war ihm jetzt jede That zuzutrauen. Die andern wichen von ihm zurück; ich zog meinen Revolver und antwortete:

»Solange wir Frieden halten, haben wir uns beide nicht vor einander zu fürchten; aber wenn Sie nur einen einzigen Schritt zu mir her oder nach dem Häuptlinge thun, bekommen Sie alle diese sechs Kugeln in den Kopf. Sie sind jetzt ein wütendes Tier und müssen als solches behandelt werden. Es giebt Millionen Mädchen auf der Welt. Schicken Sie sich in das Unvermeidliche; nehmen Sie Verstand an, und beruhigen Sie sich!«

Ich sprach diese Aufforderung in begütigendem Tone aus. Er verzog sein Gesicht zu einem unbeschreiblichen, krampfartigen Grinsen und meinte:

»Beruhigen! Ja, ich will mich beruhigen und vielleicht werden auch andere mit mir ruhig werden. Also, Sie sagen, die Sache ist nicht mehr zu ändern?«

»Es ist so, wie ich sage.«

»Es war Bedingung, daß Judith die Frau des Roten wird? Und Sie werden den Häuptling beschützen?«

»Nicht nur ich allein, sondern überhaupt alle, die sich hier befinden. Es wird Ihnen nicht gelingen, ihn zu erreichen, ihn auch nur zu berühren, denn jeder von uns ist bereit, Sie augenblicklich niederzustrecken. Es ist das unsere Pflicht. Wir können unmöglich zugeben, daß ein einzelner einer überspannten Neigung wegen den Frieden bricht und die Gefahr noch größer heraufbeschwört, als sie vorher gewesen ist. Wenn Sie den Häuptling töten oder auch nur verletzen, werden seine Leute augenblicklich über uns herfallen!«

»Und da fürchten Sie sich? Hört es, ihr Leute, der berühmte Shatterhand fürchtet sich; er hat Angst! Doch es ist ja ganz richtig so; eure Haut darf nicht geritzt werden; ihr dürft keinen Tropfen euers kostbaren Blutes verlieren, und auch von dem lieben Häuptlinge soll nicht soviel genommen werden, wie unter einem Fingernagel steckt. Ich aber, ihr Memmen, fürchte mich nicht vor dem Blute und werde euch dies beweisen. Der Rote soll, weil ihr euch so um ihn ängstigt, heilig gehalten werden, und ich werde ruhig sein, und

Judith, seine Braut, soll ebenso ruhig werden. Her mit der Schlüsselbüchse, welche ihr doch nicht zu gebrauchen versteht, ihr Feiglinge!«

Der Juriskonsulto stand mit dem Haziendero in seiner unmittelbaren Nähe; der erstere war, wie schon erwähnt, ganz lächerlicherweise bis an die Zähne bewaffnet, auch mit einem Revolver, und der Haziendero trug auch einen solchen in seinem Gürtel. Mit einem schnellen Griffe bekam der Athlet diese beiden Waffen in seine Hände, richtete die eine auf Judith, die andere gegen seinen eigenen Kopf und drückte ab. Die meisten der Anwesenden schrieen vor Entsetzen auf. Ich hatte so eine Wendung der Scene mit in die Berechnung gezogen und mich sprungfertig gehalten. Daß er die Revolver bekam, konnte ich nicht verhindern; aber als er sie gegen sich und das Mädchen richtete, stand ich schon bei ihm und griff zu. Ich konnte nur seinen rechten Arm erlangen, welchen er nach Judith ausgestreckt hielt und schlug denselben in die Höhe, sodaß die Kugel über die Köpfe der Umstehenden hinwegflog. Er schoß mit dieser Hand noch ein zweites Mal und die Kugel nahm dieselbe Richtung; dann begann er zu schwanken, denn während es mir gelungen war, Judith zu beschützen, hatte er sich mit der Linken zwei Schüsse in die Schläfe gegeben. Seine Arme sanken herab; er drehte sich halb herum, und ich fing ihn in den Armen auf; seine Augen schlossen sich.

»Ruhig, ruhig!« brachte er noch hervor; dann war es mit seinem Leben und mit seiner unglückseligen Liebe zu Ende.

Ich ließ ihn langsam niedergleiten und vermag nicht zu sagen, was ich dabei in meinem Innern empfand. Es erklangen alle zornigen und klagenden, alle tiefen und hohen Saiten desselben. Der Tote war ein charakterloser Schwächling, aber ein treuer und auch sonst guter Mensch gewesen, und die Untreue und Gefallsüchtigkeit der Jüdin hatte ihn erst in die Fremde und sodann in den Tod getrieben. Sie hatte für mich kein einziges Wort des Dankes dafür, daß ich ihr das Leben gerettet hatte; sie hatte auch kein Wort der Klage, des Bedauerns für den armen Teufel, dessen Selbstmord sie verschuldete; sie nahm ihren Vater bei der Hand und sagte:

»Wie häßlich und wie dumm von ihm! Das konnte er gescheiter machen. Er konnte mit nach Texas gehen, oder, wenn er sich das Leben nehmen wollte, dies wo anders thun, wo niemand dabei war. Ich mag ihn nicht sehen. Komm!«

Sie zog ihn fort. Ich konnte es nicht über mich gewinnen, ruhig zu bleiben, und rief ihr voller Empörung nach:

»Ja, gehen Sie, verschwinden Sie! Ich mag Sie auch nicht mehr sehen. Und wenn Sie sich noch einmal von mir erblikken lassen, so vergesse ich, daß Sie ein Mädchen sind, und lasse Ihnen einen guten, starken Lasso auf den Rücken geben, um wenigstens dort Gefühl hervorzurufen, da Sie keines im Herzen haben, Sie stolze Königin der Yuma-Indianer!«

Sie nahm die Drohung auch wirklich ernst und hütete sich, mir, solange wir noch mit den Yumas zusammen waren, vor die Augen zu kommen. Aber als ich sie später in anderer Umgebung und unter andern Umständen als reiche und vornehme Dame wiedersah, schien sie meine Anweisung auf einige Dutzend Lassohiebe vollständig vergessen zu haben.

Alle seine übrigen Gefährten bedauerten von ganzem Herzen den Toten, den das Schicksal so schnell und unerwartet neben Weller als Leiche hingestreckt hatte. Die Roten hatten, da zwischen uns deutsch gesprochen worden war, dies nicht verstehen können und wußten also nicht, weshalb er sich das Leben genommen hatte. Als ihr Häuptling kam, um sich nach dem Grunde zu erkundigen, berichtete ich ihm:

»Judith hatte ihm versprochen, seine Squaw zu werden, und er ist ihr aus Liebe über das Meer gefolgt. Nun er aber hörte, daß sie die deinige werden will, hat er sich den Tod gegeben.«

»Ich hörte doch, daß er auf sie geschossen hat?«

»Er wollte auch sie töten, weil er sie dir nicht gönnte.«

»Und du hast sie gerettet? Ich danke dir! Die Bleichgesichter sind sonderbare Leute. Kein Indianer tötet sich, wenn ein Mädchen sich weigert, seine Squaw zu werden. Entweder zwingt er sie dazu, indem er sie raubt, oder er lacht sie aus und nimmt sich eine bessere. Haben denn die Bleichgesichter gar so wenig Mädchen, daß sie eines jungen Gesichtes wegen den Verstand verlieren können? Ich beklage sie!«

Wir hatten während dieser aufregenden Vorkommnisse nicht auf den Player achten können. Jetzt sahen wir, daß er sich von der Umschlingung Wellers leidlich wieder erholt hatte. Er saß noch an der Erde und war von da aus Zeuge des Geschehenen gewesen. Nun stand er auf, kam langsam zu mir und erkundigte sich:

»Weller ist tot, wie ich sehe. Er wollte mich erwürgen; ich weiß, daß mir der Atem ausging; es muß mich jemand gerettet haben. Wer ist das gewesen, Sir?«

»Ich habe Euch Wellers Beine vom Halse genommen.«

»Konnte es mir denken, denn als ich zu ihm trat, sah ich, daß Ihr Besorgnis hegtet und zur Hilfe bereit standet. Ich werde es Euch nie vergessen, daß ich Euch das Leben zu verdanken habe!«

»Vergeßt das immerhin, dagegen aber vergeßt niemals das eine, daß Ihr mir versprochen habt, ein guter Mensch zu werden!«

»Dies Versprechen werde ich halten. Ich befürchte nur, daß der Haziendero und sein Jurist auf eine Bestrafung dringen werden.«

»Das mögen sie thun; ich gebe nichts darauf, und Ihr wißt ja, daß ich mir von ihnen keine Vorschriften machen lasse. Hier aufhalten dürft Ihr Euch freilich nicht lange, weil es sonst geschehen könnte, daß man Euch festnimmt und zwischen vier unbequem enge Wände sperrt.«

»Das denke ich auch. Am liebsten ginge ich mit hinüber nach Texas.«

»Ihr könnt ja mit uns gehen, denn ich hoffe, daß wir mit Euch nicht etwa Unehre einlegen.«

»Glaubt nichts Böses mehr von mir! Ich werde an Euch

denken, und das hält mich gewiß von allen Dummheiten ab. Vielleicht finde ich bei einem der Leute, die Ihr hinüberführt, Arbeit. Aber sie sind freilich zu arm, sich anzukaufen und Arbeiter zu dingen.«

»O, sie sind vorsichtig gewesen und haben noch soviel übrig, daß es für ein Stück Land ausreicht. Euch werden sie nicht zurückweisen, da Ihr Yankee seid und Land und Leute kennt; da könnt Ihr ihnen von Nutzen sein. Zum Spielen aber dürft Ihr sie keineswegs verleiten, denn wenn ich sie einmal besuchte und so etwas von Euch hörte, würde ich Euch ein wenig zwischen die Fäuste nehmen.«

»Habt da keine Sorge, Sir! Das Spiel ist mir widerwärtig geworden, sonst wäre ich nicht mit hierher gegangen, um mich zwischen Indianer in die Einöde zu vergraben. Das Geld ist zwar leicht gewonnen, aber noch schneller wieder verschwunden; arbeite ich jedoch, so ist mir jeder Dollar lieb, den ich verdiene, und ich wende ihn zehnmal um und gebe ihn dann erst recht noch nicht wieder aus.«

»Seht da, was Ihr für gute Ansichten entwickelt! Wenn Ihr an denselben festhaltet, werdet Ihr es bald zu etwas bringen.«

»Darauf schwöre ich. Wenn ich erst hundert Dollars habe, dann arbeite ich doppelt und dreifach eifrig, daß rasch zwei- und dann dreihundert draus werden. Damit könnte man es schon wagen, sich eine kleine Farm zu pachten.«

»Hm! Ich möchte doch wissen, ob Ihr das Geld wirklich dazu anwenden würdet.«

»Ganz gewiß!«

»So will ich Euch einmal etwas sagen. Ich habe gerade dreihundert Dollars übrig, die ich nicht brauche und die ich auf meinen Fahrten nicht gern mit mir herumschleppen möchte. Könntet Ihr sie mir nicht abnehmen? Ich möchte sie Euch borgen.«

»Mir, dem Player, dreihundert Dollars borgen! Sir, das ist kühn!«

»O nein, denn wie ich Euch jetzt beurteile, bin ich überzeugt, daß Ihr sie mir wiedergebt.«

»Aber wenn ich dann, wenn Ihr sie gerade braucht, nicht

zahlen kann? Angelegte Gelder lassen sich nicht jeden Augenblick flüssig machen.«

»So warte ich. Ich bin Prairieläufer und an keine Zeit, an keinen Ort gebunden. Ich reise auch in andern Ländern und könnte keinen Kündigungstermin einhalten. Machen wir die Sache kurz. Wollt Ihr das Geld geborgt haben?«

»Ich nehme es gern.«

»So sollt Ihr es ohne Kündigung haben. Ihr gebt es mir wieder, wenn es Euch paßt und ich zufällig bei Euch bin. Soll darin eine Aenderung eintreten, so werden wir uns leicht einigen. Sobald ich mit Euch über die Grenze komme, gebe ich Euch das Geld, und Ihr pachtet irgend ein Anwesen. Bin ich dann einmal wieder im Lande, so besuche ich Euch, und wir werden dann sehen, ob ich das Geld brauche oder nicht. So soll es sein, von Zinsen aber keine Rede. Seid Ihr damit einverstanden?«

»Welche Frage! Hier meine Hand. Ich danke Euch von ganzem Herzen. Und so lange ich lebe, werde ich immer daran denken, daß Ihr es seid, Sir, dem ich es zu verdanken habe, wenn ich ein glücklicher Mensch geworden sein werde, der ruhig schlafen kann und sich nicht vor den Folgen seiner Thaten zu fürchten braucht.«

Er hatte in einem wirklich herzlichen Tone gesprochen; es war ihm ernst mit dem Vorsatze, einen neuen Lebensweg einzuschlagen. Ich freute mich darüber, ihm das Geld geben zu können, welches ich natürlich von der Summe nehmen wollte, die ich Melton und Weller abgenommen hatte. Zwar war dieselbe für die Deutschen bestimmt, doch konnten sie die Wenigkeit schon missen, welche für die Partei höchstens zehn Dollars betrug. Als ich ihm die mir dargebotene Hand schüttelte, empfand ich im Innern eine frohe Genugthuung.

Er wollte in seinen Dankesworten noch nicht abbrechen, doch konnte ich ihm weiter keine Aufmerksamkeit schenken, denn dieselbe wurde auf eine bedeutende Pferdeschar gelenkt, welche, von mehreren roten Reitern geleitet, im Galopp von Norden her herangeflogen kam. Es waren die Rosse, nach denen die »listige Schlange« einen Boten geschickt hatte. Sie kamen in der letzten Viertelstunde des Tages an, und als sie ringsum angepflockt waren, brach der Abend herein.

Die Führer dieser Pferdeherde waren so umsichtig gewesen, dürres Holz in Bündeln mitzubringen, so daß einige Feuer angebrannt werden konnten. Der in den Wagen befindliche Proviant ermöglichte es, ein Festmahl zu veranstalten, ein Festmahl freilich nach dortigen Begriffen, denn nach der Ansicht civilisierter Menschen war es sehr einfach und sogar fast knapp, da wir mit den Vorräten sparen mußten.

Nach demselben legte ich mich schlafen; meine Landsleute und die Mimbrenjos thaten dasselbe; die Yumas aber nahmen sich noch nicht die Zeit dazu, sondern sie gingen nach Almaden hinüber, um das Nest auszuplündern. Früh sah ich, daß sie sich nicht weniger als alles, was dort zu finden gewesen war, angeeignet hatten. Für den Indianer hat der geringste Gegenstand, den ein anderer als unnütz liegen lassen oder wegwerfen würde, noch immer seinen, und zwar vielleicht großen Gebrauchswert. Sie hatten auch die beiden alten Frauen mitgebracht. Das Schachtloch war von ihnen mit Steinen verschlossen und der Eingang zur Höhle verschüttet worden. Wahrscheinlich hat sich bis heute noch niemand gefunden, der die Mittel und den Mut besitzt, das wertvolle Innere des öden Felsens auszubeuten.

Ich war der erste, welcher früh erwachte, und weckte den guten Don Endimio de Saledo y Coralba nebst seinen Wagenführern. Ich ordnete das Geschäft mit ihnen, dann wurden die andern Schläfer geweckt, worauf die Arbeit des Verladens begann. »Listige Schlange« leitete dieselbe, da ihm die Packpferde gehörten. Die Jüdin und ihr Vater waren nicht zu sehen; sie mochten in dem Zelte ihres Häuptlings stecken und Angst vor mir haben. Ich saß neben Winnetou und sah der Arbeit zu. Da näherten sich uns zwei Männer, denen man es ansah, daß sie sehr Wichtiges mit uns zu besprechen hatten – der Haziendero und der Juriskonsulto. Daß sie noch einmal kommen würden, um mir Forderungen und Vorwürfe zu machen, hatte ich gewußt. Seit gestern abend, wo ich Melton den Yumas überantwortet hatte, befand sich derselbe unter strenger Bewachung in einem der Zelte.

Die beiden grüßten höchst ceremoniell, der Juriskonsulto mit einer sehr strengen Amtsmiene; dann sagte der letztere:

»Ich sehe, daß Sie sich zur Reise rüsten, Sennor. Wohin soll es gehen?«

»Nach Chihuahua,« antwortete ich.

»Das kann ich nicht zugeben! Ich muß darauf dringen, daß sämtliche Personen, welche sich hier befinden, mit mir nach Ures kommen!«

»Wahrscheinlich als Arrestanten?«

»So ähnlich!«

»So arretieren Sie uns!«

»Das möchte ich nicht gern, denn ich hoffe, daß die Amtswürde, in welcher ich mich befinde, Sie veranlassen wird, freiwillig mitzugehen.«

»Da ich noch nichts von dieser Würde bemerkt habe, kann sie mich auch zu nichts veranlassen. Uebrigens denke ich, daß wir uns auf dem Gebiete der Yuma-Indianer befinden, und ich habe die feste Absicht, die Sitten und Gebräuche derselben mir als Gesetz dienen zu lassen. Und selbst wenn es anders wäre, worüber ich mich aber gar nicht mit Ihnen streite, so bin ich ein Deutscher und habe nach der Anweisung, welche Sie selbst mir gaben, ganz und gar nicht die Pflicht, mich nach Ihrem Willen zu richten.«

»Ich? Ich selbst hätte Ihnen so etwas gesagt? Das ist nicht wahr!«

»Es ist wahr. Als ich bei Ihnen war, um Sie um Schutz für die deutschen Emigranten zu ersuchen, behaupteten Sie, daß Sie mit denselben nichts zu thun hätten, und verweigerten mir den erbetenen Schutz. Infolgedessen bin ich in die Berge geritten, um mich ihrer anzunehmen, und nun ich sie aus der fürchterlichen Lage befreit habe, in welche sie infolge Ihrer Weigerung gekommen sind, treten Sie vor mich her und behaupten, daß wir uns unter Ihre amtliche Gewalt und Würde zu stellen hätten. Damit richten Sie sich aber an eine sehr falsche Adresse, Sennor. Ich bin nicht der Mann, der nach Laune und Belieben mit sich schalten läßt.«

»Was gehen mich Ihre deutschen Arbeiter an! Befinden sie sich etwa allein hier? Es sind noch andere Leute auch da. Es sind auch Dinge geschehen, in meinem Amtsbereiche geschehen, welche ich gerichtlich verfolgen muß. Ich meine da den Ueberfall der Hazienda, die Morde hier und noch vieles andere, was ich nicht unbestraft lassen darf. Wo ist Melton?«

»Beim Häuptlinge der Yumas, der höchst wahrscheinlich die Absicht hat, ihn zu bestrafen.«

»Zu bestrafen habe nur ich!«

»Das machen Sie mit der ›listigen Schlange‹ ab. Warum kommen Sie da zu mir?«

»Weil Sie Melton ihm ausgeliefert haben. Sie hatten ihn an mich zu liefern!«

»Schweigen Sie!« unterbrach ich ihn zornig. »Ich habe Ihnen gegenüber gar keine Verpflichtung. Wenn Sie ein kluger Mann wären, würden Sie sich anders benehmen. Sie haben bis jetzt nur Dummheiten gemacht, und wenn Sie sich trotzdem hier noch als Herr und Gebieter aufspielen, so haben Sie nur den einen Erfolg, daß Sie ausgelacht werden. Ich mag von Ihnen kein Wort mehr hören!«

Mein Ton schüchterte ihn ein; er wagte es nicht, weiter zu sprechen, und blickte den Haziendero um Hilfe an. Darum nahm dieser an seiner Stelle das Wort:

»Sennor, treten Sie nicht in dieser Weise auf. Bedenken Sie, daß Sie sich auf meinem Grund und Boden befinden! Sie sind, sozusagen, nur als Gast an diesem Orte!«

»O, was das betrifft, so habe ich Ihre berühmte Gastlichkeit zur vollen Genüge kennen gelernt und danke für sie. Aber da Sie von Ihrem Grund und Boden reden, so behaupte ich, daß Sie ihn verkauft haben. Melton ist der Besitzer von Almaden.«

»Ich werde gegen ihn klagen und mein Eigentum wiederbekommen. Der Kaufvertrag, den ich mit ihm abgeschlossen habe, ist null und nichtig. Ich darf mich mit vollstem Rechte wieder als Eigentümer dieser Besitzung betrachten und verlange, daß jeder, der sich hier befindet, meinen Willen, der auch derjenige meines verehrten Freundes hier ist, respektiert.«

»Nun, was ist denn Ihr Wille?«

»Daß Sie mit nach Ures kommen. Sie sollen nicht nur gegen Melton zeugen, sondern wir haben Klage gegen Sie zu erheben.«

»Klage? Worüber?«

»Das werden Sie dort hören. Ich habe nicht nötig, schon jetzt darüber zu sprechen.«

»Gut, schweigen wir also! Auch ich habe nicht nötig, zu sprechen, weder mit Ihnen noch mit Ihrem verehrten Freunde, und will Ihnen nur das eine sagen, daß Sie, wenn Sie Melton haben wollen, sich nicht an mich, sondern an die ›listige Schlange‹ wenden müssen.«

»Ich verlange ihn aber von Ihnen. Sie haben ihn festgenommen und durften ihn nicht ausliefern!«

Da erhob sich Winnetou vom Boden, zog seinen Revolver und fragte in seinem ruhigen und doch so nachdrücklichen Tone:

»Wissen die beiden Bleichgesichter, wer jetzt vor ihnen steht?«

»Winnetou,« antwortete der Haziendero.

»Ja, Winnetou, der Häuptling der Apatschen,« bestätigte der Juriskonsulto.

»Aber wissen die beiden Bleichgesichter auch, daß Winnetou das unnütze Reden nicht liebt und noch viel weniger ein lächerliches Auftreten vertragen kann? Ich will jetzt mit meinem Freunde Shatterhand allein sein. Ich werde bis drei zählen; wer sich dann noch hier bei uns befindet, wird erschossen!«

Er richtete den Lauf auf die beiden.

»Eins – – –«

Da lief der Juriskonsulto davon.

»Zwei – – –«

Da rannte auch der Haziendero von dannen.

»So brauche ich gar nicht drei zu sagen,« lächelte der Apatsche. »Hätte mein Bruder ebenso gethan, so konnte er sich die vielen unnützen Worte ersparen.«

Jetzt standen die Memmen in sicherer Entfernung von uns und besprachen sich; dann gingen sie zum Häuptling, welcher vor seinem Zelte stand. Wir sahen, daß sie mit ihm sprachen, aber gar nicht lange, denn da zog er die Lanze, welche mit seinem Totem in der Erde steckte, heraus und schlug sie dem Juriskonsulto über den Rücken; der Getroffene lief schimpfend fort, und Don Timoteo folgte ihm schleunigst, um nicht auch erfahren zu müssen, welche Wirkung ein kräftiger Lanzenhieb hervorzubringen vermag.

Nach einem solchen Verhalten des Haziendero hatte ich keine Lust, ihm auch noch Geld zu geben, zumal das, was ich ihm gegeben hätte, nun den armen Deutschen zu gute kam. Doch ging ich, ehe wir aufbrachen, zu ihm hin und sagte:

»Sennor, hier ist der Kaufkontrakt, den Sie mit Melton unterzeichnet haben, und da sind auch mehrere Briefe, welche beweisen, daß er an der Einäscherung der Hazienda schuldig ist. Mehr brauchen Sie nicht, um wieder zu Ihrem Besitztume zu kommen, und mit Hilfe Ihres Freundes wird Ihnen wohl der Kaufpreis, den Sie erhalten haben, als Entschädigung zugesprochen. Leben Sie wohl, und seien Sie in Zukunft bescheidener und klüger, als Sie in der Vergangenheit und bis zum gegenwärtigen Augenblicke waren!«

Damit war ich mit ihm für immer fertig. Den Deutschen gab ich ihre Verträge auch zurück, welche von ihnen augenblicklich und mit Genugthuung zerrissen wurden. Dann stiegen wir zu Pferde und brachen auf. Als wir fortritten, standen der Haziendero, der Juriskonsulto, die Polizisten und Don Endimio de Saledo y Coralba bei den Wagen. Der alte Pedrillo rief uns ein lautes Lebewohl nach; seine Mitknechte stimmten ein; die andern schwiegen. Hoffentlich ist den ersteren ihr Trinkgeld ehrlich in Ures ausgezahlt worden!

Es läßt sich denken, mit welcher Wonne meine weißen Gefährten die Gegend verließen, in welche sie gebracht worden waren, um das Licht des Tages niemals wieder zu erblikken, und auch ich war herzlich froh darüber, daß das erst so gefährlich scheinende Unternehmen einen so glücklichen Ausgang genommen hatte. Zwar durfte ich als sicher annehmen, daß der »große Mund« sich feindselig gegen uns, wenigstens gegen mich, verhalten werde, aber es wäre mir nicht eingefallen, ihn nun noch zu fürchten, selbst wenn wir nicht unter dem Schutze der »listigen Schlange« gestanden hätten. Daß wir ihn wiedersehen, ihm begegnen würden, war gewiß, doch dachte ich, daß auch der »starke Büffel« kommen werde; wann und auf welchem Wege, das war freilich nicht vorauszusagen.

Da wir zunächst nach Chihuahua wollten, so mußten wir erst einen Tag lang durch die Einöde reiten, kamen dann über einen schmalen Strich Landes, welcher den Yumas noch gehörte, und dann in ein Gebiet, um welches diese sich mit den Mimbrenjos stritten. Auf letzterem mußten wir Widerwärtigkeiten erwarten, wenn überhaupt solche zu erwarten waren.

Voran ritten die der Gegend kundigsten Leute der Yumas. Ich hielt mich stets zu Winnetou, und meist war auch die »listige Schlange« bei uns beiden. Die beiden jungen Söhne des »starken Büffels«, also der Yumatöter und sein noch namenloser jüngerer Bruder, waren stets in unserer Nähe zu sehen. Melton befand sich, stark gefesselt, unter so guter Aufsicht, daß ihm jeder Gedanke an das Wiedererlangen der Freiheit vergehen mußte. Hinten, nur von einigen Yumas begleitet, ritten Judith und ihr Vater; ich richtete meine Blicke nicht auf sie, und sie hüteten sich gar wohl, sich mir bemerklich zu machen.

Der Vollständigkeit wegen sei noch erwähnt, daß wir vor dem Aufbruche Weller und den Athleten begraben hatten. Sie lagen beide nebeneinander in der Erde, die ihnen nicht gegeben hatte, was sie suchten, Reichtum dem einen und Liebe dem andern.

Gegen Abend des ersten Tages hatten wir die Einöde, da dieselbe von Almaden aus nach allen Seiten einen Tagesritt breit war, überwunden und lagerten am Rande derselben in einer grasigen Gegend, wo die Pferde die so notwendige Weide fanden. Am nächsten Tage kamen wir durch den erwähnten schmalen Landstreifen, welchen die Yumas für sich in Anspruch nahmen, und dann in die umstrittene Gegend, welche sehr bergig war. Die Yumas wollten nach einem weiten Becken, in dessen Mitte ein kleiner See lag, wo wieder gelagert werden sollte. Wir erreichten den Südrand des Bekkens, als die Sonne hinter den westlichen Höhen verschwand.

Der erste Blick zeigte, daß es hier vor Zeiten eine größere Wasseransammlung gegeben hatte, deren Gestalt eine zwischen Nord und Süd länglich gestreckte gewesen war. Das Becken konnte in dieser Richtung eine halbe Wegstunde sein, während die Breite zwischen Ost und West nicht soviel betrug. Drei Thäler mündeten in dasselbe, eines von Nord, eines von Ost und das dritte von Süd. Durch das letztere kamen wir.

Zufälligerweise ritt ich, als wir aus diesem Thale hervorkamen, mit Winnetou bei den Führern an der Spitze des Zuges. Die Yumas hielten ihre Augen nach der Mitte des Beckens gerichtet, welche allerdings einen einladenden Anblick bot, da um den kleinen See dichte Bäume und Sträucher standen, um welche sich ein Ring saftigen Grases zog. Winnetou aber war ebenso wie ich gewöhnt, auf einem solchen Terrain zunächst und vor allen Dingen nach der persönlichen Sicherheit auszuschauen, und darum richteten sich unsere Blicke nach den Mündungen des nördlichen und des östlichen Thales. An der letzteren sah ich einen Reiter, welcher im Begriff stand, hervorzukommen, aber, als er uns erblickte, sofort wieder zurückwich. Um zu wissen, ob Winnetou dieselbe Beobachtung gemacht habe, sah ich diesen an, und gerade in demselben Momente wendete er mir sein Gesicht auch zu. Ein leichtes Augenblinzeln sagte mir, daß er den Reiter auch gesehen hatte.

Jeder andere Indianer hätte sofort Lärm geschlagen; der Gedankengang des Apatschen aber war ein so blitzschneller, daß er in dem Augenblicke, an welchem sein Auge auf den

Reiter fiel, sich auch schon sagte, daß es besser sei, jetzt noch zu schweigen.

Unser Zug erlitt also keine Unterbrechung, bis wir bei dem See ankamen, wo wir abstiegen und zunächst die Pferde erst trinken und dann laufen ließen; die Indianer aber sorgten zuerst für sich und dann erst für die Pferde. Melton wurde an einen Baum gebunden, und für Judith richtete man ein Lager im Gebüsch her.

Bei der Verteilung des Proviants mußte ich zugegen sein, denn hätte ich dieselbe nicht geleitet, so wäre von den Roten wahrscheinlich alles auf einmal verzehrt worden. Während ich dadurch an den Ort gebunden war, entfernte sich der Apatsche, um nach seiner vorsichtigen Weise die See-Oase zu umschreiten. Als er von diesem Gange zurückkehrte, sah ich ihm an, daß er etwas Wichtiges entdeckt hatte, und ging also hin zu ihm.

»Mein roter Bruder hat noch anderes entdeckt als nur den Reiter, den wir vorhin gesehen haben?« fragte ich ihn.

»Ja,« antwortete er. »Rund um den See grasen unsere Pferde, man kann sie weit sehen, da es noch nicht dunkel, die Gegend um das Wasser aber ganz eben ist. Ich schaute zunächst nach Ost, wo der Reiter verschwunden war; der Eingang des Thales war leer. Dann blickte ich nach Norden und sah Reiter kommen. Sie wollten auch nach dem See; aber als sie unsere Pferde sahen, zogen sie sich schnell zurück.«

»So haben wir es also mit zwei verschiedenen Trupps zu thun, welche jedenfalls nichts von einander wissen.«

»So ist's,« nickte er. »Der eine kommt von Norden, der andere von Osten her; beide wollen nach dem See und sind, als sie uns bemerkten, zurückgewichen.«

»Mein roter Bruder weiß, wer diese Leute sind?«

»Old Shatterhand weiß es auch.«

»Wenigstens kann man es sich leicht denken. Es ist der ›große Mund‹ mit seinen Yumas und der ›starke Büffel‹ mit seinen Mimbrenjos. Wo aber ist der eine und wo der andere? Wir wissen nicht, welcher von ihnen von Norden und welcher von Osten kommt.«

»Wir werden es bald erfahren, denn beide werden Kundschafter senden, sobald es dunkel geworden ist. Man muß ihnen zuvorkommen. Wohin will mein weißer Bruder gehen?«

»Hinüber nach Ost.«

»So gehe ich nach Nord. Wir brauchen nur zehn Minuten zu warten, dann ist es Nacht.«

Wir lagerten uns, um unsern Imbiß zu verzehren, und standen dann, als die schnelle Dämmerung vorüber war, wieder auf, um uns auf den Weg zu machen, die beiden Reitertrupps zu beschleichen. Daß wir uns entfernten, fiel nicht auf. Man glaubte wohl, daß wir nach unsern Pferden sehen wollten, zumal wir die Gewehre nicht mitnahmen. Sobald wir nicht mehr gesehen werden konnten, trennten wir uns. Winnetou ging nord- und ich ostwärts.

Es war anzunehmen, daß diejenigen, welche wir suchten, jetzt noch keine Kundschafter aussenden würden, doch war ich noch nicht weit gegangen, so vernahm ich vor mir ein Geräusch, wie wenn ein Fuß einen Stein von seiner Stelle stößt. Sofort legte ich mich nieder und wartete. Ich hörte die leisen Schritte eines Menschen, welcher gerade auf mich zukam. Jetzt sah ich ihn; jetzt war er noch acht, noch sechs, noch vier Schritte von mir entfernt. Er bemerkte mich nicht, da er den Blick vorwärts und nicht zu Boden richtete. Als er noch einen Schritt gethan hatte, fuhr ich auf und nahm ihn mit beiden Händen beim Halse. Er ließ die Arme sinken; seine Beine schlotterten und suchten nach festem Halt auf der Erde. Ich zog, oder vielmehr ließ ihn nieder, nahm die rechte Hand von seinem Halse, hielt diesen aber mit der Linken fest und griff mit der Rechten in seinen Gürtel. Er hatte dort ein Messer stecken und sonst keine Waffe bei sich. Ein Kundschafter pflegt sich nicht mit schweren Gewehren zu belästigen. Ich zog das Messer heraus und nahm es zu mir, ließ ihm ein wenig Luft und sagte, natürlich nicht so laut, daß man es weit hören konnte:

»Von welchem Stamm bist du? Sprich die Wahrheit, sonst bekommst du dein eigenes Messer in den Leib.«

»Mim – bren – jo,« antwortete er, nach Atem ringend, in abgerissenen Silben.

Da er mich auch belügen konnte, so fragte ich, um ganz sicher zu gehen:

»Wer führt Euch an?«

»Der ›starke Büffel‹.«

»Wohin wollt Ihr?«

»Nach Almaden zu Old Shatterhand und Winnetou.«

Da gab ich ihm den Hals ganz frei und sagte:

»Sprich ganz leise! Schau mir einmal ins Gesicht! Kennst du mich?«

»Uff! Old Shatterhand!« antwortete er mir, nachdem er sein Gesicht ganz an das meinige gebracht hatte.

»Steh auf, und führe mich zu dem ›starken Büffel‹! Da hast du dein Messer wieder.«

Er erhob sich, kehrte um und ging neben mir her, ohne ein Wort zu sagen. Als wir in der Nähe des Thales angekommen waren, blieb er stehen und sagte:

»Old Shatterhand ist ein Freund der roten Männer und ein Meister in allem. Er muß nicht denken, daß jeder Krieger es ihm gleich thun kann. Wird er dem Häuptling sagen, daß er mich ergriffen und entwaffnet hat?«

»Ich sollte es thun, denn eure Sicherheit erfordert, daß nur der Fähigste zu solchen Diensten ausgewählt wird.«

»Dann wird man mich zu den Weibern schicken, und ich stoße mir das Messer in das Herz!«

»Dann will ich schweigen. Aber merke dir, daß man sich selbst von dem größten Schreck nicht überraschen lassen darf!«

Als wir ein kleines Stück in das Thal hinein gegangen waren, ließ sich das Zirpen einer Grille hören; mein Begleiter antwortete durch ein gleiches Zirpen, wodurch er sich vor dem Posten legitimierte. Bald sah ich trotz der Dunkelheit viele Männer beisammensitzen. Sie hatten natürlich kein Feuer angebrannt. Aus ihrer Mitte erhob sich einer und meinte:

»Zwei kommen! Wer ist der andere?«

»Old Shatterhand,« antwortete mein Begleiter.

»Old Shatterhand, Old Shatterhand!« hörte ich es weiter und weiter flüstern.

Der Frager war kein anderer als der »starke Büffel«, der Häuptling der Mimbrenjos. Er gab mir die Hand und sagte im Tone froher Ueberraschung:

»Mein berühmter weißer Bruder ist's? Das macht mir das Herz leicht, denn ich habe große Sorge um ihn gehabt. Wie aber kommt er in diese Gegend, da wir ihn entweder tot oder in einer andern Gegend glauben mußten?«

Er hatte sich um mich wohl weniger gesorgt als um seine beiden Knaben, durfte sich aber nicht die Blöße geben, dies zu sagen. Um ihn gleich von vornherein zu beruhigen, antwortete ich:

»Tot? Alle, die sich bei mir befinden, sind wohlauf, und es ist keinem ein Leid geschehen. Die Krieger der Mimbrenjos, welche mich begleiteten, und die beiden Söhne des ›starken Büffels‹ haben sich so tapfer gehalten, daß ich ihnen großes Lob zollen muß. Ich werde später von ihnen und ihren Thaten erzählen; jetzt muß ich vor allen Dingen hören, wieviel Krieger der ›starke Büffel‹ mitgebracht hat.«

»Zweihundert und einige mehr,« antwortete er.

»Er wollte die gefangenen Yumas, unter denen sich auch der Häuptling derselben, der ›große Mund‹, befand, zu den Marterpfählen führen. Sind sie mutig gestorben, oder haben sie vor Schmerzen ihre Stimmen erschallen lassen?«

Ich wußte längst, daß sie dem alten, groben, aber sonst ganz wackern Kerl entkommen waren, sprach die Frage aber dennoch aus, um ihn dafür zu bestrafen, daß er mir zugemutet hatte, ich wolle den »großen Mund« absichtlich entfliehen lassen. Er zögerte auch lange mit der Antwort, bis er eingestand:

»Der große Geist hat nicht gewollt, daß wir uns über den Tod dieser Hunde freuen sollten. Es hatte sich einer von ihnen losgemacht und auch die Fesseln der andern geöffnet; sie entflohen und nahmen viele Pferde mit.«

»Das ist eine große Heldenthat von Euch gewesen. Die

Yumas werden noch lange darüber lachen. Wie hat der ›starke Büffel‹ gezürnt, wenn ich einmal mit dem ›großen Munde‹ sprach! Nun hat er nicht nur ihn, sondern alle Gefangenen mit ihm laufen lassen!«

»Der große Geist hat es so gewollt. Er ließ einen so tiefen Schlaf über uns kommen, daß wir weder sahen noch hörten.«

»Das ist die Ansicht meines roten Bruders. Ich bin anderer Meinung. So oft ein Fehler von mir geschehen ist, habe ich niemals dem großen Geiste die Schuld gegeben, denn Manitou begeht keinen Fehler. Aber was vergangen ist, soll man als unvermeidlich betrachten und sich die beste Lehre daraus ziehen. Wissen die Krieger der Mimbrenjo, wo der ›große Mund‹ sich jetzt befindet?«

»Nein; aber wir nehmen an, daß er auch hinauf nach Almaden ziehen wird. Als er uns entflohen war, habe ich mich beeilt, frische Pferde und Krieger zu holen, um ihn wieder zu fangen; diejenigen welche ich bei mir hatte, mußten ihn augenblicklich verfolgen. Sie werden hinter ihm her sein, und wenn ich mit diesen neuen Kriegern dazukomme, wird er sich zwischen zwei Haufen befinden, welche ihn erdrücken.«

»So hast du klug und umsichtig gehandelt. Deine erste Schar wird ihm die Herden, welche er sich holte, inzwischen wieder abgenommen haben. Uebrigens kann ich dir sagen, daß er sich nicht weit von hier befindet, am nördlichen Ausgange des Thalkessels, in welchem wir lagern.«

»So müssen wir hin, um ihn anzugreifen!«

»Uebereile dich nicht! Du mußt erst wissen, was geschehen ist und wie die Dinge jetzt stehen.«

Ich hatte nicht Zeit zu einem langen, ausführlichen Berichte und erzählte ihm also in Kürze, aber so, daß er alles erfuhr, was seit meiner Trennung von ihm vorgekommen war.

Seine Leute drängten sich herbei und lauschten atemlos. Obgleich ich nur Umrisse geben und keinerlei Malerei bringen konnte, ließ er doch von Zeit zu Zeit einen Ausruf des Erstaunens hören, und als ich fertig war, rief er aus:

»Nicht ganz fünfzig unserer Krieger haben das vollbracht!

Hört ihr es, nicht ganz fünfzig! Und meine Knaben waren auch dabei!«

Ich hatte bei meinem Berichte weder von Winnetou noch von mir im einzelnen gesprochen, sondern stets das Fürwort »wir« gebraucht. Dadurch wurde allerdings die Vorstellung erweckt, daß einer ganz denselben Ruhm zu beanspruchen habe wie der andere.

»Also der Häuptling ›listige Schlange‹ lagert jetzt da draußen im Thale mit dreihundert Kriegern und unsern Brüdern?! Welch ein Zufall! Hättest du nicht Frieden mit ihnen geschlossen, so wären mit Tagesanbruch alle ihre Skalpe unser Eigentum!«

»Ich hoffe, daß ihr den Vertrag respektiert, den wir mit der ›listigen Schlange‹ abgeschlossen haben. Euer Verlangen nach Skalpen wird vielleicht auf andere Weise erfüllt werden.«

»Wie?«

»Ich habe dir doch gesagt, daß der ›große Mund‹ sich auch in der Nähe befindet. Zwar habe ich ihn noch nicht gesehen, aber er wird und muß es sein. Er wird in Zorn entbrennen, wenn er hört, daß die ›listige Schlange‹ Freundschaft mit uns geschlossen hat, und ich denke, daß er sich weigert, dem Vertrage beizutreten. Dann kommt es unbedingt zum Kampfe.«

»Was denkt mein weißer Bruder, daß die ›listige Schlange‹ dann thun wird?«

»Dieser Krieger ist ehrlich; er wird sein Wort gewiß halten. Aber von den dreihundert Männern, welche bei ihm sind, ist es nicht auch so gewiß, daß sie sich aller Falschheit enthalten werden. Wenigstens vermute ich in Beziehung auf die vierzig Mann, welche wir an der Fuente und den andern Posten festgenommen haben, daß sie deshalb heimliche Rachepläne gegen uns hegen. Man muß abwarten, was geschieht.«

»Nein, nicht abwarten, sondern ihnen zuvorkommen sollte man!«

»Mute mir das nicht zu! Eines Treubruches soll man Old Shatterhand und Winnetou niemals zeihen!«

»So sage, was zu geschehen hat! Sollen wir gleich jetzt mit hinüber nach euerm Lager reiten?«

»Nein. Ich will erst hören, was Winnetou sagt, der den ›großen Mund‹ beschlichen hat. Da letzterer auch Kundschafter senden wird, so ist es besser, du schickst keinen Späher mehr hinüber, denn dieser könnte von dem Späher des Feindes gesehen werden.«

»Wie aber erfahre ich, was geschehen soll?«

»Durch einen Boten, den ich dir sende. Er wird zirpen, wenn er in eure Nähe kommt, und du wirst gewissenhaft das thun, was ich dir durch ihn sagen lasse. Mag es kommen, wie es will, wir sind den Yumas überlegen. Haben sie auch mehr Krieger als wir, so besitzen wir Schießwaffen, von denen sie nur wenige haben, und bei uns giebt es einzelne Männer, von denen jeder es mit zehn und noch mehr Feinden aufnimmt. Jetzt gehe ich. Haltet euch bereit!«

Ich ging. Als ich wieder in das Lager kam, war Winnetou schon da, obgleich er weiter zu gehen gehabt hatte, als ich. Ja, ich erfuhr, daß er noch viel weiter gegangen war, als ich dachte. Wir legten uns abseits nebeneinander, um nicht gehört zu werden, und ich sagte ihm, welchen Erfolg ich gehabt hatte. Als ich ihn dann nach dem seinigen fragte, antwortete er:

»Winnetou hat erst den ›großen Mund‹ mit seinen Kriegern gesehen und dann auch die Mimbrenjos, die ihm folgen.«

»Was?« fragte ich, im höchsten Grade überrascht. »Sind sie schon hier? Sind sie ihm so nahe?«

»Old Shatterhand weiß, daß sie hinter ihm her sind?«

»Ja; der ›starke Büffel‹ sagte es mir. Er sandte, als die Yumas ihm entwischt waren, die Mimbrenjos hinter ihm her und eilte fort, um neue Krieger und neue Pferde zu holen. Hast du sie nur gesehen, oder auch mit ihnen gesprochen?«

»Gesprochen. Ich kam in das Thal und beschlich die Leute, welche sich dort befanden. Es war der ›große Mund‹. Als ich hinter einem Felsen lag, huschte ein anderer vorüber, welcher sie auch belauschen wollte. Ich hielt ihn fest. Er mußte, da er sich ihnen nicht zeigte, ein Feind von ihnen sein; darum nannte ich ihm meinen Namen. Da freute er sich und teilte mir mit, daß die Mimbrenjoschar, zu welcher er gehöre, am Nachmittage dem ›großen Munde‹ ganz nahe gefolgt sei und nur tausend Schritte entfernt liege, um über ihn herzufallen. Ich ließ mich hinführen und sprach mit ihnen.«

»Was hast du ihnen geboten, daß sie thun sollen?«

»Sie sollen ihn nicht überfallen, sondern ruhig liegen bleiben, bis ich entweder selbst komme, oder ihnen einen Boten sende. Dann eilte ich zurück, um mit dir darüber zu sprechen.«

»Das war das Richtige. Wir müssen nun unser Verhalten ganz nach demjenigen des ›großen Mundes‹ richten. Ist er zur Freundschaft geneigt, so soll es mich freuen, wo nicht, so mag er erfahren, daß wir ihn nicht fürchten.«

»Er wird den Frieden nicht anerkennen. Du hast seinen Sohn getötet. Selbst wenn er den Mimbrenjos die Hand zur Versöhnung bieten wollte, dir würde er sie verweigern.«

»Zu seinem eigenen Schaden, denn er wird, wenn der Tag anbricht, sehen, daß er rings umschlossen ist. Ich schlage vor, daß du noch einmal – –«

Ich wurde durch einen lauten Ruf unterbrochen, welcher sich in einiger Entfernung von uns hören ließ. Dort trat nämlich ein Indianer aus den Büschen und ging unter frohen Ausrufungen auf »listige Schlange«, welche am Wasser lag, zu. Der Mann war ein Kundschafter des ›großen Mundes‹, der ihn abgeschickt hatte, um zu erfahren, wer wir seien. Als er gesehen hatte, daß die meisten Anwesenden Yumas waren, kam er aus den Sträuchern, in denen er steckte, hervor, um den Häuptling zu begrüßen. Beide sprachen einige Zeit miteinander und kamen dann auf uns zu; deshalb standen wir auf. Der Kundschafter betrachtete uns mit finsterem Blicke. »Listige Schlange« sagte:

»Der Krieger der Yumas meldet mir, daß der ›große Mund‹ hier angekommen ist und wissen will, wer hier am Wasser liegt. Da er der oberste Kriegshäuptling unsers Stammes ist, muß ich ihn einladen, mit seinen Kriegern hierher zu kommen. Was sagen meine beiden Brüder dazu?«

»Hast du dem Kundschafter gesagt, daß wir Frieden geschlossen haben?« antwortete Winnetou.

»Ja.«

»Wir wissen, daß du dein Wort halten wirst, und müssen nun erst hören, ob der ›große Mund‹ dir zustimmt. Bis wir dies erfahren, müssen wir vorsichtig sein. Er mag mit seinen Leuten kommen und sich mit ihnen hier an das Wasser setzen. Die eine Hälfte desselben, bis zur großen Buche da, wo du gelegen hast, soll ihm und ihnen, die andere aber uns gehören. Wer über die Buche hinausgeht, wird erschossen. Brennt ein Feuer da drüben auf seiner Hälfte an, damit er sich gut umschauen kann! Ich habe gesprochen.«

»Listige Schlange« gab dem Boten noch einige Erläuterungen, schickte ihn fort und versicherte uns dann:

»Mag der ›große Mund‹ beschließen, was er will, meiner seid Ihr sicher!«

»Deiner Krieger auch?«

»Der meisten von ihnen. Mit diesen würde ich, wenn der ›große Mund‹ Euch angreifen sollte, für Euch kämpfen.«

»So rufe, um zu erfahren, woran du bist, deine Leute alle zusammen und frage sie! Wir möchten die Antwort bald hören.«

Die Lage war jetzt eine höchst interessante und gespannte. Man denke sich einen kleinen See von vielleicht zweihundert Schritten Durchmesser, an dessen Südseite in der Mitte die erwähnte Buche stand. Die nach West gelegene Hälfte des Sees und der Ufer hatte Winnetou also den Yumas angewiesen; auf der andern, östlich von der Buche gelegenen Hälfte wollten wir bleiben. Hüben bei uns brannte das Feuer, welches ursprünglich angezündet worden war; drüben wurde jetzt ein zweites angebrannt. Warum der kluge, umsichtige Winnetou dies angeordnet hatte, wird sich bald zeigen. Die Yumas zogen sich nach drüben zurück; wir, das heißt Winnetou, ich, die Deutschen und die Mimbrenjos, blieben hüben. Die Lage war für uns nicht ganz ungefährlich. Drüben dreihundertvierzig Yumas, zu denen bald der »große Mund« mit seinen Leuten kommen mußte, hüben bei uns die paar Mimbrenjos und die Weißen, welche nur notdürftig bewaffnet waren und Frauen und Kinder bei sich hatten! Aber wir wußten die Helfer hinter uns.

Zunächst galt es, sich unserer Pferde zu versichern, was gar nicht auffallen konnte, da dies ganz selbstverständlich war. Jeder holte also schnell sein Pferd; die Weißen hatten keine. Als wir die Tiere jenseits der Bäume, wo es dunkel war, zusammengebracht hatten, sagte der Apatsche:

»Old Shatterhand wird einige Leute nehmen, um mit ihnen die Pferde hinüber ins Thal zu dem ›starken Büffel‹ zu bringen und kann in einer Viertelstunde wieder hier sein. Eher kommt der ›große Mund‹ nicht. Zu den Mimbrenjos, welche hinter diesem auf der Lauer liegen, sende ich einen Boten. Der ›starke Büffel‹ mag die Pferde unter Bewachung im Thale lassen und, sobald der ›große Mund‹ hierhergekommen ist, sich auch nähern. Er wird dabei auf den andern Haufen der Mimbrenjos treffen, welche mein Bote bringen wird, und mit den Leuten den ganzen See umstellen; sie müssen aber ihre Pferde zurücklassen und sich ruhig verhalten. Wir müssen ihnen ein Zeichen geben, welches nicht mißverstanden werden kann. Nehmen wir das Kriegsgeheul der Sioux. Sobald ich dies ausstoße, ziehen sich alle Mimbrenjos von außen her gegen das westliche Ufer zusammen, wo sich der ›große Mund‹ befindet, und werfen sich auf diesen und seine Leute; denn wir und diejenigen Yumas, welche es mit uns halten, werden uns auf der östlichen Seite befinden. Ertönt aber das Kriegsgeheul nicht, so ist Friede und sie haben bis Tagesanbruch rund um den See und die Bäume liegen zu bleiben.«

Einen besseren Plan gab es nicht. Ich brauchte, um die Pferde fortzuschaffen, sechs oder sieben Mimbrenjos, bei denen sich auch die beiden jungen Brüder befanden, die freudig verwundert waren, als ich ihnen sagte, daß sie ihren Vater sehen würden. Als wir bei demselben ankamen und ich ihm die Lage der Sache erklärt hatte, wollte er sie nicht zurückkehren lassen; aber sie sträubten sich so lange gegen seinen Willen, bis er nachgab. Den Rückweg mußten wir natürlich zu Fuß machen.

Die Yumas ahnten nicht, daß unsere Pferde fort waren; sie glaubten, wir hätten sie nur herüber auf unsere Seite geholt. Wir befanden uns natürlich in der größten Spannung. Von großer Wichtigkeit war es, daß der Bote, den Winnetou fortgeschickt hatte, von den Leuten des »großen Mundes« nicht gesehen wurde und seine Botschaft auch richtig ausrichtete.

Das neue Feuer jenseits der Buche brannte jetzt hell, während das unserige immer kleiner wurde. Winnetou wollte es ausgehen lassen. Letzterer hatte sich vom See entfernt, um ein Stück nordwärts vorzugehen und zu beobachten. Der »große Mund« konnte auf den Gedanken kommen, die Verabredung nicht zu beachten und gleich über uns herzufallen. Diese Absicht mußte der Apatsche bei der Annäherung der Yumas erkennen, und wir konnten uns bei Zeiten darnach richten.

So verging die Zeit, bis wir das Getrappel zahlreicher Pferde und dann auch Menschenstimmen hörten. Zugleich kehrte Winnetou zu uns, die wir vorsichtig hinter Bäumen standen, zurück und meldete:

»Der ›große Mund‹ ist da; er thut, was ich vorgeschlagen habe, und wird sogleich drüben erscheinen.«

Das Stimmengewirr währte nur kurze Zeit, bis jeder sich seines Pferdes entledigt hatte; dann begann es drüben auf der gegnerischen Seite des Sees von Yumas zu wimmeln. Von uns aber war keiner zu sehen, da wir es vorzogen, unter dem Schutze der Bäume zu bleiben und unser Feuer immer tiefer brannte. Drüben hingegen aber war es so hell, daß wir den »großen Mund« deutlich erkannten, als er aus den Büschen trat und von der »listigen Schlange« begrüßt wurde. Er schien den Unterhäuptling seinen Zorn hören zu lassen, denn seine Stimme klang überlaut zu uns herüber, wenn wir auch die Worte nicht deutlich verstehen konnten. Der andere aber verteidigte sich; wir hörten auch ihn sprechen, und zwar in einem kräftigen, energischen Tone, dem es anzuhören war, daß die Schlange ihre Handlungen mit ganz besonderem Nachdrucke vertrat.

Indessen kam der Bote Winnetous zurück. Er war nicht bemerkt worden, hatte die Mimbrenjos gefunden und herbeigeführt; dieselben waren dabei auf die neue Schar des »starken Büffels« gestoßen und hatten, mit dieser vereint, einen weiten Ring von Menschen und Gewehren um das Grün des Sees gezogen, sodaß die Yumas eingeschlossen waren. Jetzt konnten wir das Kommende getrost erwarten, denn es mußte günstig für uns ausfallen.

Drüben hatten sich die beiden Häuptlinge in der Nähe des Feuers niedergesetzt und ihre ältesten Krieger um sich versammelt. Es sollte beraten werden. Wir hatten Zeit, zu warten. Dem »starken Büffel« aber wurde die Zeit zu lang. Anstatt draußen bei seinen Mimbrenjos zu bleiben, kam er herbeigeschlichen, um zu erfahren, ob Krieg oder Friede zu erwarten sei. Ich zankte ihn tüchtig aus und jagte ihn fort, denn wenn sein bekanntes Gesicht von den Yumas gesehen wurde, mußten sie erwarten, daß er nicht allein gekommen war. Und das sollten sie nicht wissen.

Die Beratung dauerte wohl zwei Stunden; es ging sehr heftig bei derselben her. Dann sahen wir, daß die »listige Schlange« drüben aufstand. Er kam zu uns herüber. Er wollte es nicht sehen lassen, daß er sich geärgert hatte, aber seine Augen blitzten, wie es oft noch lange nach einem Gewitter wetterleuchtet.

»Meine Brüder sollen hinüberkommen, um zu hören, was beschlossen worden ist,« meldete er.

»Das kannst du uns hier ja sagen!« warf ich ein.

»Ich soll nicht; der ›große Mund‹ will es selbst sagen.«

»Dagegen haben wir nichts; er mag herüberkommen.«

»Haben meine Brüder Mißtrauen?«

»Natürlich!«

»Mir könnt ihr vertrauen, wenn auch dem ›großen Munde‹ nicht.«

»Wieviel deiner Leute halten zu dir?«

»Der Hälfte bin ich sicher. Die andern hat mir der Zorn des ›großen Mundes‹ abspenstig gemacht.«

»Meinst du, daß es zum Kampfe kommt?«

»Ja, wenn ihr nicht auf die Vorschläge des ›Mundes‹ eingeht.«

»Wir sind bereit, sie zu hören, aber nachlaufen werden wir ihm nicht, zumal wir ihn nicht für einen ehrlichen Mann halten.«

»Herkommen will er auch nicht!«

»So mag er drüben sitzen bleiben, bis er klüger wird, worüber allerdings der Sommer und Winter gar viele vergehen können! Sage ihm das!«

Dieser Bescheid war ihm sehr unlieb. Man sah ihm das an; er sann nach und kam dann auf das Auskunftsmittel:

»Würdet ihr zur Hälfte gehen, wenn er zur Hälfte kommt?«

»Ja. Wir wollen uns dort unter der Buche treffen, doch ohne Waffen. Ich komme mit Winnetou, und er bringt dich mich. Von jeder Seite zwei; mehr dürfen es nicht sein.«

Er ging hinüber und stritt sich eine Viertelstunde mit dem ›großen Munde‹ herum; dann kam er wieder, um uns zu sagen, daß derselbe bei seiner hohen Würde unmöglich zu zweien kommen könne; er müsse wenigstens sechs Begleiter haben.

»Zwei von hüben und zwei von drüben, mehr nicht. Sage ihm das! Wir gehen nicht davon ab und wenn ihm das nicht gefällt, so mag er sehen, was geschieht.«

Die »Schlange« mußte noch zweimal hin und her, ehe sich der Alte entschloß, nachzugeben. Dann kam er mit ihm nach der Buche geschritten, unter welcher sie sich niedersetzten. Ohne Waffen, war ausgemacht; man weiß aber, daß selbst auch dann der Indianer wenigstens ein Messer in irgend einer Falte verborgen hat; darum behielten wir, als wir hingingen, jeder einen Revolver bei uns. Um einem Hinterhalte zu begegnen, hatten wir unsere Vorsichtsmaßregeln getroffen.

Der »große Mund« nahm uns mit haßerfüllten Blicken in

Empfang, und als ich mich bei ihm niederließ, zog er den Zipfel der Decke, in welche sein Oberkörper gehüllt war, rasch an sich, damit derselbe ja nicht mit mir in Berührung kommen möchte. Dann sah er finster vor sich nieder. Er mochte denken, daß wir zu beginnen hätten; aber wir wollten ihm infolge seiner »großen Würde« den Anfang machen lassen und schwiegen also ebenso hartnäckig wie er. Von Zeit zu Zeit hob er den Kopf, um uns mit einem dolchähnlichen Blicke zu durchbohren; als wir uns aber weder durchbohren noch zum Reden bringen ließen, fuhr er uns, da er sich nicht länger halten konnte, ganz plötzlich und unerwartet an:

»Meine Ohren sind offen, also redet!«

Winnetou sagte nichts, und ich sagte nichts. Darum kam nach einiger Zeit die Drohung hervorgepoltert:

»Wenn ihr nicht redet, laß ich auf euch schießen!«

Da deutete Winnetou nach unserer Seite hinüber, welcher der Alte den Rücken zukehrte; er drehte sich um und sah sämtliche Mimbrenjos, die sich bei uns befanden, auf der Erde mit ihren Gewehren im Anschlage liegen.

»Uff! uff! Was ist das?« rief er aus. »Wollt ihr mich erschießen lassen!«

»Nein,« antwortete der Apatsche. »Die Gewehre sind so lange auf dich gerichtet, bis wir uns wieder dort bei unsern Kriegern befinden; mehr brauche ich dir nicht zu sagen.«

Es ist keineswegs angenehm, zu wissen, daß man einen Rücken hat, auf den über vierzig geladene Gewehre gerichtet sind. Es braucht nur ein Finger sich ein wenig zu fest an den Drücker zu legen, so ist das Unheil geschehen. Man sah es dem »großen Munde« deutlich an, daß er sich von jetzt an nicht allzusehr behaglich fühlte. Um die ängstliche Situation abzukürzen, versuchte er nun nicht mehr, uns zum Reden zu bringen, sondern ging uns mit gutem Beispiele voran, indem er drolligerweise behauptete:

»Winnetou und Old Shatterhand sind in meine Hände geraten; der heutige Tag wird ihr letzter sein!«

Der Apatsche forderte mich durch einen stillen Blick auf, zu antworten; darum entgegnete ich:

»Und der ›große Mund‹ ist uns in das Netz gegangen; er wird noch in dieser Stunde geschlachtet werden! Soll dieser Tag unser letzter sein, so schicken wir dich voran!«

»Zählt eure Männer und zählt die unserigen! Wer ist dem andern überlegen?«

»Winnetou und Old Shatterhand zählen niemals ihre Gegner. Ob einer oder zehn, ist ihnen gleich. Der ›große Mund‹ mag zählen!«

»Wir werden euch erdrücken!«

»Wurden wir in Almaden erdrückt, wo über dreihundert gegen vierzig waren?«

»Da war ich nicht dabei und werde es genau untersuchen. Wer als Feigling handelt, wird aus der Reihe der Krieger gestoßen.«

Das ging gegen »listige Schlange«, welche sofort zornig ausrief:

»Wer ist feig? Verbünde dich nicht mit Verrätern, so kommen deine Krieger nicht in die Gefahr, mutlos zu erscheinen!«

»Schweig! Ich werde mit Melton sprechen und von ihm erfahren, was geschehen ist und wer die Schuld an allem trägt.«

»Du wirst nicht mit ihm sprechen! Das Bleichgesicht gehört mir und niemand darf ohne meine Erlaubnis mit ihm sprechen!«

»Auch ich, dein Häuptling nicht?«

»Nein. Du bist mein Häuptling nicht. Du bist ein Häuptling wie ich, und weil du der ältere bist, ist dir von den Stämmen der Yumas der Befehl übertragen worden; aber keiner braucht, wenn er nicht will, dir zu gehorchen. Darüber, daß du mich einen Feigling nennst, mag die Beratung der Aeltesten entscheiden; sagst du es aber noch einmal, so steche ich dich augenblicklich nieder!«

Er sprach die Drohung in solcher Erregung aus, daß anzunehmen war, er werde sie zur Wahrheit machen. Jetzt hatte der Alte sogar von seinem eigenen Stammesgenossen einen kräftigen Hieb empfangen, that aber so, als ob er ihn nicht gefühlt habe, und wendete sich von der »Schlange« ab zu mir:

»Ich wiederhole, daß ihr in meine Gewalt geraten seid. Alle, die sich bei euch befinden, sind verloren. Es giebt nur eine einzige Möglichkeit, sie zu retten, du lieferst dich und einen Sohn des ›starken Büffels‹ an uns aus, damit ihr an dem Marterpfahle sterbt.«

»Wenn ich das thue, welche Folgen hat es für meine Genossen?«

»Sie können weiterziehen, ohne daß wir sie mit dem Finger berühren.«

»Warum soll gerade ich es sein?«

»Weil du meinen Sohn erschossen hast.«

»Und warum einer der beiden Knaben?«

»Weil sie schuld waren, daß du ihn erschossest. Ich habe gehört, daß der eine sich Yumatöter nennt?«

»Ich selbst habe ihm den Namen gegeben, und ich hoffe, daß sein Bruder bald einen ähnlichen tragen wird.«

»Damit deine Hoffnung zu Schanden wird, verlange ich gerade diesen Knaben, obwohl ich erst den Yumatöter fordern wollte.«

»Was forderst du noch?«

»Alles, was deine Gefährten bei sich tragen, auch ihre Pferde und Winnetous Pferd und Silberbüchse.«

»Höre, mein geliebter roter Bruder, ich gestehe, daß ich mich in dir geirrt habe, denn ich habe dich bisher für einen Dummkopf gehalten, nun sehe ich ein, daß du ein pfiffiger alter Onkel bist. Aber nun frage uns doch auch einmal, was wir wollen.«

»Ihr? Was könntet ihr wollen?«

»Zunächst dich, der sich mit Melton gegen meine weißen Brüder, die jetzt bei mir sind, verbündet hat. Auch hast du die Hazienda del Arroyo niedergebrannt, weshalb ich auch ein Wort mit dir zu sprechen habe. Also dich wollen wir; dann können deine Leute weiterziehen, ohne daß wir sie anrühren.«

Da fuhr er mich an:

»Hat dir ein Geier den Verstand aus der Hirnschale gefressen? Wie könnt ihr Forderungen stellen, da ihr euch in meiner Hand befindet!«

»So ist alles Reden unnütz. Du denkst, du hast uns, und wir denken, wir haben dich. Die Beratung ist zu Ende.«

Dabei stand ich auf. Da rief er:

»Halt, noch sind wir nicht fertig! Hört noch ein Wort: Wenn ich in einer Viertelstunde nicht den Knaben und Old Shatterhand ausgeliefert bekommen habe, fallen wir über euch her und vernichten euch bis auf den letzten Mann!«

Winnetou war zu stolz, ihm darauf noch zu antworten, und mir fiel es auch nicht ein. Da aber stand der andere Häuptling auch auf und erklärte dem Alten:

»Ich bin ›Listige Schlange‹ und habe noch nie mein Wort gebrochen; ich werde auch den Vertrag halten, den ich mit diesen Männern abgeschlossen habe.«

Da sah ihn der Alte groß an und fragte:

»Wie willst du ihn halten, wenn ich ihn für ungültig erkläre?«

»Das kannst du nicht. Ich bin's, der ihn abgeschlossen hat, und ich bin's, der zu sagen hat, ob er gelten soll oder nicht.«

Da stampfte der Alte, der sich auch erhoben hatte, mit dem Fuße auf den Boden und schrie:

»Und ich befehle aber, daß er nichtig ist! Wer wagt es, sich gegen den ›großen Mund‹ zu empören?«

»Ich, die ›listige Schlange‹, wage es. Meine Krieger habe alle mit meinen Freunden das Kalumet geraucht, das Kalumet, dessen Thon ich unter vielen Gefahren und allen frommen Gebräuchen aus den heiligen Steinbrüchen geholt habe. Jeder Stoß des Rauches ist ein Schwur, welcher gehalten werden muß, und wer einen solchen Schwur bricht, kann nie in die ewigen Jagdgründe gelangen, sondern irrt als Schatten vor den Thoren derselben umher.«

Er hatte diese Worte so laut gerufen, daß sie weithin zu vernehmen waren. Der »große Mund« fragte nun ebenso laut:

»Du nennst die Fremden also deine Freunde? Willst du sie etwa beschützen?«

»Ja. Wenn sie angegriffen werden, verteidige ich sie mit meinem Blute und mit meinem Leben!«

»Gegen mich und meine Krieger, die deine Brüder sind?«

»Wer mich zwingen will, meinen Schwur zu brechen und mein Kalumet zu entweihen, der ist mein Bruder nicht mehr, der beleidigt mich und beschimpft alle Männer meines Stammes. Hört es, ihr Krieger, deren Anführer ich bin! Der ›große Mund‹ hat uns Feiglinge genannt. Wollt ihr das dulden? Er verlangt von uns, unsere Kalumets zu zerbrechen, welche das Kostbarste sind, was wir besitzen. Er fordert, daß wir unsere heiligen Medizinen durch Meineide beschimpfen. Wollt ihr ihm gehorchen?«

Tiefe Stille war die Antwort. Kein Ja und kein Nein ließ sich hören. Da fuhr er fort:

»Hier steht Winnetou, und hier steht Old Shatterhand. Habt ihr gehört, daß einer von ihnen jemals sein Wort gebrochen hat? Sollen sie von uns sagen, daß wir Lügner sind? Old Shatterhand hat mich aus dem Schachte geholt, in welchem ich verschmachten sollte; er that es, obgleich ich sein Feind war; soll ich nun zum Verräter an ihm werden, obgleich ich sein Freund bin? Soll euer Anführer ein Lügner sein oder ein ehrlicher Mann, auf dessen Wort ihr euch verlassen könnt? Entscheidet euch! Ich gehe jetzt mit Winnetou und seinem weißen Freunde. Wer ein ehrlicher Mann und ein tapferer Krieger ist, der mag herüber zu uns kommen; aber wer die Lüge liebt und es duldet, ein Feigling genannt zu werden, der mag drüben bei dem ›großen Munde‹ bleiben. Ich habe gesprochen, und ihr mögt nach meinen Worten handeln. Hat der ›große Mund‹ eine Rache gegen Old Shatterhand, so mag er selbst sie mit ihm auskämpfen, wenn er Mut besitzt. Ich habe gesprochen, und ihr habt es gehört. Howgh!«

Er nahm mich bei der Linken und Winnetou bei der Rechten und ging mit uns nach unserer Seite herüber. Die Wirkung war eine überraschende, eine weit bessere, als ich erwartet hatte, denn seine Leute folgten ihm alle; ich glaube nicht, daß einer fehlte. Das war wohl die Folge davon, daß der Alte ihn einen Feigling genannt hatte.

Der »große Mund« stand wie versteint, als er dies sah; er starrte eine ganze Weile zu uns herüber, drehte sich dann um und kehrte zu seinem Feuer zurück, an welchem er sich bei den Aeltesten niederließ. Während bei uns tiefes Schweigen herrschte, ging es drüben lebhaft her. Man sah den erregten Mienen und Bewegungen der Alten an, daß sie sich Mühe gaben, den »großen Mund« zu irgend etwas zu bewegen, wozu er keine Lust hatte. Das dauerte wohl über zwei Stunden lang; dann kam einer der alten Krieger langsam nach der Buche geschritten, blieb dort stehen und rief mit lauter Stimme:

»Hört es, ihr Krieger der Yumas und der Mimbrenjos: Hier steht der ›lange Fuß‹, welcher viele Sommer und Winter durch das Leben geschritten ist und sehr wohl weiß, was ein tapferer Krieger in jeder Lage zu thun hat. Der ›große Mund‹, der berühmte Häuptling der Yumas, hat seinen Sohn, den ›kleinen Mund‹, durch die Kugel Old Shatterhands verloren. Dies Blut muß gerächt werden. Old Shatterhand hat ihm den Arm zerschossen; auch das muß gerächt werden. Hört weiter, ihr Krieger! Bei Old Shatterhand befindet sich ein Mimbrenjoknabe, welcher Yumatöter genannt worden ist. Diese Beleidigung des ganzen Stammes kann nur mit dem Tode gesühnt werden. Wir müßten Old Shatterhand und den Knaben töten, wo wir sie immer finden. Aber sie haben die Friedenspfeife mit den Kriegern der ›listigen Schlange‹ geraucht und sind also deren Brüder geworden; darum dürfen wir sie nicht töten, sondern ihre Thaten müssen im offenen Zweikampfe gerächt werden. Wir sind die Beleidigten und bestimmen also, mit welchen Waffen und in welcher Weise gekämpft werden soll. Da der ›große Mund‹ einen verwundeten Arm besitzt und nicht zu kämpfen vermag, so muß ein anderer für ihn kämpfen; dafür erlauben wir auf der andern Seite dem Yumatöter, daß er seinen kleinen Bruder für sich kämpfen lassen kann. Wer an die Stelle des ›großen Mundes‹ treten will, der mag sich bei uns melden!«

Nach dieser höchst eigentümlichen Verkündigung kehrte er zum Feuer zurück. Es war also Zweikampf beschlossen worden, ohne daß man mich vorher gefragt hatte, ob ich einverstanden sei. Die Roten wollten auch die Waffen und die

Kampfweise bestimmen, ohne daß ich etwas dazu zu sagen hatte. Daß der Bruder des Yumatöters für diesen eintreten durfte, das hatte jedenfalls der alte Häuptling bestimmt.

Die Wirkung dieser obrigkeitlichen Bekanntmachung war bei mir die, daß ich nach dem »starken Büffel« schickte und ihn kommen ließ. Da ich aber wünschte, daß er von den zu uns übergegangenen Yumas noch nicht erkannt werde, ließ ich ihn nach einer ganz im tiefen Schatten liegenden Stelle bringen, wo man sein Gesicht gar nicht, seine Figur nicht deutlich sehen und ihn leicht für einen andern halten konnte. Als ich mich nach einiger Zeit nach der Stelle begab, lag er schon wartend da. Ich erzählte ihm, was sich ereignet hatte. Ich war der Meinung gewesen, daß er als Vater erschrecken werde; er aber sagte im ruhigsten Tone von der Welt:

»Das also war die laute Stimme, welche wir sprechen hörten! Sie drang zu uns hinaus, doch konnten wir die Worte nicht vernehmen.«

»Ich habe dich kommen lassen, um zu erfahren, ob dein Sohn die Forderung annehmen soll.«

»Natürlich soll er es! Darf ein Mimbrenjo von sich sagen lassen, daß er sich vor einem Yuma gefürchtet habe?«

»Aber deine Söhne sind noch so jung. Man wird ihm einen kräftigen und gewandten Gegner stellen!«

»Desto schlimmer für die Yumas, denn wir dürfen dann von ihnen sagen, daß sie feig sind, daß ihre erwachsenen Krieger mit Knaben kämpfen und von ihnen besiegt werden.«

»Bist du des Sieges so gewiß?«

»Kein Yuma besiegt einen meiner Knaben!«

»Und welcher soll kämpfen? Der Yumatöter oder sein Bruder?«

»Sein Bruder, damit er auch einen Namen bekommt.«

»Aber bedenke, daß er sich die Waffe und die Fechtweise, welche gewählt wird, gefallen lassen soll!«

»Meine Knaben haben alles gelernt; ich habe keine Sorge um sie, und daß sie dich und Winnetou begleitet haben, ist von großem Vorteile für sie gewesen. Aber wirst auch du die Forderung annehmen?«

»Kann ich anders? Wenn sie von einem Knaben angenommen wird, so darf Old Shatterhand doch nicht weniger mutig sein.«

»Deinen Mut bezweifelt niemand; aber wird der Bär mit einer Maus kämpfen?«

»Ah, so ist es gemeint! Nun, ja; er kämpft mit ihr. Wenn sie ihn beißen will, giebt er ihr die Tatze, das ist auch ein Kampf. Du wirst zusehen wollen. Bleib hier liegen, damit du nicht gesehen und erkannt wirst!«

Darauf begab ich mich zu den beiden Knaben, welche mit so unbefangenen Mienen bei einander saßen, als ob ganz und gar nichts Ungewöhnliches vorgefallen oder zu erwarten sei.

»Ich sprach mit euerm Vater, dem Häuptlinge,« sagte ich ihnen. »Was gedenkt ihr zu thun?«

»Kämpfen,« antwortete der Kleine. »Ich will mir einen Namen holen; darum hat mein Bruder mir den Yuma abgetreten.«

Das war mehr als naiv. Der eine hatte dem andern den Yuma abgetreten; sie betrachteten denselben also schon als ihr Eigentum. Wenn ein erfahrener und bewährter Krieger eine solche Zuversicht besitzt, so ist's begreiflich und auch zu loben; zeigt sie sich aber in so jugendlichem Alter und bei einer so ernsten Veranlassung, so möchte man es für Unverstand halten.

Auf unserer Seite herrschte tiefe Stille. Mann lag neben Mann im Grase, um das Kommende zu erwarten. Schon war es gegen Mitternacht, und es wurde fast ein Uhr, als der »lange Fuß« wieder zu der Buche kam und verkündete:

»Im Rate der Alten ist folgendes beschlossen worden: Erst kämpft Old Shatterhand und dann der Mimbrenjoknabe. Der Kampf Old Shatterhands findet mit der Lanze statt. Noch hat sich kein Gegner gefunden; darum wird die Art und Weise später mitgeteilt werden. Der Mimbrenjo wird im Wasser mit dem Messer kämpfen. Sein Gegner ist der ›schwarze Biber‹. Beide kämpfen, bis einer tot ist; keiner darf vorher das Wasser verlassen.«

Wie schlau! Der Name »schwarzer Biber« ließ vermuten, daß der Betreffende sehr geschickt im Schwimmen und Tauchen sei. Und ich sollte mit der Lanze kämpfen, mit einer Waffe, von welcher die Roten annahmen, daß sie mir am ungeläufigsten sei. Aber da befanden sie sich im Irrtume. Winnetou, der größte Meister im Lanzenwerfen und Lanzenfechten, hatte sich auch da so lange mit mir abgequält, bis wenigstens etwas sitzen geblieben war. Bei einem Westläufer giebt es eben keine freie Stunde; hat er nichts anderes zu thun, so übt er sich. Daher die staunenswerte Fertigkeit und Sicherheit, die man an solchen Leuten zu bewundern hat. Wer da nur zuschaut, hat keine Ahnung von der Mühe und Arbeit, welche dazu erforderlich war.

Also für mich hatte sich kein Gegner gefunden. Vielleicht fand sich überhaupt keiner; das konnte ich mir dann schon gefallen lassen. Aber um den kleinen Mimbrenjo wurde mir bange; es trieb mich zu ihm hin, ihm einige nicht nutzlose Andeutungen zu machen. Als er mich kommen sah, blickte er mir lächelnd entgegen; das Kerlchen fühlte ganz und gar keine Bangigkeit, und als ich ihn fragte:

»Ist mein junger Bruder ein guter Schwimmer?« antwortete er:

»Ich bin stets sehr gern ins Wasser gegangen.«

»Einfach ins Wasser gehen, um zu baden, oder im Wasser mit dem Messer um sein Leben kämpfen, das ist zweierlei.«

»Mein Bruder und ich haben sehr oft mit den Messern gekämpft.«

»Sei nicht zu zuversichtlich! Dein Gegner hat einen für dich schlimmen Namen; er muß sehr gut tauchen können.«

Daran hatte er wohl nicht gedacht, denn er machte ein nachdenklicheres Gesicht.

»Man darf sich auch nicht allein auf die Fertigkeit verlassen; List ist oft besser als Geschicklichkeit. Dein Gegner wird wahrscheinlich viel kräftiger sein als du; das mußt du durch Schlauheit auszugleichen suchen. Vor allen Dingen darfst du dich nicht von ihm fassen lassen, sonst bist du verloren.«

»Fett!« meinte er, indem er mir lächelnd zunickte.

Da hatte man es! Ich wollte ihm gute Lehren geben, und dies eine Wort »Fett« sagte mir, daß er sich schon ganz pfiffig in seine Aufgabe hineingedacht hatte. Dennoch fuhr ich fort:

»Er wird natürlich drüben in das Wasser gehen, während du hier bei uns in dasselbe steigst. Voraussichtlich wird er sich auch drüben mehr aufhalten als hüben. Dort hast du ihn zu suchen.«

»Drüben brennt das Feuer; da ist es heller,« warf er ein.

»Aber am Ufer nicht, welches ringsum mit Büschen bestanden ist. Kennst du die Pflanze, welche ihr Sika nennt?«

»Ja; sie steht hier in Menge am Ufer und zwischen den Büschen.«

»Ihr Schaft oder Stengel ist hohl; das giebt eine schöne Röhre; merke es dir!«

Er sah mich fragend an; er hatte mich nicht verstanden.

»Eine schöne Röhre zum Atemholen,« erklärte ich ihm. »Ich wurde einst von Komantschen verfolgt und flüchtete in den Fluß. Da stand ich, während sie die Ufer absuchten, lange, lange Zeit unter dem Wasser und holte durch eine Sikaröhre Atem. Aber husten darf man nicht. Wenn du dich unter dem Wasser fest an das Ufer schmiegst und durch einen Sikastengel Atem holst, kannst du ruhig warten, bis er kommt. Du hast doch gelernt, die Augen im Wasser offen zu haben?«

»Ja. Man sieht, wenn das Wasser hell ist, mehrere Schritte weit.«

»So mag es genug sein. Es giebt zwar der Listen und Kniffe noch viele; aber man muß im Zweikampfe den Gegner ehrlich behandeln; ich gab dir nur deshalb einen Wink, weil du ein Knabe bist und dein Feind ein erwachsener Krieger sein wird.«

Als ich den Kleinen dann beobachtete, sah ich, daß er sich mehrere Sikas abschnitt. Dann verschwand er hinter den Büschen; sein Bruder folgte ihm bald, und als ich heimlich nachging, sah ich mit Vergnügen, daß er von letzterem mit Oel oder Fett eingerieben wurde. Beides oder wenigstens eins von beiden trägt jeder Indianer stets bei sich.

Wieder verging eine lange Zeit, ohne daß etwas geschah. Die alten Krieger liefen drüben emsig hin und her, wie man sah. Sie suchten jedenfalls nach einem Mann für mich; es fand sich aber keiner. Endlich schien aber doch ein Ergebnis erzielt worden zu sein, denn der »lange Fuß« kam wieder nach der Buche und verkündete:

»Hört, ihr Krieger, was der Rat der Alten beschlossen hat! Das Blut, welches Old Shatterhand vergossen hat, ist das Blut eines Häuptlingssohnes, wofür doppelte Vergeltung geübt werden muß. Darum soll er nicht mit einem, sondern mit zwei Gegnern kämpfen, und zwar zu gleicher Zeit. Jeder erhält fünf Lanzen, und die Entfernung beträgt dreißig Schritte. Die Lanzen werden geworfen. Keiner darf die Stelle, auf welcher er steht, verlassen, doch ist es ihm erlaubt, beim Ausholen und Abwehren einen Schritt vor, hinter oder rechts und links neben sich zu treten. Schilde giebt es nicht. Wer seine fünf Lanzen versandt hat, muß, wenn der Gegner noch welche hat, stehen bleiben, bis diese geworfen sind. Wegen einer Wunde wird der Kampf nicht beendet, sondern derselbe hört nur mit dem Tode auf. Old Shatterhand wird mit ›langes Haar‹ und ›starker Arm‹ kämpfen. Er mag kommen, um seine Lanzen in Empfang zu nehmen.«

Ich blieb trotz dieser Aufforderung im Grase liegen, wo ich lag. Die Schufte thaten doch ganz so, als ob nur sie zu befehlen und wir nur zu gehorchen hätten. Drüben stellten sich zwei Rote auf, deren jeder fünf Lanzen in den Händen hatte. Sie waren also meine geehrten Gegner, welche sich der Aufgabe unterziehen wollten, die Erde von meiner Gegenwart zu befreien. Sie machten herausfordernde Armbewegungen und heulten dazu. Als mich auch dies nicht veranlaßte, hinüberzugehen, kam der »lange Fuß« drüben an das Ufer getreten und rief herüber:

»Warum kommt Old Shatterhand nicht? Hat die Angst ihm die Beine so steif gemacht, daß er nicht mehr gehen kann? Hier stehen die tapferen Krieger, welche ihn erwarten.«

Ich blieb ruhig liegen und rührte mich nicht. Er wartete vielleicht zehn Minuten lang und rief dann herüber:

»Es ist so, wie ich sagte: Old Shatterhand hat keinen Mut; er kriecht in das Gras und versteckt sich hinter das Gesträuch. Schande über ihn! Weiß er nicht, was sich für einen Krieger schickt?«

Da nahm, was ich auch gar nicht anders erwartet hatte, Winnetou sich meiner an, indem er hüben hart an das Wasser trat und hinüberrief:

»Welcher Frosch ist da drüben aus dem Wasser gestiegen, um sein Quaken hören zu lassen? Old Shatterhand ist der kühnste Krieger der Savanne; wer darf an seinem Mute zweifeln! Sein Name ist bekannt über die ganze Prairie und in allen Bergen und Thälern. Wer aber hat jemals von einem ›langen Fuß‹ gehört? Wer ist der Mann, und was hat er gethan? Kann jemand es mir sagen? Wie darf dieser unbekannte Mensch sich unterstehen, Old Shatterhand zu sich zu rufen! Meint er, Old Shatterhand sei ein Hund, welcher gehorcht, weil er die Peitsche fürchtet? Was fällt euch ein, uns vorzuschreiben, mit wem wir kämpfen sollen, und wie der Kampf zu verlaufen hat! Ist einer von euch so mutig gewesen, sich gegen Old Shatterhand zu melden? Kein einziger! Die Zähne klapperten euch vor Angst. Da habt ihr bestimmt, daß er gegen zwei zu kämpfen habe, und die Waffe hervorgesucht, welche er nicht zu führen versteht, denn niemand hat jemals gehört, daß er eine Lanze in der Hand gehabt habe. Scham und Schande über euch! Ihr errötet nicht bis hinter zum Rücken, mit einem Knaben zu kämpfen! Ihr seid wert, von den alten Weibern angespuckt und aus dem Lager getrieben zu werden. Wer sind die stinkenden Käfer, welche sich ›langes Haar‹ und ›starker Arm‹ nennen? Werden sie von ihren Müttern noch auf den Armen getragen, oder haben sie es schon soweit gebracht, am Boden hin und her zu rutschen? Und mit solchen Kindern soll Old Shatterhand kämpfen! Wer seid überhaupt ihr alle, daß ihr uns Vorschriften macht? Hier sind Häuptlinge, berühmte Männer, denen es nicht einfällt, sich durch die Berührung von Leuten zu beschmutzen, welche sich auf einen Berg stellen müssen, um einem Krieger wie Old Shatterhand bis an den Leib zu reichen. Ihr wißt noch nicht einmal, was einem Zweikampf vorherzugehen und was ihn zu begleiten hat. Sind wir etwa kranke Bisons, welche sich von einer Herde von Coyoten zerfleischen lassen müssen? Wollt ihr Rache, wollt ihr Kampf, so sei es; aber der Kampf muß ein ehrlicher sein. Zwei Häuptlinge mögen darüber wachen, nämlich der ›große Mund‹ und ich. Ich will die Lanzen sehen und untersuchen, damit nicht einer die starken und elastischen, der andere aber die morschen und spröden bekommt. Diese Kniffe kennen wir; mit ihnen fangt ihr weder Winnetou noch Old Shatterhand. Und nicht drüben bei euch darf der Kampf stattfinden, sondern zwischen hüben und drüben, da, wo die Buche steht. Der ›große Mund‹ und ich werden die dreißig Schritte abmessen; wir stehen neben den Parteien, und wenn einer gegen die Bestimmungen handelt, so schieße ich ihn augenblicklich nieder. So soll es sein. Ist euch diese ehrliche Weise nicht recht, so seid ihr feiges Gezücht. Der Häuptling mag mir sagen, ob ihr einverstanden seid, kein anderer, denn wer seine Stimme zu Winnetou erhebt, der muß ein Mann sein und darf nicht noch fünfzig Jahre zum Wachsen brauchen! Ich habe gesprochen, ich, der Häuptling der Apatschen. Nun mag der ›große Mund‹ reden, falls ihm nicht die Knochen im Leibe vor Angst zusammenschlagen! Howgh!«

Das war eine lange, kraftvolle Rede, auf welche weder hüben noch drüben ein Laut erfolgte. Sie saßen am Feuer und berieten. Sollte denn die ganze Nacht vergehen, ehe man mit dieser Kinderei zu Ende kam! Da endlich sahen wir den »großen Mund« sich erheben. Er rief herüber:

»Was Winnetou, der Häuptling der Apatschen, vorgeschlagen hat, ist angenommen worden. Er mag zur Buche kommen, wo ich mit ihm zusammentreffen werde!«

Jetzt, da die »listige Schlange« zu uns übergegangen war, brauchten wir nicht mehr an Vorsichtsmaßregeln gegen eine etwaige Hinterlist zu denken. Winnetou ging hinüber, und der Häuptling kam zu ihm. Die fünfzehn Lanzen wurden gebracht. Hatte man vorhin für mich die schadhaftesten ausgesucht, so war dies nun nicht mehr möglich. Winnetou warf einige fort und ließ an deren Stelle bessere kommen; dann wurden sie geteilt und zu je fünf verlost. Hierauf wurde die Distanz abgeschritten und markiert. »Langes Haar« und »Starker Arm« kamen herbei und hielten sich in gleicher Entfernung von meinem Platze, drei Schritte voneinander entfernt. Der Häuptling stellte sich nicht weit von ihnen auf; er hatte eine Pistole in der Hand, um mir eine Kugel zu geben, falls ich gegen die Verabredung handeln sollte. Nun wurde ich gerufen, legte die Jacke ab und ging hin. Winnetou postierte sich mit seiner Silberbüchse in gemessener Entfernung neben mich. Das dumme Ding, welches diese Leute Kampf nannten, konnte beginnen.

Meine Gegner traten sehr zuversichtlich auf; hatte doch sogar Winnetou behauptet, daß noch niemand eine Lanze in meiner Hand gesehen habe.

»Wünschest du, daß ich ihnen eine Lehre gebe?« fragte ich ihn leise.

»Ja; sie verdienen es. Du kennst meinen Doppelwurf; eine Lanze als Finte und sofort hinterher die nächste als Treffer.«

Ich nahm die fünf Waffen vom Boden auf, wo sie lagen; sie waren leicht und dünn, aber von zähem Holze, nur durch Absicht zerbrechlich. Ich konnte alle fünf zugleich umspannen und nahm sie als Bündel in beide Hände, sie zunächst wie ungefähr eine Balancierstange haltend. Bei dieser Haltung ist das Parieren, das Seitwärtsdirigieren der heransausenden Wurfgeschosse für den Anfänger freilich sehr schwer und sogar gefährlich, für den Geübten dafür aber dreifach leicht.

Jetzt gab Winnetou das Zeichen zum Beginne. Ich richtete mich zur Seite und sah scheinbar über den See hinüber, hatte aber in Wirklichkeit die Gegner, denen ich das linke Profil zukehrte, scharf im Auge. Hinter ihnen brannte ihr helles Feuer; hinter mir war es dunkel, da das unserige verlöscht war; ich befand mich also gegen sie im Vorteile, da ich ihre Speere, wenn sie dieselben warfen, viel deutlicher sehen konnte, als sie die meinigen; die ihren kamen aus dem Hellen, die meinen aus dem Dunkeln geflogen.

Auch sie bewegten sich nicht; sie warteten, daß ich beginnen solle; das fiel mir aber nicht ein. Wer seine Lanzen verschossen hatte, mußte stehen bleiben und auf sich zielen lassen, bis der Gegner auch keine mehr hatte. So lautete das Uebereinkommen, und das wollte ich benutzen; sie sollten Todesangst ausstehen.

So vergingen fünf Minuten und wieder fünf. Sie wurden ungeduldig. Sie mochten wirklich glauben, daß ich die Augen zur Seite und nicht auf sie gerichtet hielt, denn ›Langes Haar‹ trat ganz plötzlich einen Schritt zurück, um auszuholen, und warf. Mir war zum Ausweichen auch ein Schritt erlaubt; ich that ihn, und das Geschoß flog an mir vorüber, ohne daß ich zu parieren brauchte. Dann warf der ›Starke Arm‹ zweimal und ›Langes Haar‹ noch einmal. Jeder hatte noch drei Lanzen. Ich hörte, daß sie einander Vorwürfe machten, schlecht gezielt zu haben, und rief ihnen zu:

»Die Krieger der Yumas sind Kinder, welche keine Gedanken und keine Erfahrung haben; sie zielen ganz leidlich, werden mich aber auf diese Weise niemals treffen.«

»Meint Old Shatterhand dies wirklich?« höhnte der »starke Arm«. »Wir wissen, daß er vom Lanzenwerfen nichts versteht, obwohl er ein Meister im Gebrauche anderer Waffen ist. Mein nächster Wurf wird ihn durchbohren. Hat er vor seinem Tode noch etwas zu bestellen?«

»Ja. Gieb, sobald ich gefallen bin, dem ›langen Haar‹ als Vermächtnis von mir zehn tüchtige Ohrfeigen, und laß sie dir dann von ihm wiedergeben. Das wiederholt ihr so zehnmale, bis jeder hundert hat!«

»Das werde ich sofort ausrichten, und zwar an dir, mit dieser Lanze. Da, hast du sie!«

Der Aerger vermehrte seine Kraft, nahm ihm aber die Sicherheit des Zielens und Wägens. Die Lanze sauste an mir vorüber und dann auch diejenige des »langen Haares«.

»Ich sagte es ja,« lachte ich. »Ihr seid Kinder, die sich reizen lassen und weder Ueberlegung noch Berechnung haben. Ich will euch sagen, wie ihr es machen müßt. Warum seid ihr zu zweien? Warum werft ihr einzeln? Einer Lanze weicht man doch leichter aus als zweien!«

»Uff!« rief das »lange Haar«, und »Uff!« rief auch der »starke Arm«.

Sie sahen einander verwundert an, denn ein so einfacher, so selbstverständlicher Gedanke war ihnen nicht gekommen. Es war nicht klug von mir, sie darauf aufmerksam zu machen, aber ich fürchtete mich nicht, denn ich hatte, ebenso wie Winnetou, auch darin Uebung, zwei Lanzen, die zu gleicher Zeit geworfen werden, zu entgehen. Die eine pariert man, und der andern weicht man durch einen Schritt zur Seite aus. Freilich dürfen sie nicht von Kennern geworfen werden, sonst ist man unbedingt verloren. Zielen beide nach demselben Punkte, dem Kopfe, oder der Brust, und wirft dabei der eine auch nur einen Moment später als der andere, so wird die erste wahrscheinlich pariert, die zweite trifft das Ziel aber gewiß.

Das wußten die beiden Yumas glücklicherweise nicht. Sie handelten zwar nach meiner Anweisung, sagten aber einander nicht, wohin zu zielen sei; ihre Lanzen nahmen nicht denselben Flug – ein Schlag mit den meinigen, ein schneller Seitentritt, ich wurde nicht getroffen. Der Aerger darüber verleitete sie, das Manöver sofort zu wiederholen, und zwar mit demselben Erfolge oder vielmehr Mißerfolge. Sie hatten nun keine Lanzen mehr, während ich die meinigen alle noch besaß.

Jetzt ging Winnetou von mir fort und näherte sich ihnen, um sie durch sein Gewehr zum Bleiben zu nötigen, falls sie die Absicht zeigen sollten, sich meinen Würfen durch die Flucht zu entziehen. Ich aber nahm eine Lanze in die Rechte, die andern vier in die Linke und sagte:

»Jetzt werden die Krieger der Yumas erfahren, ob Old Shatterhand den Gebrauch dieser Waffe kennt. Ihr seid unehrlich gegen mich gewesen; es soll euch aber nichts nützen.

Selbst meinem Bruder Winnetou ist die Unehrlichkeit entgangen, obgleich jeder, der ein Auge oder ein Ohr besitzt, sie sogleich erkennen mußte.«

»Eine Unehrlichkeit?« fragte der Apatsche. »Welche? Ich weiß von keiner!«

»Sind nicht zehn Speere gegen mich gewesen, zehn gegen einen, und ich habe nur fünf gegen zwei?«

»Uff! Das ist richtig!« rief er verwundert aus.

»Rechne nach! Sie hatten zehn gegen mich; ich habe nur zwei und einen halben gegen den Mann, also waren sie viermal besser gegen mich gestellt, als ich gegen sie. Ist das gerecht?«

»Nein; aber niemand hat daran gedacht!«

»Ich dachte daran, sagte aber nichts, da ich die Ungleichheit ausgleichen werde. Jetzt der erste Wurf!«

Winnetou sah mich an und nickte bedeutungsvoll zur Seite. Damit fragte er, ob der erste Wurf, sowie wir zu thun pflegten, ein Versuch sein solle. Ich nickte wieder. Links hinter den Gegnern stand ein Baum, ich weiß nicht mehr, welcher Art, der hatte unter seinem ersten Aste einen Schwamm; den wollte ich treffen. Ich setzte den linken Fuß vor, wog und wägte den Speer in der Rechten, indem ich dieselbe auf- und niedergehen ließ, hob sie hoch empor, nahm den Schwamm scharf ins Auge, gab dem Speer durch eine Daumenbewegung die nötige Selbstdrehung und schleuderte ihn – er kam mitten in den Schwamm zu stecken. Die Yumas lachten hell auf, denn die Lanze war wenigstens vier Schritte weit an ihnen vorübergeflogen. Winnetou blickte nach dem Baume, nickte befriedigt über seinen Schüler und rief den Lachern zu:

»Worüber lachen die Yumas? Haben sie nicht soviel Verstand, einzusehen, daß dies nur ein Probewurf war? Old Shatterhand hat noch vier Speere; zwei davon werden dem ›langen Haare‹ und dem ›starken Arme‹ in die linke Hüfte fahren. Er könnte sehr leicht ihr Herz treffen, ihre Brust durchbohren, will sie aber nicht töten, weil er ein Christ ist und sein Manitou es ihm verbietet!«

Er hatte mir das Ziel gegeben und ich wußte, daß ich es treffen würde - mittels des Doppelwurfes. Der erste Speer muß nämlich die Aufmerksamkeit dessen, den man treffen will, auf sich lenken; der zweite folgt augenblicklich nach und geht, wenn man Uebung hat, niemals fehl. Ich ließ zwei Speere fallen, nahm den dritten in die linke, den vierten in die rechte Hand und rief:

»Also in die linke Hüfte hat Winnetou gesagt. Zuerst den ›starken Arm‹. Er mag aufpassen!«

Das Auge des Genannten hing an meiner Rechten. Ich zielte nach seiner rechten Seite, wodurch er mir beim Ausweichen die linke bieten mußte, und warf; dieser Speer war noch nicht an dem Roten vorüber, so folgte schon der zweite, den ich aus der rechten in die linke gegeben hatte; es muß dies sehr schnell geschehen. Die Spitze fuhr bis an den Schaft in die linke Hüfte des Getroffenen, welcher einen Schrei ausstieß und niedersank.

»Nun kommt das ›lange Haar‹ daran!« kündigte ich rasch an, um dem Genannten keine Zeit zur Besinnung zu lassen. Das Experiment wiederholte sich. ›Langes Haar‹ wurde von der Gewalt des Wurfes neben den ›starken Arm‹ hingestreckt. Ich drehte mich um und ging. Hinter mir hörte ich Winnetou rufen:

»So wirft Old Shatterhand die Lanze; jetzt wißt ihr es. Nun mag der ›schwarze Biber‹ mit dem Mimbrenjoknaben kämpfen!«

Mehrere Yumas eilten herbei, um ihren verwundeten Kameraden die Speere aus dem Fleische zu ziehen und sie fortzutragen; die andern heulten nach löblicher Indianersitte; ich aber hatte meine Aufgabe gelöst und legte mich wieder in das Gras. Im Osten begann bereits der Tag zu dämmern.

Für meinen kleinen Mimbrenjo schienen sich keine guten Aussichten zu eröffnen, denn der Mann, der jetzt an das Wasser trat, war ein starker, breitschulteriger Kerl, der es mit zwei oder drei andern aufnehmen konnte.

»Heult nicht, klagt nicht!« schrie er, so laut er konnte. »Der schwarze Biber wird die Speerwunden rächen. Der Yumatöter hat, als er uns mit Old Shatterhand überfiel, meinen Bruder erschossen; dafür werde ich ihm den seinigen erstechen und ertränken. Der Mimbrenjowurm mag kommen, er wird sich in meinen Fäusten und unter meinem Messer winden, bis ich meine Rache vollendet habe!«

Er warf die große, breite Decke ab, die seinen nackten Körper umhüllte, und zeigte Formen, welche nicht nur eine ungeheure Körperkraft verrieten, sondern in ihm auch einen ausgezeichneten Schwimmer vermuten ließen. Winnetou stand noch bei dem »großen Munde«; sie sprachen mit einander. Dann ließ sich der Apatsche laut hören:

»Der Mimbrenjo geht vorn bei uns, der schwarze Biber aber hinten bei den Yumas in das Wasser. Sobald sie sich in demselben befinden, können sie thun, was sie wollen; aber nur einer, der Sieger, darf lebend heraus; der andere muß tot sein und seinen Skalp hergeben. Hier habe ich mein Gewehr, und auch Old Shatterhand mag seine Zauberbüchse mit den vielen Schüssen nehmen, um dafür zu sorgen, daß dem Sieger von der Partei des Besiegten nichts geschieht. Wer die Hand gegen ihn erhebt, wird erschossen. Winnetou hat gesprochen!«

Der Mimbrenjo trat nackt an das Ufer; er hatte sein Messer auch in der Hand. Um seine Hüfte wand sich ein dünner Faden, in welchem hinten zwei hohle Pflanzenstengel steckten, die also nur wir, nicht aber die Yumas sehen konnten. Seine Haut glänzte von Oel. Ich sah unter dem Dunkel eines Baumes hervor zwei Augen auf ihn gerichtet, zwei dunkle, jetzt ängstlich blickende Augen – die Augen seines Vaters, dem beim Anblicke des ›schwarzen Bibers‹ jetzt doch bange geworden war.

Da gab Winnetou durch ein Klatschen seiner Hände das Zeichen, und die beiden Schwimmer gingen in das Wasser, doch in sehr verschiedener Weise. Der Biber stürzte sich in dasselbe, daß es hoch über ihn zusammenschlug, und kam dann, als ob er seinen Feind gleich im ersten Augenblicke packen wolle, mit mächtigen Schlägen der Arme und Beine gerade herübergeschwommen. Der Mimbrenjo aber stieg langsam und bedächtig hinab und ging ebenso langsam immer tiefer hinein, bis es ihm bis an den Hals reichte. Dann sah ich der Bewegung des Wassers an, daß er die Stengel hinten aus der Schnur nahm und letztere zerriß. Hierauf hob er die Beine und schwamm, nur diese bewegend und mit einer Hand steuernd, auf den Biber zu, welcher mit drohender Schnelligkeit sich ihm näherte. Das machte den Eindruck einer Ruhe, einer Ueberlegsamkeit, welche mir wohlthat.

Jetzt waren sie höchstens noch zehn oder zwölf Schläge auseinander, da tauchte der Mimbrenjo nieder; sogleich verschwand auch der Yuma. Jedermann stand am Ufer, einer an den andern gedrängt, um in atemloser Spannung das Ergebnis der nächsten Augenblicke zu erwarten. Eine volle Minute verging, dann kam der Mimbrenjo nach oben und sah sich um. Gleich darauf erschien auch, abgewendet von ihm, der Biber; sie waren ganz nahe beisammen, sahen sich aber nicht. Da rief einer der drüben am Ufer stehenden Yumas, indem er im Eifer beide Arme ausstreckte und sich dadurch kenntlich machte:

»Umdrehen, umdrehen, Biber! Er ist hinter dir!«

Kaum waren die Worte gesprochen, so krachte Winnetous Silberbüchse, und die nie fehlende Kugel warf den Verräter nieder. Dabei erscholl die drohende Stimme des Apatschen:

»So ergeht es jedem, der einem der Kämpfer hilft!«

Die Yumas heulten ob dieser kühnen That des Apatschen grimmig auf, wendeten aber ihre Aufmerksamkeit schnell von ihm ab und nach dem Wasser, wo die Folgen des Zurufes zu sehen waren. Der Biber hatte denselben befolgt, sich umgesehen und den Knaben bemerkt. Er hatte das Messer zwischen den Zähnen, schoß auf den Mimbrenjo zu und packte ihn mit beiden Händen. Der letztere bäumte sich sofort empor, warf, um zum Stoße nach unten Kraft zu bekommen, die Beine hoch empor und verschwand aus und unter den Händen seines Gegners, welcher ihn des schlüpfrig machenden Oeles wegen nicht hatte festhalten können. Dieser tauchte nicht nach und mußte das schnell büßen. Wir hörten, daß er einen Schrei ausstieß und sich mit mehreren hastigen Schlägen entfernte. Dann warf er sich auf den Rücken, hielt sich mit den Beinen und einer Hand oben und untersuchte mit der andern seinen Unterleib, aus welchem er blutete. Er hatte von dem Mimbrenjo einen Stich bekommen und, wie sich bald herausstellte, vor Schreck darüber sein Messer aus dem Munde fallen lassen.

Noch tastete er an der Wunde herum, so stieß er abermals einen Schrei aus, denn er erhielt von unten in den Rücken einen zweiten Stich, schwamm nun weit fort und tauchte unter. Nun war er nur noch von Zeit zu Zeit zu sehen; er suchte unter dem Wasser nach seinem Gegner und kam nur herauf, wenn ihm der Atem ausging. Der Mimbrenjo aber ließ sich gar nicht mehr sehen.

Es verging weit über eine halbe Stunde; der Morgen brach darüber an; noch immer blieb der Mimbrenjo verschwunden, und noch immer tauchte der Biber nach diesem auf und nieder. Er kam nun doch zu der Ansicht, daß sich der Gegner irgendwo versteckt haben müsse, und das konnte nur am Ufer sein. Er näherte sich demselben also und schwamm langsam an ihm hin, jede Stelle genau untersuchend, wenn auch nicht mit den Händen, so doch mit den Augen. Ich folgte, wie jeder andere, seinen Bewegungen mit größter Spannung, jeden Augenblick erwartend, daß der Mimbrenjo auf ihn losfahren werde.

Da schien eine Stelle seine Aufmerksamkeit, seinen Verdacht zu erregen; er hielt an, um sie genauer zu betrachten, ruderte sich auch langsam näher. Da verschwand plötzlich sein Kopf, dann seine Arme, sein Oberkörper im Wasser; die Beine schlugen krampfhaft um sich und folgten dem Körper nach. Wellen schäumten auf, und es bildete sich ein Strudel; es fand ein Kampf unter der Oberfläche statt. Welchen Erfolg hatte man zu erwarten?

Da kam der Mimbrenjo nach oben. Er ruderte mit den Beinen und einem Arme dem Ufer zu und zog mit dem andern Arme etwas hinter sich her. Dann deckten ihn die Büsche, deren Gezweig tief herniederhing. Ich wendete mich zurück und rief mit halblauter Stimme:

»Er hat den Biber getötet und bringt ihn nach dem Ufer, um ihm dort den Skalp zu nehmen, was im Wasser sehr schwer sein würde. Haltet die Waffen bereit! Ich fürchte, daß die Yumas ihren Grimm nicht zu zähmen vermögen und losbrechen werden.«

Da kam der Knabe wieder unter den Büschen hervor und zu uns herübergeschwommen, erreichte das Land und stieg heraus.

»Halt!« schrie drüben der ›große Mund‹. »Nur der Sieger darf heraus, und der andere muß tot sein!«

Da schwang der Knabe das Messer, welches er in der rechten und den Skalp, den er in der linken Hand gehalten hatte und rief antwortend:

»Der ›große Mund‹ mag sich den Biber ansehen, der dort im Busche liegt, ob er noch lebt. Hier ist die Haut seines Schädels, die ich ihm genommen habe!«

Der kleine Sieger wurde von den Seinigen begrüßt. Er hatte nicht die geringste Verletzung oder gar Wunde. Die Yumas aber wußten sich vor Wut nicht zu fassen. Sie brüllten wie die wilden Tiere und rannten vom Wasser, an welchem sie gestanden hatten, weg, um ihre Waffen zu holen. Ich rannte auch, nämlich am Ufer hin zu Winnetou, der noch bei dem »großen Munde« stand und die scharfen Augen offen hielt.

»Deine Krieger laufen zu den Waffen,« sagte ich. »Verbiete es ihnen!«

»Das fällt mir nicht ein!« antwortete er finster, indem er mit der Hand in den Gürtel nach der Pistole griff.

»Wenn ein einziger Schuß oder Hieb von ihnen fällt, seid ihr verloren!«

»Wollen sehen! Wir zählen ebenso viele Krieger wie ihr.«

»Nein. Komm, und sieh.«

Ich nahm ihn beim Arme und riß ihn zwischen den Büschen und Bäumen hindurch hinaus ins Freie, wo jetzt, am hellen Morgen, der Ring der Mimbrenjokrieger, welcher den See umschlossen hielt, deutlich zu sehen war.

»Was ist das! Wer sind die Leute?« fragte er erschrocken.

»Es ist der ›starke Büffel‹ mit seinen Hunderten von Kriegern. Während wir euch am Wasser haben, halten sie euch von außen eingeschlossen. Siehst du nicht ein, daß der Kampf euch den Untergang bringen muß? Sei klug! Hörst du deine Leute heulen! In einer Minute ist's vielleicht schon zu spät!«

Er fuhr sich mit der Hand über die Stirn, als ob er seine Gedanken mit Gewalt zusammenstreichen müsse, und fragte:

»Giebt es für uns Gnade oder den Marterpfahl?«

»Gnade.«

»Ich vertraue dir. Komm schnell!«

Wir rannten durch das Gebüsch dem Wasser wieder zu, und es war hohe Zeit, daß wir kamen, denn die Yumas standen am obern Teil des Sees zum Angriffe bereit, der nur deshalb unterblieben war, weil sie ihren Häuptling nicht gesehen hatten. Er eilte zu ihnen hin, um sie über die Lage der Dinge aufzuklären, und ich schickte den »starken Büffel« hinaus, seinen Leuten zu sagen, daß die Entscheidung jetzt auf einem Augenblicke stehe. Sie hatten bisher am Boden gelegen oder gekauert, standen nun aber auf und boten so einen weit mehr einschüchternden Anblick als vorher.

Der »große Mund« mußte seine ganze Redekunst aufwenden, um seine Leute vom Losbruche zurückzuhalten. Sie ergaben sich erst dann in ihr Schicksal, als sie selbst die lebendige Mauer von Kriegern sahen, von welcher sie umgeben waren. Der »starke Büffel« kam, als er seine Leute aufgeklärt hatte, wieder herein zu mir, deutete auf die Yumas und fragte:

»Denkst du, daß sie sich wehren werden?«

»Nein. Ich habe mit ihrem Häuptling gesprochen.«

»So ergeben sie sich?«

»Ich denke es.«

»So sterben sie nun doch am Marterpfahle!«

»Das glaube ich nicht. Denn bietest du ihnen nichts als den Marterpfahl, so werden sie sich nicht ergeben, sondern wehren bis auf den letzten Mann.«

»Das mögen sie thun!«

»So kostet es viel, sehr viel Blut.«

»Sprich doch nicht immer vom Blut! Mögen sie erschossen werden!«

»Und viele deiner Krieger auch!«

»Schwerlich! Der Kampf wird nur einige Augenblicke währen. Bedenke, welche Macht wir gegen sie haben. Ich mit meinen Mimbrenjos, Winnetou und du mit deinen Bleichgesichtern, und die ›listige Schlange‹ mit dreihundert Kriegern, die zu dir halten!«

»Ja, sie werden zu mir halten, aber gegen dich.«

»Was soll das heißen?«

»Das soll heißen, daß ich dem ›großen Munde‹ sowie allen seinen Leuten Gnade versprochen habe.«

»Gnade? Wie durftest du das! Befanden sie sich in meiner Hand oder in der deinigen?«

»Zunächst in der meinigen. Willst du sie etwa wieder zum Marterpfahle führen und unterwegs entfliehen lassen? Oeffne deine Augen, um zu sehen, wie es steht! Ich helfe nicht, sie niederzumetzeln, und Winnetou auch nicht; da kennst du uns. Der Häuptling ›listige Schlange‹ wird, wenn er deine Absicht erkennt, augenblicklich dem ›großen Munde‹ helfen. Denke ja nicht, daß er eines Zerwürfnisses wegen seinen bisherigen Feinden, den Mimbrenjos, hilft, seine Brüder, die Yumas abzuschlachten! Ein Friedensschluß aber bringt allen Segen, euch und ihnen, und du machst gute Beute dabei.«

»Beute? Hast du ihnen denn nicht auch versprochen, daß keine Beute gemacht werden solle? Das sollte mich sehr wundern!«

»Nur Gnade, also das Leben, habe ich ihnen versprochen, weiter nichts. Gegen das Beutemachen habe ich nichts einzuwenden, ja ich rate dir sogar dazu. Nimm ihnen ihre Waffen und Pferde, so sind sie geschwächt für lange Zeit. Was der ›große Mund‹ in der letzten Zeit gesündigt hat, darf nicht ohne Strafe bleiben.«

»So sprich mit der ›listigen Schlange‹, was sie dazu sagt!«

Das that ich denn auch und fand den Boden dazu sehr gut vorbereitet. Ich hatte schon längst bemerkt, daß der junge und ehrliebende Häuptling eifersüchtig auf den alten war. Dazu kam die Kränkung, welche er während der vergangenen Nacht von ihm erfahren hatte, und die Trennung der Krieger des einen Stammes von denen des andern. Wenn die Mimbrenjos Beute nahmen, so wurde der »große Mund« in seinem Vermögen und Ansehen schwer geschädigt; das sah »listige Schlange« sehr wohl ein. Diejenigen, welche sich von dem Alten getrennt hatten, mußten dann ihm zufallen; sein Anhang wuchs, und es konnte leicht kommen, daß er bald an Stelle des »großen Mundes« zum Kriegshäuptling ernannt wurde, was ihn, wie er wohl hoffte, auch in den Augen der Jüdin einige Stufen höher hob. Darum antwortete er, als ich ihn fragte, was er wohl meine, was mit dem »großen Munde« und seinen Leuten geschehen werde:

»Thut, was ihr wollt, nur tötet sie nicht. Auch ihrer Gefangennahme würde ich mich widersetzen, denn sie sind meine Brüder.«

»Du weißt, was der ›große Mund‹ begangen hat, und giebst wohl zu, daß er Strafe verdient hat?«

»Das geht mich nichts an, denn ich habe ihm bei dem, was du bestrafen willst, beistehen müssen. Nehmt ihm alles ab, und laßt ihn dann mit seinen Leuten laufen!«

Diesen Bescheid brachte ich dem »starken Büffel«, welcher mir die fatale Bitte vorlegte, zu dem Alten zu gehen und die Kapitulation abzuschließen. Es war mir aber interessant, ihn zu beobachten, wenn er jetzt sein Schicksal aus meiner Hand nehmen mußte, der ich von ihm auch schon für den Marterpfahl bestimmt gewesen war.

Als ich zu ihm kam, befand er sich inmitten seiner Krieger, welche mich mit nicht sehr freundlichen Blicken betrachteten. Sie hatten ihre Waffen noch; darum war es beinahe ein Wagnis, daß ich den »großen Mund« nicht hatte zu mir kommen lassen, sondern zu ihm gegangen war.

»Du willst mir sagen, was beschlossen worden ist?« fragte er.

»Zunächst will ich dir sagen, daß ich für euch gesprochen habe, obgleich du es nicht um mich verdient hast. Du stehst allein, denn ›listige Schlange‹ hat sich von dir gewendet, weil du ihn einen Feigling nanntest. Der ›starke Büffel‹ bestand darauf, euch an den Marterpfahl zu führen; ich redete es ihm aus. Dann wollte er euch wenigstens als Gefangene mit sich führen, um euch den Weibern der Mimbrenjos zu zeigen; auch darauf hat er verzichtet. Weiter aber darfst du nichts verlangen.«

»Die Freiheit aber bekommen wir?«

»Ja. Ihr könnt gehen, wann ihr wollt und wohin ihr wollt.«

»So werden wir augenblicklich fortreiten!«

»Reiten? Eure Pferde gehören den Siegern.«

»Sie wollen also Beute haben?«

»Natürlich! Oder meinst du, daß dir alles geschenkt werden muß, was du auf dem Gewissen hast? Die Yumas sind gute Menschen und wackere Krieger; das habe ich an der ›listigen Schlange‹ erfahren; aber wenn sie von ihrem obersten Häuptlinge auf falsche Wege geführt werden, so dürfen sie sich nicht wundern, daß mit seinem Zelte auch die ihrigen eingerissen werden. Raub, Mord, Brandstiftung, Verwüstung von Ländereien, gewaltsame Vergrabung vieler Menschen tief unter die Erde, das sind Dinge, die du dir gewiß nicht ungestraft gefallen lassen würdest. Da aber du sie begangen hast, sollen sie wohl belohnt werden? Du hörst, daß ich nicht im Hasse, im Zorne mit dir rede, sondern mit Freundlichkeit. Du bist alt; es thut mir wehe, zu sehen, daß deine letzten Tage keine schönen sein werden. Führe deine tapfern Krieger auf besseren Wegen, wie sie die ›listige Schlange‹ geht; dann kannst du, wenn Manitou dich ruft, fröhlich nach den ewigen Jagdgründen gehen, und dann können deine Männer mit mehr Stolz und mit größerer Freude als jetzt auf ihr Leben und ihre Thaten blicken. Old Shatterhand meint es gut mit dir und ebenso gut mit ihnen. Der erste Schritt, den ihr vorwärts thut, wird euch freilich schwer werden, denn er besteht darin, daß ihr euch jetzt in das Unvermeidliche fügt. Der ›starke Büffel‹ hat euch die Freiheit und das Leben geschenkt; soll er auch noch auf die Beute verzichten? Das könnt ihr nicht verlangen!«

»Er hat sie schon groß genug gemacht!« murrte er.

»Wo denn und wie?«

»Du nahmst uns die Herden des Haziendero ab. Es gelang uns, zu entkommen, und wir holten sie uns wieder. Da wir hier herauf mußten, haben wir sie mit einigen Leuten zurückgelassen. Jetzt sehen wir, daß die Mimbrenjos uns gefolgt sind, und da ist es sicher, daß sie die Herden wieder haben.«

»Ich habe mit dem ›starken Büffel‹ noch nicht darüber gesprochen; aber wenn es so ist, dann darfst du doch nicht von Beute sprechen, denn die Tiere gehören nicht den Mimbrenjos, sondern dem Haziendero und werden demselben zurückgegeben werden. Frage dich selbst, und gieb eine ehrliche Antwort, was du an Stelle des ›starken Büffels‹ thun würdest. Du würdest nicht von der Beute lassen. Ja, du würdest keine Gnade geben, sondern die Gefangenen nach deinen Weideplätzen schleppen. Du verlangst also von ihm noch viel, viel mehr, als du selbst thun würdest, wenn du dich an seiner Stelle befändest. Seid also klug, denn wenn ihr euch weigert, nimmt er wohl gar das Wort zurück, welches er mir gegeben hat, und führt euch als Gefangene fort! Und noch eins: Ihr befindet euch auf streitigem Lande. Wie nun, wenn er jetzt von euch verlangt, daß es von jetzt an nur den Mimbrenjos gehören soll? Ihr müßtet euch fügen, denn ihr seid in seiner Gewalt. Laßt es also nicht noch zu solchen Forderungen kommen, sondern bringt lieber das kleine Opfer, um größern Schaden zu vermeiden.«

Eine so freundlich eindringliche Redeweise waren die rohen Menschen nicht gewöhnt; darum machte dieselbe einen desto tiefern Eindruck auf sie. Es war ein kleiner diplomatischer Zug von mir gewesen, den Zorn der Krieger auf ihren Häuptling zu lenken als auf denjenigen, der sie verführt hatte; das war eine gerechte Strafe für ihn und konnte meinem Freunde »listige Schlange«, der sich so treu erwiesen hatte, von Vorteil sein. Kurz und gut, ich brachte es dahin, daß sie sich wenigstens ohne äußern Widerstand darein fügten, ihr Eigentum in die Hände der Mimbrenjos übergehen zu lassen, und freute mich darüber, dem »starken Büffel« dieses Resultat melden zu können. Sie gaben ihre Waffen ab und mußten dann zusehen, wie ihre Pferde zusammengetrieben wurden. Eine Milderung, welche der »starke Büffel« auf meine Befürwortung hin noch eintreten ließ, lag darin, daß sie alles behalten konnten, was sie in den Taschen bei sich trugen. Dann hielten sie es für geraten, abzuziehen, wobei sich gleich zeigte, daß meine lobende Erwähnung der »listigen Schlange« auf einen guten Boden gefallen war, denn viele von den Kriegern des Alten gingen nicht mit ihm, sondern traten zu der Schlange über und baten, von jetzt an zu seinem Stamme gezählt zu werden. Er sagte ihnen das zu, und ich brachte es soweit, daß sie ihre Waffen und Pferde wieder erhielten, worüber sie sich selbstverständlich außerordentlich freuten.

Der »große Mund« war darüber sehr erbost; er sah seinen Einfluß schon jetzt schwinden und konnte sich sagen, daß derselbe in Zukunft wohl noch mehr abnehmen werde. Darum ging er nicht, wie ich erwartet hatte, ohne Abschied von dannen, sondern kam vor dem Abmarsche noch zu uns, um uns eine Rede zu halten, welche besonders an meine Adresse gerichtet war. Er brachte dabei seine Aeltesten mit, um ihnen zu zeigen, daß er, wenn auch nicht mehr die materielle, so doch noch die innere Kraft besitze, sich als unsern Feind zu betrachten.

Als er mit seinen sechs oder sieben hervorragendsten Kriegern kam, saßen wir gerade bei der Beratung über die weitere Richtung unsers Zuges; es waren also die angesehensten Personen, die sich bei uns befanden, beisammen. Ich sah ihn kommen, dachte mir sogleich, was er wolle, und gab den Befehl, die beiden Söhne des »starken Büffels« herbeizuholen und den Platz, sobald der Alte mit seinen Begleitern bei uns stehe, durch Mimbrenjos einzuschließen. Als er bei uns anlangte, lud ich ihn ein, sich zu uns zu setzen; er lehnte das aber durch eine abwehrende Bewegung seiner Hand ab, nahm die Haltung eines Redners an und sprach, während die Mimbrenjos den anbefohlenen Kreis um uns zu bilden begannen, in sehr erhobenem Tone:

»Das Glück des Krieges ist ein Weib, welches heute lacht, morgen weint und übermorgen wieder lacht. Das Weib ist dem ›großen Munde‹ stets hold gewesen, so lange er es mit Feinden zu thun hatte, welche Söhne unsers Landes waren, die ich also kannte und von denen ich wußte, welche Waffen sie führten, wie sie sich verteidigen würden und wie ich also meine Angriffspläne zu entwerfen und auszuführen hatte. Ich wurde als großer Krieger bekannt; mein Ruhm wuchs von Tag zu Tag; meine roten und weißen Feinde fürchteten mich, und meine Freunde fühlten sich sicher und geborgen unter meinem Schutze. Da aber kamen fremde Männer, die nicht in dies Land gehören. Sie hatten kein Recht, sich in unsere Angelegenheiten zu mischen; aber sie thaten es doch, Old Shatterhand und Winnetou. Man hätte die Eindringlinge sofort töten oder wenigstens über die Grenze treiben sollen. Sie führten Waffen bei sich, mit denen die unserigen nicht zu vergleichen sind. Wer kann gegen die Silberbüchse des Apatschen und den Bärentöter Old Shatterhands aufkommen! Und der letztere besitzt dazu gar noch ein Zaubergewehr, mit welchem er immerfort schießen kann, ohne laden zu müssen. Was sind dagegen unsere Pfeile und Lanzen, unsere Messer und die wenigen Flinten, welche die Yumas besitzen! Auch führen die Leute den Krieg in einer Weise, welche wir nicht kennen. Sie sind voller Heimtücke und List und treten immer gerade da auf, wo man sie am wenigsten erwartet. Sie stehen noch dazu mit bösen Geistern im Bunde, welche sich gegen die roten Männer feindselig verhalten, weil dieselben ehrliche und gute Menschen sind. Darum sind alle meine Pläne, seit diese beiden Menschen in das Land kamen, zunichte geworden; ich habe mich besiegen lassen müssen und muß jetzt die Füße nehmen, um ohne Pferde und Waffen heimzukehren. Aber Winnetou und Old Shatterhand werden nicht hier bleiben, und dann wird das Glück sich mir wieder zuwenden. Diejenigen, welche jetzt Sieger sind, werden dann die Besiegten sein und unter unsern Fäusten heulen wie die Hunde, welche sehen, daß sie geschlachtet werden sollen. Denn ich sage es, ich, der ›große Mund‹, der oberste Häuptling der Yumakrieger: Ich werde das, was jetzt geschehen ist, nicht vergessen und diejenigen, welche heute über mich triumphieren, unter meine Füße treten und vernichten. Und dann wird es keine Gnade und Barmherzigkeit geben, und diejenigen, welche mir heute abtrünnig geworden sind, werden die ersten sein, welche unter unsern Messern sterben. Old Shatterhand und Winnetou aber mögen sich hüten, jemals in meine Nähe zu kommen, denn ich würde sie ergreifen und bei lebendigem Leibe schinden lassen, so daß ihr Jammer und Wehklagen durch alle Thäler und über alle Berge tönen müßte. Die ältesten meines Stammes werden mir das bezeugen, denn sie sind mit mir einverstanden. Ich habe gesprochen, Howgh!«

»Howgh!« riefen auch die Aeltesten, um zu zeigen, daß sie wirklich seiner Ansicht seien.

Sie drehten sich um, um sich zu entfernen, sahen aber, daß sie eingeschlossen waren. Darum fragte der Alte in zornigem Tone:

»Warum hat man uns mit bewaffneten Kriegern umzingelt? Will man etwa Verrat gegen uns üben und den Vertrag nicht halten, den man mit uns abgeschlossen hat?«

»Wir sind keine Verräter,« antwortete Winnetou. »Die Krieger, welche euch umgeben, sollen nur eine Aufforderung an euch sein, noch ein wenig zu verweilen, um das zu hören, was wir auf deine Worte zu erwidern haben. Mein Bruder Old Shatterhand mag sprechen, denn der Häuptling der Apatschen ist ein Freund der Thaten, aber nicht der Worte!«

Ich folgte der Aufforderung, indem ich aufstand und, zu dem Alten gewendet, sprach:

»Der ›große Mund‹ hat uns eine Rede zu hören gegeben, welche voller Unvorsichtigkeit und Irrtum ist. Unvorsichtig ist er gewesen, indem er mißachtet hat, daß wir mit großer Schonung gegen ihn und seine Leute verfahren sind. Wir haben ihnen das Leben und die Freiheit geschenkt; aber er sagt uns in das Gesicht, daß er uns schinden werde. Ich habe vorhin sehr gute Worte zu ihm gesprochen und ihn ermahnt, bessere und freundlichere Wege einzuschlagen, und höre jetzt, daß die Mahnung keine Frucht tragen werde, denn er, der Besiegte, droht den Siegern damit, daß er nichts vergessen werde und sie unter seine Füße treten und vernichten wolle. Sieht er denn nicht, daß er sich noch in unserer Hand befindet, er und seine Aeltesten, welche seiner Drohung beigetreten sind? Was hindert uns, unser Wort zurückzunehmen, da auch er sich wortbrüchig zeigt und den versprochenen Frieden nicht halten will? Er hat ein großes Lob über sich losgelassen, aber welches Lob sollen wir und sollen auch seine Leute ihm dafür zollen, daß er sein und ihr Leben durch seine unvorsichtigen Drohungen wieder in die größte Gefahr bringt?«

»Ihr müßt Wort halten!« rief er mir dazwischen.

»Nein, wir müssen nicht! Old Shatterhand und Winnetou müssen überhaupt niemals müssen; das merke dir! Wir hätten das vollste Recht, dich infolge deiner Drohung sofort niederzuschießen, dich, deine Aeltesten und alle deine Leute. Wir thun dies aber nicht, weil wir deiner lachen. Deine Drohungen sind wie das Quaken eines Wasserfrosches, welcher nur im Sumpfe leben kann und, wenn die Sonne diesen austrocknet, sterben muß. Du bist alt und schwach geworden, und die Wut über deine Ohnmacht läßt dich Worte reden, welche ein Mann nur deshalb nicht bestraft, weil sie kindisch sind und keine Thaten hervorbringen können. Wir werden euch also trotz eurer Drohungen laufen lassen, weil die Lächerlichkeit derselben uns nicht zu erzürnen vermag, wohl aber unser Mitleid erregt. – Und voller Irrtümer ist deine Rede gewesen, sagte ich. Du hast behauptet, Winnetou und ich gehörten nicht in dies Land. Weißt du denn nicht, daß er der berühmteste Häuptling der Apatschen ist, welche von Arizona oben bis hinauf zur großen Mapimi und dann hinunter bis über den Rio Pecos wohnen? Gehören die Mimbrenjos, welche du als deine Sieger hier siehst, nicht auch zu den Stämmen der Apatschen? Ist Winnetou nicht der vornehmste aller Apatschen, und du sagst, er sei ein Fremder im Lande! Ich sage dir, daß er ein größeres Recht besitzt als du, sich hier zu befinden. Und ebenso groß ist auch sein Recht, sich den Mimbrenjos vom großen Stamme der Apatschen, welche du befeindest, gegen dich anzuschließen. Wie kannst du verlangen, daß er über die Grenze getrieben werden soll! Wahr ist es, daß ihr gegen unsere Gewehre nicht aufkommen könnet; aber es sind das nur drei Stück. Wenn sich ein ganzer Stamm der Yumas vor drei Flinten fürchtet, so giebst du deinen Kriegern ein Zeugnis, dessen sie sich schämen müssen. Wie oft haben wir überhaupt die Gewehre gegen euch gebraucht? Haben wir euch mit ihnen besiegt? Nein, sondern mit ganz anderen Waffen. Auch das ist Lüge, daß wir mit bösen Geistern im Bunde stehen, und daß ihr ehrliche und gute Menschen seid. Das Gegenteil ist richtig. Ihr thut nichts als Böses; wir aber verteidigen das Gute, und darum stehen wir unter dem Schutze des großen, guten Manitou. Und letzteres ist die Ursache unseres Sieges, denn das Gute siegt stets, und das Böse muß untergehen. Daß wir stets das Gute gethan haben und nicht wie du zum Bösen hielten, hältst du für Hinterlist. Ja, wie haben euch überlistet, vielfach überlistet, aber das ist ein Beweis dafür, daß der Gute klug und der Böse dumm und unklug handelt. Wir zeigen uns auch jetzt wieder gut, indem wir euch trotz eurer Drohung laufen lassen, aber so ganz und gar straflos soll dieselbe denn doch nicht bleiben, denn eine Antwort muß auf deine Prahlereien folgen, sonst glaubst du am Ende gar, daß wir durch dieselben eingeschüchtert worden sind. Mein junger, roter Bruder mag zu mir kommen.«

Die Aufforderung war an den jüngeren Sohn des ›starken Büffels‹ gerichtet. Er folgte derselben; ich nahm ihn bei der Hand und fuhr fort:

»Der ›große Mund‹ hat es uns zum Vorwurfe gemacht, daß wir einem Sohne des Häuptlings der Mimbrenjos den Namen Yumatöter gegeben haben; er hat dafür sogar den Tod von dessen Bruder verlangt und diesen mit dem ›schwarzen Biber‹ kämpfen lassen. Der Jüngling, den ich hier an meiner

Hand halte, hat mir große Dienste erwiesen; er ist treu, klug und auch kühn gewesen, und ich habe ihm viel von meinem Erfolge zu verdanken. Darum soll ihm jetzt der verdiente Lohn werden: Er soll einen Namen erhalten, der an seine Thaten erinnert, und damit in die Reihen der erwachsenen Krieger treten. Er hat den ›schwarzen Biber‹ getötet und ihm den Skalp genommen; darum, und auch als Antwort darauf, daß der ›große Mund‹ uns den Namen Yumatöter so übelgenommen hat, erteile ich hiermit diesem meinem jungen, roten Bruder und Freunde den Namen Yuma-Tsil[1] und bitte Winnetou und alle Krieger der Mimbrenjos, demselben ihre Beistimmung zu geben!«

Laute freudige Zurufe ertönten ringsum. Winnetou erhob sich, nahm die andere Hand des Knaben in die seinige und erklärte:

»Old Shatterhand hat mir aus dem Herzen gesprochen. Der junge, tapfere Krieger soll Yuma-Tsil heißen; er ist mein Bruder, und seine Freunde oder Feinde werden auch meine Freunde oder Feinde sein. Ich habe gesprochen.«

»So sind also die Wünsche der beiden Söhne unseres Freundes, des ›starken Büffels‹, erfüllt,« fuhr ich fort. »Sie wünschten, Namen zu haben, und sind deshalb mit Winnetou und mir gegangen; sie haben gute, vortreffliche Namen bekommen, welche in Zukunft bekannt und berühmt sein werden bei allen Freunden und Feinden. Der alte ›große Mund‹ aber mag jetzt mit seinen Aeltesten fortgehen. Ob wir ihn und seine Leute fürchten, haben wir ihm dadurch gesagt, daß wir die beiden Söhne des Mimbrenjohäuptlings Yumatöter und Yumaskalp genannt haben. Ich habe gesprochen. Howgh!«

Ich winkte; der Kreis öffnete sich, und die Yumas entfernten sich, jedenfalls wütend darüber, daß sie auf ihre Verabschiedung eine solche Antwort erhalten hatten.

Es versteht sich von selbst, daß dann die Namengebung durch ein allgemeines Rauchen des Kalumets und die sonsti-

[1] Yuma-Skalp.

gen Gebräuche gefeiert und bekräftigt wurde. Die Knaben, welche nun zu den erwachsenen Kriegern zählten, waren unendlich glücklich und auch ganz besonders stolz darauf, daß sie ihre Namen Winnetou und mir zu verdanken hatten.

Ihr Vater fühlte sich ebenso stolz und glücklich wie sie, floß von Dankesworten über und bat um Verzeihung dafür, daß er zuweilen nicht nur grob, sondern sogar mißtrauisch gegen mich gewesen war. Um mir einen Beweis seiner Dankbarkeit zu geben, bat er mich, daß ich mich nicht mehr von der »listigen Schlange« und deren Yumakriegern begleiten lassen möge, denn er selbst wolle mir für meine weißen Kameraden genug gute Reit- und Packpferde zur Verfügung stellen und uns mit einer Kriegerschar bis über die Grenze und dann noch soweit führen, wie ich nur immer wünschen möge.

Ich ging natürlich sehr gern auf diesen Vorschlag ein und traf noch heute die Vorbereitungen zum Aufbruche, welcher am nächsten Morgen erfolgte.

Von der ›listigen Schlange‹ gab es einen herzlichen Abschied; seine Braut, die Jüdin, bekam ich dabei nicht zu sehen; sie blieb vor mir verborgen.

Nach einem langen und beschwerlichen Ritte erreichten wir die Grenze von Texas, und ich verteilte das Geld. Auch der Player bekam die Summe, welche ich ihm versprochen hatte. Damit war die traurige Vergangenheit für sie alle verschwunden, und sie konnten einer zwar einfachen, aber doch bessern und früchtereichen Zukunft entgegenblikken. – – –

DRITTES KAPITEL

Ein Millionär

Ehe ich weiter erzähle, muß ich auf ein früheres Ereignis zurückgreifen. Ich kehrte vor längerer Zeit von einer Reise nach Südamerika zurück, landete nach glücklicher Seefahrt in Bremerhaven und stieg in dem weitbekannten »Löhrs Hotel« ab, um dort meine mitgebrachten Effekten für den Bahntransport umzupacken.

Beim Diner saß ein junger, vielleicht sechsundzwanzigjähriger Herr mir gegenüber, welcher sich mit keinem Worte an dem allgemeinen Gespräch beteiligte und dafür mir eine zwar stille, aber desto anhaltendere Aufmerksamkeit zu widmen schien. Er sah mich wiederholt prüfend an und senkte in den Zwischenpausen den Blick auf seinen Teller. Er dachte nach, schien aber mit mir oder über mich nicht ins reine zu kommen. Mir war es ganz so, als ob ich ihn schon einmal gesehen hätte, doch konnte das nur sehr vorübergehend gewesen sein, da ich mich seiner nicht deutlich zu erinnern vermochte. Endlich, beim Dessert, sah ich sein Auge hell werden; er nahm eine zufriedene Miene an und schien nun zu wissen, wohin in seiner Erinnerung ich gehörte. Dadurch wurde aber die Aufmerksamkeit, welche er mir schenkte, keineswegs vermindert. Sein Blick blieb an mir und an jeder Bewegung, welche ich machte, hängen.

Nach der Tafel setzte ich mich allein an einen kleinen Fenstertisch, um dort den Kaffee zu mir zu nehmen. Er spazierte im Speisesaale auf und ab. Ich merkte ihm an, daß er gern mit mir sprechen wollte und mit sich zu Rate ging, wie er das anzufangen habe. Endlich drehte er sich entschlossen um, kam auf mich zu und sagte unter einer Verbeugung, welche weniger gewandt als gut gemeint war:

»Verzeihung, mein Herr! Haben wir uns nicht schon einmal gesehen?«

»Wohl möglich,« antwortete ich, indem ich aufstand, um

seine Verbeugung zu erwidern. »Vielleicht erinnern Sie sich besser als ich des Ortes, an welchem das geschehen ist.«

»Drüben in den Vereinigten Staaten. Ich glaube, es ist auf dem Wege von Hamilton nach Belmont in Nevada gewesen. Sind diese Städte Ihnen bekannt?«

»Allerdings. Wann soll das gewesen sein?«

»Vor ungefähr vier Jahren. Wir waren eine Gesellschaft von Goldgräbern, befanden uns auf der Flucht vor einer Horde von Navajos und hatten uns dabei so gründlich verirrt, daß wir uns in dem Gebirge nicht mehr zurechtfinden konnten und sehr wahrscheinlich zu Grunde gegangen wären, wenn wir nicht ganz zufälliger- und für uns so glücklicherweise Winnetou getroffen hätten.«

»Ah, Winnetou!«

»So kennen Sie diesen berühmten Häuptling der Apatschen?«

»Ein wenig.«

»Ein wenig nur? Wenn Sie der Herr sind, für den ich Sie halte, müssen Sie ihn viel besser als nur ein wenig kennen. Er war damals nach dem Mariposa-See unterwegs, wo er mit einem Freunde oder vielmehr mit seinem besten Freunde zusammentreffen wollte, und erlaubte uns, mit ihm zu gehen, da wir jetzt entschlossen waren, uns über die Sierra Nevada nach Kalifornien zu wenden. Wir erreichten den See glücklich und trafen dort andere Weiße, denen wir uns nun anschließen konnten. Am letzten Tage vor unserm Weiterritte kam der Freund Winnetous. Beide wollten hinauf nach den Big Trees, um dort zu jagen, und verließen uns schon vor Anbruch des nächsten Morgens. So kam es, daß Sie nur einige kurze Stunden mit uns am Lagerfeuer saßen und sich mein Gesicht nicht genau gemerkt haben.«

»Ich?« fragte ich, indem ich mich erstaunt stellte.

»Nun ja, Sie! Oder sind Sie nicht der Freund Winnetous gewesen? Sie trugen damals allerdings einen ganz andern Anzug als heute. Das ist auch der Grund, weshalb ich mich vorhin nicht so schnell erinnern konnte. Jetzt aber möchte ich behaupten, daß Sie der Bekannte des Apatschen sind.«

»Wie hieß denn der Mann, für den Sie mich halten?«

»Old Shatterhand. Habe ich mich geirrt, so verzeihen Sie die Störung!«

»Sie stören mich nicht; ich erlaube mir im Gegenteile die Frage, ob Sie nach Tisch Kaffee trinken?«

»Ich stand im Begriff, mir eine Tasse zu bestellen.«

»So bitte ich, ihn hier bei mir zu sich zu nehmen. Setzen Sie sich!«

Er folgte der Aufforderung, bekam den Kaffee, nahm einen Schluck und meinte dann:

»Es ist sehr freundlich von Ihnen, mich zu sich hier einzuladen; weniger freundlich aber ist es, mich in Ungewißheit zu lassen.«

»Na, dann will ich Ihr Gemüt beruhigen, indem ich Ihnen sage, daß Sie sich nicht geirrt haben.«

»Ah! So sind Sie also doch Old Shatterhand?«

»Ich bin's. Aber schreien Sie doch nicht so! Es wird die Herren, welche sich hier befinden, weniger interessieren, wer ich bin und wie ich da drüben im Westen genannt werde.«

»Es war die Freude, welche mich so laut machte. Sie können sich doch denken, daß ich ganz entzückt darüber bin, hier hüben mit einem so – –«

»Still!« unterbrach ich ihn. »Hier hüben in dem Meere von Civilisierten bin ich ein Tropfen, welcher verschwindet. Da lesen Sie meinen eigentlichen Namen!«

Wir wechselten unsere Karten. Auf der seinigen stand »Konrad Werner«. Als ich diesen Namen las, bemerkte ich, daß er mich dabei anblickte, als ob er erwarte, daß ich denselben kennen oder gar mich überrascht zeigen werde. Da aber diese Erwartung sich nicht erfüllte, fragte er:

»Haben Sie den Namen vielleicht schon einmal gehört?«

»Wahrscheinlich schon vielemale, denn der Werners giebt's in Deutschland wohl nicht wenige.«

»Ich meine drüben, drüben!«

»Hm! Nicht daß ich wüßte. Es ist aber anzunehmen, daß ich ihn damals aus Ihrem Munde gehört habe.«

»Natürlich habe ich Ihnen gesagt, wie ich heiße, denn wir alle nannten unsere Namen. Aber ich meine es anders. Der Name Werner, Konrad Werner, wird jetzt drüben viel genannt. Wollen Sie nicht die Güte haben, einmal an Oil-Swamp zu denken!«

»Oil-Swamp? Hm! Es ist mir allerdings so, als ob ich den Namen, und zwar in besonderer Beziehung, gehört hätte. Ist's ein Ort oder ein Sumpf?«

»Es war ein Sumpf, ist aber jetzt ein Ort, ein vielgenannter Ort. Ich weiß, daß Sie den Westen kennen wie nur wenige, und bin daher einigermaßen erstaunt, daß der Name Ihnen unbekannt ist.«

»Das hat seine guten Gründe. Seit wann spricht man denn von ihm?«

»Seit fast zwei Jahren.«

»Gerade solange bin ich in Südamerika gewesen, und zwar in Gegenden, wohin Frau Fama gar nicht oder nur sehr spät zu kommen pflegt. Halten Sie mich also wenigstens nicht ganz und gar für einen Tungusen oder Kalmücken!«

»O nein! Es freut mich desto mehr, Ihnen heute hier sagen zu können, was aus dem hilflosen Menschen, der ich damals war, geworden ist, denken Sie, ein Oelprinz!«

»Sie sind des Teufels! Ein Oelprinz? Dann muß ich Ihnen herzlich gratulieren!«

»Danke! Ja, ein Oelprinz bin ich jetzt. Daß ich ein solches Glück finden würde, dachte ich freilich nicht, als wir mit Ihnen und Winnetou beisammen waren. Eigentlich habe ich es dem Apatschen zu verdanken, denn er war es, der uns die Idee eingab, uns aus Nevada fortzumachen und nach Kalifornien zu gehen. Dieser gute Rat hat mich zum Millionär gemacht.«

»Wenn Sie das wirklich sind, so bitte ich Sie, nicht bös darüber zu sein!«

»Nein, nein!« lachte er. »Wenn Sie wüßten, wer und was ich früher gewesen bin, so würden Sie auch wissen, wie überflüssig diese Ihre Bitte ist.«

»Nun, was waren Sie denn?«

»Ein Luftikus, ein Taugenichts!«

»Das sieht man Ihnen freilich nicht an!«

»Weil ich jetzt keiner mehr bin. Ich wurde im Armenhause geboren, war also ein Armenhäusler und befand mich auf dem richtigen Wege, ein Zuchthäusler zu werden.«

»Was Sie sagen! Wenn das so ist, so haben Sie jedenfalls mit diesen Erinnerungen gebrochen und es ist besser, darüber zu schweigen.«

»Es würde mir auch gar nicht einfallen, einem andern etwas darüber zu sagen, aber da Sie derjenige sind, der Sie eben sind, so will mir gern das Herz aufgehen. Sie sind ein Deutscher. Vielleicht ist Ihnen die Gegend bekannt, aus welcher ich stamme.«

Er nannte ein kleines erzgebirgisches Städtchen.

»Kenne ich ganz gut,« antwortete ich. »Bin früher einigemal dagewesen.«

»So werden Sie auch die armen Verhältnisse kennen, welche dort herrschen, oder doch geherrscht haben. Jetzt ist's vielleicht anders und besser geworden; damals aber that der Staat weniger, als er jetzt thut, und die Gemeinden waren auf sich selbst angewiesen. Denken Sie sich eine blutarme Bürgerschaft und dazu ein Armenhaus mit noch viel ärmeren Insassen! Diese waren wahrhaftig meist nur auf das angewiesen, was sie sich auf den umliegenden Dörfern erbettelten. Einige ungekochte Kartoffeln, einige Schnitte trockenes Brot, ein Stückchen harter Käse, das war es, was sie von den Bettelgängen heimbrachten. Klug waren die, welche sich davon ein Mahl bereiteten. Meine Mutter aber war leider nicht so klug.«

»Ihre Mutter? Die lebte auch im Armenhause?«

»Ja. Ich sagte Ihnen ja, daß ich in demselben geboren sei. Als ich nur ein paar Wochen zählte, trug sie mich auch schon auf den Dörfern herum; später schleppte sie mich neben sich her. Das erweckte Mitleid, denn ich ging, ebenso wie sie, in Lumpen und wurde von ihr fürs Betteln förmlich angelernt und einstudiert. Besonders streng sah sie darauf, daß ich, wenn wir ein Haus betraten oder auf der Straße jemand begegneten, vor Kälte oder Hunger wimmerte. Um dies zu können, brauchte ich mich freilich nicht zu verstellen, denn für einen tüchtigen und fortwährenden Hunger war stets gesorgt. Sie aß nämlich fast gar nicht und gab mir so wenig wie möglich. Was sie von mitleidigen Menschen bekam, wurde verkauft. Es gab Leute, welche gern bereit waren, für das eingebettelte Brot einige Pfennige zu geben. Von diesem Gelde kaufte sie sich Branntwein, der ihr über alles ging und auch über ihr Kind.«

»Das sind ja schreckliche Verhältnisse! Ich meine, wir schweigen lieber darüber. Nicht?«

»Nein! Wenn ich Ihnen solche Dinge von meiner Mutter erzähle, so dürfen Sie mich dennoch nicht für einen schlechten Menschen halten. Es geschieht nur, um den Gegensatz zwischen jetzt und damals deutlicher zu machen. Meine Mutter galt als rettungslos verloren, und ich wurde auf ihrem bergab führenden Wege fortgeschleppt, bis ich von Gemeinde wegen gezwungen wurde, bei einem Schuhmacher in die Lehre zu treten. Der Mann war nur ein Flickschuster, denn ein besserer Meister wollte mich nicht zu sich nehmen. Da bekam ich wenig zu essen und dazu der bessern Verdauung halber den Knieriem über den Rükken gezogen. Sie können sich denken, daß mir das nicht behagte; ich entfloh zu verschiedenenmalen, strich bettelnd umher, wurde aber immer wieder eingefangen und zurückgebracht. Das jedesmalige Willkommen können Sie sich auch denken! So vergingen zwei Jahre; ich lernte nichts und wurde immer nichtsnutziger. Eines schönen Weihnachtsabends bescherte der Meister seiner Familie. Er war ein armer Teufel und konnte nur wenig geben; aber jedes Kind bekam doch eine Kleinigkeit; das Allerwenigste wurde mir beschert, nämlich nichts. Als ich das nicht gelten lassen wollte, ging die Bescherung freilich los, und zwar mit dem Knieriem. Der Mann schlug mich so, wie er mich noch nie geschlagen hatte, und dann mußte ich mich mit blutrünstigem Rücken hinauf auf den kalten Dachboden legen, wo meine Schlafstatt war – ein Bündchen Stroh, welches nur noch Häckerling genannt werden konnte; eine Decke gab es auch nicht!«

»Und jetzt Oelprinz? Das ist freilich ein Unterschied!«

»Ein gewaltiger. Aber es liegen auch viele Leidensjahre dazwischen! Als ich da oben lag, der Hunger an mir nagte und die Kälte mich schüttelte, nahm ich mir vor, wieder auszureißen, und zwar soweit, daß man mich gar nicht wiederfinden könne. Ich schlich mich also leise hinab, zum Hause hinaus, um die Stadt herum und stampfte dann im tiefen Schnee und bei schrecklichem Gestöber dem Ziele, welches ich mir in den Kopf gesetzt hatte, entgegen.«

»Welches war das?«

»Natürlich Amerika!«

»Welche Tollheit!«

»Ja, es war toll; aber was verstand ich denn davon? Ich glaubte, man brauche, um nach Amerika zu kommen, nur so fort und fort zu laufen. Ich hatte gehört, daß man dort reich werden könne, und reich, steinreich wollte ich werden. Dann wollte ich heimkehren und den Meister blamieren, schrecklich blamieren. Ich wußte, daß er nur altes Schuhwerk zusammenflicken konnte, und wollte mir dann aber ein Paar funkelnagelneue Stiefel bei ihm bestellen; das sollte meine Rache sein. Die verdorbenen Stiefel wollte ich ihm mitsamt dem Gelde an den Kopf werfen und dann stolz nach Amerika zurückkehren.«

»Nun, das können Sie jetzt thun! «

»Ja, ich werde es thun; ich werde mich rächen, aber in anderer Weise. Wenn der arme Mann noch lebt, werde ich ihm unter die Arme greifen. Er soll für jeden Hieb, den ich von ihm erhalten habe - und Sie können sich darauf verlassen, daß es nicht wenige sind - eine Mark oder meinetwegen einen ganzen Thaler erhalten.«

»Das laß ich mir gefallen, und ich wünsche herzlich, daß er noch lebt. Ihre Geschichte beginnt, mich zu interessieren; der Anfang aber wollte mich abstoßen.«

»Die nächste Fortsetzung wird nicht viel besser klingen. Eine alte Leinenjacke, leinene Hosen, eine noch ältere Mütze und ein paar Holzpantoffel, das war mein Anzug, in welchem ich mich bis in die Magdeburger Gegend gebettelt habe.«

»Lieber Himmel! Es ist doch fast unmöglich, daß Sie auf dem weiten Wege nicht ein einzigesmal von der Polizei gesehen und aufgegriffen worden sind!«

»O, ich war schlau; man sollte mich nicht erwischen. Wenn ich Gefahr witterte, ließ ich mich nicht sehen und hungerte lieber.«

»Fanden Sie denn immer Leute, die Ihnen zu essen gaben, ohne Sie festzuhalten?«

»Ja. Ich ging immer in die ärmlichsten Häuser; oft auch nahmen sich Handwerksburschen meiner an, die mich zwar auslachten, mich aber nicht verrieten und mir gute Lehren und ein Stück Brot gaben. Aber ich konnte dieses Leben, diese Wanderung doch nicht aushalten; es ging mir von Tag zu Tag schlimmer, bis ich hinter Magdeburg auf offener Straße liegen blieb; ich konnte vor Hunger und Entkräftung nicht weiter und kroch in eine Schneewehe, um da zu sterben; denn daß mich da der Tod des Erfrierens erwartete, das wußte ich. Ich schlief auch sofort ein. Ich erwachte, als unter mir schwere Räder im Schnee knarrten; über mir erblickte ich eine Wagenblahe, und ich lag in tiefem, warmem Stroh, mit zwei Pferdedecken überbreitet. Nach einiger Zeit schaute ein dickes, kälterotes Gesicht vorn herein, sah, daß ich die Augen offen hatte, und fragte:

»Du lebst wieder, Junge? Wo kommst du her?«

»Aus Sachsen.«

»Wo willst du hin?«

»Nach Amerika.«

»Famos! Was sagt denn dein Vater dazu?«

»Nichts. Ich habe keinen mehr.«

»Und deine Mutter?«

»Auch nichts. Die ist alle Tage betrunken.«

»Was bist du denn eigentlich?«

»Schusterlehrjunge.«

»Und wie ist dein Vorname?«

»Konrad.«

»Gut! Merke dir, was ich dir jetzt sage! Dort neben dir hängt ein Kober mit Brot und Käse; davon kannst du essen, soviel du willst. Dann kriechst du tiefer ins Stroh und kommst nicht eher heraus, als bis ich dich heraushole!«

Nach diesen Worten verschwand das Gesicht wieder. Das mit dem Kober ließ ich mir nicht zweimal sagen. Er enthielt ein halbes Brot und einen großen, ganzen Käse; ich habe ihn leer gemacht. Dann kroch ich unter die Decken und tief ins Stroh hinein und schlief wieder ein. Als ich geweckt wurde, war es Nacht. Der Mann, welcher am Tage mit mir gesprochen hatte, steckte bei mir im Wagen, welcher vor einem Dorfe mitten auf der Straße hielt.

»Kerl, du hast aber einen Hunger gehabt!« sagte er. »Und einen Schlaf dazu! Hast du denn nicht gemerkt, daß wir ein paarmal gehalten haben?«

»Nein.«

»Also nach Amerika willst du! Da hast du bei mir die beste Gelegenheit, denn ich fahre hinüber. Willst du mit?«

»Ja.«

»Aber du bist ohne Erlaubnis fort, bist den Deinen durchgebrannt. Wahrscheinlich hast du keinen Paß, keine Legitimation?«

»Ich habe nichts, als was ich auf dem Leibe trage.«

»Höre, das ist auch nicht viel! Aber du thust mir leid. Ich habe dich aus dem Schnee herausgepuddelt und bin bereit, für dich zu sorgen, wenn du mir zweierlei versprichst. Erstens mußt du mir gehorchen, und zweitens darfst du keinem Menschen erzählen, wer du bist, woher du kommst und wohin du willst.«

»Das werde ich gern thun.«

»Gut! So bleibst du bei mir, bis wir nach Amerika kommen. Du nennst mich Vetter. Dein Großvater war der Bruder von meinem Vater, und du bist aus Halberstadt. Ich habe dich zu mir genommen, weil deine andern Verwandten alle gestorben sind, und du bist nun schon ein Vierteljahr bei mir. Willst du immer nur so und nichts andres sagen?«

»Ja,« sagte ich in meiner Bedrängnis.

»So wirst du es gut bei mir haben. Also abgemacht! Wir sind, während du schliefst, durch eine Stadt gekommen; da habe ich bei einem Trödler Stiefel und einen Anzug für dich gekauft. Zieh ihn an!«

Er zog die Wagenblahe ein Stück auf, sodaß ich sehen und den Anzug mit meinen Fetzen vertauschen konnte. Dann mußte ich mich mit ihm in die Schoßkehle setzen, und wir fuhren nach dem Dorfe, wo er am Gasthofe hielt, um da zu übernachten.«

»Der menschenfreundliche Retter war wohl ein Fuhrmann, der das Fuhrwesen als Gewerbe betrieb?« unterbrach ich seine Erzählung.

»Ja. Es war ein sogenannter Harzer Landfuhrmann.«

»Ah, die kenne ich. Die Leute zogen mit ihren schweren Lastwagen früher von Land zu Land, nahmen überall Gelegenheitsfrachten auf und kehrten oft erst nach mehreren Jahren in ihre Heimat zurück. Ihre Pferde hatten sie mit sonderbaren Kummeten und Dachsfellen ausgeputzt. Sie waren ehrliche Leute, denen man ein ganzes Vermögen getrost anvertrauen konnte. Der Ihrige aber scheint nicht ehrlich gewesen zu sein, wenigstens mit Ihnen nicht, weil er behauptete, daß er auch nach Amerika wolle, was doch keinesfalls die Wahrheit war. Höchst wahrscheinlich hat er Sie nur ausnützen wollen.«

»Das ist richtig. Zunächst aber schenkte ich ihm mein volles Vertrauen und gewann ihn sogar lieb. Er rief mich Konrad, und ich nannte ihn Vetter. Ich fütterte und putzte die Pferde, schlief bei ihnen im Stalle und nahm ihm auch sonst nach Kräften die Arbeit ab. Dafür erhielt ich mein Essen und zuweilen ein altes, abgetragenes Kleidungsstück, weiter nichts. Als nach und nach Monate vergingen, ohne daß wir nach Amerika kamen, merkte ich freilich, daß er mich belogen hatte; aber das ungebundene Leben gefiel mir, und so blieb ich bei ihm, bis er einmal eine Gelegenheitsfuhre nach Otterndorf bekam. Der Ort liegt in der Nähe der See; die Lust nach Amerika erwachte plötzlich von neuem und mit aller Gewalt, und die Folge war, daß ich ihm davonlief nach Bremerhaven.«

»Ohne Geld?«

»Er dachte freilich, ich hätte keins, und das hatte ihn sicher gemacht. Aber ich hatte in der Zeit von anderthalb Jahren, die ich bei ihm war, manches Frachtstück ein- und wieder ausgeladen und zuweilen doch ein Trinkgeld bekommen. Diese kleinen Beträge verheimlichte ich ihm und hob sie heilig auf. So kam es, daß ich jetzt soviel hatte, daß ich, ohne betteln zu müssen, von Otterndorf nach Bremerhaven wandern konnte. Zu einem längern Aufenthalt dort hätte es freilich nicht gereicht. Darum fragte ich sofort nach einer Matrosenkneipe. Ich war während der Zeit klüger geworden und hatte verschiedenemale gehört, daß man in solchen Kneipen Gelegenheit bekommen könne, umsonst nach Amerika zu fahren. In der Kneipe, nach welcher ich gewiesen wurde, saßen viele Matrosen. Einer von ihnen machte sich über mich her und fragte mich aus. Ich sagte ihm soviel, wie ich für nötig hielt, und er erklärte mir, daß er mir helfen wolle. Er ließ mir Essen bringen. Dazu tranken wir Nordhäuser, Rum, Arak, Cognak, Punsch, bis ich den Verstand verlor. Als ich ihn wieder bekam, lag ich in einem engen Loche, kaum größer wie ein Hundestall, und es war finster um mich her. Ueber mir knarrte es; unter mir rauschte Wasser; dazwischen hörte ich eine befehlende Stimme erschallen. Ich tastete um mich, konnte aber keinen Ausgang finden und mußte also liegen bleiben. Es war mir herzlich schlecht zu Mute; mein Kopf brummte wie eine Baßgeige, und meine Glieder waren wie zerschlagen. Nach langer Zeit hörte ich Schritte; ein Riegel wurde zurückgeschoben; dann sah ich vor mir einen Menschen in Matrosentracht, welcher ein Licht in der Hand hatte. Es war der Matrose, mit welchem ich gestern beisammen gewesen war. Er ließ ein rohes Lachen hören und sagte:

»Heraus mit dir, Landratte! Der Kapitän will dich sehen. Aber rede manierlich mit ihm, und widersprich ihm nicht; er ist kein Guter.«

»Ich kroch mühsam aus dem Loche; es war, wie ich später erfuhr, das Arrestlokal für widerspenstige Matrosen. Ich folgte dem ›guten Freunde‹ zwei sehr schmale und sehr steile Treppen hinauf und sah mich dann auf dem Verdecke eines Schiffes, welches unter vollen Segeln ging. Ringsum war nichts als Wasser zu sehen. Ich wurde nach hinten geführt, wo der Kapitän auf mich wartete. Er hatte sehr weite Hosen an, ein goldbetreßtes Käppi auf dem Kopfe und einen gewaltigen Schnurr- und Knebelbart. Er nahm mich bei den Armen, drehte mich einigemale um und um, befühlte meine Muskeln und Knochen, grinste mich dann an, wie eine Katze die Maus, die sie verschlingen will, und fragte:

»Woher bist du?«

»Ich sagte ihm bei dieser und weiteren Fragen ohne Zaudern die Wahrheit, denn bei dem Gesichte, welches der Mann machte, getraute sich kein falsches Wort über meine Lippen.«

»Scheinst ein sauberes Früchtchen zu sein; werden dich aber kurieren. Habe die Absicht, dich als Schiffsjunge mitzunehmen. Dort steht der Maat, dem du zu gehorchen hast. Bei jedem Widerspruch setzt es Prügel. Marsch, fort mit dir!«

»Der Maat, an den er mich wies, war ein Kerl, der noch grimmiger aussah als sein Kapitän. Er nahm mich am Arme, zog mich nach vorn, gab mir einen Topf mit Teer in die Hand und zeigte auf ein Tau, welches außen am Schiff niedergelassen werden sollte. Man mutete mir, der die See noch nie gesehen hatte, zu, da draußen zu hängen und die Außenplanken mit Teer zu bestreichen. Ich weigerte mich, wurde auf ein Brett geschnallt und so lange geprügelt, bis ich nicht mehr schreien konnte. Es ging mir so traurig wie noch nie im Leben, und das ist doch viel gesagt. Wir segelten nach Westindien. Die Fracht wurde aus- und neue eingeladen; ich aber durfte nicht ans Land, durfte auch mit keinem, der von dorther an Bord kam, verkehren. Von da ging es nach Boston, dann nach Marseille, von dort aus zunächst nach Southampton und dann wieder hinüber nach Amerika, diesmal nach New-York.«

»Liebster Herr, warum ließen Sie sich das alles gefallen?«

»Weil ich nicht totgeschlagen sein wollte.«

»Pah! Sie haben die Sache nicht verstanden. Auf See allerdings waren Sie dem Kapitän widerstandslos überliefert; in jedem Hafen aber mußten Sie Gelegenheit finden, freizukommen.«

»Auch wenn ich an Bord festgehalten wurde?«

»Auch dann. Es kommen verschiedene Beamte an Deck. Sie brauchten sich nur an einen derselben zu wenden, um Hilfe zu erhalten.«

»Das wagte ich nicht, weil ich ein Ausreißer war. Aber in New-York kam ich doch frei. Der Kapitän hatte sich den Haß zweier Matrosen zugezogen, welche klüger waren als ich; die gingen des Nachts heimlich mit der Jolle durch und nahmen mich mit. Die Flucht gelang, und ich betrat als freier Mann Amerika. Zunächst lief ich soweit wie möglich fort, damit mein Kapitän oder einer seiner Häscher mich ja nicht zu sehen bekomme. Am Morgen war Feiertag, an welchem nicht gearbeitet wurde. Ich fand einen Neubau, in welchen ich mich schlich, um ungestört einen langen Schlaf zu thun, denn diesen brauchte ich noch nötiger als Essen und Trinken. Als ich aufwachte und völlig munter wurde, war es schon wieder Abend. Ich hatte Hunger, blieb aber dennoch liegen, einmal, weil ich dem Kapitän auch jetzt noch nicht traute, und zum andernmal, weil mir der Gedanke gekommen war, ob ich auf dem Neubaue nicht vielleicht Arbeit finden könnte.«

»Das war brav gedacht. Nur Arbeit konnte Sie retten.«

»Ja, das sah ich gar wohl ein. Die Schule, welche ich durchgemacht hatte, war fürchterlich gewesen und hatte mich mürbe gemacht. Ich wartete also bis zum nächsten Morgen. Da kamen die Maurer und Zimmerleute. Ich sprach mehrere an; sie verstanden aber nicht deutsch, bis ich endlich doch den richtigen traf, einen Preußen aus der Gegend von Königsberg. Er hatte sich auch Amerika voller goldener Berge geträumt und war hier nun unter die – Ziegelträger gegangen. Durch seine Fürbitte brachte er es soweit, daß ich dieselbe

Arbeit bekam. Sie war nicht leicht, aber es ging. Ich lebte außerordentlich sparsam und hatte mir gegen den Winter hin über hundert Dollars zurückgelegt, mit denen ich nach Philadelphia ging, um mein ursprüngliches Handwerk zu treiben.«

»Sie sagten aber doch, daß Sie nichts gelernt hätten!«

»Nach unsern Begriffen allerdings. Aber ich hatte inzwischen erfahren, was Arbeitsteilung ist. Ich trat in Philadelphia in eine Fabrik, in welcher jeder Arbeiter stets nur eine und dieselbe Arbeit zu machen hat. Dazu braucht man kein gelernter Schuhmacher zu sein. Ich habe ein ganzes Jahr lang immerfort nur Spitzen angesteppt. Dann besaß ich dreihundert Dollars, mit denen ich nach Chicago ging, um in eine gleiche Fabrik einzutreten. Dort blieb ich freilich nicht lange. Ich wollte etwas lernen, was aber bei dieser Arbeitsteilung nicht möglich war. Ich traf einen Irländer, welcher auch ein kleines Sümmchen besaß. Er kannte das Land besser als ich und machte mir den Vorschlag, als Pedlar[1] mit ihm nach dem Westen zu gehen; bei diesem Geschäft sei viel Geld zu verdienen. Ich stimmte bei. Wir gingen über den Missisippi, legten unser Geld zusammen, kauften Waren ein und zogen damit den Missouri hinauf. Nach zwei Monaten hatten wir ausverkauft und unser Geld verdoppelt. Wir unternahmen noch vier solche Reisen, bis mein Compagnon plötzlich mit seinem und meinem Gelde verschwunden war.«

»Aha! Nun konnten Sie wieder Stiefelspitzen ansteppen!«

»Ich griff zu andern Dingen, zum nächsten, was sich mir bot, arbeitete fleißig, brachte es aber zu keinen Ersparnissen mehr. Aus Verzweiflung darüber ging ich unter die Goldsucher.«

»Um nichts zu finden!«

»So ist es. Wir trieben uns hungernd in den Gebirgen umher; es war kein einziger Westmann unter uns. Darum ging es uns bitter schlecht. Schließlich wurden wir gar von Navajos überfallen. Wir entkamen ihnen zwar, doch hätten sie

[1] Hausierer.

uns gewiß wieder eingeholt, wenn wir nicht auf Winnetou getroffen wären, der uns sicher nach dem Mariposasee geleitete, wo wir auch Sie zu sehen bekamen.«

»Hätten Sie mir damals Ihre Erlebnisse so erzählt wie heute, so wäre ich mit einem guten Rat und wohl auch mit der That zur Hand gewesen.«

»Es hat nicht sein sollen. Mein immerwährendes Unglück hatte mich verschüchtert. Wie konnte ich, der nichts, gar nichts war, einen Old Shatterhand belästigen! Und diese Schüchternheit war gut, denn es fragt sich sehr, ob ich durch einen Rat von Ihnen zum Millionär geworden wäre.«

»Dieser Meinung bin ich freilich auch. Ich bin sogar der festen Ueberzeugung, daß ich es selbst niemals soweit bringen werde. Doch weiter! Was thaten Sie in Kalifornien?«

»Das Handwerk hatte mich zu nichts geführt und der Handel zu noch weniger; so versuchte ich es denn nun einmal mit dem Ackerbau. Ich wurde Knecht auf einer Estancia. Der Besitzer gewann mich bald lieb; ich hatte Lust zur Sache und bekam schnell höhern Lohn. Einmal verleitete mich der Teufel zum Spielen. Ich riskierte einen halben Jahreslohn und gewann, war aber besonnen genug, um aufzuhören. In zwei Jahren hatte ich fünfhundert Dollars zusammen. Um diese Zeit schickte mich der Herr nach Jone-City, um Einkäufe für ihn zu machen, und ich nahm mein Geld mit, um es an diesem Platze sicher anzulegen. Da traf ich auf einen Yankee, der mir ein Stück Land droben am obern Federnflusse anbot. Er schwor hundert Eide, daß es das vortrefflichste Land in ganz Kalifornien sei. Der Hafer stach mich. Ich war jetzt Knecht und konnte selbst Besitzer werden. Die Kameraden des Yankee redeten mir auch zu, und ich kaufte das Land.«

»Wie teuer?«

»Vierhundert Dollars, bar bezahlt.«

»War der Yankee wirklicher Besitzer, oder konnte sein Recht bestritten werden? Sie wissen, welcher Schwindel mit solchen Käufen getrieben wird. Ich weiß, daß Ländereien ver- und gekauft worden sind, die gar nicht existierten.«

»Das war bei mir nicht der Fall. Ehe ich den Kauf abschloß, ließ ich alles von der Behörde prüfen. Das Land existierte wirklich; es gehörte dem Yankee, und er konnte es verkaufen.«

»Warum aber verkaufte er es? Wenn er es so lobte, hätte er es doch besser selbst behalten sollen!«

»Dafür hatte er einen Grund. Er liebte das abenteuernde Leben und konnte es auf der festen Scholle nicht aushalten.«

»Hm! Einen Haken hat es doch wohl gehabt!«

»Allerdings. Denn kaum war der Handel abgeschlossen und ich hatte das Geld bezahlt, so wurde ich von ihm und seinen Gesellen ausgelacht. Sie sagten mir aufrichtig, daß ich einen Sumpf, einen völlig unbrauchbaren Sumpf gekauft habe.«

»Einen Sumpf, also einen Swamp? Ah, jetzt kommen wir also auf Ihren Oil-Swamp!«

»Allerdings. Als ich nach meiner Heimkehr meinem Herrn von dem Handel mitteilte, war er zornig über mich. Er verlor mich ungern und riet mir, mich um den Sumpf gar nicht zu bekümmern, sondern bei ihm zu bleiben, und die vierhundert Dollars als verloren zu betrachten. Er meinte, damit erspare ich die letzten hundert Dollars, welche ich auf die Reise verwenden müsse, und werde das verlorene Geld bei ihm bald wieder zusammengespart haben. Ich ließ mich aber nicht halten. Hatte ich Land gekauft, so wollte ich es wenigstens auch sehen; mochte das letzte Geld dabei zu Ende gehen. Ich brach also auf und bekam bald Reisegefährten. Ein Deutscher nämlich, Namens Ackermann, welcher in San Francisco wohlhabend geworden war, hatte da oben, ganz in der Nähe meiner sumpfigen Besitzung, Holzland angekauft und war hinaufgezogen, um eine Schneidemühle anzulegen. Das Werk war in seinen bescheidenen Anfängen schon im Gange und sollte später einen großartigen Umfang erhalten. Sein Sohn war aus geschäftlichen Rücksichten in San Francisco geblieben, hatte diese Geschäfte erledigt und reiste nun dem Vater nach. Wir trafen uns, weil wir denselben Weg zu nehmen hatten. Er war schon einmal, allerdings nur kurze Zeit, oben gewesen, ließ sich meine Karte und den Plan zeigen, schüttelte den Kopf und sagte:

»Ich sehe, daß Sie unser nächster Nachbar sind, und kann Ihnen keine Hoffnungen machen. Sie haben allerdings einen Sumpf gekauft. Es ist freilich für diesen Preis ein riesiges Stück Land, aber es taugt zu nichts, zu gar nichts geradezu.«

»Das war ein schlechter Trost. Als wir dann oben bei seinem Vater ankamen und dieser davon hörte, stimmte er seinem Sohne bei.«

»Sie besitzen,« sagte er, »einen mächtigen Thalkessel, welcher nur aus Sumpf besteht und rundum von kahlen, unfruchtbaren Höhen umgeben ist. Höchstens sehen Sie hier oder da einmal einen einsamen Strauch stehen. Was ist da zu machen! Sie haben Ihr Geld zum Fenster hinausgeworfen.«

»Dann will ich mir den Swamp wenigstens einmal ansehen,« meinte ich niedergeschlagen. »Das ist das einzige, was ich davon habe.«

»Allerdings das einzige. Ruhen Sie sich heute bei mir aus; morgen reiten Sie hin, und wenn es Ihnen recht ist, werde ich Sie begleiten.«

»Am andern Morgen brachen wir auf. Sein Sohn ritt auch mit. Es ging erst lange Zeit durch hohen Nadelwald, welcher ihm gehörte und seiner Schneidemühle ein fast unerschöpfliches Material zu liefern versprach. Dann ging es zwischen kahlen Höhen hin, welche sich plötzlich öffneten und eine weite Niederung umschlossen, welche ein allerdings trostloses Aussehen bot. Vor uns lag Sumpf und nichts als Sumpf. Am Rande desselben waren noch einige Büsche zu sehen. Dann kam Schilf, dann Moos, grünbraunes Sumpfmoos, zwischen welchem blöde Wasserlachen lagen. Jede andere Vegetation war erstorben, und auch das Tierleben hatte sich aus dieser traurigen Bodensenkung zurückgezogen.«

»Da haben Sie es!« sagte der alte Ackermann. »Dieser Anblick ist so trostlos, daß ich, so oft ich hierher komme, gleich wieder umkehre.«

»Weiter drüben waren Sie also wohl noch nicht?«

»Nein.«

»Ich möchte aber doch gern hinüber, um zu sehen, ob es dort ebenso aussieht wie hier.«

»Natürlich ist's nicht anders als hier. Das zeigt Ihnen doch der erste Blick.«

»Mag sein! Aber ich will mein Besitztum einmal rund umreiten. Habe ich es dann von allen Seiten gesehen, so ist der Genuß mit vierhundert Dollars bezahlt, und ich komme nicht wieder her.«

»Wie Sie wollen! Wir haben ja Zeit. Umreiten wir den Platz also einmal! Aber in acht müssen wir uns nehmen. Der Boden ist trügerisch, und man weiß nicht, wie tief man einsinkt.«

»Wir ritten einer hinter dem andern vorsichtig weiter. Die Luft kam uns entgegen und brachte einen ganz eigenartigen Geruch mit sich. Der Alte, welcher voran war, merkte das auch. Er hielt sein Pferd ein, sog die Luft durch die Nase und meinte:

»Was ist das nur für ein häßlicher, penetranter Gestank? Den habe ich noch nie bemerkt. Es riecht wie Sarg!«

»Wie Leiche!« stimmte sein Sohn bei.

»Wie Kienöl!« fügte ich hinzu.

»Dann ging es wieder weiter. Der Geruch wurde stärker. Wir kamen an eine Stelle des rechts von uns liegenden Sumpfes, an welcher die Decke desselben, das Moos, weit zurücktrat; es hatte auch ein ganz anderes Aussehen, gerade als ob es vergiftet sei. Das Wasser sah ölig fett aus; es war wie mit einer blau- und gelbblinkenden Haut überzogen. Da stieß der alte Ackermann einen lauten Ruf aus, sprang vom Pferde und schritt dem Wasser zu.«

»Um Gotteswillen, was wagst du, Vater!« schrie sein Sohn voller Angst. »Bleib da, bleib da!«

»Ich muß nachsehen, nachsehen!« antwortete der Alte in unbegreiflichem Eifer.

»Aber die Decke schwankt unter deinen Füßen!«

»Mag sie schwanken!«

Jetzt hatte er den Wasserrand erreicht; er stand bis an das Knie im Sumpfe und sank immer tiefer ein. Wir sahen, daß er mit beiden Händen Wasser schöpfte und es besah, dann auch beroch. Schon steckte er bis über das Knie im Schlamme; da arbeitete er sich mit einer energischen Anstrengung heraus und kam zu uns zurück. Er stieg nicht auf sein Pferd, sondern trat zu mir, und fragte:

»Sagten Sie nicht, daß Ihnen nur hundert Dollars geblieben seien?«

»Ja.«

»So will ich Ihnen diesen Sumpf abkaufen. Wieviel wollen Sie dafür?«

»Sonderbare Frage! Geben Sie mir die vierhundert Dollars, welche ich bezahlt habe?«

»Nein, ich gebe Ihnen mehr, viel mehr.«

»Wieviel?«

»Sehr viel. Sagen wir hunderttausend, sagen wir sogar eine halbe Million Dollars!«

Ich saß vor Erstaunen stumm in meinem Sattel, denn Spaß konnte es nicht sein. Ackermann war überhaupt kein Spaßvogel, und daß er auch jetzt keinen Scherz trieb, das zeigte sein Gesicht. Als ich nicht redete, fuhr er fort:

»Junger Mann, Sie sind ein Glückskind, ein wahrer Glückspilz! Das ist Wasser, auf welchem Petroleum schwimmt. Das Steinöl tritt hier zu Tage. Es muß unter der Erde in ungeheuren Massen vorhanden sein. Sie sind Millionär!«

»Mil - li - o - när!« wiederholte ich, beinahe lallend. »Sie irren sich; Sie müssen sich irren!«

»Nein, gewiß nicht. Ich habe lange Jahre jenseits der neuen Staaten in der Oelregion gelebt und kenne das genau. Ich weiß, was Petroleum ist. Glauben Sie mir das!«

»Pe - tro - le - um! Mil - li - o - när!« silbierte ich noch immer.

»Ja, Sie sind Millionär! Sie sind das, was man hier einen Oelprinz nennt. Das heißt, Sie sind es noch nicht, sondern Sie werden es sein. Es ist nicht genug, daß man den Boden besitzt, in welchem das Petroleum steckt; man muß es herausschaffen, um es zu Geld zu machen.«

»Herausschaffen!«

»Ja, mit Maschinen. Und die sind teuer.«

»So werde ich kein Millionär. Wo soll ich das Geld für die Maschinen hernehmen!«

»Liebster Nachbar, seien Sie doch nicht so kurzsichtig! Sie brauchen kein Geld, keinen Pfennig. Annoncieren Sie, und sofort werden sich hundert und noch mehr Geldmänner finden, welche Ihnen ihre Kasse zur Verfügung stellen.«

»Das ist wahr! Ja, das glaube ich.«

»Aber die Leute wollen ihren Nutzen haben. Sie müssen ihnen große, sehr große Vorteile abtreten. Ich kenne aber einen, der Sie nicht über das Ohr hauen wird, wie diese Menschen.«

»Wer ist das?«

»Ich bin es, ich, der alte Ackermann. Ich würde nur nachbarlich, nur freundschaftlich gegen Sie handeln. Wollen Sie es mit mir versuchen?«

»Warum nicht! Aber haben Sie soviel Geld dazu?«

»Ich werde es schon zusammenbringen; da brauchen Sie gar keine Sorge zu haben. Und wenn das Meinige nicht reicht, nehmen wir billigen Kredit zu Hilfe, während andere viel höhere Ansprüche an Sie machen würden. Ueberlegen Sie sich mein Angebot! Jetzt aber wollen wir weiterreiten, um ganz um den Sumpf zu kommen und zu sehen, was er verspricht.«

»Was wir zu sehen bekamen, befriedigte ihn dermaßen, daß er mir gleich auf der Stelle die vorteilhaftesten Vorschläge machte, auf welche ich kurz entschlossen einging. Ich will nicht ausführlich berichten, wie sich nun das Geschäft entwickelte; kurz gesagt, Ackermann war ehrlich und übervorteilte mich nicht, und bald ging die Kunde von unserm Oil-Swamp durch die Vereinigten Staaten und noch weit über dieselben hinaus. Das Großkapital stellte sich uns zur Verfügung; das Unternehmen wuchs zu riesiger Höhe, und jetzt nach Verlauf von noch nicht zwei Jahren werde ich Oelprinz genannt, zu den Millionären gezählt und bin herüber, um meine Mutter hinüberzuholen.«

»Lebt dieselbe noch?«

»Ich hoffe es; gewiß aber weiß ich es nicht. Das war der eine Grund, welcher mich nach Deutschland gezogen hat.«

»Haben Sie noch einen zweiten?« fragte ich, da er nicht weiter sprach, sondern mich so anblickte, als ob er diese Frage erwarte.

»Ja. Ihnen werde ich ihn mitteilen, da Sie Amerika kennen und mich nicht auslachen werden. Ich will mir nämlich in Deutschland etwas suchen, etwas - etwas -«

»Nur heraus damit, mein Lieber! Sie brauchen sich nicht zu schämen. Wenn Sie sich genieren, das Wort auszusprechen, so will ich es Ihnen sagen: Sie wollen sich hier hüben eine Frau suchen?«

»Ja, so ist es!«

»Weil die Amerikanerinnen Ihnen nicht gefallen wollen?«

»Richtig! Was thue ich mit einer Frau mit kleinen Füßen und winzigen Händen, aber desto größern Ansprüchen? Ja, ich könnte diese Ansprüche leicht befriedigen, aber ich möchte mir auch einige erlauben, und das duldet eine Amerikanerin nicht. Ich habe nie, nie ein Familienglück gekannt; ich möchte es kennen lernen, möchte es selbst fühlen und empfinden, und hege die Ansicht, welche vielleicht nur ein Vorurteil ist, daß man es nur an der Seite einer deutschen Frau zu finden vermag.«

»Ihr Vorurteil ist auch das meinige. Aber bleiben wir bei unserem Thema. Wann sind Sie hier gelandet?«

»Gestern.«

»Wann reisen Sie ab?«

»Morgen.«

»Ich auch. Ich fahre über Leipzig; dies ist auch Ihre Tour. Wollen Sie sich mir anschließen?«

»Wenn Sie erlauben, herzlich gern.«

»Abgemacht! Wir fahren miteinander!«

Ja, wir fuhren bis Leipzig zusammen. Dort trennten wir uns. Ich mußte nach Dresden, und sein Weg führte ihn über Zwickau ins Gebirge. Vor unserer Trennung aber versprach er mir, mich, sobald er könne, in Dresden aufzusuchen, um mir Nachricht von seiner Mutter zu bringen.

Er suchte mich eher auf, als ich gedacht hatte, schon nach zwei Tagen, und ich erfuhr da von ihm, daß sein Besuch in der Heimat vergeblich gewesen war; er hatte seine Mutter nicht mehr am Leben gefunden; sie war schon vor längerer Zeit am Säuferwahnsinn gestorben. Er erzählte mir das in einem so gleichgültigen Tone, als ob von einer ihm vollständig fremden Person gesprochen werde. Es war bei ihr zwar von keiner Mutterliebe die Rede gewesen, aber es hätte doch besser geklungen, wenn dabei etwas mehr Gemüt von ihm verraten worden wäre. Da die Mutter nicht mehr lebte, hatte er sich nach seinem frühern Lehrmeister gar nicht erst erkundigt und war von der einstigen Heimat fortgegangen, ohne irgend jemandem zu sagen, wer er sei. Diese Kälte ließ auf keine Tiefe des Gemütes schließen, und nun fiel es mir auf, daß er nicht gewußt hatte, ob seine Mutter überhaupt noch lebe. Er, der so schnell reich gewordene Mann, hatte ihr also weder eine Unterstützung geschickt noch ihr einmal geschrieben. So wenig mir das von ihm gefallen wollte, gab es doch Gründe, die ihn hinreichend entschuldigten.

Er wohnte im besten Hotel der Residenz und besuchte mich täglich, doch hatte ich keine Zeit, in der Weise, wie er wohl wünschte, mit ihm zu verkehren. Seine Person hatte als diejenige eines frühern Schusterjungen und jetzigen Oelprinzen ein gewisses Interesse für mich; das war aber auch alles. Ich nahm seine Besuche zwar aus Höflichkeit entgegen, fühlte aber keine Veranlassung, sie zu erwidern. Bald sollte ich mich eingehender mit ihm beschäftigen.

Ich hatte auf einem Ausfluge in das Erzgebirge in einem kleinen Dorfe einen Musikus Namens Vogel getroffen, welcher so vortrefflich Cello spielte, daß ich ein Gespräch mit ihm anknüpfte. Er war ein drolliger Mann, sprach den possierlichen Dialekt der dortigen Gegend und erzählte mir von einem Sohne und einer Tochter, die noch viel musikalischer seien als er selbst, der erstere »spiele Violini, grad wie Paganini«, und die letztere sei »auf jeden Fall eine sächsische Nachtigall«, eine so prächtige Stimme besitze sie. Dies machte mich so neugierig, daß ich ihn am nächsten Tage in seiner Wohnung aufsuchte. Ich fand die Familie in sehr ärmlichen Verhältnissen, doch hatte er wirklich nicht zu viel gesagt; die Kinder waren hochbegabt. Franz, der Sohn, geigte mir sofort alles nach, was ich ihm vorspielte, und Martha, die Tochter, hatte eine so vielversprechende Stimme, daß die Mittellosigkeit des Vaters aufrichtig zu bedauern war. Ich beschloß, mich der beiden anzunehmen, und trug, nach Dresden zurückgekehrt, den Fall einem mir befreundeten Musikdirektor vor, bei dem ich früher Generalbaßstudien getrieben hatte. Er ging zu meiner Genugthuung auf meine Gedanken ein; es gelang uns, einige wohlhabende Musikfreunde zu gewinnen, durch deren Freigebigkeit wir die Mittel zusammenbrachten, welche zur Ausbildung der beiden jungen Leute erforderlich waren. Wir holten sie nach Dresden; der Musikdirektor beteiligte sich selbst an ihrem Unterrichte, und auch ich ließ ihnen, so oft ich von meinen Reisen nach der Heimat zurückkehrte, merken, daß sich mein Interesse für sie nicht verringert habe. Sie machten unsern Empfehlungen alle Ehre; nicht lange, so trat Franz Vogel als erster Violinspieler in eine hervorragende Kapelle, und seine Schwester wurde der Liebling des feineren Konzertpublikums. Beide verdienten nun so viel, daß sie ihre armen Eltern und die alte Großmutter unterstützen konnten. Später gab Franz sein Engagement auf, um sich noch weiter auszubilden. Er wollte es zum Virtuosen bringen, wozu er die Begabung und auch den eisernen Fleiß besaß. Er rechnete dabei auf die Unterstützung der bisherigen Gönner und auf das Einkommen der Schwester, welche sich auch äußerlich zu einer Schönheit entwickelt hatte. Beide waren besonders mir, den sie ihren Entdecker nannten, sehr dankbar und gaben das, so oft ich nach Dresden kam, in wahrhaft rührender Weise zu erkennen.

Es konnte nicht fehlen, daß Martha Vogel von der jungen Herrenwelt angeschwärmt und angeschmachtet wurde; es wurden ihr Gelegenheiten geboten, glänzende Verbindungen einzugehen, doch wollte es keinem ihrer Bewunderer gelingen, dieses Ziel bei ihr zu erreichen; sie schien nur für ihre Eltern und ihren Bruder leben zu wollen.

Nebenbei bemerkt, hatte ich von ihrer Großmutter erfahren, daß ein Sohn derselben, also ein Onkel der Geschwister, nach Amerika gegangen und dort verschollen sei; er wurde, da man nie wieder etwas von ihm gehört hatte, für tot gehalten.

Als ich jetzt aus Südamerika zurückkehrte, war es mein erstes, die Geschwister aufzusuchen. Franz stand seinem Ziele nahe, und Martha war schöner noch als vorher; beide aber schienen mit Sorgen zu kämpfen. Ich erriet das nur; sie sagten nichts davon. Die beiden Gönner waren gestorben, und der Bruder hatte sich nur noch auf seine Schwester zu verlassen. Das hätte weniger zu bedeuten gehabt, wenn die Eltern die anspruchslosen Leute geblieben wären, die sie früher waren; aber besonders dem Vater war die Künstlerschaft seiner Kinder in den Kopf gestiegen. Er hatte das kleine Dorf verlassen, war in die Residenz gezogen und lebte da so anspruchsvoll, als ob das Einkommen seiner Tochter dasjenige einer Diva sei. Ich erfuhr das nicht von ihr, sondern von fremden Leuten, und nahm mir vor, ihn einmal recht ernstlich vorzunehmen, wurde aber durch einen ganz unerwarteten Umstand verhindert, dies zu thun.

Der »Oelprinz« nämlich, welcher während einiger Tage nicht mehr bei mir gewesen war, suchte mich auf und teilte mir triumphierend mit, daß er gekommen sei, mich zu seiner Verlobung mit der Sängerin Martha Vogel einzuladen. Ich war weniger überrascht als vielmehr betroffen. Wie hatte das so schnell kommen können? Ich wußte zwar, daß er ihre Konzerte besuchte, war aber ohne Ahnung gewesen, welche Absichten er dabei verfolgt hatte. Liebte sie ihn? Ich konnte dies kaum glauben. Er war Millionär, ob aber eines solchen Mädchens wert, das bezweifelte ich. Ich besuchte die Sängerin sofort und fand sie in einer so heitern, freien Stimmung, daß ich die Absicht, meine Bedenken zu äußern, fallen ließ. Ich gönnte sie ihm nicht, weil ich ihn nicht für den Mann hielt, sie glücklich zu machen, hatte aber nicht das mindeste Recht, Einblicke in das Seelen- oder Herzensleben meines bisherigen Schützlings zu verlangen. Sie heiratete einen amerikanischen Oelprinzen, machte also, wie ihr Vater sagte, »eine ungemein großartige Partie«; dagegen ließ sich meinerseits nichts sagen, doch fand ich eine hinreichende Entschuldigung, daß ich bei der Verlobungsfeier nicht erscheinen könne.

Werner war als einstiger Durchbrenner eigentlich legitimationslos. Wie er so schnell in den Besitz der zur Trauung nötigen Papiere kommen konnte, das weiß ich nicht, doch fand die Hochzeit schon vier Wochen nach der Verlobung statt. Das sei ganz selbstverständlich, sagte man, da er bald nach Amerika zurück müsse. Ich wurde natürlich zur Vermählung geladen und ging auch, nicht seinet- sondern ihretwegen, da mein Nichterscheinen sie gekränkt hätte. Zwei Stunden nach der Trauung war Werner so -- betrunken, daß er verschwinden mußte. Er ließ sich erst nach einigen Stunden wieder sehen und setzte sich gleich wieder zum Champagner. Bald hatte er wieder einen Rausch, in welchem er sich in seiner wahren Gestalt zeigte. Er protzte mit seinen Millionen, prahlte mit den armseligen Verhältnissen seiner Jugendzeit, schüttete, um seinen Reichtum zu zeigen, Ströme von Sekt unter die Tafel, warf mit beleidigenden Ausdrücken um sich und beantwortete die dagegen gerichteten Bitten der Gäste so mit Hohn, daß sie sich, einer nach dem andern, mit ihren Damen entfernten. Auch ich wollte gehen, doch bat mich die junge Frau thränenden Auges so innig, doch zu bleiben, daß ich ihren Wunsch erfüllte. Wir waren bald allein, das neu vermählte Ehepaar, die Verwandten Marthas und ich. Werner trank und trank weiter. Die Sängerin sah mich flehend an. Ich verstand sie und nahm ihm mit einer scherzhaften Aeußerung die Flasche weg. Er sprang auf, entriß sie mir wieder und schlug sie mir, ehe ich es hindern konnte, an den Kopf, wobei sein Mund von Schimpfworten überfloß. Nun ging ich doch fort, ohne ein Wort zu sagen. Am andern Tage erwartete ich, daß er kommen werde, mich um Verzeihung zu bitten; er kam nicht, schickte mir aber einen Brief des Inhaltes, er müsse mir vor seiner heutigen Abreise sagen, daß er sehr bedaure, mich kennen gelernt zu haben; er habe wohl gemerkt, daß ich gegen seine Verheiratung sei, und seiner Frau streng verboten, von mir Abschied zu nehmen.

Einige Tage später kam Franz Vogel zu mir. Er war nicht zu bewegen gewesen, mit nach Amerika zu gehen, hatte die Seinen bis nach Bremerhaven begleitet und brachte mir einige Zeilen seiner Schwester, in denen sie sich für alles bedankte, nicht zum mindesten auch dafür, daß ich am Hochzeitsabend so außerordentlich nachsichtig gegen ihren Mann gewesen sei.

Franz blieb in Dresden. Er wurde von seinem Schwager unterstützt, trotz der Millionen desselben aber, wie es schien, nicht in ausreichender Weise, und brachte mir zuweilen Grüße von drüben. Seinen gelegentlichen Aeußerungen entnahm ich, daß seine Schwester sich nicht sehr glücklich fühle, was keineswegs geeignet war, meine Ansicht über Werner günstig zu verändern. Er war ein Lump, und ich machte mir Vorwürfe, daß ich keinen ernstlichen Versuch gemacht hatte, die Verbindung der braven Sängerin mit diesem Manne zu verhindern.

Geraume Zeit später ging ich wieder nach den Vereinigten Staaten, wurde von Frisko aus als Berichterstatter nach Mexiko geschickt, machte die in den vorigen Kapiteln erzählten Erlebnisse durch und kam nach denselben glücklich in Texas an, wo ich von dem Gelde, welches ich erbeutet hatte, den deutschen Emigranten und dem Player Ländereien kaufte. Ich blieb längere Zeit bei ihnen und ritt dann mit Winnetou durch den Llano estacado nach Neu-Mexiko und Arizona, um zu jagen und verschiedene Indianerstämme zu besuchen. Dann ging's durch Nevada nach Kalifornien und San Franzisko, wo Winnetou den Goldstaub und die Nuggets, welche wir während dieses Rittes aus seiner verborgenen »Sparbüchse« geholt hatten, in Geld umwandeln wollte.

Unser Aufenthalt dort war nur auf einige Tage berechnet. Wir waren schon oft in Frisko gewesen, kannten es fast ebenso gut wie ein dortiger Einwohner, und sagten uns, daß wir unsere Zeit weit besser anwenden könnten, als uns in einer bekannten Stadt herumzutreiben. Wir wollten hinauf in die Sierra, nach Nevada, Utah und Colorado, um uns dort zu trennen, denn von dem letzteren Staate aus wollte ich durch Kansas und Missouri nach dem Osten, um per Dampfer heimzukehren.

Unsere Geschäfte in Franzisko waren schnell erledigt; dann schlenderten wir durch die Stadt. Ich trug noch meine mexikanische Kleidung und er seinen Indianeranzug; dies zog aber den Blick keines einzigen Menschen auf uns, denn solche Erscheinungen, wie wir waren, gehörten dort zu den gewöhnlichen.

Am Nachmittage besuchten wir die berühmten Woodwards Gardens, welche sich leicht mit unsern botanischen und zoologischen Gärten vergleichen lassen. Eben wollten wir da ins Aquarium treten, als uns drei Personen entgegenkamen, die ich zufälligerweise gar nicht beachtete, welche aber, wie ich doch bemerkte, bei unserem Anblicke stehen blieben. Ich sah sie gar nicht an. Sie waren wohl Fremde, die sich für die charaktervolle Erscheinung Winnetous interessierten. Aber als wir vorüber waren, hörte ich die mehr als heimatlichen Worte:

»Sapperlot! Is das nich der Dres'ner Doktor, der meine Kinder nach Dres'en mitgenommen hat?«

Natürlich drehte ich mich um; da standen die drei, zwei Damen und ein Herr. Die eine der Damen war verschleiert; ich konnte ihre Züge nicht erkennen. Die andere Dame steckte in einem sehr noblen Kleide, welches ihr aber nicht recht stehen wollte; es sah aus, als gehöre sie nicht hinein. Ihr Gesicht kam mir bekannt vor; aber der Anzug und die fremde Gegend machten, daß ich mich nicht sofort auf sie besinnen konnte. Der Herr trug sich genau wie ein echter Yankee, sah aber dabei so lächerlich aus, daß ich, als ich ihm ins Gesicht sah, schmunzelnd ausrief:

»Was Teufel! Sind Sie es denn wirklich? Sie sind ja der reine Amerikaner geworden!«

Ja, es war der Celloist Vogel, der Vater von Franz und Martha aus dem Erzgebirge. Auf meine Worte richtete er sich um einen Zoll höher auf, warf sich in die Brust und antwortete:

»Nich nur Amerikaner, sondern ooch Millionärsch sind wir geworden; denken Sie sich nur, die reenen faktischen Millionärsch. Aber warum fragen Sie nich nach meiner Frau und Tochter hier? Kennen Sie sie etwa nich mehr?«

Also die ältere Dame in dem unpassenden Kleide war Frau Vogel und die andere – – Martha, die Schwester meines Schützlings. Sie schob den Schleier empor und reichte mir die Hand.

»Ja, 's is meine Tochter, die Frau Oelprinzessin, die Millionärin!« nickte ihr Vater wichtig. »Wissen Sie, drüben im Erzgebirge wohnen ooch noch Leute, aus denen so was Ordentliches werden kann! Aber 's Zeug muß man dazu haben, 's richtige, ordentliche Zeug!«

»Vater!« bat da die Tochter. »Du weißt ja, daß wir alles eben nur diesem Herrn zu verdanken haben!«

»Na, eegentlich ja; wie man's nimmt. Er hat uns mit der Nase droffgestoßen; aber daß wir nachher mit der Nase droffgeblieben sind, das war die Folge von unserer eegenen und angeborenen Pfiffigkeet. Doch darum keene Feindschaft nich. Zu was treiben denn Sie sich hier in Amerika herum?«

»Aus alter Gewohnheit. Sie wissen doch, daß ich öfters reise.«

»Ja. Und daran thun Sie sehr recht, denn wer eene große Reese macht, der kommt als gebildeter Mann heeme. Ich hab das an mir selber erfahren. Ich bin als een ganz anderer hier angekommen, als ich drüben war. Wissen Sie, man is ooch eener von die Großen mit geworden. Man kriegt ordentlich Respekt vor sich selber. Hier is alles anders, schöner, vornehmer und teurer. Aber unsere Einrichtung haben Sie noch nich gesehen, da müssen Sie gleich mit! So 'was haben Sie noch nich gesehen. Wir wohnen wie die Ferschten oder Großherzoge. Kommen Sie! Sie setzen sich mit in unsere Eckipaasche. Sie brauchen keene Angst zu haben, wir haben Platz genug für Sie.«

»Thut mir leid; ich bin jetzt anderweit beschäftigt. Auch bin ich nicht allein. Hier steht mein Freund Winnetou, von welchem Sie, Frau Werner, doch auch gehört und gelesen haben.«

Sie hatte mit ihren Augen bis jetzt nur an mir gehangen und den Apatschen gar nicht beachtet. Jetzt wendete sie sich Winnetou zu, reichte ihm auch die Hand und fragte mich dann:

»Also keine Zeit haben Sie? Wie lange bleiben Sie hier?«

»Wahrscheinlich verlassen wir schon morgen San Franzisko.«

»Und da wollen Sie nicht mit uns kommen? Wissen Sie nicht, daß dies grausam ist? Kommen Sie mit! ich bitte Sie!«

»Und Ihr Herr Gemahl – – ?«

»Wird sich herzlich darüber freuen. Wahrscheinlich aber ist er nicht daheim.«

»Gut, ich fahre mit. Erlauben Sie mir nur einen Augenblick, mich von meinem Freunde zu trennen.«

»Nein, das nicht. Ich habe von dem berühmten Häuptlinge soviel gelesen und auch gehört, daß ihm meine größte Hochachtung gehört. Bitten Sie ihn ja, mitzukommen!«

»Ja,« nickte ihr Vater, »der Indianer muß ooch mit. Er braucht sich vor uns nich im geringsten zu fürchten; wir sind Leute, die keenen Wilden was zu leede thun. Aber fünf Personen gehen nich in unsere Eckipaasche; ich werde also mit meener Frau eene Droschke, oder wie man hier sagt, nehmen. Komm, Hanne, du gehst mit mir! Wir kommen schon ooch noch zur rechten Zeit eheeme.«

Er zog sie fort. Winnetou hatte natürlich von unserm Gespräch, welches deutsch geführt wurde, nur wenig verstanden; dennoch war weder ein Wort, noch ein Wink nötig. Als ich Martha meinen Arm bot, nahm er sofort an ihrer rechten Seite Platz und schritt so stolz und selbstbewußt neben ihr her, daß sie sich seiner ganz sicher nicht zu schämen brauchte.

Am Wagenplatze wartete die Equipage des »Oelprinzen«. Einen solchen Wagen und solche Pferde konnte sich allerdings nur ein Millionär leisten. Wir stiegen ein und setzten uns der Dame gegenüber, um dann mit der Geschwindigkeit des Windes davonzurollen.

Unser Zusammentreffen mit den Bekannten hier in Frisko war ein Zufall, über den ich mich nicht zu wundern brauchte; aber sie besaßen hier ein Haus oder gar einen Palast, und das kam mir verwunderlich vor. Warum wohnte Werner nicht droben in den Bergen bei seinem Oelwerke? Natürlich sprach ich diese Frage nicht aus; sie mußte sich in kurzer Zeit ganz von selbst beantworten.

Da hielt der Wagen vor einem Gebäude, welches mit vollem Rechte den Namen Palast verdiente. Wieviel mußte nur allein das herrliche Marmorportal gekostet haben! Ueber demselben waren große, echt vergoldete Buchstaben angebracht; ich fand nicht Zeit, dieselben zu lesen, denn wir mußten aussteigen, wobei uns zwei Neger behilflich waren, oder wenigstens Winnetou und mir behilflich sein wollten. Dann schritten sie vor uns her die Innenstufen empor nach einem prächtigen Vorsaale und öffneten eine Thür zu einem kleinen Gemache, welches fast wie ein Boudoir ausgestattet war. Kaum hatte die Hausherrin sich da auf dem Diwan niedergelassen, so begann dieses Boudoir sich nach oben zu bewegen; es war ein mechanischer Aufzug, ein durch Dampf getriebener Fahrstuhl in Gestalt eines reizend möblierten Zimmers. Ein anderer hätte einen Ausruf der Verwunderung oder gar des Schreckens ausgestoßen; Winnetou aber stand still und gleichmütig, als ob ihm diese Art, die Treppen zu vermeiden, etwas Alltägliches sei.

Wir kamen in das Empfangszimmer, welches im zweiten Stocke lag. Es war überreich ausgestattet. Man sah es ihm an, daß der Besitzer die Absicht hatte, zu prunken; aber verschiedene Kleinigkeiten und Anordnungen bewiesen, daß seine Frau bemüht war, diesen Eindruck zu mildern.

Jetzt, als wir den Fahrstuhl verlassen hatten, schien Martha sich erst ihrer selbst bewußt zu werden. Sie reichte mir und Winnetou beide Hände und sagte im herzlichsten Tone, den es nur geben kann:

»Hier sind wir daheim. Sie dürfen nicht so schnell wieder fort. Sie müssen hier bleiben, mehrere Tage, einige Wochen. Versprechen Sie mir das!«

Es war unmöglich, ihr diesen Wunsch zu erfüllen, besonders um ihres Mannes willen, mit welchem ich nicht unter einem Dache sein mochte. Darum antwortete ich:

»Gern, wenn es möglich wäre, Frau Werner; aber wir müssen wirklich schon morgen fort.«

»O, Sie haben Zeit, sehr viel Zeit! Draußen in der Wildnis hätten Sie vielleicht einen Feind zu jagen, einen Menschen zu verfolgen, wobei freilich jede Minute kostbar ist; aber ich habe genug von Ihnen gelesen, um zu wissen, daß Sie unbeschäftigt sind, sobald Sie sich an einem Orte wie San Franzisko befinden.«

»Sie irren sich wirklich. Es giebt für uns sehr zwingende Gründe, welche –«

»Bitte, keine Ausreden!« unterbrach sie mich. »Sprechen wir aufrichtig, ganz aufrichtig miteinander. Nicht wahr, mein Mann ist der Grund, daß Sie nicht bleiben wollen. Sprechen Sie nicht! Versuchen Sie keine Entschuldigungen! Ich werde Ihnen gleich beweisen, daß Sie ihm sehr willkommen sind. Ich werde ihn sofort aus seinem Bureau holen lassen. Gestatten Sie mir dazu einige Augenblicke!«

Sie entfernte sich. Winnetou wußte auch jetzt nicht, was gesprochen worden war; dennoch meinte er:

»Diese Squaw ist so schön, wie ich fast noch keine gesehen habe. Mein Bruder mag mir sagen, ob sie einen Mann hat!«

»Sie hat einen.«

»Was ist ihr Mann?«

»Ein armer Teufel aus meinem Vaterlande, welcher dadurch reich geworden ist, daß er eine Oelquelle entdeckt hat.«

»Wo hat er sie kennen gelernt?«

»Drüben, wo er geboren wurde. Sie ist ihm vor zwanzig Monden herüber gefolgt.«

Er dachte einige Augenblicke nach und fuhr dann fort:

»Das war die Zeit, in welcher Old Shatterhand auch in seiner Heimat gewesen ist. Mein Bruder hat sie drüben wohl gekannt?«

»Ja.«

»So hat der Mann diese Frau durch dich bekommen. Howgh!«

Wenn er das Wort Howgh aussprach, was stets am Schlusse einer Warnung oder Behauptung geschah, so war das ein Zeichen, daß er fest an die Wahrheit seiner Worte glaubte und sich durch nichts in seiner Ueberzeugung irre machen lassen werde. Ich staunte wieder einmal über seinen Scharfsinn, der gleich erriet, was ein anderer im ganzen Leben nicht erraten hätte.

Nun kehrte Martha zurück. Sie meldete mit sicht- und hörbarer Enttäuschung:

»Mein Mann ist leider im Bureau nicht anwesend, und ist dies der Fall, so darf auf ein baldiges Kommen nicht gerechnet werden. Das Geschäft nimmt ihn so sehr in Anspruch!«

Der Seufzer, den sie dabei hören ließ, schien mehr ihr selbst als dem Uebermaße seiner Arbeit zu gelten.

»Das Geschäft?« fragte ich. »Er hat doch jedenfalls seine Beamten, auf die er sich verlassen kann?«

»Das wohl; aber die Sachen sind oft so verworren und verwickelt; sein Compagnon nimmt sich derselben nicht genug an, und so kommt es, daß auf meinem Manne die größte Last der Arbeit liegt.«

»Verworren und verwickelt, sagen Sie? Das kann ich mir nicht denken. Und sein Compagnon Ackermann scheint nach dem, was ich von ihm gehört habe, ganz im Gegenteile ein sehr thätiger und unternehmender Mann zu sein.«

»Ackermann? Den meine ich nicht; der ist ja gar nicht mehr sein Compagnon. Sein jetziger Partner heißt Potter, der kein Deutscher, sondern ein Yankee ist.«

»Warum hat er mit dem zuverlässigen Deutschen gebrochen und sich –«

»Warum? fragen Sie,« unterbrach sie mich. »Ah, da fällt mir ein, daß Sie noch gar nicht wissen werden, was geschehen ist. Haben Sie, als Sie aus dem Wagen stiegen, nicht die Firmenschrift über unserer Thür gelesen?«

»Nein.«

»Sie wissen also nicht, daß mein Mann jetzt der Mitbesitzer einer Länderei- und Handelsbank ist?«

»Habe keine Ahnung! Länderei- und Handelsbank? Hm! Aber den Oil-Swamp besitzt er nebenbei noch?«

»Nein. Er hat sich mit Ackermann und einem Konsortium auseinandergesetzt.«

»Aber warum, warum?«

»Sie fragen doch ganz ängstlich, Herr Doktor! Es gefiel ihm nicht mehr da oben am Sumpfe, und auch mir und meinen Eltern war es hier in der Stadt natürlich viel lieber. Wir lernten Potter kennen, der ein tüchtiger Geschäftsmann ist, obgleich er viele von seinen Arbeiten auf die Schultern meines Mannes legt, und folgten seinem Rate. Mein Mann trat seine Rechte am Oil-Swamp für drei Millionen Dollars ab. Wir zogen in die Stadt und gründeten mit diesem Gelde eben unsere Länderei- und Handelsbank.«

»Und welche Summe zahlte Potter ein?«

»Keine. Mein Mann giebt das Kapital und Potter die Kenntnisse. Sie wissen doch, daß Werner keine kaufmännischen Kenntnisse besitzen kann.«

»Warum hat er dann das Sichere aufgegeben und dafür das Unsichere eingetauscht?«

»Halten Sie unsere jetzige Lage denn für unsicher?«

»Ihr gegenwärtiges Geschäft kann ich nicht beurteilen, weil ich es nicht kenne; ich weiß nur, daß ich Ihrem frühern Nachbar Ackermann Vertrauen schenken würde.«

»Potter verdient es auch. Aber da höre ich meine Eltern kommen. Sprechen wir in ihrer Gegenwart nicht über diesen Gegenstand. Ich möchte ihnen nicht Sorgen bereiten, welche höchst wahrscheinlich grundlos sind.«

Der Fahrstuhl brachte die beiden Alten herauf.

»Da sind wir nun ooch!« rief uns der einstige Celloer zu, indem er mit seiner Frau herantrat. »Ich kann mich noch immer nich in die englische Sprache finden, und da es so wenig

Kutscher giebt, die deutsch verstehen, so sind wir wieder mal ewig in die Kreuz und Quere gefahren, ehe uns der Kerl vor der richtigen Thür abgeladen hat. Nun gehen wir aber nich gleich wieder fort!«

»Dennoch werdet Ihr unsern lieben Landsmann nur kurze Zeit genießen können,« meinte Martha. »Er will schon bald wieder fort von uns.«

»Damit soll er uns nich kommen! Wen ich eenmal bei den Rockschößeln halte, den laß ich nich gleich wieder los.«

»Wir sprechen schon noch darüber. Zunächst wollen wir die Herren bitten, wenigstens bis zur Tafel hier zu bleiben. Dann kommt Werner und wird sie bewegen, länger unsere Gäste zu sein. Ich werde mit Mutter beschäftigt sein. Führe die Herren nach dem Rauchzimmer, Vater; vielleicht gelingt es dir, sie für diese kurze Zeit zu unterhalten.«

Es blieb uns nichts anderes übrig, als ihm zu folgen. Das Rauchzimmer war ebenso brillant eingerichtet wie die übrigen Räume, in Gold überladen. Der alte, gute Vogel fühlte sich gar nicht wohl zwischen diesen Möbeln, Bildern und Wandleuchtern; er wußte nicht recht, wohin mit den Armen und Beinen, und setzte sich schließlich in einen Schaukelstuhl, weil dieser der niedrigste und bequemste war. Er hatte in der heimatlichen Hütte ja meist nur auf Schemeln gesessen.

Ich nahm mir unaufgefordert eine Cigarre, und Winnetou folgte diesem Beispiele. Leider konnte er sich nicht an unserer Unterhaltung beteiligen.

»Itzt sind wir nun alleene,« begann der Alte, »ganz alleene unter uns vernünftigen Menschen, und können also offrichtig mit eenander reden. Meenen Sie nich?«

»Gewiß,« nickte ich.

»Was sagen Sie eegentlich zum Millionär, zu meinem Schwiegersohn?«

»Den kenne ich nicht.«

»Ich denke, Sie haben ihn drüben kennen gelernt?«

»Nur kurze Zeit. Seitdem habe ich ihn nicht wieder gesehen und auch nichts wieder von ihm gehört.«

»Hm, ja! Er hätte Ihnen wenigstens 'mal schreiben sollen; aber er is nicht gut off Sie zu sprechen. Wenn meine Tochter Sie manchmal erwähnt, da kann er fuchsteufelswilde werden.«

»Hat er dazu einen Grund?«

»Nee, keenen eenzigen. Aber er fängt gleich früh zu trinken an und is deshalb den ganzen Tag benebelt.«

»Was Sie sagen!«

»Ja, so is es! Er muß das von seiner Mutter geerbt haben, die ja ooch am Säuferwahnsinn gestorben is.«

»Was sagt Ihre Tochter dazu?«

»Was soll die sagen! Die hat gar nichts zu sagen. Wenn die will, daß er etwas nich machen soll, da braucht sie ihn nur zu bitten, daß er's machen soll.«

»Steht es so? O weh! So ein Leben –«

»Grad wie Hund und Katze!« fiel er ein. »Aber, wissen Sie, wir Millionäre können uns das leisten. Er wohnt unten und sie oben; sie reden den ganzen geschlagenen Tag keen Wort mitnander, höchstens wenn er mal zum Essen kommt.«

»Wurde es denn gleich im Anfange so gehalten?«

»Nee. Droben im Oel-Schwamp war es anders. Da lebten wir ganz so, als ob wir zusammen gehörten; aber seit dieser Mister Potter unser Compagnon geworden is, hat sich een ganz anderes und viel vornehmeres Leben eingestellt. Wissen Sie, diesen Potter kann ich sehr gut leiden. Er hält ooch große Stücke off meine Tochter.«

»Ihr Schwiegersohn habe soviel zu thun, klagt Ihre Tochter?«

»Unsinn! Glooben Sie doch das nich! Der Potter versorgt das ganze Geschäft. Der rennt und schreibt und arbeitet Tag und Nacht. Der Werner aber, der bummelt bloß. Der is Mitglied von Klubbs und andern Gesellschaften, wo tüchtig getrunken und gespielt wird. Er wär ooch een Esel, wenn er das nich thäte, denn er is ja Millionär und kann es machen. Der Potter mag nur immer für ihn arbeiten.«

In dieser Weise ging es fort und fort, weiter und weiter. Der Alte faselte das Blaue vom Himmel herunter, stützte sich nur auf die Millionen seines Schwiegersohnes und hatte keine Ahnung davon, daß er mir dabei einen Einblick in die geschäftlichen und familiären Verhältnisse des Hauses bot, bei welchem mir angst und bange wurde. Ob Martha ihren Mann liebte oder nicht, darüber konnte ich nicht klar werden. War es nicht der Fall, so bemühte sie sich, es zu verbergen. Das Paar hatte in der ersten Zeit recht gut gelebt; dann aber war Potter erschienen und hatte die Bekanntschaft Werners gemacht. Es kam mir ganz so vor, als ob dieser Yankee es auf das Vermögen Werners abgesehen habe. Werner schien ihm alles Vertrauen zu schenken und nach und nach in eine Falle zu gehen, in welcher er seinen geschäftlichen Ruin finden mußte. Am wahrscheinlichsten kam es mir vor, daß Potter ihn ruinieren wolle, um mit dem Vermögen auch die schöne, junge Frau zu erlangen.

Was konnte ich da thun? Zur Entlarvung des Menschen bedurfte es Zeit, höchst wahrscheinlich langer Zeit, und dann war es wohl schon zu spät. Ich mußte versuchen, einen Einblick in die Geschäfte zu gewinnen, und dagegen sträubten sich jedenfalls alle beide. Leicht konnte ich dadurch das Uebel ärger machen. Während der Alte redselig erzählte, überlegte ich hin und her und kam zu dem Resultate, daß es am besten sei, mich in diese Angelegenheit nicht zu mischen.

Bald kam dann die Frau Vogels, um uns zum Essen zu rufen. Martha hatte keinen Diener geschickt, weil sie wünschte, daß wir ganz allein und freundschaftlich unter uns sein sollten. Es gab ein einfaches Mahl, und ich bemerkte gar wohl, daß die junge Frau sich nach langer Zeit wieder einmal innerlich wohl fühlte. Nach Tische durften wir uns im Speisezimmer wieder eine Cigarre nehmen, und Martha begab sich in den Nebenraum, welcher, wie ich bald hörte, das Musikzimmer war. Es erklangen einfache, einleitende Akkorde auf dem Pianino, und dann erscholl die herrliche Stimme der einstigen Sängerin; sie sang ein deutsches Lied.

Ich saß mit dem Rücken dem Eingange und mit dem Gesichte dem Musikzimmer zugekehrt. Winnetou saß mir gegenüber und lauschte mit angehaltenem Atem. Er verstand die deutschen Worte nicht, war aber ganz entzückt von dem Gesange. Da nahm sein Gesicht plötzlich einen ganz andern Ausdruck an; ich sah, daß er scharf nach der Thür blickte und eine Bewegung machte, als ob er vom Stuhle aufstehen wolle. Schnell drehte ich mich um. Hinter mir standen unter der geöffneten Thür zwei Männer, nämlich der Oelprinz und Potter, wie ich nachher hörte. Der letztere war ein junger Mann von gar nicht übler Figur; sein Gesicht hatte jetzt den Ausdruck lauernder Spannung. Werners stark gerötete Augen waren stier auf mich gerichtet. Er wankte hin und her. Man sah sofort, daß er betrunken war.

Da ich den mexikanischen Anzug trug, hatte er mich, ehe ich mich umwendete, nicht erkannt. Jetzt aber sah er mein Gesicht, ballte sofort beide Fäuste, taumelte auf mich zu und schrie:

»Das ist ja der Halunke, der mir meine Frau abspenstig machen wollte! Der ist da bei ihr? Und sie singt ihm dieses Lied? Alle tausend Teufel! Potter, greif zu! Dem hauen wir die Knochen weich!«

Potter folgte der Aufforderung; ich stand auf. Noch hatten sie mich nicht erreicht, so erschien Martha. Sie hatte die Stimme ihres Mannes gehört und darum das Lied unterbrochen. Sie flog herbei, stellte sich zwischen mich und die beiden, breitete die Arme aus und rief:

»Keinen Schritt weiter! Du beleidigst nicht nur mich und meine Ehre, sondern auch dich selbst!«

»Weg mit dir!« fuhr er sie an. »Ich habe mit ihm zu reden. Mit dir spreche ich dann auch!«

»Ich weiche keinen Schritt! Ich bin dem Herrn Doktor ganz zufällig begegnet und habe ihn natürlich eingeladen. Willst du unsern Gast beschimpfen!«

»Gast? Gast?« lachte er höhnisch. »Potter ist mein Gast. Den habe ich geladen! Diesem deutschen Tintenklexer aber werde ich den Kopf waschen. Potter, komm! Wir hauen ihn, bis er nicht mehr schreien kann! Weg mit dir, Weib!«

Er ergriff sie beim Arme, ließ denselben aber sofort wieder los, denn neben ihm stand Winnetou. Eine einzige gebieterische Handbewegung desselben genügte, die beiden Angreifer einige Schritte zurückweichen zu lassen.

»Wer von euch beiden ist der Mann, dem dieses Haus gehört?« fragte der Apatsche im reinsten Englisch.

»Ich bin es,« antwortete Werner, indem er sich Mühe gab, ohne Taumeln festzustehen.

»Ich bin Winnetou, der Häuptling der Apatschen. Hast du von mir gehört?«

»Alle Teufel! – Winnetou, Winnetou!«

»Ja, das ist mein Name. Ich höre, daß du ihn kennst. Aber ich weiß nicht, ob du auch meine Eigenschaften und meine Thaten kennst. Versuche nicht, sie kennen zu lernen! Höre auf die Worte, welche ich dir jetzt sage! Hier steht mein Freund und Bruder Old Shatterhand. Wir sind deiner Frau begegnet. Sie lud uns hierher ein, und wir folgten ihr, um dir die Ehre unserer Gegenwart zu erweisen. Wir haben hier gegessen, und sie hat ein Lied gesungen. Das ist alles, was geschehen ist. Wenn du sie das entgelten lässest, wird Winnetou sie rächen. Meine Macht reicht bis in die Mitte dieser großen Stadt und bis in den hintersten Winkel des tiefsten Kellers des entlegensten Hauses. Ich werde dich beobachten lassen. Sage nur ein zorniges Wort zu ihr, so wird einer meiner Apatschen dir mit seinem Messer antworten. Jetzt weißt du, was ich will. Handelst du nicht darnach, so ist es um dich geschehen!«

Dann griff er in seinen Gürtel, zog ein Goldstück heraus, legte es auf den Tisch und fügte hinzu:

»Hier ist der Preis für das, was wir bei dir gegessen haben. Old Shatterhand und Winnetou mögen nichts von dir geschenkt haben, denn sie sind reicher, als du bist. Ich habe gesprochen!«

Werner wagte nicht ein Wort zu erwidern. Er stand da wie ein Schulknabe, der eine Züchtigung bekommen hat. Potter schien sich darüber zu ärgern und dennoch heimlich Freude darüber zu empfinden. Ich legte meine Hand auf seinen Arm und fragte:

»Master, Ihr habt meinen Namen gehört und wißt also, wer ich bin?«

»Ja,« antwortete er.

»Ich durchschaue Eure Absichten. Macht es gnädig mit Eurem Compagnon, sonst findet Ihr auch keine Gnade vor mir. Ich werde wiederkommen und Euch richten, nicht nach den Paragraphen Eurer Bücher und Akten, sondern nach dem strengen Gesetze der Prairie. Euer Compagnon wird Euch von mir erzählt haben. Glaubt ja nicht, daß er mich kennt! Und glaubt auch nicht, daß ich hier ebenso nachsichtig handeln würde, wie ich drüben gegen ihn gewesen bin. Und damit Ihr seht, daß es mein Ernst ist, will ich Euch Old Shatterhands Petschaft in die Muskeln drücken.«

Ich legte ihm die rechte Hand um den Oberarm und preßte denselben zusammen. Er stieß nicht etwa einen Schrei, sondern ein förmliches Geheul aus. Dann ging ich mit Winnetou nach der Thür. Wir schritten, ohne uns nur einmal umzusehen, zu derselben hinaus in das Empfangszimmer und traten in den Fahrstuhl. Ein Druck auf den Knopf setzte denselben nach unten in Bewegung; dann verließen wir den Palast, welcher nach meiner Ansicht dem Schicksale entgegensah, ein Haus des Elends zu werden.

Am nächsten Tage ritten wir von San Francisco fort, und drei Monate später nahmen wir am Hole in Rock für dreißig Monate Abschied voneinander. Er behielt das Pferd, welches ich geritten hatte, zurück, und ehe wir uns trennten, wurden, wie es auch früher stets gewesen war, der Ort und die Zeit genau besprochen, an welchem und zu welcher wir uns wieder treffen wollten.

Einige Monate blieb ich daheim; sodann ging es wieder fort, dieses Mal nach dem Orient, in welchem ich zwanzig Monate blieb. Nach meiner Rückkehr von dort versteckte ich mich für einige Zeit zwischen meine Bücher und kam nur wenig unter Menschen. Wöchentlich einmal aber besuchte ich einen Gesangverein, dessen Ehrenmitglied ich war und heute noch bin. Das war meine Erholung.

Eines Sonnabends saßen wir nach der Uebungsstunde beisammen, um über ein Konzert zu milden Zwecken zu verhandeln, da kam der Wirt in unser separates Zimmer und teilte mir mit:

»Es sind zwei Herren da, welche mit Ihnen sprechen wollen.«

»Wer ist's?«

»Ich kenne sie nicht. Der eine ist ein junger, sehr anständiger Herr, der andere aber ein ganz eigentümlicher dunkelfarbiger Mensch. Er spricht kein Wort, nimmt den Hut nicht ab und sieht einen mit seinen Augen an, daß man sich ganz unheimlich fühlt.«

»Scharlieh!« rief es da unter der offen gebliebenen Thür.

Ich sprang schnell auf. Scharlieh pflegte Winnetou meinen deutschen Vornamen auszusprechen. Und da stand er unter der Thür! Winnetou, der berühmte Häuptling der Apatschen in Dresden! Und wie sah der gewaltige Krieger aus! Eine dunkle Hose, eine ebensolche Weste, um welche ein Gürtel geschnallt war, einen kurzen Saccorock; in der Hand einen starken Stock und auf dem Kopfe einen hohen Cylinderhut, der er nicht abgenommen hatte! Ich erzähle die Thatsache in einfacher, kurzer Weise, brauche aber wohl kaum zu versichern, daß meine Ueberraschung, mein Erstaunen, ihn hier zu sehen, wenigstens ebenso groß wie mein Entzücken darüber war.

Ich sprang auf ihn zu; er kam mir ebenso rasch entgegen; auf halbem Wege fielen wir uns in die Arme. Wir küßten uns wieder und immer wieder, betrachteten uns in den Zwischenpausen und brachen schließlich in ein herzliches Gelächter aus, was bei dem Apatschen noch nie vorgekommen war. Die Gestalt, in welcher er seinen Shatterhand vor sich sah, war gar so zahm, und die Figur, welche der tapferste Krieger der Apatschen bildete, war so friedlich und so drollig, daß ein Hexenmeister dazu gehört hätte, sich des Lachens zu enthalten.

Er hatte nicht auf die Rückkehr des ihn anmeldenden Wirtes gewartet, sondern war demselben gefolgt. Nun kam auch der junge Herr, der bei ihm gewesen war; das war kein anderer als – Franz Vogel, der frühere Schüler meines Kapellmeisters.

Die anwesenden Sänger kannten den Apatschen alle aus meinen Erzählungen. Welch ein Hallo, als ich seinen Namen nannte! Zunächst wollten sie es nicht glauben. Sie konnten sich ihn nicht anders denken, als in seiner bekannten Kleidung und mit der berühmten Silberbüchse. Ich ahnte, weshalb er den Hut nicht abnahm; er hatte die Fülle seines reichen, dunkeln Haares unter denselben verborgen. Ich nahm ihm den Cylinder ab; da wurde es frei und fiel ihm wie ein Mantel über die Schultern und weit auf den Rücken herab. Jetzt glaubten sie, daß es der Apatsche sei. Alle Hände streckten sich ihm entgegen, und als so ein begeisterter Bassist das »Dreimal hoch!« anstimmte, fielen alle brausend ein.

Wie oft hatte ich Winnetou gebeten, einmal mit mir nach Deutschland zu gehen oder mich dort zu besuchen! Es war stets vergeblich gewesen. Daß er jetzt kam, so ganz unerwartet, mußte einen höchst wichtigen Grund haben. Er sah es mir an, daß ich denselben gern erfahren hätte, schüttelte aber den Kopf und sagte:

»Mein Bruder lasse sich nicht stören. Die Botschaft, welche ich bringe, ist wichtig; aber ist eine Woche und mehr darüber vergangen, so kann auch noch eine Stunde vergehen.«

»Wie aber hast du mich hier finden können?«

»Winnetou ist doch nicht allein. Das junge Bleichgesicht, welches Vogel heißt, ist mitgekommen. Dieser kannte deine Wohnung und führte mich hin. Wir hörten, du seist dorthin gegangen, wo gesungen wird; da wollte ich auch gern singen hören. Später kehren wir in deine Wohnung zurück, und dort werde ich dir sagen, aus welchem Grunde ich über das große Wasser gekommen bin.«

»Gut, ich gedulde mich also bis dahin, und du sollst nun deutschen Gesang zu hören bekommen.«

Als die Sänger von dem Wunsche des Apatschen hörten, waren sie natürlich gern bereit, denselben zu erfüllen. Wir setzten uns mit Vogel an einen abgelegenen kleinen Tisch und bestellten Bier, welches Winnetou sehr gern, aber auch sehr mäßig trank. Dann begannen die Vorträge, welche nicht anders als Konzert genannt werden mußten. Die Leute waren stolz darauf, sich vor diesem berühmten Manne hören lassen zu dürfen.

Er hielt meine Rechte in der seinigen und ich seine Linke in der meinigen. Ich war ganz glücklich, ihn einmal bei mir in der Heimat zu haben, und er war ebenso glücklich darüber, mir dieses Glück bereiten zu können. Ich glaube, wir haben in den Augen der Zuschauer ein ganz rührendes Paar gebildet. Aber jeder, der uns drüben in der Savanne oder auf dem Gebirge begegnet war, hätte uns heute hier nicht wieder erkannt. Winnetou kam mir wie ein schwarzer Panther im Schafspelze vor, und ihm mochte es mit mir nicht viel anders gehen. Kleider machen auch hier wie überall Leute.

Es war wohl gegen Mitternacht, als der Apatsche erklärte, daß er nun genug gehört habe. Die eifrigen Notenbrüder hätten ihn noch gern bis morgen früh und auch noch länger unterhalten. Er bedankte sich bei ihnen, und dann gingen wir. Er sagte kein Wort über das, was er gehört hatte, aber da ich seine Eigenart kannte, wußte ich gar wohl, welch einen tiefen und unauslöschbaren Eindruck der deutsche Gesang in seiner Seele zurückgelassen hatte.

Als wir daheim bei mir angekommen waren, sah er sich sehr genau um, betastete jeden Gegenstand und schloß von Zeit zu Zeit die Augen, um sich alles tüchtig einzuprägen. Ich nahm zwei Friedenspfeifen von der Wand, stopfte sie und gab ihm eine. Vogel bekam eine Cigarre. Als ich dann mit dem besten, treuesten und edelsten meiner Freunde rauchend auf dem Sofa saß, sagte er:

»Wir kommen wegen der schönen weißen Squaw, die ich mit dir in San Francisco besucht habe.«

»Ah, von Martha, Ihrer Schwester?«

»Leider ja!« antwortete Vogel. »Es ist nichts Erfreuliches, was wir Ihnen von ihr erzählen können. Ich war jetzt vier Monate drüben.«

»Eine kurze Zeit!«

»Ja, aber für mich lang genug. Diese Monate sind mir zu

Jahren geworden, denn sie haben mir nichts als die bitterste Täuschung gebracht. Mein Schwager ist bankerott.«

»Ah! Meine Ahnung! Wie steht es mit Potter, dem Compagnon?«

»Der ist natürlich auch bankerott.«

»Das glaube ich nicht. Er hat Ihren Schwager ausgesogen und wird eine sehr erkleckliche Summe in Sicherheit gebracht haben. Ist der Bankerott etwa als ein betrügerischer anzusehen?«

»Nein. Es verliert kein Mensch einen Pfennig.«

»Niemand hat einen Pfennig verloren und doch ist das Fallissement erklärt worden? Also wurde das große Vermögen in dieser kurzen Zeit vollständig aufgewirtschaftet? Wie war das möglich?«

»Durch falsche Spekulationen, welche Potter gemacht hat. Mein Schwager hatte ihm alle geschäftlichen Bestimmungen allein überlassen.«

»Das war vorauszusehen. Potter schloß sich gleich von vornherein Ihrem Schwager in der Absicht an, ihn geschäftlich zu ruinieren. Wenn dies nicht der Fall gewesen wäre, hätte das große Vermögen nicht in so sehr kurzer Zeit alle werden können. Er wird scheinbar alles verspekuliert, in Wirklichkeit sich aber einen vollen Beutel erwirtschaftet haben. Ich hoffe, daß der Mann aber noch zu packen sein wird.«

»Das glaube ich nicht, denn wäre dies der Fall, so hielt er sich nicht noch in San Francisco auf, sondern wäre verschwunden. Mein Schwager ist natürlich an den Bettelstab gebracht. Das Wenige, was ihm geblieben ist, hat er der Familie entzogen und in die eigene Tasche gesteckt. Damit geht er nun von Spelunke zu Spelunke und trinkt, bis er mit dem letzten Heller auch noch den Verstand vertrunken haben wird.«

»Und was thut die Familie nun?«

»Das ist eine schlimme Sache. Als ich hinüber kam, ahnte noch niemand etwas. Ich hatte mich auf Werner verlassen. Durch seine pekuniäre Unterstützung dachte ich, schnell vorwärts zu kommen. Da aber brach schon nach drei Wochen der Krach herein. Ich war nur gekommen, um ein Esser zu viel zu sein. Die Eltern und Geschwister wollten verzweifeln. Martha allein behielt die Besinnung und dachte über Mittel nach, sich zu retten. Ich half ihr. Wir kamen auf die Idee, Konzerte zu geben. Zunächst reichte das Geld, welches sie für ihre wenigen überflüssigen Sachen löste, für das Notwendigste aus. Wir dachten auch an Sie. Wir hatten Ihnen schon soviel zu verdanken. Wären Sie drüben gewesen, so hätten Sie sich unser gewiß mit Rat und That angenommen; aber Sie waren eben nicht da. Da führte uns Gott Winnetou in das Haus.«

»Wie? Er kam zu ihnen ins Haus?«

»Ja.«

»Das ist ein Wunder. Nach dem, was wir darin erlebt haben, stand nicht zu erwarten, daß er es jemals wieder betreten werde.«

»Es war nicht dasselbe Haus. Wir waren aus dem Palaste förmlich geworfen worden; wir hatten ein ganz kleines Logis bezogen. Glücklicherweise war der Apatsche nach San Francisco gekommen, hatte an uns gedacht, sich nach uns erkundigt, unsere neue Wohnung erfahren und kam nun, uns zu trösten. Fast schäme ich mich, es zu sagen: Er gab uns Geld. Wir zögerten, es zu nehmen; er aber versicherte uns, wir würden bald in die Lage kommen, es ihm wiederzugeben. Er sprach davon, daß er ein ernstes Wort mit Potter sprechen wolle, und ließ ihn von da an nicht aus den Augen. Da kam ein amtliches Schreiben aus New Orleans, daß unser Oheim dort gestorben sei; der Bruder meiner Mutter.«

»Ah, ich besinne mich. Ihre Großmutter hat mir erzählt, daß sie einen Sohn gehabt habe, der nach Amerika gegangen sei, ohne jemals wieder etwas von sich hören zu lassen. Sie war überzeugt, daß er unterwegs verunglückt und gestorben sei.«

»So ist es. Er war aber nicht tot, sondern nur undankbar. Er ist erst vor kurzem als ein Millionär gestorben. Wenigstens hat die Behörde mir das mitgeteilt.«

»Ich gebe nicht viel auf solche Reichtümer. Sie haben ja erfahren, welchen Wert sie besitzen, wenn sie in unrechte Hände kommen. Wie aber hat die Behörde in New Orleans Ihre Adresse in San Francisco wissen können?«

»Sie hat aus alten Schreibereien und Aufzeichnungen des Verstorbenen ersehen, woher er stammt, und infolgedessen in unsere Heimat geschrieben. Von dort her ist unsere Adresse mitgeteilt worden.«

»Nun, so ist Ihnen ja geholfen. Wenn die Beweise vorliegen, daß Sie die einzigen Erben sind und die Hinterlassenschaft Ihnen also nicht streitig gemacht werden kann, wird sie Ihnen sehr bald ausgefolgt werden.«

»Das wäre allerdings sehr gut; aber die Sache hat doch einen Haken. Wir sind nämlich die einzigen Verwandten und doch vielleicht auch nicht die einzigen. Der Verstorbene hat einen Sohn gehabt, welcher verschollen ist.«

»Das ist allerdings ein schlimmer Haken. Die Angelegenheit kann sich da gewaltig in die Länge ziehen.«

»Das ist's ja eben!«

»Der Sohn muß in den Zeitungen aufgerufen werden, und erst wenn er sich nach einer gewissen Anzahl von Jahren nicht meldet, wird er als verstorben betrachtet. Da werden Sie leider warten müssen.«

»Ja, wir müssen warten. Wenn man uns nur wenigstens einen Teil auszahlen wollte!«

»Das geht nicht. Entweder alles oder nichts.«

»Und dazu kommt, daß in New Orleans sich ein Advokat des Verschollenen annimmt. Er ist ein Freund von ihm und behauptet, daß er jedenfalls noch lebe. Der Sohn des Verstorbenen hat einen sehr erfahrenen und zuverlässigen Reisebegleiter bei sich gehabt, und dieser, so behauptet der Advokat, würde es jedenfalls gemeldet haben, wenn der Verschollene nicht nur verschollen, sondern gestorben wäre. Der Rechtsanwalt nimmt nun umfangreiche Nachforschungen vor, zu denen er die Frist bekommen hat.«

»Das zieht die Sache noch weiter in die Länge. Was ist denn Ihre Mutter für eine Geborene?«

»Jäger war ihr Mädchenname.«

»Also hieß auch der alte Millionär Jäger. Was war er denn?«

»Ursprünglich Schuhmacher. Als Gesell ist er ausgewandert, hat dann in New York es zu einem Laden gebracht, wohl jedenfalls durch eine gute Heirat, und ist dann immer weiter vorwärts gekommen.«

»Schuhmachergesell? New York? Laden? Reiche Heirat? Ah, da kommt mir ein Gedanke, da fällt mir etwas ein!«

»Was? Was?«

»Warten Sie nur, warten Sie! Ich muß mich besinnen.«

Ich stand vom Sofa auf und ging eine Weile im Zimmer auf und ab. Ich dachte an den Brief, den ich unter Meltons Effekten gefunden hatte. Sein Neffe hatte ihn geschrieben. Ich ging nach meiner Bibliothek und nahm den Brief, den ich mir aufgehoben hatte, aus dem betreffenden Fache, um ihn zu lesen.

Ja, da stand es deutlich geschrieben. Sollte der Brief sich auf den Fall beziehen, den wir jetzt besprachen? Ich mußte Gewißheit haben und fragte deshalb weiter:

»Jäger brachte es also zu einem Schuhwarenladen in New York. Ist er denn nicht Armeelieferant geworden?«

»Ja.«

»Und hat da nicht nur Fußbekleidungen, sondern auch andere Bedarfsartikel in Auftrag bekommen?«

»Ja, ja. Dadurch hat er sich die Millionen verdient. Aber woher wissen Sie das? Was für ein Schreiben haben Sie da in der Hand?«

»Nachher! Sagen Sie mir noch, ob er stets nur seinen deutschen Namen Jäger geführt hat!«

»Nein, er hat ihn in das englische ›Hunter‹ amerikanisiert.«

»Warum sagten Sie das nicht gleich! Warum nannten Sie nur den deutschen Namen!«

»Ich dachte, es käme nichts darauf an.«

»Es kommt sogar viel, sehr viel, womöglich alles darauf an! Wissen Sie, wie der verschollene Sohn geheißen hat?«

»Ja, Small. Ein sonderbarer Name! Nicht wahr?«

»Ja; aber das ist nur vorteilhaft für Sie, denn je sonderbarer er ist, desto weniger kann der Träger desselben mit einem andern Menschen verwechselt werden. Also Small Hunter. Er ist verschollen. Und wo? Natürlich im Oriente! Oder nicht?«

»Ja, im Oriente!« rief Vogel ganz erstaunt aus. »Auch das wissen Sie, Herr Doktor?«

»Auch das! Sie sind an den rechten Mann gekommen, lieber Freund.«

»Das sagte auch Winnetou!«

»Aha. Er hat einen kleinen, winzigen Stapfen der Spur erkannt, welcher Sie folgen müssen, und dann gleich alles mögliche gethan, damit sie dem Auge ja nicht wieder entgehen möge. Setzen Sie ihn nur erst auf eine Fährte, dann ist er unermüdlich und zeigt eine unerreichbare Meisterschaft.«

»Sie haben also eine Spur von dem Verschollenen?«

»Ja. Aber vorher muß ich noch fragen: war denn in dem behördlichen Berichte nicht zu lesen, wo man ihn vermuten kann?«

»Doch! Ich besinne mich. Man hat einen Brief gefunden, welchen er von Kairo aus an seinen Vater geschrieben hat.«

»Das ist gut! Wie alt ist der Brief?«

»Das war nicht erwähnt.«

»Schade! Es ist gerade ganz nötig, die Zeit zu wissen, wann Small Hunter in Kairo gewesen ist.«

»Er hat dort im Hotel du Nil gewohnt, dessen berühmten Palmengarten er ausführlich beschreibt.«

»Ist noch etwas aus dem Briefe erwähnt worden?«

»Nein! Und aber doch! Ich besinne mich. Er bittet seinen Vater, die Antwort nach dem amerikanischen Konsulate zu adressieren.«

»Das ist wichtig, sehr wichtig! Die Spur haben wir. Der Gesuchte ist nun mit Sicherheit zu finden, aber freilich als Leiche.«

»Sie halten ihn für tot?«

»Ja. Und dennoch wird er sich zu der Erbschaft melden.«

»Ein Toter meldet sich doch nicht zu einer Erbschaft!«

»Manchmal doch! Allerdings nur unter ganz besondern Umständen, welche Sie erfahren werden, wenn ich erst mit Winnetou gesprochen habe.«

»Sie machen mich höchst wißbegierig!«

»Ich werde Sie nicht lange auf die Folter spannen und darum mit dem Apatschen nicht indianisch, sondern englisch sprechen. Verstehen Sie das?«

»Ganz gut. Von dem Tage an, an welchem meine Familie nach Amerika zog, habe ich sehr eifrig Englisch getrieben.«

»So hätten wir uns jetzt dieser Sprache anstatt der deutschen, von welcher der Apatsche nur wenig versteht, bedienen sollen. Ich brauchte mich nun nicht extra an ihn zu wenden. Aber sagen Sie mir doch, ob Sie nicht wissen, ob die Behörde in New Orleans sich an das Konsulat nach Kairo gewandt hat?«

»Die Behörde und auch der Advokat, von welchem ich vorhin sprach.«

»Welche Antwort ist erfolgt?«

»Noch keine; die Zeit ist zu kurz dazu.«

»So weiß ich jetzt alles, was ich wissen muß, um Ihnen den Rat geben zu können, den Sie von mir erwarten werden. Sie sind ja doch nur deswegen zu mir herübergekommen?«

»Ja; ich gestehe das offen. Meine Schwester machte uns darauf aufmerksam, da Sie den Orient kennen und – –«

Er stockte.

»Und – nun sprechen Sie weiter!« forderte ich ihn auf. »Wenn Sie Rat und That von mir verlangen, müssen Sie vollständig aufrichtig zu mir sein.«

»Sie haben das Wort schon selbst ausgesprochen, als Sie von Rat und That redeten. Meine Schwester meint, Sie kennen den Orient und wären wohl der richtige oder gar der einzige, den Verschollenen lebendig oder tot nachzuweisen.«

»Hm! Ich bin Ihrer Schwester sehr dankbar für das Vertrauen, welches sie da in mich setzt. Also nicht bloß raten soll ich, sondern auch thaten! Wissen Sie, was das heißt?«

»Ja. Wir haben uns diese Frage beantwortet. Wir fordern Zeit und Mühe von Ihnen.«

»Vielleicht noch mehr, unter Umständen sogar das Leben.«

»Doch nicht?« fragte er erschrocken.

»Ja, das Leben. Die Spur, welche wir haben, weist nämlich hin auf eine großartige Schurkerei, welche entweder schon geschehen ist oder noch geschehen soll. Der Reisebegleiter, welchen Small Hunter bei sich hat, ist ihm nämlich außerordentlich ähnlich, fast wie ein Ei oder ein Tropfen dem andern. Ich vermute aus sehr guten Gründen, daß diese Aehnlichkeit die Ursache zu einem Morde werden soll oder schon geworden ist.«

»Sie erschrecken mich!«

»Der Reisebegleiter ermordet Small Hunter, um, da er ihm so ähnlich sieht, an seiner Stelle als Small aufzutreten und den alten Hunter zu beerben. Der Reisebegleiter ist ein Verbrecher, und sein Vater und sein Oheim, an den dieser Brief gerichtet war, sind doppelte und dreifache Mörder. Ich werde Ihnen das noch ausführlich erzählen. Mit fester Bestimmtheit kann ich freilich noch nicht von einem Morde reden; aber wie ich die Betreffenden kenne, werden sie unbedingt auf den Gedanken kommen, den Tod des alten Hunter auf diesem gräßlichen Wege für sich auszunützen. Doch nun vor allen Dingen zu Winnetou.«

Dieser hatte, da wir bis jetzt deutsch gesprochen hatten, uns nur wenig verstanden, war aber unsern Mienen und Bewegungen mit großer Aufmerksamkeit gefolgt. Vorher war der Ausdruck der Spannung auf seinem Gesichte zu lesen gewesen; seit ich aber den Brief geholt hatte, war diese verschwunden, um einem Zuge der Befriedigung Platz zu machen. Als er sah, daß ich mich nun auch an ihn wenden wolle, kam er mir mit den Worten zuvor:

»Mein Bruder Old Shatterhand hat meine Vermutungen bestätigt gefunden. Das verschollene Bleichgesicht ist mit dem Neffen Meltons nach der Gegend gereist, welche die Weißen den Orient nennen.«

»Winnetou hat uns beide richtig beobachtet. Der Schärfe seines Auges bleibt nichts verborgen.«

»Dazu bedurfte es keiner großen Schärfe. Old Shatterhand hat mir damals den Brief gezeigt und vorgelesen; ich merkte mir ihn. Nun kam ich nach Francisco, um die schöne, junge Frau zu sehen, deren Mann uns damals so schwer beleidigte, daß ich die Drohung aussprach, an ihm Rache zu nehmen, wenn ich später seine Squaw im Unglücke finden sollte. Ich erfuhr von dem Unheile, welches sie betroffen hat, und ging zu ihr, um sie zu trösten. Sie hatte Vertrauen zu mir, weil ich dein Freund und Bruder bin, und erzählte mir alles. Sie las mir auch das Schreiben vor, welches sie aus New Orleans erhalten hat. Darin stand der Name Hunter und noch anderes, was mit dem Inhalte deines Briefes stimmte. Da war es leicht, auf die richtige Fährte zu kommen. Wer sie verfehlt hätte, wäre blind und taub gewesen. Die Squaw hat dir einst ihr Vertrauen geschenkt. Ich beschloß, ihr zu helfen. Du allein warst der Mann, durch den ich helfen konnte; darum mußte ich zu dir. Den jungen Mann habe ich mitgenommen, weil er die Angelegenheit kennt und die Sprache deines Vaterlandes versteht, deren ich nicht mächtig bin. Welche Gedanken beabsichtigt nun mein Bruder, zu befolgen?«

»Jonathan Melton schreibt, daß er seine Aehnlichkeit mit Small Hunter ausnutzen werde. Was meint Winnetou, worin diese Ausnutzung bestehen wird? Etwa nur in Fälschungen und Betrügereien?«

»Nein. Small Hunter wird sterben, wenn nicht rechtzeitig ein Retter erscheint.«

»Davon bin ich auch überzeugt. An seiner Stelle wird Jonathan Melton erscheinen und die Erbschaft heben. Es muß sogleich ein tüchtiger Mann nach Kairo, um beim Konsulate nachzufragen und die Spur dann weiter zu verfolgen.«

»Dieser Mann sind Sie!« fiel da Vogel ein, indem er meine Hände ergriff. »Gehen Sie; reisen Sie; beeilen Sie sich, ehe es zu spät wird!«

»Hm! Die Sache interessiert mich allerdings ungeheuer; aber meinen Sie, daß ich nur so hier sitze, um auf irgend eine Veranlassung hin meine Arbeiten wegzuwerfen und mich da drüben jenseits des Mittelmeeres mit Verbrechern herumzuschlagen?«

»Thun Sie es dennoch, thun Sie es! Wenn Sie Small Hunter retten, wird er Sie reich belohnen. Ist er aber schon tot und Sie entlarven seinen Doppelgänger, so sind wir gern bereit, Ihnen einen Teil der Erbschaft auszuzahlen.«

»Uff!« rief der Häuptling zornig. »Old Shatterhand nimmt kein Geld, und solches Fährtenspüren kann überhaupt kein Mensch bezahlen!«

Ich milderte diesen Einwurf durch die Erklärung ab:

»Beruhigen Sie sich, ich war schon vorhin im stillen bereit, mich sogleich nach Kairo aufzumachen, wenn die Hindernisse, welche mir für heute und morgen entgegenstehen, beseitigt sind.«

Wie scharfdenkend und feinfühlend Winnetou war, zeigte er auch jetzt wieder, indem er mit einer mir sehr verständlichen Bewegung die Hand auf seinen Gürtel legte und dabei sagte:

»Winnetou bittet Old Shatterhand, keine Hindernisse gelten zu lassen. Wie ist der Weg nach Kairo?«

»Von hier mit der Bahn nach Brindisi und dann per Schiff nach Alexandrien.«

»Wie lange fährt man mit der Bahn, und wann geht das Schiff ins Meer?«

»Die Fahrten finden ganz regelmäßig an bestimmten Wochentagen statt. Wer morgen von hier abreist und übermorgen in Brindisi ankommt, kann schon am nächsten Tage mit dem Dampfer in See stechen.«

»So fahren wir morgen. Howgh!«

Ich hatte so etwas geahnt. Winnetou war nicht herübergekommen, um mich nach Afrika zu schicken und allein wieder heimzukehren. Dennoch frappierte mich der feste entschlossene Ton, in welchem er diese Worte sprach. Ich fragte:

»Aber Winnetou geht in ein Land, welches ihm fremd ist!«

»Mein Bruder kennt das Land um so besser. Er mag nicht versuchen, mich irre zu machen! Hast du mir nicht hundertmal erzählt, was du in jenen Ländern gesehen hast, und sodann gesagt, du wünschest, daß auch ich einmal hinkommen möge?«

»Ja.«

»Dieser Wunsch wird dir jetzt in Erfüllung gehen; also sprich kein Wort dagegen.«

Ein Apatschenhäuptling in Kairo! Welch ein Gedanke! So etwas war noch nie dagewesen. Ich freute mich darüber, denn erstens fand nun ich auch einmal Gelegenheit, seinen Lehrer zu machen, und zweitens lag für uns die Möglichkeit vor, in Lagen zu kommen, wo das Urteil dieses Scharfsinnigsten aller Scharfsinnigen mir von großem Nutzen sein konnte. Und drittens, und das war momentan die Hauptsache, hatte er die Hand auf seinen Gürtel gelegt. Ich befand mich nicht in der Situation, ein so bedeutendes Reisegeld, wie nötig war, vorrätig im Kasten liegen zu haben; der Hinweis auf den Gürtel aber sagte mir, daß in demselben des schnöden und doch so edlen Mammons genug vorhanden sei.

Die Freude Vogels über unsern Entschluß war groß. Er begann immer wieder, von neuem sich zu bedanken, bis wir ihm dies rundweg und streng verboten. Er wurde ins Hotel geschickt; der Apatsche aber schlief natürlich bei mir, doch nicht lange, denn schon zur frühen Morgenstunde mußten wir den Zug besteigen. Das machte uns aber keine Schmerzen, denn umfangreicher Reisevorbereitungen bedurfte es nicht, da ich alles, was dazu gehört, stets für den augenblicklichen Gebrauch beisammen habe.

Vogel war mit genügenden Mitteln zur Rückkehr nach San Francisco versehen. Er verabschiedete sich am Coupé von uns und erhielt noch ausführlich gesagt, wie er und seine Verwandten sich in gewissen Fällen zu verhalten hätten.

Großen Spaß gewährte mir die Aufmerksamkeit, welche die Erscheinung des Apatschen überall erregte. Ich scheue mich nicht, zu sagen, daß er für kurze und oberflächliche Blicke wie ein neugekleideter Stromer aussah. Aber wer auf seine Haltung und auf die edlen, stolzen und meist unbeweglichen Züge seines hellbronzenen Gesichtes achtete, der war gezwungen, auf den Gedanken zu kommen, daß er keinen gewöhnlichen Menschen vor sich habe.

Kleine Erlebnisse, oft interessanter und oft lustiger Art, welche uns auf der Reise begegneten, gehören nicht hierher; ich sage nur, daß Winnetou trotz seiner gewohnten indianischen Zurückhaltung nicht aus dem Staunen herauskam. Es gab gar viel Neues, Unbekanntes und Unerwartetes zu sehen. In Alexandrien kaufte er sich einen arabischen Anzug, der ihm ganz vorzüglich stand, aber um so unbequemer vorkam.

In Kairo angekommen, verfügten wir uns sofort nach dem Hotel du Nil, wo Small Hunter gewohnt hatte. Wir erfuhren, daß er vor ungefähr drei Monaten abgereist sei, und das stimmte auch mit den Angaben, welche man uns auf dem amerikanischen Konsulate machte. Dort hörten wir noch weiteres. Die Behörden von New Orleans hatten Erkundigungen eingezogen, ebenso auch der schon erwähnte Advokat. Briefe waren zuerst nach Alexandrien und dann später nach Tunis nachzusenden gewesen. Der Vermittler in der letztgenannten Stadt war ein jüdischer Handelsmann Namens Musah Babuam.

Diese Auskünfte bestimmten uns, nach Tunis zu gehen, und zwar Kairo schon morgen zu verlassen, denn es galt, keine Zeit zu verlieren. Zu unsrer Beruhigung aber hatte man uns gesagt, daß Small Hunter sehr wohl gewesen sei und mit seinem Reisebegleiter in einem sehr guten, sogar vertraulichen Einvernehmen gestanden habe; die Aehnlichkeit zwischen beiden sei geradezu frappant gewesen, zumal sie sich bis ins kleinste gleich gekleidet hätten.

Am Abende spazierten wir einmal nach dem Hotel d'Orient, in welchem ich früher gewohnt hatte. Es führte mich keine besondere Absicht dorthin; man kehrt ganz unwillkürlich und gern an Orte zurück, welche man früher betreten hat. Wir traten in den hellerleuchteten Garten und setzten uns an einen leeren Tisch, um ein Glas Limonade zu trinken. Man hatte uns bemerkt, denn Winnetou mußte auffallen, da er sein Haar ganz aufgelöst im Nacken trug.

Es gab mehrere Tische und viele Gäste da, welche sich an

der kühlen Abendluft erfreuten. In ziemlicher Entfernung von uns hatte ein muselmännisch gekleideter Mann gesessen, welcher bei unserm Erscheinen aufgestanden war. Er kam näher und immer näher und verwendete keinen Blick von uns. Es war wohl irgend einer, der mich früher einmal in dieser Gegend gesehen hatte; ich achtete nicht mehr auf ihn. Da zog er die Kapuze seines hellen Haik halb über das Gesicht herab, kam ganz herbei, legte mir die Hand auf die Schulter und grüßte mich im schönsten Tehua-Indianisch:

»Oseng-ge tah, mo Old Shatterhand!«

Das heißt so viel wie »guten Abend, Old Shatterhand!« Dann legte er seine Hand auch auf des Apatschen Arm und wiederholte den Gruß, nur mit dem andern Namen:

»Oseng-ge tah, mo Winnetou!«

Der Araber kannte uns. Ich sprang überrascht auf und fragte in demselben Indianerdialekte:

»Toh-ah oh sse – wer bist du, Mann?«

Da antwortete er in englischer Sprache:

»Rate doch einmal, alter Löwentöter! Bin wirklich neugierig, ob du mich denn nicht an der Stimme erkennen willst!«

»Emery, Emery Bothwell!« rief ich aus, riß ihm die Kapuze über den Kopf zurück und schlang die Arme um ihn. Er that dasselbe mit mir, drückte mich an seine mächtige Brust und sagte im Tone tiefer Rührung:

»Habe mich lange, lange gesehnt nach dir, alter Knabe! Bist aber nie, wenn ich unterwegs war, auf meiner Fährte zu finden gewesen. Jetzt bist du in diesem gesegneten Garten beinahe über mich weggestolpert. Das hat das Kismet gewollt, und auch ich werde einen Willen haben, nämlich den, daß wir uns nicht sogleich wieder trennen. Bist du einverstanden?«

»Gern, liebster Freund! Also du hast uns beide sogleich erkannt?«

»Dich sofort; aber der Häuptling machte mir zu schaffen. Wer durfte in diesem Gewande den größten und berühmtesten Krieger der Apatschen vermuten! Wer hätte es für möglich gehalten, Winnetou hier in der fernen Kahira zu sehen.

Ich bin so erstaunt darüber, daß ich es, wenn ich nicht so gute und treue Augen hätte, gar nicht glauben würde. Es muß ein ebenso seltsames wie wichtiges Geschäft sein, welches den Häuptling bewogen hat, den Llano estacado mit der lybischen Wüste und das Felsengebirge mit dem alten Mokattam zu vertauschen.«

»Das ist es auch. Nimm Platz, so wirst du es erfahren.«

Er ließ sich durch den Kellner seinen Scherbet und seinen Stuhl bringen und setzte sich zu uns.

Wer hätte daran gedacht, diesem meinem guten, kühnen und geradezu unbesiegbaren Kameraden aus der Prairie und der Sahara heute hier zu begegnen! Und ich hatte allen Grund, mich über dieses Zusammentreffen zu freuen; das werden diejenigen Leser gern glauben, welche »Die Gum«[1] gelesen haben. Es sei mir erlaubt, das zu wiederholen, was ich dort über seine Persönlichkeit gesagt habe:

»Drüben im ›Farwest‹ habe ich einen Mann getroffen, der sich ebenso wie ich aus reiner Abenteurerlust ganz allein in die ›finstern und blutigen Gründe‹ des Indianergebietes gewagt hatte und mir bei allen Fährlichkeiten ein treuer Freund und Maat geblieben war. Sir Emery Bothwell war ein Engländer vom reinsten Krystall, stolz, edel, kalt, wortkarg, kühn bis zur Verwegenheit, voll Geistesgegenwart, ein starker Ringer, ein gewandter Fechter, ein sicherer Schütze, und dabei voller Aufopferungsfähigkeit, wenn sein Herz einmal freundschaftlichen Regungen zugänglich geworden war. Neben diesen zahlreichen Vorzügen besaß der gute Emery allerdings einige kleine Eigentümlichkeiten, die ihn sofort als Engländer charakterisierten und einen Fremden wohl gar abstoßen mußten. Mir gegenüber hatten sie keinerlei Störung, sondern im Gegenteile öfters eine kleine, allerdings heimliche und unschuldige Belustigung verursacht.«

Ja, so, ganz so war Emery Bothwell, der dann mit mir und wenigen Männern in der Sahara eine ganze Raubkarawane vernichtet hatte. Daß er, der sonst so wortkarge Mann, uns

[1] Karl Mays Werke Bd. XXXII »Orangen und Datteln.«

mit so vielen Worten begrüßt hatte, war ein Zeichen der ebenso großen wie aufrichtigen Freude, welche er bei dem gegenwärtigen Wiedersehen empfand. Er kannte Winnetou ebensogut persönlich wie mich, da wir mit ihm den Südwesten der Vereinigten Staaten fast drei Vierteljahre lang durchstreift und dabei manches ungewöhnliche Vorkommnis erlebt hatten. Der Apatsche freute sich infolgedessen wohl in demselben Grade, wie ich über dieses ganz unerwartete Zusammentreffen, doch war es nicht seine Weise, sich dergleichen Regungen auffällig merken zu lassen.

Daß wir hier und in dieser Zeit mit ihm zusammentrafen, war mir im hohen Grade willkommen. Er stand sich so, daß er stets über seine Zeit verfügen konnte, und ich war sofort überzeugt, daß er sich uns anschließen werde. Es handelte sich darum, nach einem Verschollenen zu suchen, vielleicht gar ein Verbrechen zu entdecken oder wenigstens zu verhüten, und das war seiner Abenteurerlust eine hochwillkommene Aufgabe. Und da er alles Nötige besaß, sie zu lösen, so konnte ich keinen bessern Begleiter finden, als ihn. Und wenn die Gesuchten sich noch so schlau und sorgfältig versteckt hätten, mit Winnetou, dem berühmtesten Pfadfinder des Westens, und mit Emery, dem fast ebenso berühmten Behluwan-Bei der algerischen Wüste, mußten sie entdeckt werden.

Der letztere war jedenfalls in hohem Grade erstaunt, den ersteren in Kairo zu sehen. Er sagte sich, daß nur ein ganz außerordentlicher Umstand den Indianer zu dieser Reise veranlaßt haben könne. Winnetou hätte nicht gefragt, sondern gewartet; Emery aber war ein Weißer; er legte seiner Wißbegierde keine Schranken an und wendete, als er bei uns Platz genommen hatte, sich mit verschiedenen Fragen über das Woher und Wohin an mich.

»Ist's möglich!« rief er, »Ihr wollt nach Tunis? Ich auch!«

»Wann?«

»Wann es euch beliebt.«

»Schön! Wir reisen also zusammen. Was willst du dort?«

»Welche Frage! Abenteuer. Und ihr?«

»Wahrscheinlich finden auch wir Abenteuer. Ich meinte nur, es müsse eine nähere Ursache, welche dich nach Tunis zieht, vorhanden sein.«

»Richtig! Die Ursache heißt Small Hunter.«

»Uff!« rief der Indianer, dem dieser Name so überraschend kam, daß er dadurch ganz wider Willen aus seinem Schweigen gerissen wurde.

»Small Hunter?« fragte auch ich schnell. »Ist das möglich? Kennst du ihn?«

»*Yes.* Du auch, wie es scheint?«

»Nein; aber ich suche ihn in Tunis.«

»Bist auf falscher Fährte. Er ist in Aegypten und zwar in Alexandrien.«

»Und von dorther kommen wir! Hätten wir das gewußt! Wir haben uns hier nach ihm erkundigt und da erfahren, daß er schon vor etwa drei Monaten nach Tunis abgereist sei.«

»Unsinn! Ist noch da.«

»Aber er hat Anweisung gegeben, ihm alle Postsachen nach Tunis nachzusenden, und es sind ihm auch schon Briefe nachgeschickt worden!«

»Thut auch nichts. Er ist doch noch da; aber er will fort, und zwar mit mir; er wartet in Alexandrien auf mich.«

»So bist du schon vorher mit ihm zusammengewesen?«

»Fragen und immer wieder Fragen! Soll ich dir etwa eine Erzählung machen?«

»Das wäre mir freilich das Liebste.«

»*Well!* Sie wird aber kürzer sein, als du denkst. Bin da unten in Neghileh mit ihm zusammengetroffen; haben miteinander einen Ausflug nach Berd Aïn gemacht, zwei Monate lang. Hunter muß nun nach Tunis, und ich gehe mit. Bin aber vorher nach Kairo, um Kasse zu holen. Er wartet in Alexandrien auf mich.«

»Und du gehst nur seinetwegen nach Tunis?«

»Nein. Wäre auch ohne ihn hingegangen. Habe mit dir die algerische Sahara kennen gelernt und jetzt Aegypten angesehen. Will nun auch wissen, was dazwischen liegt; das ist Tunis und Tripolis.«

»So so! Wer war bei Hunter?«

»Niemand.«

»Wirklich niemand? Aber er hat ja einen Begleiter bei sich Namens Jonathan Melton.«

»Kenne den Mann nicht; habe ihn nicht gesehen.«

»Hat Hunter nicht von ihm gesprochen?«

»Kein Wort!«

»Hm! Sonderbar! Aber von seinen Verhältnissen hat er etwas verlauten lassen?«

»Keine Silbe. Ist mir nicht eingefallen, mich danach zu erkundigen.«

»Aber man pflegt doch nicht mit einem unbekannten Menschen zu reisen!«

»Unbekannt? – *Pshaw!* Hunter trat sehr anständig auf. Ist lange Zeit, wie ich mich überzeugte, im Oriente gewesen. Was willst du mehr!«

»So scheint es, daß ich ihn besser kenne als du, obgleich ich ihn noch nicht gesehen habe. Wir suchen ihn. Er soll nach Hause kommen, eine großartige Erbschaft machen. Sein Vater ist gestorben. In welchem Hotel sollst du ihn in Alexandrien treffen?«

»In keinem. Wohnt privat. Geht nach Tunis, um dort einen Freund zu besuchen, den Kalaf Ben Urik, Kolarasi[1] bei den tunesischen Truppen.«

»Kalaf Ben Urik? Sonderbarer Name! So kann eigentlich weder ein Araber noch ein Maure oder Beduine heißen! Der Name kommt mir wie ein selbstgemachter vor!«

»Was kann dich das interessieren?«

»Mehr als du denkst. Weißt du vielleicht, wie alt Kalaf Ben Urik ungefähr ist?«

»Bei guten Jahren. Hunter erwähnte es zufällig. Er sagte auch, daß ich mit dem Kolarasi englisch sprechen könne.«

»Englisch? Ah! Wie kommt es, daß ein tunesischer Hauptmann das Englische versteht?«

»Weil er eigentlich ein Fremder ist. Hunter sagte mir, der

[1] Hauptmann.

Hauptmann sei vor acht Jahren zum Islam übergetreten, als er nach Tunis kam.«

»Woher kam er da?«

»Weiß es nicht. Aber da er englisch spricht, scheint der Master ein Landsmann von mir zu sein.«

»Ein Engländer? Ich möchte ihn lieber für einen Amerikaner halten, weil Hunter, der doch ein Yankee ist, ihn besucht.«

»Mag sein. Ist mir auch lieber. Müßte mich darüber ärgern, wenn ein früherer Christ und jetziger Mohammedaner in meinem Old England geboren wäre. Aber was machst du für ein Gesicht? Worüber denkst du nach? Solche abwesende und doch stechende Augen habe ich nur dann bei dir gesehen, wenn du über eine Fährte nachdachtest.«

»So? Vielleicht befinde ich mich auch gerade jetzt auf einer Spur, und zwar auf einer außerordentlich interessanten und wichtigen. Sage mir nur eins: Hunter hat von seinen Verhältnissen also kein Wort gesagt. Hat er nicht doch einmal gesprächsweise erwähnt, daß er außer zu diesem Kolarasi zu noch einer Person in Tunis in Beziehung steht?«

»Ja. Er bekommt seine Briefe an einen dortigen Handelsmann nachgeschickt.«

»Kennst du den Namen desselben?«

»Er ist ein Jude, und wenn ich mich nicht irre, so nannte er ihn - hm, wie war doch der Name!«

»Musah Babuam?«

»Ja, richtig; so hieß der Mann! Aber wie kommt es, daß du dich nach solchen Nebendingen erkundigst, nach denen sonst kein Mensch zu fragen pflegt?«

»Weil die Nebendinge mich auf die Hauptsache bringen. Mir scheint, daß Hunter ein Betrüger ist.«

»Ein - Betrüger - ?« fragte Emery im höchsten Grade erstaunt. »Das - ist - ganz - unmöglich!«

»Es ist nicht nur nicht unmöglich, sondern sogar sehr wahrscheinlich.«

Winnetou hatte bis jetzt kein Wort gesagt, aber, da wir

englisch sprachen, alles verstanden. Jetzt meinte er mit der Betonung eines Mannes, der seiner Sache sicher ist:

»Mein Bruder Old Shatterhand ist auf der richtigen Spur. Dieser Small Hunter ist nicht der richtige Small Hunter, sondern ein falscher.«

»Ein falscher?« fragte Bothwell. »Ihr meint, daß er nicht seinen echten Namen führt?«

»Ja, das meinen wir,« antwortete ich. »Er heißt Jonathan Melton.«

»Den Namen nanntest du doch vorhin als denjenigen seines Begleiters?«

»Allerdings. Er ist eigentlich der Begleiter dessen, für den er sich ausgiebt.«

»Das sind mir Rätsel. Erkläre dich!«

Später konnte er alles vollständiger hören; jetzt erzählte ich ihm nur soviel, wie, um ihn zu unterrichten, nötig war. Er hörte mir mit sich immer mehr spannender Aufmerksamkeit zu und zeigte sich, als ich fertig war, mit dem, was er gehört hatte, nicht zufrieden; ich mußte ausführlicher sein und ihm alles erzählen, von meiner damaligen Reise in Mexiko an bis auf den heutigen Tag. Als ich geendet hatte, hätte ein anderer seinen Gedanken oder Empfindungen wohl sofort lauten Ausdruck gegeben, er aber saß lange wortlos da und blickte sinnend vor sich nieder. Dann, als er den Kopf hob, sagte er, indem seine Augen glänzten:

»Das wird eine hochinteressante Reise nach Tunis, weil du auf einer prächtigen Fährte bist. Mein Master Hunter ist wirklich kein anderer als Jonathan Melton, der Begleiter.«

»Woraus schließest du das?«

»Das fragst du noch! Ah, du willst meinen Scharfsinn auf die Probe stellen!«

»Und weißt du, wer jener Kolarasi, jener tunesische Hauptmann ist?«

»Thomas Melton, den du vor neun Jahren von Fort Uintah bis nach Fort Edward getrieben hast. Acht Jahre lang ist er in Tunis; es liegt also ein Jahr dazwischen, und das hat für ihn genügt, sich soviel Sprachfertigkeit anzueignen, daß er in das tunesische Militär eintreten konnte. Was meinst du dazu?«

»Ich bin ganz deiner Ansicht.«

»Warum läßt dieser Hunter, den ich kenne, seine Briefe an den Juden adressieren und nicht an den Kolarasi, den er doch kennt?«

»Weil er eben nicht Hunter, sondern Melton ist. Der wirkliche Hunter kennt den Kolarasi nicht; er hat seine Briefe also an einen Geschäftsmann richten lassen, von dem er wußte, daß er ihn in Tunis besuchen müsse. Aber weiter! Warum logiert Hunter in Alexandrien privat und nicht in einem Hotel?«

»Weil er sich nicht sehen lassen, sondern verborgen bleiben will.«

»Und warum ist er nach drei Monaten noch in Aegypten, während man hier die Ueberzeugung hegt, daß er sich in Tunis befindet?«

»Weil er sich für den echten Hunter ausgiebt, der in Wirklichkeit nach Tunis ist.«

»Nein! Hier in Aegypten hat er sich nicht für diesen ausgeben, sondern verborgen bleiben wollen; daß er deine Bekanntschaft gemacht hat, war von ihm eine Unvorsichtigkeit, welche er wahrscheinlich zu büßen haben wird.«

»Aber warum ist er hier geblieben? Warum hat er den echten Hunter, dessen Reisebegleiter er war, allein nach Tunis gelassen?«

»Das kannst du dir nicht erklären?«

»Wenigstens nicht vollständig.«

»Ich nehme unbedingt an, daß er den Tod des alten Hunter erfahren hat und dadurch auf den Gedanken gekommen ist, den er aber sehr wahrscheinlich schon früher gehabt hat, der Erbe des Verstorbenen zu werden. Das wird ihm durch den Umstand erleichtert, daß er eine außerordentliche Aehnlichkeit mit dem jungen Hunter besitzt und während des langen Beisammenseins mit diesem die Gelegenheit gefunden hat, die Verhältnisse desselben genau zu studieren. Es ist sogar zu denken, daß er sich Mühe gegeben hat, die Handschrift seines Reisegefährten genau nachzuahmen. Auf die Nachricht von dem Tode des Alten hat er den Jungen unter irgend einem Vorwande nach Tunis zu dem Kolarasi oder, um den richtigen Namen zu gebrauchen, zu seinem Vater Thomas Melton geschickt, wo derselbe aus dem Wege geschafft werden, also verschwinden soll. Jetzt fährt er nach, um an die Stelle des Verschwundenen zu treten, nach Amerika zu gehen und das Erbe einzuheimsen. Das sind meine Gedanken, und ich glaube nicht, daß sie mich trügen.«

»Mein Bruder Old Shatterhand hat recht,« stimmte Winnetou bei.

Und auch Emery meinte:

»So wie du es darstellst, kann ich nicht anders als dir beipflichten. Aber sollte man so teuflische Pläne für möglich halten?«

»Denke an Harry Melton, den ich den Satan nenne und von welchem ich dir erzählt habe. Hat er nicht eben solche und noch schlimmere Pläne erdacht und auch ins Werk gesetzt? Es giebt, Gott sei es geklagt, Menschen, welche nur dem Namen nach Menschen sind, und zu diesen gehören die drei Meltons, Vater, Sohn und Oheim.«

»Ich bin, wie gesagt, ganz deiner Ansicht. Sollte sie die richtige sein, so ist es unsere Pflicht, den jungen Hunter zu retten, wenn das noch möglich ist. Aber wie?«

»Durch schnelles Eingreifen. Wir dürfen uns auf keinen andern, auch nicht auf die Behörde, verlassen, sondern müssen selbst handeln.«

»Also nach Tunis?«

»Ja. Den jungen Melton haben wir schon in Alexandrien in der Hand, und seinen Vater werden wir, denke ich, ebenso leicht bekommen.«

»Aber klug müssen wir sein!«

»Was das betrifft, so meine ich nicht, daß es großer Pfiffigkeit bedarf. Es ist nichts weiter als ein wenig Energie notwendig.«

»Aber ohne Unterstützung der tunesischen Behörde können wir doch nichts thun!«

»Die wird mir gern jeden Gefallen erweisen, den ich mir von ihr erbitte.«

»Ah,« lächelte er, »du hast wohl mit Mohammed es Sadok Pascha, dem Gebieter von Tunesien, Brüderschaft getrunken?«

»Das nicht. Aber was noch besser ist, ich kenne seinen ›Herrn der Heerscharen‹ sehr gut.«

»Herr der Heerscharen? Was für ein Titel ist das?«

»Mein Freund Krüger-Bei wird so genannt, weil er der oberste der Leibwache oder Leibscharen ist.«

»Krüger? Das ist doch kein tunesischer, sondern ein deutscher Name!«

»Krüger ist auch ein Deutscher von Geburt. Er hat eine Vergangenheit hinter sich, wie sie kein Romanschreiber sich phantastischer aussinnen könnte. Es ist eben das, was ich so oft behaupte: das Leben ist der fruchtbarste Romanschriftsteller, den es giebt. Von Krüger selbst ist zwar über sein früheres Leben soviel wie nichts zu erfahren, aber ich glaube, daß er aus der Mark Brandenburg stammt und wahrscheinlich Brauerbursche oder so etwas ähnliches gewesen ist. Auf der Wanderschaft nach Frankreich verschlagen, hat er sich in die Fremdenlegion anwerben lassen, ist in Algerien desertiert, über die tunesische Grenze entwichen und dort Sklave geworden. Infolge seiner Anstelligkeit steckte man ihn später unter das Militär; er hielt aus, avancierte, kam zur Leibwache und hat es schließlich bis zum Obersten derselben gebracht. Mohammed es Sadok Pascha schenkt ihm sein ganzes Vertrauen.«

»So ist er also ein guter Soldat?«

»Ein tüchtiger Soldat, ein treuer Beamter und ein guter Mensch. Leider ist er Mohammedaner geworden! Er hängt noch mit großer Liebe an seinem Vaterlande, mag aber von dem einzelnen Deutschen nichts wissen. Mit mir hat er eine Ausnahme gemacht und mir die beiden Male, an denen ich bei ihm war, eine wirkliche herzliche Zuneigung erwiesen.

Wenn du ihn kennen lernst, wirst du ihn auch achten lernen und doch auch vielen Spaß über ihn haben.«

»Wieso?«

»Er hat die Eigenart, seinen jetzigen Glauben mit seinem früheren zu verquicken, Bibel und Kuran zu verwechseln und dabei allerlei Lächerlichkeiten an den Tag zu fördern. Das größte Meisterstück von ihm aber ist sein Deutsch. Da du der deutschen Sprache mächtig bist, wirst du die helle Freude an ihm erleben. Er hat nur den allernotdürftigsten Schulunterricht genossen und als Brandenburger schon als Kind mit dem Mir und Mich im Streite gestanden. In Frankreich eignete er sich einen kleinen Vorrat von Französisch an, und in Algier und Tunesien lernte er mit der Zeit arabisch sprechen. Da aber sein Sprachtalent bei weitem nicht ausreicht, die drei Sprachen auseinander zu halten und er besonders die Verschiedenheiten des Satzbaues nicht zu begreifen vermag, so leistet er im Syntax geradezu Unglaubliches. Arabisch hört er täglich sprechen und spricht es selber täglich; dies ist der Grund, daß er in dieser Sprache nicht nur die wenigsten Böcke schießt, sondern sich sogar eine außerordentlich bilderreiche, orientalische Ausdrucksweise angewöhnt hat. Deutsch hat er nur in der Jugend, und da auch nur im Dialekte und fehlerhaft gesprochen, später gar nicht mehr; daher ist diese seine Muttersprache am schlechtesten weggekommen. Das giebt ungeheuern Spaß, kann aber unter Umständen, gerade wenn es gilt, kurz und klar zu sprechen, zum Beispiel in der Nähe einer Gefahr, von großem Nachteile sein.«

»Diesen Krüger-Bei oder – hm, wie nanntest du ihn?«

»Herr der Heerscharen. So nennt er sich nämlich auch selbst, arabisch Raijis el Dschijusch. Sobald wir uns an die Behörde zu wenden haben, was höchst wahrscheinlich der Fall sein wird, werde ich mir seine Hilfe erbitten. Ich habe sogar die Absicht, ihn schon vorher aufzusuchen, und bin überzeugt, daß er sich darüber freuen wird.«

»Willst du ihm vielleicht gleich den vermeintlichen Hunter übergeben?«

»Das wird wohl nicht nötig sein.«

»Vielleicht doch. Wenn dieser Mensch unsere Absichten durchschaut, wird er uns zu entkommen trachten. In diesem Falle müssen wir ihn in das Gefängnis stecken lassen, und zwar so lange, bis wir auch seinen Vater haben.«

»Wir dürfen uns eben nicht durchschauen lassen.«

»Nun, mir traut er keine Feindschaft zu; wie aber, wenn er zufällig errät, wer ihr seid? Man weiß ja, welche Rolle die Zufälle spielen.«

»Es wäre ein wirklich unbegreiflicher Zufall, der ihm verriete, daß wir Winnetou und Old Shatterhand sind!«

»So müßt ihr euch andere Namen geben. Es ist besser, wir wissen das schon jetzt. Je eher wir euch damit nennen, desto sicherer sind wir, uns nicht etwa zu versprechen.«

»Das ist richtig. Was mich betrifft, so möchte ich mich nicht für einen Deutschen ausgeben, denn er weiß gewiß, daß Old Shatterhand ein Deutscher ist.«

»Ja. Willst du vielleicht ein Landsmann von mir sein?«

»Ja, wenn du es erlaubst.«

»Gut! So sei ein Verwandter von mir, ein gewisser Mr. Jones, den ich zufälligerweise hier getroffen habe und der in Tunis Geschäfte hat. Und Winnetou? Für wen geben wir ihn aus?«

»Er wird es sich gefallen lassen müssen, einmal ein Afrikaner zu sein. Geben wir ihn für einen mohammedanischen Somali aus, Ben Asra.«

»Schön! Nur fragt es sich, ob er nichts dagegen einzuwenden hat.«

Als der Apatsche diese Worte hörte, sagte er:

»Nennt Winnetou wie ihr wollt; er bleibt doch der Häuptling der Apatschen.«

»Das ist richtig,« antwortete ich; »aber es ist keineswegs gleichgültig, für wen wir dich ausgeben, da du dafür zu sorgen hast, daß man dich auch wirklich für denselben hält. Ich werde dich also unterwegs darüber unterrichten, wer und was ein Somali ist und wie du dich als ein solcher zu benehmen hast. Wir geben an, daß du das Arabische nicht verstehst, was ja auch die Wahrheit ist, aber von Sansibar aus einige Jahre in Indien gewesen bist und dort Englisch gelernt hast. Wann reisen wir von hier ab?«

»Morgen früh,« antwortete Emery. »Dann kommen wir gerade kurz vor der Zeit an, in welcher mein Mr. Hunter ein Schiff nach Tunis erwartet.«

»Was für eins?«

»Einen französischen Handelsdampfer.«

»Also nicht Messagerie? Das fällt mir auf. Er muß also von Tunis aus sehr wahrscheinlich über diesen Dampfer verständigt worden sein.«

»Das denke ich auch. Vielleicht gelingt es uns, etwas darüber zu erfahren.«

»Aber Winnetou und ich werden uns beim Kapitän desselben zu legitimieren haben!«

»Das überlaß nur mir! Ihr seid unterwegs um eure Papiere gekommen, und ich denke, daß es genügen wird, wenn ich meinen Paß vorzeige und für euch gutsage.«

»Sodann bin ich neugierig, wie Hunter sich legitimieren wird. Der wirkliche und berechtigte Träger dieses Namens hat doch, wenn wir uns überhaupt nicht verrechnet haben, seine Legitimationen jedenfalls mit nach Tunis genommen.«

»Werden sehen. Die Hauptsache ist, daß er keinen Verdacht schöpft. Du bist in Indien gewesen und hast dort Winnetou, also den reichen Somali Ben Asra getroffen. Jetzt geht ihr nach London, wo er Geschäftsbeziehungen anknüpfen will, und verweilt unterwegs kurze Zeit in Tunis, wo du irgend etwas zu thun hast. So ist die Sache. Alles weitere aber müssen wir abwarten.«

Man sieht, daß Emery sich unserer Angelegenheit ganz so annahm, als ob es die seinige sei. Wir saßen noch einige Zeit, und dann trennten wir uns, um uns am nächsten Morgen zur Abreise wieder zu vereinigen.

VIERTES KAPITEL

In Tunis

Ueber unsere Fahrt nach Alexandrien ist nichts zu sagen. Wir kehrten dort im Hotel ein, und dann ging Bothwell, um Hunter aufzusuchen. Wir hatten angenommen, daß es ihm gar nicht lieb sein werde, weitere Reisegesellschaft zu bekommen, waren aber mit dieser Voraussetzung irre gegangen, denn er kam bald darauf mit Emery zu uns, um uns zu sagen, daß es ihm angenehm sei, mit uns fahren zu können.

Wenn ich einmal nach reiflicher Ueberlegung eine Meinung gefaßt habe, so pflege ich dieselbe, selbst wenn es scheint, daß ich unrecht habe, wenigstens im stillen so lange festzuhalten, bis ich vollständig vom Gegenteile überzeugt worden bin. Besäße ich einen wankelmütigeren Charakter, so hätte ich beim Anblicke dieses jungen Mannes den Verdacht, den ich gegen denselben hegte, sehr wahrscheinlich fallen lassen. Er machte nämlich einen geradezu vortrefflichen Eindruck, und ich wunderte mich nun gar nicht mehr darüber, daß Emery ihn einen anständigen Mann genannt hatte. Es war weder in seinem Gesichte noch in seiner ganzen Erscheinung oder seinem Benehmen das Geringste zu entdecken, was unsern Verdacht hätte bestätigen können. Er zeigte sich frei, offen und ohne alle Spur irgend einer Unsicherheit oder gar Bangigkeit, wie man sie bei einem Menschen, welcher auf unsicherem Boden steht, zu erwarten pflegt. Wir hatten uns entweder in ihm geirrt, oder er war trotz seiner Jugend schon ein vollständig klargeriebener Gauner.

Der Dampfer, den wir bestiegen, kam von den Palästinahäfen und wollte von Alexandrien aus über Tunis und Algier nach Marseille zurück. Als wir vier Personen an Bord kamen, trat uns der Kapitän sogleich mit der Bemerkung entgegen:

»Das Schiff ist kein Passagierschiff, Messieurs. Sie müssen sich also wieder zurückbemühen.«

Jetzt mußte es sich zeigen, ob der Kapitän benachrichtigt worden war, und es zeigte sich auch, denn Hunter antwortete:

»Nehmen Sie auch keinen Passagier mit, der Hunter heißt?«

»Hunter? Sind Sie dieser Herr?«

»Ja.«

»Dann dürfen Sie allerdings mitfahren, denn ich bin von Kalaf Ben Urik avisiert worden. Aber ich weiß nur von Ihnen, nicht aber auch von andern Passagieren.«

»Diese drei Herren sind Freunde von mir, von denen Kalaf Ben Urik nicht gewußt hat, daß sie sich mir anschließen würden. Wir würden Ihnen dankbar sein, wenn Sie auch für sie noch Plätze ermöglichten.«

»Da muß ich mich selbst und den ersten Offizier einschränken, denn ich bin nur auf Sie vorbereitet. Doch will ich dieses Mal Kalaf Ben Urik zuliebe eine Ausnahme machen und die Herren auch aufnehmen.«

Der französische Kapitän fühlte sich also dem tunesischen Hauptmanne verbunden. Es schien, daß der letztere Verbindungen hegte, welche seinen Militärstand nichts angingen und vielleicht nebenbei allerlei heimliche Geschäfte betrieb, welche die Oeffentlichkeit scheuten. Denn auf welche andere Weise hätte der Führer eines Handelsfahrzeuges dem Offizier anders zur Dankbarkeit verpflichtet sein können? Dieser Umstand bestärkte mich in der vorgefaßten Meinung, welche ich über Kalaf Ben Urik hegte, und die Folge war, daß ich mich durch das scheinbar ehrliche und rechtliche Wesen Hunters nun erst recht nicht irre machen ließ.

Wir vier Personen bekamen zwei kleine Kajüten angewiesen, von denen jede nur Platz für zwei Mann hatte. Da fragte es sich nun, wer Hunter Gesellschaft zu leisten hatte. Einige Worte genügten, uns darüber zu verständigen, daß wir ihm da nicht vorgreifen, sondern ihm die Wahl zwischen uns lassen wollten; seine Entscheidung konnte und sollte uns als Fingerzeig dienen.

Zunächst wurden unsere Habseligkeiten in die eine Kajüte geschafft; dann machten wir, während das Schiff die Anker lichtete, es uns auf dem Decke bequem. Wir saßen da rauchend unter der Sonnenleinwand beisammen und unterhielten uns über allerlei, wobei ich bemerkte, daß Hunter uns heimlich auszuforschen trachtete. Es schien besonders, da er Emery bereits kannte, seine Absicht zu sein, mich auch kennen zu lernen. Ich gab mich so unbefangen wie möglich und war, um ihn zu gewinnen, sehr höflich mit ihm. Es wäre mir lieb gewesen, wenn er mich zu seinem Logisnachbar gewählt hätte, da ich dadurch Gelegenheit finden mußte, ihn genauer zu beobachten.

Meine Bemühungen schienen aber nicht von Erfolg zu sein, denn ich bemerkte einigemal, daß er, wenn ich ihn plötzlich und unerwartet ansah, sein Auge scharf auf mich gerichtet hielt und den Blick dann schnell von mir wendete. Ich hatte, wie ich genau wußte, nichts an mir, was ihm verdächtig vorkommen konnte; das Mißtrauen, welches er zu empfinden schien, konnte also nur eine Folge seines bösen Gewissens sein.

Später, als Alexandrien längst hinter uns lag und wir uns auf offener See befanden, trat er zu mir, als ich allein an der Brüstung stand und das Heben und Sinken der Wellen betrachtete. Vorhin hatten wir nur über Allgemeines gesprochen; Persönliches war nicht berührt worden. Jetzt aber war es wohl seine Absicht, sich über mich klar zu machen. Nach einigen einleitenden Fragen und Antworten über gleichgültige Dinge erkundigte er sich:

»Ich höre, daß Sie aus Indien kommen, Mr. Jones. Waren Sie lange dort?«

»Nur vier Monate. Geschäfte riefen mich hin.«

»Sind also wohl nicht engagiert, sondern selbst Besitzer eines Geschäftes?«

»Ja.«

»Würden Sie es für unbescheiden halten, wenn ich mich dafür interessiere, welcher Art dieses Geschäft ist?«

»Ich befasse mich nur mit zwei und zwar sehr profanen

Gegenständen: Pelz und Leder,« antwortete ich absichtlich, weil der alte Hunter früher in Leder gearbeitet und gehandelt hatte.

»Das ist ein allerdings sehr einträglicher Geschäftszweig. Aber ich habe noch nie gehört, daß der Pelz- und Lederhandel auch Indien berührt!«

Da griff er mich allerdings an der schwachen Seite an; da ich aber einmal in Indien gewesen sein wollte, mußte ich mich herauszubeißen suchen.

»Sie denken da wohl nicht an den ungeheuern Pelzertrag Sibiriens.«

»Gehen die Pelze von dort nicht nach Rußland?«

»Nach Rußland und China; aber ich bin ja Engländer; China liegt mir zu weit und zieht zu hohe Prozente von seinem Zwischenhandel; Rußland aber ist neidisch auf England und verhält sich beinahe ablehnend zu unsern Anfragen. Da haben wir uns denn des Umstandes erinnert, daß unsere indischen Besitzungen weit nach Hochasien aufsteigen; eine Handelsstraße von dort aus nach dem Baikalsee war leicht zu schaffen, und nun holen wir uns unsern Bedarf an sibirischem Pelzwerke über Indien, ohne dem Zaren oder dem chinesischen Kaiser gute Worte zu geben.«

»Ah, so! Ihre Hauptbezugsquelle ist aber wohl Nordamerika?«

»Für Häute die La Platastaaten und für Pelzwerk Nordamerika. Ich habe manche Sendung von New Orleans selbst herübergeholt.«

»New Orleans? Natürlich haben Sie dort auch Bekanntschaften gemacht?«

»Nur geschäftliche.«

»Sollten Sie trotzdem nicht auch auf meinen Namen gekommen sein? Mein Vater hat sich zwar längst zur Ruhe gesetzt, ist aber mit seinen dortigen Geschäftsfreunden in ununterbrochenem persönlichem Verkehr geblieben.«

Jetzt hatte er mich da, wo er mich haben wollte, ich ihn aber auch! Ich gab mir den Anschein, nachzusinnen, und antwortete dann:

»Ihr Name? Hunter? Hm! Hunter - Hunter - - kann mich auf keine Firma dieses Namens besinnen. Hunter - -«

»Nicht Firma, sondern Armeelieferant. Er hat viel, sehr viel in Leder gemacht.«

»Armeelieferant? Ah, das ist etwas anderes! Hunter, heißt das nicht auf deutsch Jäger?«

»Ja.«

»Ich habe einen steinreichen Herrn gesehen, welcher deutscher Abstammung war und Jäger geheißen hatte. Er war allerdings Armeelieferant gewesen und hatte den Namen Jäger in Hunter verwandelt.«

»Das war mein Vater! Sie haben ihn also gekannt?«

»Gekannt eigentlich nicht. Ich bin ihm einmal vorgestellt worden. Das ist alles.«

»Wo? Wann?«

»Das ist mir leider nicht mehr erinnerlich. Bei einem so vielbewegten Leben, wie das meinige ist, wird einzelnes leicht vergessen. Es wird aber jedenfalls bei einem Geschäftsfreunde gewesen sein.«

»Natürlich! Und da Sie ihn nicht näher gekannt haben oder kennen, so wissen Sie wohl auch nicht, daß er gestorben ist?«

Mit dieser Frage schoß er einen Bock, der gar nicht größer sein konnte. Ich setzte ihm auch schnell den Fuß zwischen die Thüre, indem ich fragte:

»Gestorben? Er ist tot? Seit wann denn, Mr. Hunter?«

»Etwas über ein Vierteljahr.«

»Sie befanden sich also zur Zeit seines Todes im Oriente?«

»Ja.«

»Haben Sie Geschwister?«

»Nein.«

»So mußten Sie eigentlich sofort heimkehren. Ein solches Erbe läßt man nicht so lange auf sich warten!«

Er errötete und zog die Augenlider zusammen; er sah jetzt ein, welchen Fehler er begangen hatte. Um denselben wieder gut zu machen, erklärte er:

»Sie wissen nicht, daß ich die Nachricht von dem Todesfalle erst vor einigen Tagen erhalten habe.«

»So! Das ist freilich etwas anderes. Sie gehen jedoch nicht direkt nach Hause?«

Diese Frage brachte ihn abermals in Verlegenheit.

»Nicht gerade direkt,« antwortete er, »aber doch so schnell wie möglich. So sehr ich mich auch beeilen möchte und beeilen muß, ich bin doch gezwungen, Tunis zu berühren.«

Mit dieser Bemerkung gab er sich eine noch viel größere Blöße als vorher. Der Zwang also, der Zwang führte ihn nach Tunis! Um ihn ja nicht zur Ueberlegung, zum Erkennen seines Fehlers kommen zu lassen, fuhr ich schnell fort:

»Gezwungen? Wohl durch Ihre Verbindung mit Kalaf Ben Urik?«

»Wie kommen Sie darauf?« fragte er erstaunt, indem er mir einen schnellen, mißtrauischen Blick zuwarf.

»Auf die einfachste Weise von der Welt. Der Kapitän sprach ja von diesem Manne, den er zu kennen schien. Kalaf Ben Urik hat, wie ich hörte, ihm Auftrag gegeben, Sie von Alexandrien abzuholen. Daraus ist doch zu schließen, daß Sie mit dem Kalaf in enger Beziehung stehen?«

Er war gefangen, wenigstens halb. Seine Stirn legte sich in Falten. Er blickte einige Augenblicke vor sich nieder und sprach dann:

»Da Sie einmal gehört haben, was der Kapitän sagte, so bin ich zu entschuldigen, wenn ich gegen Kalaf eine Indiskretion begehe, indem ich Ihnen eine Bemerkung über denselben mache. Sie werden ihn in Tunis sehen und -- reisen Sie von Tunis aus direkt nach Hause?«

»Wahrscheinlich.«

»Und ich gehe über England. Es ist also sehr wahrscheinlich, daß wir dasselbe Schiff benützen, und da Kalaf vermutlich auch mitfährt, so würden Sie später doch erfahren, was ich Ihnen jetzt unnützerweise vorenthalten könnte. Kalaf ist nämlich Kolarasi.«

»Was ist das?« fragte ich, mich unwissend stellend.

»Offizier im Kapitänsrang. Er stammt aus den Vereinigten Staaten.«

»Wie? Was?« rief ich verwundert aus. »Ein Amerikaner? So ist er also Christ? Wie kann er da tunesischer Offizier sein?«

»Er ist zum Islam übergetreten.«

»O weh! Ein Abtrünniger!«

»Verurteilen Sie ihn nicht! Er hat mir über sein Vorleben nichts mitgeteilt; aber er ist ein Ehrenmann und kann nur durch schwere Schicksalsschläge zu dem Schritte, der Ihnen vielleicht unmöglich erscheint, gezwungen worden sein.«

»Nichts, gar nichts auf der Welt, kein Leiden, keine Marter, keine Drohung könnte mich bewegen, meinen Glauben abzuschwören!«

»Nicht jeder denkt so wie Sie. Ich verteidige Kalaf nicht, ich verurteile ihn aber noch viel weniger. Ich weiß nur, daß er sich fort sehnt und nicht fort kann. Ich will ihm dazu behilflich sein; ich will ihn befreien!«

»Befreien? Er braucht ja nur um seinen Abschied zu bitten!«

»Den bekommt er nicht, weil man ahnt, daß er dann wieder zum Christentume übertreten werde.«

»So nimmt er einen Urlaub und geht über die Grenze!«

»Das ist leicht gesagt. Gesetzt, er bekäme den Urlaub und desertierte, was dann? Er ist arm. Wovon sollte er leben? Er braucht dann einen wohlhabenden Beschützer, welcher sich seiner annimmt.«

»Der werden Sie sein!«

»Ja. Ich nehme ihn mit nach Amerika, wo sich bei mir wohl ein Platz für ihn finden wird. Mit dem ersten Schiffe, welches den Hafen von Goletta verläßt, dampfe ich mit ihm ab, und da Sie dasselbe auch benutzen und ihn also sehen werden, habe ich Ihnen die Verhältnisse aufrichtig mitgeteilt. Vielleicht haben Sie, wenn ich eines Helfers bedarf, die Güte, mich zu unterstützen?«

»Mit größtem Vergnügen, Mr. Hunter,« antwortete ich, herzlich erfreut darüber, daß er gerade mich, seinen heimlichen Gegner, als Verbündeten engagierte. »In welcher Weise meinen Sie wohl, daß ich Ihnen behilflich sein könnte?«

»Das weiß ich jetzt noch nicht. Zunächst möchte ich Sie bitten, den Boten zwischen ihm und mir zu machen.«

»Den Boten? Wollen Sie denn nicht direkt mit ihm verkehren?«

»Nein, wenigstens nicht zunächst und nicht öffentlich. Sie geben wohl zu, daß ich, da ich einen Offizier heimlich entführen will, Ursache habe, im Verborgenen zu bleiben. Erführe man, daß ich seine Desertion unterstützt habe, so könnte ich später unangenehme Weiterungen davon haben. Ich habe erfahren, daß er von Tunis abwesend war, und weiß nicht, ob er jetzt schon wieder zurück ist. Das muß ich erfahren, ohne selbst Erkundigungen darnach einziehen zu brauchen. Würden Sie die Güte haben, das an meiner Stelle zu thun?«

»Mit großem Vergnügen natürlich.«

»So will ich Ihnen sagen, daß ich nicht in Goletta, dem Vorhafen von Tunis aussteigen werde. Der Kapitän hat vielmehr die Weisung, mich schon bei Ras Chamart ans Land zu setzen. Von da aus begebe ich mich heimlich nach dem südlich von Tunis gelegenen Dorfe Zaghuan zu einem Freunde des Kolarasi; er ist Pferdehändler und heißt Bu Marama. Bei ihm bleibe ich verborgen, bis ich mit dem Deserteur zu Schiffe gehe, denn niemand soll erfahren, daß ich dagewesen bin und die Hand im Spiele habe. Sic aber fahren bis in den Hafen, erkundigen sich, ob Kalaf Ben Urik zurück ist, und kommen dann nach Zaghuan zu Bu Marama, um mir zu sagen, was Sie erfahren haben. Oder ist das zuviel von Ihnen verlangt?«

»Nein, gar nicht. Ich bin zwar Geschäftsmann und handle mit Leder und Pelzwerk, bin dabei aber noch ein wenig romantisch angelegt, sodaß ich mich Ihnen mit größtem Vergnügen zur Verfügung stelle. Es soll mich freuen, wenn es mir erlaubt ist, einen kleinen Beitrag zur Befreiung des Hauptmanns zu liefern.«

»So sind wir also einig; Sie unterstützen mich. Sie sind Freund mit Emery Bothwell?«

»Ja.«

»So will ich Sie nicht von ihm trennen. Wohnen Sie also mit ihm zusammen, während Ihr Somali meine Kajüte mit mir teilen mag. Ist Ihnen das recht?«

Ich gab meine Zustimmung, da ich befürchtete, sein Mißtrauen zu erregen, falls ich mich ihm als Genossen anbieten würde. Uebrigens hielt ich es jetzt nicht mehr so wie vorhin für notwendig, ihn zu beobachten, weil ich ihm bei der Befreiung des Kolarasi helfen sollte und dabei jedenfalls viel besser erfahren konnte, was ich wissen wollte.

Jetzt war ich mehr als vorher überzeugt, mit wem ich es zu thun hatte. Der junge Mann war Jonathan Melton, und der tunesische Hauptmann war sein Vater Thomas Melton, der damals auf Nimmerwiedersehen verschwunden war. Hätte dieser Jonathan gewußt, daß ich den Brief bei mir in der Tasche trug, den er seinem Oheim Harry Melton, dem Satan, geschrieben hatte!

Er wollte in Tunis verborgen bleiben, angeblich um späteren Mißhelligkeiten infolge der Desertion des Hauptmanns auszuweichen; ich aber kannte den eigentlichen Grund, welchen er mir natürlich nicht mitteilte. Der eigentliche Small Hunter war auf irgend eine Weise nach Tunis zu dem Hauptmanne gelockt worden, um von diesem auf die Seite gebracht zu werden; ehe er verschwunden war, durfte natürlich sein Nachfolger, der sich für ihn ausgeben wollte, nicht erscheinen. Die Abwesenheit des Hauptmanns stand mit der Ermordung Hunters in engster Beziehung. Solange sie währte, war Hunter vielleicht noch zu retten; befand sich aber der Hauptmann jetzt wieder in Tunis, so war Hunter tot. Jetzt brannte mir das Deck des Schiffes unter den Füßen; ich hätte am liebsten den Hafen von Goletta vor mir sehen und über Bord springen mögen, um keinen Augenblick zur Rettung des Bedrohten zu verlieren.

Ebenso erging es Emery, als er von mir hörte, was ich von dem falschen Hunter erfahren hatte. Winnetou war infolge seines kühleren Naturelles bedeutend ruhiger und ging, als es Abend geworden war, mit dem gefährlichen Menschen so ruhig und unbedenklich schlafen, als ob dieser der größte Ehrenmann sei.

Die beiden Kajüten, welche uns angewiesen worden waren, lagen nicht nebeneinander; sie waren vielmehr durch zwei kleine Räume, deren Zweck ich nicht kannte, voneinander getrennt; also konnten diejenigen, welche sich in der einen befanden, nicht beobachten, was in der andern vorging. Dennoch sprachen wir, als ich mich mit Emery über unsere gegenwärtige Aufgabe unterhielt, nur leise miteinander; es geschah dies aus einer Vorsicht, welche wir aus Gewohnheit übten, obgleich sie höchst wahrscheinlich nicht notwendig war. Trotz allem, was ich von Hunter, den ich noch immer so nennen will, obgleich er nicht Hunter, sondern Jonathan Melton war, erfahren hatte, bedauerte Emery es lebhaft, daß dieser mich nicht zu sich einquartiert hatte; er meinte, ich hätte ihn, falls ich mit ihm dieselbe Kajüte bewohnt hätte, noch weit mehr ausfragen können, als es mir bis jetzt möglich gewesen war. Er behauptete, Winnetou könne uns als Schlafgefährte Hunters gar nichts nützen. Auch ich war dieser Ansicht; aber wir sollten sehr bald erfahren, daß wir uns geirrt hatten. Wir schliefen nämlich schon längst, als ich - es mochte zwei Stunden nach Mitternacht sein - durch ein leises Klopfen an unserer Thür aufgeweckt wurde. Dasselbe war so leise, daß Emery ruhig weiterschlief; meine Ohren waren geübter als die seinigen.

Ich lauschte. Das Klopfen wiederholte sich; ich stand auf, ging zur Thür und fragte, ohne dieselbe zu öffnen:

»Wer ist draußen?«

»Winnetou,« wurde leise geantwortet.

Jetzt öffnete ich. Der Apatsche trat ein. Er mußte uns etwas Wichtiges mitzuteilen haben.

»Es ist dunkel hier,« sagte er. »Können meine Brüder kein Licht anbrennen?«

»So willst du uns nicht nur etwas sagen, sondern auch etwas zeigen?« fragte ich.

»Ja.«

»Ist es von Wichtigkeit?«

»Vielleicht. Ich weiß es nicht. Hunter ging so heimlich und sorgfältig damit um. Es ist ein ledernes Ding, welches die Bleichgesichter eine Brieftasche nennen.«

»Du hast sie ihm heimlich abgenommen?«

»Ich habe sie ihm gestohlen, um sie so bald wie möglich wieder an die Stelle zu legen, von welcher ich sie genommen habe.«

»Hatte er sie in der Tasche?«

»Nein. Meine Brüder haben den kleinen Koffer gesehen, den er bei sich hat. Als ich mich gelegt hatte, stellte ich mich schlafend. Da öffnete er den Koffer, um die Gegenstände, welche sich darin befanden, zu ordnen. Es gab da auch eine Brieftasche, welche er aufschlug. Er nahm mehrere Papiere heraus, welche er las und dann wieder hineinlegte. Dabei betrachtete er mich so aufmerksam und mißtrauisch, daß ich annehmen mußte, die Brieftasche enthalte Heimlichkeiten, die niemand wissen dürfe. Ich nahm mir sogleich vor, sie ihm zu stehlen. Er legte die Tasche in den Koffer zurück, verschloß ihn und steckte den Schiüssel ein. Diesen also mußte ich haben. Als er dann eingeschlafen war, hat es lange, sehr lange gedauert, ehe ich ihm denselben aus der Hose ziehen konnte.«

»Alle Wetter! Du scheinst ganz bedeutende Anlagen zum Taschendiebe zu haben!«

»Ein Mann muß alles können, was er will; er darf es aber nur dann thun, wenn es gut und nützlich ist. Ich habe dann, während er weiterschlief, den Koffer geöffnet und die Brieftasche herausgenommen. Hier ist sie. Meine Brüder mögen sehen, ob sie etwas enthält, was sie brauchen können.«

Wir hatten an der Kajütendecke ein kleines Lämpchen hängen, welches vorhin, als wir uns schlafen legten, ausgelöscht worden war; dieses brannten wir jetzt wieder an. Es braucht wohl nicht gesagt zu werden, daß Emery jetzt auch munter geworden war. Ich hatte natürlich die Thür wieder zugemacht und sie von innen verriegelt. Nun machten wir uns an die Durchsicht der Brieftasche.

Sie enthielt neben Wert- und anderen Papieren, welche

uns nicht interessieren konnten, einige sorgfältig eingeschlagene Briefe, welche ich öffnete. Gleich der erste war geeignet, unsere ganze Aufmerksamkeit in Anspruch zu nehmen. Er war in englischer Sprache geschrieben und lautete in deutscher Uebersetzung ungefähr:

»Lieber Jonathan!

Welch ein Glück, daß du hinter Hunters Rücken seine Postsachen vom Konsulate in Kairo holtest! Welch eine Nachricht! Sein Vater ist tot, und er soll nach Hause kommen! Daß es in Wirklichkeit so ist, wird dadurch bewiesen, daß sowohl die Behörde, als auch der junge Advokat, sein Freund, geschrieben haben. Natürlich wirst du dich in den Besitz des Erbes setzen; es wird das sehr leicht gelingen, und dann giebt es für mich die Mittel, mein trauriges Exil zu verlassen und anderswo ein besseres Dasein zu führen.

Ob ich mit deinem Plane einverstanden bin? Ich sage dir, er könnte gar nicht besser sein! Wir locken Hunter durch den Brief, den du im Namen des Advokaten geschrieben hast, nach Tunis. Du bist ein Tausendkünstler. Die Handschrift des Advokaten ist so täuschend nachgeahmt, daß es Hunter gar nicht einfallen kann, daran zu zweifeln, daß sein rechtsgelehrter Freund sich jetzt in Tunis befindet und in sehr wichtigen Angelegenheiten mit ihm sprechen will. Er wird sofort aufbrechen und die nächste Gelegenheit nach Tunis benützen.

Aber natürlich darfst du nicht mit ihm hierher kommen, denn da würde eure ungeheure Aehnlichkeit so auffallen, daß dieser Umstand später zur Entdeckung führen könnte. Du mußt einstweilen in Aegypten zurückbleiben. Um einen Grund dazu wirst du nicht verlegen sein; du kannst ja plötzlich krank werden. Wenn du dich dann in Alexandrien bei dem Griechen Michalis einlogierst, wird mein nächster Brief dich dort treffen. In demselben sage ich dir, was du weiter zu thun hast.

Höchst schlau ist es von dir, daß du in dem gefälschten Briefe Small Hunter an mich adressierst, indem du schreibst, daß der Advokat Fred Murphy bei mir wohne. Da kommt Hunter natürlich direkt zu mir, und ich werde dann Gelegenheit finden, ihn schnell und heimlich verschwinden zu lassen. Dann rufe ich dich, und du trittst an seine Stelle. Da du alle seine Verhältnisse so sehr genau und eingehend studiert hast, wird es dir nicht schwer werden, drüben in den Vereinigten Staaten als Small Hunter aufzutreten, wenigstens so lange, bis das Erbe ausgezahlt worden ist.«

Dies war der größere Teil des Briefes, und dieser bezog sich, wie man sieht, auf unser Unternehmen. Es folgten nun noch verschiedene anderweitige Bemerkungen, welche uns gleichgültig sein konnten, für den Adressaten aber wohl solchen Wert gehabt hatten, daß er ihretwegen das Schreiben aufbewahrt hatte. Sonst wäre es nicht nur unverständlich, sondern geradezu unbegreiflich gewesen, daß diese für ihn so gefährlichen Blätter nicht vernichtet worden waren. Sie enthielten den verbrecherischen Plan mit solcher Deutlichkeit verzeichnet, daß jeder Leser, dem sie durch einen Zufall, eine Unvorsichtigkeit in die Hände gerieten, sofort sehen mußte, um was es sich handelte, und dann förmlich gezwungen war, Anzeige zu erstatten.

Ganz ebenso verhielt es sich mit dem zweiten Briefe, welcher noch jüngeren Datums war und ungefähr folgendermaßen begann:

»Lieber Sohn!

Du hast deine Sache sehr gut gemacht. Es klappt alles vortrefflich. Small Hunter ist hier angekommen, hat mich aufgesucht und wohnt bei mir. Nur das eine paßt mir nicht recht, daß er in Kairo die Weisung hinterlassen hat, ihm etwaige Post- und andre Sachen an Musah Babuam hier nachzusenden. Er hat mir von dir erzählt und bedauert es lebhaft, daß er gezwungen gewesen ist, dich krank zurückzulassen. Natürlich hat er keine Ahnung davon, daß sein Vater gestorben ist.

Ganz selbstverständlich hat er mich sofort nach dem Advokaten Fred Murphy, seinem Freunde, gefragt. Ich war darauf vorbereitet und hatte mir eine glaubhafte Antwort ausgesonnen. Ich brauchte dieselbe aber nicht, denn der Zufall kam mir zu Hilfe.

Es haben sich nämlich die Uled Ayar gegen den Bei von Tunis empört, weil ihnen die Kopfsteuer, welche er erhebt, zu hoch ist, und ich habe den Befehl erhalten, mit meiner Atly bälüjü[1] sofort gegen sie aufzubrechen, um sie zu züchtigen und zur Strafe die doppelte Steuer zu erheben. Da nehme ich Small Hunter mit. Ich machte ihm das dadurch plausibel, daß ich ihm sagte, der Advokat habe ihn nicht so schnell erwartet und einen Ausflug in diese Gegend gemacht. Er ist so dumm gewesen, dies zu glauben, trotzdem die Uled Ayar wenigstens hundertfünfzig Kilometer südlich von Tunis wohnen. Morgen geht es fort; es wird Kämpfe geben, und ich finde dabei die trefflichste Gelegenheit, dafür zu sorgen, daß er nicht zurückkehrt.

Nach meiner Berechnung wird die Expedition vier bis fünf Wochen dauern; dann kehre ich nach Tunis zurück. Du magst dich so einrichten, daß du um diese Zeit dort eintriffst. Mein Freund, der französische Kapitän Villefort, dampft von hier nach Alexandrien und wird dich dort aufnehmen. Er hat mir versprochen, dich nicht im Hafen, sondern schon vorher am Kap Chamart ans Land zu setzen, denn du darfst dich natürlich nicht eher öffentlich sehen lassen, als bis ich mit dir gesprochen habe. Erkundige dich, ehe du zu mir kommst, ob ich schon wieder zurück bin. Ist dies nicht der Fall, so mußt du im Verborgenen auf mich warten. Zu diesem Zwecke habe ich mit Bu Marama, dem Pferdehändler, gesprochen. Er wohnt im Dorfe Zaghuan, südlich von Tunis und ist mir sehr zu Dank verpflichtet. Er wird dich gern bei sich aufnehmen und dich so heimlich halten, daß kein Mensch von deiner Anwesenheit erfährt. Den Grund kennt er natürlich nicht.

Es versteht sich ganz von selbst, daß ich Small Hunter

[1] Schwadron.

alles abnehme, was er bei sich trägt, und es dir mitbringe, damit du dich legitimieren kannst. Dann fällt es mir gar nicht ein, um Urlaub oder gar um meinen Abschied einzukommen, sondern ich desertiere einfach. Wir gehen mit dem nächsten Schiffe über England nach den Vereinigten Staaten. In England möchten wir eine kurze Zeit lang bleiben; ich habe Gründe dazu. Wir müssen nämlich unterwegs einige gute Bekanntschaften zu machen suchen, wo möglich vornehme Personen, welche dich als Small Hunter kennen lernen und nötigenfalls dann für deine Echtheit eintreten können.«

Nach diesen Zeilen folgten noch einige Seiten, welche Verhältnisse und Umstände behandelten, die uns nichts angingen; sie waren wohl der Grund, daß auch dieser Brief nicht vernichtet worden war.

Die übrigen Schreibereien enthielten nichts, was uns interessieren konnte. Wir hatten übrigens vollständig genug an diesen beiden Briefen. Sie waren so ausführlich, so klar, daß es gar nichts nachzudenken gab. Wir sahen den schändlichen Plan so offen vor uns liegen, als ob der Kolarasi ihn uns mündlich mitgeteilt hätte.

»Also nun wissen wir genau, warum er schon am Kap aussteigen will,« meinte Emery.

»Und warum er deine Bekanntschaft gesucht hat,« fügte ich hinzu.

»*Yes.* Ich habe ihn als Small Hunter kennen gelernt und soll, falls es notwendig sein sollte, für die Echtheit dieses Namens eintreten. Der Halunke soll von mir sehr deutlich hören, was an ihm echt oder unecht ist! Natürlich behalten wir diese beiden Briefe!«

»O nein! Wenn er sie vermißt, so schöpft er Argwohn und spielt uns irgend einen unangenehmen Streich!«

»Meinst du, daß du sie später wiederbekommst?«

»Ja.«

»Und wenn er sie aber inzwischen vernichtet?«

»Ich denke, hat er sie bisher so sorgfältig aufbewahrt, so werden die Gründe, infolge deren er dies gethan hat, wohl auch noch einige Zeit fortwirken. Wir lassen ihn ja nicht aus den Augen; er ist uns sicher, und wir werden zu jeder Zeit wieder zu den Briefen kommen können.«

»Hast recht! Es gilt zunächst, ihn nicht mißtrauisch zu machen. Winnetou mag die Brieftasche wieder in den Koffer thun und diesen verschließen.«

Das war freilich keine leichte Aufgabe; aber hatte der Apatsche eine so große Geschicklichkeit bei der Entwendung des Schlüssels entwickelt, so stand zu erwarten, daß er beim Zurückgeben desselben sich auch nicht ertappen lassen werde. Er nahm also die Brieftasche wieder zu sich und schlich fort. Am andern Morgen berichtete er uns, daß der falsche Hunter geschlafen und also nichts davon gemerkt habe, daß der ebenso falsche Somali Ben Asra während der Nacht an seinem Koffer gewesen sei.

Auch den ganzen Tag über war Hunter ganz unbefangen gegen uns, doch wartete ich vergeblich, daß er die Rede wieder auf unsere Abmachung bringen möge; er that dies nicht. Jedenfalls fürchtete er meine Wißbegierde; er wollte nicht durch Fragen in Verlegenheit gebracht werden. Die folgende Nacht verging, und als der nächste Morgen anbrach, näherten wir uns dem Ziele. Jetzt kam er doch endlich zu mir und fragte:

»Sind Sie noch willens, mir den Gefallen zu thun, von welchem wir gesprochen haben?«

»Natürlich!« antwortete ich. »Was ich einmal verspreche, das pflege ich auch zu halten.«

»Sie wollen sich erkundigen, ob der Kolarasi in Tunis anwesend ist, und dann nach Zaghuan kommen, um es mir zu sagen?«

»Ja.«

»Sie können es am besten erfahren in den Kasernen nördlich von der Stadt. Wann darf ich Sie da wohl draußen in Zaghuan erwarten?«

»Wahrscheinlich schon am frühen Nachmittag.«

»Schön! Dann habe ich nur noch eine Bitte. Da ich den weiten Weg von Kap Chamart bis nach Zaghuan zurücklegen muß und dabei so wenig wie möglich auffallen darf, ist es für mich nicht geraten, meinen Koffer mit ans Land zu nehmen. Würden Sie die Güte haben, denselben bis in den Hafen in Ihre Obhut zu nehmen und dann durch einen Kofferträger zum Pferdehändler nach Zaghuan zu senden?«

»Recht gern.«

»So will ich mich jetzt von Ihnen verabschieden. Also bis auf Wiedersehen am Nachmittage!«

Er gab mir die Hand und ging nach seiner Kajüte. Auf einen Wink von mir folgte ihm Winnetou dorthin, was gar nicht auffallen konnte. Der Apatsche meldete mir sodann, daß Hunter die Brieftasche aus dem Koffer genommen und zu sich gesteckt habe. Das war's, was ich wissen wollte.

Am Kap ließ der Kapitän beidrehen, um ihn in einem Boote ans Land bringen zu lassen; dann dampften wir weiter nach dem Hafen, wo ich nicht verfehlte, den Koffer einem Hammal[1] zu übergeben.

Es fiel mir gar nicht ein, die versprochene Erkundigung in einer Kaserne einzuholen, sondern ich wollte gleich an die richtige Schmiede gehen, nämlich zu meinem Freunde Krüger-Bei. Wo dieser zu finden war, wußte ich genau. Er hatte zwei Dienstwohnungen, eine in der Kasbah, dem Palaste des Herrschers in der Stadt, und eine in Bardo, einer vier Kilometer von der Stadt gelegenen starken Burg, welche der Sitz der Regierung ist. Meine Gefährten in einem Hotel der untern Stadt lassend, ging ich zunächst nach der Kasbah, wo er nicht war; darum spazierte ich dann hinaus nach dem Bardo. Jeder Schritt war mir bekannt, denn ich hatte während meiner beiden frühern Aufenthalte diesen Weg sehr oft hinaus zu meinem ebenso lieben wie originellen »Herrn der Heerscharen« gemacht.

Im Bardo angekommen, sah ich, daß in Beziehung auf die Lokalitäten, nach denen ich wollte, nichts verändert worden war. Im Vorzimmer saß ein alter Unteroffizier, welcher, wie ich wußte, die Kommenden anzumelden hatte. Er rauchte

[1] Lastträger.

seinen Tschibuk und hatte den Säbel gemütlich abgeschnallt und neben sich liegen.

»Was willst du?« fragte er mechanisch, ohne mich anzusehen.

Ich kannte ihn sehr gut, dieses alte Inventarstück des »Herrn der Heerscharen«. Er war mein Liebling gewesen, damals noch Onbaschy,[1] jetzt aber, wie ich sah, zum Tschausch[2] aufgerückt. Der biedere, graubärtige Moslem mußte jetzt weit über sechzig Jahre zählen, sah aber noch so rüstig aus wie damals, als er meinen Führer zu den Uled Saïd gemacht hatte. Er hieß eigentlich Selim, wurde aber stets nur der alte »Sallam« genannt, weil er dieses Wort stets im Munde führte und ihm, wie man bald sehen wird, alle möglichen und unmöglichen Bedeutungen unterlegte. Wenn er »o Sallam!« ausrief, so konnte dies ebensowohl o Wonne, wie o Schande, o Freude, o Unglück, welche Schlechtigkeit, wie herrlich, wie entzückend, wie armselig, wie schändlich und hundert anderes bedeuten. Es kam nur darauf an, wie er es aussprach, welche Miene er dabei zeigte und welche Armbewegungen er dabei machte.

»Ist der Herr der Heerscharen daheim?« antwortete ich auf seine Frage.

»Nein.«

Er sah mich noch immer nicht an. Ich kannte das. Er ließ seinen Obersten nie eher daheim sein, als bis er ein Backschisch erhielt.

»Aber ich weiß, daß er da ist!« entgegnete ich. »Nimm diese fünf Piaster, und melde mich an.«

»Gut! Da Allah dir den Verstand so hell erleuchtet, sollst du zu ihm dürfen. Gieb also her und –«

Er stockte. Er hatte, indem er diese Worte sprach, den Blick nun doch zu mir erhoben. Er sah von der Hand, mit welcher ich das Geld ihm entgegenhielt, in mein Gesicht, ließ den angefangenen Satz fallen, sprang empor und rief freudig aus:

[1] Korporal.

[2] Feldwebel.

»O Sallam, Sallam, Sallam, abermals Sallam und dreimal Sallam! Du bist es, o Wonne meiner Augen, o Glanz meiner Seele, o Entzücken meines Angesichtes! Allah führt dich zur rechten Zeit zu uns; wir brauchen dich. Laß dich umarmen, und behalte dein Geld; behalte es! Lieber mag mir die Hand verdorren, als daß ich von dir ein Bakschisch nehme, wenigstens heute; später kannst du es mir doppelt geben.«

Er umarmte und küßte mich und rannte dann ins Nebenzimmer, wo ich ihn laut »o Sallam, Sallam, Sallam!« rufen hörte. Man denke ja nicht, daß ich zornig darüber war, von einem einfachen Unteroffizier umarmt und geküßt zu werden, o nein! Seine Freude war aufrichtig. Zwar hatte er sein Gesicht wohl wochenlang nicht gewaschen; sein grauer Bart hing voller Hammelfett, welches beim Essen auf denselben tropfte und nie entfernt wurde, wenn es nicht von selbst abfiel, und sein Mund roch nach dem Safte der Pfeife, die wohl nie gereinigt worden war; aber ich wischte mir die Lippen erst mit dem rechten Aermel ab, wischte dann mit dem linken tüchtig nach und freute mich herzlich darüber, meinen alten Sallam so wohl und munter wiedergefunden zu haben. Der Mensch darf sich nicht überheben. Vielleicht giebt es Personen, welche, wenn ich sie küßte, sich den Mund ebenso abwischen würden – besonders wenn mir vorher der alte Sallam einen Kuß gegeben hätte!

Nun war ich gespannt auf das Wiedersehen mit Krüger-Bei. Ich durfte überzeugt sein, von ihm sogleich mit einem seiner deutschen Rattenkönigsätze empfangen zu werden. Die Thür wurde aufgerissen. Sallam trat heraus, packte mich beim Arme, schleuderte mich hinein und rief dabei:

»Da ist er, der von Allah Gesandte! O Sallam, Sallam!«

Dann machte er die Thür hinter mir zu. Ich befand mich im Selamlük des Herrn der Heerscharen, welcher vor mir stand, etwas gealtert, etwas gebeugter als früher, aber mit leuchtenden Augen und lachendem Angesichte. Er streckte mir beide Hände entgegen und begrüßte mich mit den schönen deutschen Worten:

»Ihnen hier? Ihnen hier im Tunis? Ich bitte Ihnen, zu wollen nehmen den Empfang auf herzliche Willkommen zu richten die edle Freundschaft desselbiges Gefühle in Ueberraschung den schönen Augenblick auf Ansicht der Gegenwart wegen tausend Grüßen bei hundert Empfindungen zu sein gewesen und wollen zu bleiben Ihnen der Freund und Sie der Bruder wegen Deutschland und trotzdem immer Afrika!«

Wer diese Worte so schnell wie möglich liest, bekommt wenigstens einen ungefähren Begriff von der virtuosen Art und Weise, in welcher der liebe Krüger-Bei seine Muttersprache zu handhaben pflegte. Er umarmte und küßte mich ebenso herzlich oder noch herzlicher als der alte Sallam, zog mich auf seinen Teppich nieder, auf welchem er gesessen hatte, und fuhr eifrig fort; aber ich kann seinen Satzbau meinen Lesern nur etwas korrigiert bieten, sonst verstehen sie keine Zeile davon.

»Setzen Sie Ihnen nieder! Setzen Sie Ihnen, setzen Sie! Mein alter Sallam werden bringen Pfeife und Kaffee mit geschnellter Ungeheurigkeit, um Sie zu beweisen den verzückten Zustand, daß Sie heute so plötzlich hiehergekommen sind. Wann sind Ihnen angekommen?«

»Soeben erst aus Aegypten.«

»Haben Sie Wohnung im Hotel zu nehmen gesonnen sein?«

»Noch nicht fest, wenigstens für mich nicht. Meine Freunde aber haben sehr wahrscheinlich jetzt eingemietet. Ich habe zwei Begleiter mit.«

»Wem?«

»Erinnern Sie sich noch meiner Erlebnisse in der algerischen Wüste?«

»Ja. Die Raubkarawane, die famoser Engländer tot zu schlagen und Gefangener befreit nach Hause geführt.«

»Richtig! Dieser famose Engländer, Emery Bothwell, ist mit hier. Und erinnern Sie sich aus meinen früheren Erzählungen des Apatschenhäuptlings Winnetou?«

»Mit genauer Unvergänglichkeit für das Andenken Ihrer amerikanischer Indianer, bei denen Winnetou Ihr Hauptfreund.«

»Ja. Und dieser Indianerhäuptling ist auch mit da. Ich werde Ihnen erzählen, aus welchem Grunde und zu welchem Zwecke ich mich mit diesen beiden außergewöhnlichen Männern vereinigt habe.«

»Ja, Sie werden mir alles sagen,« begann er und erkundigte sich angelegentlich, ob Winnetou auch seine Silberbüchse und ob ich meinen Löwentöter und meinen Henrystutzen mitgebracht habe. Er bediente sich jetzt der arabischen Sprache, in welcher er keine Fehler machte. Ich bejahte und fragte sodann:

»Aber warum fragen Sie so angelegentlich nach unsern Waffen?«

»Weil wir sie gebrauchen können.«

»Wieso denn?«

»Weil ich morgen aufbrechen werde gegen die Uled Ayars, die sich wegen der Kopfsteuer empört haben.«

»Die Uled Ayars haben sich empört? Davon habe ich freilich schon gehört. Sie wollen die Kopfsteuer nicht zahlen. Aber ich denke, Sie haben schon Streitkräfte gegen sie geschickt?«

»Doch, aber gestern ist ein Bote gekommen, um zu melden, daß meine Reiter nicht nur ihren Zweck nicht erreicht haben, sondern sogar von den Ayars umzingelt worden sind. Der Bote ist der einzige, welcher entkommen ist.«

»Wo sind Ihre Leute umzingelt worden?«

»Bei den Ruinen von Mudher.«

»Ich kenne den Ort nicht, aber es ist jedenfalls eine Gunst des Umstandes, daß sie nicht auf freiem Felde eingeschlossen worden sind. In den Ruinen finden sie Deckung und können sich möglicherweise so lange halten, bis Hilfe kommt. Es ist da überhaupt ein ganz unverzeihlicher Fehler begangen worden. Die Uled Ayars sind ein tapferer Stamm, und nach dem, was ich von ihnen weiß, vermute ich, daß sie gegen tausend Reiter zusammenbringen können. Ist das richtig gerechnet?«

»Vielleicht neunhundert.«

»Hundert mehr oder weniger bleibt sich gleich; eine einzige Schwadron gegen einen solchen Stamm war auf alle Fälle zu wenig. Hat die Schwadron denn tüchtige Offiziere?«

»O ja! Der Kapitän oder Rittmeister ist wegen seiner Klugheit und Tapferkeit mein Liebling geworden. Er heißt Kalaf Ben Urik.«

»Ein Araber, Türke, Maure oder Beduine?«

»Keins von allen vieren. Er ist in England geboren, in Aegypten unters Militär getreten und nach Tunis gekommen, bald Unteroffizier geworden und dann immer schneller avanciert. Er hat sich fortwährend ausgezeichnet und ist endlich Kolarasi geworden und mit der jetzigen Expedition gegen die Uled Ayars betraut.«

»Ein so tüchtiger Mann ist dieser Kalaf Ben Urik? Hm! Wie kommt es da, daß er die Unvorsichtigkeit begangen hat, den gefährlichen Zug mit nur einer einzigen Schwadron zu unternehmen? Wollte der Pascha nur soviel hergeben?«

»Ja.«

»Oder hielt sich Kalaf Ben Urik für so tüchtig, seine Aufgabe mit so wenigen Streitkräften lösen zu können?«

»Auch. Er sagte, daß jeder seiner Leute die Geschicklichkeit und den Mut besitze, um es mit zehn Feinden aufzunehmen.«

»Wo brach er zu dem Zug auf?«

»In Uneka.«

»Also auf der Karawanenstraße nach dem Süden. Ist nicht vielleicht ein Fremder bei ihm gewesen?«

»Ja.«

»Wer war der Mann? Wissen Sie es?«

»Nein.«

»Ich denke doch, daß der Kalaf Ben Urik Sie hat um Erlaubnis fragen müssen, wenn es seine Absicht gewesen ist, einen Fremden, welcher nicht zur Truppe gehört, mitzunehmen?«

»Als oberster Kommandant der Truppe hat er die Erlaubnis, mitnehmen zu dürfen, wen er will.«

»So! Also brauchte er nicht zu fragen. Mit wieviel Leuten wollen Sie denn nun zu seinem Entsatze nachziehen?«

»Mit drei Schwadronen. Morgen nachmittag geht es los.«

»Also wohl zur Zeit des Asr?«[1]

»Ja.«

»Leider glauben die Moslemin, daß jeder Zug mißglückt, welcher nicht zur Zeit des Asr begonnen wird; dadurch aber geht ein ganzer Tagesmarsch verloren. Man sollte bedenken, daß gerade dieser Zeitverlust, so kurz er ist, das Verderben derer, die Sie retten wollen, herbeiführen kann. Ich würde keinen Augenblick zaudern, sondern sofort aufbrechen, und wenn es mitten in der Nacht wäre.«

»Sie haben sehr recht; aber das Asr hat immer das Asr zu bleiben und dem Befehle des Pascha darf kein anderer Wille entgegentreten.«

»Wenn Mohammed es Sadok Pascha es so befohlen hat, dann ist allerdings nichts zu ändern. Sie müssen warten bis morgen nachmittag.«

»Und Sie reiten doch jedenfalls mit uns? Und auch Ihre beiden berühmten Begleiter?«

»Hm! Ich habe nichts dagegen. So ein Kriegszug ist mir eben recht. Und was Winnetou und Emery betrifft, so denke ich, daß sie sich auch mit anschließen werden.«

»Es freut mich ungemein, das zu vernehmen. Die zwei Herren dürfen natürlich nicht im Hotel bleiben, sondern ich lade sie hiemit ganz dringend ein, sich sogleich als meine lieben Gäste zu mir zu begeben.«

»Gut, lassen Sie die beiden Freunde holen. Da sie kein Gepäck bei sich haben, so genügt es, ihnen zwei Pferde zu senden. Ich habe natürlich auch kein Pferd. Wenn wir Sie auf Ihrem Zuge gegen die Uled Ayars begleiten sollen, müssen Sie uns also beritten machen. Dabei brauche ich wohl nicht zu erwähnen, daß Winnetou und Emery Bothwell verwöhnt sind und nicht etwa niedrige Anforderungen an ein gutes Reitpferd stellen.«

[1] Asr = die Zeit des Nachmittaggebetes um 3 Uhr.

»Ganz so wie Sie auch. Aber machen Sie sich keine Angst. Sie kennen mich und haben die Sicherheit, daß Ihnen die allerbesten Pferde zur Verfügung stehen.«

»Das nehmen wir dankbar an. Und da wäre es mir lieb, wenn Sie mir ein Pferd gleich jetzt geben ließen. Ich muß natürlich nach der Stadt zurück und habe auch einen kleinen Ritt nach Zaghuan vor.«

»Zu welchem Zweck?«

»Das werde ich Ihnen später mitteilen, wenn mehr Zeit dazu vorhanden ist. Dann werden Sie auch erfahren, was wir drei Männer eigentlich in Tunis wollen. Jetzt bitte ich Sie um Beantwortung einiger Fragen. Haben Sie Beweise, daß Kalaf Ben Urik Engländer gewesen ist?«

»Nein.«

»Was für ein Unterthan ist er jetzt?«

»Tunesischer.«

»Gesetztenfalls, er verübte ein Verbrechen, so hätte also nicht der Vertreter seines Heimatlandes, sondern der Pascha darüber zu richten?«

»Ja. Aber Kalaf Ben Urik ist der größte Ehrenmann und strengste und gläubigste Moslem; ich schwöre jeden Eid auf ihn und dulde keinen Angriff auf meinen Liebling.«

Er hatte diese Worte in einem so strengen und nachdrücklichen Tone gesprochen, daß ich wohl einsah, wie hoch Kalaf Ben Urik in seinem Ansehen stand. Darum wurde das, was ich mir gleich erst vorgenommen hatte, zum festen Beschlusse: Ich wollte Krüger-Bei jetzt noch nicht mitteilen, was wir gegen seinen »Liebling« vorhatten. Da er in dieser Weise von demselben eingenommen war, so stand zu erwarten, daß der alte Herr der Heerscharen uns einen recht unzeitigen Strich durch die Rechnung machen würde. Ich brach also schnell von diesem Thema ab und lenkte das Gespräch auf andere Dinge. Wir teilten uns unsre Erlebnisse mit, rauchten einen köstlichen Dschebeli und tranken dazu den Kaffee, den der alte Sallam immer wieder erneuerte, und unterhielten uns von allem möglichen, aber nur nicht von dem, was ich auf dem Herzen hatte.

Endlich mußte ich aufbrechen, doch nur, um bald wiederzukommen. Krüger-Bei begleitete mich, was er nur mit hohen Respektspersonen zu thun pflegte, bis hinaus vor die Thür, wo ein herrlicher Fuchshengst stand, den er für mich hatte satteln lassen. Auf diesem ritt ich zunächst ins Hotel, um meinen Gefährten zu melden, daß sie als Krügers Gäste abgeholt werden sollten, und ihnen zu sagen, daß ich in Beziehung auf Kalaf Ben Urik eigentlich einen Mißerfolg zu verzeichnen hatte. Es war nicht anzunehmen gewesen, daß der raffinierte Mensch gerade auf den für uns so hinderlichen Gedanken kommen werde, sich so tief in die Gunst meines alten Herrn der Heerscharen einzufressen. So lieb mich dieser hatte und so große Stücke er auf mich hielt, ich wußte dennoch, daß ich mit einer bloßen Anklage nichts ausrichten, sondern ihm gleich mit den unwiderleglichsten Beweisen ins Haus fallen müsse. Der alte, sonst so liebe und gute, aber überaus hartnäckige Oberst der Leibwache war im stande, sich seines Lieblings auf eine Weise anzunehmen, daß uns dieser vollständig entzogen wurde. Er mußte also überrumpelt werden.

»Aber wie soll das geschehen? Wie sollen wir ihn überrumpeln?« fragte Emery.

»Durch den falschen Hunter,« antwortete ich.

»Wieso?«

»Indem ich jetzt hinaus zu diesem reite und ihn überrede, nicht in Zaghuan auf die Rückkehr seines Vaters zu warten, sondern den Zug gegen die Uled Ayars mitzumachen. Ich bin überzeugt, daß das plötzliche und so ganz unerwartete Wiedersehen seinen Vater Kalaf Ben Urik so außerordentlich überraschen wird, daß er sich ganz gewiß eine Blöße giebt, die uns befähigt, ihn festzunehmen.«

»Kein übler Gedanke! Aber wodurch willst du den Sohn bewegen, mitzugehen?«

»Das überlasse nur mir! Ich werde ihm die Sache so plausibel machen, daß er mir selbst anbietet, mitzureiten. Denk dir den Schrecken des Kolarasi, wenn er ihn sieht, und das Entsetzen, wenn er mich erkennt, Old Shatterhand, der ich von seinem Vorleben ganz genau unterrichtet bin. Es müßte ihm geradezu der Teufel beistehen, wenn er dabei nicht etwas thäte oder wenigstens etwas sagte, was den Herrn der Heerscharen überzeugte, daß er einem Raubtiere in Menschengestalt seine Liebe geschenkt hat. Jetzt reite ich nach Zaghuan; ihr werdet bald abgeholt werden.«

»Warte noch einen Augenblick! Es giebt dabei einen Umstand, an den du nicht zu denken scheinst und der doch von großer Wichtigkeit ist. Krüger-Bei weiß natürlich, daß du ein Deutscher bist und kennt auch deinen wirklichen Namen?«

»Natürlich!«

»Auch hast du ihm gesagt, daß Winnetou, der Apatsche, bei dir ist?«

»Auch das.«

»Und da soll dieser falsche Hunter mit uns reiten? Da wird er ja erfahren, daß du ihn belogen hast!«

»Wieso?«

»Weil wir ihm weisgemacht haben, du seiest ein Engländer Namens Jones, und Winnetou hält er gar für einen Somali, welcher Ben Asra heißt.«

»Was schadet das?«

»Was es schadet? Sonderbare Frage! Bist doch sonst nicht so schwer von Begriffen! Es ist ja unterwegs ganz unausbleiblich, daß er eure richtigen Namen hört. Dann wird und muß er Verdacht schöpfen.«

»Brauchtest du gar nicht zu erwähnen. Ich werde ihn glauben machen, daß wir nicht ihn, sondern den Herrn der Heerscharen täuschen.«

»Hm, mag sein! Aber ob dir das gelingen wird?«

»Ganz gewiß. Ich sage dir, je raffinierter ein Mensch im Bösen ist, desto leichter ist er zu übertölpeln.«

Da wurde an die Thür geklopft, und der alte Sallam trat ein. Er war von seinem Herrn mit zehn Reitern geschickt worden, um Winnetou und Emery abzuholen, eine Ehrenerweisung, welche bewies, wie gern Krüger-Bei uns bei sich sah. Emery bezahlte die kleine Hotelrechnung, und dann setzte sich die Kavalkade nach dem Bardo in Bewegung; ich aber ritt hinaus nach Zaghuan.

Dort angekommen, war es mir gar nicht schwer, die Wohnung Bu Maramas zu erfragen. Zu ihm als Pferdehändler kamen gewiß viele Leute, und so konnte wohl auch meine Person niemandem auffallen. Ich hielt vor einem langen, schmalen, niedrigen, weißgetünchten Hause, welches nur aus dem Erdgeschosse bestand und ein plattes Dach hatte. Marama kam selbst heraus, öffnete das Thor und ließ mich in den Hof reiten, wo in mehreren eingehegten Abteilungen Pferde zum Verkaufe standen. Er betrachtete erst meinen Fuchs und dann mich mit verwundertem Blicke und fragte dann, mich, indem ich abstieg, mit stechendem Blicke betrachtend:

»Kommst du, dieses Pferd zu verkaufen?«

»Nein.«

»Das ist gut, denn dann wärst du ein Pferdedieb. Ich kenne den Fuchs. Er ist ein echter, maurischer Henneschah-Hengst und das Lieblingspferd des Herrn der Leibwache unsers Pascha. Er muß dir ein sehr großes Vertrauen schenken, da er dir dieses kostbare Tier zum Reiten anvertraut.«

»Er ist mein Freund.«

»Dann sage ihm, daß ich sein und auch dein geringster Diener bin! Welchen Wunsch kann ich dir erfüllen?«

»Es ist heut ein Fremdling bei dir angekommen, welcher verborgen bleiben will?«

»Davon weiß ich nichts. Wer hat dir das gesagt?« fragte er, sichtlich betroffen darüber, daß ein Freund Krüger-Beis nach der Person fragte, welche er bei sich versteckt hielt.

»Sage immer die Wahrheit; du darfst mir vertrauen. Ich bin mit dem Fremden zu Schiff gekommen und habe dir durch einen Hammal seinen Koffer geschickt. Sage ihm, daß ich mit ihm sprechen möchte.«

»Er wird dich wohl schwerlich empfangen,« meinte er noch immer mißtrauisch. »Mein Gastfreund will gerade vor dem, dessen Freund du bist, verborgen bleiben. Wie kann er sich da deinen Augen zeigen! Ich werde gleich erfahren, ob du wirklich derjenige bist, den er erwartet. Woher und wann bist du mit dem Schiff gekommen?«

»Von Alexandrien, heute früh.«

»Wo ist der Fremdling, mit dem du reden willst, gelandet?«

»Am Ras Chamart.«

»Aus welchem Lande stammst du?«

»Aus dem Belad el Ingeliza.[1]«

»Und wie ist dein Name?«

»Jones.«

»Deine Antworten stimmen, und ich muß dich also zu ihm führen. Doch sage mir, ob der Oberst der Leibwache weiß, wohin du geritten bist.«

»Er weiß es nicht.«

»Aber du wirst es ihm sagen?«

»Das fällt mir nicht ein. Ich weiß, daß du ein Freund des Kolarasi Kalaf Ben Urik bist und nur diesem zu Gefallen den Fremden bei dir aufgenommen hast. Ich schenke dem Kolarasi eine sehr große und sehr lebhafte Teilnahme; ich kenne seinen Willen, seine Wünsche und Absichten noch viel genauer, als du sie kennst, und so bitte ich dich, dein Mißtrauen fallen zu lassen und mich zu deinem Gaste zu führen. Ich habe ihm sehr wichtige Dinge mitzuteilen, welche keinen Aufschub erleiden dürfen.«

»So komm! Ich werde dich zu ihm führen.«

Es war allerdings kein Wunder, daß der Pferdehändler mir nicht traute. Er war, wenn auch nicht geradezu von Thomas Melton in das Geheimnis gezogen, aber doch jedenfalls von diesem mehr oder weniger unterrichtet worden und wußte also, daß die Obrigkeit von der Anwesenheit seines Gastes nichts wissen sollte. Ich kam nun auf dem Pferde eines Beamten geritten, welcher zu den höchsten Personen der Obrigkeit gehörte, und je wertvoller das Pferd war, in desto größerem Vertrauen mußte ich bei diesem Herrn stehen. Dies war freilich geeignet, ihn zur Vorsicht zu veranlassen.

[1] England.

Ich ließ mein Pferd stehen und folgte ihm. Der scheinbare Zweck meines Besuches war, Jonathan Melton davon zu benachrichtigen, daß der Kolarasi, sein Vater, noch nicht von seinem Zuge zurückgekehrt sei; meine eigentliche Absicht aber bestand darin, ihn zu veranlassen, nicht hier in Zaghuan verborgen stecken zu bleiben, sondern mit uns zu reiten, damit wir ihn sicher hätten und er uns nicht entgehen könne.

Wie aber das anfangen, ohne seinen Verdacht zu erregen? Der wunde Punkt war der, daß er mich für einen Mr. Jones hielt und, wenn er mit uns ging, von Krüger-Bei und anderen unbedingt erfahren mußte, daß ich ein Deutscher war. Ich mußte ihm diesen Widerspruch in einer Weise, welche seinen Verdacht nicht erregte, zu erklären suchen.

Der Pferdehändler führte mich durch einige kleine Räume und ließ mich in einem stehen, um mich anzumelden. Daß er dies selbst jetzt noch für notwendig hielt, war ein Zeichen, daß es mir nicht gelungen war, sein Mißtrauen zu zerstreuen. Es dauerte auch wirklich eine längere Zeit, ehe er wiederkam und mich aufforderte, einzutreten, worauf er sich entfernte.

Der falsche Hunter stand im nächsten Zimmer, mich erwartend. Es war, wie es schien, der am besten ausgestattete Raum des Hauses. Er reichte mir die Hand und sagte:

»Da sind Sie ja! Fast wären Sie nicht zu mir gelassen worden. Nicht?«

Aus seinem Tone und seinem Gesichte schloß ich, daß es dem Pferdehändler nicht gelungen war, ihn gegen mich einzunehmen, und ich antwortete:

»Allerdings. Ihr Wirt schien Mißtrauen gegen mich zu hegen.«

»Das ist wahr. Und wissen Sie vielleicht, warum?«

»Ich hoffe, es von Ihnen zu erfahren.«

»Weil Sie den Fuchshengst des Kommandanten der Leibgarde reiten. Er sagte, Sie müßten ein Vertrauter des Obersten der Heerscharen sein.«

»Ah so! Hm! Da hat er richtig und auch falsch geraten.«

»Wieso?«

»Ein ganz eigentümlicher Umstand! Ich war zunächst ganz erstaunt, dann aber rasch entschlossen, ihn mir zu nutze zu machen. Setzen wir uns! Ich muß es Ihnen erzählen. Es ist eine Art von Abenteuer, und ich halte es für wahrscheinlich, daß noch mehr Abenteuer darauf folgen.«

»Wieso? Ich bin ganz gespannt. Reden Sie!« forderte er mich auf, indem er sich mit mir niedersetzte und mir eine Cigarre nebst Feuer gab.

»Denken Sie!« begann ich. »Ich begab mich Ihrem Auftrage gemäß nach der Kaserne, um mich nach dem Kolarasi zu erkundigen. Mehrere Soldaten saßen plaudernd vor dem Thore, und eben wollte ich meine Fragen an sie richten, als sie aufsprangen und Honneur machten. Ich sah mich um. Es kamen mehrere Reiter, an deren Spitze sich ein hoher Offizier zu befinden schien. Natürlich trat ich schnell zurück. Im Vorüberreiten fiel sein Blick auf mich; er hielt sofort sein Pferd an, stieß einen Ruf der Freude aus und begrüßte mich, indem er mich Kara Ben Nemsi nannte.«

»Ah! Sonderbar! Sie scheinen also demjenigen, welcher so heißt, ähnlich, sogar sehr ähnlich zu sein. Sie sagten ihm doch, daß er sich irre?«

»Das that ich allerdings; aber er lachte dazu und nahm es für Scherz.«

»Dann ist die Aehnlichkeit eine ganz außerordentliche! Wer war der Offizier?«

»Eben Krüger-Bei, der Herr der Heerscharen.«

»Das ist höchst interessant. Erzählen Sie weiter! Was thaten Sie nun? Sie überzeugten ihn doch, daß er sich irre?«

»Das wollte ich; aber er schnitt mir durch ein weiteres lustiges Lachen die Rede ab, nahm mich beim Arme und forderte mich auf, den Scherz doch nicht zu weit zu treiben. Ich mußte ihm in die Kaserne folgen, wo er mich in eine Offiziersstube brachte und mich bat, hier auf ihn zu warten, bis er die dienstliche Angelegenheit, welche ihn hierher geführt hatte, erledigt habe. Damit ich mich indessen nicht langweile, ließ er einen alten Feldwebel bei mir, welcher Sallam hieß.«

»Das klingt freilich ganz wie ein Abenteuer!«

»Es kommt noch besser! Der Feldwebel behauptete nämlich auch, mich genau zu kennen, und nannte mich auch Kara Ben Nemsi.«

»Aber es ist Ihnen gelungen, wenigstens diesen zu überführen?«

»Nein. Fiel mir auch gar nicht ein. Es kam mir nämlich ein Gedanke, welcher zwar kühn war, mir aber außerordentliche Vorteile verschaffen kann. Sie wissen doch, daß ich Pelz- und Lederhändler bin; ebenso werden Sie wissen, daß die tunesischen Beduinen außerordentlich viel Felle erzeugen, und daß dort große Mengen Maroquin und Saffian ausgeführt werden?«

»Das weiß ich freilich.«

»Schön! Wie also, wenn ich als Lederhändler mir meine Aehnlichkeit mit diesem Kara Ben Nemsi zu nutzen machte?«

»In welcher Weise könnte das geschehen?«

»Auf die einfachste Weise der Welt. Es steht doch fest, daß die Freundschaft, die Empfehlung Krüger-Beis einem Großhändler von ungeheurem Nutzen sein kann, denn dieser Mann ist die rechte Hand des Pascha von Tunis und kann einem Freunde zu großen Vorteilen verhelfen. Ich habe mich also entschlossen, Geschäftsbeziehungen mit Tunis anzuknüpfen und bedeutende Einkäufe an Fellen und Leder zu machen. Dabei hoffe ich, daß meine Aehnlichkeit mir schätzenswerte Vergünstigungen bringen wird.«

»Das würde,« meinte er nachdenklich, »ein vortrefflicher Gedanke sein, wenn - wenn nicht -«

»Nun? Wenn nicht - was meinen Sie?«

»Wenn es nicht ein ganz bedeutendes Bedenken dabei gäbe.«

»Welches Bedenken?«

»Ich vermute, Sie wollen Krüger-Bei bei dem Gedanken lassen, daß Sie Kara Ben Nemsi sind?«

»Ja.«

»Und doch soll die beabsichtigte Geschäftsverbindung für

Sie, den Mr. Jones, eingeleitet werden. Wie reimen Sie aber dann beides zusammen? Sie können doch nicht Mr. Jones sein und zu gleicher Zeit als Kara Ben Nemsi auftreten!«

»Das werde ich auch nicht. Der Widerspruch ist außerordentlich leicht zu lösen. Ich bin Kara Ben Nemsi; Mr. Jones ist ein Freund von mir und hat mich beauftragt, seine Interessen hier zu vertreten. Verstehen Sie mich?«

»Ja; in dieser Weise könnte es sich freilich machen; aber ich bezweifle, daß Sie es fertig bringen werden, weil es Ihnen unmöglich sein wird, Ihre Rolle als Kara Ben Nemsi durchzuführen.«

»Was das betrifft, so bin ich andrer Ansicht.«

»Die Ansicht ist jedenfalls eine falsche. Sie begeben sich in eine Gefahr, in welcher Sie leicht umkommen können. Es ist nicht nur leicht möglich, sondern sogar sehr wahrscheinlich, daß Sie entlarvt werden.«

»O, was das betrifft, so ist mir nicht im geringsten bange. Die Aehnlichkeit scheint so groß zu sein, daß ich mich unbedenklich auf sie verlassen kann.«

»Dennoch muß ich Ihnen raten, nicht allzu sicher zu sein. Die Aehnlichkeit genügt nicht allein. Wenn Kara Ben Nemsi ein Freund des Herrn der Heerscharen ist, so kennt letzterer nicht bloß ihn, sondern auch alle seine Verhältnisse genau. Sie haben sich kennen gelernt und mit einander verkehrt; wie das geschehen ist, was dabei vorkam, was gesprochen und gethan wurde, das alles müssen Sie ganz genau wissen, wenn Sie sich nicht verraten wollen. Ein einziges falsches Wort, eine unrichtige Bemerkung, eine kleine Unwissenheit kann Sie zu Falle bringen. Dann kommt die Rache, und Sie wissen ja wohl, daß der Moslem dann ohne Nachsicht und Barmherzigkeit ist.«

»Was Sie da gesagt haben, ist alles gut und wohlgemeint, und dennoch machen Sie mir damit nicht bange. Es ist viel leichter, als Sie denken, die Rolle des Kara Ben Nemsi durchzuführen. Nämlich als ich mich mit dem alten Feldwebel allein in dem Offizierszimmer befand, habe ich mich sehr lebhaft mit ihm unterhalten und ihn dabei, ohne daß er es im geringsten bemerkte oder auch nur ahnte, nach allen Seiten hin ausgefragt. Ich weiß also nun, woran ich bin. Als Krüger-Bei kam und ich mich nun nicht mehr weigerte, Kara Ben Nemsi zu sein, konnte ich das, was ich von dem Feldwebel erfahren hatte, gleich auf das vortrefflichste verwerten und habe nachher im Verlaufe des weiteren soviel erfahren, daß ich getrost die beabsichtigte Rolle zu spielen vermag.«

»Das klingt ganz schön, erfordert aber ungeheure Vorsicht und ebenso großen Scharfsinn. Sie scheinen fest entschlossen zu sein, das beabsichtigte Vorhaben wirklich auszuführen, und ich will also nicht dagegen sprechen, weil dies vergeblich wäre, aber sagen Sie, nicht wahr, Krüger-Bei ist ein Deutscher?«

»Ja.«

»Und dieser Kara Ben Nemsi scheint derselben Nationalität anzugehören, denn Nemsi heißt ja ›ein Deutscher‹?«

»Auch das ist richtig.«

»So nehmen Sie sich ja in acht! Es fällt mir zwar nicht ein, die Deutschen für lauter Pfiffikusse zu halten, aber ein dummes Volk sind sie auch nicht. Krüger-Bei hat es zu einer so hervorragenden Stellung gebracht und kann also unmöglich ein dummer Kerl sein. Die Gefahr, von ihm durchschaut zu werden, ist also ganz bedeutend. Dazu kommt, daß er auf den für Sie höchst gefährlichen Gedanken kommen wird, mit Ihnen deutsch zu reden. Was werden Sie dann thun?«

»Was thun? Mitthun werde ich natürlich.«

»Ah! Sie sprechen deutsch?« fragte er erstaunt.

»Leidlich. Ich bin früher einige Zeit in Deutschland gewesen und habe da von der Sprache dieses Landes soviel gelernt, wie ich hier brauchen werde. Krüger-Bei hat seine Muttersprache fast verlernt, so daß ihm ein Urteil, ob ich dieselbe gut oder schlecht spreche, unmöglich ist. Ich habe mich mit ihm schon deutsch unterhalten und dabei bemerkt, daß ihm meine Aussprache ganz und gar nicht auffällig gewesen ist.«

»Dann haben Sie freilich Glück; aber nehmen Sie sich trotzdem in acht! Wenn Sie entdeckt oder vielmehr entlarvt werden, möchte ich mich nicht an Ihrer Stelle befinden. Ist denn der Nutzen, welchen Sie aus dieser Täuschung ziehen können, so groß, daß Sie das Wagnis nicht zu bedeutend finden?«

»Allerdings. Es lassen sich, wie ich wohl besser als Sie zu beurteilen weiß, Hunderttausende verdienen.«

»So müssen Sie wohl längere Zeit hier bleiben und können nicht, wie es beabsichtigt war, mit mir abreisen?«

»Leider werde ich wohl auf Ihre Gesellschaft verzichten müssen, denn ich begebe mich morgen in das Innere des Landes.«

»Morgen? Das ist außerordentlich bald! Haben Sie auch an die Gefahren gedacht, welche Sie da laufen werden?«

»Nein, denn es wird keine geben, da ich unter ausgezeichnetem Schutze reisen werde.«

»Unter welchem?«

»Sir Emery reitet mit.«

»Der –? Wirklich –?« dehnte er enttäuscht. »Ich war ganz sicher, daß er mit mir zu Schiffe gehen werde!«

»Das wird nun freilich nicht der Fall sein. Als er hörte, was ich beabsichtige, war er sofort entschlossen, mitzureiten. Natürlich freue ich mich darüber, denn er ist ein gewandter und sehr erfahrener Mann, dessen Gesellschaft mir von großem Nutzen sein wird. Aber er ist's nicht allein, mit dem ich gehe, sondern ich werde noch ganz andere Begleitung haben: Krüger-Bei.«

»Diesen? Ist das wahr?«

»Ja. Und der Herr der Heerscharen ist nicht allein, sondern wird Militär mitnehmen, Kavallerie. Sie sehen also, daß ich mich keineswegs zu fürchten brauche.«

»Kavallerie? Wozu das?«

»Um die Uled Ayar zu züchtigen.«

»Sonderbar! Ich habe von diesen Beduinen gehört und denke, sie sind schon bestraft! Kalaf Ben Urik, der Kolarasi, ist doch gegen sie gezogen, um sie zu demütigen!«

»Das weiß ich wohl, und damit kommen wir endlich auf den Gegenstand unsers Besuches. Ich habe mich natürlich nach dem Kolarasi erkundigt, wie Sie mich beauftragten.«

»Nun? Ist er wieder da?«

»Nein. Er hat Unglück gehabt.«

»Wirklich?« fragte er erschrocken.

»Ja. Anstatt die Uled Ayar zu besiegen, ist er von ihnen umzingelt und eingeschlossen worden. Ein einziger Soldat ist entkommen und hat es hier gemeldet.«

»Da muß man schleunigst Hilfe senden, sofort, sofort!«

Er war aufgesprungen und schritt sehr erregt im Zimmer hin und her. Das war auch gar kein Wunder, da nach meinen Worten sein Vater sich in der größten Gefahr befand. Freilich durfte er mir nicht sagen, daß der Kolarasi sein Vater sei. Er fuhr fort:

»Da Krüger-Bei Sie für seinen Freund hält, so haben Sie jedenfalls einigen Einfluß auf ihn. Können Sie es nicht bewirken, daß er dem Kolarasi Hilfe sende?«

»Die Frage ist sehr überflüssig, Mr. Hunter. Sie haben ja von mir gehört, daß der Herr der Heerscharen morgen mit Kavallerie aufbrechen wird.«

»Gegen die Uled Ayar?«

»Ja. Sobald der entkommene Bote die Hiobspost brachte, hat man sich sofort zum Aufbruche gerüstet. Krüger-Bei wird drei Schwadronen anführen.«

»Drei? Meinen Sie, daß das genug ist, den Kolarasi zu retten?«

»Ja, wenn er nicht indessen getötet wird. Die Gefahr ist groß, und die Entfernung beträgt ungefähr fünf Tagereisen. Der Bote fünf Tage her, wir fünf Tage hin, das macht, von dem Augenblicke an, an welchem er eingeschlossen wurde, bis zu unserer Ankunft dort volle zehn Tage.«

»Zehn Tage! Was kann nicht alles in zehn Tagen geschehen!«

»Freilich, freilich! Er hat, um vom Wasser gar nicht zu reden, auch gar nicht soviel Proviant mit, um es mit seiner Schwadron zehn Tage auszuhalten. Es ist sehr wahrscheinlich, daß er sich ergeben muß.«

»Himmel! Was ist da zu thun!«

Er rannte schneller hin und her als vorhin, fuhr sich mit

den Händen in das Haar, kratzte sich, stieß unverständliche Ausdrücke aus, kurz und gut, gebärdete sich wie ein Mensch, dessen sich eine ganz außerordentliche Aufregung bemächtigt hat. Ich ließ das geschehen, ohne ein Wort zu sagen. Wenn ich ihn richtig beurteilte und mich nicht in ihm irrte, mußte er jetzt zu dem Entschlusse kommen, auf den ich es abgesehen hatte, nämlich mit uns zu reiten.

Ich war sehr gespannt, was er nun thun werde, ließ es aber nicht merken. Da blieb er vor mir stehen und sagte:

»Sie schließen sich also diesem Kriegszuge an und Sir Emery auch?«

»Ja. Sogar Ben Asra, unser Somali, geht mit.«

»Auch dieser? Was sagen Sie dazu, daß ich beinahe wünsche, auch mitgehen zu dürfen?«

»Sie? Hm!«

»Brummen Sie nicht, sondern reden Sie! Warum machen Sie ein Gesicht, in welchem das deutlichste ›Nein‹ zu lesen ist?«

»Weil Sie angewiesen worden sind, hier zu bleiben, um auf den Kolarasi zu warten.«

»Pah! Das kann mich nun nichts mehr angehen. Es war als selbstverständlich vorausgesetzt, daß er siegen werde. Es hat aber das Gegenteil stattgefunden, und da versteht es sich ganz von selbst, daß ich nicht mehr an diese Weisung gebunden bin.«

Ich warf mit voller Absicht einen forschenden Blick auf ihn. Als er denselben bemerkte, meinte er:

»Sie wundern sich über die Aufregung, in welcher ich mich befinde?«

»Ich gestehe das allerdings. Der Kolarasi ist doch ein Ihnen fremder Mensch; er geht Sie gar nichts an!«

»Das ist freilich wahr, aber ich bin einmal so. Sie kennen mich noch nicht genau. Ich habe ihm meine Hand zur Befreiung geboten, und ich pflege Wort zu halten. Erst galt es die Befreiung aus einer Lage, welche ihn zu drücken begann, jetzt aber befindet er sich gar in Lebensgefahr. Bin ich da nun nicht erst recht verpflichtet, ihm zu helfen? Hoffentlich haben Sie die Güte, das Vertrauen, welches ich in Sie setze, nicht zu Schanden werden zu lassen.«

»Hm! Sie wollen dem Kolarasi beistehen und verlangen selbst Beistand!«

»Lassen Sie doch Ihr Brummen und Ihr immerwährendes ›Hm‹! Jetzt freue ich mich darüber, daß Sie Ihre Aehnlichkeit mit diesem Kara Ben Nemsi benutzt haben, Krüger-Bei zu täuschen. Er hält Sie für seinen Freund und wird Ihnen keinen billigen Wunsch abschlagen. Wollen Sie bei ihm für mich bitten?«

»Welche Bitte meinen Sie?« fragte ich, innerlich darüber erfreut, daß er auf meine heimliche Absicht einzugehen begann.

»Die Bitte, mitreiten zu dürfen.«

»Hm, ich bezweifle sehr, daß Krüger-Bei Ihnen die erbetene Erlaubnis geben werde. Auf militärische Expeditionen nimmt man nicht den ersten besten Civilisten mit.«

»Er nimmt doch Sie auch mit!«

»Weil er mich für Kara Ben Nemsi hält; sonst würde er sich wohl hüten, es zu thun.«

»Aber Sir Emery und sogar der Somali dürfen teilnehmen!«

»Weil sie seine Gäste sind, denen er nach dem Gebrauche des Landes diesen Wunsch nicht abschlagen darf.«

»Ausrede, Mr. Jones, Ausrede! Sagen Sie mir kurz und bündig, ob Sie sich für mich verwenden wollen oder nicht!«

»Wohl! Ich werde es versuchen.«

»Schön, ich danke Ihnen. Also morgen wird aufgebrochen?«

»Morgen nachmittag nach dem Asr.«

»So müssen Sie mich bald benachrichtigen, welchen Erfolg Ihre Fürbitte gehabt hat. Wann und wie wird das geschehen?«

»Noch heute, durch einen Boten, den ich nicht an Sie, sondern an Ihren Wirt sende. Aber ich muß doch dem Herrn der Heerscharen sagen, wer und was Sie sind. Welchen Namen und Charakter wollen Sie sich geben?«

»Den richtigen; das ist das allerbeste. Sagen Sie ihm, daß ich Small Hunter heiße, aus den Vereinigten Staaten stamme und ein Bekannter des Kolarasi bin. Und nun gehen Sie! Sie dürfen keine Zeit verlieren. Ich bin überzeugt, daß Sie sich Mühe geben werden, mir die Erlaubnis zu erwirken, und werde also meine Reisevorbereitungen sofort treffen.«

»Ihren Koffer können Sie nicht mitnehmen.«

»Fällt mir auch gar nicht ein, ihn mitzuschleppen. Ich nehme nur das Allernotwendigste mit und werde mir von meinem Wirte ein gutes Pferd geben lassen. Aber nun machen Sie endlich, daß Sie fortkommen! Sie sind im stande, die schönste, kostbarste Zeit zu versäumen!«

Er schob mich förmlich zur Thüre hinaus, und ich ging, um draußen auf das Pferd zu steigen und nach der Stadt und dem Bardo zurückzureiten.

Der sonst so schlaue Mensch war jedenfalls überzeugt, mich im Sacke zu haben. Er hatte mich förmlich gezwungen, dahin zu wirken, daß er mitreiten durfte, und ahnte keineswegs, daß es gerade das war, was ich gewünscht und beabsichtigt hatte. Der Gerechte ist zuletzt immer klüger als der Ungerechte.

Im Bardo fand ich Winnetou und Emery bei Krüger-Bei sitzend. Sie unterhielten sich von ihren Erlebnissen, wobei Winnetou allerdings, da er weder Arabisch noch viel Deutsch verstand, den Schweigsamen spielen mußte. Er hatte sich zwar während seines Umganges mit mir verschiedene deutsche Worte zu eigen gemacht, doch reichte das noch lange nicht aus, an einem lebhaften Gespräche teilzunehmen.

Es wurde mir natürlich ganz und gar nicht schwer, für den falschen Hunter die von diesem erbetene Erlaubnis zu erwirken, doch verlangte Krüger-Bei, daß derselbe sich von ihm und uns fernhalte und nur zu den gewöhnlichen Soldaten sich geselle.

»Das ist mir lieb,« antwortete ich; »seine Nähe wäre mir unangenehm gewesen.«

»Wodrum?« fragte der Herr der Heerscharen, welcher mit diesem Worte natürlich »warum« sagen wollte.

»Weil er mir unsympathisch ist, und weil er nicht wissen soll, daß sich der Häuptling der Apatschen bei uns befindet.«

»Hätten Sie gehabt einen Grund dafür?«

»Allerdings habe ich einen Grund. Erlauben Sie mir indessen, Ihnen dies bei einer spätern Gelegenheit mitzuteilen!«

»*Bon!* Ganz wie Ihnen wollen! Aber wenn er wird fragen nach Winnetou, was wünschen Sie da zu sagen?«

»Wir geben Winnetou für einen Somali Namens Ben Asra aus.«

Damit war die Angelegenheit abgemacht, und ich schickte den versprochenen Boten hinaus nach Zaghuan. Ich ließ dem falschen Hunter durch denselben sagen, daß er sich morgen noch vor dem Asr bei dem Dorfe Uneka einfinden solle, von welchem aus der Ritt beginnen werde.

Wir verlebten bei dem braven Herrn der Heerscharen einen hoch interessanten Abend, dessen Beschreibung hier leider zu weit führen würde, mußten dafür aber schon am frühen Morgen auf seine Gesellschaft verzichten, da ihn die dienstlichen Obliegenheiten und Vorbereitungen so in Anspruch nahmen, daß er für uns auch nicht eine Minute erübrigen konnte. Auch beim Mittagessen bekamen wir ihn nicht zu sehen. Nach demselben ritten wir hinaus nach Uneka, wo er sich befand, um die Truppen, welche nach dem Nachmittagsgebete aufbrechen sollten, zu besichtigen.

Die Leute waren recht gut beritten und mit Säbel, Lanzen und Gewehren versehen. Auf meinen Rat hatte Krüger-Bei auch für einige schnelle Reitkamele gesorgt, welche uns unter Umständen sehr nötig sein konnten. Es versteht sich ganz von selbst, daß auch Lastkamele genug vorhanden waren, welche Proviant, Munition, Zelte und andere Bagage zu tragen hatten. Außerdem hatte man jedes der Tiere mit einem Wasserschlauche versehen. Wir hatten zwar einen verkehrsreichen Weg vor uns, doch bot derselbe auch genug Gegenden, in denen es kein Wasser gab; da mußten die Schläuche vorher gefüllt werden. Und außerdem war es ja möglich, daß wir gezwungen waren, längere Zeit in der wasserlosen Wüste oder Steppe zu kampieren; da durfte es keinesfalls an Schläuchen fehlen.

Kurz vor dem Asr kam der falsche Hunter geritten. Er hatte zwei Pferde, von denen das eine ihn selbst und das andere seine Mundvorräte trug. Er wollte sich sogleich zu uns gesellen; aber als Krüger-Bei dies bemerkte, sagte er zu mir:

»Sagen Sie dem Menschen, daß ich nicht erlaube, jede fremde Person an meiner Seite zu sehen. Der Herr der Heerscharen hat als Höchstkommandierender nicht die Absicht, sich herabzulassen.«

Ich ging dem Amerikaner also entgegen und meldete ihm im Sinne dieser außerordentlich klaren Weisung meines Freundes:

»Krüger-Bei hat erlaubt, daß Sie uns begleiten, wünscht Sie aber nicht in seiner Nähe zu haben.«

Die Mitteilung enthielt eigentlich eine Beleidigung für ihn, er nahm sie aber wider mein Erwarten ruhig hin und antwortete in zufriedenem Tone:

»Das ist mir lieb, außerordentlich lieb.«

»So? Wirklich? Freut mich sehr. Ich glaubte bereits, Sie würden annehmen, meine Fürsprache für Sie sei nicht kräftig genug gewesen.«

»O nein. Sie sollten ja nur erwirken, was Sie erwirkt haben; mehr habe ich nicht verlangt. Es ist meine Absicht gar nicht, immer in der Nähe des Herrn der Heerscharen zu sein und von ihm beobachtet zu werden. Das würde mir unangenehm sein. Wie wird sich der Zug gestalten?«

»In den ersten Tagen einfache Marschkolonne. Später, wenn wir auf feindlichem Gebiete angelangt sind, wird es natürlich Vorhut, Nachhut und Seitenpatrouillen geben. Halten Sie sich, zu wem Sie wollen. Da Sie hinreichend arabisch sprechen, kann es Ihnen nicht schwer werden, Anschluß zu finden.«

Als die Zeit des Asr nahte, ließ Krüger-Bei einen Kreis bilden, kniete nieder und sprach das Gebet. Dann wurde aufgesessen und ausgerückt.

Es würde zu viel Raum einnehmen, den Marsch zu beschreiben; es genügt, zu sagen, daß wir bis zu den Ruinen von Tastur dem Medscherdah-Flusse folgten und dann über Tunkah, Tebursuk und Zauharim ritten. In der letztgenannten Gegend treiben sich die Uled Ayun herum, welche sich stets noch widerspenstiger als die Uled Ayar gezeigt haben und mit den letzteren verfeindet sind oder wenigstens damals waren. Es galt nun, vorsichtiger als bisher zu sein, denn der Nachmittag des vierten Tages war angebrochen und morgen erreichten wir das Gebiet der Uled Ayar. Es wurden Seitenpatrouillen ausgesandt und eine Vorhut vorausgeschickt. Zu der letzteren gesellte ich mich mit Winnetou und Emery.

Wir ritten jetzt durch sandige Wüste, weshalb vorher die Schläuche gefüllt worden waren. Emery musterte die weite Fläche mit scharfem Blicke und fragte mich:

»Du kennst die Ruinen, zu welchen wir wollen?«

»Nur die Gegend im allgemeinen.«

»Wie weit noch bis dort?«

»Vierzehn Stunden ungefähr.«

»Nur? Da gilt's vorsichtig sein! Was sind die Uled Ayar für Leute? Haben wir, nämlich du, Winnetou und ich, sie zu fürchten?«

»Nein. Ein einziger Apatsche oder Sioux ist viel mehr zu fürchten als zehn oder zwanzig Ayars.«

»*Well!* Dennoch müssen wir vorsichtig sein. Meinst du, daß sie bei den Ruinen geblieben sind?«

»Wer kann das wissen! Hat der Kolarasi sich ergeben müssen, so sind sie längst von dort fort; hat er aber ausgehalten, so belagern sie ihn noch.«

»Hm! Und der Bote, der ihnen entkommen ist?«

»An den habe ich auch schon gedacht. Es kommt sehr viel darauf an, ob sie von ihm wissen. Wissen sie nichts, so werden sie sorglos sein. Wissen sie aber, daß er nach Tunis ist, so können sie sich denken, daß von dort her Militär kommen wird, um die Belagerten zu entsetzen. In diesem Falle werden sie uns Kundschafter entgegensenden, vor denen wir uns in acht zu nehmen haben.«

»*Well!* Aber sie sich auch vor uns!«

»Meinst du? Aber dann müßten wir ganz zu derselben Maßregel schreiten und auch Kundschafter aussenden.«

»Aber wen? Traust du den Soldaten des Pascha von Tunis gute Augen und Ohren zu?«

»Nein, und Klugheit noch weniger. Ich möchte mich auf sie als Kundschafter nicht verlassen.«

»*Well,* so gehen wir selbst und Winnetou auch. Wird sich langweilen, der Apatsche. Kann mit niemand reden als nur mit uns. Müssen ihm Beschäftigung geben. Mag mit mir reiten, da rechts hinüber, und du links. Reiten jeder einen Viertelkreis und kommen da vorn wieder zusammen. Willst du?«

»Natürlich! Ich habe mein Pferd noch gar nicht recht probieren können. Es ist feurig und scheint auch ausdauernd zu sein. Der langsame Karawanenschritt gefällt ihm nicht; werde es einmal jagen lassen. Also vorwärts, Emery!«

Wir trennten uns von der Truppe. Er ritt mit Winnetou gegen Südwest davon, während ich mich nach Südost wendete. Ich war ganz so wie er überzeugt, daß die Uled Ayar wohl kaum versäumt hatten, uns Spione entgegenzusenden; es galt also, denselben zuvorzukommen, sie zu entdecken oder zu ergreifen.

Mein Henneschah-Hengst rechtfertigte das Vertrauen, welches ich in ihn gesetzt hatte. Wenn er auch das nicht war, was mein bekannter Rapphengst Rih gewesen war, so mußte ich mir doch sagen, daß er das zweitbeste Pferd unserer Truppe sei; das beste ritt nämlich selbstverständlich Krüger-Bei, einen Schimmel, den er sich aus dem Marstalle des Pascha von Tunis genommen hatte.

Wir flogen nur so über die sandige Ebene, und dabei hatte ich den Blick immer voraus und nach beiden Seiten, um irgend eine Begegnung womöglich eher zu bemerken, als ich gesehen wurde. Es verging eine halbe Stunde, in welcher ich wenigstens eine deutsche Meile zurückgelegt hatte; ich ritt eine zweite Meile und dann noch eine dritte, ohne etwas zu sehen, und wollte mich eben wieder nach rechts wenden, um, unserm Zuge voraus, mit Emery zusammenzutreffen, als ich mehrere bewegliche Punkte bemerkte, welche in größerer Entfernung von mir abwechselnd sich auf dem Boden befanden, in die Höhe gingen und dann sich wieder auf die Erde niedersenkten. Aus der Art ihrer Bewegung schloß ich, daß es Geier seien; wo aber Geier sind, da giebt es Aas. Aas in dieser Entfernung vom Verkehrs- oder Karawanenwege, das mußte mir auffallen. Ich ritt auf die betreffende Stelle zu.

Als ich noch weit über hundert, vielleicht zweihundert Pferdelängen davon entfernt war, glaubte ich, eine menschliche Stimme zu vernehmen. Dann, als ich die Hälfte dieser Entfernung zurückgelegt hatte, hörte ich ganz deutlich den Ruf:

»Meded, meded! Ia Allah, ta' al, ta' al – zu Hilfe, zu Hilfe! O Gott, komm, komm!«

Es war eine weibliche Stimme. Und nun sah ich deutlich einen Gegenstand, der eine menschliche Gestalt zu sein schien und an welchem mehrere Geier herumzerrten und hackten. Kurz hinter dieser Stelle saßen weitere Geier, welche etwas anderes gierig zu betrachten schienen, sich aber bei meinem Nahen in die Luft erhoben; auch die anderen Vögel flogen, als ich nahe genug herangekommen war, davon, um sich gar nicht weit davon wieder niederzulassen.

Ja, es war ein menschlicher Körper, an welchem sie gefressen hatten; das sah ich jetzt ganz deutlich. Die Stimme, welche aus der Erde zu kommen schien, rief jetzt:

»Betidschi, betidschi; subhan Allah! – Du kommst, du kommst; Allah sei gepriesen!«

Nun hielt ich da, wo die Stimme ertönte. Ein Kopf sah aus dem Sande, ein menschlicher Kopf! Ob es ein männlicher oder ein weiblicher sei, war nicht zu unterscheiden, denn das Gesicht war so verschwollen, daß die Züge nicht zu erkennen waren und ein blaues Tuch bedeckte das Haar. Vor dem Kopfe lag ein mit einem Hemde bekleidetes Kind, welches die Augen geschlossen hielt und sich nicht bewegte; es mochte wenig über ein Jahr alt sein. Die Leiche, von welcher die Geier gefressen hatten, lag nur zehn Schritte entfernt; sie bestand fast nur noch aus den Knochen, welche aber auch schon auseinandergerissen waren.

Mich schauderte. Ich sprang vom Pferde und bückte mich zu dem Kopfe nieder; er hatte jetzt die Augen zu; die Person, der er gehörte, war ohnmächtig geworden. Das war mir zunächst lieb, da ich meine Hilfeleistung besser vornehmen konnte. Um das Kind und das abgenagte Gerippe bekümmerte ich mich zunächst nicht; der oder die Eingegrabene bedurfte meiner Hilfe weit mehr. Ich lüftete das Kopftuch und sah ein zusammengewickeltes, langes, weibliches Haar darunter. Es war eine Frau!

Wie sie nun ohne passende Werkzeuge schnell ausgraben! Ich nahm die Hände. Der Boden war festgetreten worden, aber als ich tiefer kam, wurde er lockerer. Glücklicherweise bemerkte ich bald, daß man ihr eine sitzende Stellung gegeben hatte. Im andern Falle hätte man das Loch tiefer machen müssen, und das war den Buben, welche das arme Weib hier eingegraben hatten, doch zu viel Mühe gewesen. Mir wurde dadurch die Arbeit erleichtert. Als ich den Oberkörper ziemlich befreit hatte, brauchte ich nur noch wenig von der Sanddecke, welche auf den Beinen lag, zu entfernen und konnte dann die ganze Gestalt hervorziehen.

Die Frau war, als ich sie nun niederlegte, noch immer ohnmächtig; sie war nur mit einem hemdartigen Gewande bekleidet, wie es von armen Beduininnen getragen wird; das Gesicht hatte sich ein wenig zum Bessern verändert, und nun sah ich, daß sie nicht viel über zwanzig Jahre alt sein konnte. Ihr Puls bewegte sich, wenn auch nur leise.

Auch das Kind war nicht tot. Ich hatte einen kleinen Flaschenkürbis voll Wasser am Sattelknopfe hängen, nahm ihn herab und flößte dem Kleinen von der belebenden Flüssigkeit ein. Es schlug die Augen auf, aber was für Augen! Die Augapfel waren wie mit einer grauen Haut überzogen; das Kind war blind. Ich gab ihm mehr Wasser; es trank und trank und ließ dann die Lider wieder fallen; es war so erschöpft, daß es sogleich wieder in Schlaf verfiel.

Die Geier hatten sich wieder herangemacht. Wenn sie sich

auch nicht bis her zu mir zu kommen trauten, so wagten sie sich doch an die Leiche und zerrten an den Knochen derselben herum, ein geradezu scheußlicher Anblick. Ich legte den Stutzen auf sie an und erschoß zwei von ihnen, worauf die andern mit heiseren Schreien davonflogen.

Die beiden Schüsse hatten die Frau erweckt. Sie schlug die Augen auf, erhob den Oberkörper, sah zunächst nur ihr Kind, streckte die Arme nach demselben aus, riß es an sich und rief:

»Weledi, weledi, ia Allah, ia Allah, weledi! – Mein Kind, mein Kind, o Allah, mein Kind!«

Dann drehte sie sich zur Seite, sah die Ueberreste der Leiche, stieß ein herzzerreißendes Wehegeschrei aus, wollte aufspringen, um hinzugehen, fiel aber vor Schwäche und Entsetzen wieder nieder. Sie sah mich nicht, weil ich auf der andern Seite stand. Da aber schien sie sich auf die letzten Augenblicke, welche ihrer Ohnmacht vorangegangen waren, zu besinnen, denn ich hörte den Ruf:

»Der Reiter, der Reiter! Wo ist er?«

Sie wendete sich zu mir um, sah mich und sprang auf. Sie wankte, aber die Erregung gab ihr Kraft, nicht umzufallen. Nachdem sie mich einen Moment mit unsicherem Blicke gemustert hatte, fragte sie:

»Wer bist du? Zu wem gehörst du? Bist du ein Krieger der Uled Ayun?«

»Nein,« antwortete ich. »Du brauchst keine Angst zu haben. Ich gehöre zu keinem hiesigen Stamme; ich bin ein Fremder von weit, weit her und werde dir gern weiterhelfen. Du bist schwach; setz' dich; ich werde dir Wasser geben.«

»Ja, gieb Wasser, Wasser, Wasser!« bat sie, indem sie sich mit meiner Hilfe niederließ.

Ich reichte ihr den Kürbis. Sie trank mit vollen Zügen wie eine Verschmachtende; sie trank ihn ganz aus und gab ihn mir dann zurück. Dabei fiel ihr Blick auf die Leiche; sie wendete sich schaudernd ab, bedeckte ihr Gesicht mit beiden Händen und begann, herzbrechend zu weinen.

Ich sprach beruhigend auf sie ein; sie antwortete nicht und

schluchzte weiter. Da ich annahm, daß die Thränen sie erleichtern würden, schwieg ich und ging zu der Leiche. Der Schädel derselben zeigte mehrere Löcher; der Mann war erschossen worden. Im Boden fand sich keine Spur; der Wind, so leise er ging, hatte alle Eindrücke verweht; der Mord konnte also nicht heute geschehen sein.

Während ich diese Beobachtungen anstellte, hatte die Frau sich so weit beruhigt, daß ich glaubte, nun Antwort zu bekommen; ich kehrte also zu ihr zurück und sagte:

»Dein Herz ist schwer und deine Seele wund; ich möchte dich nicht drängen, sondern dir Ruhe gönnen; aber meine Zeit gehört nicht mir allein, und ich möchte gern wissen, wie ich dir weiter helfen kann. Willst du mir Antwort auf meine Fragen geben?«

»Sprich!« sagte sie, indem sie die noch immer thränenden Augen zu mir erhob.

»War dieser Tote dein Mann?«

»Nein; er war ein Greis, ein Freund meines Vaters, und wanderte mit mir nach Nablumah, um anzubeten.«

»Meinst du die Ruinen von Nablumah, in denen sich das Grab eines wunderthätigen Marabu befindet?«

»Ja; an dem Grabe wollten wir beten. Als Allah mir das Kind gab, kam es blind zur Welt; es sollte durch eine Wallfahrt nach dem Grabe des Marabu das Licht der Augen erhalten; der Greis, welcher mich begleitete, war auch auf einem Auge erblindet und wollte in Nablumah Heilung suchen. Mein Herr (Mann) erlaubte mir, mit ihm zu gehen.«

»Aber euer Weg führte durch das Gebiet der Uled Ayun, welche sehr räuberisch sind. Zu welchem Stamme gehörest du?«

»Zu den Uled Ayar.«

»So sind die Ayun Todfeinde von dir; ich weiß, daß sie in Blutrache mit euch leben. Es war von euch beiden sehr gewagt, die Wallfahrt ohne Begleitung zu unternehmen!«

»Wer sollte uns begleiten! Wir sind sehr arm und haben daher keinen Anhang, der mit uns hätte gehen sollen, um uns zu schützen.«

»Aber dein Mann, dein Vater konnten dich begleiten!«

»Das wollten sie auch; aber sie mußten daheim bleiben, weil es plötzlich eine Fehde gab mit den Soldaten des Pascha. Mein Herr und mein Vater hätten für immer als Feiglinge gegolten, wenn sie mit uns gegangen wären.«

»So hättet ihr mit der Wallfahrt warten sollen, bis die Fehde ausgetragen war.«

»Das ging ja nicht. Wir hatten gelobt, an dem bestimmten Jom ed dschuma[1] die Wanderung zu beginnen, und durften dieses Gelübde nicht brechen. Wir kannten die Gefahr, welche uns durch die Uled Ayun drohte, und machten deshalb einen Umweg nach Süden, welcher uns durch das Gebiet der Meidscheri führte, die mit uns befreundet sind.«

»Warum habt ihr den Weg nicht auch zurück gemacht?«

»Mein Begleiter war alt und schwach; die Wanderung hatte ihn ermüdet, und er glaubte, den Umweg nicht aushalten zu können; darum schlugen wir die gerade Richtung ein.«

»Das war eine große Unvorsichtigkeit. Der Greis ist zwar alt, aber doch nicht weise gewesen. Seine Schwäche war gar kein Grund, den Umweg zu vermeiden, denn er hätte sich bei den Meidscheri, euern Freunden, ausruhen und erholen können.«

»Ich sagte ihm dasselbe; aber er antwortete mir, daß nach dem Kuran und allen seinen Auslegungen Pilger unantastbar sind und daß während einer Wallfahrt jede Feindschaft zu schweigen hat.«

»Ich kenne das Gesetz; es bezieht sich nur auf die Wallfahrt nach Mekka, Medina und Jerusalem, nicht aber auf andere fromme Wanderungen, und es giebt Tausende, die sich selbst während der großen Hadsch nicht nach demselben richten.«

»Das habe ich nicht gewußt, sonst hätte ich mich geweigert, meinem Führer rückwärts auf dem gefährlichen Wege zu folgen. Er schien auch selber zweifelhaft zu sein, denn wir

[1] Freitag.

ruhten des Tags und gingen nur des Nachts, bis wir an allen Zelten und Lagern der Uled Ayun vorüber waren.«

»Und dann fühltet ihr euch sicher und wurdet unvorsichtig?«

»Ja. Wir befanden uns zwar noch immer auf feindlichem Gebiete, doch war es bis zu dem unserigen nicht mehr weit; darum wanderten wir zuletzt auch am Tage.«

»Ihr habt nicht daran gedacht, daß da, wo zwei feindliche Gebiete zusammenstoßen, die Gefahr am größten ist. Mitten im Feindeslande ist man oft sicherer als an der Grenze. Das hast du leider zur Genüge erfahren.«

»Ja, Allah hat uns den falschen Weg gehen lassen, weil es im Buche des Lebens so verzeichnet war. Als wir an diese Stelle kamen, wurden wir von den Uled Ayun überfallen. Sie stachen mit Spießen und Messern nach meinem Begleiter, schossen ihm Kugeln durch den Kopf und raubten ihm die Kleider und wenigen Sachen, welche der arme Mann bei sich trug. Mich aber gruben sie ein, damit ich, wie sie sagten, mich an dem Anblicke der Leiche weiden und dann auch von den Geiern gefressen werden möge. Wäre mein Kind nicht blind gewesen, so hätten sie es auch getötet, weil es ein Knabe ist.«

»Wann ist dies geschehen?«

»Vor zwei Tagen.«

»Schrecklich! Was hast du da ausstehen müssen!«

»Ja. Allah verfluche sie und stoße sie in den tiefsten Grund der Hölle hinab! Ich habe Qualen ausgestanden, welche nicht zu beschreiben sind, um mich und noch viel, viel mehr um mein Kind. Ich konnte ihm nicht helfen. Es lag vor mir im Sonnenbrande und im Dunkel der Nacht, ohne daß ich es berühren oder beschützen konnte, weil meine Arme mit eingegraben waren. Und dort lag der Greis, der Gute und Ehrwürdige. Die Geier kamen und zerrissen ihn; ich mußte es sehen; es war entsetzlich. Dann kamen sie zu mir und zu meinem Kinde; ich konnte mich nicht bewegen und vermochte nur, sie durch die Stimme zu verscheuchen. Ich habe mich heiser geschrieen; sie aber merkten nach und nach, daß ich mich nicht verteidigen konnte; sie wurden immer zudringlicher, und wenn du nicht gekommen wärest, hätten sie gewiß noch vor Abend ihre Schnäbel und Krallen in meinen Kopf und in mein armes Kind geschlagen.«

Sie drückte das letztere wieder und wieder an sich und weinte dazu, mehr vor Aufregung, als vor augenblicklichem Schmerz.

»Tröste dich!« bat ich. »Allah hat dich sehr geprüft; nun aber ist dein Leid zu Ende. Wäre der Greis eine Person gewesen, welche deinem Herzen nahe stand, so hättest du noch viel mehr gelitten. Du wirst dich aber von den Qualen, welche du ausgestanden hast, erholen; es lebt dein Kind, und wenn du heimkommst, hast du nichts Liebes verloren und wirst von der Freude und dem Entzücken der Deinen empfangen.«

»Du hast recht, o Herr. Wie aber komme ich heim? Ich habe weder Speise noch Wasser und bin so schwach, daß ich nicht gehen kann.«

»Wirst du dich auf meinem Pferde halten können, wenn ich es dir gebe und nebenher gehe?«

»Ich glaube nicht. Zudem habe ich das Kind bei mir.«

»Das werde ich tragen.«

»Deine Güte, o Herr, ist so groß, wie mein Leid gewesen ist; aber selbst wenn du mir die kleine Last abnehmen wolltest, würde ich jetzt noch zu schwach sein, mich im Sattel zu halten.«

»So bleibt nichts anderes übrig, als daß du dich mir anvertraust. Ich nehme dich vor mir auf das Pferd, und indem du deinen Sohn in den Armen trägst, werde ich dich so fest halten, daß du nicht herabgleiten kannst. Iß diese Datteln, die ich glücklicherweise bei mir habe; das wird dich stärken.«

Sie verschlang sie mit Begier und sagte dabei:

»Du weißt, o Herr, daß kein Mann ein fremdes Weib berühren darf, aber da Allah mir die Kraft genommen hat, ohne fremde Hilfe zu gehen oder zu reiten, so wird er mir es auch nicht anrechnen, wenn ich mich in deine Arme lege. Und mein Herr und Gebieter wird es mir ebenso verzeihen.«

»Wo gedenkst du, ihn zu finden?«

»Das weiß ich nicht, da er in den Kampf gezogen ist. Allah möge in demselben sein Leben beschützen! Aber unser Lager, in welchem die Greise, Frauen, Kinder, Kranken und Schwachen zurückgeblieben sind, das weiß ich zu finden. Es liegt am Dschebel Eschuir, den wir morgen erreichen werden. Willst du mich dorthin bringen? Die Unserigen werden dich mit Freude empfangen. Ich bin zwar arm, aber ich heiße Elatheh, und alle haben mich lieb, sodaß sie meinen Retter mit Jubel bewillkommnen werden.«

»Auch wenn er ein Feind von euch ist?«

»Ein Feind? Wie kannst du ein Feind der Uled Ayar sein, du, der du mich von dem schrecklichsten Tode errettet hast!«

»Und doch bin ich es.«

»Das ist ja gar nicht möglich, denn du hast mir gesagt, daß du von weit, sehr weit herkommst. Wie heißt der Stamm, dem du angehörst?«

»Es ist kein Stamm, sondern ein Volk, ein großes Volk von wohl fünfzig Millionen Seelen.«

»O Allah! Wie groß muß da die Oase sein, in welcher diese vielen Menschen wohnen. Wie werden sie genannt?«

»Das Land heißt Belad el Alman; ich bin also ein Almani oder, wenn du das Wort vielleicht gehört haben solltest, ein Nemsi und heiße Kara Ben Nemsi. Mein Vaterland liegt weit über dem Meere drüben.«

»Und da sagst du, daß du ein Feind der Uled Ayar seist?«

»Eigentlich bin ich es nicht, und dennoch bin ich es jetzt. Ein Almani oder Nemsi ist keines Menschen Feind; wir lieben den Frieden und halten Allahs Gebote; aber ich bin gegenwärtig ein Freund und Gefährte derer, welche ihr eure Feinde nennt, der Soldaten des Paschas.«

»Wie?« fragte sie erschrocken. »Du bist ein Gefährte dieser Peiniger, denen wir das Kopfgeld verweigert haben?«

»Ja.«

»So bist du allerdings unser Feind, und ich darf nicht mit dir gehen.«

»Willst du hier bleiben und verschmachten?«

»Allah 'l Allah! Du hast recht. Wenn du mich nicht mitnimmst, muß ich mit meinem Kinde hier elend umkommen. Was thue ich!«

»Das, was du vorhin beschlossen hattest; du vertraust dich mir an.«

»Aber du wirst mich nicht nach unserm Lager bringen?«

»Das kann ich freilich nicht. Erstens seid ihr beide fast verschmachtet, und ich habe nichts zu essen und auch kein Wasser mehr; wie könntet ihr es bis morgen oder gar übermorgen aushalten! Und zweitens muß ich unbedingt zu den Meinigen zurück. Käme ich nicht, so würden sie um mich in Sorge sein und weit und breit nach mir suchen. Gerade dadurch könnte es zu feindlichen Begegnungen mit den Eurigen kommen, und das ist es, was ich sehr gern vermeiden möchte.«

»So würdest du mich also zu den Soldaten, zu unsern Feinden bringen? Glaubst du wirklich, daß ich da mitgehen werde?«

»Ja. Ich glaube es nicht nur, sondern ich bin überzeugt davon. Willst du lieber umkommen?«

»Du hast recht. Meine Seele ist im Widerstreite; ich weiß nicht, wozu ich mich entschließen soll.«

»Du brauchst dich nicht zu entschließen, denn es steht fest, daß du mit mir reitest. Wenn du es nicht freiwillig thust, werde ich dich zwingen.«

»Allah la jukaddir – Gott verhüte es!« rief sie erschrocken aus. »Willst du ein schwaches Weib zwingen? Willst du ebenso schlimm sein, wie die Uled Ayun gewesen sind?«

»Ja, ich werde dich zwingen, aber ohne so bös wie sie zu sein; ich beabsichtige vielmehr, dir nur Gutes zu thun. Wenn du hier bleibst, bist du verloren; du mußt mit mir fort, und da ich nur zu den Soldaten zurückkehren kann, mußt du mit zu ihnen. Aber du brauchst dich nicht zu fürchten oder gar zu entsetzen. Ich meine es gut mit dir. Ich würde dich nur zwingen, um dich zu retten. Betrachte mich nicht als deinen Feind. Als ich dich in der Erde stecken sah, habe ich mir sofort gesagt, daß du zu den Uled Ayar, also zu meinen jetzigen Gegnern gehörst; dennoch habe ich dich aus der Erde gegraben. Du kannst daran ersehen, daß ich kein gefährlicher Feind bin. Ich bin nur mitgezogen, um vielleicht Blutvergießen zu verhüten und, wenn es möglich ist, Frieden zu stiften. Sieh mich an! Habe ich das Gesicht eines Menschen, vor welchem du dich fürchten mußt?«

»Nein,« antwortete sie lächelnd. »Dein Auge blickt freundlich, und dein Gesicht ist mild und gut. Vor dir fürchte ich mich nicht, desto mehr aber vor den Soldaten.«

»Das ist nicht nötig; sie werden alle freundlich mit dir sein; wir führen nicht mit Frauen Krieg.«

»Kannst du ihnen denn befehlen, daß sie mich nicht feindlich behandeln?«

»Ja, und sie werden gehorchen.«

»So bist du ein Oberer von ihnen?«

»Ein Oberer und Gast, und das gilt, wie du weißt, noch viel mehr.«

»Werde ich gefangen sein?«

»Ich verspreche dir, daß du frei sein sollst und alles bekommen wirst, was du brauchst. Ich nehme dich unter meinen ganz besondern Schutz; du wirst stets in meiner Nähe sein, und wer dich antastet, den werde ich streng bestrafen.«

»Und wann kann ich dann gehen?«

»Sobald die Verhältnisse es erlauben und ich erkenne, daß das, was du daheim von uns erzählst, uns nicht mehr schaden kann. Das kann sehr bald werden, vielleicht schon übermorgen.«

»Ich glaube deinen Worten, denn du siehst nicht aus wie ein Betrüger, sondern wie ein ehrlicher Mann. Und da du mir dies versprichst, so - doch siehe,« unterbrach sie sich, »dort kommen zwei Reiter!«

Sie deutete in die Richtung, aus welcher ich gekommen war. Da ich mit dem Rücken nach derselben gestanden hatte, so hatte ich sie nicht gesehen. Auch die Frau war so mit unserm Gespräche beschäftigt gewesen, daß sie die beiden erst dann gesehen hatte, als dieselben schon so nahe waren, daß ich sehen konnte, wer sie waren, nämlich Emery und Winnetou.

»Es werden doch nicht Feinde von dir oder mir sein, o Herr!« meinte sie besorgt.

»Es sind Freunde von mir, welche mich suchen, weil meine Abwesenheit ihnen zu lange gewährt hat,« antwortete ich. »Du brauchst dich vor ihnen nicht zu fürchten; sie werden dich ebenso beschützen, wie ich; sie sind auch fremd und gehören nicht zu dem Stamme der Ayun. Der eine ist ein Inglisi und der andere gar ein Mann aus dem fernen Belad Amierika.«

Als die beiden uns erreicht hatten, hielten sie an, und Emery fragte:

»Warum so lange fort? Hatten Sorge. Warst über zwei Stunden weg; konntest einen Unfall gehabt haben. Sind bis zu deiner Spur geritten und dann derselben gefolgt. Natürlich wieder Abenteuer gehabt?«

»Ja, dieses Weib befand sich mit ihrem Kinde in größter Gefahr.«

Ich erzählte ihnen das Vorkommnis, natürlich in englischer Sprache, damit Winnetou es auch verstehen konnte. Als ich geendet hatte, sagte Emery:

»Ganz entsetzlich! Habe von Krüger-Bei gehört, daß Uled Ayun Halunken sind. Weib wird natürlich nicht feindlich behandelt, armes Wesen! Werden ihr zu essen und zu trinken geben.«

Sie stiegen ab. Sie hatten Wasser bei sich. Emery gab ihr dazu Datteln und Winnetou ein Stück Fleisch, welches er aus der Satteltasche hervorzog. Er hatte sich einen Vorrat auf Indianerweise gebraten.

Man sah, die Frau hatte Hunger. Während sie aß, sah ich fern im Osten einen weißen Punkt auftauchen, welcher immer größer wurde und dann eine zweifache Farbe annahm, unten dunkel und oben weiß. Als ich in die angegebene Richtung deutete, meinte Emery:

»Ein Trupp Beduinen; unten Pferde dunkel, oben die Burnus hell. Sie kommen gerade hierher. Was thun?«

Die Frau sah, was wir beobachteten; sie blickte also auch gegen Osten und rief erschrocken aus:

»Allah beschütze uns! Wir sind verloren, wenn wir nicht so schnell wie möglich fliehen! Das sind Uled Ayun.«

»Es können auch andere sein.«

»Nein. Sie leben jetzt mit aller Welt in Unfrieden, und wer so offen und am hellen Tage aus der Gegend ihrer Zeltdörfer kommt, der muß ein Uled Ayun sein. Laß uns fliehen, Herr, schnell, schnell!«

Sie sprang auf.

»Warte nur, warte!« antwortete ich. »Ein Germani flieht nicht so schnell vor solchen Leuten.«

»Aber es sind ihrer mehr als zehn!«

»Und wenn es zwanzig oder dreißig wären, wir fürchten uns nicht.«

»So seid ihr verloren, und ich bin es mit euch! O Allah, Allah, beschütze uns in dieser Angst und Gefahr!«

»Sei ruhig! Ich gebe dir mein Wort, daß sie dir nichts thun werden. Ich denke vielmehr, daß wir sie bestrafen werden für den Mord, welcher hier begangen worden ist, nämlich wenn sie wirklich zu den Uled Ayun gehören.«

»Willst bleiben?« fragte Emery in seiner kurzen Weise.

Er hatte die Worte des Weibes und natürlich auch die meinigen verstanden.

»Auf alle Fälle,« antwortete ich.

»Und wenn es keine Uled Ayun sind – ?«

»Dann sind es Uled Ayar, gegen welche wir ziehen, und die müssen wir erst recht bekommen.«

»Gefangen nehmen?«

»Ja. Wenn wir schießen müssen, dann möglichst nur die Pferde, nicht die Menschen, die ich lebendig haben möchte.«

»Weiß schon! Bist stets sparsam mit Menschenblut; sind es aber nicht wert, die zehnfachen Schurken.«

»Du meinst doch, daß wir ihnen überlegen sind?«

»Ueberlegen? *Pshaw!* Die paar Kerls nimmt ein jeder von uns allein auf sich. Macht mir großen Spaß!«

Sein sonst so ernstes Gesicht strahlte vor innerem Vergnügen, als er zu seinem Pferde trat, um das Gewehr vom

Sattel zu nehmen, mit welchem er gewohnt war, jedes Wild und jeden Feind in die Stirn zu treffen.

Auch Winnetou griff nach seiner Silberbüchse und fuhr dann mit der Hand in den Gürtel, in welchem das bewährte Bowiemesser und auch der Tomahawk steckte. Er hatte auch diesen von drüben herübergebracht.

»Das wird für dich vielleicht der erste Kampf in der afrikanischen Wüste werden,« bemerkte ich ihm.

»Winnetou glaubt nicht, daß es zum Kampfe kommen wird,« antwortete er. »Die Furcht wird sie in unsere Hände treiben.«

Da rief die Frau noch ängstlicher als vorher:

»O Erbarmer, o Gnädiger, o Beschützer! Es sind wirklich Uled Ayun! Die sechs, welche mich eingruben, sind bei ihnen.«

»Du täuschest dich nicht?« fragte ich.

»Nein. Der mit dem großen, schwarzen Barte, welcher voranreitet, war ihr Anführer. Wie wird es uns ergehen! O Allah, Allah, Allah!«

Ich drückte sie auf den Boden nieder und beruhigte sie:

»Es wird dir und deinem Kinde kein Haar gekrümmt werden. Nicht wir haben die Leute zu fürchten, sondern sie uns.«

»Das ist ja ganz unmöglich, ganz unmöglich! Es sind ihrer vierzehn, und ihr seid doch bloß drei!«

Ich hatte keine Zeit mehr, länger auf die Zaghafte zu achten, denn der Trupp war uns bis auf ungefähr dreihundert Schritte nahe gekommen, wo er anhielt, um uns zu betrachten. Die Uled Ayun kamen jedenfalls, um nachzusehen, ob die Frau tot sei oder nicht, und sich an ihrem Anblicke zu weiden. Ohne daß einer von uns eine Weisung gegeben oder erhalten hatte, standen wir so, wie die gegenwärtige Lage es erforderte, nämlich ich bei dem Weibe in der Mitte, Emery zwanzig Schritte weit rechts und Winnetou ebensoweit links von mir, sodaß wir eine gerade, vierzig Schritt lange Linie bildeten. Die Pferde hielten hinter uns.

Die Beduinen waren außer zweien mit langen Feuersteinflinten bewaffnet; diese beiden aber trugen Lanzen. Beritten waren sie ohne Ausnahme sehr gut. Darum wurde es mir leid um die Pferde, und ich rief meinen beiden Genossen zu:

»Wenn wir schießen müssen, dann nicht die Pferde, wie ich vorhin sagte, sondern die Reiter, aber nur in die Arme oder Beine. Um die Pferde wäre es schade, um die Mörder aber nicht.«

»*Well*, soll pünktlich geschehen,« antwortete Emery, der, seine hohe Gestalt auf die nie versagende Büchse gestützt, die feindliche Truppe mit hellen, erwartungsvollen Augen betrachtete.

Die Beduinen hielten ungefähr zwei Minuten vor uns; sie teilten sich ihre Ansichten über uns mit; zuweilen klang ein lauter Ausruf der Bewunderung oder der Anfeuerung zu uns herüber. Sie hatten nicht erwartet, jemand hier zu treffen, und unsere Haltung erregte erst recht ihr Erstaunen. Drei Beduinen wären ganz gewiß vor einer solchen Uebermacht beizeiten geflohen, und wären sie ja geblieben, so hätten sie sich unbedingt auf die Pferde gesetzt, um für alle Fälle zur Flucht bereit zu sein. Daß wir ganz im Gegenteile nicht nur nicht wichen, sondern ihnen so bewegungslos und getrost entgegenblickten, war ihnen geradezu ein Rätsel; so etwas hatten sie noch nie erlebt. Sie konnten sich unser Verhalten wohl nur dadurch erklären, daß wir sie kannten und keine Ursache hatten, sie zu scheuen, und doch kannten sie uns nicht und hatten uns noch nie gesehen! Nur eins stand bei ihnen fest, und zwar gerade das, worin sie sich irrten, nämlich daß wir Mohammedaner seien, was keiner von uns war. Daß sie diese Ueberzeugung hegten, zeigte ihr Gruß. Nie wird nämlich ein strenggläubiger Mohammedaner einen Andersgläubigen mit »Sallam aaleïkum« grüßen, ja es ist sogar Nichtmohammedanern verboten, einem Anhänger des Islam gegenüber diesen Gruß zu gebrauchen. Und doch trieb jetzt der schwarzbärtige Anführer sein Pferd einige Schritte vor, legte die Hand auf das Herz und rief zu uns herüber:

»Sallam aaleïkum, ichwani – Heil sei mit euch, meine Brüder!«

»Sal - aal -« antwortete ich kurz.

Indem ich nur die beiden ersten Silben gebrauchte, gab ich sehr deutlich zu verstehen, daß ich nicht die Absicht hegte, zu den Grüßenden in freundliche Beziehungen zu treten. Er that so, als ob er dies nicht bemerkt habe, und fuhr fort:

»Kef sahhatak - wie befindest du dich?«

Ich entgegnete grob:

»Ente es beddak; min hua - was willst du? wer bist du?«

Das war freilich gegen alle Regeln der Höflichkeit; er langte auch sofort nach dem Kolben seiner Flinte und antwortete:

»Wie kannst du wagen, diese Frage auszusprechen! Bist du vom Ende der Welt hieher gekommen, daß du nicht weißt, wie man sich zu benehmen hat? Wisse, daß ich mich Farad el Aswad nenne und der oberste Scheik der Uled Ayun bin, denen der Boden gehört, auf welchem du dich befindest. Du hast denselben betreten, ohne uns um Erlaubnis zu fragen, und wirst die darauf ruhende Steuer bezahlen müssen.«

»Wie hoch ist dieselbe?«

»Für die Person hundert tunesische Piaster und sechzehn Karuben.«

Das waren einundfünfzig Mark für jeden von uns.

»Wenn du sie haben willst, so hole sie dir!« forderte ich ihn auf, indem ich mein Gewehr erhob und über den gekrümmten Arm legte.

Mit dieser Bewegung sagte ich ihm, daß er nichts bekommen solle.

»Dein Maul ist so groß, wie dasjenige eines Nilpferdes,« lachte er höhnisch; »aber dein Gehirn scheint noch kleiner zu sein, als dasjenige der verachteten Dscherada.[1] Wie ist dein Name, und wie heißen deine Begleiter? Woher kommen sie? Was wollen sie? Welches ist ihr Beruf, und haben ihre Väter Namen gehabt, welche noch nicht vergessen worden sind?«

Die letzte Frage enthielt nach hiesigen Anschauungen eine schwere Beleidigung. Ich antwortete:

[1] Heuschrecke.

»Du scheinst deine Zunge in den Schmutz eurer Kamele und Rinder getaucht zu haben, da dieselbe so übelriechende Worte spricht. Ich bin Kara Ben Nemsi aus dem Lande der Alman; mein Freund zur Rechten ist der weit berühmte Behluwan-Bei aus dem Lande der Inkelis, und der Held zu meiner Linken ist Winnetou el Harbi w' Nasir[1], der oberste Häuptling aller Stämme der Apatschen im großen Belad Amierika. Wir sind gewohnt, Mördern unsere Kugeln zu geben, aber keine Steuern. Ich wiederhole es: Wenn du das Geld haben willst, so hole es dir!«

»Dein Verstand ist noch viel kleiner als ich dachte! Sind wir nicht vierzehn starke und tapfere Männer, und ihr zählt nur drei? Also würde jeder von euch fünfmal getötet, ehe er einen von uns töten könnte!«

»Versucht es doch einmal! Ihr kommt nicht dreißig Schritte weit, so haben unsere Kugeln euch gefressen!«

Drüben erscholl ein allgemeines Gelächter. Man meine ja nicht, daß ich mit meinen Worten prahlen wollte. Nein! Gerade wie die altgriechischen Helden ihre Kampfthaten mit einem volltönenden Wortgefecht einzuleiten pflegten, so hat auch der Beduine die Gewohnheit, bei offen auszukämpfenden Streitigkeiten vor der wirklichen Waffe erst den Mund zu gebrauchen, und das thut er gewöhnlich in der ausgiebigsten Weise. Wenn ich in dieser Weise von uns sprach, folgte ich nur der Sitte der Gegend, in welcher wir uns befanden. Das Hohngelächter der Uled Ayun konnte mich nicht stören; es gehörte unbedingt mit zur Sache. Als es verklungen war, fuhr der Scheik in sehr drohendem Tone fort:

»Du sprichst von Mördern. Ich befehle dir, mir zu sagen, wen du meinst!«

»Du hast mir nichts zu befehlen, zumal ihr selbst es seid, die ich meine!«

»Wir sollen Mörder sein? Beweise es, du Hund!«

»Für den ›Hund‹ werde ich dich bestrafen, so wahr ich hier stehe, und zwar noch bevor das Abendgebet gesprochen

[1] Krieger und Sieger.

wird! Merke es dir! Habt ihr nicht den Greis ermordet, dessen Ueberreste da vor uns liegen?«

»Das war nicht Mord, sondern Blutrache.«

»Und dann habt ihr dies schwache Weib in die Erde gegraben. Ein Greis und ein Weib können sich nicht wehren; darum habt ihr euch an beide gewagt, ihr Feiglinge und Memmen; an uns aber würde euer Mut zu Schanden werden.«

Ein neues und viel lauteres Gelächter war die Antwort; dann höhnte der Scheik:

»Kommt doch heran, und zeigt uns eure Tapferkeit, ihr Schakale, ihr Schakalssöhne und Enkel von Schakalskindern! Ihr wagt es nicht; ihr bleibt stehen, weil ihr wißt, daß wir euch verschlingen würden. Aber wenn wir zu euch kommen, werdet ihr davonspringen und vor Angst heulen wie die Hunde, die man peitscht!«

»Kommt doch ihr zuerst heran! Ihr seid fünfmal mehr als wir und bedürft also weniger Mut zum Angriffe. Du sprichst von Flucht; aber ich sage dir, daß ihr euch zurückwenden werdet, um uns zu entkommen, doch wird es keinem gelingen. Merkt auf, was ich euch sage! Ihr habt an dieser Stelle ein Verbrechen begangen, welches wir bestrafen werden. Ihr seid unsere Gefangenen; wer uns entfliehen will, den schießen wir über den Haufen. Steigt ab, und übergebt uns eure Waffen!«

Das Gelächter, in welches sie jetzt ausbrachen, war ein homerisches, und ich gebe gern zu, daß sie mich für verrückt halten konnten und wohl auch hielten. Das meinte auch der Scheik, als er dann sagte:

»Jetzt ist dein Verstand vollends zu Ende; dein Hirnkasten ist leer. Soll ich ihn öffnen, um es dir zu beweisen?«

»Spotte nicht! Sieh her, wie sicher und ruhig wir vor eurer Uebermacht stehen! Müssen wir unserer Sache nicht sicher sein? Ich wiederhole es: Hütet euch, zu fliehen, denn unsere Kugeln würden euch einholen!«

Da wendete der Schwarzbärtige sich zu den Seinen:

»Der Hund scheint im Ernste zu sprechen; er redet von

ihren Kugeln. In unsern Läufen stecken auch welche. Gebt sie ihnen sofort, und dann hin zu ihnen!«

Er legte sein Gewehr auf uns an; seine Leute folgten diesem Beispiele. Zwölf Schüsse knallten, aber keiner traf; ja, es gab nicht eine einzige Kugel, welche auch nur unsere weiten Gewänder streifte, obgleich wir aufrecht und still stehen geblieben waren und uns nicht bewegt hatten. Es war ihre Absicht gewesen, sich auf uns zu stürzen, aber das Erstaunen, uns unverletzt zu sehen, hielt sie am Platze zurück. Da trat Emery einige Schritte vor und rief ihnen mit seiner mächtigen Stimme zu:

»Habt ihr gesehen, wie ihr schießt? Wir blieben getrost stehen, weil wir wußten, daß ihr uns nur aus Versehen treffen würdet. Jetzt wollen wir euch einmal zeigen, wie wir schießen. Dort sind zwei Männer mit Lanzen; einer mag die seinige emporheben, und ich werde sie treffen.«

Der eine der Lanzenträger gehorchte dieser Aufforderung, als er aber sah, daß Emery seine Büchse zum Schusse erhob, ließ er den Spieß wieder sinken und rief:

»O Allah, Allah! Was fällt dem Menschen ein! Er will auf meine Lanze schießen, wird aber mich treffen!«

»Du fürchtest dich!« lachte der Engländer. »Steig also ab und stecke den Speer in den Boden! Wenn du dich dann entfernst, kann ich dich nicht treffen.«

Der Beduine that so, wie ihm geheißen wurde. Emery legte an und drückte ab, ohne länger als einen Augenblick zu zielen. Die Lanze war gerade unter der eisernen Spitze getroffen; es war ein Meisterschuß.

Die Uled Ayun drängten ihr Pferde hin, um den Treffer in Augenschein zu nehmen. Keiner sagte ein lautes Wort; sie flüsterten nur leise miteinander, einen so großen Eindruck hatte der Schuß auf sie gemacht. Da fragte mich Winnetou:

»Wahrscheinlich wird mein Bruder ihnen auch zeigen, wie er schießt?«

»Ja,« antwortete ich. »Ich will sie ohne Blutvergießen fangen und muß ihnen also durch einige Schüsse beweisen, daß sie uns nicht entkommen können.«

»So braucht Winnetou seine Silberbüchse nicht sprechen zu lassen; aber haben die Leute auch Tomahawks?«

»Nein. Sie würden staunen, wenn du ihnen den deinigen zeigen wolltest.«

»Gut! Ich verstehe nicht, mit ihnen zu sprechen, also mag mein Bruder ihnen sagen, daß ich die Lanze, welche noch in der Erde steckt, durch meinen Tomahawk gerade in der Mitte auseinanderschneiden werde!«

Noch hatten die Beduinen sich von ihrem Erstaunen nicht erholt, als ich ihnen zurief:

»Geht weg von der Lanze! Dieser mein Gefährte hat eine Waffe, welche ihr noch nicht gesehen habt. Es ist ein Balta el Kital[1], mit welchem man die Köpfe spaltet und im Wurfe jeden fliehenden Feind erreicht. Er wird es euch zeigen.«

Sie gaben Raum. Winnetou warf den langen Haïk ab, zog den Tomahawk, schwang ihn einigemal um den Kopf und ließ ihn dann aus der Hand gleiten. Die Waffe flog, sich immer um sich selbst wirbelnd, erst niederwärts, berührte in einiger Entfernung den Boden, stieg dann rasch und jäh empor, wirbelte in einer Bogenlinie weiter und senkte sich endlich nieder, um den Schaft des Speeres gerade in der Mitte zu treffen und wie ein Rasiermesser zu durchschneiden.

Schon der Umstand, daß die Lanze auf eine so bedeutende Entfernung gerade an der vorher bezeichneten Stelle getroffen worden war, erregte die Verwunderung der Uled Ayun; aber daß die Waffe ein Beil war, vergrößerte ihr Erstaunen; das Unbegreiflichste dabei war ihnen jedoch die wirbelnde Bewegung desselben und die für sie ganz unerklärliche Bahn, welche es durchflogen hatte. Sie waren fast stumm.

Und da geschah noch etwas, was ihnen noch viel wunderbarer vorkam, nämlich Winnetou legte seine Silberbüchse zur Erde nieder und ging fort, um sein Beil zu holen. Er wendete sich gerade auf sie, schritt mitten durch sie

[1] Schlachtbeil.

hindurch bis nach der Stelle, an welcher sein Beil lag, hob dasselbe auf und kehrte auf ganz demselben Wege zurück, ohne nur einen einzigen von ihnen eines Blickes gewürdigt zu haben. Sie rissen die Augen und, um mich dieses Ausdrucks zu bedienen, auch die Mäuler auf und starrten zu uns herüber.

»Das war sehr gewagt!« bemerkte ich dem Apatschen.

»*Pshaw!*« antwortete er in verächtlichem Tone. »Das sind keine Krieger. Sie habe ja nicht einmal ihre Gewehre, die sie vorhin abschossen, wieder geladen.«

»Aber wenn sie sich an dir vergriffen hätten?«

»So hatte ich meine Fäuste und mein Messer, und du hättest mir mit deinem Stutzen Luft gemacht.«

So war Winnetou, kaltblütig, verwegen und dabei von einer Ueberlegung, die ihn selbst im gefährlichsten Augenblicke nicht verließ. Um die Beduinen nicht aus dem Staunen kommen zu lassen, rief ich ihnen jetzt zu:

»Haï ia radschal - auf, ihr Leute, ich will euch nun ein Zaubergewehr zeigen. Steckt die zweite Lanze in die Erde!«

Sie thaten es. Ich nahm den Stutzen zur Hand und fuhr fort:

»Dieses Gewehr schießt immerfort, ohne daß ich es zu laden brauche. Ich werde jetzt zehn Kugeln in die Lanze senden, jede genau zwei Finger breit über die andere. Paßt auf!«

Ich legte an und schoß, nach jedem Schusse die excentrisch sich bewegende Patronenkugel des Henrystutzens mit dem Daumen weiterdrehend. Aller Augen waren zunächst nur auf mich gerichtet, ob ich auch wirklich nicht laden würde; aber als ich dann nach dem zehnten Schusse den Stutzen aus dem Anschlage nahm, eilten alle nach der Lanze. Ich achtete nicht auf die Ausrufe, welche dort erschollen, sondern beeilte mich, unbemerkt zehn neue Patronen in die Kugel zu schieben, um später, wenn es notwendig sein würde, alle fünfundzwanzig Schüsse zu haben.

Die Kugeln hatten die Lanze genau in der von mir angegebenen Entfernung von einander durchschlagen; ich mußte ihnen als ein Zauberer erscheinen, wollte ihnen trotzdem aber noch mehr imponieren und rief ihnen also zu:

»Zieht die Lanze heraus, geht hundertfünfzig Schritte weiter und steckt sie dort in den Boden! Ich werde sie trotz dieser Entfernung durch zwei Kugeln in drei genau gleichgroße Teile zerschießen!«

Das dünkte ihnen nun vollends gar unmöglich. Der Besitzer der zweiten Lanze, welche schon die zehn Kugellöcher hatte, wollte nicht thun, was ich geboten hatte, der Scheik winkte ihm aber, mir trotz der Unglaublichkeit dieses Stükkes doch zu gehorchen. Daß mir viele Schüsse in wenigen Sekunden zu Gebote standen, hatten sie gesehen; nun wollte ich ihnen auch zeigen, auf welch große Entfernung ich noch genau zu treffen vermochte. Dann mußten sie überzeugt sein, daß ich vorhin nicht verrückt gewesen war und es für sie trotz ihrer Uebermacht weder Sieg noch Flucht geben könne. Die kleinen Kugeln des Stutzens hatten die Lanze durchbohrt; das große Kaliber meines Bärentöters aber mußte sie zerbrechen.

Als die Lanze wieder in der Erde steckte, glich sie einem dünnen Rohrstöckchen. Der Schuß war heikel; aber ich kannte mein Gewehr und konnte mich auf dasselbe verlassen. Den schweren Bärentöter empornehmend, legte ich an und zielte. Die zwei Schüsse krachten wie aus einer Donnerbüchse; zwei Dritteile der Lanze waren verschwunden; das letzte Drittel steckte in der Erde. Die Uled Ayun ritten hin. Ich legte den Bärentöter auf den Boden nieder, ergriff den Stutzen und rief Emery und Winnetou zu:

»Nun rasch auch hin, damit sie uns nicht aus der Treffweite kommen. Winnetou mag, da er nicht mit ihnen reden kann, ihre Waffen und Pferde in Empfang nehmen.«

Wir verließen also die Stelle, auf welcher wir gestanden hatten und wo die Frau mit ihrem Kinde zurückblieb, und folgten den Uled Ayun, denn wir mußten ihnen so nahe sein, daß wir sie mit unsern Kugeln im Schach halten konnten. Wir kamen bis auf fünfzig Schritte an sie heran, ohne daß sie dies für auffällig hielten.

Die Lanzenstücke gingen von Hand zu Hand und des Erstaunens war kein Ende. In seiner unvorsichtigen Bewunderung wendete sich der Scheik um und rief uns zu:

»Der Teufel ist euer Gehilfe. Ihr schießt, ohne zu laden, und eure Kugeln fliegen zehnmal weiter als die unserigen!«

»Und doch hast du die Hauptsache vergessen,« antwortete ich. »Nämlich von euern Kugeln hat keine einzige getroffen, während wir lauter Treffer gehabt haben. Dabei habt ihr auf starke Menschen, die man gar nicht fehlen kann, wir aber auf einen dünnen, schwachen Lanzenschaft geschossen. Ich sage dir, daß niemals eine unserer Kugeln fehl geht. Weißt du, in wieviel Zeit ich die zehn Schüsse gethan habe?«

»In ebensoviel Herzschlägen.«

»In welcher Zeit würde ich dann wohl vierzehn Schüsse thun?«

»In vierzehn Herzschlägen.«

»Richtig! Und jeder würde treffen, nämlich einen von euch!«

»Ia Allah, ia Rabb - o Gott, o Herr! Willst du wirklich auf uns schießen?«

»Nur wenn ihr mich dazu zwingt. Ich habe euch gesagt, daß ihr meine Gefangenen seid; dabei bleibt es! Nun sage mir, ob ihr euch ohne Widerstand ergeben wollt, oder ob ich schießen soll!«

»Gefangen? Ich ergebe mich nicht. Welch eine Schande, von so fremden Hunden, wie ihr seid und wie -«

»Schweig!« donnerte ich ihn an. »Du hast mich schon einmal Hund genannt, und ich sagte dir, daß die Strafe dafür noch vor dem Abendgebete erfolgen werde. Ich verdopple sie, wenn du dieses Wort nur noch ein einzigesmal sagst! Also noch einmal und zum letztenmal: Ergebt ihr euch?«

»Nein. Ich schieß dich nieder!«

Er legte seine Flinte auf mich an; ich rief ihm lachend zu:

»Schieß doch! Ihr habt ja nicht geladen! Ihr habt euch vollständig überlisten lassen. Ich wende mich zunächst an dich, und deine Leute werden deinem Beispiele folgen. Steig jetzt ab und - -«

Ich wurde unterbrochen. Emery hatte sein Gewehr blitzschnell erhoben und geschossen, denn einer der Uled Ayun, der hinter zwei andern steckte und also von mir nicht gesehen werden konnte, hatte sich unbeachtet geglaubt und Pulverhorn und Kugeltasche hervorgezogen, um zu laden. Der Schuß des Engländers traf ihn in den Vorderarm. Er schrie laut auf und ließ sein Gewehr vom Pferde fallen.

»Dir ist recht geschehen!« rief ich ihm zu. »So wie dir, wird es jedem ergehen, welcher ungehorsam ist. Ich habe euch gewarnt und warne noch einmal. Auch denjenigen, der sich etwa wendet, um zu fliehen, wird sofort eine Kugel vom Pferde reißen. Steig augenblicklich ab; trag dein Gewehr hinüber zu dem Krieger aus dem Belad Amierika; gieb ihm dein Messer und deine sonstigen Waffen ab, und setze dich dann in seiner Nähe auf den Boden nieder!«

Der Mann zögerte, obgleich ihm das Blut vom Arme lief. Da legte ich den Stutzen auf ihn an und drohte:

»Ich zähle bis drei. Wenn du dann noch nicht gehorchst, zerschmettre ich dir auch noch den andern Arm. Also - eins - zwei -!«

»Ma sa Allah kaan wamaa lam jasah lam jekun - was Gott will, geschieht; was er nicht will, geschieht nicht,« knirschte er, stieg vom Pferde, hob sein Gewehr auf und trug es Winnetou hin, der es ihm abnahm und ihn dann nach andern Waffen untersuchte.

Ich rief die Frau herbei, gab ihr mein Messer und sagte:

»Du weißt, was die Schurken an dir und deinem Kinde gethan haben, und wirst uns jetzt gern mithelfen. Schneide dem Manne dort einen starken Streifen vom Haïk und binde ihm mit demselben die Arme an beiden Ellbogen so fest auf den Rücken, daß er die Fessel nicht zerreißen kann. Das thust du dann auch mit jedem folgenden!«

»O Herr, was seid ihr für Männer!« rief sie aus. »Ihr thut Wunder über Wunder, und euch ist alles, alles möglich!«

Sie that, was ich ihr befohlen hatte, und ich wendete mich wieder zu dem Scheik:

»Du hast nun gesehen, was man davon hat, wenn man uns widerstrebt. Also gehorche! Herab vom Pferde!«

Anstatt meinem Gebote Folge zu leisten, wollte er sein Pferd schnell herumreißen und davonjagen; das Tier aber verstand den plötzlichen und heftigen Zügelruck falsch und stieg vorn in die Höhe. Schon hob ich den Stutzen, um zu schießen, da sprang Emery zu ihm hin und rief:

»Halunke, du bist keine ehrliche Kugel wert; wir machen das anders. Herunter vom Gaule!«

Er nahm ihn beim Beine; ein riesenkräftiger Ruck, und der Reiter flog in einem weiten Bogen auf die Erde, wo Emery ihn mit einigen Faustschlägen betäubte, während Winnetou und ich mit unsern Gewehren die andern in Schach hielten. Der Scheik wurde entwaffnet und dann an Händen und Füßen gebunden.

Ich wendete mich nun zu demjenigen, welcher seinen Gesichtszügen und den Narben nach, welche er hatte, der mutigste zu sein schien, und gebot ihm:

»Jetzt nun du! Herab und hin, um dein Gewehr und Messer abzuliefern! Eins - zwei -!«

Er wartete die drei gar nicht ab, sondern stieg, zwar finstern Blickes, aber doch gehorsam, vom Pferde, gab Winnetou seine Waffen, wurde gebunden und setzte sich dann nieder.

Nun glaubte ich, daß es schneller und ohne großen Widerstand gehen werde. Ich hatte mich da nicht geirrt. Uns kam die mohammedanische Ansicht vom Kismet zu statten: Es war Allahs Wille; es stand im Buche des Lebens verzeichnet. Sie gehorchten alle, und nur zwei stießen, indem sie sich doch notgedrungen fügten, dabei Verwünschungen aus. Der eine rief mir zu: »Jil' an daknak - verflucht sei dein Bart!« woraus ich mir natürlich nichts machte. Und der andre fuhr mich grimmig an: »Allah jelbisak bornehta - Allah setze dir einen Hut auf!« Dies bezieht sich darauf, daß ein Moslem niemals einen Hut trägt; die Verwünschung will also sagen: Gott rechne dich zu den Ungläubigen, und da ich im Sinne des Islam Zeit meines Lebens zu den Ungläubigen gehört habe, so konnte auch dieser sonst so entsetzliche Fluch mich weder in großen Zorn versetzen, noch zu bittern Thränen rühren. Hatte ich doch manchen Tag meines Daseins einen Filz- oder Strohhut und zur schönen Zeit der lieben Examina sogar einen Cylinder, genannt Angströhre, nebst obligatem Frack getragen, der Glacés für eine Mark zwanzig Pfennige gar nicht zu gedenken!

Wir hatten das jedem, der nicht Prairiejäger gewesen ist, unmöglich Erscheinende vollbracht – zu drei Personen vierzehn bewaffnete und ausgezeichnet berittene Feinde ohne eigentlichen Kampf gefangen genommen; ich gestehe aber aufrichtig und der Wahrheit gemäß, daß uns dies mit vierzehn Indianern nicht gelungen wäre. Zu rühmen brauchten wir uns gar nicht, denn es war uns bei unsrer vortrefflichen Bewaffnung leicht genug geworden, und da mir ein Blutvergießen widerstrebte und wir die Pferde auch gern schonen wollten, so hätten die Uled Ayun nur plötzlich und in Masse auszubrechen gebraucht, um uns zu entkommen; glücklicherweise aber waren sie über die Güte unsrer Waffen so erstaunt und geradezu verblüfft gewesen und von uns so schnell übertölpelt worden, daß sie gar keine Zeit gefunden hatten, einen Entschluß zu fassen, geschweige denn denselben auszuführen. Als sie nun alle gebunden beisammen saßen, fragte mich Emery:

»Wie nun sie fortbringen? Wird wohl schwieriger sein als die Gefangennahme!«

»O nein. Erst hatte ich die Absicht, dich fortzusenden, um Soldaten zu holen, während Winnetou und ich die Kerls bewachen –«

»Werde gleich reiten!«

»Warte, und laß mich ausreden! Jetzt aber denke ich, daß dies nicht notwendig ist. Wir transportieren sie selbst.«

»Sollen sie etwa reiten? Dann brennt uns einer oder der andere durch, trotzdem sie gefesselt sind. Du willst doch keinen töten, und wenn uns einige davonreiten, können wir sie doch nicht verfolgen und die andern halten lassen!«

»Sie reiten eben nicht! Jeder Uled Ayun führt sein Pferd.

Wir binden den Zügel an seine Hände, die er auf dem Rükken hat; er läuft voran, und das Pferd folgt hinter ihm.«

»*Well*, nicht übel. Aber wenn die Pferde unruhig werden? Ein gefesselter Mann kann, zumal wenn er die Hände auf dem Rücken hat, kein Pferd beruhigen oder gar bändigen.«

»Das braucht er auch nicht, sondern wir drei werden das thun; wir haben ja unterwegs nichts weiter vorzunehmen und können also ganz gut mit auf die Pferde achten.«

»*Well!* Also vorwärts! Wir haben nur noch anderthalbe Stunde bis zum Abend. Glücklicherweise können wir, selbst wenn die Kerls nicht reiten, in einer Stunde am Warr sein.«

»Warr? Welches Warr?«

»Der Führer sagte, kurz ehe wir aufbrachen, um dich zu suchen, daß wir heute an ein Warr kommen würden, durch welches wir morgen reiten müssen, und so beschloß Krüger-Bei, am Anfange dieses Warr Lager zu machen.«

»Weißt du den Weg dorthin?«

»Müssen unbedingt hinkommen, wenn wir westlich reiten.«

»Warr« ist eine mit Felsblöcken übersäete Wüste. Unter »Sahar« begreift nämlich der Beduine nur die sandige Wüste. »Serir« ist die steinige, »Dschebel« die gebirgige Wüste. Ist die Wüste bewohnbar, so heißt sie »Fiafi«, während man die unbewohnbare »Khala« nennt. Hat die Wüste Gesträuch, so heißt sie »Haitia«, und wo gar Bäume stehen, spricht man von »Khela«.

Wenn Emery von einem Führer gesprochen hatte, so war der Soldat gemeint, welcher der Einschließung durch die Uled Ayar entkommen war und die Botschaft davon nach Tunis gebracht hatte. Es war ihm dafür der Grad eines Unteroffiziers erteilt worden. Um die Feinde zu finden, bedurften wir keines Führers; wenn es sich aber um die Einzelheiten der Gegend handelte, so mußte es uns ganz lieb sein, einen Mann bei uns zu haben, welcher dieselben kannte, weil er vor so kurzer Zeit erst hier gewesen war.

Jetzt wurden die Gefangenen so, wie ich es gesagt hatte, mit ihren Pferden zusammengebunden, und dann brachen wir auf. Der Verwundete hatte für seinen Arm einen Verband erhalten, und was den Scheik betrifft, so war derselbe natürlich längst aus seiner Ohnmacht erwacht und mußte sich, wenn auch zähneknirschend, in sein Schicksal fügen. – – –

FÜNFTES KAPITEL

Am Dschebel Magraham

Elatheh, die von mir gerettete Frau, hatte erklärt, nun stark genug zu sein, sich mit ihrem Kinde im Sattel halten zu können, und ritt eins der Pferde der Ayun. Sie schien keine Sorge mehr um sich selbst zu haben, da wir ihre Todfeinde, die Ayun, nicht als Freunde behandelt hatten.

Wir drei saßen natürlich auch zu Pferde und trieben unsere Fußgänger zu raschem Laufe an. Die Pferde der Ayun machten uns nicht viel zu schaffen. So feurig die Beduinenrosse sind, so sind sie doch wie Hunde, welche ihren Herren folgsam und willig nachlaufen.

Die Sonne hatte den Horizont noch nicht erreicht, als wir hier und da im Sande größere oder kleine Steine liegen sahen. Das »Warr« begann, und je weiter wir kamen, desto größer und zahlreicher wurden die Steine. Endlich sahen wir sie südwärts in Massen vor uns liegen; ein nächtlicher Ritt durch ein solches Warr ist höchst unbequem, und so konnten wir den Entschluß Krüger-Beis, am Beginn desselben Halt zu machen, nur billigen.

Bald sahen wir denn auch das Lager vor uns, in welchem es sehr lebhaft zuging. Man sah uns kommen; man sah auch, daß wir nicht allein waren, und so kamen uns viele neugierig entgegen, die nicht wenig erstaunt waren, als sie hörten, was geschehen war, und die Kunde davon schnell durch das ganze Lager verbreiteten.

Natürlich stattete ich Krüger-Bei meinen Rapport ab. Er schien nicht sehr von demselben erbaut zu sein, denn er sagte:

»Sie haben da zu drei Personen eine Heldenthat vollbracht und außerdem vierzehn Personen gefangen genommen; aber anders wäre es mir viel lieber gewesen.«

»Anders? Wie meinen Sie das?«

»Weil diese Gefangenen mitschleppen zu müssen, große Unannehmlichkeiten zur Folge haben wird.«

»Ich denke gerade das Gegenteil.«

»Wodrum?«

»Weil sie uns in Beziehung auf die Uled Ayars von großem Nutzen sein können.«

»So wollen Sie mir gütigst mitteilen, worin dieser Nutzen besteht, was ich mit voller Zuverlässigkeit nicht einsehe!«

»Die Uled Ayars haben die Kopfsteuer verweigert. In welcher Weise wird dieselbe geleistet oder ausgezahlt?«

»Der Stamm hat so und so viel Köpfe, macht in Summa für den Stamm und seinesgleichen alle Köpfe zusammen so viel Pferde, Rinder, Kamele, Schafe oder Ziegen.«

»Die Kopfsteuer wird also in Vieh geleistet. Im Frühjahr sind die Regen ausgeblieben, und infolge der nachherigen Dürre gingen unzählige Tiere zu Grunde. Die Herden sind gelichtet, und mancher wohlhabende Nomad ist zum armen Manne, mancher arme Mann zum Bettler geworden. Die Leute müssen, wenn sie nicht rauben sollen, von ihren Herden leben; nun aber sind sie gezwungen, zu darben. Sie hegten die Hoffnung, daß Mohammed es Sadok Pascha ihnen deshalb die Kopfsteuer für dieses Jahr erlassen oder doch wenigstens herabmindern werde; sie sandten darum Boten zu ihm; er hat es aber nicht gethan. Sie sollen von ihren gelichteten Herden die Steuer, die volle Steuer entrichten und werden also in noch viel größere Not geraten. Das hat sie erbittert; deshalb haben sie sich empört. Nun kommen wir, sie zu zwingen, ihnen mit Gewalt das Verweigerte abzunehmen; das wird sie zur Verzweiflung bringen. Ich bin aber überzeugt, daß sie die Steuer entrichten würden, wenn sie nicht so große Verluste erlitten hätten. Sie nicht auch?«

»Sofern als auch!« nickte er.

»Sie können sie nicht geben, ohne in noch größere Not zu geraten; sie werden sich also bis auf das Messer wehren. Die Uled Ayar sind uns an der Zahl der Krieger überlegen.

Wenn sie uns besiegen, so sind wir unendlich blamiert und müssen mit Schande heimkehren. Das darf uns natürlich nicht passieren!«

»Es ist unmöglich, eine solche Schande zu ertragen, lieber mit der Waffe in der Faust sterben.«

»Ganz richtig, lieber sterben! Aber nun der andere Fall: wir siegen. Dann stürzen wir den ganzen Stamm in das tiefste Elend; der Hunger reibt ihn auf, und was dieser übrig läßt, das raffen die Krankheiten und Seuchen, welche eine Folge der Hungersnot sind, hin. Soll das geschehen?«

»Ungern. Aber warum soll nicht eintreten ein Auszug des Stammes nach Gegenden, wo die Herden mit gefundenen Weiden wieder Kraft und Fett und Fleisch erhalten?«

»Sie meinen, die Ayars sollen die Gegend wechseln, sollen gute Weiden aufsuchen, um ihre Herden sich wieder vermehren zu lassen? Dann ziehen sie hinüber ins Algerien oder gar über die Grenze von Tripolis; sie gehen also dem Pascha verloren, und er wird von ihnen nie wieder Steuer erhalten können, weil er ihnen diejenige eines einzigen kurzen Jahres nicht erlassen hat. Wünschen Sie das?«

»Entweder niemals oder auch nein!«

»Also Sie wünschen, daß weder wir noch die Uled Ayars besiegt werden!«

Er antwortete nicht sofort; er starrte mich ganz erstaunt an, dachte nach und kam da allerdings zur Einsicht, daß ich recht hatte, denn er meinte in verlegenem Tone:

»Das zu wissen, kann ich weder einsehen noch begreifen. Vielleicht können Sie mit beliebiger Scharfsinnigkeit nach Auseinandersetzung aller Gründe mir Hilfe leisten.«

»Ja, ich kann Ihnen einen Rat erteilen; ich weiß ein Mittel, den Uled Ayars die Zahlung der Kopfsteuer zu ermöglichen, ohne daß sie Schaden davon haben. Sie treiben dieselbe von den Uled Ayun ein.«

»Uled Ayun? Inwiefern?«

»Ich weiß, daß die Uled Ayun viel reicher sind, als die Uled Ayar; sie können einen Verlust viel leichter ertragen. Indem ich ihren Häuptling und seine dreizehn Begleiter gefangen nahm, verfolgte ich einen doppelten Zweck; einmal wollte ich ihn für den Mord bestrafen, das andremal bekam ich durch ihn einen Trumpf in die Hände, welchen wir gegen oder vielmehr für die Uled Ayars ausspielen können. Es ist uns vielleicht gar möglich, letzteren die Entrichtung der Steuer zu ermöglichen und also sie mit dem Pascha auszusöhnen, ohne daß wir einen einzigen Schuß zu thun brauchen.«

»Das würde als ein Wunder vernommen werden.«

»Denken Sie daran, daß die Uled Ayar mit den Uled Ayun in Blutrache stehen. Es wird mir nicht schwer werden, festzustellen, wieviel Morde die letzteren an den ersteren begangen haben; dafür müssen sie die Blutpreise zahlen. Wir können sie zwingen, weil ihr Scheik sich in unsern Händen befindet.«

Da that Krüger-Bei trotz seines Alters und seiner hohen Würde einen Freudensprung und rief aus:

»Alhamdulillah! Allah sei Dank für diesen kostbaren Gedanken und diese unvergleichliche List, die Sie ausgesonnen haben! Sie sind ein kostbarer Kerl! Ihnen meine Freundschaft! Darauf können Sie sich verlassen von Zeit zu Zeit.«

Er schüttelte mir die Hände, und ich fragte ihn:

»Sie tadeln mich nun also nicht mehr darüber, daß ich den Scheik gefangen genommen habe?«

»Weder nicht noch nie!«

»So bitte, lassen Sie ihn mit seinen Leuten vorführen. Wir wollen ihn ins Gebet nehmen wegen der Blutrache. Auch habe ich eine persönliche Sache mit ihm zu ordnen.«

»Welcherlei Sache?«

»Er schimpfte mich wiederholt einen Hund, und ich habe ihm dafür Strafe angedroht. Er soll Prügel haben.«

»Prügel? Wissen Sie, daß ein freier Beduine die Prügel nur mit Blut abwäscht und die fürchterlichste Rache auf Tod und Leben nimmt?«

»Ich weiß es genau; ich weiß alles, was Sie sagen wollen. Auch ist's nicht etwa allein der ›Hund‹, den er büßen soll, sondern er soll bestraft werden für die Bosheit und Gefühllosigkeit, welche dazu gehört, eine wehrlose Frau mit einem armen Kinde in geradezu teuflischer Weise zu behandeln. Die Blutrache geht mich nichts an; daß er den Greis ermordet hat, darüber bin ich nicht zum Richter berufen; aber ich sah das blinde Kind bei dem Kopfe seiner Mutter liegen, welcher um Hilfe schreiend aus der Erde ragte; ich sah die Geier um die Stelle versammelt, jeden Augenblick bereit, die Zerfleischung von Mutter und Kind zu beginnen. Diese Grausamkeit ging weit über die Blutrache hinaus, und dafür soll und muß er seine Strafe erhalten.«

»Und dennoch kann ich nicht umhin, Zweifel über ihre Berechtigung zu hegen!«

»Sagen Sie, was Sie wollen! Mein christliches Gefühl ist empört über die Unmenschlichkeit. Sie waren Christ, und ich weiß, daß Sie es im Herzen noch sind, obgleich Sie leider das Gewand eines Moslem tragen. Sie warnen mich nur vor den Folgen, um welche ich mich nicht schere, und geben mir doch innerlich recht. Ich wiederhole meine Bitte: Lassen Sie die Kerle kommen! Ich habe gesagt, daß er seine Strafe noch vor dem Abendgebete erhalten soll, und was ich sage, das gilt. Wenn Sie es nicht zugeben, werde ich ihn hinter Ihrem Rükken durchbläuen lassen!«

»Indem es Ihr fester Entschluß ist, daß er entweder hinter meinem Rücken oder auch vor demselben geprügelt werde, so soll es auf der Stelle Ihnen zuliebe ausgeführt werden.«

Nachdem er diese Zustimmung in seiner außerordentlich klaren Weise gegeben hatte, erteilte er den Befehl, die Gefangenen vor ihn zu führen. Er nahm vor dem Zelte, welches für ihn aufgerichtet worden war, Platz; ich mußte mich auf die eine Seite neben ihn setzen und Winnetou und Emery wurden aufgefordert, sich auf der anderen Seite niederzulassen.

Nach der Art, wie er seine Muttersprache ge- oder vielmehr mißbrauchte, durfte man den Beamten ganz und gar nicht beurteilen; er war in seinen gegenwärtigen Verhältnissen und für dieselben ein ganzer Mann.

Als die Truppen hörten, daß der Herr der Heerscharen mit den Gefangenen sprechen wolle, kamen sie herbei, um zuzusehen. Die Offiziere bildeten einen weiten Halbkreis um uns. Der Scheik der Uled Ayun wurde mit seinen Leuten gebracht. Er kannte Krüger-Bei und grüßte ihn, doch nur mit einer leichten Verneigung seines Hauptes. Der freie Beduine meint, auf den unfreien Beamten oder Soldaten des Pascha tief herabsehen zu müssen. Da kam er aber bei dem Obersten an den unrechten Mann; dieser hatte jetzt nicht deutsch, sondern arabisch zu sprechen und schnauzte ihn an:

»Wer bist du?«

»Du kennst mich doch!« antwortete der Scheik in trotzigem Tone.

»Ich glaubte, dich zu kennen; dein hoheitsvoller Gruß sagt mir aber, daß ich mich geirrt habe. Bist du seine Herrlichkeit, der Großsultan von Stambul, welcher der jetzige Khalif aller Gläubigen ist?«

»Nein,« antwortete der Scheik, welcher nicht wußte, wo der Oberst mit seinen Fragen hinaus wollte.

»Warum grüßest du mich da wie ein Sultan, zu dessen Angesicht ich meine Augen nicht erheben darf! Ich will hören, wer du bist!«

»Ich bin Farad el Aswad, der oberste Scheik aller Uled Ayun.«

»Ah, der! Allah öffnet mir die Augen, dich wieder zu erkennen. Also du bist ein Ayun, nichts als ein Ayun, und doch ist dein Nacken zu steif, den Herrn der Heerscharen des Pascha, dem Allah tausend Jahre schenken möge, in würdiger Weise zu grüßen. Ich werde dir den Nacken beugen lassen!«

»Herr, ich bin ein freier Ayun!«

»Ein Mörder bist du!«

»Kein Mörder, sondern ein Bluträcher; aber das geht keinen Menschen etwas an. Wir sind freie Männer, wir haben unsre eigenen Gesetze, nach denen wir leben; wir zahlen dem Pascha die Kopfsteuer, welche wir ihm versprochen haben; weiter hat er nichts zu fordern, und um das übrige hat er sich nicht zu kümmern.«

»Du thust, als ob du deine Rechte ganz genau kenntest,

und ich werde sie dir nicht streitig machen; aber deine Pflichten scheinst du nicht zu kennen. Da ich dich bei deinen Rechten lasse, werde ich auch darauf sehen, daß du bei deinen Pflichten bleibst. Du siehst in mir den Vertreter des Pascha und hast ihn in mir zu achten und zu ehren. Ich werde euch jetzt zwanzig Schritte weit zurückführen lassen; dann naht ihr euch wieder und grüßt mich so, wie ihr es mir schuldig seid! Sonst bekommt ihr augenblicklich die Bastonnade!«

»Das darfst du nicht wagen!« fuhr der Schwarze auf. »Wir sind freie Männer, wie ich bereits gesagt habe.«

»In der Wüste seid ihr frei; wenn ihr euch aber beim Pascha oder bei mir befindet, seid ihr Untergebene, denn ihr zahlt uns die Kopfsteuer. Und wo ich meinen Fuß hinsetze, da gelten die Gesetze des Pascha. Wer die nicht befolgt, wird bestraft. Also zwanzig Schritte zurück, und dann ordentlich gegrüßt! Fort mit euch!«

Sie sahen, daß es ihm Ernst war, und ich war auch überzeugt, daß er seine Drohung ausführen würde, falls sie ihm nicht gehorchten. Sie entfernten sich bis auf zwanzig Schritte, kamen dann wieder und grüßten, indem sie sich tief verbeugten und die rechte Hand auf Stirn, Mund und Brust legten. Dennoch fuhr Krüger-Bei sie an:

»Wo bleibt das Sallam? Seid ihr stumm geworden?«

»Sallam aaleïkum!« grüßte der Scheik. »Allah verlängere dein Leben und schenke dir die Freuden des Paradieses!«

»Sallam aaleïkum! Allah verlängere dein Leben und schenke dir die Freuden des Paradieses!« wiederholten seine dreizehn Begleiter einstimmig.

»Aaleïk es Sallam!« antwortete Krüger-Bei kurz. »Wie kommt ihr hieher?«

»Man hat uns gezwungen,« antwortete der Scheik. »Weil wir ein Weib der Uled Ayar bestraften, mit denen wir in Blutrache leben.«

»Wer zwang euch?«

»Die drei Männer, welche an deiner Seite sitzen.«

»Und ihr seid vierzehn? Wie kannst du das sagen, ohne daß dein Angesicht errötet?«

»Wir brauchen nicht zu erröten, denn die Männer stehen mit dem Scheitan[1] im Bunde; er hat ihnen Gewehre gemacht, gegen welche hundert Krieger nicht aufkommen können.«

»Sie halten es nicht mit dem Teufel, sondern sie fürchten Gott; aber sie sind tapfere Männer, welche schon in vielen Kämpfen gesiegt haben und weder Furcht noch Zagen kennen.«

»So kennst du sie noch nicht, uns aber haben sie gesagt, wer sie sind.«

»Nun, wer sind sie?«

»Der eine ist ein Nemsi, der andere ein Inglesi und der dritte ein Amierikani. Sie alle drei sind Ungläubige, welche in der Hölle wohnen werden. Was haben sie in unserm Lande zu suchen? Wer giebt ihnen das Recht, sich in unsere Angelegenheiten zu mischen? Die Hunde haben uns – –«

»Halt!« gebot der Oberst ihnen in drohendem Tone. »Beleidigt sie nicht, denn sie sind meine Freunde und Gäste, und ihr beleidigt mich mit ihnen. Laßt also kein solches Wort wieder hören!«

Und in einem ganz anderen, merkwürdig freundlichen Tone fuhr er fort:

»Ihr habt Blutrache mit den Uled Ayar? Seit wann?«

»Seit fast zwei Jahren.«

»Ich ziehe jetzt gegen sie, um sie zu bekämpfen. Sie sind also meine Feinde ebenso, wie sie die eurigen sind.«

»Wir wissen es und hoffen also, daß du uns als Freunde behandeln wirst.«

»Für wen ist die Blutrache günstiger ausgefallen, für euch oder sie?«

»Für uns.«

»Wieviel Männer haben sie euch getötet?«

»Keinen.«

»Und ihr ihnen?«

»Vierzehn.«

Ich wußte, daß der plötzliche freundliche Ton des Ober-

[1] Teufel.

sten einen Grund haben müsse. Jetzt meinte er in ganz veränderter, strenger Weise:

»Das wird euch teuer zu stehen kommen! Denn ich werde euch den Uled Ayar ausliefern.«

»Das wirst du nicht!« rief der Scheik erschrocken. »Sie sind doch deine Feinde!«

»Sie werden dadurch, daß ich euch ihnen gebe, meine Freunde werden!«

»O Allah! Sie werden Rache nehmen und uns töten! Aber du hast kein Recht, uns auszuliefern. Wir sind nicht deine Sklaven, die du nach Belieben verschenken kannst!«

»Ihr seid meine Gefangenen! Ich sage euch, der Ritt nach der Stelle, an welcher ihr das Weib eingegraben hattet, wird euch teuer zu stehen kommen!«

Der Scheik sah finster vor sich nieder; dann blickte er zu dem Obersten auf, sah diesem scharf und forschend in das Gesicht und fragte:

»Ist es dein Ernst, uns auszuliefern?«

»Ich beteure es bei meinem Namen und bei meinem Barte!«

Da ging ein Zug grimmigen Hasses über das Gesicht des Ayun, und in höhnischem Tone fuhr er fort:

»Du meinst wohl, daß sie uns töten werden?«

»Ja.«

»Du irrst, bei meiner Seele, du irrst! Sie werden uns nicht töten, sondern die Diyeh[1] von uns nehmen. Einige Pferde, Kamele und Schafe werden ihnen lieber sein als unser Blut. Dann sind wir wieder frei und werden an dich denken! Wir werden dich - dich - -«

Er machte eine drohende Armbewegung. Der Oberst that, als ob er diese nicht gesehen habe, und sagte:

»Irrt euch nicht! - Es wird sich wahrscheinlich nicht nur um einige Stück Vieh, sondern um viel mehr handeln.«

»Nein. Wir kennen den Preis, welcher bei uns gebräuchlich ist, und können ihn recht wohl bezahlen.«

Da wendete sich der Oberst an mich und fragte:

[1] Blutpreis.

»Welcher Ansicht bist denn du, Effendi?«

Es ist allerdings gebräuchlich, die Höhe der Diyeh, des Blutpreises, nach den Verhältnissen der Person, welche ihn zu bezahlen hat, zu bestimmen. In diesem Falle war freilich anzunehmen, daß die Uled Ayun nicht soviel für die getöteten Ayar zu bezahlen hatten, wie die Kopfsteuer betrug, welche die letzteren entrichten sollten. Dies wußte der Oberst, und darum wendete er sich an mich in der Hoffnung, daß ich es verstehen würde, der Sache eine günstigere Wendung zu geben. Ich antwortete also in diesem Sinne:

»Du willst, o Herr, mit den Uled Ayar über die Auslieferung unserer Gefangenen verhandeln?«

»Ja.«

»So bitte ich dich um die Gewogenheit, zu erlauben, daß ich es bin, der die Verhandlung zu führen hat!«

»Die Bitte ist gewährt, denn ich weiß, daß ich keinen bessern Mann damit beauftragen kann.«

»In diesem Falle werden die Uled Ayun nun freilich viel mehr zu bezahlen haben, als sie jetzt denken.«

»Meinst du?« fragte er erfreut.

»Ja. Der Scheik der Ayun hat mich einen Hund, einen Ungläubigen genannt; ich kenne aber den Kuran und die verschiedenen Auslegungen desselben besser als er. Ich werde ihm das dadurch beweisen und seine beleidigenden Ausdrücke dadurch bestrafen, daß ich für die Auslieferung der Gefangenen die Bedingung stelle, den Blutpreis für die getöteten Uled Ayar genau nach dem Kuran und seinen Kommentaren zu bestimmen.«

Da lachte der Scheik höhnisch auf und rief:

»Ein Nemsi, ein Ungläubiger, ein Christ will den Kuran besser kennen als wir, und nach dem heiligen Buche die Diyeh bestimmen! Dem Giaur ist der Hochmut in den Kopf gefahren und hat ihm den Verstand verwirrt!«

»Wahre dich!« warnte ich ihn. »Noch ist das Abendgebet noch nicht gekommen und du nennst mich einen Giaur. Weißt du denn, was der Kuran und die Auslegung über die Diyeh berichtet?«

»Nein, denn es wird gar nichts berichtet, sonst müßte ich es wissen.«

»Du irrst, und ich werde deine Unwissenheit erleuchten. Also höre, und die deinen mögen auch hören: Abd el Mottaleb, der Vatersvater des Propheten, hatte der Gottheit gelobt, wenn sie ihm zehn Söhne bescheren würde, ihr einen derselben zu opfern. Sein Wunsch wurde erfüllt, und um seinem Gelübde treu zu sein, befragte er das Los, welchen seiner zehn Söhne er zum Opfer bringen solle; es traf Abd-Allah, den nachherigen Vater des Propheten. Da nahm Abd el Mottaleb den Knaben und verließ mit ihm die Stadt Mekka, um ihn draußen vor derselben zu opfern. Inzwischen aber hatten die Bewohner der Stadt gehört, was er vorhatte; sie folgten ihm und stellten ihm vor, wie frevelhaft und grausam zu handeln er im Begriffe stehe. Sie versuchten sein Vaterherz zu erweichen, aber er widerstand allen ihren Reden und schickte sich an, das Opfer zu vollziehen. Da trat ein Mann zu ihm und bat ihn, ehe er handle, eine berühmte Wahrsagerin zu befragen. Abd el Mottaleb that dies, und sie erklärte, daß man rechts den Abd-Allah und links zehn Kamelstuten stellen möge und dann das Los werfen solle, wer zu töten sei, der Knabe oder die Stuten. Wenn das Los auf Abd-Allah falle, müsse man weitere zehn Kamelstuten bringen und wieder das Los befragen, und in dieser Weise fortfahren, bis es auf die Stuten falle, wodurch die Gottheit erkläre, wieviel Stuten das Leben und das Blut des Knaben wert sei. Es wurde auch in dieser Weise verfahren. Zehnmal fiel das Los auf den Knaben, sodaß bereits hundert Kamelstuten auf der linken Seite standen. Zum elftenmale traf das Los die Kamele, und Abd-Allah, der Vater des Propheten, wurde dadurch vom Opfertode erlöst. Seit jenem Tage und zum Andenken an denselben, wurde der Blutpreis eines Menschen auf hundert Kamelstuten festgestellt, und jeder wirklich gläubige Moslem darf sich nicht nach dem Brauche seiner Gegend, sondern er muß sich nach diesem geheiligten Brauche richten. Was sagst du nun?«

Diese Frage richtete ich an den Scheik. Er blickte einige

Zeit finster vor sich nieder, warf mir dann einen grimmigen Blick zu und fragte:

»Welcher M'allim[1] des Kuran hat die Todsünde begangen, dich, den Ungläubigen über die Geheimnisse des Islam zu unterrichten? Allah verbrenne ihn im glühendsten Feuer der Hölle!«

»Der Lehrer war auch ein Christ. Wir Christen kennen eure Lehre weit besser, als ihr selbst. Nun rechne einmal! Ihr habt vierzehn Uled Ayar umgebracht; das giebt vierzehnhundert Kamelstuten, welche ihr zu bezahlen habt, wenn ihr euer Leben retten wollt.«

»Und die Uled Ayar werden so verrückt sein, sie zu verlangen?«

»Ja. Oder vielmehr, sie würden verrückt sein, wenn sie es nicht thäten. Wir liefern euch nur unter der Bedingung an sie aus, daß sie es thun. Wir machen ihnen mit euch ein großartiges Geschenk, welches sie mit Freuden hinnehmen werden, da sie dann die Kopfsteuer bezahlen können und ihnen noch viele Tiere übrig bleiben, um die gehabten Verluste zu ersetzen!«

»Du redest wie ein ungeborenes Kind! Woher sollen wir vierzehnhundert Kamelstuten nehmen!«

»Hat denn nicht jedes Tier einen Preis, für welchen es zu haben ist? Besitzt nicht auch jede Kamelstute einen solchen?«

»Sollen wir Geld geben? Soviel bares Geld giebt es im ganzen Lande nicht. Wir bezahlen nicht, sondern wir tauschen. Aber das weißt du nicht, weil du ein Fremder, ein Giaur bist!«

»Giaur! Wieder eine Beleidigung! Sie wird zu den vorigen gerechnet und erhöht das Maß der Strafe, welche dich treffen wird. Habe ich übrigens gesagt, daß ihr Geld bezahlen sollt? Wenn es bei euch nur Tauschhandel giebt, und ich weiß sehr wohl, daß es so ist, so wird euch kein Mensch verwehren, die vierzehnhundert Kamelstuten im Tausche zu bezah-

[1] Lehrer.

len. Ihr kennt den Wert eines Kameles, eines Rindes, eines Pferdes, eines Schafes und einer Ziege, und könnt euch also leicht berechnen, wieviel Pferde, Rinder, Schafe oder Ziegen ihr für die Stuten abzuliefern habt. Uebrigens ist dies noch nicht alles, was ihr zu bezahlen habt.«

»Etwa noch mehr?« fuhr er auf.

»Ja. Kennst du die Erklärungen des Kuran von Samakschari und Beidhawi?«

»Nein.«

»Ich habe sie studiert. Du siehst also abermals, daß ich, den du einen Giaur schimpfest, die Lehren, Gebote und Gesetze des Islam besser kenne als ihr, die ihr euch rühmt, gläubige und unterrichtete Anhänger des Propheten zu sein. Diese beiden Ausleger sind die berühmtesten von allen, und sagen übereinstimmend: Wer das Weib eines andern beschimpft, schändet, der tötet ihre Ehre und soll den halben Blutpreis bezahlen; wer sie aber mißhandelt, der tötet die Ehre ihres Mannes und muß die ganze Diyeh entrichten. Weißt du, was ich meine?«

»Allah verderbe dich!« knirschte er.

»Ihr habt die Frau, die ich rettete, auf eine ganz unmenschliche Weise mißhandelt und dadurch die Ehre ihres Mannes getötet. Das kostet den ganzen Blutpreis, also hundert Kamelstuten, oder deren genauen Wert in andern Tieren. Ich will dabei so gütig sein und die Gefahr, in welche ihr auch das blinde Kind brachtet, nicht mit in Anrechnung bringen. Aber das schwöre ich euch zu, daß ihr euer Leben nicht rettet, außer ihr bezahlt neben den vierzehnhundert Stuten für die Ermordeten auch noch hundert an die Frau! Sie ist arm, und ich will, daß sie durch die Mißhandlungen, welche sie erdulden mußte, wohlhabend werde.«

Da konnte sich der Scheik nicht länger halten; er sprang zwei Schritte vor und schrie:

»Hund, was hast du zu wollen und zu gebieten! Was gehen dich, den Hundesohn, alle diese Dinge an! Du bist wahnsinnig, daß du dir einbildest, zwei große Stämme dieses Landes sollen sich nach deinen Wünschen richten! Wären mir nicht die Hände gebunden, so würde ich dich erwürgen. So aber nimm das! Ich speie dich an; ich speie dir ins Gesicht!«

Er führte seine wütende Drohung wirklich aus; ich aber warf, an der Erde sitzend, den Oberkörper schnell zur Seite, sodaß er mich nicht traf. Da rief Krüger-Bei:

»Führt die Hunde fort, sonst werden sie toll! Sie haben gehört, was wir wollen, und wir werden keinen Finger breit davon abgehen; sie werden ausgeliefert und müssen den Blutpreis nach dem Kuran und hundert Kamelstuten an die Frau zahlen, wenn sie nicht ihr Leben lassen wollen. Sind die Betreffenden nicht reich genug, so mag ihr Stamm für sie eintreten!«

Man schaffte sie fort, doch hielt man auf meinen Wink den Scheik zurück, welchen, da er sich unbändig gezeigt hatte, die Füße wieder gebunden wurden.

Jetzt ging die Sonne unter, und es war also die Zeit des Moghreb gekommen, des Gebetes, wenn die Sonne sich hinter dem Horizonte niedersenkt. Bei jeder Karawane, bei jedem Trupp, der sich unterwegs befindet, giebt es jemand, welchem das Amt des Vorbeters übertragen ist; ist's kein moslemitischer Geistlicher, Derwisch oder Moscheebeamter, so ist's ein Laie, der die zu beobachtenden Funktionen genau kennt. Hier bei uns war es mein Freund, der Feldwebel, der alte Sallam. Kaum berührte die Sonne den Horizont, so rief er mit lauter, weithin schallender Stimme:

»Haï alas Sallah, haï alal felah! Allahu akbar! Aschada anna la ilaha il Allah, aschadu anna Mohammad-ar-rasulullah – auf zum Gebete, auf zum Heile! Gott ist sehr groß! Ich bekenne, daß es keinen Gott giebt außer Gott. Ich bekenne, daß Mohammed der Gesandte Gottes ist!«

Darauf folgte der für dieses Gebet vorgeschriebene Lobpreis, welcher aus siebenunddreißig Versen oder Abschnitten besteht, und zu dem in den Moscheen Rauchwerk mit Laudanum geopfert wird. Die Soldaten lagen alle auf den Knieen, die Gesichter gen Mekka gerichtet und verrichteten ihr Gebet mit einer Andacht und Hingebung, welche man manchem Christen wünschen möchte. Nur der Scheik konnte nicht beten, weil er doppelt gebunden war. Er verwendete fast kein Auge von mir, und ich bemerkte, daß er mich mit dem Ausdrucke der Verachtung und des Hohnes betrachtete. Der letzte Abschnitt des Moghreb lautet:

»Es ist kein Gott als der einzige, der ohne Gefährten ist. Sein ist die Herrschaft, und sein ist das Lob. Er belebt, und er tötet, und er stirbt nicht. In seiner Hand ist das Gute, und er ist über alle Dinge mächtig. Es ist kein Gott als Gott. Er hält, was er versprochen hat und steht seinen Dienern bei. Er erhöht sein Heer mit Ehre und vernichtet der Feinde Heere, er, der einzige. Es ist kein Gott als Gott, und wir dienen keinem andern als ihm, wir, seine Diener, die aufrichtigen, die treuen, wenn uns auch die Ungläubigen deshalb verabscheuen. Lob sei Gott, dem Herrn der Welten! Lobpreis ihm in der Morgen- und in der Abendzeit! Sein ist das Lob im Himmel und auf Erden, im Morgen- und im Abendrot, vormittags, nachmittags und mittags!«

Kaum waren diese letzten Worte verklungen und die Betenden hatten sich erhoben, so zischte mir der Scheik zu, daß alle, die sich in meiner Nähe befanden, es hören konnten:

»Nun, du Hund, wie steht es mit deinem Worte, mit deinem Schwure?«

Ich antwortete nicht.

»Du scheinst deine Drohung vergessen zu haben! Drohen kannst du leicht, zur Ausführung aber fehlt dir der Mut!«

Ich sagte immer noch nichts.

»Nun bist du ein Lügner, der sein Wort, nachdem er es herausgespieen hat, wieder frißt! Wolltest du mich nicht noch vor dem Abendgebete bestrafen? Nun ist es vorüber. Ich verachte dich!«

»Sallam!« rief ich jetzt.

Der alte Feldwebel kam heran.

»Was hast du jetzt gebetet?«

»Das Moghreb.«

»Welches Gebet kommt dann, wenn es vollständig dunkel geworden ist?«

»Das Aschiah – das Abendgebet.«
»Gut. Rufe den Bastonnadschi!«
»Wer soll denn bestraft werden?«
»Der Scheik der Uled Ayun.«
»Wieviel Hiebe?«
»Hundert.«
»Herr, dann wird er uns Beschwerde verursachen, denn er wird mehrere Tage nicht gehen können.«
»Nicht Bastonnade, sondern Hiebe auf den Rücken.«
»Das ist etwas anderes! O Herr, Allah segne deine Gedanken! Jetzt werden wir endlich einmal wieder die ›Beschließerin‹ beten können; das ist seit langer Zeit nicht vorgekommen: bei jedem Namen ein Hieb. Erlaubst du mir, die Namen herzusagen? Ich thue das so gern!«
»Meinetwegen!«
Er ging, um meinen Auftrag auszuführen. Bei welcher muselmännischen Truppe gäbe es keinen Bastonnadschi oder Kurbadschi! Der Mann, ein Unteroffizier, war schnell mit seinen Gefährten zur Stelle, und die Soldaten, voran die Offiziere, versammelten sich wieder bei dem Zelte des Obersten.

Dieser fand nichts mehr gegen die Exekution einzuwenden; ja er freute sich so darauf, daß er für sich und uns Pfeifen stopfen ließ, um ihr mit Hochgenuß beiwohnen zu können. Wir saßen noch am Eingange des Zeltes, und der Scheik lag vor uns. Es war nicht meine Absicht gewesen, so hart mit ihm zu sein; ich mag überhaupt dergleichen Szenen nicht gern leiden; aber er hatte die Hiebe durch die Mißhandlung der Frau verdient und sein nachheriges, besonders sein letztes Verhalten war nicht geeignet, uns zur Milde zu stimmen.

»Hundert Hiebe! Schöne Portion!« meinte Emery. »Möchte sie nicht haben; danke! Wird er sie aushalten?«
»Jedenfalls.«
»Und Feldwebel dazu beten?«
»Ja.«
»Die Beschließerin? Eigentümliches Volk, die Mohammedaner. Zu den Prügeln einen hundertfachen Lobpreis Allahs!«
»Ich nehme das nicht als Gotteslästerung. Hundert Hiebe

und hundert Namen Allahs; da verzählt man sich nicht. Ich habe einer derartigen Exekution noch nicht beigewohnt, aber man hat mir versichert, es komme häufig vor, daß der Exekutierte die Namen Allahs mitsage, oder vielmehr laut brülle, um seine Schmerzen zu betäuben.«

»Werden sehen und hören. Bin wirklich neugierig!«

Zu bemerken ist, daß das mohammedanische Schlußgebet, welches »die Beschließerin« genannt wird, die hundert Namen Allahs enthält, welche unter Verbeugungen und Händeaufheben hergesagt werden. Da es auch für den Christen von großem Interesse ist, zu erfahren, wie Allah von den Bekennern des Islam genannt wird, so mag ein Teil der »Beschließerin« hier folgen:

Allbarmherziger! Allbesitzender! Allheiliger! Allfehlerfreier! Allbedeckender! Allgeehrter! Allherrlicher! Schöpfer! Allhervorbringer! Allnachsichtiger! Allzwingender! Allwissender! Allempfangender! Allausbreitender! Allerniedernder! Allerhöhender! Allbeehrender! Allherabsetzender! Allhörender! Allsehender! u. s. w.

Als der Scheik den Bastonnadschi kommen sah, starrte er mich wie abwesend an; dann belebte sich plötzlich sein Auge, und er fragte mich:

»Wer – wer ist dieser Mann?«

»Der Bastonnadschi,« antwortete ich bereitwillig und nicht im geringsten gehässig. »Er soll seines Amtes walten bei dir.«

»Ich – ich soll – die hundert – die hundert Hiebe erhalten! Mensch! Giaur!«

»Schweig, sage ich dir, sonst werden es hundertfünfzig!«

»Ich bin ein freier Uled Ayun! Niemand darf mich schlagen!«

»Außer der Bastonnadschi!«

»Das fordert Blut – Blut – Blut!«

»Drohe nicht, denn bald wirst du jammern! Du sollst erfahren und fühlen, daß ich es leicht wage, meine Drohungen auszuführen.«

»Weißt du, daß es dich dein Leben kostet!«

»Schwatze nicht! Du wärst der Kerl, mein Leben zu gefährden! Wie gefährlich du bist, habe ich heute gesehen! Bastonnadschi, es kann beginnen!«

»Kräftig?«

»Thue deine Pflicht, aber ich will ihm nicht an das Leben.«

»So wird er nicht sterben, aber Allah mag mich bewahren, die Wonnen zu schmecken, welche ich ihm bereiten werde! Zieht ihn aus!«

Damit war nicht gemeint, dem Delinquenten etwa die Kleider auszuziehen, sondern seinen Körper auszuziehen, auszustrecken. Man nahm ihm den Haïk und band ihm die Hände los. Dann wurden ihm dieselben auseinandergestreckt an eine Lanze gebunden, welche zwei Soldaten ergriffen; zwei andere faßten ihn an den Füßen; alle vier zogen, und nun lag der Scheik lang ausgestreckt mit dem Bauche auf der Erde.

»Wir sind bereit, o Herr!« meldete der Bastonnadschi, indem er mit der Rechten einen Stock aus dem Bündel nahm, welches er in der Linken hielt.

»Dann los!« nickte ich.

Aber es ging noch nicht los, sondern alle sahen noch auf den alten Sallam. Dieser breitete die Arme aus und begann im Vorbetertone:

»Bismi-llahi 'r rahmani 'r rahim! Ia rabb, ia daïm. Groß und viel sind die Sünden dieser Welt und versteckt die Herzen der Boshaften. Aber die Gerechtigkeit ist wach, und die Strafe schlummert nicht. O Allah, o Mohammed, o alle ihr Khalifen! Hört, ihr Gläubigen, ihr frommen Lieblinge der Tugend die hundert heiligen Namen dessen, der keine Sünde hat und die ewige Gerechtigkeit und Vergeltung ist! Hört sie, aber hört nicht auf das Wimmern dieses Wurmes, dessen Sünden ihm jetzt auf die Fläche seines gottlosen Rückens verzeichnet werden! O Allbarmherziger! O Allerbarmender! O Allbesitzender –!«

Natürlich folgten bei diesen drei ersten Namen die drei ersten Hiebe. Dann kamen die andern alle langsam hintereinander. Beim »O« holte der Bastonnadschi aus, und bei der nächsten Silbe fiel der Hieb. Der Scheik lag wie leblos; er biß die Zähne zusammen und gab keinen Laut von sich. Aber beim fünfzehnten Namen öffnete er stöhnend den Mund, und mit dem siebzehnten begann er in brüllendem Tone mitzuzählen:

»O Allbeteilender – o Alleröffnender – o Allwissender – o Allempfangender – o Allausbreitender –!«

Ich sah und hörte nun freilich, daß die »Beschließerin« vortrefflich geeignet ist, das Geschrei oder Geheul eines Exekutierten in artikulierte Bahnen zu lenken. Der Mensch hatte seine Hundert wohl verdient; aber die Szene wurde mir immer widerwärtiger, und als er sechzig Hiebe empfangen hatte, ließ ich aufhören und ihn fortschaffen. Das moralische Wehe, welches ich ihm angethan hatte, war jedenfalls wenigstens ebenso groß wie das körperliche, und ich konnte vollständig überzeugt sein, mir in ihm einen grimmigen Feind gemacht zu haben, was mich aber nicht im geringsten aufregte.

Elatheh, die Frau, welche wir gerettet hatten, kam zu mir, um mir Dank für die Strafe zu sagen, welche ihren Peiniger getroffen hatte. Bei der Behandlung, die ihr bis jetzt geworden war, sah sie ein, daß sie für ihre Person nichts zu befürchten hatte. Sie wußte nicht, daß sie heimlich beaufsichtigt wurde. Es war ja immerhin der Fall möglich, daß sie, wenn auch nicht aus Undankbarkeit, entwich und, wenn sie auf die Krieger der Ihrigen traf, uns durch ihre ganz absichtslosen Mitteilungen verriet.

Wir legten uns zeitig schlafen, denn der morgende Weg durch das Warr war nicht nur beschwerlich, sondern wurde auch nach und nach gefährlich, je mehr wir uns den Ruinen näherten, wo wir die Feinde und unsere eingeschlossenen Leute vermuteten.

Am andern Morgen wurde zeitig aufgestanden, gegessen, die Pferde und Kamele gefüttert, und dann brachen wir auf. Noch im letzten Augenblicke kam Winnetou zu mir geritten und sagte:

»Mein Bruder mag mit mir kommen. Ich habe ihm etwas zu zeigen.«

»Etwas Gutes?«

»Vielleicht Böses.«

»Ah! Was?«

»Winnetou hat, wie mein Bruder weiß, die Gewohnheit, vorsichtig zu sein, auch wo dies nicht notwendig zu sein scheint. Ich bin hinaus und um das Lager geritten und habe da eine Spur gesehen, welche meinen Verdacht erweckt.«

Er nahm mich, während die andern fortritten, die Gefangenen auf Pferde gefesselt, mit nach Südosten, und da sahen wir denn im Sande, der zwischen den Steinblöcken lag, allerdings eine menschliche Fährte, welche zunächst vom Lager fort und dann in dieses wieder zurückführte. Wir folgten ihr und kamen an eine zwischen großen Felsbrocken gelegene Stelle, wo der Mann, der die Spur verursacht hatte, mit einem andern zusammengetroffen war; der andere war zu Pferde gewesen. Allem Anscheine nach hatten sie längere Zeit miteinander gesprochen.

Die Spuren waren unserer Ansicht nach wenigstens acht Stunden alt, und die Zusammenkunft hatte also um die Mitternachtszeit stattgefunden. Wir konnten jetzt nichts weiter thun, als der Spur des Reiters folgen. Sie führte ohne Unterbrechung nach Südost, also aus der Richtung, welcher unser Zug folgte, weit ab. Dies beruhigte uns einigermaßen, und wir kehrten nach einer halben Stunde um, um die Gefährten einzuholen.

Natürlich teilten wir, als dies geschehen war, Krüger-Bei und Emery unsere Beobachtungen mit. Der erstere nahm sie leicht und machte sich keine Sorge; der andere aber nahm sich mit uns vor, heute abend ganz gehörig aufzupassen. Ursache hatten wir dazu. Emery erkundigte sich:

»Der Reiter war nicht vielleicht im Lager während wir schliefen?«

»Nein.«

»So hat er Ursache gehabt, sich nicht sehen zu lassen. Und wer sich nicht sehen lassen darf, der ist kein Freund, sondern ein Feind.«

»Und wer nächtlicherweise heimlich mit einem Feinde

verkehrt, ist ein Verräter. Wir haben also einen Verräter unter uns,« sagte ich.

»*Well*, bin auch der Meinung; aber wer mag das sein? Wenn wir heut abend aufmerksam sind, werden wir ihn wahrscheinlich erwischen. Wie lange reiten wir noch bis zu den Ruinen?«

»Bis morgen nachmittag.«

»Dann ist zu erwarten, daß der Reiter heut abend wiederkommt, um sich neue Nachrichten zu holen. Den halten wir fest und seinen Kumpan dazu.«

Leider sollte diese Erwartung nicht in Erfüllung gehen, denn es waren Dinge geschehen, welche wir, wenn sie uns vorhergesagt worden wären, wohl kaum geglaubt hätten, trotzdem wir wußten, daß der Kolarasi Kalaf Ben Urik ein Schurke sei. Er war zu den Feinden übergegangen und befand sich mit diesen viel näher, als wir dachten. Der nächtliche Reiter war wirklich ein Spion der Uled Ayar gewesen, und der, mit welchem er gesprochen hatte, war kein anderer als der Führer, dem wir unvorsichtigerweise soviel Vertrauen schenkten.

Das Warr hinderte unser Fortkommen sehr. Wir konnten nicht in geschlossener Kolonne reiten, sondern mußten uns teilen und viel mehr Kundschafter und Seitenpatrouillen aussenden, als sonst nötig gewesen wäre. Doch mittags, als wir einen kurzen Halt machten, tröstete uns der Führer mit der Bemerkung, daß das Warr nach nicht viel über drei Stunden zu Ende und in eine wieder offene Steppe übergehe, auf welcher erfreulicherweise Gras zu finden sei.

Eine Stunde nach Mittag brachen wir wieder auf, und eine halbe Stunde später kam der Führer zu uns und meldete dem Obersten, mit welchem wir ritten:

»Da drüben liegt die Stelle, an welcher der Mulassim[1] Achmed ermordet wurde.«

Er deutete nach rechts, also nach Südwest hinüber.

»Der Mulassim Achmed?« fragte Krüger-Bei erstaunt.

[1] Lieutenant.

»Ja.«

»Der ist ermordet worden?«

»Ja. Ich habe es dir doch gesagt, o Herr!«

»Kein Wort!«

»Verzeih, o Herr! Ich weiß ganz genau, daß ich es dir berichtet habe. Wie hätte ich so etwas Wichtiges vergessen oder verschweigen können!«

»Sollte ich es überhört haben? Da müßte ich an etwas anderes und sehr Wichtiges gedacht und dabei nicht auf deine Worte geachtet haben. Achmed tot! Ermordet! Von wem?«

»Von mehreren Ayar drüben an einem kleinen Wasser.«

»Sind die Mörder erwischt worden?«

»Ja. Wir haben sie ergriffen und erschossen. Es waren ihrer drei.«

»Und Achmeds Leiche –?«

»Die haben wir da, wo er gefallen ist, begraben.«

»Erzähle!«

»Wir ritten genau denselben Weg, auf welchem wir uns jetzt befinden. Der Mulassim hörte, daß dort, zehn Minuten von hier, Wasser sei, und ritt hin, denn sein Pferd war erkrankt, und er wollte es laben. Wir zogen weiter, hörten aber bald einen Schuß. Der Kolarasi sandte sofort zehn Mann, bei denen ich mich befand, aus, um zu erfahren, wer geschossen habe. Als wir an das Wasser kamen, lagerten da drei Uled Ayar, welche keine Ahnung davon hatten, daß wir in solcher Nähe vorüberzogen; sie hatten den Mulassim erschossen. Wir ergriffen sie und brachten sie dem Kolarasi. Dieser ließ den Zug halten. Es wurde kurzer Prozeß gemacht; sie bekamen die Kugel. Dann ritten die Offiziere mit einiger Mannschaft nach dem Wasser. Der Mulassim wurde begraben. Wir deckten ihn mit Steinen zu und schossen darüber dreimal unsere Gewehre ab.«

»Achmed, der brave, tapfre Achmed! Ich muß sein Grab sehen! Zeig es uns!«

Ich kann es mir heute noch nicht erklären, warum ich damals so außerordentlich unvorsichtig war und dem Führer glaubte. Seine Erzählung war so unwahrscheinlich! Er wollte

Krüger-Bei Bericht erstattet haben, und dieser wußte nichts davon! Ich hätte doch an den nächtlichen Reiter denken sollen. Aber der war nach Südost davongeritten, während wir nach Südwest zogen.

Wir folgten also dem Führer, nämlich Krüger-Bei, Emery und ich. Winnetou ritt nicht mit, wohl nur deshalb, weil er an unserm Gespräch nicht teilnehmen konnte. Ehe wir den Zug verließen, befahl der Oberst, daß derselbe sich indessen langsam fortbewegen solle.

Wir ritten immer zwischen Felsblöcken, und es dauerte freilich weit über zehn Minuten, ehe wir an Ort und Stelle kamen. Dieser Zeitunterschied hätte mir auffallen sollen.

An einem großen Felsblock gab es allerdings eine kleine Wasserlache, deren Inhalt spärlich aus der Erde zu sickern schien. Zur Seite waren kleinere Steine aufeinander gehäuft. Auf diese deutend, sagte der Führer:

»Das ist das Grab.«

»Da muß ich das Gebet der Toten verrichten,« meinte der Oberst, indem er abstieg.

Auch wir stiegen ab und ließen unsere Gewehre an den Sätteln hängen. Es war hier außer uns kein Mensch zu sehen und zu vermuten. Krüger-Bei kniete nieder und betete. Ich und Emery falteten die Hände, blieben aber stehen. Der Führer war nicht abgestiegen, was uns unbedingt hätte auffallen müssen.

Als der Oberst sein Gebet vollendet hatte, erhob er sich und fragte:

»Wie liegt der Mulassim? Doch mit dem Gesicht nach Mekka gerichtet?«

»Ja, Herr,« antwortete der Führer.

Ohne daß ich mir etwas Böses dabei dachte, sagte ich doch:

»Das ist wohl unmöglich. Mekka liegt gegen Osten; die Länge dieses Haufens aber geht von Nord nach Süd.«

»Das ist wahr! Allah! Man hat ihm eine falsche Lage gegeben!«

»Und,« fügte ich hinzu, jetzt aufmerksamer werdend,

»was ist denn das? Der Steinhaufen müßte doch zwei Wochen alt sein; das ist er aber nicht.«

»Ja, das ist er nicht,« stimmte mir Emery bei.

»Warum?« fragte der Oberst.

»Schau, wie der dünne, mehlfeine Sand sich bewegt, obgleich man kaum einen Luftzug spürt! Der Sandstaub wird in jede Spalte und in jede Ritze getrieben; man sieht das an den andern Steinen überall. Hier aber bei, an, in und auf dem Steinhaufen bemerkt man nicht eine Spur des Sandes. Der Haufen ist nicht vierzehn Tage alt. Ja, ich möchte behaupten, daß er nicht drei, nicht zwei Tage alt ist. Vielleicht ist er gar erst heute errichtet worden, um – *Have care! 'sdeath!*«

Emery unterbrach sich und stieß diese englischen Alarmrufe aus, weil es in diesem Augenblicke ganz plötzlich von wilden Gestalten um uns wimmelte, welche sich auf uns und unsere Pferde warfen, sodaß wir nicht zu den Tieren und unsern Gewehren konnten. Ich riß zwar schnell meine Revolver aus dem Gürtel, wurde aber ebenso rasch von sechs, acht, neun Männern von hinten und vorn, von den Seiten und an den Armen gepackt. Ich wendete meine ganze Kraft an und machte mir auch wirklich die Arme frei. Schon glaubte ich schießen zu können; zwölf Revolverkugeln mußten mir unbedingt Luft machen; da aber riß mir einer, der sich gebückt hatte, die Füße nach hinten; ich stürzte nieder und hatte sofort die ganze Rotte auf mir liegen. Es kamen noch mehrere. Sie entwanden mir die Revolver; sie zogen mir das Messer aus dem Gürtel; sie banden mich – ich war gefangen.

Im Niederstürzen hatte ich gesehen, daß unser Führer frei davongaloppierte, und nun wußte ich mit einem Male, daß er uns verraten hatte. Rechts von mir lag Krüger-Bei und noch näher Emery, beide ebenso gefesselt, wie ich. Der letztere rief mir englisch zu:

»Wir sind Esel gewesen; der Führer ist der Verräter. Aber nur getrost! Man will uns, wie es scheint, nicht an das Leben. Das giebt uns Zeit. Winnetou wird sich auf unsere Spur werfen und nicht von ihr lassen, bis er bei uns ist!«

Es waren wohl an die fünfzig Menschen, welche uns überrumpelt hatten; sie waren hinter den umliegenden Felsblökken versteckt gewesen, ohne daß wir die leiseste Spur von ihnen bemerkt hatten. Einer von ihnen, wohl der Anführer, sagte zu Krüger-Bei:

»Du bist es, den wir wollten; aber die beiden andern nehmen wir auch mit, und morgen fangen wir dein ganzes Heer, um es zu vernichten, wenn der Pascha uns nicht Kamele, Pferde, Schafe und andere Nahrung für das Leben der Soldaten giebt. Fort mit ihnen, schnell, ehe sie vermißt werden!«

Man zwang uns, auf unsere Pferde zu steigen und band uns auf dieselben fest; dann ging es fort, nach Südwest, immer zwischen Felsen hindurch, bis nach über zwei Stunden das Warr zu Ende war.

Ich hätte mich am liebsten ohrfeigen mögen; aber einesteils waren mir die Hände gebunden und andernteils pflegt man eine solche Selbstzüchtigung doch lieber zu unterlassen. Meine Waffen, meine schönen, guten Waffen waren fort. Dort, der Anführer, ein Kerl, der das Gesicht eines Affen hatte, hatte sie an sich genommen. Es stand fest, daß es Uled Ayar waren, die uns festgenommen hatten.

Emery hoffte auf Winnetou. Ja, ich traute dem Apatschen mehr als jedem andern und dazu alles mögliche zu, aber was konnte er thun, da er des Arabischen nicht mächtig war! Es gab ja keinen Menschen, mit dem er sich verständigen konnte. Aber dennoch fiel es mir nicht ein, das Spiel verloren zu geben. Emery hatte recht; man schien unser Leben schonen zu wollen, denn keiner der Angreifer hatte von irgend einer Waffe Gebrauch gemacht. Das mußte uns beruhigen. Dann gab es einige gute Trümpfe, welche wir ausspielen konnten: Elatheh, die wir gerettet hatten, und die gefangenen Uled Ayun, welche wir ihren Todfeinden ausliefern wollten; durch sie kamen die letzteren ja zu dem, was sie, wie ich gehört hatte, zu haben wünschten.

Unlieb war mir nur, daß man uns drei getrennt hatte. Ich wurde vorn, der Oberst in der Mitte und Emery am Ende des kleinen Zuges gehalten, sodaß wir nicht miteinander sprechen konnten. Ich blickte fleißig nach Ost hinüber, wo unsere Leute sich bewegen mußten, konnte aber, obgleich die Gegend eben und jetzt von Felsen vollständig frei war, nichts von ihnen bemerken. Jedenfalls waren wir ihnen zu lange weggeblieben, und sie hatten Halt gemacht, um nach uns zu suchen. Leider war ich überzeugt, daß der Führer sein möglichstes thun werde, sie zu täuschen und irre zu leiten.

Wie der letztere ganz richtig vorausgesagt hatte, gab es jetzt keine Sand- oder Steinwüste mehr; die Ebene war mehr eine Steppe zu nennen, denn es wuchs, wenn auch höchst spärlich, Gras auf derselben. Es wurde jetzt östlich eingelenkt und Galopp geritten. Erst Südwest und dann nach Osten; es war klar, daß man einen Umweg gemacht hatte, um etwaige Verfolger irre zu führen.

Die Sonne senkte sich dem Westen zu; in vielleicht drei Viertelstunden war die Dämmerung zu erwarten. Da hob sich nach und nach der Boden, und rechter Hand tauchten Höhen auf. Zwei von ihnen traten besonders charakteristisch hervor, obgleich sie weit hinten lagen. Das mußten mächtige Bergstöcke sein, das heißt, was man hier in einem so ebenen Lande so nennen kann. Täuschte ich mich nicht, so waren es die beiden Berge von Magraham. Da führte aber unser Weg nicht nach den Ruinen, welche unser Ziel gewesen waren. Die Uled Ayar mußten dieselben verlassen und sich nach der Gegend von Magraham gewendet haben.

Wir hatten einen großen Bogen gemacht, und wenn ich richtig vermutete, so lag das Warr, in welchem wir uns noch vorhin befunden hatten, nicht weiter als eine gute Reitstunde nördlich von uns. Das war mir von Bedeutung. Es kommt überhaupt unter Umständen sehr viel darauf an, sich die Gegend genau einzuprägen, und dies that ich denn auch sehr sorgfältig.

Nun sahen wir eine ganz eigenartige Berggestaltung vor uns. Eine kompakte Masse stieg rechts und links allmählich zu bedeutender Höhe an und war in der Mitte tief bis herunter auf die Steppe eingeschnitten. Es sah aus, als ob ein Riese, ein gigantisches Wesen sich ein Brot gebacken, es hierher gelegt und dann mit einem mehrere Kilometer langen Messer bis ganz nach unten durchschnitten und nachher die beiden Hälften ein wenig auseinander gerückt habe. Die beiden Seiten waren leicht zu ersteigen, die zwischen ihnen liegende Kluft oder der zwischen ihnen liegende Paß aber schwerlich, denn ich sah ganz deutlich, daß die Wände desselben fast lotrecht abfielen.

»Der Paß wird von großer Bedeutung für euch werden.«

So sagte ich mir gleich, als ich ihn erblickte, und die Vermutung sollte schon in der nächsten Nacht zur Wahrheit werden. Die Uled Ayar ritten auch gerade auf denselben zu.

Noch ehe wir ihn erreichten, drehte ich mich um und musterte den Gesichtskreis nach der Richtung, aus welcher wir gekommen waren. Irrte ich mich nicht, so gab es da draußen, weit draußen, einen kleinen, hellen Punkt, welcher nur die scheinbare Größe einer Erbse hatte. Das war jedenfalls ein Haïk, ein heller Burnus, und eine Ahnung, welche sich später bewahrheitete, sagte mir, daß dies Winnetou sei. Er war unserer Spur gefolgt, hatte also ganz denselben Umweg gemacht als wir und mußte uns besser sehen als ich ihn, da wir fünfzig Männer waren, die alle weiße Burnusse trugen. Daß er, hier angekommen, höchst vorsichtig sein und sich auf keinen Fall sehen lassen werde, davon konnte ich bei einem Manne, wie der Apatsche war, vollständig überzeugt sein. Es ahnte mir, daß er uns oder doch wenigstens mich, trotz aller Gefahr, welche dabei unvermeidlich war, sehr bald herausholen werde.

Jetzt gelangten wir in den Paß, und ich erkannte allerdings, daß die Wände wie mit einem Messer glatt geschnitten waren. Da hinauf konnte wohl niemand klettern. Wir waren kaum fünf- oder sechshundert Schritte da hineingeritten, so tauchte das eigenartige Treiben eines kriegerischen Beduinenlagers vor uns auf.

Ich sah Zelte, zwischen denen sich viele Gestalten bewegten. Hier und da war dürres Holz aufgeschichtet, um am Abende zu Feuern verwendet zu werden. Hunderte und noch mehr Menschen kamen uns entgegengerannt, um ihre siegreichen Stammesgenossen mit echt orientalischem, das heißt überschwenglichem Jubel zu begrüßen. Hinter den Zelten lagerten Soldaten, welche, wie ich bemerkte, von Wachen beaufsichtigt wurden, und noch weiter hinten erblickte ich eine große Menge von Pferden. Nur Männer waren zu sehen, kein einziges weibliches Wesen. Wir befanden uns also wirklich in einem Kriegslager, und die Soldaten, welche da hinten bewacht wurden, waren Gefangene, gehörten zu der umzingelten Schwadron, welche, wie ich nun wußte, sich hatte ergeben müssen. Ich war nun auch darauf gefaßt, den Kolarasi Kalaf Ben Urik oder, wie er eigentlich hieß, den falschen Spieler und Mörder Thomas Melton zu sehen. Daß er mich als Gefangenen sehen sollte, ärgerte mich gewaltig, doch tröstete ich mich mit der Beruhigung, daß er ebenfalls Gefangener sei. Da aber hatte ich mich freilich ganz gehörig geirrt.

Geradezu unbegreiflich war es mir, daß die Uled Ayar hier in dem engen Passe ihr Lager aufgeschlagen hatten. Wie ich zu meinem Schaden überzeugt worden war, kannten sie die Annäherung unserer Truppen ganz genau. Wie nun, wenn diese sich teilten und zu gleicher Zeit von vorn und von hinten in den Paß eindrangen? In diesem Falle waren die dazwischen sich befindenden Ayar verloren, da sie doch nicht, um sich zu retten, die steilen Felswände hinauflaufen konnten. Ich sollte aber gleich nachher hören, warum sie sich hier so sicher fühlten.

Es läßt sich leicht denken, welche Blicke uns von allen Seiten zugeworfen wurden, und noch schlimmer waren die Schimpf- und Hohnrufe, welche wir zu hören bekamen. Es war am besten, gar nicht darauf zu achten.

Hart an der linken Wand der Schlucht stand ein ungewöhnlich großes Zelt, welches mit einem Halbmonde und andern Zieraten geschmückt war, jedenfalls das Zelt des Scheikes. Nach diesem wurden wir von sechs Reitern, während die andern zurückblieben, gebracht. Die sechs stiegen, dort angekommen, von den Pferden, banden uns los und forderten uns auf, auch abzusteigen. Vor dem Zelte saß auf einem Teppiche ein alter Mann mit langem, grauem Barte, der ihm ein sehr ehrwürdiges Aussehen verlieh. Indem er uns beobachtete, that ich dasselbe mit ihm. Sein Auge blickte scharf aber offen, und sein Gesicht war dasjenige eines Mannes, dem man Vertrauen schenken, ja den man vielleicht auch lieben kann. Daß er in hohem Ansehen bei den Seinen stand, bewies die respektvolle Scheu seiner Krieger, welche in ehrfurchtsvoller Entfernung standen, um uns zu betrachten. Er hatte eine lange Pfeife in der Hand, aus welcher er rauchte.

Der Kerl mit dem Affengesichte übergab ihm meine Waffen, auch diejenigen von Emery und Krüger-Bei, welche andere getragen hatten, und schien ihm dann Bericht zu erstatten, denn sie sprachen längere Zeit halblaut miteinander. Während dieser Pause standen wir wartend da. Als dieselbe zu Ende war, entfernte sich der Berichterstatter mit den fünf andern Beduinen; sie nahmen die Pferde mit. Nun wollte Krüger-Bei nicht länger stehen und trat auf den Scheik zu, indem er sagte:

»Wir beide kennen uns. Du bist Mubir Ben Safa, der oberste Scheik der Uled Ayar. Ich grüße dich!«

Der Scheik antwortete:

»Ja, ich kenne dich, aber ich grüße dich nicht. Wer sind die beiden andern?«

»Das ist Kara Ben Nemsi aus dem Belad el Alman, und dieser ist der Behluwan-Bei aus dem Belad el Inkelis.«

»Du hast noch so einen Fremden bei dir gehabt aus dem Belad el Amierika?«

»Ja. Woher weißt du das?« fragte der Oberst erstaunt.

»Ich weiß alles, aber woher, das geht dich nichts an. Wo ist dieser Amierikani?«

»Bei meinen Leuten.«

»Das ist schade! Es ist jemand hier, der ihn sehr gerne sehen wollte.«

Damit war natürlich Melton gemeint, welcher sich, wie ich vermutete, hinten bei den gefangenen Soldaten befand. Aber die Vermutung war falsch, denn soeben kam mit schnellen Schritten ein langer, hagerer Beduine daher, dem der Scheik entgegenrief:

»Ist er begraben?«

»Noch nicht ganz,« antwortete der andere. »Das Loch ist noch zuzuschütten; ich bin so früh davongelaufen, weil ich hörte, daß der Streich, den ich dir vorgeschlagen habe, geglückt sei. Wo ist der Fremde aus dem Lande Amierika?«

»Er ist nicht mit dabei.«

Jetzt trat der Mann heran. Kaum erblickte ihn Krüger-Bei, so rief er in höchster Ueberraschung aus:

»Kalaf Ben Urik, mein Kolarasi! Du bist gefangen?«

»Nicht gefangen, sondern frei!« meinte der andere stolz.

»Frei? Dann werde auch ich sofort frei sein, denn ich vermute, daß –«

»Schweig!« fiel ihm der Verräter in die Rede. »Erwarte keine Hilfe von mir! Mit dir habe ich nichts mehr zu schaffen, denn –«

Er hielt mitten in der Rede inne und fuhr einige Schritte zurück. Sein Auge war auf mein Gesicht gefallen. Er erkannte mich, sowie ich ihn erkannt hatte, aber er traute seinen Augen nicht, sondern fragte den Scheik fast atemlos:

»Hat dieser Gefangene dir seinen Namen gesagt?«

»Ja. Er heißt Ben Nemsi aus dem Belad el Alman.«

Da platzte er in englischer Sprache los:

»*All devils!* So habe ich doch richtig gesehen, obgleich es geradezu unglaublich ist! Old Shatterhand! Ihr seid Old Shatterhand?«

Ich lächelte ihm ruhig entgegen und antwortete zunächst nicht. Er fuhr fort:

»Old Shatterhand! Ist so etwas zu glauben? Und doch! Man sprach ja schon damals davon, daß Shatterhand auch in der Sahara gewesen sei. Mann, wenn ich Euch nicht für einen Feigling halten soll, so redet! Seid Ihr der Mann, dessen dreimal verfluchten Namen ich soeben genannt habe?«

Er legte mir dabei die Hand auf die Achsel. Ich schüttelte sie ab und antwortete:

»Thomas Melton, mäßigt Eure Wonne! So oft Old Shatterhand auf Eure Fährte geraten ist, hat es für Euch keinen Grund zum lauten Jubel gegeben!«

»Also Ihr seid Old Shatterhand! Und Ihr seid mit Krüger-Bei, dem alten, verrückten deutschen Landstreicher, gekommen, die Uled Ayar zur Raison zu bringen! Na, freut Euch! Euch soll es so wohl wie möglich werden! Denkt Ihr noch zuweilen an Fort Uintah?«

»Sehr oft!« antwortete ich mit einer Miene, als ob mir soeben gesagt worden sei, daß ich die allerschönste Tochter des großen Moguls zur Frau bekommen solle. »Wenn ich mich recht besinne, so mußtet Ihr Euch aus gewissen und auch sehr triftigen Gründen dort ein wenig unsichtbar machen.«

»Und denkt Ihr dann auch an Fort Edward?«

»Ebenso. Wie mir scheint, habe ich Euch dort oder so dort herum einmal liebevoll beim Schopfe genommen.«

»Ja, Ihr habt mich durch die Wälder und Prairien dahingejagt wie einen tollen Hund, den man erschießen und dann so tief wie möglich einscharren muß. Das war eine Hetze! Aber Ihr begingt die Dummheit, mich nicht selbst abzuurteilen und gleich aufzuknüpfen! Ihr liefertet mich menschenfreundlich der Polizei aus, und diese war dann auch so christlich gesinnt und so kindlich naiv, mir ein Loch zu lassen, durch welches ich kriechen konnte. Seit jener Zeit ist mir Euer heißgeliebter Anblick entzogen worden. Ich habe nach ihm geschmachtet zum Herzbrechen, und Ihr könnt Euch denken, mit welcher Wonne ich Euch hier so plötzlich wie durch ein Wunder wiedersehe und wie innig und liebevoll ich Euch in meine Arme schließen werde. Ich sage Euch, Sir, Ihr sollt vor lauter unbeschreiblichem Glück vergehen wie ein Baum im Savannenbrande. Ich bin Euch noch viel mehr Dank schuldig, als Ihr meint, daß ich weiß. Könnt Ihr Euch vielleicht auf meinen Bruder Harry besinnen?«

»Ja. Ich kenne Eure liebe Familie überhaupt besser, als Ihr ahnt und als es für sie wünschenswert ist.«

»*Well*, wollen das abwarten! So denkt Ihr wohl zuweilen an die Hazienda del Arroyo zurück?«

»Die Euer Bruder anzünden und verwüsten ließ? Ja.«

»Wohl auch an das Bergwerk Almaden alto?«

»Wo ich Euern Bruder gefangen nahm? Ja.«

»Er hat damals durch Euch sein ganzes Vermögen verloren. Er hatte es versteckt, und als er später wiederkam, war es nicht mehr da. Ein vermaledeiter Indianer muß es im alten Schachte gefunden haben!«

»Da irrt Ihr Euch. Ich habe es damals gleich mitgenommen und an die armen deutschen Emigranten verteilt, denen er so übel mitgespielt hatte.«

»*Thunder-storm!* Ist das wahr? Na, ich werde es Euch so reichlich danken, daß es Euch in allen Gliedern reißen soll. Wäre doch mein Bruder hier! Welche Seligkeit für ihn, Euch hier gefangen und in meiner Gewalt zu wissen! Aber am Ende habt Ihr ihn bisher für tot gehalten?«

»Allerdings.«

»Seid doch so gut, und laßt Euch nicht auslachen! Ihr hattet ihn den Indianern überantwortet, die mit ihm kurzen Prozeß machen sollten, sowie Ihr mir heute von den Uled Ayar ausgeliefert werdet; aber er entkam ihnen doch und befindet sich jetzt so wohl und munter, daß es Euch gewiß herzlich freuen wird, es jetzt von mir zu erfahren. Nebenbei bemerkt, müßt Ihr Euch recht rasch freuen, denn es ist Euch nur wenig Zeit geboten. Spätestens morgen werdet Ihr ein toter Mann sein.«

»*Pshaw!*« lachte ich so herzlich wie möglich.

Ich that dies, um ihn zu reizen, denn ich hoffte, von ihm etwas über den Kriegsplan der Uled Ayar zu hören. Wenn es mir gelang, ihn aufzuregen, vergaß er sich vielleicht.

»Lacht nicht!« warnte er. »Ich sprach im Ernste!«

»Und dennoch lache ich, denn ich bezweifle noch sehr, daß ich mich in Eurer Gewalt befinde. Und selbst wenn dies der Fall wäre, würde das, was Ihr Euch einbildet, nicht so leicht oder billig auszuführen sein.«

»Wohl weil Ihr Old Shatterhand seid und ich mich vor Euch fürchte?«

»Nein, obgleich ich zugebe und auch schon oft bewiesen habe, daß Old Shatterhand noch mit ganz andern Verhältnissen, als die heutigen sind, und auch mit ganz andern Menschen, als Ihr seid, fertig geworden ist. Ich brauche zu meiner Befreiung nichts zu thun, denn die Truppen, mit denen ich gekommen bin, werden für mich sorgen.«

»Und ich sage Euch: Ehe sie kommen, seid Ihr tot!«

»Dann werden sie mich an Euch rächen, denn ich bin vollständig überzeugt, daß sie siegen werden.«

Da schlug er ein lautes Gelächter auf und rief:

»Welch eine Treuherzigkeit und Arglosigkeit!«

»Lacht nur. Unsere Soldaten werden euch zu Paaren treiben!«

»Oho! Als ob ich die Memmen nicht besser kennte als Ihr! Ich will Euch sagen, wie es kommen wird.«

Jetzt war er da, wo ich ihn haben wollte. Dennoch unterbrach ich ihn, natürlich nur, um ihn zu reizen:

»Behaltet es für Euch! Ich weiß es besser als Ihr. Ihr seid so unverantwortlich leichtsinnig gewesen, Euch hier in dieser Schlucht, die eine wahre Falle ist, festzusetzen. Morgen, spätestens Mittag, werden unsere Truppen kommen und Euch in derselben einschließen; da giebt es dann kein Entkommen!«

»Das sagt Ihr mir? Seht Ihr denn nicht ein, was für eine ungeheuerliche Thorheit Ihr begeht, wenn Ihr mir das sagt? Gesetzt, wir wären wirklich so unvorsichtig gewesen, so blind in die Falle zu gehen, wie Ihr denkt, so hättet Ihr mich doch durch Eure Bemerkung auf die Gefahr, in welcher wir schwebten, aufmerksam gemacht, und wir würden uns derselben schleunigst entziehen.«

»*Zounds!*« stieß ich hervor und machte dabei ein Gesicht wie einer, welcher soeben einsieht, daß er einen gewaltigen Pudel geschossen hat.

»Ah, ich sehe, daß Ihr erkennt, was für ein Pfiffikus Ihr seid. Aber sorgt nicht um uns! Wir sind in die Schlucht gegangen, weil wir da versteckt liegen und nicht gesehen werden können. Auch können wir hier unsere Feuer brennen, ohne daß es unserer Sicherheit Schaden bringt. Aber morgen früh werden wir die Stelle verlassen, nämlich nur die Hälfte von uns, denn die übrigen werden bleiben und sich so weit nach hinten in den Paß ziehen, daß sie nicht gesehen werden.

Die andern aber verlassen, wie gesagt, die Schlucht und verbergen sich draußen, außerhalb derselben. Dann kommen Eure tapfern Soldaten und reiten in die Schlucht, die nun für sie zur Falle wird, denn sobald sie in dieselbe eingedrungen sind, kommen ihnen die außen postierten Uled Ayars nach und drängen sie auf ihre im Hintergrunde wartenden Gefährten. Ein Kind muß einsehen, daß es dann für Eure Leute keine andere Rettung giebt als Ergebung auf Gnade und Ungnade!«

Jetzt wußte ich, was ich wissen wollte, doch stellte ich mich überzeugt und machte ein möglichst verlegenes Gesicht. Dann ließ ich es schnell wieder hell werden und sagte:

»Die Berechnung würde ganz gut sein, wenn es gewiß wäre, daß die Soldaten auch in die Falle reiten.«

»Sie werden es; darauf könnt Ihr Euch verlassen; es ist dafür gesorgt! Der Führer, nach dessen Weisungen Ihr Euch mit so großem Vertrauen gerichtet habt, steht mit mir im Bunde. Er hat Euch heute nach dem Wasser gebracht; ich war gestern abend bei Eurem Lager und habe ihm das befohlen, um Eure Truppe führerlos zu machen. Ebenso wird er dieselbe morgen in die Schlucht bringen.«

»Wetter! Aber Ihr seid doch Offizier und solltet zu Krüger-Bei halten!«

»Unsinn! Ich habe mich lange Zeit vor ihm geduckt und um seine Gunst gebuhlt, habe jetzt aber wichtigere Dinge vor und ganz andere Aussichten. Ich gehe nach den Vereinigten Staaten zurück und will die Gelegenheit benutzen, eine gut gefüllte Tasche mitzunehmen. Ich habe mich mit Absicht umzingeln lassen; ich habe mit voller Ueberlegung dem Scheik der Uled Ayar meine Soldaten zugeführt; ich habe durch meinen Boten Krüger-Bei mit seinen drei Schwadronen herbeigelockt. Die Soldaten gehören dem Scheik; der Pascha mag sie auslösen. Krüger-Bei gehört mir und soll mir für seine Freiheit eine tüchtige Summe bezahlen. Hier steht ein Engländer, und bei Euern Truppen befindet sich ein Amerikaner. Beide müssen mir Lösegeld bezahlen. Und in Euch habe ich durch Zufall den allerwertvollsten Fang gemacht;

aber Ihr sollt mir kein Geld einbringen, sondern Ihr werdet sterben – und wie! Alles was Ihr an mir und meinem Bruder verübt habt, wird nun mit einem Male über Euch kommen. Und wißt Ihr, warum ich Euch dies alles mit solcher Aufrichtigkeit sage?«

»Nein. Ich finde Eure Offenherzigkeit geradezu unbegreiflich.«

»Um Euch zu beweisen, daß ich meiner Sache vollständig sicher bin. Es giebt keinen Gedanken an Rettung für Euch.«

»Dann aber auch für diesen Engländer und jenen Amerikaner nicht, noch weniger für Krüger-Bei.«

»Wieso?«

»Sobald Ihr das bare Lösegeld oder die Wechsel in den Händen habt, werdet Ihr sie töten oder töten lassen, um nicht von ihnen verraten zu werden.«

»Seht, wie klug Ihr plötzlich geworden seid!« grinste er mich an. »Was ich thun oder mit ihnen vereinbaren werde, braucht Ihr nicht zu wissen; das ist meine und ihre Sache. Was sie mir zahlen sollen, ist nur ein hübsches Reisegeld. Drüben werde ich dann Geld in Masse finden; dafür ist gesorgt.«

»Wohl durch eine Erbschaft?« entfuhr es mir halb unfreiwillig und doch auch halb mit Bedacht.

Er lachte mir heiter ins Gesicht und antwortete, ohne zu ahnen, daß ich alles wußte:

»Ja, durch eine Erbschaft, werter Sir! Und nun soll es genug sein mit meiner Aufrichtigkeit. Der Oberst mag bei dem Scheik bleiben; Ihr aber und der Englishman geht mit nach meinem Zelte, wo ich euch so sorgfältig und sicher aufbewahren werde, daß Ihr erstaunen werdet, wie fest meine Riemen und Stricke sind. Nur noch ein Wort zum Scheik.«

Er wendete sich an diesen:

»Krüger-Bei gehört dir einstweilen. Verwahre mir ihn gut! Diese beiden aber nehme ich mit zu mir; sie sind mein Eigentum ebenso wie der Oberst, den ich dir einstweilen lasse, damit du mit ihm über die Bedingungen sprechen kannst, unter denen du seine Soldaten freigeben wirst.«

Emery hatte an meiner Seite gestanden und jedes Wort des Halunken gehört. Dieser nahm jetzt mit der einen Hand ihn und mit der andern Hand mich beim Arme, um uns fortzuführen; da aber forderte ihn der Scheik auf:

»Halt! Du scheinst mit den beiden Männern fertig zu sein, ich aber bin es noch nicht mit dir.«

Das Gesicht des Sprechers hatte einen finstern, fast möchte ich sagen drohenden Ausdruck angenommen. Ich ahnte, er werde es nicht zugeben, daß wir von dem Amerikaner fortgeführt würden, und dies konnte uns nur lieb sein. Für unser Leben war ich zwar keineswegs schon jetzt besorgt, aber es stand fest, daß wir bei ihm mehr auszustehen haben würden, als dann, wenn der Scheik uns bei sich behielt. Um unser Leben hatte ich aus zwei Gründen keine Angst. Ich konnte mich zwar auf Krüger-Bei nicht verlassen, glaubte aber annehmen zu dürfen, daß ich mit Emery gewiß eine Art finden würde, uns zu befreien. Und selbst wenn mich diese Hoffnung getäuscht hätte, so war Winnetou da, auf den ich mich verlassen konnte.

War dieser wirklich da? Ich hoffte es, ja, ich hätte darauf schwören mögen, so genau kannte ich diesen besten und bewährtesten aller meiner Freunde und Genossen. Ich war vollständig überzeugt, daß er der weiße Punkt, den ich gesehen hatte, gewesen war und konnte leicht von dem, was ich an seiner Stelle thun würde, auf das schließen, was er that. Unsere beiderseitigen Ansichten und Gedanken pflegten in solchen Lagen stets dieselben zu sein.

Er hatte unbedingt wahrgenommen, daß wir in den Engpaß einbogen, welcher den Berg in zwei Hälften, eine östliche und eine westliche durchschnitt. Winnetou kam, wie wir, von Westen her; jedenfalls hielt er diesen Paß für ebenso bedeutsam, wie ich ihn, als ich ihn bemerkte, gleich gehalten hatte. Er mußte sehen, wer sich in demselben befand und was in demselben vorging, und hatte auf alle Fälle zu diesem Zwecke seine Richtung geändert und unsere Spur verlassen, um hinauf auf den Berg zu reiten und von der Höhe herab in den Paß herabzublicken. Es war mir, als ob ich ihn dort sehen müsse, wenn ich meinen Blick nach oben richtete. Ich that dies, und wirklich, kaum hob ich das Gesicht empor, so richtete sich da oben, ganz an der Kante des lotrecht abfallenden Felsens, eine Gestalt auf, machte einige augenfällige Armbewegungen und ließ sich dann schnell wieder niederfallen. Er schien in dieser Höhe nur die Größe eines Knaben zu haben, aber ich habe ihn dennoch erkannt. Er war es und hatte mir durch seine Bewegung ein Zeichen gegeben, daß sein Adlerauge uns sah und alles beobachtete. Ich war nun vollständig beruhigt; ich wußte, daß er trotz aller Gefahr, die es für ihn dabei gab, kommen werde, um uns zu befreien. Er blieb ganz bestimmt so lange da, bis er sah, wohin wir geschafft wurden.

»Da oben liegt Winnetou und schaut zu uns herab,« flüsterte ich Emery zu. »Wenn es hier ruhig geworden ist, wird er kommen.«

»*Well*,« antwortete er, ohne sein Auge nach oben zu richten. »Famoser Kerl! Wird uns herausholen!«

Der verräterische Kolarasi hatte sich mit dem Ausdrucke des Erstaunens nach dem Scheik gewendet und denselben gefragt:

»Was hast du mir noch zu sagen?«

»Das, was du nicht zu wissen scheinst, nämlich, daß du dich in einem Lager der Uled Ayar befindest, und daß ich der Anführer dieser Krieger bin.«

»Das weiß ich.«

»Warum benimmst du dich da so, als ob du der Anführer seist? Warum bestimmst du über unsere Gefangenen, als ob sie die deinigen seien?«

»Das sind sie doch auch!«

»Nein. Sie sind von meinen Kriegern ergriffen worden. Wer den Vogel fängt, dem gehört er. Die beiden Männer bleiben ebenso hier bei mir, wie der Herr der Heerscharen hier bleiben wird.«

»Das kann ich nicht zugeben!«

»Ich frage nicht nach dem, was du zugiebst oder nicht. Hier gilt nur mein Wille.«

»Nein! In diesem Falle gilt der meinige!«

Und auf mich deutend, fuhr er fort:

»Du weißt nicht, welches Interesse ich an den Männern habe. Dieser da ist ein entsprungener Verbrecher, welcher viele Mordthaten und andere Sünden auf dem Gewissen hat. Er wollte auch mich und meinen Bruder töten, was ihm aber glücklicherweise nicht gelungen ist. Ich habe also eine Blutrache mit ihm; er ist mir verfallen und gehört nicht euch, sondern mir.«

Da trat ich auf ihn zu, stieß ihm, da ich ihn mit meinen gefesselten Händen nicht züchtigen konnte, mit dem Fuße, daß er hintenüber und zur Erde flog und rief:

»Schurke, du drehst die Verhältnisse um. Du selbst bist der Flüchtling und Mörder, und ich verfolgte dich, um dich der Gerechtigkeit zu überliefern!«

»Hund!« schrie er, indem er aufsprang und auf mich losstürzte. »Du wagst es, eine solche Lüge gegen mich –«

Er kam nicht weiter. Um mich fassen zu können, mußte er an Emery vorüber, und dieser versetzte ihm ebenfalls einen so gewaltigen Tritt, daß er wieder zur Erde flog, und die Besinnung verlor. Dies geschah so schnell, daß kein Mensch Zeit fand, ihn daran zu hindern. Es hatte aber überhaupt gar nicht den Anschein, als ob, selbst wenn Zeit dazu gewesen wäre, irgend jemand Lust gehabt hätte, dem Kolarasi diese mehr als verdiente Züchtigung zu ersparen.

Ich wollte mich hierauf an den Scheik wenden und eben zu sprechen beginnen, da gab er mir ein Zeichen zu schweigen, und sagte:

»Still! Ich mag nichts hören von dem, was du mir sagen willst. Daß ihr diesen Menschen mißhandeln durftet, ohne daß ich euch dafür bestrafe, mag euch genug sein. Ihr erseht daraus, was ich von ihm denke. Er nennt dich einen Flüchtling und Mörder. Du siehst nicht aus wie ein entflohener Verbrecher, und der Herr der Heerscharen würde keinen solchen in seiner Nähe und an seinem Herzen dulden. Du bist ein Almani, also wohl ein Christ?«

»Ja.«

»So kennst du das Leben eures Heilandes, den auch wir für einen Propheten halten?«

»Ja.«

»Er hatte zwölf Jünger und Schüler. Einer davon verriet und verkaufte ihn. Weißt du, wie dieser hieß?«

»Judas Ischariot.«

»Gut! So ein Ischariot ist der Kolarasi, denn er hat seinen Freund und Herrn, den Obersten der Heerscharen, verraten und verkauft. Er scheint eine große Rache auf euch zu haben und würde euch wohl gar töten. Ich kenne ihn. Er ist ein Mörder; ich kann das beweisen, denn erst heut hat er einen Mann erschossen, dessen Freund er war. Euch soll dies nicht geschehen; ich liefere euch ihm nicht aus. Ihr seid nicht seine, sondern meine Gefangenen.«

»Soll ich dir erzählen, warum er meinen Tod wünscht?«

»Jetzt nicht, denn ich habe keine Zeit dazu. Was mit euch geschehen wird, werdet ihr erfahren. Damit ihr nicht entfliehen könnt, werde ich euch gut bewachen lassen, und damit ihr nicht miteinander reden möget, werde ich euch trennen. Jeder von euch kommt in ein anderes Zelt zu liegen. Der Herr der Heerscharen wird hier in dem meinigen bleiben.«

»Ich habe dir aber einige sehr wichtige Dinge mitzuteilen, welche ganz geeignet sind, dir zu beweisen –«

»Jetzt nicht, jetzt nicht,« unterbrach er mich. »Später, wenn wir mehr Zeit haben, kannst du mir sagen, soviel du willst.«

Er rief zwei seiner Beduinen herbei, erteilte ihnen einige leise Weisungen, und dann wurden wir von ihnen fortgeschafft. Der eine brachte mich in ein Zelt, wo er mir nun auch die Füße band. Dann schlug er einen Pfahl tief in die Erde und befestigte mich mit Stricken an denselben. Dann setzte er sich draußen vor dem Eingange nieder, um mich zu bewachen.

Die Trennung von meinen beiden Gefährten war mir freilich nicht lieb; es ließ sich aber nichts dagegen thun.

Mittlerweile wurde es dunkel und immer dunkler. Der Abend brach herein. Nach dem Abendgebete brachte mir mein Wächter einige Schluck Wasser; zu essen bekam ich nichts. Bemerken muß ich noch, daß er mir alles abgenommen hatte, was sich in meinen Taschen befand.

Durch die Leinwand meines Zeltes bemerkte ich, daß mehrere Feuer brannten, doch ließ man sie bis auf ein einziges, welches während der ganzen Nacht unterhalten werden sollte, bald wieder ausgehen. Der Lärm des Lagers verstummte zeitig; man legte sich früh schlafen, weil morgen noch vor Tagesanbruch der Paß verlassen werden sollte.

Mein Wächter verließ von Zeit zu Zeit seinen Platz vor der Thür und kam herein, um sich zu überzeugen, daß ich noch da sei, und um meine Fesseln zu betasten. Wie es schien, wollte er dies die ganze Nacht so durchführen.

Ich arbeitete mit Eifer an meinen Handfesseln herum und hatte alle Hoffnung, noch vor dem Morgen die Hände aus denselben zu bekommen. Wenn mir dies gelang, war ich gerettet. Aber dessen bedurfte es gar nicht, denn noch war es nicht Mitternacht, als ich ein leises Geräusch an der hintern Seite des Zeltes hörte. Es war so dunkel, daß ich unmöglich etwas erkennen konnte, aber ich sagte mir gleich, daß Winnetou es sei, von dem dieses Geräusch herrührte. Ich horchte.

»Scharlieh, Scharlieh!« flüsterte es da ganz in meiner Nähe.

Ja, es war Winnetou, denn in dieser Weise pflegte er meinen Vornamen auszusprechen.

»Hier bin ich,« antwortete ich ebenso leise.

»Natürlich gefesselt?«

»Gefesselt und noch an einen Pfahl gebunden.«

»Kommt dein Wächter herein?«

»Von Zeit zu Zeit.«

»Wie seid ihr gefangen genommen worden?«

Ich erzählte es ihm in kurzen Worten, erklärte ihm auch den Verrat des Kolarasi und fügte hinzu:

»Krüger-Bei ist im Zelte des Scheiks. Wo Emery steckt, werden wir bald erfahren.«

»Ich weiß es, denn ich sah, wohin man ihn schaffte. Er befindet sich auf der entgegengesetzten Seite des Lagers.«

»So schneide mich ab! Wir müssen uns beeilen, die beiden freizumachen.«

»Nein, das werden wir nicht, weil wir damit alles verderben würden. Die Uled Ayar dürfen nicht merken, daß ihr fort seid! Sie würden sofort annehmen, daß wir unsere Soldaten holen, und das würde sie zum sofortigen Aufbruche veranlassen. Also müßt ihr hier bleiben. Sieht das mein Bruder Old Shatterhand ein?«

»Ja. Aber dann muß ich darauf rechnen, daß unsere Soldaten ganz gewiß kommen!«

»Du darfst nicht bloß darauf rechnen, sondern du sollst sie selbst holen.«

»Aber ich darf doch nicht fort! Mein Wächter würde es bemerken und Lärm schlagen.«

»Er wird nichts bemerken, denn ich bleibe an deiner Stelle hier.«

»Winnetou!« hätte ich beinahe ganz laut ausgerufen. »Welch ein Opfer!«

»Es ist kein Opfer. Wenn ich allein gehe, kann ich nicht mit den Soldaten sprechen. Wenn du mitgehst, entdeckt man es, und der Fang gelingt uns nicht. Wenn aber ich hier bleibe und du gehst, ist es ganz sicher, daß wir sie fangen, denn du wirst sie noch während der Nacht einschließen, sodaß sie am Morgen nicht aus der Schlucht können. Für mich ist keine Spur von Gefahr dabei, daß ich hier bleibe.«

Er hatte recht. Man könnte mich wohl dafür, daß ich dieses sein Anerbieten annahm, verurteilen; aber wir kannten uns und wußten, daß wir uns aufeinander verlassen konnten.

»Gut, ich willige ein,« erklärte ich. »Bist du bei den Unserigen gewesen, seit wir gefangen genommen worden sind?«

»Nein; ich hatte keine Zeit dazu. Ich mußte vor allen Dingen dich heraus haben.«

»Wie will ich sie finden, da ich nicht weiß, wo sie sind?«

»Wenn du gerade gegen Norden reitest, mußt du auf sie stoßen. Sie haben jedenfalls da, wo die Felsen aufhören, Halt gemacht.«

»Am südlichen Ende des Warr? Das denke ich auch. Du

sprichst vom Reiten. Natürlich meinst du auf deinem Pferde?«

»Ja. Wenn du aus der Schlucht kommst, gehst du tausend Schritte gegen Norden; da habe ich es angehobbelt. Meine Waffen hängen am Sattel; nur das Messer habe ich mit.«

»Das behältst du auch, um für alle Fälle etwas zur Verteidigung zu haben. Wie aber, wenn der Wächter hereinkommt und dich anspricht! – Du kannst ja nicht antworten!«

»Ich werde schnarchen, damit er denkt, ich schlafe.«

»Gut! Hoffentlich dauert es nicht lange, bis ich wieder da bin. Soll ich dir vielleicht ein Zeichen geben?«

»Ja. Drei Schreie eines Geiers.«

»Gut! Also binde mich los! Dann fessele ich dich; aber so, daß du dir die Hände leicht frei machen kannst.«

Dies geschah; dann verabschiedete ich mich von dem Apatschen und kroch zum Zelte hinaus. Das war nicht schwer. Die Leinwand war mit Hilfe von Schnüren unten an der Erde an die Zeltstangen festgebunden. Winnetou hatte zwei Schnüre aufgelöst und die Leinwand so weit emporgehoben, daß er hatte ins Zelt kriechen können. Ich kam auf dieselbe Weise hinaus und band die Schnüre wieder fest. Ich war frei, ohne daß mein Wächter eine Ahnung davon hatte.

Nun, eigentlich frei war ich allerdings noch nicht, denn ich hatte erst noch einen großen Teil des Lagers zu durchschleichen; aber ich wußte doch, daß es niemanden gelingen werde, mich zu fangen.

Der junge Mond stand am Himmel, obgleich ich ihn hier in der tiefen Schlucht nicht sehen konnte. Es war ziemlich hell, doch sah ich keinen Menschen, der noch wach und munter war. Die Schläfer lagen in Gruppen, welche leicht zu vermeiden waren, beisammen. Ich kroch schlangengleich auf der Erde hin und hatte schon nach einer Viertelstunde die letzten Uled Ayar hinter mir. Da stand ich auf und lief.

Die Beduinen fühlten sich wirklich vollständig sicher. Sie hatten nicht einmal am Ausgange des Passes einen Wachtposten aufgestellt. Nun tausend Schritte nordwärts. Schon nach achthundert Schritten sah ich das Pferd, denn hier im

Freien war es bedeutend heller, als drin in dem tiefen Engpasse. Ich stieg auf und ritt davon, indem ich mich erst jetzt vollständig sicher fühlen konnte, da ich ein Pferd und Winnetous vortreffliche Waffen hatte.

Nun ging es im Galoppe immer weiter nach Norden. Der Mond stand im Anfange des ersten Viertels, schien aber so hell, daß ich eine ziemlich weite Aussicht hatte. Nach einer Stunde erreichte ich die ersten Felsblöcke, welche den Beginn des Warr bedeuteten. Es galt, unser Lager zu finden, was hier zwischen den Felsen weit schwerer war, als auf der offenen Steppe. Ich nahm die Silberbüchse des Apatschen und gab einen Schuß ab, nach einer kleinen Weile einen zweiten. Als ich nun horchte, hörte ich nach vielleicht einer halben Minute zwei Schüsse als Antwort; sie fielen westlich von mir. Ich schlug diese Richtung ein und traf bald auf mehrere Soldaten. Als man im Lager meine Schüsse gehört hatte, war man der Ansicht gewesen, daß Winnetou zurückkehre. Man hatte auch zweimal geschossen, um ihm die Richtung anzudeuten, und außerdem noch Leute ausgesandt, ihm entgegenzugehen. Sie erstaunten, an seiner Stelle mich zu sehen, doch unterließ ich es, ihnen Auskunft zu geben, denn meine Zeit war kostbarer, als daß ich sie damit hätte vergeuden mögen.

Im Lager wurde ich jubelnd empfangen. Ich fragte sofort nach dem Führer; er wurde gerufen und zeigte, als er kam, nicht eine Spur von Angst, oder auch nur Verlegenheit.

»Du weißt, wie wir gefangen genommen worden sind?« fragte ich ihn.

»Ja, o Herr. Ich war ja dabei.«

»Was mag wohl der Grund gewesen sein, daß gerade nur du entkamst?«

»Daß ich auf dem Pferde sitzen geblieben war. Es trug mich schnell davon.«

»Hm, ja! Was thatest du dann?«

»Ich meldete eure Gefangennahme.«

»Und dann?«

»Suchten wir euch im Warr.«

»Warum denn da?«

»Es war anzunehmen, daß die Uled Ayar sich mit euch in demselben verstecken würden.«

»Und ihrer Spur folgtet ihr nicht?«

»Das wäre überflüssig gewesen, weil dein Freund, welcher Ben Asra heißt, dies schon that.«

»Ah, darum hieltet ihr es für überflüssig! Wenn einer ein gutes Werk thut, dürfen andere dasselbe nicht auch thun, weil es überflüssig ist. Du hast sonderbare Gründe. Aber der eigentliche Grund ist ein anderer. Wo hatten die Uled Ayar wohl gesteckt, als sie uns überfielen?«

»Hinter den Felsen.«

»Dort hatten sie auf uns gewartet. Sie mußten also wissen, daß wir kommen würden. Sie erfuhren es von einem, der es gewußt hat, daß du uns an das Wasser führen würdest. Wer hat es noch gewußt?«

»Niemand!«

»Ja, niemand außer dir. Folglich bist du es gewesen.«

»Ich? Allah, Allah! Welch ein Gedanke! Habe ich nicht bewiesen, daß ich treu bin! Bin ich nicht nach Tunis geritten, um Hilfe zu holen?«

»Du willst sagen, um den Uled Ayar noch mehr Soldaten in die Arme zu treiben! Wer war der Reiter, mit dem du gestern um Mitternacht in der Nähe unsers Lagers gesprochen hast?«

Diese Frage hatte er nicht erwartet. Er blieb vor Schreck stumm.

»Antworte!« befahl ich ihm.

»Herr, auf - auf eine - auf eine solche Frage - kann ich nicht antworten,« stotterte er.

»Du kannst antworten! Wer war es?«

»Ich habe mit niemanden gesprochen. Ich habe das Lager nicht verlassen.«

»Lüge nicht! Du hast mit dem Kolarasi Kalaf Ben Urik gesprochen und mit ihm beredet, uns den Uled Ayar auszuliefern.«

»Maschallah! Herr, sage mir, wer mich in dieser Weise verleumdet hat, damit ich ihn auf der Stelle niederschieße!«

»Sprich nicht vom Schießen, denn du selbst wirst es sein, der erschossen wird. Die Kriegsgesetze verlangen deinen Tod.«

»Herr, ich bin unschuldig! Ich weiß –«

»Schweig!« herrschte ich ihn an. »Du hast nach unserm Verschwinden als Führer die Nachforschungen geleitet, und mit Absicht nicht auf unsere Spuren geachtet. Der Kolarasi hat mir selbst gesagt, daß er mir dir im Bunde steht.«

»Der Schurke! Er ist –«

»Still! Du bist ein Verräter und wolltest uns alle ans Messer liefern. Entwaffnet den Halunken und bindet ihn! Der Herr der Heerscharen wird ihm morgen sein Urteil sprechen.«

Die Leute waren so erstaunt, den Unteroffizier, welcher bisher ein so großes Vertrauen genossen hatte, eines solchen Verbrechens angeklagt zu sehen, daß sie versäumten, meinen Befehl auszuführen. Dies machte er sich zunutze, indem er ausrief:

»Mein Urteil? Eher soll das deinige gesprochen werden, und zwar jetzt gleich, du verfluchter Giaur!«

Er zog sein Messer und wollte es mir in die Brust stoßen, um dann zu entrinnen. Ich hatte Winnetous Gewehr in der Hand, parierte mit demselben den Stoß und griff nach dem Verräter. Er huschte mir aber unter dem Arme weg und eilte davon, der Stelle zu, an welcher die Pferde standen. Die Anwesenden waren alle so perplex, daß es keinem einfiel, ihn zu verfolgen. Auch ich blieb stehen; aber ich legte die Silberbüchse zum Schusse an.

An dem Manne lag mir ganz und gar nichts. Er hätte immerhin entkommen mögen; aber es war mit Sicherheit anzunehmen, daß er sich direkt nach der Schlucht zu den Uled Ayar wenden würde und das mußte unbedingt verhindert werden. Die Felsblöcke verhinderten die Aussicht auf die Pferde; aber wenn er aufstieg, saß er so hoch, daß seine Gestalt über die Felsen ragen mußte. Darauf wartete ich. Das Schnauben eines Tieres war zu hören, dann Hufschlag. Er war aufgestiegen. Da drüben ritt er hin. Ich sah seinen Kopf und seine Schultern; ich zielte auf die rechte Schulter und drückte ab. Der Schuß krachte; ein Schrei ertönte, und der Reiter verschwand.

»Ich habe ihn vom Pferde geschossen,« sagte ich, indem ich das Gewehr absetzte. »Eilt hin, und holt ihn her zu mir!«

Viele rannten fort. Als sie ihn brachten, war er ohnmächtig.

»Der Hekim[1] mag ihn verbinden; dann wird er gefesselt,« gebot ich. »Er darf nicht aus den Augen gelassen werden.«

»Warum fesseln?« ertönte da eine Stimme hinter mir. »Der Mann schien brav zu sein und hat sich gut geführt. Wer wird eines Verdachtes wegen einen Menschen erschießen!«

Diese Worte waren in englischer Sprache gesprochen worden, und als ich mich umdrehte, stand der falsche Hunter da. Der kam mir eben recht!

»Sie tadeln mich?« fragte ich ihn in derselben Sprache. »Dazu haben Sie kein Recht.«

»Haben Sie Beweise für die Schuld dieses Unteroffiziers?«

»Ja.«

»So mußten Sie ihn anzeigen, damit er vor ein Kriegsgericht gestellt werde! Sie hatten auf alle Fälle kein Recht, auf ihn zu schießen!«

»*Pshaw!* Ich weiß stets, was ich thue. Ich werde das, was ich gethan habe und noch thun werde, vor Krüger-Bei verantworten. Wie kommt es, daß Sie sich eines Verräters so warm annehmen?«

»Es muß bewiesen werden, daß er einer ist!«

»Es ist schon erwiesen. Ich habe allerdings in letzter Zeit bemerkt, daß Sie eine ganz besondere Neigung zu diesem Manne gefaßt und sich besonders in heimlicher Weise viel mit ihm beschäftigt haben. Jetzt verteidigen Sie ihn, ohne dazu berufen worden zu sein. Können Sie mir den Grund dazu angeben?«

»Ich habe mich vor Ihnen nicht zu rechtfertigen! Was ich lasse oder was ich thue, das geht Sie gar nichts an!«

[1] Militärarzt.

»So! Das ist Ihre Meinung; die meinige klingt aber anders. Soll ich Ihnen sagen, warum Sie eine ebenso heimliche wie innige Freundschaft mit diesem Verräter geschlossen haben?«

»Dies zu sagen, würde Ihnen wohl sehr schwer werden!«

»Kinderleicht! Er macht das Bindeglied zwischen Ihnen und dem Kolarasi Kalaf Ben Urik, den Sie befreien wollen.«

»Wenn es das ist, so bedaure ich es jetzt sehr, Sie in mein Vertrauen gezogen und Ihnen soviel mitgeteilt zu haben!«

»Dann bedauern Sie vielleicht das noch mehr, was ich von andern außerdem noch weiß, daß Sie einen gewissen Thomas Melton kennen.«

»Tho – mas – Mel – ton!« stieß er silbenweise hervor.

Wenn es Tag gewesen wäre, hätte ich gewiß gesehen, daß er leichenblaß geworden war.

»Ja. Sie leugnen doch nicht, diesen Mann zu kennen, wenigstens von ihm gehört zu haben?«

Wenn ich diesen Namen brauchte und eine solche Frage aussprach, mußte ich allerdings etwas wissen. Daß ich aber alles wußte, hielt er natürlich für unmöglich. Abzuleugnen wäre ein großer Fehler gewesen; darum antwortete er:

»Es kann mir gar nicht einfallen, in Abrede zu stellen, daß ich diesen Namen gehört habe. Aber was geht das Sie an?«

»Nur sehr wenig, wie Sie gleich hören werden. Wissen Sie, wer Thomas Melton war?«

»Ja, ein Westmann.«

»Und nebenbei ein falscher Spieler und ein Mörder.«

»Mag sein; mich kümmert das nicht.«

»Das wundert mich, denn ich weiß, daß Sie die famose Geschichte vom Fort Uintah kennen.«

»Und Sie kennen sie auch?« fragte er unbedacht, denn er gab damit zu, daß er sie in Wirklichkeit kannte.

»Ein wenig,« fuhr ich fort. »Er hatte auch damals falsch gespielt und wurde ertappt; es kam zum Streite, und er erschoß infolgedessen einen Offizier und zwei Soldaten. War es nicht so?«

»Ich denke,« antwortete er mit scheinbarer Gleichgültigkeit.

»Dann tauchte er in Fort Edward auf, wie Sie wohl auch wissen?«

»Was fragen Sie nur! Ich habe nicht das mindeste Interesse an dem Manne!«

»Ich desto mehr. Und auch das Ihrige wird sich steigern, wenn ich Ihnen die Mitteilung mache, welche ich auf dem Herzen habe. Wenn ich mich nicht irre, wurde er dort als Gefangener eingeliefert, und zwar von einem Westmanne, welcher - welcher - hm, wie hieß er doch gleich?«

»Old Shatterhand!«

»Ja, richtig; jetzt fällt es mir ein! Old Shatterhand! War das nicht ein Schotte oder Irländer?«

»Nein, sondern ein Deutscher, der überall seine schmutzige Hand im Spiele hatte.«

»Ja, ja, er mengte sich gern in alles! Dabei fällt mir etwas anderes ein, eine Geschichte, in welcher Old Shatterhand auch sein Wesen trieb. Hatte Thomas Melton nicht einen Bruder, welcher Harry hieß, und nach Mexiko, in die Sonora ging, um sich eine Besitzung zu erwerben?«

»Ich hörte davon.«

»Wurde er nicht auch von Old Shatterhand aus derselben vertrieben?«

»Ja.«

»Und Thomas Melton hat einen Sohn, welcher Jonathan heißt?«

»Alle Wetter! Wie kommen Sie auf den?«

»So, wie man eben aus Langerweile auf irgend etwas kommt. Jonathan Melton ging als Reisebegleiter nach Europa, und dann gar nach dem Orient?«

»Wo - wo - woher wissen - wissen Sie das?« fragte er stokkend.

»Ich habe es ganz zufällig erfahren. Er ging als Begleiter mit einem Amerikaner, welcher - hm, wie hieß er doch nur gleich! Wissen Sie das nicht?«

»Nein.«

»Nicht? Das wundert mich außerordentlich, denn ich lasse mir auf der Stelle den Kopf abschlagen, wenn dieser

Amerikaner nicht genau so hieß, wie Sie, nämlich Small Hunter. Ist's nicht so?«

»Ich weiß es nicht. Lassen Sie doch diese Fragen; sie sind mir zuwider!«

»Mir nicht, denn die Sache ist wirklich höchst interessant. Und wissen Sie, was das Allerinteressanteste dabei ist?«

»Ich mag es nicht wissen!«

»O doch! Denn jetzt kommt die Hauptsache. Nämlich ich selbst habe damals eine Rolle, und zwar keine Nebenrolle, mitgespielt. Ich heiße nicht Jones, sondern Old Shatterhand.«

»Old - Shat -!«

Er brachte vor Schreck den Namen nur halb über die Lippen und fuhr zurück, als ob der Blitz vor ihm in die Erde geschlagen habe.

»Ja, so heiße ich. Und diesen Namen haben Sie ja vorhin genannt, als Sie sagten, ich hätte meine schmutzige Hand überall mit im Spiele. Vielleicht spiele ich auch heute mit, mit Ihnen und mit Ihrem Kolarasi Kalaf Ben Urik.«

Er überhörte den letzten drohenden Hohn und sagte wie abwesend:

»Old Shatterhand! Sie wollen dieser Mann sein, Sie? Unmöglich!«

»Später wird Ihnen das Licht darüber heller aufgehen. Fragen Sie Emery, welcher mich genau kennt und mit mir im wilden Westen gewesen ist! Und fragen Sie Krüger-Bei, welcher ganz genau weiß, daß ich ein Deutscher bin und da drüben Old Shatterhand genannt werde! Uebrigens will ich Ihnen noch eine weitere Ueberraschung bereiten. Mein zweiter Begleiter ist nämlich kein Somali und heißt nicht Ben Asra, sondern er ist ein sehr berühmter Apatschenhäuptling, und wird Winnetou genannt.«

»Win - ne - tou!« wiederholte er, als ob ihm der Atem stokken wolle. »Er ist's wirk - wirk - wirklich?«

»So wahr, wie ich Old Shatterhand bin. Wenn Sie von uns gehört haben, so wissen Sie wohl, daß wir beide unzertrennlich sind.«

»Das weiß ich. Aber was wollen Sie denn hier in Tunis?«

»Wir suchen jenen Thomas Melton.«

»Donnerwetter!« fluchte er.

»Wir waren erst in Aegypten, fanden aber anstatt diesen Thomas seinen Sohn Jonathan, der im Begriff stand, nach Tunis zu gehen, und da wir uns sagten, daß er da jedenfalls seinem Vater einen Besuch abstatten werde, so gingen wir mit.«

»Und - und - und - ?«

»Und haben uns nicht geirrt. Wir haben Thomas Melton gefunden in der Gestalt Ihres lieben Kolarasi Kalaf Ben Urik. Ich habe Ihnen etwas höchst Interessantes versprochen; habe ich nicht Wort gehalten?«

»Lassen Sie mich in Ruhe! Was gehen mich alle die Leute an! Ich bin Small Hunter und habe nichts mit Ihnen zu schaffen.«

Er wollte sich abwenden; ich hielt ihn aber beim Arme zurück und sagte:

»Bitte, warten Sie noch, Sir! Ich glaube sehr gern, daß Sie nichts mit mir zu schaffen haben wollen; jetzt und hier aber ist die Frage, ob ich noch mit Ihnen zu schaffen habe. Ich kann Sie nicht gehen lassen, ganz und gar nicht. Ja, ich habe die Absicht, Sie bei mir zu behalten, mögen Sie nun wollen oder nicht. Ich behalte Sie bei mir, bis ich mit dem jungen Amerikaner gesprochen habe, welcher den Zug hierher mit dem Kolarasi Melton gemacht hat.«

»Kenne ich nicht; weiß kein Wort von ihm!«

»So? Und doch ist er eine Persönlichkeit, an welcher Sie den lebhaftesten Anteil nehmen müssen. Er nennt sich gerade so wie Sie, nämlich Small Hunter.«

»Unmöglich!«

»Nein, wirklich! Sie sehen, der Mann bringt Sie in Gefahr, für einen falschen Small Hunter gehalten zu werden.«

»Sie denken doch nicht etwa -!«

»Ich denke, daß Sie der echte, der wirkliche Small Hunter sind, denn ich bin überzeugt, daß Sie das beweisen können. Ich weiß das sehr genau.«

»Woher?«

»Aus Ihrem Notizbuche.«

»Notizbuch? Was wissen Sie von meinem Buche? Kein Mensch hat in dasselbe gesehen, als nur ich allein.«

»Da irren Sie. Ich habe auch hineingesehen. Und nicht ich allein, sondern Winnetou und Sir Emery auch.«

»Das wollen Sie mir doch nicht etwa weismachen!«

»Weismachen nicht, sondern es ist wirklich so. Sie erinnern sich, daß Winnetou auf dem Schiffe mit in Ihrer Kabine gewohnt hat. Wir wollten wissen, woran wir mit Ihnen waren; da machte Winnetou seine Augen auf, und die sind scharf. Er sah, daß Sie Ihr Portefeuille mit großer Sorgfalt behandelten und versteckten. Als Sie schliefen, machte er den Taschendieb. Sie schliefen infolge Ihres außerordentlich guten Gewissens sehr fest, und es gelang ihm darum, den Schlüssel aus Ihrer Tasche und das Portefeuille aus dem Koffer zu bringen. Natürlich kam er mit demselben zu uns hinüber in unsere Kabine, und wir beeilten uns, Einsicht zu nehmen. Dann brachte er es an die Stelle zurück, woher er es genommen hatte. Sie begreifen also nun wohl, warum ich überzeugt bin, daß Sie der echte, wirkliche Small Hunter sind.«

»So bin ich also von Ihnen bestohlen worden!«

»O nein, denn Sie haben Ihr Eigentum zurückerhalten. Sie können uns höchstens das Eine vorwerfen, daß wir ein wenig neugierig gewesen sind. Auch jetzt will ich Sie nicht bestehlen. Ich gebe zwar zu, daß ich das Portefeuille brauche; aber ich werde es Ihnen nicht im Schlafe nehmen; o nein, das fällt mir nicht ein, sondern Sie werden die Güte haben, es mir im vollen Wachen jetzt zu geben.«

»Das werde ich nicht!« schrie er mich an.

»Sie werden!« sagte ich in einem sehr bestimmten Tone. »Wenn Sie es nicht herausgeben, werde ich Sie zu zwingen wissen!«

»Ich habe es nicht mit mir! Ich habe es bei dem Pferdehändler von Zaghuan im Koffer gelassen.«

»Sie irren. So einen wichtigen Gegenstand läßt man nicht bei so fremden Leuten liegen. Sie haben während unsers Rittes das Portefeuille oft in der Hand gehabt, und es immer wieder in die Brusttasche zurückgesteckt. Hier ist es; ich fühle es.«

Bei diesen Worten klopfte ich ihm an die Brust, wo das Buch steckte. Er wich zurück und rief:

»Rühren Sie mich nicht an; ich dulde das nicht!«

»O, Sie werden noch mehr als das erdulden. Passen Sie auf!«

Ich wendete mich, natürlich nicht in englischer Sprache, an die umstehenden Offiziere, welche kein Wort unsers Gespräches verstanden, aber doch bemerkt hatten, daß der Inhalt desselben für Jonathan Melton kein angenehmer sein könne. Es kostete nur einige Bemerkungen, so wurde er ergriffen, niedergeworfen und gebunden. Ich nahm das Portefeuille; was er sonst bei sich hatte, wurde ihm gelassen. Dann schaffte man ihn zu den gefangenen Uled Ayun, mit denen er streng bewacht wurde. Nun konnte er sich nicht mehr darüber im Zweifel befinden, daß er von mir durchschaut worden war.

Wir hatten, wie schon längst erwähnt, drei Schwadronen Kavallerie. An der Spitze einer jeden standen ein Kolarasi (Rittmeister), ein Ober- und ein Unterlieutenant. Mit diesen neun Offizieren hielt ich einen kurzen Kriegsrat, nachdem ich ihnen erzählt hatte, wie die Sachen standen.

Die erste Schwadron sollte sich mit ihrem Kolarasi vor den Eingang des Engpasses legen. Mit der zweiten wollte ich selbst den Berg umreiten, um den hintern Ausgang zu besetzen. Die dritte sollte hinauf auf den Berg, um die beiden Felsenränder des Passes zu belegen und nötigenfalls von da oben herabzuschießen. Diese Schwadron mußte sich also teilen; die eine Hälfte unter dem Kolarasi sollte die rechte und die andere unter dem Oberlieutenant die linke Seite des Berges nehmen. Da hinten, wo ich Posto fassen wollte, waren, wie früher erwähnt, die Pferde, und dort lagerten auch die zu der gefangenen Schwadron gehörigen Soldaten, welche von Uled Ayar-Kriegern bewacht wurden. Wenn es mir gleich anfangs gelang, die Gefangenen zu befreien, bekamen wir hundert Mann mehr für uns.

»Und wann soll der Angriff erfolgen?« fragte einer der Offiziere.

»Einen eigentlichen Angriff wird es nicht geben. Die erste Schwadron hat nichts zu thun, als die Feinde zurückzuweisen, wenn dieselben die Schlucht verlassen wollen; die zweite Schwadron hat die gleiche Aufgabe, falls die Ayar hinten ausbrechen wollen. Nur werde ich mit einem Teil derselben vorher über die Wächter herfallen, um eure gefangenen Kameraden zu befreien. Das wird wohl nicht ohne Geschrei und einige Schüsse abgehen, ist aber noch kein Kampf zu nennen, und so dürfen sich die andern Abteilungen nicht etwa dadurch zu einem voreiligen Handeln verleiten lassen. Wir wollen die Feinde nicht töten, sondern gefangen nehmen. Hütet euch also vor Blutvergießen! Je mehr Uled Ayar fallen, destoweniger giebt es dann, von denen der Pascha die Kopfsteuer bezahlt bekommt.«

»Aber der Augenblick, an welchem du über die Wächter unserer gefangenen Kameraden herfallen willst, muß doch bestimmt werden, damit wir wissen, woran wir sind!«

»Das ist richtig. Ich werde den Augenblick des Fagr, des Morgengebetes, dazu benutzen.«

»Das geht nicht.«

»Warum?«

»Weil wir doch auch beten müssen, und da haben wir keine Zeit, auf den Feind zu achten. Du bist ein Christ und meinst vielleicht, daß wir nicht zu beten brauchen.«

»Das meine ich nicht; ihr sollt beten und dennoch gerüstet sein. Ihr vergeßt, oder vielleicht wißt ihr es nicht, daß die Uled Ayar ihr Morgengebet nach den Regeln der Hanofisekte verrichten. Ihr betet, wenn der erste schwache Lichtschimmer im Osten erscheint. Bei den Hanofi aber beginnt das Fagr ein wenig später, nämlich wenn el Isfirar, der ›gelbe Schimmer‹, zu sehen ist. Ihr seid also, wenn sie beginnen, schon fertig, und eure Morgenandacht wird euch nicht verhindern, eure Pflicht zu thun. Sobald die Ayar zu beten beginnen, werde ich schnell vorrücken, um die Gefangenen zu befreien. Sie werden überhaupt durch unser Erscheinen so überrascht sein, daß sie, wenigstens für den ersten Augenblick, die Gegenwehr vergessen; dann aber ist die gefangene Schwadron schon frei, und wir können den Feind ruhig an uns kommen lassen.«

Es waren noch einige weitere Bemerkungen nötig; dann brachen wir auf, um nach dem Engpasse zu reiten. Nach Verlauf von anderthalber Stunde waren wir in seiner Nähe angekommen, und wir trennten uns. Die erste Schwadron ritt nach dem Eingange, nachdem sie einige Kundschafter zu Fuß vorausgesandt hatte. Die zweite ritt rechts und links von dem Engpasse den Berg hinan, und ich ritt mit der dritten um den letzteren herum, bis wir seine hintere, die südliche Seite erreichten, wo der Paß wieder ins Freie trat. Dort ließ ich halten und ging, um zu rekognoscieren.

Die Uled Ayars waren von einer geradezu unbegreiflichen Unvorsichtigkeit. Sie hatten auch hier keine Posten, und ich drang wohl zweihundert Schritte in die Schlucht ein, ohne auf irgend jemand zu stoßen.

Bis hierher war beim Scheine des Mondes alles recht gut von statten gegangen; aber er hatte seinen Lauf schon tief gesenkt und mußte in einer halben Stunde verschwinden. Das schadete jedoch nichts, denn wenn wir nichts sahen, so wurden auch wir nicht gesehen.

Ich legte beide Hände hohl an den Mund und ließ dreimal hintereinander den Schrei des Geiers hören. Er drang in die Schlucht hinein, und ich war überzeugt, daß Winnetou ihn vernommen hatte.

Nun galt es, bis zum Morgen zu warten. Ich hatte einige Posten in die Schlucht vorgeschoben; die andern lagerten draußen vor derselben. Meiner Weisung gemäß verhielten sie sich vollständig ruhig. Es war nichts als nur zuweilen das Schnauben eines Pferdes zu hören.

Die Zeit verging; der Mond war längst verschwunden, und die Sterne verloren ihren Glanz. Dann färbte sich der Osten mit einem leisen Scheine.

»Herr, sollen wir beten?« fragte mich der Kolarasi.

»Ja, aber natürlich ganz leise.«

Sie knieten alle nieder und verrichteten die vorgeschriebene Andacht. Darüber wurde der Schein heller und heller, bis er sich gelb färbte. Das konnte man im Innern der Schlucht nicht sehen; dennoch drang jetzt aus derselben der laute, wohltönende Ruf:

»Haï alas Sallah, haï alal felah; es Sallah cher min en nohm – auf zum Gebete, auf zum Heile; das Gebet ist besser als der Schlaf!«

Es war so hell geworden, daß wir sehen konnten. Ich huschte rasch in die Schlucht hinein und ging so weit, als ich gehen konnte, ohne befürchten zu müssen, bemerkt zu werden. Schon gestern hatte ich gesehen, daß der Paß keine Krümmung machte, sondern fast schnurgerade verlief; ich konnte sie nahezu völlig überblicken.

Gar nicht weit von mir befanden sich die Pferde, eine große Menge. Hinter denselben lagen die gefangenen Soldaten; sie waren nicht gefesselt und wurden von ungefähr zwanzig bewaffneten Uled Ayar bewacht. Dann kam ein freier Raum, hinter welchem das eigentliche Lager begann. Alle Menschen, welche ich dort erblickte, knieten betend an der Erde, die Gefangenen mit ihren Wächtern auch. Ich eilte zurück und holte mir dreißig Mann.

»Seid ganz still,« gebot ich ihnen. »Sagt kein Wort. Je weniger Lärm wir machen, desto größer ist die Ueberraschung und desto eher werden wir fertig sein. Es sind zwanzig Wächter da. Schießt nicht, sondern haut sie mit den Kolben nieder! Dann geht es schnell wieder zurück.«

Es ging mit raschen Schritten in die Schlucht hinein. Die Stimme des Vorbeters wechselte mit dem Chore der Nachbetenden ab. Da kamen wir zu den Pferden. Wir rannten um dieselben herum und zwischen ihnen hindurch und warfen uns mit hochgeschwungenen Kolben auf die Wächter. Sie waren vor Schreck ohne Bewegung. Hieb fiel auf Hieb. Zwei oder drei rafften sich doch auf und rannten schreiend davon; die andern wurden niedergeschlagen.

»Auf, ihr Männer!« rief ich den Gefangenen zu. »Ihr seid frei. Eilt zu den Pferden; nehmt deren so viel ihr könnt bei den Zügeln und kommt mit ihnen hinaus, wo eure Befreier warten!«

Sie folgten diesem Rufe. Sie sprangen auf und zu den Pferden. Jeder warf sich auf den Rücken eines derselben und nahm ein anderes oder gar zwei bei den Zügeln; ein kurzes Drängen durcheinander, und dann trieb alles dem hintern Ausgange zu. Vom Lager her aber erschollen Rufe des Zornes, des Schreckens; es fiel keinem ein, weiter zu beten. Jeder ergriff seine Waffen und kam schreiend nach hinten gerannt. Aber die Befreiten waren mit den so schnell annektierten Pferden schon hinaus ins Freie; sie hatten keine Waffen und mußten also zunächst zurück. Mit den andern ging ich vor. Wir füllten in vielen Gliedern hintereinander die ganze Breite des Passes und gaben eine blinde Salve. Da wichen die Heranstürmenden zurück, oder sie blieben wenigstens stehen und schrieen einander unter den lebhaftesten Gestikulationen an. Ihr Schreck war so groß, daß sie zunächst nicht wußten, was sie thun sollten. Dann ertönte die Stimme des Scheiks. Er brachte Ordnung in das Gewirr, wenigstens notdürftig, und dann sahen wir, daß sich die Uled Ayar vorn nach dem Eingange drängten. Da krachten ihnen auch Schüsse entgegen, und von beiden Seiten oben herab blitzte es auch. Ein einziges großes Wut- oder Wehegeheul der Ayar erfüllte den Engpaß; sie gingen auch da vorn zurück und drängten sich in der Mitte der Schlucht zusammen. Da sandte ich einen Lieutenant zu ihnen. Er war schon vorher instruiert und schwang ein Tuch zum Zeichen, daß er als Unterhändler komme. Ich ließ durch ihn den Scheik bitten, zu mir zu kommen und gab ihm das Versprechen, daß er, sobald es ihm beliebe, zu den Seinen zurückkehren könne. Doch sollte er seinen Uled Ayar den Befehl geben, daß sie sich bis zu seiner Rückkehr jeder Feindseligkeit zu enthalten hätten.

Ich sah den Boten im Gedränge der Feinde verschwinden. Es dauerte wohl zehn Minuten; dann öffnete sich die Menge, und er erschien wieder; an seiner Seite kam der Scheik geschritten. Er hatte also das Vertrauen zu mir, daß ich mein Versprechen halten würde. Als er näher gekommen war, ging ich ihm der Höflichkeit halber eine kleine Strecke entgegen, legte beide Hände auf die Brust, verbeugte mich und sagte:

»Sei willkommen, o Scheik der Uled Ayar! Du wolltest mich gestern, als ich dein Gefangener war, nicht zu dir sprechen lassen. Darum bin ich aus deinem Lager gegangen, um dich jetzt als freier Mann zu bitten, heute mit mir zu reden.«

Er verbeugte sich ebenfalls und antwortete:

»Ich grüße dich! Du hast mir freies Geleit geboten und wirst dein Versprechen halten?«

»Ja. Du kannst gehen, sobald du willst, denn ich bringe dir den Frieden.«

»Dafür willst du Steuern!«

»Nein.«

»Nicht?« fragte er erstaunt. »Seid ihr nicht deshalb als Feinde zu uns gekommen, um uns das, was uns von unsern Herden übriggeblieben ist, vollends zu nehmen?«

»Ihr habt Mohammed es Sadok Pascha versprochen, die Kopfsteuer zu zahlen, aber nicht Wort gehalten. Es ist sein Recht, das, was ihr ihm verweigert, mit Gewalt zu nehmen; ihr werdet also zahlen müssen; aber ich bin nicht dein Feind, sondern dein Freund und will dir sagen, wie du die Steuer bezahlen kannst, ohne daß du ein einziges Haar eurer Herden anzurühren und wegzugeben brauchst.«

»Allah ist groß und barmherzig! Wenn deine Worte wahr sind, so bist du allerdings mein Freund und nicht ein Feind von uns!«

»Ich habe die Wahrheit gesprochen. Habe die Güte, dich zu mir zu setzen, so wirst du hören, welchen Vorschlag ich dir zu machen habe.«

»Deine Rede duftet wie Balsam. Die Erde, auf welcher du sitzest, soll auch meinen Gliedern Ruhe geben.«

Es wurden zwei Gebetsteppiche nebeneinander gelegt; er setzte sich auf den einen, ich mich auf den andern. Der Beduine überstürzt nichts. Unsere Würde erforderte, zunächst eine Pause zu machen. Während derselben musterte ich die Schlucht mit allem, was sie enthielt; er aber verwendete kein Auge von mir und begann endlich:

»Der Herr der Heerscharen hat mir gestern von dir erzählt, Effendi. Ich habe erfahren, was du erlebt und gethan hast; aber er hat mir nicht gesagt, daß du auch ein Meister in der Zauberei bist.«

»Wieso?«

»Du lagst gefesselt und angebunden in deinem Zelte. Dein Wächter ist in dieser Nacht zwölfmal in demselben gewesen und hat dich und deine Fesseln betastet, um zu wissen, daß du noch vorhanden seiest. Nur ganz kurze Zeit vor dem Morgengebete war er zum letztenmale bei dir. Und jetzt sitzest du hier und redest zu mir als freier Mann! Ist das nicht Zauber?«

»Nein. Hat der Wächter denn gewußt, daß ich es war, den er bewachte?«

Dieser Zauber war sehr leicht zu erklären. Ich hatte Winnetou die Hände nicht fest zusammengebunden. Als er mein Zeichen hörte, hatte er die Fesseln abgestreift, sich vom Pfahle losgemacht und in seiner unvergleichlichen Weise aus dem Lager geschlichen. Jedenfalls befand er sich jetzt vorn am Eingange der Schlucht bei der ersten Schwadron. Da ich es nicht für nötig hielt, dem Scheik diese Erklärung mitzuteilen, ließ ich ihn bei seinem Wunderglauben und sagte:

»Du magst daraus ersehen, daß es besser gewesen wäre, wenn du mir schon gestern dein Ohr gegönnt hättest. Ist jemand von euch von den Schüssen unserer Soldaten verwundet oder getötet worden?«

»Nein.«

»Das ist gut! Ich hatte Befehl gegeben, in die Luft zu schießen. Erst wenn meine Unterredung mit dir vergeblich sein sollte, werden wir euch unsere Kugeln geben. Doch hoffe ich, daß du uns nicht zwingen wirst, die Frauen und Kinder deines Stammes zu Witwen und Waisen zu machen. Wie steht ihr euch mit den Uled Ayun?«

»Wir haben Blutrache mit diesen Hunden!«

»Wie viele Männer haben sie euch getötet?«

»Dreizehn! Allah sende die Ayun in die Hölle!«

»Sind sie ärmer oder reicher als ihr?«

»Reicher. Schon früher waren sie reicher; aber nun wir unsere Herden verloren haben, ist der Unterschied noch viel größer als vorher, denn sie haben keine Verluste gehabt. Sie weiden ihre Tiere im Wadi Silliana, in welchem es nie an Wasser mangelt.«

»Wie bist du dazu gekommen, mit dem Kolarasi Kalaf Ben Urik einen Vertrag abzuschließen?«

»Er bot mir denselben an, als wir ihn umzingelt hatten.«

»Konnte er sich denn nicht anders retten?«

»O doch! Seine Soldaten hatten viel bessere Waffen als wir. Sie hätten sich durchschlagen können und dabei gewiß sehr viele von uns getötet. Er aber zog es vor, einen Vertrag mit mir abzuschließen und sich dann zu ergeben. Ich sollte die Soldaten bekommen, welche er bei sich hatte, und auch die, welche er noch herbeilocken wollte.«

»Und was verlangte er dafür?«

»Seine Freiheit und den Herrn der Heerscharen, den er zwingen wollte, ihm ein großes Lösegeld zu bezahlen.«

»Du weißt nicht, mit was für einem Menschen du den Vertrag abgeschlossen hast!«

»Er ist ein Ischariot; das habe ich dir schon gesagt. «

»Und er ist noch mehr. Ich werde dir später von ihm erzählen; jetzt ist die Zeit dazu zu kurz und zu wichtig, denn ich möchte auch einen Vertrag mit dir abschließen, aber einen viel bessern, der dich nicht in Widerstreit mit deinen Pflichten bringt und dir auch die Rache des Pascha nicht zuziehen wird.«

»So sprich! Ich lausche deinen Worten, o Effendi.«

»Zunächst will ich dir sagen, was ich von dir verlange, nämlich die Freiheit des Herrn der Heerscharen und des Engländers, welche sich noch bei dir befinden. Sodann die Auslieferung des Kolarasi und endlich den vollen Betrag der Kopfsteuer, welche wir eintreiben sollen.«

»Effendi, das letztere kann ich dir nicht leisten; es ist unmöglich!«

»Warte nur! Ich will dir doch auch sagen, was du von uns erhältst, wenn du in meine Forderungen einwilligest. Du erhältst vierzehnhundert Kamelstuten oder deren Wert.«

Er sah mich mit weit geöffneten Augen an, schüttelte den Kopf und sagte dann:

»Ich kann unmöglich richtig gehört haben, Effendina, und bitte dich also, es noch einmal zu sagen!«

»Gern! Du sollst vierzehnhundert Kamelstuten oder deren Wert bekommen.«

»Aber wofür? Bedenke, Effendina, daß ich gar keine Forderungen an euch stellen kann.«

»Ja. Du magst daraus ersehen, daß es viel besser ist, einen Christen als einen Moslem zum Gegner zu haben. Was dir noch unerklärlich ist, werde ich dir erklären. Es giebt bei euch ein junges Weib, welches Elatheh heißt?«

»Ja. Sie ist der Liebling des ganzen Stammes. Aber Allah hat sie mit den Augen ihres Kindes betrübt, denn ihr Söhnchen ist blind geboren. Darum ist sie mit einem ehrwürdigen Greise nach einem heiligen Orte gepilgert, um Allah zu bitten, die Augen des Kindes sehend zu machen. Sie wird nun bald heimkehren.«

»Sie ist bei mir. Sie fiel unterwegs den Uled Ayun in die Hände, welche den Greis töteten und die Frau bis an den Kopf in die Erde eingruben.«

»Allah 'l Allah! Schon wieder ein Mord! Das ist der vierzehnte! Das viele Blut schreit um Rache bis zum Himmel hinauf. Und die Hunde verschonen nicht ein Weib, welches sich auf der Wallfahrt befindet! Welch eine Qual, und welch ein Tod! Bis an den Kopf eingegraben! Da kommen die Geier und hacken die Augen aus!«

»Fast wäre es so geworden; aber Allah hatte Erbarmen mit der Frau. Er führte mich zu ihr, und ich habe sie ausgegraben. Vorher aber habe ich etwas gethan, worüber du dich freuen wirst: Ich habe Farad el Aswad gefangen genommen.«

»Farad el Aswad? Wer heißt denn noch so? Denn den Scheik der Uled Ayun kannst du doch nicht meinen!«

»Warum nicht?«

»Weil dies für mich die größte der Wonnen wäre, und Wonnen giebt es für mich nicht mehr. Und auch weil dieser

Scheik nicht ein Mann ist, der sich so leicht gefangen nehmen läßt.«

»Pah! So hältst du ihn für einen tapfern Mann? Ich habe ihn freilich ganz anders gesehen. Ich hatte nur zwei Männer bei mir. Wir drei haben den Scheik Farad el Aswad nebst dreizehn Ayuns gefangen genommen, ohne daß sie es wagten, sich zu wehren. Und doch hatten sie ihre Waffen bei sich und saßen auf vortrefflichen Pferden.«

Da fuhr er von dem Gebetsteppiche auf und jubelte:

»O Allah, Allah, ich danke dir! Das macht alles wieder gut! Daß diese Hunde ergriffen worden sind, ist Himmelslust für meine Seele; aber daß es ihrer vierzehn waren, die sich von drei Personen festnehmen ließen, das verlängert mein Leben um mehrere Jahre! Welche Schande - welche Schande! Du mußt mir erzählen, wie das gekommen ist, Effendina. Vorher aber sag mir, was du mit den Hunden gemacht hast, als sie in deine Hände gefallen waren! Hast du sie getötet?«

»Nein. Ein Christ darf selbst seinen ärgsten Feind nicht töten; die Rache ist allein Gottes. Sie leben noch, sind gefesselt und befinden sich bei mir.«

»Sie leben noch und sind bei dir! Was wirst du mit ihnen thun? Sag es mir - sag es mir schnell!«

Er zitterte fast vor Verlangen, meine Antwort zu hören.

»Ich übergebe sie dir.«

Kaum hatte ich diese vier Wörtchen ausgesprochen, so sank er wieder nieder, vor mir auf die Kniee, ergriff meine Hände und fragte, vor Aufregung fast brüllend:

»Ist das wahr - ist das wahr? Ist das dein fester Wille?«

»Ja, ich liefere sie aus; aber natürlich nur dann, wenn du die Bedingungen erfüllst, welche ich vorhin gestellt habe.«

»Ich erfülle sie - ich erfülle sie! O Allah, o Muhammed! Wir bekommen vierzehn Uled Ayuns, vierzehn Ayuns, und der Scheik ist selbst dabei! Wir können unsere Rache sättigen! Sie müssen ihr Leben hergeben! Ihr Blut wird fließen -«

»Halt!« fiel ich ihm in die begeisterte Rede. »Ihr Leben darf nicht gefährdet werden; das muß ich unbedingt verlangen!«

»Wie?« fragte er ganz betroffen. »Wir haben vierzehn

Morde zu rächen, bekommen vierzehn Todfeinde in die Hände und sollen uns doch nicht an ihnen rächen? Das ist unmöglich! So etwas würde noch niemals geschehen sein, und alle Einwohner des Landes würden uns verlachen und uns für Menschen halten, welche keine Ehre besitzen und sich Mord und Beleidigung gefallen lassen.«

»Nein, das wird niemand von euch sagen, denn man wird erfahren, daß ihr wegen des Blutpreises darauf verzichtet habt, das Blut eurer Feinde zu vergießen.«

»Effendi, das ist eine Bedingung, auf die wir wohl schwerlich eingehen können!«

»Nicht? Dann bekommt ihr die Uled Ayuns auf keinen Fall.«

»Du vergissest, daß dann auch die Wünsche, welche du ausgesprochen hast, nicht erfüllt werden!«

»Ich vergesse nichts. Aber du hast vergessen, daß ihr euch in unserer Gewalt befindet. Dreihundert Soldaten stehen vorn und hinten an diesem Passe. Ihr könnt also nicht heraus. Und hundert Mann halten da oben auf der Höhe. Ihr könnt sie mit euern Kugeln nicht erreichen; die oben werden einen nach dem andern von euch wegputzen, ohne daß ihr dies zu verhindern vermögt. Ich brauche nur ein einziges Zeichen zu geben, so krachen hinter und über euch alle Gewehre. Was wollt oder könnt ihr dagegen thun?«

Er blickte eine kleine Weile finster vor sich nieder und antwortete dann:

»Nichts, gar nichts! Wir sind unvorsichtig gewesen; wir hätten nicht hier in der Schlucht bleiben sollen.«

»Ja, ihr wolltet uns in derselben fangen und steckt nun selbst in dieser Falle, aus welcher ihr gegen unsern Willen nicht zu entkommen vermögt. Ich habe auch nicht lange Zeit, gegen deine Bedenken mit unnützen Redensarten anzukämpfen. Ich gebe dir also fünf Minuten Zeit, dich zu entscheiden. Also merke wohl: Ich verlange den Engländer und den Herrn der Heerscharen frei; dazu gebt ihr alles heraus, was den beiden und mir abgenommen worden ist. Ferner verlange ich die Auslieferung des Kolarasi Kalaf Ben Urik.

Dafür übergebe ich euch die vierzehn Uled Ayun unter der Bedingung, daß ihr auf die Zahlung des Blutpreises eingeht. Und außerdem laß ich euch aus der Schlucht heraus und sorge für einen guten Friedensschluß zwischen euch und dem Pascha.«

»Dem wir aber die Kopfsteuer bezahlen müssen?«

»Allerdings. Ich gebe ihm recht, daß er auf dieselbe nicht verzichten will, denn sie gehört zu seinem Einkommen, von welchem er leben muß. Er ist kein Beduine, der von seinen Herden lebt.«

»Aber sie ist doch für uns zu hoch! Unsere Herden müssen sich erst erholen.«

»Du vergißt wieder etwas, nämlich den Blutpreis von vierzehnhundert Kamelstuten, von welchem ihr die Steuer bezahlen könnt.«

»Allah ist groß! Vierzehnhundert Kamelstuten! Das ist freilich viel mehr, als wir an den Pascha zu zahlen haben. Wir würden eine ganze Menge von diesen Tieren übrig behalten und mit denselben unsere gelichteten Herden vermehren können!«

»Ja. Du siehst, wie gut ich es mit euch meine. Und da die Frau, welche Elatheh heißt, der Liebling eures Stammes ist, so soll sie für die Angst und Qual, welche sie ausgestanden hat, entschädigt werden. Sie ist arm, ich aber habe ihr versprochen, sie wohlhabend zu machen. Die Uled Ayun sollen ihr auch hundert Kamelstuten geben.«

»Effendi, deine Güte ist groß, und deine Hände werden zum Segen für jeden, den sie berühren! Aber das würden fünfzehnhundert Stuten sein; das ist eine ungeheure Zahl!«

»Für die Uled Ayun nicht zu viel, denn sie sind reich.«

»Aber dies Opfer wird ihren Reichtum außerordentlich vermindern!«

»Das will ich eben! Sie verlieren, ihr aber gewinnt an Macht.«

»Das ist richtig; aber eben darum bezweifle ich, daß sie auf einen so hohen Preis eingehen werden.«

»Sie müssen, denn sie haben nur die Wahl zwischen ihm

oder dem Tode, und jedermann giebt lieber sein ganzes Eigentum als sein Leben her. Ich werde den Unterhändler zwischen euch und ihnen machen, und du kannst dich darauf verlassen, daß ich um keine einzige Stute herabgehen werde.«

»So werden sie ja sagen, aber nicht Wort halten!«

»Wie kommst du auf diesen Gedanken, der doch ganz unbegründet ist? Die vierzehn Uled Ayun werden jedenfalls nicht eher freigelassen, als bis die Diyeh ohne allen Abzug bei euch eingegangen ist.«

»Da kennst du diese Leute nicht. Sie werden die Zahlung hinausschieben, sich während derselben rüsten und dann über uns herfallen, um die Gefangenen zu befreien und dann nichts zu bezahlen.«

»Nein, das werden sie nicht, denn sie müssen sich sagen, daß es ihnen nicht gelingen würde, die Gefangenen zu befreien. Letztere befinden sich doch als Geißeln in euern Händen, und ihr würdet sie selbstverständlich eher töten, als sie euch abnehmen lassen.«

»Das ist freilich richtig.«

»Und außerdem mußt du an einen Umstand denken, den du zu übersehen scheinst. Ich verhelfe Euch zu dem außerordentlich hohen Blutpreise, damit ihr die Steuer bezahlen könnt. Wir gehen mit unsern Truppen nicht eher fort, als bis dieselbe entrichtet ist. Wir werden also warten, bis die Uled Ayun die Diyeh bezahlt haben. Bis zu dieser Zeit sind wir bei euch, sind eure Gäste, welche unter Umständen mit und für euch kämpfen werden. Es liegt in unserm Interesse, den Uled Ayun nur eine kurze Zahlungsfrist zu geben; sie werden also keine Zeit finden, sich zu einem Angriffe zu rüsten. Und wenn sie trotz alledem so thöricht wären, euch überfallen zu wollen, so würden wir mit unsern Truppen im Kampfe an eurer Seite stehen. Dann würden die Ayun vernichtet oder doch wenigstens so geschwächt, daß sie für lange Jahre an keine Feindseligkeit gegen euch mehr denken könnten.«

»Effendi, was du da vorbringst, giebt mir die Gewißheit,

daß du es gut und ehrlich mit uns meinst, und daß diese für uns so wichtige Angelegenheit auch wirklich so verläuft, wie du denkst und sagst.«

»Du gehst also auf meine Bedingungen ein?«

»Ich für meinen Teil, ja. Aber du kennst unsere Sitten und Gewohnheiten und wirst also wissen, daß ich nicht die Macht habe, solch hochwichtige Frage allein zu entscheiden. Ich muß vorher die Dschemma, die Versammlung der Aeltesten, zusammenrufen. Und du? Hast denn du die Macht der Entscheidung? Du bist ein Fremder hier im Lande, und dies ist doch eine Angelegenheit des Pascha.«

»Der Herr der Heerscharen befindet sich an der Stelle des Pascha hier; was er thut, wird dieser gutheißen, und ich bin überzeugt, daß Krüger-Bei meinen Forderungen und Bedingungen seine Einwilligung nicht versagen wird.«

»Effendi, ich achte deine Worte, aber noch lieber wäre es mir, wenn ich sie auch aus dem Munde des Herrn der Heerscharen vernehmen könnte.«

»Gut, das sollst du. Schicke ihn her, damit ich mit ihm reden kann.«

»Willst du nicht lieber zu ihm gehen, mit mir kommen? Du könntest da erst mit ihm und dann auch in unserer Dschemma sprechen. Wenn du meinen Aeltesten alles erklärst, wird es einen bessern und tiefern Eindruck machen, als wenn ich es bin, der ihnen so große und so schöne Versprechungen bringt und solche Vorteile verheißt, an die sie kaum zu glauben vermögen.«

»Giebst du mir freies Geleite?«

»Ja. Du hast es mir auch gegeben.«

»Und ich kann mich auf dich verlassen?«

»Wie auf dich selbst. Ich schwöre dir beim Barte des Propheten, bei dem meinigen und bei der Seligkeit aller meiner Vorfahren, daß du frei und ganz nach deinem Belieben kommen oder gehen kannst!«

»Ich glaube dir und hoffe, daß deine Krieger diesen deinen Schwur respektieren werden.«

»Sie werden es!«

»Dennoch könnte es einen oder einige geben, welche dies nicht thun. Für diesen Fall sage ich dir, daß, wenn von eurer Seite ein einziger Schuß fällt oder wenn ein einziger von euch die Hand feindselig nach mir ausstrecken sollte, ich augenblicklich das Zeichen zum Beginn des Kampfes geben würde. Gleich unsere erste Salve würde euch dreihundert Kugeln bringen.«

»Das wird nicht geschehen; ich versichere es dir!«

Trotz dieser Versicherung gab ich, so daß er es hörte, den Befehl, daß die Soldaten, sobald ein Schuß fallen würde, augenblicklich in der Schlucht vordringen sollten. Ich war überzeugt, daß in diesem Falle auch die andern Abteilungen von uns die Feindseligkeiten sofort beginnen würden. Dann brach der Scheik auf, und ich begleitete ihn.

Als wir die Uled Ayar erreichten, waren es sehr feindselige Blicke, welche von allen Seiten auf mich geworfen wurden. Der Scheik suchte eine erhöhte Stelle, von welcher aus er von allen gesehen wurde und rief den sich Zusammendrängenden zu:

»Hört, ihr Männer, was ich euch zu sagen habe. Der fremde Effendi, Kara Ben Nemsi genannt, bringt uns den Frieden, bringt uns Reichtum und bringt uns Ehre. Er bietet uns Gaben, über welche ihr euch freuen werdet wie die Lämmer, wenn sie frische Weide finden. Ich habe ihm freies Geleite versprochen; er kann unangefochten wieder gehen, sobald es ihm beliebt. Er ist wie ich, und ich bin, wie er. Mein Blut ist sein Blut, und seine Ehre ist die meinige. Er steht unter meinem Schutze und ebenso auch unter dem eurigen. Die Dschemma mag zusammentreten, um zu erfahren, welche Freude und welches Glück uns widerfahren wird!«

Diese Worte brachten einen außerordentlichen Eindruck hervor. Die vorher so finstern und drohenden Gesichter wurden freundlicher; es entstand eine allgemeine Bewegung, ein Rauschen von fragenden und antwortenden Stimmen. Da klang eine derselben über alle andern hinweg:

»Halt! Das kann ich nicht zugeben! Der Giaur war unser

Gefangener und ist uns entflohen. Wer darf ihm da freies Geleit erteilen! Ich fordere, daß man ihn auf der Stelle wieder in Fesseln legt!«

Der Sprecher drängte sich herbei; es war der Kolarasi Thomas Melton. Sein rot und blau und grün angeschwollenes Gesicht bot einen widerlichen Anblick. Die Geschwulst war eine Folge der Fußtritte, welche Emery ihm gestern versetzt hatte. Er stellte sich vor mich hin und fuhr, zu dem Scheik gewendet, fort:

»Ich habe dir bereits gesagt, daß dieser Mann mir gehört!«

»Was du sagst und behauptest, geht mich nichts an,« antwortete dieser. »Der Effendi steht unter meinem Schutze.«

Ich war auf irgend eine schnelle That des Kolarasi gefaßt und hielt Winnetous Silberbüchse, welche ich mitgenommen hatte, zur Abwehr bereit, doch so unauffällig wie möglich.

»Unter deinem Schutze?« fragte er ergrimmt. »Wie kommst du dazu, meinen Todfeind in Schutz zu nehmen!«

»Er bringt uns Glück und Segen. Wir werden Frieden mit dem Pascha schließen.«

»Frieden? Und wo bleib ich? Was wird aus unsern Vereinbarungen?«

»Die gelten nicht mehr. Du siehst, daß wir von allen Seiten eingeschlossen sind. Wir haben nur zwischen dem Frieden und dem Tode zu wählen.«

»Ah! Und da greift ihr Feiglinge nach dem Frieden! Und der deutsche Hund soll mir nicht ausgeantwortet werden?«

»Nein. Er ist der Beschützte!«

»So beschütze ihn, wenn du kannst!«

Er zog mit einer gedankenschnellen Bewegung sein Messer; es blitzte gegen meine Brust, aber noch ehe es dieselbe erreichte, rannte ich ihm den Gewehrkolben unter das Kinn, daß sein Kopf in das Genick knickte und er selbst in einem weiten Bogen zur Erde flog. Da blieb er liegen; ein Blutstrom entquoll seinem Munde.

»Effendi, ich danke dir für diesen Stoß!« sagte der Scheik. »Du hast mit demselben das tödliche Messer von dir abgewehrt. Hätte es dich getroffen, so wäre mein Eid, mit dem ich dir Sicherheit verhieß, gebrochen gewesen und zu einem Meineide geworden, und das hätte mein graues Haupt mit ewiger, unauslöschlicher Schande bedeckt. Ist er tot?«

Diese Frage galt einigen Uled Ayar, welche sich zu Melton niedergebückt hatten.

»Er bewegt sich nicht, scheint aber nicht tot zu sein,« lautete die Antwort.

»So bindet ihm die Hände und Füße, damit er bei seinem Erwachen nicht etwa noch größeren Schaden verursachen kann! Du aber, o Effendina, magst die Güte haben, in mein Zelt zu treten, wo du den Herrn der Heerscharen finden wirst!«

Ich folgte der Aufforderung und fand Krüger-Bei an einen Pfahl befestigt.

»Ihnen hier, Ihnen!« rief er mir erfreut entgegen. »Ich denke, daß Sie ebenso wie ich mit Fesseln angebunden gewesen sind!«

»Wie Sie sehen, bin ich frei und werde auch Sie gleich losbinden.«

»Gott sei Dank! So sind Sie wohl gar nicht gefangen und gefesselt zu betrachten gewesen?«

»O doch! Ich war ebenso wie Sie gefangen, bin aber entflohen.« Und ich erzählte ihm schnell das Notwendigste, nachdem ich ihn losgebunden hatte. Er hörte mir mit großer Spannung zu, und die Spannung verdoppelte sich, als ich ihm die Vorschläge, welche ich dem Scheik gemacht hatte, und deren Gründe auseinandersetzte. Als ich geendet hatte, rief er aus:

»Maschallah! Was sind Sie für ein Mensch!«

»Wie meinen Sie das? Stimmen Sie mir bei oder nicht?«

»Sowohl ja, niemals nein!«

»Das freut mich. Ich war überzeugt, ganz in Ihrem Sinne gehandelt zu haben. Sie verlangen also von den Uled Ayar nicht mehr, als ich von ihnen gefordert habe und gewähren ihnen alles, was ich ihnen versprochen habe?«

»Ja und Amen.«

»Gut, so kommen Sie heraus! Draußen werden die Aeltesten beisammensitzen und auf mich warten. Oder wollen Sie zu ihnen sprechen?«

»Um meines Ranges willen, weil ich des Paschas Vertretung habe, will ich lieber selbst zu ihnen reden.«

»Ich stimme Ihnen bei. Sie befinden sich an Stelle des Paschas von Tunis hier, und es macht also einen tiefern Eindruck, wenn Sie selbst zu der Dschemma sprechen. Ich kann Sie ja erinnern, wenn Sie etwas auslassen sollten.«

Wir traten aus dem Zelte, vor welchem die Alten in einem Kreise saßen. Sie zeigten keine Spur von Erstaunen darüber, daß ich den Herrn der Heerscharen losgebunden hatte, und machten ihm bereitwillig Platz, als er sich anschickte, in die Mitte ihres Kreises zu treten. Den Kolarasi Melton sah ich nicht; er war fortgeschafft worden.

Natürlich waren alle Uled Ayar äußerst gespannt auf das Resultat der Versammlung, von welcher Krieg und Frieden, Tod und Leben abhing. Sie hatten sich neugierig in die Nähe zusammengezogen, hielten sich aber in respektvoller Entfernung. Bei den Beduinen wird einer Dschemma die größte Ehrerbietung erwiesen, und mancher junge Civilisations-Fant könnte von diesen ungebildeten Leuten lernen, wie man das Alter zu achten und zu ehren hat.

Die Rede des Herrn der Heerscharen war ein Meisterstück wie immer, wenn er sich seiner deutschen Muttersprache nicht bediente. Er bestätigte alles, was ich dem Scheik versprochen hatte, und wollte, als er zu Ende war, sich zurückziehen, um der Dschemma Zeit zur Beratung zu lassen; da aber erhob sich der Scheik und sagte:

»Deine Worte, o Herr, waren wie Rosen, deren Duft das Herz verjüngt. Du willst dich entfernen, damit wir uns beraten mögen? Das ist nicht nötig. Wozu ist eine Beratung notwendig, da du uns Bedingungen stellst, die wir durch dieselbe weder erleichtern noch verbessern können? Ich stimme jedem deiner Worte bei und fordere alle meine Gefährten auf, dasselbe zu thun. Wer ein Wort dagegen zu sagen hat, mag seine Stimme erheben!«

Keiner folgte der Aufforderung, und so fuhr er fort:

»Und wer mit dem, was der Herr der Heerscharen gesagt hat, einverstanden ist, der stehe auf!«

Nicht einer blieb sitzen.

Darauf bestieg der Scheik einen hohen Stein, von welchem aus er von allen Uled Ayar gesehen werden konnte, und verkündete denselben mit weithin schallender Stimme, welches Uebereinkommen jetzt getroffen worden war und nun mit der nötigen Feierlichkeit besiegelt werden sollte. Darob erhob sich ein lauter, allgemeiner Jubel. Und als der Scheik darauf zu mir kam, mir die Hände drückte und mit ebenso lauter Stimme wie vorhin sagte, daß der frohe Ausgang dieses vorher so gefährlichen Streites nur mir zu verdanken sei, so folgten alle, welche zur Dschemma gehörten, seinem Beispiele, und dann drängten sich noch viele andere herbei, um dasselbe zu thun. Ich hatte mehrere Hundert Hände zu drücken, und die vorher mir so feindlichen Gesichter und Augen hatten jetzt einen ganz andern Ausdruck angenommen.

Das allererste, was ich nun that, war natürlich, Emery zu befreien. Er hatte den Lärm, die lauten Stimmen gehört und daraus geschlossen, daß etwas Wichtiges im Werke sei; aber daß dies ein Friedensschluß sein werde, welcher seine augenblickliche Befreiung zur Folge habe, das war ihm nicht in den Sinn gekommen. Um so größer war sein Erstaunen und seine Freude, als ich in das Zelt, in dem er steckte, trat, um ihn loszubinden.

Das war die erste Folge unsers Friedensschlusses; die zweite war, daß wir unsere Waffen und alles, was man uns abgenommen hatte, wieder bekamen; es fehlte nicht der unbedeutendste Gegenstand.

Nun ließ ich mir sagen, wo der Kolarasi zu finden sei. Man hatte ihn in sein Zelt geschafft und ihn dort angebunden, so wie wir vorher angebunden gewesen waren. Als ich hineinkam, sah ich, daß er die Augen offen hatte; er schloß sie aber sogleich und stellte sich, um Spottreden zu entgehen, ohnmächtig. Er hatte Blut gespuckt, und zwei Zähne, welche in demselben lagen, bewiesen, daß mein Kolbenstoß nicht gerade die Wirkung einer Liebkosung gehabt hatte. Ich überzeugte mich, daß er sich nicht befreien konnte, und ging fort.

Es wurde ausgemacht, daß die Uled Ayar die Schlucht verlassen sollten, um draußen vor derselben ihr Lager aufzuschlagen. Vorher aber mußte der Friedensschluß förmlich vollzogen werden, was unter dem Absingen der heiligen Fathha und anderer Gebete zu geschehen hatte. Dabei genügte die Anwesenheit Krüger-Beis und Emerys. Ich zog es vor, mich dieser langweiligen Handlung zu entziehen, und begab mich also zu meinen Soldaten, um ihnen das Uebereinkommen mitzuteilen.

Dann setzte ich mich zu Pferde und ritt, dieses Mal nicht um den Berg herum, sondern geraden Weges durch die Schlucht und durch die Schar unserer bisherigen Feinde, nach der Nordseite des Passes, wo die erste Schwadron aufgestellt war. Die Leute wunderten sich nicht wenig, als sie mich dieses Weges, gerade von den Feinden her, kommen sahen. Natürlich nahmen sie die Kunde, welche ich ihnen brachte, auch mit Freude auf. Sie waren zwar überzeugt gewesen, daß wir unbedingt siegen würden, aber falls es zum Kampfe gekommen wäre, hätte es auch auf unserer Seite Tote und Verwundete gegeben, und da war es auf alle Fälle besser, daß ein Kampf hatte vermieden werden können.

Wie schon gesagt, hatte ich angenommen, daß Winnetou sich bei dieser Abteilung befand, und dies traf zu. Noch ehe ich bei meinem Kommen den Mund öffnen konnte, trat er mir entgegen und fragte:

»Mein Bruder hat mit den Kriegern der Uled Ayar Friede geschlossen?«

»Ja. Es ist so gut gegangen, wie ich es nur denken konnte; es hat keinen Tropfen Blutes gekostet, und das habe ich nur dir allein, meinem besten Freunde und Bruder, zu verdanken. Du hast viel gewagt, indem du dich an meiner Stelle gefangen legtest.«

»Winnetou hat keinen Dank verdient, denn mein Bruder

Scharlieh hätte ganz dasselbe für mich gethan. Auch war keine Gefahr dabei; ich war nicht festgebunden und konnte also in jedem Augenblicke fort. Was ist mit Thomas Melton, dem Mörder und Verräter, geworden?«

»Er liegt gefesselt in seinem Zelte. Die Uled Ayar werden den Engpaß verlassen und hier außerhalb desselben ihr Lager aufschlagen. Wir lagern uns ganz in ihrer Nähe und wollen alle unsere Truppen zusammenrufen.«

Der Kolarasi dieser Schwadron sandte Boten aus, und eine halbe Stunde später war unsere ganze Kavallerie an der Nordseite des Berges vor der Schlucht versammelt. Die gefangen gewesene Schwadron Meltons bekam später von den Beduinen ihre Pferde und ihre Waffen wieder.

Es war vier Uhr nach arabischer Zeit, nach abendländischer ungefähr zehn Uhr vormittags, als die Zeremonien des Friedensschlusses vorüber waren; die Uled Ayar kamen, ihren Scheik, Krüger-Bei und Emery an der Spitze, aus dem Engpasse geritten und wurden von drei Salven einer Abteilung unserer Kavallerie begrüßt; auch sie schossen zur Erwiderung ihre Gewehre ab, unregelmäßig und jeder nach Belieben, wie es ihre Gewohnheit ist. Emery hatte dafür gesorgt, daß der Kolarasi Melton mitgebracht wurde. Da dieser sich jetzt nicht mehr bewußtlos stellen konnte, nahm er eine andere Maske vor, wie man gleich sehen wird. Er sah schrecklich aus. War sein Gesicht schon durch die Fußtritte Emerys verschimpfiert worden, so kamen jetzt die Folgen meines Kolbenhiebes dazu. Dieser hatte zwar den Kiefer nicht verletzt, sondern nur den Verlust einiger Zähne herbeigeführt, aber die untere Hälfte war doch jetzt ebenso sehr oder noch viel mehr als vorher schon die obere geschwollen. Auch die Zunge schien in Mitleidenschaft gezogen worden zu sein, denn das Sprechen fiel ihm schwer; das hörte ich sehr bald, denn er wurde zu mir geführt und mir von dem Scheik nun förmlich übergeben, wie unsere Friedensbedingungen das mit sich brachten. Der Scheik that dies in einigen kurzen Worten. Als Melton dies hörte, fuhr er ihn grimmig an:

»Was? Du lieferst mich diesen Menschen aus?«

»Ich muß,« antwortete der Beduine. »Es war das eine Bedingung des Friedensschlusses.«

»Aber du hast mir vorher die Freiheit versprochen! Als ich mich und meine Truppen dir übergab, machte ich die Bedingung, daß ich nicht gefangen, sondern frei sein sollte. Hältst du so dein Wort? Wenn du dies nicht thust, bist du ein schandbarer Lügner, ein ehrloser Verräter, der seinen Verbündeten mit Undank lohnt!«

Eigentlich hatte er recht; das mußte sich der Scheik auch sagen, und daher erklärte ich mir die Ruhe, mit welcher der letztere die Beleidigung hinnahm. Ich sollte mich aber leider später überzeugen, daß ein anderer Grund vorlag. Aber hätte der Scheik jetzt auch antworten wollen, so wäre er doch nicht dazu gekommen, denn als Melton seine letzten Worte gesprochen hatte, fuhr Krüger-Bei ihn zornig an:

»Das wagst du zu sagen, Halunke? Du wagst, von schandbarer Lüge und ehrlosem Verrate zu sprechen? Wer ist ein Lügner und wer ein Verräter? Du wirfst dem Scheik vor, als Verbündeter schlecht an dir gehandelt zu haben. Was aber bin ich, ich dir gewesen? Etwa nur ein Verbündeter? Ich war dein Gönner, dein Beschützer, dein Freund; ich habe wie ein Vater an dir gehandelt. Und wie hast du es mir nun vergolten! Du hast mich von Tunis hierher gelockt, damit man mich gefangen nehmen solle, was ja auch geschehen ist.«

»Das ist eine Lüge!« verteidigte sich der Angeschuldigte in frechster Weise.

»Hund, willst du mich zu alledem auch noch zu einem Lügner machen!«

»Dich nicht, sondern denjenigen, welcher dir das weisgemacht hat, was du jetzt sagtest.«

»Das wäre hier mein Freund Kara Ben Nemsi? Den nennst du einen Lügner? Höre, du Sohn, Enkel und Urenkel von Vorfahren, welche alle in der Hölle wohnen, wie auch du in derselben braten wirst, das ist eine Gottlosigkeit, welche ich fast nicht begreifen kann. Deine ganze Seele ist aus Lügen zusammengesetzt! Wie konnte Allah es zugeben, daß ich einen solchen Menschen beschützte! Ich werde dich aufhängen lassen. Schafft den Judas fort!«

»Halt!« bat ich. »Wenn du ihn als deinen Gefangenen betrachtest, so muß ich geltend machen, daß ich frühere Rechte habe.«

»Die sind aber nicht größer als die meinigen!«

»Das mag sein; aber ich habe ihn noch wegen wichtiger Dinge vorzunehmen!«

»Das werde ich nicht verhindern.«

»Gut! Dann bitte ich dich aber, ihn so fest binden und so gut bewachen zu lassen, daß er uns vollständig sicher ist.«

»Habe keine Sorge! Der Hund soll mir nicht entgehen; darauf kannst du dich verlassen! Schnürt ihn fest und bindet ihn dann an einen Pfahl!«

Der Befehl wurde dem alten Sallam gegeben, und dieser beeilte sich, ihn auszuführen. Dabei sagte nun Scheik Mubir Ben Safa zu Krüger-Bei:

»Herr, du hast recht, wenn du den Hund als Ischariot bezeichnest; auch ich habe ihn schon so genannt.«

»Hattest auch du Veranlassung dazu? Ist er auch gegen dich nicht ehrlich gewesen?«

»Mich hat er nicht betrügen können, obwohl ich nicht sagen mag, daß er mich nicht noch betrogen hätte. Aber er hat dich verraten, dich in meine Hände geliefert. Du warst mein Feind; du kamst, uns zu bekriegen; darum bin ich auf den Vorschlag, den er mir machte, dich zu fangen, eingegangen. Das war mir von großem Nutzen, der mich aber nicht verhindern konnte, ihn für einen Judas Ischariot zu halten und aus tiefstem Herzen zu verachten. Aber er hat noch an einem anderen ebenso oder gar noch schlimmer gehandelt.«

»An wem?«

»An seinem Begleiter.«

Da fiel ich schnell ein:

»Dieser ist es, nach welchem ich fragen muß. Ich kenne ihn und fürchte nur zu sehr, daß seine Reise hierher für ihn verhängnisvoll geworden ist. Wo befindet er sich?«

»Dort in der Schlucht.«

»In der Schlucht? Himmel! Kein Mensch ist mehr in derselben, wenigstens kein lebender! So ist er tot?«

»Ja.«

»Ermordet?!«

»Ich denke es.«

»Von dem Kolarasi?«

»Natürlich!«

»Wie hieß der Mann?«

»Seinen eigentlichen Namen kenne ich nicht. Der Kolarasi nannte ihn seinen Freund; er sprach ihn stets ›mein Freund‹ an.«

»Aber ihr müßt ihn doch bei irgend einem Namen genannt haben!«

»Das haben wir. Wie du weißt, besitzen wir die Gewohnheit, fremde Leute, welche wir nicht kennen oder deren Namen wir schwer auszusprechen vermögen, nach irgend einer Eigenschaft, durch welche sie sich vor andern auszeichnen, zu benennen. Wir haben diesem jungen Fremdlinge auch einen solchen Namen gegeben, Abu tnasch Ssabi[1].«

»Aus welchem Grunde? Hatte er etwa zwölf Zehen an seinen Füßen, was ja bei manchen Menschen vorgekommen ist?«

»Ja. Wir umzingelten die Soldaten bei den Ruinen, in deren Nähe eine Quelle liegt. Die Soldaten wurden natürlich als Gefangene betrachtet, der Kolarasi aber und sein Freund waren frei. Der letztere trank an der Quelle und wusch sich dann das Gesicht, die Hände und die Füße, und dabei hat einer unserer Leute bemerkt, daß er an jedem Fuße sechs Zehen hatte.«

»Das ist mir von großem Interesse; das kann von höchster Wichtigkeit werden! Ich sage jetzt, was selbst mein Freund, der Herr der Heerscharen, noch nicht weiß, daß ich gekommen bin, den ›Vater der zwölf Zehen‹ vom Tode zu erretten.«

»Wie?« fragte Krüger-Bei. »Du wußtest, daß er ermordet werden sollte?«

[1] Vater der zwölf Zehen.

»Ich ahnte es. Es handelte sich um einen verbrecherischen Plan, welcher ebenso raffiniert wie eigenartig ins Werk gestellt worden ist. Hört!«

Ich erzählte dem Herrn der Heerscharen und dem Scheik, was sie zu wissen brauchten. Der erstere rief, als ich fertig war:

»Welch eine That, welche Berechnung, welche bodenlose Schlechtigkeit! Hättest du eher gesprochen, so hätten wir uns beeilt und wären eher hier angekommen. Da wäre der ›Vater der zwölf Zehen‹ noch nicht tot gewesen!«

»Glaube das nicht! Wir haben uns beeilt und hätten gar nicht schneller reiten können. Und wäre es uns möglich gewesen, einen Tag früher hier zu sein, so ist damit noch lange nicht gesagt, daß dadurch der arme Small Hunter am Leben geblieben wäre.«

»Dennoch behaupte ich, daß du hättest reden sollen!«

»Ich durfte nicht. Wenn ich dich in die Angelegenheit einweihen wollte, so mußte ich dir doch sagen, daß der Kolarasi ein Verbrecher, ein entsprungener Mörder sei? Nicht?«

»Allerdings.«

»Er war aber dein Liebling. Erinnerst du dich unsers Gespräches im Bardo? Ich fing an, von ihm zu sprechen; ich klopfte bei dir an; aber bei dem ersten Worte, mit welchem ich dein Vertrauen zu dem Kolarasi zu erschüttern versuchte, wurdest du zornig, nahmst mir das Wort und schnittest mir das weitere in einer Weise ab, welche mich augenblicklich zum Schweigen brachte.«

»Du hättest dennoch nicht schweigen sollen. Du bist mein Freund, und ich hätte dich doch vielleicht angehört!«

»Nein, denn deine Erregung war zu groß. Und wenn du mich angehört hättest, so wäre es mir dadurch doch nicht gelungen, dir dein Vertrauen zu diesem Menschen zu nehmen. Ja, ich behaupte sogar, daß es für mein Unternehmen gefährlich war, dich dennoch ins Vertrauen zu ziehen.«

Er senkte den Kopf, schwieg eine Weile und sagte dann:

»Die Aufrichtigkeit zwingt mich, einzugestehen, daß ich

wahrscheinlich etwas gethan hätte, was dir hinderlich gewesen wäre. Ich gebe ja zu, daß ich für den Halunken eingenommen war.«

»Du bist also bereit, mein Gewissen zu beruhigen?«

»Ja. Du hast nichts gethan und nichts unterlassen, wodurch das, was nun geschehen ist, geändert worden wäre.«

»Ich danke dir! Und nun, o Scheik, sage uns, was du über den Tod des ›Vaters der zwölf Zehen‹ weißt. Wurde er von dem Kolarasi schlecht behandelt?«

»O nein! Derselbe war sehr freundlich mit ihm. Das lag ja in dem Plane, den er gegen ihn hegte; er mußte ihn sicher machen. Wir lagerten in der Schlucht. Vorgestern nach dem Abendgebete gingen beide aus dem Lager fort bis an eine Stelle, welche zwischen den gefangenen Soldaten und den Pferden lag. Da hörten wir einen Schuß, keinen starken, sondern einen schwachen, wie er aus den winzigen fremden Pistolen kommt, welche man drehen kann; sie haben sechs Kugeln, aber nur einen Lauf. Dann kehrte der Kolarasi in das Lager zurück und brachte mir die Nachricht, daß sein Freund sich soeben erschossen habe.«

»Gab er einen Grund an?«

»Ja. Er sagte, sein Freund habe es aus Schwermut, aus Trübsinn, aus Lebensüberdruß gethan.«

»Habt ihr eine Spur dieser Schwermut an ihm bemerkt?«

»Nein. Er hatte die wenigen Tage über, welche er bei uns war, stets ein heiteres Gesicht und brachte uns durch seine Reden, die oft scherzhaft waren, gern zum Lachen.«

»Das stimmt freilich mit dem angeblichen Trübsinn nicht zusammen!«

»Der Kolarasi behauptete aber, daß sein Freund schon lange Zeit des Lebens überdrüssig gewesen sei und schon einige Selbstmordversuche gemacht habe; das sei auch der Grund, daß er ihn so wenig aus den Augen lasse.«

»Weiter! Was thatet ihr bei der Nachricht von dem angeblichen Selbstmorde?«

»Ich ließ eine Palmenfaserfackel anzünden; dann begaben wir uns nach der Stelle, an welcher der Tote lag.«

»War er wirklich tot? Hast du dich selbst davon überzeugt?«

»Nein, weil wir nach unserm Glauben durch die Berührung einer Leiche verunreinigt werden. Hätte der Tote zu uns gehört, so wäre es etwas anderes gewesen; aber er war ein Fremdling, warum sollten wir da unsere Hände an ihm beflecken?«

»Hm! Er wurde begraben?«

»Ja, von dem Kolarasi.«

»Es half ihm niemand dabei?«

»Niemand, eben der Verunreinigung wegen. Auch hat er keinen Menschen um Hilfe dabei gebeten.«

»Wann war das?«

»Gestern. Als man euch als Gefangene zu mir brachte, erschien doch der Kolarasi bei euch und mir. Er kam von dem Grabe; er war noch nicht fertig mit demselben und hat es dann später vollendet, als wir euch in die Zelte gesteckt hatten.«

»Sahst du die Wunde, welche die Kugel gemacht hat?«

»Ja. Das tödliche Metall ist in das Herz gedrungen. Hältst du solche Nebendinge für wichtig, daß du mich nach denselben fragst?«

»Für außerordentlich wichtig. Ich muß das Grab sofort aufsuchen und bitte dich, mich zu begleiten.«

Er war natürlich dazu bereit, nachdem er vorher in Betreff des zu errichtenden Lagers einige notwendige Anordnungen gegeben hatte. Krüger-Bei, Winnetou und Emery gingen mit. Unterwegs erkundigte ich mich noch bei ihm:

»Ging nicht aus deinen Worten vorhin hervor, daß du nicht an einen Selbstmord glaubst?«

»Ich zweifle allerdings an demselben, weil es mir unmöglich erscheint, daß der ›Vater der zwölf Zehen‹ so lebensüberdrüssig gewesen ist, daß er sich selbst den Tod gegeben hat. Und sodann ist der Kolarasi ein Mensch, dem man alles zutrauen kann. Er bewachte den Fremden förmlich; es war ganz so, als ob derselbe sein Gefangener sei.«

Als wir während dieses Gespräches den großen Teil der

Schlucht durchschritten hatten, zeigte uns der Scheik die Stelle, an welcher sich das Grab befand. Von einem Grabe im eigentlichen Sinne war freilich keine Rede; es bestand nicht aus einer Grube, sondern aus einem Steinhaufen, mit welchem die Leiche zugedeckt worden war. Melton hatte sich die Arbeit leicht gemacht. Der Steinhaufen war nicht hoch; wir hatten ihn in einigen Minuten entfernt. Da lag der Tote. Sein Anblick machte den Eindruck, den ich erwartet hatte.

»*Heavens!*« rief Emery aus. »Welch eine Aehnlichkeit!«

»Uff!« meinte Winnetou, ohne aber noch ein Wort hinzuzufügen.

»Maschallah, Gottes Wunder!« ließ sich der Herr der Heerscharen vernehmen. »Das ist ja der Mann, den du von Tunis mitgenommen hast!«

»Du findest die Aehnlichkeit also groß?«

»So groß, wie ich sie niemals für möglich gehalten hätte!«

»Sie ist es ja, welche das Gelingen des Planes dieser Menschen allein möglich machen konnte! Durchsuchen wir zunächst die Kleider sehr genau!«

Ich hatte schon manchen Toten gesehen; dieser aber machte einen ganz besondern Eindruck auf mich, und nicht etwa allein infolge der Umstände, die ihm das Leben gekostet hatten, sondern auch wegen des Ausdruckes, den sein Gesicht zeigte. Es lächelte so friedlich, ich möchte sagen, so selig, als ob er schlafe und ein glücklicher Traum durch seine Seele gehe. Er sah so wenig wie ein Toter aus, daß ich mich wirklich erst mit den Händen überzeugen mußte, um zu glauben, daß er nicht mehr lebe.

In seinen Kleidern und Taschen fand sich nicht der geringste Gegenstand. Aber bei der Untersuchung derselben fiel mir auf, daß seine linke Hand verbunden war.

»Was ist das?« fragte ich den Scheik. »Weißt du vielleicht, weshalb er den Verband angelegt hat?«

»Natürlich weiß ich es. Er ist verwundet worden von einer Kugel. Als wir eure Reiter umzingelten, geschah dies so schnell und vollständig, und der Kolarasi dachte so wenig an eine Verteidigung, daß von unserer Seite nur ein einziger Schuß gefallen ist. Und die Kugel hat den Fremden getroffen, der gar nicht unser Feind war, sondern nur hierher gelockt worden ist. Sie hat ihm das vordere Glied des linken Daumens halb weggerissen, sodaß es vollends mit dem Messer entfernt werden mußte.«

»Ah? Das muß ich sehen.«

Ich wickelte die Binde, welche aus dem Stück eines Kopftuches bestand, ab und überzeugte mich, daß allerdings die Spitze des Daumens fehlte. Da trat Winnetou näher heran, besah sich die Wunde und sagte:

»Mein Bruder mag nun das Herz entblößen!«

Ich that es. Ja, gerade da, wo das Herz lag, war die Revolverkugel eingedrungen; sie hatte schnelle und auch saubere Arbeit gemacht, denn die Wunde und ihre Umgebung war so rein, als ob sie abgewaschen worden wäre. Auch an der Kleidung war kein Blutflecken zu sehen.

Winnetou legte den Finger auf die Stelle, wo die Kugel eingedrungen war, drückte einigemal darauf und meinte dann:

»Wird mir mein Bruder Scharlieh erlauben, die Kugel und ihren Weg zu suchen?«

»Natürlich! Komm her!«

Ich machte ihm an der Leiche Platz; er zog sein Messer und begann die traurige Arbeit, vor welcher ich mich zwar gescheut, die ich aber doch auch vorgenommen hätte. Nämlich ich wußte, was er dachte; ich hatte denselben Gedanken wie er. Es sollte Selbstmord vorliegen; dieser hätte nur mit der Rechten vorgenommen werden können, da es dem jetzt Toten unmöglich gewesen wäre, mit der verletzten und verbundenen linken Hand zu schießen. Es kam also darauf an, welcher Richtung die Kugel im Körper gefolgt war, woraus sich dann schließen ließ, ob ein Schuß mit der rechten Hand als Thatsache angenommen werden könne.

Winnetou war ein erfahrener und außerordentlich geschickter Chirurg. Er operierte mit seinem langen, starken und scheinbar ungefügen Bowiemesser so zart, so vorsichtig, wie ein studierter Arzt es mit den feinsten Instrumenten nicht besser hätte machen können. Das ging freilich langsam; erst nach einer halben Stunde kannten wir den Weg, den die Kugel eingeschlagen hatte; sie saß hinten an der letzten rechten wahren Rippe. Der etwas abwärts gehende Schuß konnte also unmöglich mit der rechten Hand abgegeben worden sein. Der Apatsche richtete sich auf, hielt uns seine Hand mit der Kugel entgegen und sagte nur das eine Wort:

»Mord!«

»*Well!*« stimmte Emery bei. »Hier liegt kein Selbstmord vor. Eine solche Richtung nimmt die Kugel nur, wenn mit der linken Hand geschossen wird, und mit dieser hat Small Hunter unmöglich schießen können.«

»Also ist Melton der Mörder!« fügte ich hinzu. »Das habe ich sogleich gedacht, und ihr seid wohl alle derselben Meinung gewesen. Es ist eine traurige Arbeit, der wir uns hier zu unterziehen haben. Es schaudert mich; aber wir dürfen uns ihr nicht entziehen. Es muß unbedingt festgestellt werden, wer der Tote ist. Ziehen wir ihm die Schuhe aus; wir müssen die Zehen sehen!«

Dies geschah. Ja, er hatte an jedem Fuße sechs, anstatt einer kleinen deren zwei, die beide ganz richtig ausgebildet waren, nur daß der zweiten der Nagel fehlte. Sonst fanden wir am ganzen Körper nichts, kein Mal, kein sonstiges Zeichen, welches zur Feststellung der Persönlichkeit hätte dienen können.

Damit hatten wir unserer Pflicht nach ihrer, sozusagen – kriminellen Seite hin genügt; es galt nun, den Toten zu begraben, was mit größerer Sorgfalt geschah, als Melton es gethan hatte. Wir gaben den aufgeschichteten Steinen die Gestalt eines Kreuzes und beteten dann leise für das ewige Heil des Toten, der so ohne alle Vorbereitung aus dem Leben geschieden war.

Dann aber drang der Scheik sofort darauf, daß wir uns reinigen mußten. Es geschah dies in der Weise, daß wir uns

Hände und Gesicht mit Sand wuschen, wobei er mit leiser Stimme einige kurze Gebete murmelte. Dann sagte er:

»Nun seid ihr wieder rein, und niemand braucht sich zu scheuen, euch zu berühren. Kehren wir jetzt nach dem Lager zurück!«

»Warte noch!« bat ich. »Der Ort und das Grab liegt auf dem Gebiete, welches den Uled Ayars gehört, deren oberster Scheik du bist. Kannst du uns versprechen, daß die Stätte von euch geachtet und nicht beschädigt wird?«

»Ich schwöre es euch bei Allah und dem Propheten zu! Doch warum bist du so besorgt um das Grab eines Mannes, der für dich ein Fremder gewesen ist?«

»Weil es möglich ist, daß es später noch einmal geöffnet werden muß. Ihr vergegenwärtigt euch doch alles, was ihr hier gesehen habt?«

»Ja.«

»Wir müssen eine Schrift darüber aufsetzen, welche drüben in Amerika gerichtliche Geltung hat. Du als Scheik des Stammes, welchem der Ort gehört, mußt sie unterschreiben, wir als Zeugen auch, und wenn der Herr der Heerscharen seinen Namen daruntersetzt, so ist alles geschehen, was unter den hiesigen und gegenwärtigen Verhältnissen geschehen kann. Für jetzt aber muß ich dich, Mubir Ben Safa, bitten, mir eine wichtige Frage zu beantworten: Wo sind die Sachen, welche diesem Toten gehörten?«

»Sein Pferd befindet sich mit bei unsern Pferden. Seine Waffen hatte der Kolarasi zu sich genommen; aber als er selbst gebunden in seinem Zelte lag, habe ich sie mir holen lassen. Ich werde sie euch zeigen, und ihr könnt sie haben.«

»Und das sonstige Eigentum? Der Tote hat doch jedenfalls noch viele andere Gegenstände besessen, wie Ringe, eine Uhr, verschiedene Dinge, welche zu einer Reise hierher notwendig waren, vor allen Dingen seine Beglaubigungen. An der Leiche aber haben wir nichts von alledem gefunden. Natürlich hat der Kolarasi ihm die Sachen auch alle abgenommen?«

»Das weiß ich nicht!«

»Nicht?« fragte ich erstaunt, ja fast betroffen. »Du mußt es doch wissen. Du hast ihm doch jedenfalls alles abgenommen, was er bei sich hatte?«

»Seine Waffen habe ich, denn er ist jetzt gefangen und darf sie also nicht besitzen, aber was sich in seinen Taschen befand, ist ihm geblieben. Ich habe streng verboten, ihm irgend etwas davon zu nehmen.«

»Warum?«

»Infolge der Uebereinkunft, welche ich mit ihm abschloß, ehe er sich uns ergab. Ich mußte versprechen, daß sein Eigentum nicht angetastet werde.«

»So hat er auch alles, was dem Toten gehörte, noch bei sich stecken?«

»Jedenfalls, denn ich bin überzeugt, daß keiner meiner Krieger sich daran vergriffen hat.«

»Gut, werde nachsehen! Gehen wir!«

»Ja, gehen wir! Was ihr mit dem Kolarasi und seinem Eigentume macht, kann mich nicht kümmern; ich habe ihm nur mein Versprechen zu halten, und dabei war nicht gesagt, daß ich ihn gegen euch in Schutz nehmen soll. Seit ich ihn euch vorhin ausgeliefert habe, könnt ihr mit ihm machen, was ihr wollt, und ich habe nicht mehr mit ihm zu sprechen oder zu verkehren.«

Nach diesen Worten handelte er. Als wir aus der Schlucht kamen und das Lager erreichten, trennte er sich von uns. Es konnte uns gar nicht auffallen, daß er nicht Lust hatte, sich vor einem Manne sehen zu lassen, der sein Verbündeter gegen uns gewesen war. Krüger-Bei wurde von einigen militärischen Obliegenheiten in Anspruch genommen; wir übrigen drei suchten Melton auf. Er war streng gefesselt und außerdem an einen in die Erde gerannten Pfahl gebunden. Zwei Soldaten hielten bei ihm Wache. Er wendete, als er uns kommen sah, den Kopf zur Seite, zum Zeichen, daß er nichts von uns wissen wolle.

»Master Melton,« sagte ich, »wir kommen, um einige Fragen an Euch zu richten. Ich denke, Ihr werdet so klug sein, sie uns zu beantworten.«

Er sagte nichts, sah uns auch nicht an. Ich fuhr fort:

»Die erste Frage ist: Wer war der Fremde, der sich von Tunis bis hierher bei Euch befand?«

Er antwortete nicht. Da gebot ich einem der Soldaten:

»Hole den Bastonnadschi! Er mag dem Manne die verlorene Sprache wiedergeben.«

Da wendete Melton sein Gesicht schnell herum und schrie mich an:

»Wage es nicht, mich schlagen zu lassen! Ich bin nicht so ohnmächtig, wie du denkst! Heute mir und morgen dir! Merke dir das!«

»*Pshaw,* macht Euch doch nicht lächerlich! Es sollte Euch wohl schwer werden, die Macht zu entfalten, mit welcher Ihr mir droht. Uebrigens, habt Ihr Euch den Mann schon angesehen, welcher da neben mir steht?«

Er stieß einen häßlichen Fluch aus.

»Jedenfalls habt Ihr von Winnetou, dem Häuptling der Apatschen, gehört?« fuhr ich fort.

Er wiederholte seinen Fluch.

»Daß wir beide uns bei Euch befinden, mag Euch an die Rechnung erinnern, welche Ihr drüben in den Staaten noch auszugleichen habt. Von ihr sprechen wir wohl später; jetzt aber ersuche ich Euch allen Ernstes, unsere Fragen zu beantworten. Seht, da kommt der Bastonnadschi mit seinen Gehilfen! Ich gebe Euch mein Wort, daß Euch jede Weigerung, zu sprechen, auf jede nackte Sohle zehn Hiebe eintragen wird. Also, wer war der Fremde, nach welchem ich soeben fragte?«

Er warf einen langen Blick in mein Gesicht, als ob er alle meine Gedanken erraten und durchschauen wolle, und antwortete dann:

»Was habt Ihr denn nach diesem Manne zu fragen!«

»Ich interessiere mich für ihn.«

»Fangen wollt Ihr mich, fangen! Ich kenne Euch! Wer weiß, was für Absichten und Pläne Ihr jetzt in Euerm Schädel stecken habt!«

»Das will ich Euch gern sagen. Ich habe die feste Absicht,

Euch peitschen zu lassen, wenn Ihr nicht endlich antwortet. Also, wer ist der Fremde?«

Der Bastonnadschi stand meines Winkes gewärtig; darum zog Melton es doch vor, zu antworten:

»Er ist mein Sohn.«

»Euer Sohn? Ah! Das ist doch sonderbar! Habt Ihr ihn bei den Uled Ayars nicht als Euern Freund ausgegeben?«

»Ist ein Sohn kein Freund? Mußten die Wilden alles wissen?«

»Hm! Es kommt allerdings ganz auf Euch an, wie Ihr Euern Sohn nennen wollt. Aber er ist plötzlich fort. Wo steckt er jetzt?«

»Verstellt Euch nicht! Ihr wißt es doch, daß er gestorben ist. Die Beduinen werden es Euch gesagt haben.«

»Wie aber ist Euer Sohn denn auf den unglücklichen Gedanken gekommen, sich das Leben zu nehmen?«

»Melancholie, Lebensüberdruß!«

»Und dieses Selbstmordes wegen kommt Euer Sohn von Amerika herüber nach Tunis? Er hat Euch den Gefallen thun wollen, dabei zu sein? Da scheint es, er hat eine ungeheuer zärtliche Liebe zu Euch gehegt!«

»Spottet nur! Kann ich dafür, daß solche Melancholiker auf so dumme Gedanken kommen!«

»Ihr scheint Euch aber nicht viel daraus zu machen; wenigstens ist Euch keine Betrübnis anzusehen. Aber dennoch nehme ich Anteil an diesem traurigen Falle. Ich hörte, daß er sich in Eurer Gegenwart erschossen hat?«

»Ja, mit seinem Revolver.«

»Nicht mit dem Eurigen?«

»Laßt die dummen Witze! Ich habe keinen. Ein tunesischer Kolarasi führt keine Revolver.«

»Aber wie konnte Euer Sohn mit einem Revolver umgehen? Er war doch verwundet und konnte infolgedessen die Hand nicht brauchen!«

»Da Ihr so klug seid und alles wißt, werdet Ihr doch wohl auch wissen, daß nur seine linke Hand verletzt war.«

»Ach so! Hoffentlich habt Ihr den Toten beerbt?«

Wieder sah er mich forschend an, um zu erraten, wo hinaus ich wolle, und als ich die Frage wiederholt hatte, antwortete er:

»Selbstverständlich, wenn Ihr nämlich meint, daß ich alles, was mein Sohn bei sich trug, zu mir genommen habe.«

»Das freut mich ungemein, denn ich möchte den Nachlaß gern einmal sehen. Da Ihr verhindert seid, in die Taschen zu greifen, werde ich Euch der Mühe entheben, indem ich es an Eurer Stelle thue.«

»Thut es!«

Diese Worte waren in zornigem Tone gesprochen, und doch klang auch, wie mir schien, ein gut Teil Hohn und Schadenfreude heraus. Ich leerte seine Taschen und untersuchte seinen Anzug auf das genaueste. Es konnte mir nichts verborgen bleiben, und doch fand ich nur Gegenstände, welche, wie sich herausstellte, ihm gehörten; es war nichts dabei, was das Eigentum Small Hunters gewesen war.

»Was macht Ihr denn für ein Gesicht, wertester Sir?« lachte er mich aus. »Könntet Ihr Euch jetzt im Spiegel sehen, so würdet Ihr darauf schwören, der geistreichste Mensch der Erde zu sein. Und ich Esel habe Euch stets für den größten Dummkopf gehalten! Ihr seht, wie man sich irren kann!«

Er hatte mir die Enttäuschung, welche ich fühlte, angesehen; ich nahm mich zusammen und sagte in einem Tone, welchem er meinen Mißmut nicht anhören konnte:

»Das ist also alles, was Ihr besitzt und was Euer Sohn besessen hat?«

»Ja,« nickte er mit freundlichem Grinsen.

»So bedaure ich Euch und ihn! Ein tunesischer Kolarasi sollte doch kein so armer Teufel sein, und Euer Sohn scheint sich auch nicht viel erspart zu haben.«

»Erspart? Wo? Bei wem?«

»Bei Small Hunter.«

»*All devils!*« fuhr er auf. »Small Hunter! Was wißt Ihr von Small Hunter?«

»Daß er ein angenehmer junger Master ist, der sich das Vergnügen macht, den Orient kennen zu lernen.«

»Den Orient?«

»Ja. Und zwar reist er nicht allein, sondern hat einen Begleiter bei sich, welcher ein ebenso interessanter junger Mann ist. Wenn ich mich nicht irre, wird er Jonathan Melton genannt.«

»Ich verstehe nicht!«

»Es geht mir selbst fast so, daß ich mich nicht verstehe. Ich habe gemeint, daß die beiden, nämlich Small Hunter und Jonathan Melton, sich in Aegypten befinden, und nun erfahre ich hier zu meinem Erstaunen, daß der letztere hier gewesen ist und sich vor Euern Augen erschossen hat!«

Er musterte mich zum drittenmal mit einem seiner langen Blicke. Es schien ihm jetzt ein Licht aufzugehen, daß ich nicht zufällig hier sei, sondern mehr über seine Pläne wisse, als ihm lieb sein konnte.

»Könnt Ihr mir vielleicht eine Erklärung geben?« fragte ich.

»Denkt gefälligst selber nach!« stieß er hervor.

»Meint Ihr? Nun, ich will einmal Euern Rat befolgen. Indem ich dies thue und also nachdenke, komme ich auf die Euch jedenfalls sonderbar erscheinende Idee, daß Ihr Euch in der Person Eures Sohnes geirrt habt.«

»Ein Vater soll sich in der Person seines Sohnes irren!«

»Warum nicht? Nehmen wir zum Beispiel an, es liege eine große Aehnlichkeit vor. Das ist doch ein Fall, der nicht zu den Unmöglichkeiten gehört.«

Er horchte auf und brach dann ungestüm los:

»Verwünscht sei Euer Ziehen, Zerren und Dehnen! Ihr habt etwas auf dem Herzen! Ihr wollt mir irgend einen Hieb oder Stoß versetzen! Was zögert Ihr doch! Hervor damit!«

»Einen Hieb oder Stoß? Da irrt Ihr Euch. Ich spreche aus reiner Teilnahme zu Euch. Der beste Trost für Euch wäre nun freilich der Beweis, daß Ihr Euch vergeblich grämt, daß Euer Sohn nicht gestorben ist, sondern noch lebt.«

»Laßt mich mit Euern Romanen in Ruh'! Ich kann gar nicht begreifen, wie Ihr auf solche Gedanken kommt!«

»Wie? Auch das will ich Euch sagen. Wieviel Fußzehen hat wohl jeder Mensch?«

»Zehn natürlich!« grollte er heraus. »Ihr müßt wahrhaftig nicht recht im klaren sein, daß Ihr mir so dumme Fragen vorlegen könnt!«

Der Ton, in welchem er diese Worte aussprach, war mir ein sicherer Beweis, daß er den abweichenden Bau des Fußes bei Small Hunter nicht kannte. Darum fuhr ich weiter:

»Die Fragen sind gar nicht so verrückt, wie Ihr anzunehmen scheint. Es ist bekannt, daß Small Hunter an jedem Fuße sechs Zehen hat, oder vielmehr hatte.«

»Wie? Sechs Zehen?« fragte er ganz betroffen und indem er mich mit großen Augen ansah. Der Fall war ja von außerordentlicher Wichtigkeit für ihn.

»Ja, sechs an jedem Fuße! Und da er Euerm Jonathan so außerordentlich ähnlich sah und Ihr ihm nur ins Gesicht blicktet, aber nicht auf die Zehen, so habt Ihr Euch ganz unnützerweise über den Tod Eures Sohnes gehärmt. Ihr habt die Leiche selbst begraben. Ist es Euch denn dabei entgangen, daß sie zwölf Zehen hatte?«

Er stieß einen Fluch aus.

»Ja, sonderbar! Ihr habt nichts davon gewußt; den Uled Ayars aber ist dieser seltene Ueberfluß an Zehen recht wohl bekannt gewesen, denn sie haben den Toten unter sich nicht anders als Abu tnasch Sabi, ›Vater der zwölf Zehen‹, genannt.«

Er drängte die Ausrufe des Erstaunens, des Zornes, welche ihm auf den Lippen schwebten, zurück und machte seinen Gefühlen nur durch ein Kopfschütteln Luft.

»Und nicht nur in dem Manne selbst habt Ihr Euch geirrt,« fuhr ich fort, »sondern auch in Beziehung auf den Tod, den er gestorben ist. Es liegt nämlich ganz bestimmt kein Selbstmord vor. Wir haben die Leiche ausgegraben und seciert. Die Kugel ist von links nach rechts unten durch das Herz gegangen und an der siebenten Rippe, da wo diese am Wirbel sitzt, stecken geblieben. Einen solchen Schuß kann ein Selbstmörder nicht mit der Rechten, sondern nur mit der Linken gethan haben. Die linke Hand des Toten war aber in der Weise verletzt, daß er mit derselben keinen Revolver zu handhaben vermochte; folglich hat er sich nicht selbst getötet, sondern er ist von einem andern getötet, also ermordet worden.«

»Wer sollte ihn denn ermordet haben?«

»Der, welcher im betreffenden Augenblick bei ihm war.«

»Das war ich!«

»Ihr? Hm, Master Melton, das wirft freilich kein gutes Licht auf Euch!«

»Unsinn! Meint Ihr wirklich, daß ich im stande bin, meinen Sohn, meinen einzigen Sohn zu töten?«

»Er war nicht Euer Sohn!«

»Aber ich habe ihn dafür gehalten!«

»Habt Ihr? Wirklich? Vielleicht irrt Ihr Euch auch da! Aber selbst wenn es so wäre, würde ich Euch, da ich Euch kenne, unbedenklich auch einen Kindsmord zutrauen. Jedoch Ihr erklärt mit sehr glaubhafter Miene, es nicht gethan zu haben, und da muß ich mich also nach einem andern umschauen, der es gewesen sein kann. Ich denke da an den Schreiber eines Briefes, welcher aus Tunis nach Aegypten gegangen ist. In diesem Briefe wurde Small Hunter angeblich von seinem Freunde, dem Advokaten Fred Murphy, eingeladen, nach Tunis zu kommen. Wißt Ihr vielleicht etwas von diesem Briefe?«

»Nein, nein, nein!« brüllte er mich förmlich an, vor Grimm und vor Verlegenheit.

»Oder kennt Ihr einen Juden Namens Musah Babuam, an welchen gewisse Schriftstücke adressiert werden sollten?«

»Nein, nein!«

»Oder den Pferdehändler Bu Marama im Dorfe Zaghuan, bei dem Euer Sohn bis zu Eurer Rückkehr heimlich logieren soll?«

Er bäumte sich unter seinen Fesseln auf, fiel aber wieder zurück und rief mir, vor Wut schäumend, zu:

»Du stehst mit allen Teufeln im Bunde! Du ersinnst dir

Lüge über Lüge, nur um mich zu quälen; aber ich werde dir nicht länger Rede stehen und nicht mehr antworten, und wenn du mich totpeitschen lassen solltest! Geh in die Hölle, wohin du gehörst!«

Jetzt endlich hatte er eingesehen, daß ich alles wußte. Um ihm noch vollere Klarheit zu geben, ging ich, seinen Sohn zu holen, der sich gut bewacht bei unsern Truppen befand und seinen Vater noch nicht gesehen hatte. Ich band ihm die Füße los, so daß er gehen konnte, und führte ihn nach der Stelle, an welcher sein Vater auf der Erde lag. Ich war überzeugt, daß die Ueberraschung beide zu unvorsichtigen Aeußerungen bringen werde, hatte mich aber darin getäuscht, denn als sie einander erblickten, sprach keiner von ihnen ein Wort, gerade als ob sie es so verabredet hätten.

Jonathan Melton, der Sohn, hatte sich natürlich sagen können, daß man ihn seinem Vater gegenüberstellen werde, und also vollständig Zeit gehabt, sich das dabei zu beobachtende Benehmen zurechtzulegen. Er hatte für Small Hunter gelten wollen; auch sein Vater hegte die Absicht, ihn für diesen auszugeben, und er war entschlossen, bei dieser Rolle so lange wie möglich zu bleiben. Zwar hatte er von mir erfahren, daß er und sein Plan durchschaut worden waren, doch hielt er es für besser, bei der Lüge zu bleiben, als ein Geständnis abzulegen. Und was Thomas Melton, den Vater betraf, so war dieser zu erfahren, zu hart gesotten und für alle Sättel so gerecht, daß er nicht durch die Ueberraschung zu einer Unvorsichtigkeit verleitet werden konnte, zumal er sich nach dem Gespräch mit mir recht gut sagen mochte, daß ich auf irgend eine Art zu seinem Sohne in Beziehung stehen mußte, weil ich über Dinge unterrichtet war, die ich nur von diesem erfahren haben konnte.

Also sie sahen sich erstaunt an, sagten aber dabei kein Wort.

»Nun, kennt ihr euch?« fragte ich.

»Natürlich kennen wir uns,« antwortete Thomas Melton, indem sein geschwollenes Gesicht sich zu einem triumphierenden Grinsen verzerrte.

»So? Das ist gut! Also sagt mir doch einmal, wer ist dieser junge Mann?«

»Das ist Small Hunter, mit welchem mein Sohn einige Zeit gereist ist.«

»Schön! Und Ihr, junger Mann, sagt mir nun, wer dieser Gefangene ist!«

»Das ist Thomas Melton, der Vater meines früheren Reisebegleiters,« antwortete der Gefragte.

»Das habt ihr beide sehr gut gemacht! Vom Standpunkte der Schurkerei muß ich euch das lobendste Zeugnis ausstellen. Nur schade, daß ich hier dieses besitze. Der Inhalt wirft eure ganze List und Festigkeit über den Haufen.«

»Was ist's?« fragte der Alte.

Ich hatte das Portefeuille des Jungen aus der Tasche genommen und vorgezeigt und antwortete:

»Das werdet Ihr schon noch erfahren, Thomas Melton. Und alles, was Ihr Euch von Small Hunter angeeignet habt, werde ich Euch bald zeigen.«

»Zeigt es doch!« lachte er.

»Ich finde es noch!«

»So sucht, soviel und wo Ihr wollt! Mich aber laßt nun endlich mal in Ruhe mit diesen Euern Dummheiten!«

Er drehte sich um, und ich sah ein, daß es allerdings Zeit war, abzubrechen. Aber zusammenlassen durfte ich die beiden nicht, da sie sich sonst ganz gemütlich hätten besprechen können; der junge Melton wurde wieder fortgeführt.

Vergebliche Jagd

Es war mir über allen Zweifel erhaben, daß Thomas Melton den Nachlaß Hunters irgendwo versteckt hatte, und ich nahm mir vor, den betreffenden Ort zu suchen. Der Scharfsinn Winnetous und Emerys mußten mir dabei von großem Nutzen sein. Vorher aber galt es, das erwähnte Dokument über den Befund der Leiche Hunters aufzusetzen. Das dazu nötige Papier war im Gepäck Krüger-Beis vorhanden. Das Schriftstück wurde in arabischer und englischer Sprache verfaßt und von uns unterschrieben. Krüger-Bei und der Scheik untersiegelten es außerdem noch mit ihrem Chawatim[1]. Ich glaubte, daß es drüben in den Vereinigten Staaten die gewünschte Geltung finden werde.

Eigentlich hatten wir nun die beabsichtigte Nachforschung beginnen wollen, doch ließ uns der Scheik jetzt noch nicht dazu kommen, denn er sagte:

»Ich habe meinen Vertrag erfüllt, und werde auch später Wort halten; nun aber bitte ich, daß auch ihr das eure thut!«

»Was meinst du?« fragte ich.

»Uns die Uled Ayun übergeben.«

»Du sollst sie haben, doch nur unter der Bedingung, daß sie ihr Leben erkaufen dürfen.«

»Das sollen sie. Bringt sie herbei! Ich werde die Versammlung der Aeltesten berufen, in welcher den Ayun unsere Forderungen bekannt gegeben werden sollen.«

Ich wußte, daß uns da ein schweres Stück Arbeit bevorstand, und es wurde noch weit schwerer, als ich gedacht hatte. Die Ayun fanden die Forderung von hundert Kamelstuten für ein Leben viel, viel zu hoch; sie waren überzeugt, daß wir weit herabgehen würden, und gingen erst dann auf unser Verlangen ein, als sie erkannten, daß es uns wirklich

[1] Siegelring.

Ernst mit demselben sei und der Scheik ihnen erklärte, daß sie noch bis Mitternacht alle sterben müßten, falls sie sich länger weigern sollten.

Damit keine Zeit verloren würde, wurden zwei Uled Ayar als Boten zu den Uled Ayun geschickt, um diesen mitzuteilen, was geschehen und dann beschlossen worden war. Die beiden Beduinen liefen dabei keine Gefahr. Boten, welche kommen, um die Diyeh zu fordern, gelten bei allen diesen Stämmen für unverletzlich.

Für Elatheh hatte ich wirklich auch hundert Stuten ausgewirkt. Krüger-Bei versprach, mit seinen Truppen dafür einzustehen, daß alles bezahlt werde. Die Frau konnte also überzeugt sein, daß sie die hundert Stuten oder deren Wert gewiß erhalten werde, und darum kam sie mit ihrem »Herrn und Gebieter« zu mir, um sich für die Rettung ihres Lebens und für den ihnen bevorstehenden Reichtum zu bedanken.

Der Mann war allerdings arm. Er besaß nur das Kleid, welches er anhatte, und dieses bestand aus einem ärmellosen Hemde und einem Kopftuche. Dennoch versicherte er mir im Tone eines mächtigen Fürsten:

»Effendi, du hast mein Weib und Kind vom Tode errettet, und nur durch deine Güte wird Reichtum in mein Zelt einziehen, welches ich jetzt freilich noch nicht besitze. Mein Herz ist voller Dank für dich. Du stehst unter meinem ganz besondern Schutze, so lange du dich hier bei uns befindest!«

Wir waren jetzt Freunde der Ayars und hatten gegen vierhundert Reiter bei uns; es war also nicht wohl zu ersehen, was mir der Schutz des armen Teufels nützen sollte; aber es ist kein Geschöpf Gottes, am allerwenigsten aber kein Mensch, so schwach, gering und klein, daß man seine Liebe von sich weisen darf.

Nun hätten wir wohl Zeit gehabt, nach der Hinterlassenschaft Small Hunters zu suchen, aber es war für heute zu spät dazu. Die Verhandlung mit den vierzehn gefangenen Ayuns hatte so lange gedauert, daß sich jetzt schon die Zeit der Dämmerung nahte. Wir mußten also bis morgen warten.

Das that nichts, denn wir hatten Zeit, und die beiden Meltons waren uns sicher. Bei dem Alten hielten stets zwei Kavalleristen Wache, welche von zwei zu zwei Stunden abgelöst wurden, und der Junge befand sich bei den gefangenen Ayuns, welche von den Ayars bewacht wurden.

Was Thomas Melton betraf, so war sein Schicksal vorauszusehen. Er wurde mit nach Tunis genommen und dort als Verräter hingerichtet. Welcher Art da sein Tod sein werde, das hing von der Bestimmung des Pascha ab. Das Schicksal seines Sohnes war weniger fest bestimmt, doch da er im Komplotte mit seinem Vater gewesen und also als dessen Mitschuldiger zu betrachten war, so stand zu erwarten, daß seine Bahn auch nicht mit Rosen bestreut sein werde.

Ich bedauerte natürlich auf das herzlichste, daß es mir nicht gelungen war, Small Hunter am Leben zu erhalten; aber die beiden Meltons waren nun unschädlich gemacht, und ich durfte überzeugt sein, daß die Angehörigen der Familie Vogel nun sicher zu ihrem Erbe kommen würden. Wenn ich an die Freude der Leute dachte, hielt ich alle Mühe, welche die Angelegenheit mir verursacht hatte, für gering.

Während wir im Verlaufe des Tages in der beschriebenen Weise thätig gewesen waren, hatten die Krieger der Ayars und die Soldaten Vorbereitungen zu dem Fest- und Friedensmahle getroffen, welches am Abende abgehalten werden sollte. Denn daß es ohne ein solches nicht abgehen konnte, das verstand sich nach den dortigen Gebräuchen ganz von selbst.

Unsere Soldaten hatten einen bedeutenden Vorrat von trockenen Lebensmitteln bei sich. Die Ayars hatten südlich von dem Engpasse eine kleine, für ihre Kriegerschar bestimmte Schlachtherde weiden, welche im Laufe des Tages herbeigetrieben worden war. Es gab also Fleisch, Mehl, Datteln und auch anderes mehr als genug. Wasser war auch da, denn es gab, wie ich noch nicht bemerkt habe, in der Schlucht einen Quell, welcher die Veranlassung gewesen war, daß die Ayars vor unserer Ankunft dort gelagert hatten. Licht wurde zu dem Feste nicht gebraucht, denn der Mond ging bald auf und verbreitete einen so hellen Schein, daß künstliche Beleuchtung ganz unnötig war.

Die Beschreibung des Mahles kann ich füglich übergehen. Der Beduine ist äußerst mäßig, kann aber bei solchen Veranlassungen eine ganz erstaunliche Menge von Lebensmitteln zu sich nehmen. Gespart wurde nicht, denn es wußte jeder, daß die Uled Ayun bald ganze Herden bringen würden.

Das Leben, welches in den beiden Lagern herrschte, ermüdete erst nach Mitternacht. Die mehr als gesättigten Esser legten sich in Gruppen zu einander schlafen. Bald herrschte dann Ruhe. Ich hatte ein Zelt angewiesen bekommen, welches ich mit Winnetou teilte. Bevor ich mich niederlegte, machte ich einen Rundgang, um nach den beiden Meltons zu sehen. Sie befanden sich in der Obhut ihrer Wächter, und es schien keine Veranlassung zur Sorge da zu sein. Als ich dann zum Zelte kam, saß vor demselben ein Beduine, in welchem ich den Mann von Elatheh erkannte.

»Was thust du hier?« fragte ich.

»Wachen, Effendi,« antwortete er.

»Das ist nicht nötig. Lege dich getrost auch nieder!«

»Effendi, wenn ich am Tage schlafe, kann ich des Nachts wachen. Du stehst ja unter meinem Schutze.«

»Ich bedarf desselben aber nicht!«

»Weißt du das? Nur Allah kann es wissen! Ich habe dir soviel zu verdanken und bin so arm, daß ich dir nichts dafür geben kann. Erfreue mich also durch die Erlaubnis, hier bleiben zu dürfen. Meine Wachsamkeit ist das einzige, was ich dir bringen kann!«

»Nun wohl! So will ich dich nicht dadurch betrüben, daß ich dich fortschicke. Allah sei mit dir, mein Hüter und mein Freund!«

Ich gab ihm die Hand und trat dann in das Zelt. Daß ich ihn Freund genannt hatte, war ein Vorzug, der ihn jedenfalls stolz und glücklich machte.

Winnetou war auch ermüdet, da er in voriger Nacht ebensowenig geschlafen hatte, wie ich; wir schliefen bald ein. Ungefähr gegen drei Uhr nach Mitternacht, also nach gar nicht langer Zeit, wurde ich geweckt durch einen Ruf, welcher draußen erscholl:

»Werda! Zurück!«

Ich horchte. Auch Winnetou richtete sich auf.

»Zurück!« rief es draußen noch einmal.

Wir gingen hinaus. Mein Freund und Hüter saß nicht mehr am Eingange des Zeltes; er war aufgestanden und stand lauschend an der Seite desselben. Der Mond war untergegangen.

»Was gab es?« fragte ich.

»Ich saß an der Thür und wachte,« antwortete der Mann. »Da sah ich einen Menschen gekrochen kommen und rief ihn an. Er verschwand darauf schnell. Ich erhob mich von der Erde und ging um das Zelt. Da sah ich einen zweiten davonspringen und rief ihm nach.«

»Vielleicht sind's zwei Tiere gewesen?«

»Was für welche sollten es sein! Es waren Menschen, die es auf dich abgesehen hatten!«

»Das glaube ich nicht. Wir befinden uns ja unter lauter Freunden!«

»Weißt du das? Allah allein kann es wissen! Doch geh hinein, und leg dich getrost wieder schlafen; ich wache für dich!«

Ich ging hinein, vollständig überzeugt, daß der Mann sich getäuscht hatte. Winnetou war derselben Ansicht. Wie gut aber wäre es gewesen, wenn wir dem Beduinen geglaubt hätten!

Wir schliefen bald wieder ein, wurden aber nach vielleicht einer Stunde durch einen Heidenlärm, welcher draußen erscholl, wieder aufgeweckt. Wir griffen nach unsern Waffen und eilten hinaus. Eben stieg der erste Schein des Tages im Osten auf; man konnte leidlich sehen. Der erste Mensch, auf welchen mein Auge fiel, war Krüger-Bei, welcher nach unserm Zelte gelaufen kam. Er rief mir atemlos zu, und zwar vor Aufregung in deutscher Sprache:

»Die Gefangenen sind fort mit drei Kamelen!«

»Welche denn? Wir haben verschiedene Gefangene, die

beiden Meltons und die vierzehn Ayuns. Welche meinen Sie?«

»Die Ayuns nicht.«

»Also die Meltons? Alle Wetter! Das wäre ein Streich! Dann müssen wir sofort nach! Aber da laufen Ihre Leute nach allen Richtungen hin und her, und verderben mir die Spuren. Geben Sie den Befehl, daß jeder sofort an dem Platze zu bleiben hat, an welchem er sich jetzt befindet!«

Er rief mit einer wahren Donnerstimme diese Weisung über die beiden Lager hin, und sofort trat Ruhe ein. Der Scheik und Emery kamen auch herbei, und nun berichtete Krüger-Bei:

»Als jetzt vor zehn Minuten zwei neue Wächter zu dem Kolarasi Melton kamen, um die früheren abzulösen, war er fort. Seine Fesseln lagen da und daneben der eine Wächter mit dem Messer im Herzen.«

»Liegt der Tote noch dort?« fragte ich.

»Ja.«

»Kommt hin!«

Ja, da lag er, der arme Teufel! Die Klinge war ihm bis an das Herz gestoßen worden. Er hatte jedenfalls nicht ein Wort sagen, nicht einen Ruf ausstoßen können. Das Sonderbarste aber war, daß man erst nach dieser Entdeckung bemerkt hatte, daß auch der junge Melton fehle. Dazu waren die drei besten Eilkamele fort!

Winnetou hatte kein Wort von denen, die wir gesprochen hatten, verstanden. Er sah mich fragend an, und ich erklärte ihm das neue, nicht eben freudige Ereignis. Er senkte den Kopf, überlegte eine kleine Weile und sagte dann:

»Ein Wächter ist tot. Wo ist aber der zweite?«

»Auch fort!« antwortete Krüger-Bei, dem ich die Frage verdolmetschte.

»Dann war der andere Wächter im Einverständnisse mit Melton,« erklärte der Apatsche. »Und darum hat Melton zu dir gesagt, er sei nicht so machtlos, wie du anzunehmen scheinest.«

»Ganz richtig!« stimmte ich bei. »Und wir beide sind

durch die Aufmerksamkeit unsers Hüters einer großen Gefahr entgangen. Die Meltons haben sich nach unserm Zelte geschlichen, um sich zu rächen, sind aber von diesem Manne vertrieben worden.«

»Wir müssen ihnen nach!«

»Ja, und zwar ohne Säumen. Leider haben sie die besten Kamele mitgenommen. Wir müssen uns mit den nun besten begnügen.«

Ich teilte dem Herrn der Heerscharen unsern Entschluß mit und bat ihn, drei schnelle Tiere aussuchen und für mehrere Tage mit Wasser und Proviant versehen zu lassen.

»Nur drei? Warum nicht mehr?«

»Weil nur wir drei reiten werden, Emery, Winnetou und ich.«

»Ich nicht auch?«

»Nein. Die Pflicht verbietet es dir. Du mußt bei deinen Truppen bleiben.«

Wenn wir deutsch sprachen, nannten wir uns Sie; redeten wir aber arabisch, so brauchten wir das in dieser Sprache geläufigere Du.

»So will ich euch einige Offiziere und tüchtige Soldaten mitgeben?« schlug er vor.

»Auch das muß ich ablehnen. Schnelligkeit ist hier die Hauptsache. Viele Begleiter würden uns nur hinderlich sein. Wenn wir drei die besten Kamele bekommen, würden die andern, welche keine guten haben, bald hinter uns zurückbleiben; sie können uns also auf keinen Fall etwas nützen. Es bleibt dabei, wir drei reiten allein. Befiehl, daß man sich beeile!«

Das that er denn auch. Winnetou war schon über das Lager hinausgegangen, um nach den Spuren zu suchen. Er kam zurück und meldete:

»Sie sind nordwärts geritten.«

»Also nach Tunis,« meinte Krüger-Bei. »Das war vorauszusehen.«

»Nein,« antwortete ich. »Ich möchte wetten, daß sie nicht dorthin reiten, weil das für den Kolarasi zu gefährlich ist.

Man kennt ihn dort. Findet er nicht sofort ein Schiff, so muß er warten. Kommen dann inzwischen seine Verfolger dort an, so befindet er sich in der größten Gefahr, ergriffen zu werden.«

»Aber du weißt doch, daß er nach dort gewollt hat!«

»Gewollt, ja, aber jetzt wohl nicht mehr. Damals, als er seinen Sohn kommen ließ, lagen die Verhältnisse anders. Jetzt weiß er, daß Emery, Winnetou und Old Shatterhand sich nicht nur hier befinden, sondern sich sofort an seine Spur hängen werden. Wir würden ihm nach Tunis folgen; das weiß er ganz bestimmt. Und findet er nicht augenblicklich dort ein Schiff, so kann er überzeugt sein, daß wir ihn unbedingt erwischen werden. O nein, er geht nicht nach Tunis, sondern nach irgend einem Hafen des Golfes von Hammamet. Das ist derjenige Teil des Meeres, welcher von hier aus am schnellsten zu erreichen ist.«

»Aber Winnetou hat doch gesagt, daß sie nach Norden geritten sind! Da liegt ja Tunis!«

»Das macht mich nicht irre. Melton hat längere Zeit unter Prairiejägern und Westmännern gelebt; er kennt die Kniffe derselben, wenn er auch nicht Meister darin ist. Er will uns irre führen und ist darum zunächst nordwärts geritten, damit wir ihm dorthin folgen sollen. Dann wartet er, bis er einen Boden erreicht, der so hart ist, daß wir die Fährte seiner Kamele nicht erkennen können, und sobald dies geschieht, wendet er sich nach Osten.«

»Aber in Tunis fände er Geld. Hier am Golfe von Hammamet giebt es keinen Menschen, von welchem er welches bekommen kann.«

»Er braucht keines. Erstens hat sein Sohn welches. Da ich diese Wendung der Dinge nicht vorhersehen konnte, habe ich es ihm nicht abgenommen. Und zweitens hatte Small Hunter ganz gewiß eine bedeutende Summe bei sich.«

»Ob das aber Melton hat? Wir fanden doch nichts bei ihm!«

»Er hatte es versteckt und ist jedenfalls nicht von hier fort, ohne es sich vorher zu holen. Jetzt aber sehe ich, daß die drei Kamele gesattelt und bepackt sind. Wir können aufbrechen.«

»Wann kommt ihr wieder?«

»Wenn wir die beiden ergriffen haben.«

»Sei deiner Sache nicht zu sicher! Bedenke, daß sie schnellere Tiere haben als ihr und schon jetzt im Vorsprunge vor euch sind.«

»Das ist richtig. Auch müssen wir viel Zeit auf ihre Spur verwenden, während sie ohne allen Aufenthalt immer forteilen können, aber wir werden sie ergreifen, darauf kannst du dich verlassen. Fassen wir sie nicht hier, so fallen sie uns desto bestimmter drüben in Amerika in die Hände.«

»Maschallah! Soweit wollt ihr ihnen nach?«

»Soweit, bis wir sie haben.«

»Und wenn ihr sie nicht hier fangt, so kommt ihr doch nach Tunis, bevor ihr unser Land verlaßt?«

»Das läßt sich nicht vorher sagen. Deine Kamele bekommst du auf alle Fälle wieder; dafür werde ich sorgen.«

»Das ist das Allerwenigste! Die Hauptsache ist, daß die beiden Halunken uns nicht entkommen. Kennst du den Weg hinüber nach dem Golfe von Hammamet?«

»Von hier aus nicht; aber wir werden ihn schon finden, denn wir haben einen vortrefflichen Wegweiser in der Spur derer, die wir verfolgen; diese bringt uns sicher dorthin, wo sie sich befinden.«

»Dennoch will ich dir einige Andeutungen geben. Die gerade Linie von hier nach Hammamet führt nach dem Wadi Budawas, den Ruinen von el Khima und über den Dschebel Ussala nach der Gegend am Meere. Die Beduinen, welche du da antreffen wirst, sind die Meidscheri, die Ussala und die Uled Saïd, lauter friedliche Leute, die euch kein Leid thun werden, wenn ihr sagt, daß ihr meine Freunde seid.«

Bei der Aufzählung dieser Stämme hatte er einen, gerade den wichtigsten, vergessen, und diese Unterlassung sollte uns verhängnisvoll werden. Ich meine die uns feindlichen Uled Ayun, von denen wir eine so hohe Diyeh verlangt hatten. Sie weideten ihre Herden auch oft bis nach dem Wadi Budawas herauf, wo sie Nachbarn der Meidscheri waren. Daran hatte der Herr der Heerscharen nicht gedacht, und ich nahm also gleich von vornherein an, daß wir mit diesen Leuten nicht zusammentreffen würden.

Die Verhältnisse gestatteten uns nicht, viel Zeit auf den Abschied zu verwenden. Nur einige Minuten nachdem die Kamele bereitstanden, ritten wir von dannen. Der Herr der Heerscharen konnte sich doch nicht so schnell trennen; er warf sich auf sein Pferd, ritt uns nach und dann noch eine halbe Stunde mit uns weiter in das Warr hinein. Er wollte noch allerhand nützliche Bemerkungen machen und gute Regeln geben; aber wir konnten nicht so, wie er wollte, auf ihn achten, sondern mußten alle unsere Aufmerksamkeit auf die Spur lenken, der wir folgten und die hier zwischen den Felsblöcken nur für das Auge eines Westmannes zu erkennen war; ein Beduine hätte sie wohl nicht gefunden. Darum hielt er endlich an, reichte mir die Hand zu meinem hohen Sitze herauf und nahm Abschied.

Als wir das Warr hinter uns hatten und die Ebene wieder offen vor uns lag, erblickten wir zu unserm Erstaunen in einiger Entfernung von uns einen Menschen, welcher ratlos in der weiten Einsamkeit zu stehen schien. Er sah uns auch und wendete sich, als ob er davonlaufen wolle, blieb aber bald wieder stehen, da er einsah, daß wir als Reiter ihn, den Fußgänger, sehr schnell einholen würden. Ein Fußgänger hier in der Wüste war jedenfalls eine seltene Erscheinung.

Die Erklärung sollte uns bald werden, denn als wir näher kamen, sahen wir an seiner Uniform, daß es einer unserer Kavalleristen war.

»Der entflohene Posten!« meinte Emery.

»Ohne Zweifel!« nickte ich.

»Warum der aber hier steht!«

»Er ist heimtückisch zurückgelassen worden. Melton muß man kennen! Um befreit zu werden, hat er dem Menschen alles mögliche versprochen, und nun es gelungen ist, läßt er ihn hier sitzen, ohne ein einziges seiner Worte zu halten.«

»Dann wehe dem Soldaten! Was wird er thun, was anfangen?«

»Werden sehen!«

»Desertion und Befreiung Gefangener. Wird unbedingt erschossen! Willst du ihn retten?«

»Das kommt auf sein Verhalten an.«

»Wird dir aber schwer werden!«

»Nein. Krüger-Bei thut mir sicher auch einen solchen Gefallen.«

Jetzt erreichten wir den Mann. Er hatte uns stehend erwartet, jetzt aber sank er in die Kniee und rief, indem er die Hände flehend erhob:

»Gnade, Effendi, Gnade! Ich bin bestraft genug!«

Er wendete sich an mich, weil er gesehen hatte, daß ich von uns dreien derjenige war, mit welchem der Herr der Heerscharen am intimsten verkehrte. Daß er sich nicht trotz- und starrköpfig zeigte, sondern seine Schuld gleich eingestand, indem er um Gnade bat, ließ darauf schließen, daß er kein schlechter Mensch war. Dennoch antwortete ich in sehr ernstem Tone:

»Bestraft genug? Du bist Deserteur, Deserteur im Felde! Weißt du, was für Strafe darauf steht?«

»Der Tod.«

»Und außerdem hast du Gefangene befreit. Dafür wirst du, ehe man dich erschießt, entsetzliche Hiebe erhalten.«

»Ich weiß es; aber Effendi, dein Wort gilt sehr viel bei dem Herrn der Heerscharen. Ich flehe dich an, bitte bei ihm für mich!«

»Sage mir zunächst, wie die Flucht vor sich gegangen ist!«

»Wir kamen als Doppelposten zu ihm. Ich setzte mich hin; mein Kamerad aber ging auf und ab; wenn er entfernt genug war, konnte er nicht hören, daß der Kolarasi leise zu mir sprach.«

»Was sagte dieser?«

»Er verlangte sein Paket zurück.«

»Was für ein Paket?«

»Welches ich ihm hatte aufheben müssen.«

»Ah! Wann hat er es dir gegeben?«

»Als ihr die Uled Ayar in der Schlucht eingeschlossen hattet. Wir lagen als Gefangene in derselben, ich aber befand mich nicht bei den Gefangenen, sondern bei dem Kolarasi, dessen Diener ich war. Ihr hattet die gefangenen Kameraden befreit, und dann ging der Scheik fort, um mit euch zu verhandeln. Nachher sahen wir ihn mit dir zurückkehren, und da sagte der Kolarasi zornig: ›Nun ist alle Hoffnung hin; der Hund wird die Ayar überreden und mich an Krüger-Bei ausliefern!‹ Er gab mir schnell ein Päckchen, es heimlich aufzubewahren, und eilte dann fort, um bei dem Scheik gegen dich zu sprechen. Er hatte keinen Erfolg, und man brachte ihn bald gebunden und mit zerschlagenem Gesichte getragen. Er war Gefangener. In einem unbewachten Augenblicke verbot er mir, zu bleiben. Er dachte, du würdest kommen und bei ihm suchen; dann hättest du auch mich ausgesucht. Ich mußte mich also entfernen, das Päckchen aber stets bei mir tragen.«

»Warum?«

»Um es ihm jeden Augenblick wiedergeben zu können.«

»Hat er dir gesagt, welchen Inhalt es hatte?«

»Ja, einen echten Kuran aus Mekka und einige Fransen von el Waïbs Grabestuch aus der Okba-Moschee in Kaïrwan.«

»Sehr heilige Sachen!«

»Aber es war nicht wahr!«

»Das weiß ich freilich. Wie erfuhrest du denn, daß es eine Lüge war?«

»Von ihm selbst. Als ich dann des Nachts als Wächter bei ihm saß, sagte er mir leise, daß das Paket nicht diese Gegenstände, sondern Geld, sehr viel Geld enthalte. Er bot mir fünftausend Piaster davon an, wofür ich ihn losbinden sollte.«

»Die brauchte er dir doch nicht zu bieten, denn du hattest ja das Paket mit dem ganzen Gelde in der Tasche!«

»Es nütze mir nichts, sagte er. Es war kein gewöhnliches Geld, sondern dasselbe bestand aus Papieren, welche er selbst dem Serafi[1] in Tunis geben mußte, denn ein anderer

[1] Wechsler, Bankier.

würde kein Geld dafür erhalten. Ich sollte mit ihm fliehen, mit ihm nach Tunis reiten, und die fünftausend Piaster sogleich erhalten, wenn er die Papiere umgewechselt haben würde.«

»Das Anerbieten blendete dich?«

»Ja, Effendi. Ein armer Soldat und fünftausend Piaster! Er schwor mir bei Mohammed und allen Kalifen zu, daß ich das viele Geld sofort nach unserer Ankunft in Tunis erhalten würde.«

»Der Schwur gilt nichts bei ihm, denn er ist eigentlich nicht ein Moslem, sondern ein Ungläubiger, ein Heide, der an gar nichts glaubt.«

»Hätte ich das gewußt! Aber ich vertraute ihm und schnitt ihm die Hände frei. Darauf gab ich ihm mein Messer.«

»Und dein Kamerad, der andere Posten?«

»Der sah und wußte nichts davon, denn ich machte mit dem Kolarasi aus, daß er sich erst dann vollends befreien solle, wenn wir abgelöst sein würden. Aber er hielt nicht Wort, denn sobald er das Messer hatte, schnitt er sich vom Pfahle los und machte auch seine Füße frei, blieb aber so liegen, als ob er noch gefesselt sei. Dann setzte sich mein Kamerad zu uns; der Kolarasi drang plötzlich auf ihn ein und stieß ihm das Messer in das Herz.«

»Schrecklich! Was thatest du?«

»Ich wollte schreien, konnte aber vor Entsetzen nicht. Er wollte mich beruhigen; das gelang ihm nicht. Da drohte er mir. Er war frei, und mein Messer steckte in der Brust meines Kameraden. Das zeugte gegen mich. Ich war verloren, wenn ich blieb, und mußte also mit ihm fort.«

»Aber ihr ginget nicht gleich?«

»Nein. Ich mußte am Platze warten, und er entfernte sich. Nach einiger Zeit kam er mit dem fremden jungen Manne, der mit entflohen ist. Wie er ihn befreit hat, ohne daß jemand etwas bemerkte, das weiß ich nicht. Wir gingen, um ganz leise die drei besten Kamele des Herrn der Heerscharen zu satteln. Als dies geschehen war, führten wir die Tiere eine Strecke fort; ich mußte bei denselben bleiben; die beiden aber kehrten noch einmal ins Lager zurück, um nach deinem Zelte zu gehen.«

»Woher weißt du das?«

»Aus den grimmigen Worten, welche sie fallen ließen.«

»Ja, sie wollten mich ermorden, aber das gelang ihnen nicht, weil ein Wächter vor meinem Zelte saß.«

»Das dachte ich mir, denn ich hörte einige laute Rufe, und dann kamen sie eilends zurück, um unter Fluchen auf die Tiere zu steigen. Ich that dies auch, und wir ritten fort.«

»Sprachen sie denn arabisch miteinander?«

»Ja, zuerst. Das war Unbedachtsamkeit, denn ich hörte Dinge, welche ich eigentlich wohl nicht hören sollte. Dann aber bedienten sie sich einer fremden Sprache, von welcher ich kein Wort verstand.«

»Weißt du, wohin sie wollen?«

»Nach Tunis.«

»Das glaube ich nicht. Sie werden ebensowenig nach Tunis reiten, wie du deine Piaster bekommen wirst.«

»Die bekomme ich freilich nicht; sie haben mich darum betrogen, mich schmachvoll hintergangen! Nicht weit von hier stiegen sie ab und forderten mich auf, dasselbe zu thun. Kaum stand ich auf der Erde, so fielen sie über mich her und nahmen mir meine Waffen ab, sodaß sie nun alle Macht über mich hatten. Ich mußte vor ihren auf mich gerichteten Läufen weichen; sie aber stiegen wieder auf, nahmen mein Kamel beim Halfter und ritten hohnlachend davon. O, Effendi, hätte ich dem Kolarasi, dem ungläubigen Heiden, doch nicht ein so großes Vertrauen geschenkt!«

»Das ist ein ganz falscher Wunsch. Nicht dein Vertrauen zu ihm hat dich in das Unglück geführt, sondern die Habsucht und die Pflichtvergessenheit. Du solltest rufen: Wäre ich doch meiner Pflicht treu geblieben! Du hast zwei schwere Verbrechen begangen. Was gedenkst du nun zu thun?«

»Wirst du mich denn nicht festnehmen?« fragte er verwundert.

»Nein. Ich bin weder dein Vorgesetzter noch ein Polizist

oder gar dein Richter. Du magst gehen, wohin du willst; wir werden dich nicht halten.«

»Ich danke dir, Effendina! Deine Güte ist weiter als die Wüste, und deine Gnade höher als der Himmel! Aber wohin soll ich gehen? Ich habe weder Wasser, noch Speise, noch Geld, noch Waffen, auch habe ich kein Pferd oder Kamel. Wer soll mich aufnehmen? Ich bin Deserteur und werde also allen Stämmen, welche unter dem Schutze des Pascha wohnen, so unwillkommen sein, daß sie mich lieber an ihn ausliefern, als bei sich behalten. Der Kolarasi hat mich zum unglücklichsten Menschen gemacht, den es nur geben kann.«

»Der Kolarasi nicht; du selbst trägst die Schuld. Aber deine Thaten reuen dich, und ich habe von dir einiges erfahren, was mir wichtig ist; darum will ich dir einen Weg zeigen. Kehre zum Herrn der Heerscharen zurück! Ich will dir einen Zettel mitgeben, auf den ich einige Zeilen schreibe, welche dich seiner Gnade empfehlen. Ich denke, daß deine Strafe milde sein wird.«

»Thue das, Effendi, thue das! Deine Worte erleichtern mein Herz und erquicken meine Seele!«

Da wendete sich Emery in englischer Sprache an mich:

»Unsinn! Entweder helfen wir gar nicht, oder ganz. Der Kerl ist kein schlechter Mensch. Kehrt er zu Krüger-Bei zurück, so wird er infolge deiner Befürwortung wohl zwar nicht erschossen, aber man schneidet ihm die Nase oder die Ohren ab, oder gibt ihm wenigstens die Bastonnade, um ihn nachher fortzujagen. Was soll er dann anfangen? Und außerdem bringst du durch deine Fürbitte den Herrn der Heerscharen mit seiner Pflicht in Konflikt. Er muß einen Verbrecher laufen lassen dir zuliebe, und alle seine Soldaten wissen, daß er das nicht darf. Du blamierst ihn also vor seinen Leuten. Wie weit ist es von hier bis zur algerischen Grenze?«

»Wenn man Dörfer und Brunnen nicht zu berühren braucht, kann man sie schon eher erreichen; auf dem Karawanenwege aber, wo er von Zeit zu Zeit Wasser findet und sich in den Dörfern auch Lebensmittel kaufen oder erbitten kann, wird ein Fußgänger sie in zwanzig Wegstunden erreichen.«

»Giebt es nahe da drüben französisches Militär?«

»Ja, in Tibessa; von hier aus vierundzwanzig Stunden weit.«

»So schick ihn dort hinüber! Ich will ihm das Geld dazu geben, und in Tibessa mag er sich von der glorreichen France anwerben lassen.«

Er zog seine lange, volle Börse und warf dem Manne einiges Geld vom Kamele zu.

»Ist dir der Weg von hier nach Lheïs bekannt?« fragte ich den letzteren.

»Ja.«

»So wende dich dorthin. Von da aus gehst du über Zaufur, Thaleh und Hydra nach Keïfah, welches nicht mehr tunesisch, sondern algerisch ist. Dann hast du nicht mehr weit nach der kleinen französischen Stadt Tibessa, wo Militär liegt. Dort kannst du dich anwerben lassen, wenn du nicht Lust hast, zu etwas anderem zu greifen. Jemand, der schon Soldat gewesen ist, wird von jedem Werber gern willkommen geheißen. Du hast von hier bis nach Tibessa immer Karawanenweg, und wirst also weder zu hungern noch zu dursten brauchen.«

Das Gesicht des Mannes wurde sonnenhell; er brach in wahrhafte Dankeshymnen aus; wir aber hatten keine Zeit, dieselben anzuhören, und ritten weiter.

Die Spur war mit großer Deutlichkeit zu sehen, wich aber bald, wenn auch nur ein wenig, nach Westen ab.

»Sonderbar!« brummte Emery. »Wir denken, die Kerle werden nach Osten abbiegen, und nun thun sie es westlich!«

»Jedenfalls nicht ohne Absicht,« antwortete ich. »Wahrscheinlich kennt der Kolarasi dort drüben ein Terrain, welches felsig ist und keine Fährte annimmt; da will er uns verschwinden.«

»Wird so einem Flachkopfe aber nicht gelingen!«

»Schwerlich! Wir reiten einfach geradeaus. Die Meltons sind nach Westen geritten, um ihre Spur zu verwischen; dann werden sie nach Osten umbiegen; folglich müssen wir, wenn wir ihnen nicht folgen, sondern geradeaus reiten, unbedingt wieder auf ihre Fährte treffen.«

»*Well!* Und haben dabei eine tüchtige Zeit gewonnen!«

Winnetou war uns ein wenig voraus und hatte also unsern Gedankenaustausch nicht gehört, doch kannte ich ihn gut genug, um überzeugt zu sein, daß er nicht anders rechnen werde, als wie wir. Und richtig! Er hielt sein Kamel an, stieg ab, betrachtete die Spur genau, stieg wieder auf und ritt in gerader Richtung weiter, ohne sich nach uns auch nur umzusehen. Er kannte eben auch meine Art, zu denken und zu schließen, gerade so genau, wie ich mit der seinigen vertraut war. Wir hatten uns vollständig ineinander hineingelebt.

Wir ritten eine Stunde lang und noch eine. Emery wollte ungeduldig werden, denn er begann zu glauben, daß wir uns doch vielleicht verrechnet hätten. Da aber sahen wir, daß Winnetou, welcher uns jetzt weiter voraus war, wieder abstieg und den Boden betrachtete. Als wir ihn einholten, sahen wir eine Fährte von drei Kamelen, welche von Westen her gerade über unsere Richtung nach Osten führte.

»Sie sind es,« meinte der Apatsche. »Wollten Winnetou und Old Shatterhand irre führen. *Pshaw!*«

Es war köstlich, dabei sein Gesicht zu sehen; ungefähr so, wie dasjenige eines Professors der Astronomie, dem ein Kohlengrubenarbeiter die Entfernung des Sirius berechnen, oder die Entstehung der Kometen erklären will. Freude hatte ich über die Art und Weise, wie er auf dem Kamele saß. Er, der ohne alle Uebung war, zeigte dabei eine Sicherheit, welche mich in Erstaunen hätte versetzen können, wenn mir nicht bekannt gewesen wäre, mit welcher Leichtigkeit er sich in alles fand, was körperliche oder geistige Gewandtheit voraussetzte.

Nachdem er wieder aufgestiegen war, wendeten wir uns in einem rechten Winkel rechts, nach Osten zu, wohin die wiedergefundene Spur jetzt führte. Wir folgten derselben den ganzen Tag, bis es so dunkel wurde, daß wir sie nicht mehr sehen konnten. Da hielten wir an, um auf der freien, ringsum ebenen Steppe zu übernachten. Am nächsten Morgen wurde, sobald es Tag geworden war, der Ritt fortgesetzt. Die Fährte war jetzt nicht mehr so deutlich wie gestern. Emery sprach die Ansicht aus, daß sie bald wieder frisch sein werde, da die Flüchtlinge doch höchst wahrscheinlich während der Nacht auch geruht haben mußten, doch war ich anderer Meinung. Die beiden Meltons waren sicher bestrebt gewesen, einen möglichst großen Vorsprung zu bekommen, und hatten gewiß die ganze Nacht dazu verwendet. Das konnten sie, weil der ältere von ihnen die Gegend kannte, da er als Offizier früher wiederholt hier gewesen war. Winnetou stimmte mir bei.

»Aber warum sollen sie so erpicht auf einen so großen Vorsprung sein?« fragte der Engländer. »Sie haben denselben ja gar nicht nötig.«

»Nicht?« antwortete ich. »Wieso?«

»Weil sie annehmen werden, daß sie uns irre geführt haben.«

»Und daß wir etwa nach Tunis reiten?«

»Ja. Sie sind ja gestern abgewichen, um ihre Spur unkenntlich zu machen. Nun werden sie überzeugt sein, daß sie uns vollständig getäuscht haben.«

»Ueberzeugt wohl nicht, wenn sie auch annehmen können, daß die Möglichkeit dazu vorhanden ist. Thomas Melton kennt Winnetou und mich. Er mag annehmen, daß er uns getäuscht hat, doch nur auf kurze Zeit. Wenn er sich alles vergegenwärtigt, was er von uns weiß, so muß er sich sagen, daß wir durch seinen Kniff, falls wir uns durch denselben überhaupt täuschen ließen, höchstens einige Stunden Zeit verloren, dann aber die Spur wiedergefunden haben, um derselben desto nachdrücklicher zu folgen.«

»Hm! Ob sie überhaupt für gewiß annehmen, daß wir ihnen nachreiten?«

»Ganz sicher! Wäre dies nicht der Fall, so hätten sie sich nicht die Mühe gegeben, uns irre führen zu wollen, auch wären wir längst an ihre Lagerstelle gekommen. Sie sind die ganze Nacht fortgeritten.«

»Mein Bruder Scharlieh hat recht,« stimmte mir der Apatsche bei. »Sie haben gar nicht angehalten und sind weit vor uns, weil sie bessere Kamele besitzen als wir und weil wir gelagert haben. Wir müssen uns beeilen.«

Es stellte sich heraus, daß wir uns nicht geirrt hatten, denn wir ritten den ganzen Vormittag auf der immer undeutlicher werdenden Spur, ohne zu sehen, daß die beiden Reiter auch nur einmal abgestiegen waren.

Die Steppe war längst wieder in Sandwüste übergegangen. Jetzt trafen wir aber auf einzelne, spärliche Grashalme, welche nach und nach dichter und kräftiger wurden, und dann erkannten wir niedrige, lang gestreckte Hügel, welche sich vor uns im Osten erhoben und von Nord nach Süd zu streichen schienen.

»Das muß das Wadi Budawas sein,« sagte ich. »Hinter demselben liegen dann die Ruinen von El Khima, welche wir südlich liegen lassen müssen, um über den nördlichen Abhang des Dschebel Ussalat zu reiten.«

»Ich denke, wir müssen der Fährte folgen,« bemerkte Emery.

»Allerdings; aber ich bin überzeugt, daß die Meltons denselben Weg einschlagen, weil er der bequemste nach der Küste ist.«

»*Well!* Doch, sind da drüben links nicht Reiter?«

Er deutete nach Nordost, wo sich allerdings einige bewegliche Punkte sehen ließen. Dieselben näherten sich uns schnell. Bald erkannten wir acht Beduinen, welche auf Pferden saßen. Sie hatten natürlich auch uns gesehen, kamen uns ein Stück entgegen und blieben dann halten, um uns zu erwarten. Sie waren gut bewaffnet, schienen aber keine feindlichen Absichten zu hegen. Ungefähr zwanzig Schritte vor ihnen hielten wir an, und ich grüßte:

»Sallam! Ist es das Wadi Budawas, welches da hinter den Höhen liegt?«

»Ja,« antwortete derjenige, welcher der Anführer zu sein schien.

»Zu welchem Stamme gehört ihr?«

»Wir sind Krieger der Meidscheri und waren auf der Gasellenjagd. Wir haben kein Wild getroffen und kehren nach dem Wadi zurück, in welchem unsere Herden weiden.«

»Wann seid ihr zur Jagd ausgeritten?«

»Heute, als der Morgen tagte.«

»So könnt ihr mir eine Frage beantworten. Es sind zwei fremde Reiter auf sehr guten Reitkamelen durch das Wadi gekommen?«

»Ja. Heute früh, eben als wir fortreiten wollten.«

»Stiegen sie bei euch ab?«

»Ja. Wir luden sie ein, und sie folgten unserer Bitte, obgleich sie erklärten, eigentlich keine Zeit dazu zu haben.«

»Wie lange blieben sie?«

»Nur so lange, bis ihre Kamele getrunken hatten.«

»Wißt ihr, wer sie waren?«

»Der eine war ein Kolarasi des Pascha, wie wir an seiner Kleidung sahen, der andere ein Freund von ihm, der aber nicht Soldat war.«

»Wo wollten sie hin?«

»Nach El Kaïrwan, sagten sie. Wer aber seid denn ihr?«

»Kennst du Krüger-Bei, den Herrn der Heerscharen?«

»Ja. Er ist unser Beschützer.«

»Weißt du, wo er sich jetzt befindet?«

»Wir hörten von den beiden Reitern, daß er gegen die Uled Ayar gezogen sei, um sie zu züchtigen.«

»Wie steht ihr euch mit diesen letzteren?«

»Wir leben mit ihnen in Frieden, nicht aber mit den Uled Ayun, welche Allah verderben möge!«

»Sie sind auch unsere Feinde. Wir kommen von Krüger-Bei, welcher die Uled Ayar besiegt und dann ein Bündnis mit ihnen geschlossen hat.«

»Maschallah! Er besiegte seine Feinde und begnadigte sie dann? Sein Herz ist voller Güte und Wohlwollen selbst gegen seine Feinde! Wenn ihr von ihm kommt, so steht ihr wohl auch unter seinem Schutze?«

»Er zählt uns zu den besten Freunden, welche er besitzt.«

»Wenn das ist, so thut uns nicht das Herzleid an, bei uns vorüberzureiten. Eßt von unsern Speisen, und trinkt von unserm Wasser! Ihr seid uns so willkommen, als ob der Herr der Heerscharen sich selbst bei euch befände!«

»Wie ist der Name eures Scheiks?«

»Welad en Nari; ich bin es selbst.«

»Du also bist der Scheik der tapferen und gastfreundlichen Meidscheri? Dann müssen wir deiner Einladung Folge leisten. Zwar haben auch wir große Eile, aber soviel Zeit, wie nötig ist, unsere Schläuche mit frischem Wasser von euch zu füllen, können wir dir doch schenken.«

»Und von der Gaselle, welche wir gestern geschossen haben, müßt ihr auch kosten. Ich bitte euch, uns nach unserm Bet es Sijara[1] zu folgen!«

Der Scheik wendete sein Pferd den erwähnten Höhen zu; wir schlossen uns ihm an, und seine Leute folgten hinter uns drein. Gesprochen wurde jetzt nicht mehr. Nach der Sitte des Landes mußten wir warten, bis wir wieder angeredet wurden. Das legte uns aber nicht die Verpflichtung auf, auch unter uns zu schweigen. Darum übersetzte ich Winnetou, was ich mit dem Anführer gesprochen hatte. Er warf ihm einen forschenden Blick zu und fragte mich dann:

»Gefällt der Mann meinem Bruder?«

»Hm! Wenigstens mißfällt er mir nicht. Warum fragst du so?«

»Ein dichter Bart bedeckt sein ganzes Gesicht, aber für Winnetou ist der Bart doch nur ein Schleier, durch welchen man blicken kann.«

»Was siehst du da?«

»Die Freude, daß wir mit ihm reiten.«

»Das ist doch natürlich! Er hat uns eingeladen und freut sich darüber, daß wir seinen Wunsch erfüllen.«

»Aber es ist eine böse Freude! Winnetou hat kein Vertrauen zu dem Manne!«

»Und ich denke, daß kein Grund zur Besorgnis vorhanden ist. Die Meidscheri sind, wenigstens jetzt, friedlich gesinnte Leute.«

[1] Haus des Besuches.

»So mag mein Bruder vertrauen; Winnetou aber wird vorsichtig sein!«

Ich hegte wirklich kein Mißtrauen; das war aber noch kein Grund für mich, die übliche Vorsicht aus den Augen zu setzen. Ich war gewohnt, sehr viel auf die Ansichten des Apatschen zu geben; also konnte auch sein Mißtrauen nicht ohne Eindruck auf uns bleiben.

Wir hatten jetzt die Anhöhen erreicht und ritten über sie hinweg. Hinter ihnen senkte sich jählings der Boden, um ein Thal zu bilden, dessen Breite da, wo wir hielten, eine Viertelstunde betragen konnte. Das war das Wadi Budawas, welches, wie ich gehört hatte, eine Länge von mehreren Stunden oder gar Meilen besitzt.

Es gab am diesseitigen Ufer eine Stelle, welche nicht so steil war; da ritten wir hinab. Man sah, daß das Wadi zur Regenzeit einen Fluß bildete; jetzt aber war es eine grünende Thalmulde, welche zahlreiche feuchte Stellen enthielt, wo man nur einige Fuß tief zu graben brauchte, um trinkbares Wasser zu erhalten.

Wir ritten eine kurze Strecke abwärts, kamen um eine Krümmung und sahen nun das eigenartige Leben eines afrikanischen Hirtenlagers sich vor uns entwickeln. Das Wadi war hier viel breiter als vorher und trug Gras, welches beinahe saftig genannt werden konnte. Soweit wir blicken konnten, sahen wir Pferde, Schafe, Ziegen, Rinder und Kamele, welche nach vielen Tausenden zählten. Dazwischen gab es so wenig Hirten, daß es zu verwundern war, wie die wenigen Leute so viele Tiere in Ordnung zu erhalten vermochten. Auch einige Zelte waren zu sehen, welche wohl den reichen Herdenbesitzern gehörten; die ärmeren Beduinen mußten im Freien nächtigen, was die Leute aber gewöhnt sind.

Die Hirten, an denen wir vorüberkamen, erhoben sich respektvoll von der Erde und grüßten uns, indem sie sich verneigten. Das schien auf Winnetou einen beruhigenden Eindruck zu machen, denn der Ausdruck seines Gesichtes wurde immer weniger streng, als er vorher gewesen war.

Wir ritten jetzt über Felsen, in denen sich eine schmale Spalte befand, nach welcher der Scheik sein Pferd lenkte. Einige Schritte vor derselben hielt er an, stieg ab und sagte:

»Willkommen in unserm Wadi! Hier ist das Haus des Besuches, in welchem alle unsere Gäste bewirtet werden. Es ist kühl und erquickt den Ermüdeten. Tretet mit mir ein und sättigt euch an den Speisen, welche uns sogleich vorgesetzt werden!«

Seine Begleiter stiegen auch ab, und wir thaten dasselbe, doch folgten wir nicht gleich seiner Aufforderung, sondern musterten zunächst unsere Umgebung. Oberhalb der Stelle, an welcher wir uns befanden, lagen wiederkäuend vielleicht ein Dutzend prächtiger Reitkamele, wie ich sie hier zu Lande so edel noch nicht gesehen hatte. Unweit davon sahen wir die doppelte Anzahl Reitsättel und alles Dazugehörige am Felsen liegen. Noch weiter oben weideten drei hochedle Pferde; sie waren in einem Pferche eingeschlossen, welcher aus in die Erde gesteckten Lanzen bestand, um die man, von einer zur andern, Palmenfaserstricke gezogen hatte. Schon der Umstand, daß man die Tiere in der Weise von den andern abgesondert hatte, ließ auf ihren Wert schließen; den Kenner aber mußte ihr Anblick in Entzücken versetzen. Unweit davon lagen die Sättel, das Riemenzeug und die Schabracken. Der Scheik bemerkte, mit welcher Bewunderung ich diese Pferde betrachtete und sagte:

»Ihr Stammbaum reicht bis hinauf zur Lieblingsstute des Propheten. Diese Pferde sind mehr wert als sämtliche Herden unseres Stammes.«

Also in die Felsspalte sollten wir treten; sie war das »Haus des Besuches«, von welchem der Scheik gesprochen hatte! Ein eigentümliches Haus! Der Felsen war wohl an die fünfzig Ellen hoch; die Spalte reichte vielleicht bis zur Hälfte der Höhe hinauf, war aber so schmal, daß unten zu ebener Erde nur zwei Mann stehen konnten, wenn sie sich zusammendrängten; sie war also weit eher ein Riß, als eine Spalte zu nennen. Neben ihr, oder vielmehr ungefähr zehn, zwölf Schritte von derselben, sickerte das Wasser aus der Erde und bildete einen kleinen Tümpel, dessen Inhalt selbst für Menschen sehr gut genießbar war.

Der Scheik mochte bemerken, daß die Spalte uns nicht so einladend erschien, wie er es wünschen mochte; darum sagte er:

»Es ist hier wirklich das Haus des Besuches, von welchem ich gesprochen habe. Die Spalte wird, sobald man hineingetreten ist, so breit, daß sie eine Murabba[1] bildet, in welcher mehr als zehn Menschen Platz finden können. Folgt mir nach!«

»Erlaube uns, zunächst für unsere Tiere zu sorgen!« bat ich.

»Meinst du, wir kennen die Pflichten der Gastfreundschaft so wenig, daß wir euch selbst die Arbeit machen lassen? Meine Leute werden eure Kamele tränken und eure Schläuche füllen.«

Jetzt war eine Weigerung, wenn wir ihn nicht beleidigen wollten, unmöglich. Und da er uns voranschritt, so gab es auch gar keinen Grund, seiner Aufforderung nicht Folge zu leisten. Wenn die Höhle eine Gefahr für uns barg, so befand er sich doch bei uns, und wir konnten ihn zwingen, teil an derselben zu nehmen.

»Da hinein?« fragte Winnetou, als er ihn in der schmalen Oeffnung verschwinden sah. »Wird mein Bruder ihm folgen?«

»Ja, er ist ja bei uns!«

»Wenn er uns aber betrügt!«

»Wir nehmen alle Waffen mit.«

Wir hatten die wenigen Worte englisch gesprochen. Emery sagte, als er sie hörte:

»Warum so zagen! Was soll der Scheik und was seine Leute von uns denken! Sie müssen uns für Feiglinge halten. Hinein also und ihm nach!«

Er folgte dem Scheik und wir ihm, nachdem wir unsere Waffen an uns genommen hatten. Solange ich meinen Hen-

[1] Zimmer, Stube.

rystutzen besaß, brauchte ich mich vor keiner offenen Feindseligkeit zu fürchten. Vor einem arglistigen Angriffe aber konnte auch er mich freilich nicht bewahren.

Rechts neben der Spalte lag ein Stein, oder vielmehr er stand, und zwar eigentümlicherweise auf seiner Spitze. Er war ein Felsentrümmer von der ungefähren Gestalt der Hälfte einer von oben nach unten durchschnittenen ungeheuern Flasche. Diese halbe Steinflasche mochte wohl an die zwölf Zentner schwer sein und stand nicht mit ihrem Boden, sondern mit ihrem Halse auf der Erde. Dies konnte der reine Zufall sein und war mir nicht auffällig genug, irgend welches Bedenken in mir zu erregen.

Als wir den Eingang hinter uns hatten, sahen wir allerdings, daß das Innere des Spaltes geräumiger war, als man von draußen vermuten konnte. Zehn Mann hatten gut Platz. Der Raum bildete ein längliches Viereck, dessen Boden mit Bastmatten belegt war. In der Mitte lag ein besserer Teppich, auf welchem eine Sufra stand, ein kleines, höchstens zehn Zoll hohes Tischchen, wie man es häufig in Beduinenzelten findet. Gerade aufrichten konnte man sich allerdings nur in der Mitte des Raumes, weil er sich schnell nach oben verengerte. Und kühl war es hier, wunderbar kühl! Eine wahre Erquickung nach dem Sonnenbrande, dem wir draußen ausgesetzt gewesen waren.

Der Scheik setzte sich vor dem Tischchen nieder und winkte uns, seinem Beispiele zu folgen. Warum sollten wir das nicht thun, da wir uns nun einmal mit ihm hier befanden?

Kaum hatten wir uns bei ihm niedergelassen, so brachte uns ein junger Hirte drei kleine mit Wasser gefüllte Kalebassen, welche wir austranken; ein zweiter kam mit vier Tschibuks, einem Tabaksbeutel und einem kleinen Holzkohlenbecken. Der Scheik stopfte die Pfeifen selbst, gewiß eine außerordentlich seltene Ehrenerweisung, legte eigenhändig glühende Kohlen auf den Tabak, reichte jedem von uns eine Pfeife und meinte:

»Raucht mit mir! Der Tabak giebt Wolken des Duftes, welche die Seele zum Himmel heben. Bald werden auch die Speisen kommen.«

Wir folgten seinem Beispiele und seiner Aufforderung und rauchten ein Kraut, welches den Verhältnissen angemessen gar nicht übel war; das thaten wir wortlos, da unser Wirt nicht sprach. Vielleicht hielt er das Schweigen für seiner Würde angemessen, vielleicht auch für einen Erweis seiner Höflichkeit und Ehrerbietung gegen uns.

Wir hatten die Tschibuks noch nicht ausgeraucht, so kam einer der Hirten wieder und brachte eine Schüssel mit kaltem Kuskussu, welche er auf das Tischchen stellte.

»Wie steht es mit dem Fleische, Selim?« fragte ihn der Scheik.

»Ich werde es gleich bringen,« antwortete der Gefragte, indem er sich entfernte.

»So bring doch auch gleich – – –«

Er unterbrach sich, denn Selim war schon hinaus.

»Selim, Selim, hörst du!« rief er ihm nach.

Es erfolgte keine Antwort: da sprang er auf und eilte an den Spalt, um Selim den beabsichtigten Befehl nachzurufen. Wir hatten kein Arg und hinderten ihn also nicht, sich auf so wenige Schritte zu entfernen.

»Selim, Selim!« wiederholte er, indem er ganz hinaustrat.

»Herein muß er, herein!« meinte Winnetou, obgleich er nicht arabisch verstand.

Er sprang auf, um den Scheik zu fassen und hereinzuziehen, konnte seine Absicht aber nicht ausführen, denn noch ehe er die Oeffnung ganz erreicht hatte, geschah draußen ein dumpfer Fall und die Spalte schloß sich. Man hatte den vorhin beschriebenen, so eigenartig geformten Stein umgeworfen, und er stand nun gerade vor der Spalte, so hart vor derselben, daß man kaum einen Finger zwischen ihn und den Felsen stecken konnte.

»*Heigh-ho!*« rief Emery, indem er aufsprang.

»Winnetou hat es geahnt,« meinte der Apatsche, indem er zurückkehrte und sich so ruhig wieder niedersetzte, als ob nichts geschehen sei.

Ich sagte gar nichts. Draußen aber ließ sich ein Jubelgeschrei von vielen Stimmen hören. Es mußten jetzt viel mehr Menschen da sein, als wir vorhin gesehen hatten.

»Ich glaube gar, wir sind gefangen!« zürnte der Engländer.

Ich sagte auch jetzt noch nichts.

»So antworte doch!« forderte er mich auf. »Ich glaube, wir sind gefangen!«

»Ist uns ganz recht! Warum haben wir nicht auf Winnetou gehört!«

»*Well!* Aber es gab keinen Grund zum Mißtrauen. Der Herr der Heerscharen hat selbst versichert, daß wir von den Meidscheri nichts zu fürchten haben!«

»Sind es Meidscheri?«

»Sie sagten es doch!«

»Der Scheik hat uns belogen. Wenn er wirklich zu diesem Stamme gehörte, würde er uns nicht in diese Falle gelockt haben!«

»Richtig! Aber zu welchem Stamme soll er dann gehören?«

»Höchst wahrscheinlich zu den Uled Ayun.«

»Das wäre für uns fatal! Aber dennoch kann ich nicht begreifen, warum er uns gefangen nimmt. Er kennt uns nicht; er hat uns nicht einmal nach unsern Namen gefragt.«

»Er kennt uns! Die beiden Meltons sind ja hier gewesen, oder sie befinden sich möglicherweise sogar jetzt noch hier.«

»*All devils!*«

»Sie sind, wenn ich mich nun nicht abermals irre, hier auf die Uled Ayuns getroffen und haben ihnen erzählt, was drüben im Warr und bei dem Engpasse geschehen ist. Sie haben ihnen gesagt, daß der Scheik der Ayuns mit seinen Begleitern gefangen worden ist und einen so hohen Blutpreis zahlen soll; sie sind überzeugt, daß wir sie verfolgen werden, und haben dies den Ayuns mitgeteilt. Sie haben den Leuten mitgeteilt, daß wir an allem schuld sind, haben ihnen unsere Namen gesagt und unsere Personen beschrieben. Darauf haben die Ayuns uns erwartet, sich hinterlistigerweise für Meidscheri ausgegeben und uns hier in das Loch gelockt.«

»Der Teufel danke es ihnen! Also darum stand der Stein so sonderbar da draußen! Er lag auf seiner Spitze. Man brauchte ihm nur einen Stoß zu geben, so fiel er um und stellte sich gerade vor die Spalte. Sollte er nur für uns hingestellt worden sein?«

»Nein, denn da wäre er erst seit heute früh hierhergewälzt worden, und wir hätten die Spuren davon gesehen; das wäre mir sofort aufgefallen, und ich hätte mich dann gehütet, hereinzugehen. Der Stein gehört jedenfalls schon seit langer Zeit zu der Falle, in welcher wohl schon mancher andre Mann gesteckt haben mag.«

»Aber dann die außerordentliche Schlechtigkeit des Scheikes! Hat er nicht mit uns Wasser getrunken, mit uns geraucht? Wir sind also unbedingt seine Gäste, für welche er wie für sich selbst einzustehen hat! Wie willst du eine so grund- und bodenlose Schlechtigkeit erklären?«

»Damit, daß er erfahren hat, daß wir keine Moslemim sind. Er ist der Ansicht, daß man ›Ungläubige‹ betrügen darf, ohne sich ein Gewissen darüber machen zu müssen.«

»Ah, ist das so! Aber wir haben Farad el Aswad, den Scheik der Uled Ayun gefangen, der den Blutpreis zahlen soll, und der Welad en Nari nennt sich auch einen Scheik derselben, wenn du nämlich nicht falsch vermutest. Wie willst du dir das erklären?«

»Dadurch, daß er der Scheik einer Ferkah[1] der Ayun ist. Er wird uns einen falschen Namen genannt haben.«

»Was hältst du von unserer Lage? Ist sie gefährlich?«

»Das kommt darauf an, ob sich die beiden Meltons noch hier befinden. Sind sie noch da, so dringen sie jedenfalls auf unsern Tod und werden uns so außerordentlich streng bewachen, daß das Entkommen gewiß ein großes Kunststück genannt werden müßte.«

»Was hältst du für wahrscheinlicher, ob sie noch hier oder ob sie fort sind?«

»Das letztere, weil sie keine Zeit übrig haben. Hier droht

[1] Unterabteilung.

ihnen von allen Seiten die Gefahr, während ihnen drüben in den Vereinigten Staaten, wenn sie sich beeilen, ein großes Vermögen fast sicher ist.«

»*Well!* Ich bin auch der Meinung. Aber wie kommen wir hinaus? Und dann, wenn wir draußen sind, wie kommen wir fort?«

»Durch List oder mit Gewalt. Warten wir erst, was die Menschen thun werden, welche uns hier eingesperrt haben!«

»Das brauchen wir nicht. Deine beiden Gewehre halten uns alle Feinde fern. Sie müssen weit fort, um von den Kugeln deines Bärentöters nicht erreicht zu werden, und dann haben wir ihre Schießbüchsen nicht zu fürchten.«

»Aber dennoch sind viele Hunde des Hasen Tod. Und selbst wenn ich dir auch unbedingt beistimmen wollte, wie kommen wir hinaus?«

»Da, wo wir hereingekommen sind! Der Stein ist zehn, höchstens zwölf Zentner schwer. Drei Männer, wie wir sind, werden ihn doch wegbringen können! Für den Mann vier Zentner!«

»Ja, wenn wir Platz genug hätten, unsere Kräfte zu entfalten!«

»Versuchen wir es wenigstens!«

Winnetou hatte uns zugehört, ohne ein Wort dazu zu sagen, jetzt meinte er:

»Der Stein ist nicht fortzuschieben. Meine Brüder brauchen den Versuch gar nicht zu machen.«

»Probieren wir es dennoch!« bestand Emery auf seinem Willen. »Wir dürfen nichts, gar nichts unterlassen.«

Ich zweifelte nicht im geringsten daran, daß wir drei zusammen im stande wären, einen Stein von zwölf Zentnern Schwere von der Stelle zu bewegen, hier aber war ich ebenso überzeugt, daß wir es nicht vermochten. Winnetou folgte gutmütig der Aufforderung des Englishman. Er legte sich mit ihm in die Spalte, Rücken gegen Rücken, denn wegen der Enge derselben hatten sie nicht anders Platz; sie stemmten ihre Schultern gegen den Stein. Ich beugte mich über sie nach vorn und half. Wir vereinigten alle unsere Kräfte zu mehreren gewaltigen Stößen, doch vergeblich, denn die Kraft traf nicht nur den Stein, sondern auch die beiden Seiten der Felsenspalte; es ging also soviel von ihr verloren, daß es uns nicht gelang, dem Steine auch nur den kleinsten Ruck zu geben.

»Lassen wir ab!« keuchte Emery. »Wir bringen ihn wirklich nicht von der Stelle.«

Und als jetzt draußen sich ein mehrstimmiges Hohngelächter hören ließ, fuhr er grimmig fort:

»Hört ihr's! Sie horchen draußen! Sie haben unsere Anstrengung bemerkt und lachen uns aus! Hätte ich die Lacher hier; das Lachen sollte ihnen augenblicklich vergehen! Mit Gewalt ist allerdings nichts auszurichten; das sehe ich ein. Also müssen wir zur List unsere Zuflucht nehmen. Aber wie?!«

»Habe es doch nicht so eilig!« bat ich ihn. »Sinnen und Ueberlegen bringt gute Gedanken.«

»Oft auch nicht. Wie wollen wir die Kerls überlisten, wenn wir hier stecken und sie draußen sind!«

»Mein Bruder mag, wie Scharlieh ihm schon gesagt hat, warten,« meinte der Apatsche in nachdrücklicher Weise. »Winnetou ahnt einen Ausweg und wird versuchen, ob derselbe möglich ist.«

»Welchen Ausweg?«

»Merkt mein Bruder Emery nicht, wie feucht es in dem Spalte ist?«

»Das merke ich freilich.«

»Sind aber etwa die Wände naß?«

»Nein; sie sind trocken. Nur der Boden ist feucht.«

Indem der Engländer dies sagte, hob er eine der Matten auf und befühlte die unter ihr befindliche Stelle.

»Mein Bruder hat den Quell gesehen, der sich draußen befindet?« fuhr der Apatsche fort. »Von ihm muß die Feuchtigkeit kommen. Das Wasser wandert aber nicht in solcher Menge durch den harten Felsen, sondern nur durch Sand. Der Boden der Felsenspalte muß also aus Sand bestehen. Die Spalte geht hoch empor, wie wir sehen; aber sie scheint auch tief in die Erde zu steigen und ist bis zu der Höhe, in welcher wir uns befinden, mit Sand ausgefüllt.«

»So liegt wahrscheinlich der Stein da draußen auch auf Sand und nicht auf Felsen!« rief da Emery.

»Winnetou vermutet es. Wir werden also graben, bis der Stein sich so weit gesenkt hat, daß wir über ihn hinaus und hinweg können.«

»Wenn wir sein ganzes Fundament unterwühlen wollen,« fiel ich ein, »so stürzt er, während wir unter ihm graben, auf uns und erdrückt uns. Nein, wenn sich die Voraussetzung meines roten Bruders als richtig erweist, so müssen wir ihn stehen lassen, werden uns aber unter ihm hinweg- und hinausgraben. Machen wir zunächst eine Probe!«

Wir schafften die Matten und den Teppich nach dem hintern Teile der Spalte und begannen zu graben. Dazu konnten wir nur die Hände und die Messer nehmen, da wir keine andern Werkzeuge hatten. Natürlich begannen wir die Arbeit vorn am Eingange, gleich hinter dem Steine. Zu unserer Freude fanden wir grobkörnigen Sand, der mit Steingeröll untermischt war. Wir warfen ihn nach dem Hintergrunde der Spalte.

Selbstverständlich mußten wir dabei sehr vorsichtig verfahren, damit kein verräterisches Geräusch nach außen dringen könnte. Darum förderten wir die Arbeit nicht gut, was uns aber keinesweges mißmutig machte, denn wir hatten Zeit. Es war jetzt eine Stunde nach Mittag, und die Mine, welche wir gruben, durfte erst dann das Freie erreichen, wenn es dunkel geworden war.

Licht zur Arbeit hatten wir genug, denn der Stein verschloß nur den untern Teil der Spalte, und ließ den obern offen; letzterer aber war eben leider so eng, daß sich höchstens ein Kind mit großer Mühe hätte durchzwingen können.

Je tiefer wir kamen, desto wahrscheinlicher wurde es, daß die Wände unserer Mine einstürzen würden; der Sand rollte nach. Zum Glück hatten wir den Teppich und die Matten, welche wir vorstopften; die Gewehre mußten als Stützen dienen.

Wir mochten über eine Elle tief gekommen sein, da hörten wir draußen eine Stimme rufen:

»Kara Ben Nemsi mag herbeikommen. Ich habe mit ihm zu sprechen!«

Es war die Stimme des Scheikes.

»Wirst du seinem Rufe folgen?« fragte Emery.

»Ja.«

»Ich würde es nicht thun, weil der Halunke nicht wert ist, daß er einen Hauch von uns hört.«

»Das mag sein; aber das, was ich gern von ihm erfahren werde, kann von großem Werte für uns sein.«

»Kara Ben Nemsi!« rief der Scheik wieder.

Er kannte also unsere Namen.

»Hier bin ich,« antwortete ich. »Der Stein ist umgefallen. Warum zögert ihr, ihn fortzuschaffen! Ihr wißt doch, daß wir rasch weiter müssen!«

Ich that, als ob ich nur an einen kleinen Zufall glaubte. Er lachte laut auf und sagte:

»Er ist nicht umgefallen, sondern wir haben ihn umgestürzt.«

»Umgestürzt? Warum habt ihr das gethan?«

»Warum? Das errätst du nicht? Der Kolarasi warnte mich noch vor seinem Wegreiten ganz besonders vor dir. Er sagte, man habe sich vor dir mehr als vor dem Teufel in acht zu nehmen, denn deine List sei noch größer, als deine Gewaltthätigkeit. Und nun errätst du nicht einmal, warum wir den Stein umgeworfen haben!«

»Wie soll ich das erraten? Sage es!«

Ich sagte so, um ihm eine geringe Meinung von unserm Scharfsinn beizubringen. Je weniger er uns zutraute, desto weniger möglich hielt er unsere Selbstbefreiung und desto weniger Sorgsamkeit wurde also sehr wahrscheinlich auf unsere Bewachung verwendet.

»Weißt du eigentlich, wo du dich befindest?«

»Natürlich in einem Hirtenlager der Meidscheri.«

»Die Meidscheri mag Allah verdammen! Wir gehören zu den Uled Ayun.«

»Allah w' Allah! So hast du uns wohl betrogen?«

»Ueberlistet haben wir euch! Ist es wahr, daß du ein Giaur bist?«

»Ich bin ein Christ.«

»Und deine Begleiter sind auch keine Anhänger des Propheten?«

»Nein.«

»Seid verflucht, ihr Hundesöhne! Ihr werdet in der Hölle auf brennenden Pferden reiten. Der Kolarasi sagte uns, daß ihr unsern obersten Scheik und seine Begleiter ergriffen habt. Der Herr der Heerscharen hat zwei Boten an die Uled Ayuns gesandt, um ein Blutgeld zu fordern, dessen Höhe nur dem Gehirne eines Wahnsinnigen entspringen kann, und dieser verrückte Hund bist du! Ist das wahr?«

»Ja,« antwortete ich naiver Weise. »Der Kolarasi hat die Wahrheit gesagt. Rufe ihn her! Ich möchte mit ihm reden.«

»Er ist fort.«

»So rufe seinen Begleiter!«

»Auch der ist fort. Beide haben sich nur so lange hier aufgehalten, als notwendig war, uns über das Geschehene und über euch zu unterrichten. Die beiden Boten des Herrn der Heerscharen sind leider nicht zu uns gekommen, sondern zu einer andern Ferkah unsers Stammes geritten. Ich habe dorthin geschickt, um sie holen zu lassen, und bin dann ausgeritten, um euch aufzulauern und in die Spalte zu locken. Jetzt seid ihr in unserer Gewalt und werdet nur dann freikommen, wenn ihr meine Bedingungen erfüllt.«

»Welche sind das?«

»Das sage ich dir jetzt noch nicht. Ihr werdet es erst dann erfahren, wenn meine Abgesandten mit den beiden Boten des Herrn der Heerscharen hier angekommen sind. Ich habe dem Kolarasi versprochen, euch alle drei zu töten; das sollte ich unbedingt thun, denn ihr seid ungläubige Hunde und habt nicht nur unsere Krieger ergriffen, sondern sogar unsern Scheik schlagen lassen; dennoch bin ich bereit, euch in allzu großer Nachsicht das Leben und sogar die Freiheit zu schenken, wenn ihr das thut, was ich von euch verlangen werde. Thut ihr es aber nicht, so möget ihr hier stecken bleiben, um Hungers zu sterben, und alle neunundneunzig Millionen Teufel werden sich in eure Seelen teilen!«

Ich hörte, daß er sich entfernte. Ob ein Wachtposten draußen stand, konnte ich nicht sagen. Ich lauschte angestrengt und hörte wohl die verschiedenen Töne und Geräusche des Lagers, konnte aber nicht das mindeste vernehmen oder bemerken, woraus ich hätte schließen können, daß sich draußen hart an der Spalte ein Mensch befand.

Ueber das, was wir jetzt vom Scheik gehört hatten, wurde kein Wort verloren. Wir arbeiteten weiter. Ein großer, mehrere Zentner schwerer Stein, welcher mit im Sande steckte, machte uns viel zu schaffen. Wir mußten ihn heben, und der feine Schutt, auf welchem wir dabei standen, bot keinen Halt dazu; er rutschte immer nach. Wir hatten wohl einige Stunden damit zu thun, bis wir auf den Gedanken kamen, ihn gar nicht zu heben, sondern auf die Seite zu schaffen, wo er uns zugleich den Vorteil eines Haltes für die lockern Sandmassen bot. Wir waren noch nicht damit fertig, als draußen mein Name wieder gerufen wurde. Ich fragte, wer da sei.

»Der Scheik,« wurde geantwortet. »Die Boten des Herrn der Heerscharen sind hier angekommen, und nun sollt ihr meine Bedingungen erfahren. Ich wiederhole dir: Wenn ihr sie nicht erfüllt, kann euch nichts vom Tode des Verhungerns und Verdurstens retten!«

»So teile sie mir mit!«

»Wir haben euch gefangen, um Geißeln zu haben. Was unserm gefangenen Scheik und seinen Kriegern bei den Ayars geschieht, das wird auch euch bei uns geschehen. Tötet man sie, so müßt auch ihr sterben.«

»Man wird sie nicht töten, wenn sie den Blutpreis zahlen.«

»Den bezahlen sie nicht! Wir werden euch gegen sie auswechseln.«

»Darauf gehen die Uled Ayars nicht ein.«

»Desto schlimmer für dich! Du hast sie den Ayars ausgeliefert. Sterben sie, so sterbet auch ihr. Du gehörst zu den fremden Giaurs, welche stets Papier bei sich haben. Hast du welches mit?«

»Ja.«

»Kannst du schreiben?«

»Ja.«

»So sollst du einen Brief an den Herrn der Heerscharen schreiben, aber wir haben weder Kalem[1] noch Hibr[2] hier.«

»Beides ist nicht notwendig, denn ich habe ein Kalem reßas[3] bei mir. Was soll ich ihm schreiben?«

»Daß ihr bei uns gefangen seid, und für das Leben unsers obersten Scheikes und seiner Begleiter haftet. Du verlangst, daß diese freigegeben werden.«

»Und was bietest du mir dafür?«

»Euer Leben.«

»Weiter nichts? Die Freiheit nicht?«

»Versprechen kann ich sie euch meinerseits; aber was unser Oberscheik thun wird, das ist eine andere Sache. Ihr habt ihn peitschen lassen. Das ist schlimmer als der Tod. Er wird eine schwere Sühne verlangen, wahrscheinlich euer Leben!«

»Und dennoch versprichst du uns das Leben!«

»Ich verspreche es und werde mein Wort halten, indem ich euch nicht töte. Ich verspreche euch auch die Freiheit, und ich sage die Wahrheit, denn ich werde euch aus der Spalte herauslassen. Dann hat der oberste Scheik über euch zu entscheiden.«

»Der hat gar nicht zu entscheiden und wird auch nichts entscheiden; denn um über uns entscheiden zu können, müßte er frei und hier sein, und dies könnte er nur dann, wenn auch wir frei wären. Der Herr der Heerscharen gibt keinen von euern Leuten frei, wenn nicht auch wir die volle Freiheit erlangen.«

Es dauerte eine Weile, ehe der Mann draußen weitersprach; dann sagte er:

[1] Feder.

[2] Tinte.

[3] Bleistift.

»Ist es wahr, daß du zwei Zaubergewehre bei dir hast, von denen das eine schießt, so oft du willst, tausend Kugeln und noch mehr, ohne daß du zu laden brauchst?«

»Ja.«

»Und das andere schießt soweit du willst, mehrere Tagereisen weit, und verfehlt niemals sein Ziel?«

»Ja. Auch die Kugeln aus dem ersteren treffen stets dahin, wohin ich will.«

»Auch habt ihr kleine Pistolen, welche, wenn sie geladen sind, gedreht werden und dann sechsmal hintereinander schießen?«

»Auch das ist wahr. Wer hat dir denn davon erzählt?«

»Die Boten des Herrn der Heerscharen, die ich vorhin nach ihrer Ankunft gleich nach euch ausgefragt habe. Du wirst mir die kleinen Pistolen herausgeben und deine beiden Zaubergewehre. Ueber dem Steine, welcher vor der Spalte liegt, ist Oeffnung genug. Lange die Gewehre dort heraus!«

»Das werde ich nicht. Wenn du die Waffen wünschest, so laß den Stein entfernen, und komm herein! Dann können wir den Handel weiterbesprechen.«

»Wenn du dich weigerst, werde ich dich zwingen!«

»Thue das! Indem du uns so verräterisch hier eingesperrt hast, hast du dir selbst die Macht und die Gelegenheit genommen, uns zwingen zu können.«

Wieder schwieg er eine ganze Weile, wenigstens gegen mich, denn ich hörte ein leises Geflüster. Er besprach sich mit seinen Leuten. Dann erklang seine Stimme abermals laut:

»Ich habe den Boten des Herrn der Heerscharen erlaubt, zu ihm zurückzukehren. Du willst den Brief schreiben?«

»Ja.«

»So werde ich ihn dir diktieren.«

»Ich habe nichts dagegen, doch muß ich mich vorher überzeugen, daß die Leute wirklich hier sind.«

»Ich gebe dir mein Wort, daß sie da sind!«

»Ich glaube nicht dir, sondern meinen Augen. Du hast uns bei unserer Ankunft die Unwahrheit gesagt, und wer mich einmal belogen hat, dem glaube ich niemals wieder.«

»Hund, du beleidigst mich!«

»Ich sage, was ich denke. Ist dir das nicht recht, so bedenke, daß auch du gethan hast, was uns nicht recht war!«

»Du hast aber zu schreiben, ohne daß du sie siehst. Ich verlange es!«

»Verlange es immerhin! Ich habe nichts dagegen!«

»Allah durchbohre dich! Du bist ein Hund, der nie gehorcht, sondern stets nur seinen eigenen Willen thut! Kannst du denn die Leute sehen, wenn sie hier stehen?«

»Ja. Da linker Hand von mir steht der Stein ein klein wenig vom Felsen ab; ich kann hindurchblicken und werde jeden sehen, der sich auf diese Seite stellt.«

»So holt die Schurken; er mag sie sehen!«

Nach diesem Befehle hörte ich Schritte, welche sich entfernten. Die beiden Boten wurden gebracht, und einer nach dem andern auf die angegebene Stelle gestellt. Ich sah sie; sie waren es wirklich.

»Hast du sie erkannt?« fragte der Scheik.

»Ja.«

»Du siehst also, daß ich die Wahrheit gesagt habe. Wenn du mich noch einmal einen Lügner nennst, werde ich dich dafür peitschen lassen, bis dir das Blut von allen Gliedern tropft!«

»Und dennoch bist du einer! Du hast gesagt, der Kolarasi sei mit seinem Begleiter gleich wieder fort, und doch sind sie noch hier.«

»Sie sind fort!«

»Möchte wissen, wohin! Ich weiß doch ganz genau, daß sie nur hierher wollten, um sich in den Schutz der Uled Ayun zu begeben.«

»Das ist nicht wahr. Sie wollten weiter. Was ich sage, ist richtig! Habe ich ihnen doch einen Führer mitgegeben, den besten Kenner der Gegend zwischen hier und dem Meere, der sie sicher nach Hammamet bringen wird. Willst du nun schreiben?«

»Ja.«

»So schafft die beiden Halunken wieder fort!«

Ich hatte meinen Zweck erreicht; ich wußte nun nicht nur, daß die beiden Meltons nicht mehr hier waren, sondern auch wohin sie sich gewendet hatten. Die Boten wurden fortgeführt, und dann diktierte mir der Scheik das Schreiben.

Es war eine eigenartige, beinahe lächerliche Lage. Draußen stand der Beduine, welcher nicht schreiben und wohl auch kaum lesen konnte, und ich mußte oder sollte vielleicht nachschreiben, was er mir vorsagte. Er stellte Bedingungen, welche gar nicht zu erfüllen waren. Seine Absicht ging darauf hinaus, von der Auszahlung des Blutpreises loszukommen und die Freiheit der vierzehn gefangenen Ayuns zu erhalten, ohne aber verbunden zu sein, uns das Leben zu schenken.

Ich schrieb, um ihn nicht belügen zu müssen, alles nach, auf die eine Seite des Blattes, welches ich aus dem Notizbuche gerissen hatte. Während der Pausen aber, in denen er sich besann, teilte ich auf der andern Seite dem Herrn der Heerscharen das Geschehene mit und bat ihn, sich gar nicht um uns zu bekümmern, da wir schon in der nächsten Nacht wieder frei und auf dem Wege nach Hammamet sein würden.

»Nun, bist du fertig?« fragte er dann.

»Ja.«

»So gieb den Brief heraus!«

Ich schob das Blatt durch die Lücke, durch die ich vorhin geblickt hatte. Es entstand eine Pause. Er sah es an, und sagte dann in einem Tone, dem man die Verwunderung anhörte:

»Was ist denn das? Das kann man ja gar nicht lesen!«

»Der Herr der Heerscharen kann es ganz gut lesen,« antwortete ich.

Ich hatte nämlich deutsch geschrieben und auch das Diktat in deutsche Sprache übersetzt. Er schien das Blatt andern zu zeigen, denn ich hörte wieder flüstern, und es dauerte längere Zeit, ehe er mich fragte:

»Was ist denn das? Das sind ja ganz fremde Schriftzüge!«

»Es ist die Schrift, welche in meiner Heimat gebräuchlich ist.«

»Aber kann denn der Herr der Heerscharen die fremde Schrift lesen?«

»Ja.«

»Gut! Wenn er es nicht lesen kann, ist es dein eigener Schaden. Seine Boten mögen es ihm bringen; sie mögen ihm auch sagen, wohin er seine Antwort zu senden hat, denn wir bleiben hier nicht halten, sondern ziehen morgen weiter. Bis ich seine Antwort habe, werdet ihr weder zu essen noch zu trinken bekommen, damit eure Sehnsucht nach ihm um so größer werde.«

Er entfernte sich mit denen, die bei ihm gestanden hatten, und nun schob ich mich wie ein Schornsteinfeger so hoch wie möglich in der Spalte in die Höhe, um einmal hinauszublicken.

Da, wo der vorliegende Stein oben zu Ende ging, war der Spalt kaum einen Fuß breit, doch bemerkte ich gerade dort einen kleinen Riß in dem Gestein. Ich fuhr mit dem Messer in denselben und brach das Stück heraus. Nun konnte ich den Kopf gerade soweit vorschieben, daß ich hinaus- und an dem Steine herunterblicken konnte.

Es stand kein Posten draußen. Man hielt den schweren Stein für einen mehr als hinreichenden Wächter, ein Umstand, über den wir uns nur freuen durften. Ich konnte die ganze Breite des Thales überblicken, und auch nach links hinauf- und nach rechts im Wadi hinabsehen. Es waren weit mehr Menschen da, als wo wir gekommen waren. Jedenfalls hatten sie sich bei unserer Ankunft versteckt gehalten, um uns so vertrauensselig wie möglich zu machen. Der Scheik stand links bei den Boten Krüger-Beis. Ich sah, daß er ihnen den Brief gab; dann stiegen sie auf ihre Tiere und ritten davon. Ob sich das, was ich geschrieben hatte, nämlich meine Hoffnung, noch in der folgenden Nacht frei zu sein, auch erfüllen würde?

Nie vergeht die Zeit schneller als dann, wenn man sie am nötigsten hat. Die Sonne hatte sich schon hinter dem hohen, westlichen Ufer des Wadi niedergesenkt, und bald hörten wir draußen das Gebet der Dämmerung erschallen. Dann kam das Abendgebet. Der Mond ging auf, doch drang sein Schein nicht in unser schönes »Haus des Besuches«. Ich kletterte wieder empor und sah hinaus. Kein Feuer brannte, denn der Mond leuchtete hell genug. Am Steine stand noch immer keine Wache. Man vertraute vollständig seinem schweren Gewichte. Wir arbeiteten und gruben im Dunkeln. Da wir nichts sehen konnten, mußten wir uns ganz allein auf den Tastsinn verlassen. Winnetou machte den Vormann. Er scharrte den Sand los, und warf ihn dem hinter ihm in der Grube stehenden Emery zu, welcher ihn wieder mir zuschob, der ich ihn hinauf auf den Fußboden der Spalte zu werfen hatte. Denn wir standen jetzt viel tiefer, als der letztere lag. Das Loch führte zwei Ellen gerade abwärts, und dann wenigstens drei Ellen wagerecht weiter. Winnetou befand sich jedenfalls schon unter dem Steine und hatte dann, um das Freie zu erreichen, wieder aufwärts zu graben. Es war gegen Mitternacht; in einer Stunde konnten wir fertig sein.

Da hörte ich vor mir ein dumpfes Geräusch.

»Emery!« rief ich.

»Ja. Was?« antwortete er.

»Was macht Winnetou?«

»Er ruht aus; es kommt kein Sand mehr von ihm zu mir.«

»Um Gottes willen, greif nach ihm!«

Ein kurzer und doch banger Augenblick verging, dann schrie Emery förmlich auf:

»Er ist verschüttet!«

»Himmel! Ganz?«

»Nein; ich habe die Beine. Bleib stehen! Verdränge mich nicht! Es ist kein Platz dazu.«

Ich hatte ihn beiseite schieben wollen.

»Mach schnell, sonst erstickt er!« drängte ich in höchster Angst.

Indem ich meine Hände auf seinen Rücken legte, fühlte ich, daß er mit Aufbietung aller seiner Kräfte nach vorn arbeitete. »*Cheer up!*« rief er dann. »Jetzt hat er Luft! Er lebt! Winnetou, alter guter Junge, wie geht's?«

Da hörte ich zu meinem höchsten Entzücken die Stimme des Apatschen:

»Es war die höchste Zeit; ich stand schon am Ersticken. Die Decke fiel ein und drückte mich nieder; ich konnte nicht einmal rufen.«

Er pustete, nieste und entfernte den Sand, der ihm in Mund, Nase und Augen gedrungen war. Dann fügte er hinzu:

»Nun fangen wir wieder von vorne an! Meine Brüder mögen doppelt schnell arbeiten, denn wir würden nun kaum bis zum Anbruche des Tages fertig werden.«

»Ist gar soviel eingestürzt?« fragte ich.

»Ja.«

»So komm hinter! Du hast dich zu sehr angestrengt. Ich will nach vorn.«

»Nein,« sträubte sich Emery. »So wie wir stehen, so wechseln wir ab. Ich geh jetzt nach vorn. Winnetou muß nach hinten.«

Der Apatsche wollte nicht, mußte uns aber den Willen thun. Leider waren wir durch den Einbruch der Decke sehr weit zurückgekommen. Es galt, das, was wir vorher weggeräumt und befestigt hatten, nochmals wegzuräumen und zu befestigen. Winnetou hatte recht: Es war nun nicht mehr daran zu denken, noch während der Nacht fertig zu werden. Und nur wenn kein fernerer Unfall eintrat, konnten wir hoffen, mit Tagesanbruch die Oberfläche draußen zu erreichen. Daß dann das Entkommen weit schwerer und gefährlicher war, verstand sich ganz von selbst. Und falls wir nicht fertig wurden, zogen die Uled Ayun mit uns fort, sahen das Loch, welches wir gegraben hatten, und sorgten ganz gewiß dafür, daß uns ein Fluchtversuch nicht wieder so leicht gemacht wurde.

Wir arbeiteten, als ob das Leben davon abhinge, was eigentlich wohl auch der Fall war. Später löste ich Emery ab, sodaß nun ich den Vordersten machte. Winnetou befand sich in der Mitte. Wir dachten nicht an die Zeit, ob es noch früh oder schon spät sei; wir kratzten, scharrten und gruben ohne Unterlaß weiter und weiter. Ich bohrte mich schon seit einiger Zeit nach oben, indem ich vorn am Ende des wagerechten Ganges, den wir gegraben hatten, kniete. Da erhielt ich plötzlich einen schweren Schlag auf den Hinterkopf und einen ebensolchen auf die rechte Schulter. Eine schwere Last drückte mich von hinten nach vorn, mit der Brust in den festen Sand, sodaß ich fast nicht atmen konnte. Atmen? War denn überhaupt Luft da? Ich hatte das Gefühl, als ob ich mich in einem luftleeren Raume befände. Die eine Hand mühsam nach hinten drängend, fühlte ich dort nicht den offenen Gang, sondern etwas Hartes; der Gang war verschlossen, die Decke wieder eingestürzt, und zwar hinter mir. Ich konnte weder vor- noch rückwärts.

»Winnetou!« rief ich.

Es klang eigentümlich dumpf. Keine Antwort war zu hören.

»Emery?«

Derselbe resonanzlose Ton, und wieder keine Antwort! Von den beiden Gefährten war keine Hilfe zu erwarten. Ehe sie das Hindernis zu beseitigen vermochten, mußte ich erstickt sein. Nur nach oben konnte ich Rettung finden. Luft, Luft, Luft! Ich grub und kratzte; ich scharrte und bohrte mit beiden Händen. Ich achtete nicht darauf, daß der Sand, den ich loslöste, mir Mund, Augen, Nase und Ohren verstopfte. Weiter, immer weiter, gerade hinauf in entsetzlicher, fieberhafter, fast wahnwitziger Hast, und da, da – – ah, frische, freie Luft in die leere Lunge! Ich sog und sog sie ein; ich atmete mit Wonne, wischte mir den Sand aus den Augen und sah einen bleichen Himmel über mir, von welchem die letzten Sterne eben im Begriff standen, zu verschwinden. Ich hatte mich durch- und an die Oberfläche der Erde gearbeitet! Die Ellbogen hüben und drüben einstemmen und mich emporschwingen, war das Werk eines Augenblickes.

Jetzt sah ich, was mich in Gefahr gebracht hatte, in eine Gefahr, welche weit, weit größer war, als ich gewußt hatte. Wäre ich nur wenige Zoll weiter zurückgewesen, so wäre ich zerquetscht, vollständig zermalmt worden – nämlich der schwere Stein war eingesunken; der von uns durchbohrte Sand, auf welchem er stand, hatte ihn nicht mehr halten können und war zusammengebrochen. Wohl zwei Ellen tief steckte der Stein in dem Boden; er war nicht gerade, sondern schief in demselben eingesunken, und infolgedessen hatte er – ich hätte laut aufjubeln mögen! – – hatte er die Felsenspalte soweit freigegeben, daß ich hineinschlüpfen und zu meinen Gefährten konnte.

Meine Gefährten! Himmel! An diese hatte ich jetzt gar nicht gedacht, sondern nur an mich allein! Wie stand es mit ihnen? Lebten sie noch, oder lag einer von ihnen unter dem Steine? Ich eilte in die Spalte und lauschte einen Augenblick. Da hörte ich zu meiner großen Freude unter mir die dumpfklingende Frage des Englishman:

»Also kein Sand?«

»Nein, sondern Felsen,« antwortete der Apatsche ebenso dumpf.

»Es war aber doch vorher Sand da, durch den er sich gearbeitet hatte!«

»Ja. Es ist der Stein, der von oben herabgebrochen ist.«

»Himmel! So ist er zermalmt worden!«

»Zermalmt oder erstickt! Winnetou würde sein Leben geben, um seinen Bruder zu retten, aber kein Mensch kann durch diesen Stein! Die Sonne des Apatschen ist untergegangen im fernen Lande, und seine Sterne verlöschen in – –«

»Verlöschen in dem Lichte des Tages, welcher hier oben aufgehen will!« fuhr ich an seiner Stelle fort, indem ich mich niederbückte, um da unten gehört und verstanden zu werden.

»Scharlieh!« rief, nein, brüllte er förmlich.

»Winnetou!«

»Er lebt, er lebt, er ist da oben!«

»Ja, er lebt! Hinauf zu ihm!« stimmte Emery bei.

Im nächsten Augenblicke sah ich beim ersten Schimmer des Tages, welcher in die Spalte fiel, die beiden aus der Tiefe tauchen. Winnetou nahm mich von vorn, Emery von hinten; ich wurde hin und her gezogen und gedrückt, daß es mir fast noch banger wurde als vorhin, wo mir unter der Erde die Luft ausgehen wollte.

»Scharlieh, mein Bruder!« die drei Worte nur sagte der Apatsche; aber der Ton, in welchem er sie aussprach, galt mir mehr als die allerlängste Rede. Emery machte mehr Worte, meinte es aber nicht weniger herzlich.

»Wo kommst du aber her?« fragte er endlich, nachdem er sich beruhigt hatte. »Wir hielten dich für verloren, erstickt da unten im Sande, und nun bist du hier oben!«

»Ich habe mich hindurchgearbeitet. Steigt heraus, und seht, wie es gekommen ist!«

Sie bemerkten erst jetzt, daß das Licht des Tages durch die Spalte drang, und folgten mir hinaus.

»Die Höhle ist offen!« meinte Emery, indem er jetzt viel leiser sprach als vorher, denn nun wir uns nicht mehr in der Spalte und unter der Erde befanden, galt es, vorsichtiger zu sein. »Ach, gerade das, was dich scheinbar in Gefahr brachte, hat uns freigemacht. Wir sind gerettet!«

»Gerettet!« nickte der Apatsche, der mich noch immer bei der Hand hielt. »Meine Brüder mögen mit mir kommen und ihre Gewehre holen!«

Dies thaten wir, und dann erst nahmen wir uns die Zeit, das Wadi zu überblicken. Was waren die Uled Ayun doch für Menschen! Sie hatten drei so gefährliche Gefangene, wie wir waren, und dennoch schliefen sie alle; kein einziger Posten oder Wächter war zu sehen.

Links sahen wir die Reitkamele, und in dem Lanzenpferche lagen die Pferde, die ich am Tage so bewundert hatte. Die Menschen lagen einzeln oder in kleinen Gruppen zwischen den Schafen und andern Weidetieren, welche entweder auch schliefen, oder dumm in den beginnenden Tag hineinstierten.

»Pferde oder Kamele?« fragte mich Winnetou.

»Pferde,« antwortete ich. »Kommt hinter mir her!«

Ich legte mich auf den Boden nieder und kroch auf die Pferde zu; die beiden andern folgten mir. In der Nähe des Pferches angekommen, hielt ich an und flüsterte ihnen zu:

»Wartet hier, bis ich euch winke. Wir drei zugleich würden die Tiere unruhig machen; wir dürfen sie nicht schnauben lassen.«

Ich sah mich noch einmal vorsichtig um. Kein Schläfer hatte sich erhoben; niemand war aufgewacht. Rechts von mir, dreißig Schritte entfernt, stand ein Zelt, in dem der tiefste Schlaf wohnte. Geradeaus lag ein zweites in noch größerer Entfernung, dann weiterhin ein drittes.

Weiterkriechen durfte ich nicht, um die Pferde nicht aufzuregen; ich mußte es vielmehr wagen, mich zu erheben und aufrecht zu ihnen zu treten; das that ich denn auch, indem ich mich ihnen langsam und wie ein Bekannter näherte.

Nun kam die Hauptsache. Jedes edle arabische Pferd hat ein sogenanntes Geheimnis, und jeder Besitzer eines solchen Tieres pflegt es durch eine sich täglich wiederholende Eigentümlichkeit an sich zu gewöhnen. Meist besteht sie darin, daß man dem Tiere einen Teil irgend einer Sure in die Ohren flüstert. Und da man selten eine Sure betet, ohne vorher die Fathha zu beten, so trat ich zwischen die beiden mir nächsten Pferde, liebkoste sie durch Streichen der Mähne und begann, halblaut die Fathha herzusagen. Die Pferde, und nicht nur die beiden allein, spitzten die Ohren und ließen kein Zeichen der Unruhe hören oder sehen.

Ich suchte die drei besten aus und sattelte sie, eins nach dem andern, was weit über eine halbe Stunde in Anspruch nahm. Nun galt es, sich mit Wasser und irgendwelchem Proviante zu versehen. Ich sah mich um. In dem Augenblicke trat ein Beduine aus dem dritterwähnten Zelte, blickte gegen Osten, breitete seine Arme aus und rief mit lauter Stimme:

»Allah ill Allah! Auf, ihr Gläubigen, zum Gebete des Morgens, denn El Isfirar, der gelbe Schimmer des Tages, ist erschienen!«

Im Nu wurde es im Lager lebendig. Die Schläfer erhoben sich. Da durfte keine Minute, keine Sekunde, kein Augenblick verloren werden. Ich zerschnitt einige Palmenfaserstricke des Pferches, um einen Ausgang zu verschaffen, und schwang mich in einen Sattel; im nächsten Momente saßen Winnetou und Emery auf den beiden andern Pferden. Wir jagten, ohne einen Laut, einen Ruf hören zu lassen, davon, das Wadi empor.

Alle Beduinen, die sich erst jetzt den Schlaf aus den Augen gerieben hatten, standen starr vor Schreck. Selbst denen, an welchen wir vorüber mußten, fiel es nicht ein, sich uns entgegenzustellen. Dann aber brach ein wahrer Höllenskandal hinter uns los. Wir hörten alle Ausrufe des Schreckes und des Entsetzens, welche die arabische Sprache besitzt, aber gar nicht lange Zeit, denn unsere edlen Rosse fegten mit der Geschwindigkeit von Pfeilen mit uns dahin, sodaß der Lärm nach einer Minute schon für uns verklungen war. Sobald das steile Ostufer des Wadi uns eine dazu geeignete Stelle bot, ritten wir hinauf und trieben unsere Pferde zu noch größerer Eile an, um, wenn die Verfolger die Stelle erreichten, schon so fern zu sein, daß sie uns nicht erkennen konnten.

Wer noch nie auf einem solchen Pferde saß, und das wird wohl bei den meisten Menschen der Fall sein, der hat keine Ahnung von der Schnelligkeit eines echten und in der freien Wüste oder Steppe aufgewachsenen arabischen Rosses. Man sage, was man wolle, ich behaupte doch immer und immer wieder, es kommt ihm keines unserer berühmtesten Rennpferde gleich. Wir ritten nebeneinander und saßen dabei so ruhig und gleich im Sattel, daß wir eine Uebung im Schönschreiben hätten vornehmen können, ohne einen einzigen falschen Strich zu thun. Das Gesicht des Apatschen glänzte vor Entzücken.

»Scharlieh,« rief er mir zu, »denkst du an deinen Hatatitla[1]?«

»Und du an deinen Iltschi[2]?« nickte ich.

Das waren die beiden Indianerhengste, welche wir drüben in der Savanne geritten hatten, die zwei vortrefflichsten Pferde, die mir drüben vor die Augen und unter die Hände gekommen waren, und dennoch jauchzte er:

»Hundert solche Hatatitla und hundert solche Iltschi für ein einziges von den Pferden, die wir jetzt reiten. Selbst der große Manitou reitet in den ewigen Jagdgründen kein besseres!«

[1] Blitz.

[2] Wind.

Die berühmten Ruinen von El Khima flogen rechts an uns vorüber. Als unser Flug eine Stunde gewährt hatte, ritten wir langsamer, und doch war keine Spur von Schaum an den Mäulern und kein Tropfen Schweiß an den schönen Gliedern unserer Pferde zu sehen. Wir mußten ihre Kräfte schonen.

Nach einer halben Stunde sah Winnetou sich wieder um und rief:

»Zwei Reiter hinter uns. Das sind Verfolger!«

Ich hielt an und sah zurück. Die Reiter waren weit zurück; der eine hatte einen bedeutenden Vorsprung vor dem andern; beide aber ritten mit ungeheurer Schnelligkeit; ja, es waren Verfolger!

»Wieder Galopp!« sagte ich. »Wir müssen soviel Zeit gewinnen, daß die beiden noch weiter auseinanderkommen.«

Nun fegten wir wieder wie vorher dahin. Ich erkannte bald, daß ich wirklich die drei besten Pferde ausgewählt hatte, die Verfolger kamen uns nur sehr langsam näher, obgleich sie gewiß alle Kräfte ihrer Pferde anstrengten, was wir nicht thaten. Der eine, welcher zurückgeblieben war, zeigte wohl kaum eine größere Schnelligkeit, als wir; von dem andern aber war zu berechnen, daß er uns in einer halben Stunde eingeholt haben würde. Jetzt tauchte am äußersten Horizonte hinter uns noch ein dritter auf. Sie waren uns nicht gefährlich. Wir waren unser drei, und gern hätte es ein einzelner von uns mit zehn und noch mehr von den zerteilt reitenden Leuten aufgenommen.

Die halbe Stunde verging; das Terrain blieb dasselbe, eine sandige, zuweilen dünngrasige Ebene. Wir hielten es nicht für der Mühe wert, uns viel umzublicken. Die Kerls hätten sonst gar gedacht, daß wir uns vor ihnen fürchteten. Da aber hörten wir eine schreiende Stimme hinter uns, und nun war es Zeit, uns um den, welcher sich uns näherte, zu bekümmern. Wir hielten an.

Es war der Scheik, der uns eingesperrt hatte. Hoch in den Bügeln stehend, kam er auf uns zugejagt, schwang drohend die lange Steinschloßflinte und schrie:

»Ia lußuß, ia haramija, afrasi, afrasi - ihr Räuber, ihr Diebe, meine Stuten, meine Stuten!«

Er war uns so nahe gekommen, daß es meines weittragenden Bärentöters gar nicht bedurfte; ich konnte ihn recht gut schon mit dem Stutzen erreichen und legte diesen auf ihn an. So groß sein Grimm war, als er den Lauf auf sich gerichtet sah, zügelte er sein Pferd, lenkte es zur Seite, schlug, immer langsamer werdend, einen Viertelkreis um uns, hielt dann an und schrie uns zu:

»Ihr habt meine besten Pferde gestohlen, meine Stuten, die mir höher als mein Leben stehen! Gebt sie her!«

»Komm her, und hole sie dir!« forderte ich ihn auf. »Blicke in den Lauf meines Zaubergewehres, welches, wie du selbst gesagt hast, mehr als tausend Kugeln schießt; dann werden wir erfahren, ob deine Stuten dir lieber sind, als dein Leben!«

Er folgte der Aufforderung doch nicht, sondern fuhr mich an:

»Warum habt ihr sie geraubt! Stehlen eure vornehmen Siziad[1] sich von andern Leuten Pferde?«

»Nein. Bei uns giebt es aber auch keinen Scheik, welcher Gastfreunde gefangen nimmt und ihnen ihre Kamele stiehlt.«

»Ihr sollt die eurigen haben. Kommt mit mir zurück; ich werde sie euch geben!«

»Du bist ein Lügner; wir glauben dir nicht.«

»Jil'an daknak - verflucht sei dein Bart! Willst du mir die Pferde zurückgeben oder nicht?«

»Nein.«

»So ist deine letzte Stunde gekommen!« drohte er, indem er das Gewehr erhob.

Sofort saß ich wieder im Anschlage und antwortete:

»Sobald dein Kolben deine Wange berührt, sitzt meine Kugel in deinem Kopfe! Nieder mit der Flinte!«

Er gehorchte augenblicklich, rief mir aber, vor Wut bebend, zu:

[1] Herren.

»Du siehst aber doch ein, daß du die Pferde unmöglich behalten kannst!«

»Ich sehe im Gegenteile ein, daß ich sie sehr gut gebrauchen kann. Sie dienen uns dazu, die Zeitversäumnis einzuholen, welche wir durch dich erlitten haben. Du hast gewußt, daß wir den Kolarasi verfolgten. Daß du geglaubt hast, uns gefangen halten zu können, verzeihen wir dir gern, denn der Falke achtet nicht der Fliege, welche ihm die Schwingen abbeißen will. Ihr seid die größten Tenabil[1], die mir jemals vorgekommen sind, und Hunderten von euch gelingt es nicht, es mit einem einzigen tapfern Giaur aufzunehmen. Aber wir haben durch deinen Verrat zwanzig wertvolle Stunden verloren und brauchen also die drei Stuten, um die Versäumnis wieder einzubringen. Schon als du mir den Brief diktiertest, wußten wir, daß wir jetzt frei sein würden; ich habe es dem Herrn der Heerscharen geschrieben.«

»Das hast du ihm geschrieben! Nicht meine Forderungen?«

»Diese auch, aber nur, damit er über dieselben lachen soll.«

»So werden seine Boten nicht wiederkommen?«

»Nein; aber er selbst wird mit allen seinen Reitern kommen, um den Blutpreis einzutreiben und dich für die Missethat zu strafen, welche du an uns verübt hast.«

»Allah w'Allah! Und ich habe deinen Bericht selbst fortgeschickt zu ihm!«

»Ja, das hast du. Du siehst also, mit welch großer Weisheit du von Allah begabt worden bist. Und nun mag es genug der Worte sein. Wir haben nicht Zeit, länger hier bei dir zu halten. Allah jekuhn ma'ak - Allah sei mit dir!«

Ich that, als ob ich weiter wolle; da rief er aus:

»Halt! Nicht von der Stelle! Gieb meine Pferde heraus! Du siehst, daß ich nicht mehr allein hier bin!«

Sein zurückgebliebener Gefährte war nämlich auch herangekommen, hatte sich aber nicht an uns gewagt, sondern

[1] Dummköpfe.

es vorgezogen, zu ihm hinzureiten und an seiner Seite halten zu bleiben. Auch der dritte, den wir am Horizonte gesehen hatten, näherte sich im Trabe, und hinter ihm tauchten noch einige andere auf.

»Sprich doch nicht so lächerlich!« antwortete ich. »Ich will gnädig mit dir sein, und dir zu deiner Beruhigung folgendes sagen: Die drei Kamele, welche du mit uns gefangen genommen hast, gehören dem Herrn der Heerscharen; du hast sie also nicht uns, sondern ihm genommen. Dafür werden wir ihm die drei Stuten bringen. Sprich dann mit ihm! Vielleicht ist er bereit, seine Kamele dafür wieder einzutauschen.«

»So sieh zu, ob du das ausführen kannst!«

Er legte sein Gewehr blitzschnell an und drückte auf mich ab; ich konnte ihm nicht mit einer Kugel zuvorkommen, riß mein Pferd empor und trieb es, eben als der Schuß krachte, in einer weiten Lançade zur Seite; die Kugel ging fehl. Nun wollte ich auf ihn los, doch war Winnetou mir da schon zuvorgekommen. Der kühne Apatsche hielt es gar nicht für nötig, sich dabei einer Waffe zu bedienen; er schoß von der Seite her auf den Scheik zu, trieb sein Pferd zum hohen Sprunge und ritt in unwiderstehlichem Anpralle Roß und Reiter über den Haufen, sodaß beide sich an der Erde wälzten; dann hielt er auf den andern Uled Ayun zu, riß ihm im Vorüberjagen die Flinte aus der Hand und zerschlug sie, sich vom Pferde niederbeugend, an dem Boden, daß sie in Stücke auseinanderflog.

»Fein gemacht, superfein!« rief Emery. »Nun aber weiter, damit wir von dem Ungeziefer loskommen.«

Wir folgten der Aufforderung, ohne auf das Geschrei hinter uns zu achten. Erst nach längerer Zeit sahen wir uns einmal um. Es waren jetzt fünf Verfolger beisammen. Wir waren nur im Trab geritten.

»Machen wir rascher,« meinte Emery, »sonst bekommen wir leicht eine Kugel von hinten! Oder willst du ihnen zeigen, wie weit ungefähr sie herankommen dürfen?«

»Sogleich,« antwortete ich, da die Frage an mich gerichtet war.

Ich blieb halten, bis die Verfolger auf Hörweite herangekommen waren, und rief ihnen dann zu:

»Zurück mit euch!«

»Drauf, drauf!« brüllte im Gegenteile der Scheik, seine Leute antreibend.

»Wagt es nicht! Wer nicht gehorcht, bezahlt es erst mit der Flinte, und dann mit dem Leben!«

Nun wußten sie es, und ich wendete wieder, um weiterzureiten. Nach einiger Zeit sah ich mich abermals um; sie mochten tausend Schritte hinter uns sein; der Scheik ritt voran, die Flinte quer vor sich über dem Sattel liegend; ein zweiter saß genau in derselben Stellung auf dem Pferde. Ich wollte niemand verwunden, und war doch meines jetzigen Pferdes nicht sicher; es hatte jedenfalls nicht gelernt, beim Schießen stillzustehen. Darum stieg ich ab, zielte und gab rasch hintereinander die beiden Schüsse des Bärentöters ab. Die Wirkung war diejenige, welche ich erwartet hatte: da die beiden Flinten vorn querüber gehalten worden waren, und die Kugeln genau auf die Läufe derselben trafen, so wurden dieselben den Reitern gegen die Leiber getrieben, und es gab einen so starken Stoß oder Schlag, daß die beiden Männer hintenüberflogen.

»Ia mußiba, ia huzn, ia schaka – o Unglück, o Traurigkeit, o Elend!« hörte ich wirr durcheinander schreien. »Das war das Gewehr, welches meilenweit geht! Jetzt traf er die Flinten; nun geht es ans Leben! Bleibt zurück, denn Allah will nicht, daß ein Gläubiger von einem Ungläubigen, einem Zauberer, sterben soll!«

Der Scheik war heruntergefallen, er stand inmitten seiner Reiter, hielt beide Hände gegen den Leib und krümmte sich; der Schlag oder Stoß, den er erhalten hatte, hatte nicht Rücksicht auf seinen Rang genommen. Nachdem ich wieder aufgestiegen war, ritten wir weiter, die Verfolger aber blieben zurück und waren bald nicht mehr zu sehen.

»Ob sie wohl umgekehrt sind?« fragte Emery.

»Fällt ihnen nicht ein, wenigstens dem Scheik nicht. Drei solche Pferde giebt kein Beduine auf.«

»So müssen wir dafür sorgen, daß er unsere Fährte verliert.«

»Das würde nur Zeit kosten und uns doch nichts helfen.«

»Nichts helfen? Wenn er unsere Spuren nicht mehr findet, sind wir ihn doch los!«

»Nein. Du hast doch seine Mitteilung gehört, daß der Kolarasi nach Hammamet will. Er weiß, daß wir diesem folgen, also auch dorthin reiten werden. Er wird auch nach Hammamet gehen, gleichviel ob er unsere Fährte sieht oder nicht, und dort seine Pferde von uns fordern.«

Wir ritten den ganzen Tag hindurch, ohne einen unserer Verfolger wieder zu Gesicht zu bekommen. Ebensowenig sahen wir die Fährte derer, welche wir verfolgten. Das war aber auch nicht nötig, da wir nun wußten, wohin sie sich gewendet hatten. Den Vorsprung, der ihnen so günstig war, konnten wir nun unmöglich einholen, und unsere einzige Hoffnung war, daß es in dem kleinen Hammamet augenblicklich kein Schiff gab, mit welchem sie in See gehen konnten.

Gegen Abend hatten wir die diesseitige Ebene hinter uns und kamen in die Ussalatberge, wo wir hinreichend Futter und auch Wasser für unsere Pferde fanden. Für uns selbst gab es außer dem Wasser nichts, und da wir keinerlei Nahrungsmittel bei uns hatten, mußten wir uns ziemlich hungrig schlafen legen, was uns aber nicht genierte, da wir dergleichen gewohnt waren.

Am nächsten Tage trafen wir bei den Ruinen von Nabhannah auf Ussalahbeduinen, welche uns freundlich aufnahmen. Für einige kleine Silberstücke erhielten wir von ihnen soviel Proviant, daß wir bis Hammamet recht gut ausreichen konnten.

An diesem Tage ritten wir bis Mahalute-Kasr, wo wir übernachteten, und am nächsten über die Zehlum-Ruinen, Kasr-azeït und El Menarah nach Hammamet, welches wir am Abende erreichten.

Mein erster Gang dort war gleich zu dem Rejjis el mina[1],

[1] Hafenkapitän.

der auch zuweilen Rejjis el mersa genannt wird. Von ihm erfuhr ich, natürlich nur gegen ein Trinkgeld, daß seit vier oder fünf Tagen kein Schiff außer einem kleinen Kutter den Hafen verlassen habe.

»Wem gehört derselbe?«

»Dem Juden Musah Babuam in Tunis.«

Dies hatte ein höchst günstiger Zufall für die beiden Flüchtlinge gefügt, und ich war überzeugt, daß sie die Gelegenheit benutzt hatten, dennoch erkundigte ich mich:

»Hatte der Kutter nur Fracht oder auch Passagiere?«

»Zwei Passagiere.«

»Wer waren sie?«

»Ein Kolarasi des Pascha, welcher zur See nach Tunis wollte, und ein junger Mann aus dem Beled Amirika.«

»Wann ist der Kutter abgefahren?«

»Heut morgen mit der Ebbe. Die Passagiere waren kurz vorher hier angekommen. Sie haben schnell ihre Kamele verkauft und sind dann gleich an Bord gegangen, da sie in der letzten Stunde vor der Abfahrt angekommen waren.«

»Wird das Schiff vor Tunis irgendwo anlegen?«

»Nein, denn die volle Ladung ist nach Tunis bestimmt.«

»Und wie lange wird es währen, bis es dort anlangt?«

»Bei dem jetzigen Winde wohl drei Tage.«

Die Auskunft war mir recht, da ich in weniger als zwei Tagen von Hammamet nach Tunis reiten konnte. Ich kam also einen vollen Tag vor dem Kutter dort an. Freilich war es fraglich, ob die beiden Meltons so verwegen sein würden, dort zu landen; aber es gab für sie in Tunis, wenn nicht die einzige, so doch die nächste Gelegenheit, an Bord eines großen Dampfers zu kommen, wenn sie nicht schon vorher auf dem Wasser zufällig auf einen solchen stießen und von demselben aufgenommen wurden.

Der Ansicht war auch Emery. Er sprach seine Zustimmung aus und fragte dann:

»Wir reiten morgen früh wieder ab?«

»Wenn es dir recht ist. Oder hast du einen andern Vorschlag?«

»Ich denke. Du warst doch überzeugt, daß der Scheik uns seiner Pferde wegen hierher folgen werde. Er kann kurz nach uns eintreffen und uns hier Weitläufigkeiten bereiten. Ist es da für uns nicht besser, ihm aus dem Wege zu gehen?«

»Du hast recht. Reiten wir also eine kleine Strecke fort, auf dem Wege nach Soliman zu. Uns ist es doch ganz gleich, wo wir übernachten, da wir lieber im Freien als in einem Menzil[1] dieser kleinen Stadt schlafen.«

So verließen wir also Hammamet noch am Abende und übernachteten in einem offenen Olivengarten, der in der Nähe lag. Am nächsten Tage ritten wir dann bis nach Soliman, und am folgenden trafen wir nachmittags in Tunis ein, wo wir mit Schmerzen auf den Kutter warteten. Die drei Pferde lieferte ich im Bardo ab, wo sie zur Verfügung des Herrn der Heerscharen untergebracht wurden.

Nach der Berechnung des Hafenkapitäns hätten wir nur einen Tag uns auf die Ankunft des Kutter zu gedulden gehabt; es vergingen aber fast drei volle Tage, ehe er sich im Hafen von Goletta zeigte. Es stieg kein Passagier aus. An den Kapitän durfte ich mich nicht wenden; der war für meine Zwecke jedenfalls zu schlau; aber als das kleine Fahrzeug sich vor Anker gelegt hatte, hörte ich ein Geheul an Bord und sah, daß ein Knabe dort Prügel bekam und nachher fortgejagt wurde. Er kam über die Planke herübergelaufen, drehte sich dann um, drohte mit beiden Fäusten zurück und stieß Worte aus, die ich nicht verstehen konnte, weil ich zu fern von ihm stand. Er trollte langsam nach der Stadt zu, und ich folgte ihm.

Als fortgejagter Schiffsjunge war er existenzlos; das schien ihm aber ganz und gar nicht zu Herzen zu gehen. Sein Unterhalt machte ihm keine Sorge; er wußte genau, wie er zu beschaffen war, denn als ich ihn erreicht hatte und so that, als ob ich an ihm vorübergehen wolle, streckte er mir die Hand entgegen und forderte ein Backschisch. Ich gab ihm reichlich und fragte ihn dann nach seinen Verhältnissen

[1] Einkehrort.

aus. Er war, was wir bei uns ein »sauberes Früchtchen« nennen würden, hatte trotz seiner vierzehn Jahre schon viel durchgemacht und war nun auch zum erstenmal auf der See gewesen, bei der Ankunft aber durchgeprügelt und fortgejagt worden.

»Hattet ihr Güter oder Reisende an Bord?« fragte ich.

»Auch zwei Reisende.«

»Sind die hier in Goletta ausgestiegen?«

»Nein; wir mußten sie erst nach der Insel Pantellania fahren, wo sie ausstiegen und sich fränkische Kleider kauften; dann nahmen wir sie wieder auf und segelten solange hin und her, bis ein großes Dampfschiff erschien, auf welches sie stiegen, um mitzufahren.«

»Wie hieß dieses Schiff?«

»Ich weiß es nicht.«

»Woher kam es, und wohin fuhr es?«

»Auch das kann ich nicht sagen, denn mein Rejjis[1] meinte, ich brauche es nicht zu wissen.«

Mehr erfuhr ich nicht; der Junge war zum erstenmal auf dem Wasser gewesen und kannte die bezüglichen Verhältnisse zu wenig, als daß er mir hätte Auskunft geben können. Nur das eine war gewiß, das Wichtigste und zugleich Unangenehmste, nämlich, daß die Gesuchten auf einen jedenfalls europäischen großen Dampfer entkommen waren. Natürlich hatten sie die Absicht, die schnellste Gelegenheit nach Amerika zu ergreifen, und es galt nun, wenn ihnen nicht zuvorzukommen, so doch ihnen wenigstens nicht die Zeit zu ihrem betrügerischen Vorhaben zu lassen.

Dies teilte ich meinen Gefährten mit, welche mit mir in demselben Hotel wohnten, in welchem wir nach unserer Ankunft abgestiegen waren, und sie erklärten sich einverstanden, mit dem Dampfer abzufahren, welcher morgen nach Marseille fällig war; dort würde sich, davon waren wir überzeugt, schnell eine weitere Schiffsgelegenheit bieten.

Sie gingen dann fort, um einige notwendige Vorbereitun-

[1] Kapitän.

gen zu treffen, und ich blieb allein, um Notizen einzutragen. Da hörte ich eilige Schritte draußen; man klopfte stark an und riß die Thür auf; ich erhob mich schnell, um den Betreffenden über diese Ungebührlichkeit zur Rede zu stellen, hielt aber meine Strafrede gern zurück, denn hereinstürmte – mein alter, lieber Krüger-Bei. Er umarmte, drückte, quetschte und preßte mich aus Leibeskräften und rief dabei:

»Ihnen schon wieder hier, hier in Tunis! Niemand dürfte gedacht haben, daß eine so schnelle Anwesenheit möglich sei.«

»Ja, es ist schneller gegangen, als ich selbst geglaubt habe,« antwortete ich, indem ich ihm die Rechte schüttelte. »Sie kommen selbst, uns aufzusuchen. Woher wissen Sie, daß wir uns schon wieder hier befinden? Man hat Ihnen wohl die Pferde gezeigt, welche wir mitgebracht haben?«

»Ja, ja, und habe deshalb angenommen, daß Sie auch da seien.«

»Allerdings; diese Pferde konnten nicht allein nach Tunis gelaufen sein; das ist sehr richtig. Auch wird man Ihnen gesagt haben, wer sie abgeliefert hat. Wie gefallen sie Ihnen?«

»Vortrefflich; bei Gewißheit der reinsten Rasse kann sie eigentlich niemand bezahlen.«

»Ja, es ist echtes, reines Vollblut, für welches kein eigentlicher Preis angegeben werden kann; solche Tiere sind eben unbezahlbar.«

»Und wie sind Sie in den Besitz der Pferde gekommen?«

»Ich werde es Ihnen erzählen. Sagen Sie mir aber vorher, wie es kommt, daß auch Sie schon hier angekommen sind! Ich habe angenommen, daß Ihre Gegenwart bei den Uled Ayars länger notwendig ist.«

»Dieser Notwendigkeit bin ich überhoben gewesen durch rasches Handeln nebst schnellem Eingriff bei den Uled Ayuns, daß sie zur Verteidigung keine Zeit hatten.«

Er erzählte mir nun in seinem klassischen Deutsch, daß er meiner Bemerkung in dem Briefe, ich würde noch während der Nacht frei sein, Glauben geschenkt hatte. Dennoch war er sofort aufgebrochen, um, falls meine Hoffnung sich nicht erfüllen sollte, uns zu befreien. Die Uled Ayuns hatten noch im Wadi, aus dem wir inzwischen entkommen waren, gelegen. Sie waren freilich vorher entschlossen gewesen, es zu verlassen, an der Ausführung des Vorhabens aber durch unsere Flucht verhindert worden, da ihr Scheik uns, wie wir vermutet hatten, mit einigen seiner besten Krieger bis Hammamet gefolgt war; sie mußten also im Wadi auf ihn warten. Krüger-Bei hatte alle seine Reiter und auch die Uled Ayars bei sich gehabt; er war ihnen infolgedessen weit überlegen gewesen und hatte sie im Wadi so eingeschlossen, daß sie gezwungen gewesen waren, sich ihm ohne Gegenwehr zu ergeben. Schnell entschlossen, war er über noch zwei andere Unterabteilungen des Stammes hergefallen und hatte auch diese überwältigt. Nun waren die Ayuns gezwungen gewesen, den hohen Blutpreis an die Ayars zu bezahlen, eine Angelegenheit, welche freilich nicht an einem oder in einigen Tagen abgewickelt werden konnte.

Die Anwesenheit Krüger-Beis war dabei nicht nötig gewesen; er hatte also für alle Fälle zwei Schwadronen zurückgelassen, und war mit den übrigen Truppen nach Tunis zurückgekehrt, wo er sofort nach seiner Ankunft hörte, daß wir im Bardo gewesen waren und dort die Pferde übergeben hatten. Er nahm ganz selbstverständlich an, daß wir uns in dem Hotel befänden, in welchem wir früher abgestiegen waren, und war nun selbst gekommen, um uns dort aufzusuchen.

Da wir schon morgen fort wollten, galt es, noch heute die amtlichen Erhebungen zu veranlassen, um die Legitimationen zu vervollständigen, die wir in Beziehung auf die Ermordung Small Hunters in den Händen hatten. Krüger-Bei hielt die Angelegenheit für wichtig genug, sie Mohammed es Sadok Pascha, dem Herrscher von Tunis, selbst vorzutragen; er that dies ungesäumt; dann hatten wir eine Audienz bei dem Vertreter der Vereinigten Staaten, und noch ehe es Abend geworden war, befanden wir uns im Besitze von Dokumenten, die den beiden Meltons, wenn wir sie erwischten, das Leben kosten mußten.

Den Abend brachten wir im Bardo bei meinem alten

Freunde zu. Er hätte uns gern viel länger behalten, mußte aber zugeben, daß es für uns unmöglich sei, auf seinen Wunsch einzugehen, hoffte jedoch, uns, oder wenigstens mich, recht bald einmal wiederzusehen.

Am andern Tage traf der Dampfer pünktlich ein. Krüger-Bei ließ es sich nicht nehmen, uns nach dem Hafen zu begleiten; ja, er ging sogar mit an Bord, um sich zu überzeugen, daß wir gut untergebracht seien. Dann verabschiedete er sich von uns, und das Schiff trug uns den beiden entkommenen Verbrechern nach. - - -

JOSEPH CONRAD

»ZÜRCHER AUSGABE«
IN NEU ÜBERSETZTEN EINZELBÄNDEN

Herz der Finsternis
und Die Kongo-Tagebücher
Übersetzt und mit einem Nachwort
von
URS WIDMER

Almayers Luftschloß
Die Geschichte eines östlichen Stroms
Übersetzt und mit einem Nachwort
von
KLAUS HOFFER

Der Geheimagent
Eine einfache Geschichte
Übersetzt und mit einem Nachwort
von
EIKE SCHÖNFELD

Der Bimbo von der ›Narcissus‹
Eine Geschichte von der See
Übersetzt und mit einem Nachwort
von
WOLFGANG KREGE

Freya von den Sieben Inseln
Eine Geschichte von seichten Gewässern
Übersetzt und mit einem Nachwort
von
NIKOLAUS HANSEN

HAFFMANS VERLAG

